LE MONDE SELON BARNEY

Mordecai Richler

LE MONDE SELON BARNEY

ROMAN

Traduit de l'anglais (Canada)
par Lori Saint-Martin & Paul Gagné

Notes et postface de Michael Panofsky

Éditions du sous-sol

TEXTE INTÉGRAL

TITRE ORIGINAL
Barney's Version

ISBN 979-10-414-1344-7

Pour Florence,
et à la mémoire de quatre amis absents :
Jack Clayton, Ted Allan,
Tony Godwin et Ian Mayer

PREMIÈRE PARTIE

Clara
1950-1952

1

Terry est l'aiguillon. L'écharde enfoncée sous mon ongle. Disons-le tout de go : si je plonge dans le fouillis, le fiasco qu'est la véritable histoire de ma vie (et que je brise du même coup une promesse solennelle en gribouillant un premier livre à un âge plus que vénérable), c'est en riposte aux accusations calomnieuses lancées par Terry McIver dans son autobiographie à paraître. À mon égard comme au sujet de mes trois femmes, surnommées "la troïka de Barney Panofsky", de la nature de mon amitié avec Boogie et, bien entendu, du scandale que je traînerai sur mes épaules jusqu'à ma tombe, tel un bossu sa bosse. Le brûlot complaisant de Terry, intitulé *Du temps et des fièvres*, sera bientôt publié par The Group (pardon, the group), petite maison d'édition torontoise qui vit de subventions et qui commet aussi un mensuel, *La Terre nourricière*, imprimé sur du papier recyclé, il va sans dire.

Terry McIver et moi, deux enfants de Montréal, nous étions retrouvés à Paris au début des années 1950. Le pauvre Terry était à peine toléré par la bande de jeunes écrivains impécunieux et obsédés par le cul que je fréquentais. Bien que croulant sous les lettres de refus d'éditeurs, ils se disaient convaincus que tout était possible : la célébrité, les bimbos pâmées d'admiration et la fortune les attendaient au tournant, comme l'illustre complice de Wrigley de mon enfance. Selon la légende, ce type vous abordait dans la rue et vous offrait un billet de un dollar tout neuf, à condition que vous ayez en poche un papier d'emballage de gomme à mâcher Wrigley. Le généreux émissaire de M. Wrigley n'a jamais croisé ma route. En revanche, quelques membres de ma bande ont trouvé le chemin de la gloire : l'ambitieux Leo Bishinsky, Cedric Richardson (sous un autre nom, il est vrai) et, bien sûr, Clara. Clara, qui jouit à présent d'une notoriété posthume, celle d'icône du féminisme, forgée sur l'enclume de l'insensibilité phallocrate. Mon enclume, paraît-il.

J'étais une anomalie. Non, une anomie. Un entrepreneur-né. Je n'avais ni remporté de prix à McGill, comme Terry, ni étudié à Harvard ou à Columbia, comme quelques autres. C'est à peine si j'avais terminé mes études secondaires, ayant consacré moins de temps à mes cours qu'aux tables de la Mount Royal Billiards Academy, où je jouais au billard avec Duddy Kravitz. J'étais incapable d'écrire. Incapable de peindre. Pour toute ambition artistique, je caressais le fantasme de devenir artiste de music-hall : retirant mon canotier pour saluer les bonnes gens au balcon, je sortais de scène à coups de claquettes pour céder la place à Peaches, Ann Corio[1], Lili St-Cyr ou quelque autre danseuse exotique qui, dans une apothéose soulignée par de grands roulements de tambour, transportait l'auditoire en dénudant fugacement un téton. C'était une époque où les danses à dix n'étaient pas encore monnaie courante à Montréal.

J'étais un lecteur avide, mais vous auriez tort de voir là une preuve de ma grandeur d'âme. Ou de ma sensibilité. Au fond, je suis obligé de donner raison à Clara et de reconnaître ma bassesse. Mon détestable esprit de compétition. Mon inspiration ne vient ni de *La Mort d'Ivan Ilitch* de Tolstoï ni de *L'Agent secret* de Conrad, mais bien de *Liberty*, magazine aujourd'hui disparu dont chaque

1. On écrit plutôt *Coreo*.

article était précédé d'une estimation du temps qu'il faudrait pour le lire. Cinq minutes trente-cinq secondes, par exemple. Posant ma montre Mickey Mouse sur la table de la cuisine recouverte d'une toile cirée à carreaux, je parcourais l'article en, disons, quatre minutes trois secondes, prouesse qui me donnait l'impression d'être un sacré intellectuel. Après *Liberty*, je suis passé à un roman en format poche, un des *Mr Moto* de John P. Marquand, que j'avais payé vingt-cinq *cents* au salon de barbier Jack et Moe, au coin des avenues du Parc et Laurier, au cœur du vieux quartier juif ouvrier où j'ai grandi. Ce quartier de Montréal avait élu le seul député communiste de toute l'histoire du Canada (Fred Rose) et produit deux boxeurs pas trop mauvais (Louis Alter et Maxie Berger), son quota de médecins et de dentistes, un joueur et propriétaire de casino célèbre, plus d'avocats sans scrupule qu'il n'en fallait, divers instituteurs et millionnaires de la *shmata*, quelques rabbins et au moins un meurtrier présumé.

Moi.

Je me souviens des bancs de neige hauts d'un mètre cinquante, des escaliers en colimaçon qu'il fallait déneiger dans le froid sibérien et (c'était bien avant l'époque des pneus d'hiver) du bruit de ferraille que faisaient les voitures et les camions chaînés. Des draps gelés et durs sur les cordes à linge. Dans ma chambre, où le radiateur sifflait et cognait toute la nuit, j'ai fini par découvrir Hemingway, Fitzgerald, Joyce, Gertrude et Alice, ainsi que Morley Callaghan, un type de chez nous. Arrivé à l'âge d'homme, j'enviais leurs aventures d'expatriés et, en 1950, j'ai donc pris une décision lourde de conséquences.

Ah, 1950. Dernière année de Bill Durnan, cinq fois lauréat du trophée Vézina, meilleur gardien de but de la Ligue nationale de hockey au service de mes bien-aimés Canadiens de Montréal. En 1950, *nos glorieux** déployaient

* Les passages en italique suivis d'un astérisque sont en français dans le texte.

déjà une formidable brigade défensive, à commencer par le jeune Doug Harvey. La Punch Line, elle, était amputée d'un de ses trois membres : en l'absence de Hector "Toe" Blake, qui avait pris sa retraite en 1948, Maurice "le Rocket" Richard et Elmer Lach patinaient aux côtés de Floyd "Busher" Curry. Les Canadiens ont terminé la saison régulière à la deuxième place, derrière les maudits Red Wings de Detroit et, pour leur honte éternelle, ils ont perdu en demi-finale de la Coupe Stanley contre les Rangers de New York, quatre parties à une. Au moins, le Rocket a connu une bonne année, terminant la saison régulière au deuxième rang des marqueurs, avec une récolte de quarante-trois buts et vingt-deux assistances[1].

Quoi qu'il en soit, à l'âge de vingt-deux ans, j'ai quitté la danseuse de music-hall avec qui je partageais un sous-sol de la rue Tupper. J'ai retiré de la Banque d'épargne de la cité et du district de Montréal le modeste pécule que j'avais gagné comme serveur à l'ancien Normandie Roof (emploi que je devais à mon père, l'inspecteur-détective Izzy Panofsky), et j'ai payé ma traversée vers l'Europe à bord du *Queen Elizabeth*[2], au départ de New York. Jeune et innocent, j'étais résolu à rechercher l'amitié enrichissante de ceux qui représentaient pour moi les cœurs purs : les artistes, ces "législateurs secrets du monde". Et c'était, ah, c'était l'époque où on pouvait encore bécoter des étudiantes en toute impunité. Un, deux, *cha-cha-cha. If I Knew You Were Comin' I'd've Baked a Cake.* Sur le pont du bateau, au clair de lune, les jeunes filles comme il faut portaient des crinolines, des ceintures larges qui

1. En fait, Richard a terminé au quatrième rang des marqueurs. Ted Lindsay, des Red Wings de Detroit, a remporté le titre avec vingt-trois buts et cinquante-cinq assistances. Sid Abel est arrivé deuxième, Gordie Howe troisième.

2. C'était plutôt le *Queen Mary*, qui a effectué son dernier voyage en 1967, croisant le *Queen Elizabeth* en mer, à 12 h 10, dans la nuit du 25 septembre 1967.

leur faisaient une taille de guêpe, des bracelets aux chevilles et des chaussures deux tons à plastron, et elles ne risquaient pas, quarante ans plus tard, de vous poursuivre pour harcèlement sexuel, une fois les souvenirs refoulés d'un viol commis lors d'un rendez-vous galant exhumés par une psychanalyste au poil dru.

Faute de gloire, j'ai fini par trouver la fortune. Cette fortune, si on peut la nommer ainsi, a connu d'humbles commencements. D'abord, j'ai reçu le soutien d'un rescapé d'Auschwitz, Yossel Pinsky, qui, dans la cabine aux rideaux discrètement tirés d'un studio de photographie, rue des Rosiers, changeait nos dollars au taux du marché noir. Un soir, Yossel s'est assis à ma table, à l'Old Navy, et a commandé *un café** dans lequel il a laissé tomber sept morceaux de sucre.

“J'ai besoin de quelqu'un avec un passeport canadien en règle, a-t-il dit.

– Pour quoi faire ?

– Gagner de l'argent. Quoi d'autre ?” a-t-il répondu.

Il a sorti un couteau suisse pour se curer les quelques ongles qu'il lui restait.

“Mais avant, nous devrions apprendre à mieux nous connaître. Tu as mangé ?

– Non.

– Alors je t'invite. Hé, je ne vais pas te mordre, *boychick.* Suis-moi.”

C'est ainsi que, à peine un an plus tard, je suis devenu, avec Yossel pour guider mes pas, exportateur de fromages français vers un Canada d'après-guerre de plus en plus prospère. De retour au pays, Yossel m'a confié la direction d'une agence de location de Vespa, ces scooters italiens autrefois si populaires. Au fil des ans, toujours avec Yossel comme associé, je me suis lancé, avec profit, dans le négoce de l'huile d'olive, à l'instar du jeune Meyer Lansky ; de rouleaux de tissu filé dans l'île de Lewis et Harris ; de ferraille, que j'achetais et revendais sans jamais en voir la couleur ; de DC-3 d'un autre âge, dont certains volent toujours au nord du soixantième parallèle ; puis, lorsque Yossel s'est établi en Israël après avoir échappé de justesse aux gendarmes, j'ai vendu des artefacts égyptiens, pillés dans des tombeaux mineurs de la vallée des Rois. Mais j'ai des principes : pas d'armes à feu, pas de drogues, pas d'aliments sains.

Enfin, j'ai choisi le péché. Vers la fin des années 1960, j'ai commencé à produire des films financés par le Canada, des navets qui n'ont jamais été projetés en salle pendant plus d'une semaine, mais qui, grâce à une niche fiscale supprimée depuis, m'ont rapporté des centaines de milliers de dollars. Même mes bailleurs de fonds ont parfois gagné de l'argent, c'est dire. Je me suis ensuite mis à pondre des séries télévisées au "contenu canadien" assez minables pour être reprises aux États-Unis et, dans le cas de notre sensationnelle série *McIver de la GRC* (Gendarmerie royale du Canada), qui multiplie les scènes de cul tournées dans des canots et des igloos, au Royaume-Uni et ailleurs.

Au besoin, en deux temps trois mouvements, je me glissais dans la peau d'un fervent patriote, me retranchant dans le dernier refuge de la crapule, *dixit* le grand Samuel Johnson. Chaque fois qu'un ministre apôtre du libre marché et soumis aux pressions des Américains menaçait de faire abroger la loi qui (subventions alléchantes à l'appui) imposait la présence sur les ondes d'un tas d'immondices *made in Canada*, je retournais ma veste dans une cabine téléphonique et, affublé de mon costume de Capitaine Canada, je me présentais devant les membres du comité. "Nous définissons le Canada pour les Canadiens, leur disais-je. Nous sommes la mémoire de ce pays, son âme, son hypostase, son ultime ligne de défense contre les monstrueux impérialistes culturels qui menacent de l'envahir depuis le sud."

Mais je m'égare.

Revenons à nos jours d'expatriés où, en bons provinciaux enivrés de se trouver à Paris, grisés par la beauté des lieux, nous faisions bruyamment la fête et hésitions à regagner nos chambres d'hôtel de la Rive gauche de crainte de nous réveiller à la maison, enlevés par des parents qui nous rappelleraient les sommes qu'ils avaient investies dans notre éducation et l'urgence de nous trouver un emploi. Aucune lettre de mon père qui ne contienne une pique : "Tu te souviens de Yankel Schneider ? Le bègue ? *Pff.* Bègue ou pas, il est devenu comptable agréé et il roule en Buick."

Notre bande de gais lurons comprenait deux peintres, si on peut dire, des New-Yorkais. Clara la cinglée et Leo Bishinsky le magouilleur, qui a mieux mené son ascension artistique que Wellington la bataille qu'il a livrée dans une petite ville de Belgique[1], comment s'appelle-t-elle, déjà ? Il a quitté un bal pour s'y rendre. Ou il a mis fin à une partie de boules. Non, ça, c'était Drake.

Un garage de Montparnasse tenait lieu d'atelier à Leo, et c'est là qu'il œuvrait à ses triptyques monumentaux, mélangeant ses couleurs dans des seaux et les appliquant avec un balai à franges. À l'occasion, après l'avoir imbibé de peinture, il reculait de trois mètres et l'agitait dans tous les sens. Un jour que nous partagions un joint, il m'a lancé l'instrument.

"À toi de jouer, a-t-il dit.

– Pour de vrai ?

– Pourquoi pas ?"

Bientôt, me disais-je, Leo se raserait, se ferait couper les cheveux et entrerait au service d'une agence de pub new-yorkaise.

Je me trompais royalement.

1. Waterloo, où le duc de Wellington et le feld-maréchal prussien Gebhard Leberecht von Blücher ont vaincu Napoléon, le 18 juin 1815.

Qui aurait cru que, quarante ans plus tard, d'horribles croûtes de Leo dépareraient les murs de la Tate Gallery, du Guggenheim, du MoMA et de la National Gallery de Washington, tandis que d'autres se vendraient à coups de millions à des pros des actions à haut risque ou à des gourous de l'arbitrage, quand leurs offres n'étaient pas surpassées par celles de collectionneurs japonais ? Qui aurait pu prévoir qu'à la Renault *deux-chevaux*[1]* toute bosselée de Leo succéderaient, dans un garage pour dix voitures d'Amagansett, une Rolls-Royce Silver Cloud, une Morgan de collection, une Ferrari 250 Berlinetta et une Alfa Romeo, entre autres joujoux ? Ou que le simple fait de dire que je l'ai connu me ferait passer pour un frimeur de première ? Leo a fait la couverture de *Vanity Fair* déguisé en Méphistophélès, avec cornes, cape magenta et queue fourchue, affairé à peindre des symboles magiques sur le corps dénudé d'une starlette au goût du jour.

À l'époque, on n'avait aucun mal à savoir avec qui Leo couchait parce que, à tous les coups, une jeune bourgeoise originaire du Nebraska, vêtue d'un *twin-set* en cachemire et travaillant pour le plan Marshall, se pointait à la Coupole et se mettait à se décrotter le nez à table. Alors qu'aujourd'hui des top-modèles de renom affluent vers le domaine de Leo à Long Island et se disputent âprement le privilège de lui offrir leurs poils pubiens, qu'il intègre à ses tableaux en les mêlant à des éclats de verre de mer, des squelettes de poisson, des bouts de salami et des rognures d'ongles de pied.

En 1951, les artistes en herbe de ma bande se vantaient à qui mieux mieux d'avoir abandonné la course au succès, qu'ils dénigraient *de haut en bas**, mais la cruelle vérité,

1. En fait, la 2CV était une Citroën. On l'a lancée au Salon international de l'automobile et du cycle de Paris en 1948 et on a interrompu sa production en 1990.

c'est que, à l'exception notable de Bernard "Boogie" Moscovitch, ils y participaient tous. Ils se livraient une concurrence féroce, au même titre que *L'Homme de l'organisation* ou que *L'Homme au complet gris* – peut-être certains parmi vous sont-ils assez vieux pour avoir connu ces best-sellers, tombés dans l'oubli après une courte période de popularité. Comme Colin Wilson. Ou le hula-hoop. Et ils étaient tout aussi mus par l'appât du gain que n'importe quel petit gars de la rue Saint-Urbain ayant englouti ses économies dans une nouvelle gamme automnale de vêtements *après-ski**. Le produit que colportaient la plupart d'entre eux, c'était leurs textes de fiction. Faites du neuf, avait ordonné Ezra Pound peu avant qu'on le déclare officiellement fou. Remarquez, eux n'étaient pas obligés de distribuer des échantillons aux acheteurs des grands magasins, "avec des sourires et des chaussures bien cirées", comme l'a un jour dit Clifford Odets[1]. Ils expédiaient plutôt leur marchandise aux rédactions de magazines et aux maisons d'édition en ayant soin d'y joindre une enveloppe de retour affranchie avec leur adresse. Sauf Boogie, mon élu.

Alfred Kazin a un jour écrit à propos de Saul Bellow que, tout jeune et inconnu, il possédait déjà l'aura d'un homme promis à de grandes choses. C'est aussi ce que m'inspirait Boogie, qui faisait alors preuve d'une générosité peu commune envers les jeunes écrivains, étant entendu par ailleurs qu'aucun d'entre eux ne lui arrivait à la cheville.

Pendant ses épisodes maniaques, Boogie enfumait son monde et faisait le clown pour éluder les questions à propos de son travail. "Je cumule à moi seul les défauts de Tolstoï, de Dostoïevski et de Hemingway. Je baise à peu près n'importe quelle paysanne qui accepte de

1. Il s'agit non pas d'Odets, mais d'Arthur Miller dans *Mort d'un commis voyageur.*

se laisser faire. Je suis un joueur invétéré. Un ivrogne. Hé, je suis même antisémite, comme Freddy D., bien que, dans mon cas, ça ne compte peut-être pas, vu que je suis juif. Tout ce qui manque à l'équation, jusqu'ici, c'est une Iasnaïa Poliana bien à moi, la reconnaissance de mon prodigieux talent et quelques sous pour me payer à manger, à moins que tu ne m'invites. Que Dieu te bénisse, Barney."

De cinq ans mon aîné, Boogie avait gravi Omaha Beach et survécu à la bataille des Ardennes. À Paris, il vivotait grâce à une pension d'ancien combattant de cent dollars par mois qu'il devait au GI Bill, somme à laquelle s'ajoutait une allocation versée par sa famille et qu'il investissait en général, avec une fortune inégale, dans les tables de *chemin de fer** de l'Aviation Club.

Et puis, qu'importent les médisances que ce fieffé menteur de McIver a récemment ravivées et qui me poursuivront jusqu'à mon dernier souffle ! La vérité, c'est que Boogie a été mon ami le plus cher. Je l'adorais. Et, en partageant avec lui de nombreux joints et au moins autant de bouteilles de *vin ordinaire**, j'ai réussi à recoller, du moins en partie, les morceaux épars de sa biographie. Le grand-père de Boogie, Moishe Lev Moscovitch, né à Białystok, a fait à fond de cale la traversée entre Hambourg et l'Amérique. Vendeur de poules ambulant, il a réussi, à force de travail acharné et de parcimonie, à s'élever dans la hiérarchie : abandonnant sa charrette, il est devenu l'unique propriétaire d'une boucherie casher de Rivington Street dans le Lower East Side. Son fils aîné, Mendel, a fait fructifier la boucherie : rebaptisée Peerless Gourmet Packers, elle a fourni l'armée en rations de combat durant la Seconde Guerre mondiale. Par la suite, l'entreprise a approvisionné les supermarchés de l'État de New York et de la Nouvelle-Angleterre en jambons emballés Virginia Plantation, en saucisses Olde English, en travers de porc Mandarin et en dindes congelées prêtes pour le four Granny's Gobblers. Mendel, devenu Matthew Morrow pour faire plus blanc, a acquis un appartement de quatorze pièces sur Park Avenue, ainsi que les services d'une bonne, d'une cuisinière, d'un majordome faisant également office de chauffeur et d'une gouvernante anglaise d'Old Kent Road pour son fils aîné, Boogie, qui plus tard a dû suivre des cours d'élocution afin de se débarrasser de son accent cockney. Au lieu de bénéficier d'un professeur de violon et d'un *melamed* d'hébreu, Boogie, qui avait pour mission d'infiltrer la ruche wasp pour le compte de la famille, a été dépêché dans un camp militaire du Maine. "On attendait de moi que j'apprenne à monter à cheval, à tirer, à faire de la voile, à jouer au tennis et à tendre l'autre joue", expliquait-il. Conformément aux directives de sa mère, Boogie a indiqué "athée" sous la rubrique "Confession religieuse" à son arrivée au camp. Le chef lui a fait un clin d'œil, puis, biffant la réponse, il a inscrit "juif". Boogie a survécu au camp et à l'académie Andover, mais en 1941, au cours de sa deuxième année à Harvard, il a tout abandonné pour s'enrôler dans l'armée à titre de fusilier. Il a aussi repris le nom de Moscovitch.

Une fois, en réponse aux questions insistantes de Terry McIver, sérieux comme à son habitude, Boogie a raconté que dans le premier chapitre de son roman en cours d'écriture, un texte déconcertant dont l'action se situe en 1912, le protagoniste, aussitôt débarqué du *Titanic* (qui, au terme de son voyage inaugural, a accosté sans incident à New York), voit s'approcher une journaliste.

"Comment a été la traversée ? demande-t-elle.

– Le calme plat."

Improvisant au fur et à mesure, j'en suis certain, Boogie a ajouté que, deux ans plus tard, son héros, roulant en grand équipage avec l'archiduc François-Ferdinand d'Autriche-Hongrie et son épouse, laisse tomber ses jumelles de théâtre lorsque la voiture est secouée par un cahot. L'archiduc, *noblesse oblige**, se penche pour les récupérer, échappant ainsi à l'assassinat qu'un illuminé serbe s'apprête à commettre. Deux ou trois mois plus tard, toutefois, les Allemands envahissent quand même la Belgique. Puis, en 1917, le personnage de Boogie, bavardant avec Lénine dans un café de Zurich, demande une explication du fameux concept de plus-value, et Lénine, passionné par le sujet, prend tellement de temps à avaler son *mille-feuille** et son *café au lait** qu'il rate son train. Le wagon plombé arrive sans lui à la gare de Finlande.

"Sacré Ilitch, c'est tout lui, ça ! s'écrie le chef de la délégation venue l'accueillir sur le quai. Que faire, maintenant ?

– Léon ne pourrait pas prononcer quelques mots ?

– 'Quelques mots', tu dis ? Léon ? Avec lui, on en a pour des heures !"

Boogie a expliqué à Terry qu'il s'acquittait de la fonction première de l'artiste : mettre de l'ordre dans le chaos.

"J'aurais pourtant dû savoir qu'il était inutile de te poser une question sérieuse", a dit Terry en quittant notre table.

Dans le silence qui a suivi, Boogie s'est tourné vers moi et m'a raconté, en guise d'excuse, qu'il avait hérité de Heinrich Heine *le droit de moribondage**.

Boogie avait l'art de sortir du fin fond de son esprit ce genre de phrases qui m'en bouchaient un coin et me faisaient courir à la bibliothèque, où je m'efforçais de parfaire mon éducation.

J'aimais Boogie et il me manque énormément. Je donnerais ma fortune (bon, disons la moitié) pour voir cette énigme sur pattes, ce grand escogriffe de plus de deux mètres, franchir une fois de plus le seuil de ma porte de son pas bondissant en tirant sur un Romeo y Julieta et me demander, avec un sourire ambigu : "Tu as fini par lire Thomas Bernhard ?" ou : "Que penses-tu de Chomsky ?"

Dieu sait pourtant qu'il avait un côté sombre. Il lui arrivait de disparaître pendant des semaines… Dans une *yeshiva* de Méa Shéarim, soutenaient les uns ; dans un monastère toscan, juraient les autres. Mais personne n'en savait rien. Puis, un beau jour, il apparaissait – ou plutôt, il se matérialisait soudain – dans un des cafés que nous fréquentions, sans un mot d'explication, accompagné d'une splendide duchesse espagnole ou d'une comtesse italienne.

Dans ses mauvais jours, Boogie refusait de répondre quand je frappais à la porte de sa chambre d'hôtel ou, au mieux, il me lançait : "Va-t'en. Laisse-moi tranquille." Je le savais alors allongé sur son lit, défoncé à l'héro, ou installé à sa table de travail, à dresser la liste de tous ses jeunes camarades d'armes qui avaient trouvé la mort.

C'est grâce à Boogie que j'ai découvert Gontcharov, Huysmans, Céline et Nathanael West. Il suivait des cours de langue auprès d'un Russe blanc, horloger de son état, avec qui il s'était lié d'amitié. "Comment peut-on vivre toute sa vie, demandait-il, sans être capable de lire Dostoïevski, Tolstoï et Tchekhov dans le texte ?" Parlant couramment l'allemand et l'hébreu, Boogie, une fois par semaine, étudiait le Zohar, livre sacré de la kabbale, avec le rabbin d'une synagogue de la rue Notre-Dame-de-Lorette, adresse qui l'enchantait.

Il y a des années maintenant, j'ai réuni les huit nouvelles hermétiques publiées par Boogie dans *Merlin*, *Zero* et *The Paris Review.* La totalité de son œuvre. J'avais le projet d'en faire une édition numérotée des plus élégantes, et au diable la dépense. Le récit de Boogie que je ne cesse de lire et de relire, pour des raisons évidentes, est une variation sur un thème éculé, certes, mais traité avec brio, comme tout ce qu'il a écrit. *Margolis* raconte l'histoire d'un type qui sort s'acheter des cigarettes, s'enfuit loin de sa femme et de son enfant, et adopte une nouvelle identité.

J'ai écrit au fils de Boogie, qui vit à Santa Fe, pour lui offrir une avance de dix mille dollars, en plus de cent exemplaires gratuits et de tous les profits éventuels de l'entreprise. Sa réponse a pris la forme d'une lettre recommandée dans laquelle il me faisait part de son ahurissement. De quel droit osais-je – moi en particulier – envisager un tel projet ? Si j'y donnais suite, me prévenait-il, il n'hésiterait pas à me poursuivre en justice. Les choses en sont restées là.

Un instant. J'ai un trou de mémoire. J'essaie de me souvenir du nom de l'auteur de *L'Homme au complet gris*. Ou était-ce plutôt *L'Homme à la chemise verte* ? Non, ça, c'est une œuvre de l'autre menteuse. Lillian… comment s'appelle-t-elle, déjà ? Allons. Je l'ai sur le bout de la langue. C'est une marque de mayonnaise. Lillian Kraft ? Non. *Hellman. Lillian Hellman.* Le nom de l'auteur de *L'Homme au complet gris* importe peu. Il est même sans la moindre importance. L'ennui, c'est que maintenant je ne fermerai pas l'œil de la nuit. Elles sont de plus en plus fréquentes, ces pertes de mémoire momentanées, et elles me mettent hors de moi.

Justement, la nuit dernière, au moment de sombrer enfin dans le sommeil, j'ai été incapable de me souvenir du nom du truc qu'on utilise pour égoutter les spaghettis. Imaginez. Je m'en suis pourtant servi des milliers de fois. Je le voyais dans ma tête, ce foutu bidule, mais le mot m'échappait. Et je ne voulais pas me lever pour aller consulter un des livres de recettes que Miriam a laissés ici, parce que je me rappellerais alors que c'est à cause de moi qu'elle est partie. De toute manière, j'allais devoir me lever à trois heures du matin pour pisser. Rien à voir avec le torrent impétueux de l'époque de la Rive gauche, non, monsieur. Désormais, c'est goutte à goutte, *ploc ploc ploc*, et j'ai beau secouer mon engin avec la dernière énergie, il y a toujours un filet d'urine qui finit par tacher la jambe de mon pyjama.

Allongé dans l'obscurité, fou de rage, j'ai récité à haute voix le numéro à composer en cas de crise cardiaque.

"Vous avez joint l'Hôpital général de Montréal. Si vous avez un téléphone à clavier et que vous connaissez le numéro du poste que vous voulez joindre, composez-le maintenant. Sinon, faites le 17 pour être servi dans la langue des *maudits Anglais** ou le 12 pour le service *en français**, langue glorieuse de notre collectivité opprimée."

Pour le service des ambulances, c'est le 21.

"Vous avez joint le service des ambulances. Veuillez patienter, une standardiste vous répondra tout de suite après notre partie de strip-poker. Bonne journée."

On me ferait attendre avec le *Requiem* de Mozart en fond sonore.

À tâtons, je me suis assuré que mes comprimés de digitaline, mes lunettes de lecture et mon dentier étaient à portée de main. J'ai allumé la lampe de chevet le temps de vérifier la présence de traces brunes suspectes dans mon boxeur. Si je mourais durant la nuit, je ne voulais surtout pas que des inconnus me prennent pour un malpropre. Ensuite, j'ai eu recours aux astuces habituelles. Pense à autre chose, à quelque chose d'apaisant, et le nom du truc machin chouette qui sert à égoutter les spaghettis va te revenir tout seul. J'ai donc imaginé Terry McIver saignant à profusion dans une mer infestée de requins. Au moment précis où un hélicoptère de sauvetage tente de le hisser hors de l'eau, Terry sent qu'on tire encore une fois sur ce qu'il reste de ses jambes. Finalement, le tronc dégoulinant de l'auteur de *Du temps et des fièvres*, ce menteur complètement imbu de lui-même, s'élève dans les airs, ballottant au-dessus des eaux tourbillonnantes comme un appât, que les requins continuent d'attaquer.

Après, redevenu un garçon débraillé de quatorze ans, j'ai dégrafé, avec la jubilation de la toute première fois, le soutien-gorge diaphane de l'institutrice que j'appellerai

Mme Ogilvy, tandis que la radio dans son salon passait une chanson sans queue ni tête :

Mairzy doats and dozy doats and liddle lamzy divey
A kiddley divey too, wouldn't you ?

À ma grande stupeur, elle ne m'oppose aucune résistance. Terrifié, je la vois plutôt se débarrasser de ses chaussures et s'extirper de sa jupe à carreaux en se tortillant. "Je ne sais pas ce qui me prend, déclare l'institutrice, qui m'a attribué un A+ pour ma dissertation sur *Le Conte de deux cités*, tirée, avec quelques bouts paraphrasés ici et là, d'un ouvrage de Granville Hicks. Je les prends au berceau, à présent." Puis, dans mon imagination, elle gâche tout en ajoutant sur le ton de la maîtresse d'école qu'elle est :

"Mais ne devrions-nous pas d'abord égoutter les spaghettis ?

– Ouais, d'accord. Mais avec quel truc machin chouette ?

– Je les aime *al dente.*"

Déterminé à donner une seconde chance à Mme Ogilvy et à obtenir une meilleure récompense, j'ai de nouveau remonté le temps pour débouler à côté d'elle sur le canapé, espérant au passage, malgré mon état de décrépitude, au moins une demi-érection.

"Oh, ce que vous pouvez être impatient, dit-elle. Attendez. Pas encore. *En français, s'il vous plaît**.

– Quoi ?

– Oh la la, quel manque de raffinement. C'est 'pardon' que nous avons voulu dire, n'est-ce pas ? Maintenant, comment dit-on '*not yet*' en français ?

– *Pas encore**.

– Bravo ! s'écrie-t-elle en ouvrant le tiroir d'une console. Bon, je ne voudrais surtout pas passer pour une dictatrice, mais vous voulez bien enfiler ceci sur votre joli petit zizi ?

– Oui, madame Ogilvy.

– Donnez votre main. Oh la la, on n'a pas idée d'avoir les ongles aussi crottés ! Là. Comme ceci. Doucement. Oui, s'il vous plaît. *Attendez !*

– J'ai encore fait quelque chose de mal ?

– Je me suis dit que vous aimeriez savoir que ce n'est pas Lillian Hellman qui a écrit *L'Homme à la chemise verte.* C'est plutôt Mary McCarthy."

Merde, merde, merde. Je me suis extirpé du lit, j'ai enfilé la robe de chambre élimée que j'étais incapable de jeter, car il s'agissait d'un cadeau de Miriam, et j'ai marché nu-pieds jusqu'à la cuisine. Fouillant dans les tiroirs, j'ai sorti des ustensiles et je les ai nommés, les uns après les autres : louche, minuteur, pinces, pelle à tarte, économe, tasses à mesurer, ouvre-boîte, spatule… et, là, bien accroché au mur, le truc machin chouette qui sert à égoutter les spaghettis, *mais bon sang, comment ça s'appelle ?*

J'ai survécu à la scarlatine, aux oreillons, à deux passages à tabac, aux morpions, à l'extraction de toutes mes dents, à un remplacement de la hanche, à une accusation de meurtre et à trois épouses. La première est morte et, même après toutes ces années, la Deuxième Mme Panofsky hurlerait dans le combiné en entendant ma voix : "Qu'as-tu fait de son corps, assassin ?" avant de me raccrocher bruyamment au nez. Miriam, en revanche, accepterait de me parler. Mon dilemme la ferait peut-être même rire. Oh, entendre son rire résonner dans cet appartement. Son odeur. Son amour. Le hic, c'est que Blair prendrait sans doute l'appel et que, la dernière fois, j'ai gaspillé le capital de sympathie qui me restait auprès de ce petit salaud prétentieux.

"J'aimerais parler à ma femme.

– Elle n'est plus ta femme, Barney, et tu es manifestement en état d'ébriété."

C'était bien son genre d'utiliser une expression comme "en état d'ébriété".

"Bien sûr que je suis soûl. Il est quatre heures du matin.

– Et Miriam dort.

– Mais c'est à toi que je voulais parler. En faisant le ménage dans les tiroirs de mon bureau, je suis tombé sur quelques photos d'elle – des nus assez spectaculaires qui datent de l'époque où elle était avec moi. Je me suis dit que tu aimerais les avoir, ne serait-ce que pour savoir de quoi elle avait l'air dans la fleur de l'âge.

– Tu es dégoûtant", a-t-il répondu avant de raccrocher.

C'est exact. Quand même, j'ai exécuté quelques pas de claquettes dans le salon, imitant à ma façon le *shim sham shimmy* du grand Ralph Brown, un verre de Cardhu à la main.

Certains considèrent Blair comme un chic type. Un universitaire de renom. Jusqu'à mes propres fils, qui prennent sa défense. Nous comprenons ton point de vue, disent-ils, mais c'est un homme intelligent et attentionné, et il est aux petits soins avec Miriam. Foutaise. Tâcheron qui bénéficie d'un statut en béton armé, Blair a quitté Boston pour s'installer au Canada dans les années 1960. Un objecteur de conscience, comme Dan Quayle et Bill Clinton, et donc un héros aux yeux de ses étudiants. Quant à moi, je ne comprends tout simplement pas qu'on puisse préférer Toronto à Saigon. Quoi qu'il en soit, j'ai le numéro du télécopieur de sa faculté et, songeant à l'avantage que Boogie aurait tiré de la situation, je lui envoie à l'occasion un message bien senti.

À : Herr Doktor Blair Hopper né Hauptman
De : Fantaisies Sexorama

ACHTUNG
PERSONNEL ET CONFIDENTIEL

Cher Herr Doktor Hopper,

Pour faire suite à votre proposition datée du 26 janvier, nous accueillons avec grand intérêt votre suggestion d'introduire au collège Victoria la tradition venue des universités de l'Ivy League, qui consiste à obliger des étudiantes choisies à poser nues, de profil, de face et de dos, à des fins d'étude de la posture. Votre idée d'agrémenter les photos de porte-jarretelles et d'autres accessoires nous semble particulièrement inspirée. Le projet, comme vous le dites si bien, a un potentiel commercial considérable. Nous devrons cependant étudier lesdites photos avant d'accepter de distribuer le nouveau jeu de cartes que vous proposez.

Cordialement,

DWAYNE CONNORS
Fantaisies Sexorama

P.-S. Nous accusons réception de votre calendrier GIGOLOS DE L'ANNÉE 1995. Nous sommes au regret de ne pas pouvoir vous le rembourser en raison de multiples taches, sans parler du fait que les pages d'août et de septembre sont collées l'une à l'autre.

Une heure moins le quart. J'avais beau tenir le truc machin chouette pour les spaghettis dans ma main tavelée et aussi fripée que le dos d'un lézard, je n'arrivais toujours pas à nommer cet objet. Après l'avoir lancé dans un coin, je me suis versé deux doigts de Macallan, puis j'ai saisi le téléphone et composé le numéro de mon fils aîné, qui vit à Londres.

"Coucou, Mike. C'est ton réveil téléphonique : il est six heures. L'heure de ton jogging matinal est arrivée.

– En fait, il est cinq heures quarante-six, ici."

Au déjeuner, mon fils grignoterait consciencieusement du muesli croquant avec du yogourt, qu'il ferait descendre avec de l'eau citronnée. Les gens, de nos jours...

"Ça va ? a-t-il demandé avec une sollicitude qui, pour un peu, m'aurait arraché une larme.

– Comme sur des roulettes. Mais j'ai un problème. Comment appelle-t-on le truc machin chouette qui sert à égoutter les spaghettis ?

– Tu es soûl ?
– *Certainement pas.*
– Le docteur Herscovitch ne t'a pas expliqué que, si tu recommences, tu risques de mourir ?
– Je jure sur la tête de mes petits-enfants que je n'ai pas bu une goutte d'alcool depuis des semaines. J'ai même renoncé à commander du coq au vin au restaurant. Tu veux bien répondre à ma question, s'il te plaît ?
– Je vais prendre le téléphone du salon et raccrocher ici. Après, on pourra parler."
Surtout, ne pas réveiller Madame la fasciste de la santé.
"Allô, c'est moi. Tu veux parler d'une passoire ?
– Évidemment que je veux parler d'une passoire. Je l'avais sur le bout de la langue. J'allais justement le dire.
– Tu prends tes pilules ?
– Bien sûr que oui. Tu as eu des nouvelles de ta mère, dernièrement ?"
Les mots m'avaient échappé, moi qui m'étais juré de ne plus jamais poser de questions à son sujet.
"Blair et elle sont arrivés ici le 4 octobre et sont restés pendant trois jours. Ils se rendaient à une conférence à Glasgow[1].
– Je me fous éperdument d'elle. Tu ne peux pas savoir comme c'est agréable de ne plus se faire réprimander parce qu'on a oublié de relever le siège des toilettes. Mais, soit dit à titre d'observateur impartial, je pense qu'elle méritait mieux.
– Mieux que toi, tu veux dire ?
– Dis à Caroline, ai-je répliqué avec véhémence, que j'ai lu quelque part que la laitue saigne quand on la coupe et que ça traumatise les carottes quand on les arrache.
– Je n'aime pas te savoir tout seul dans ce grand appartement vide, papa.

1. En fait, selon mon journal intime, Blair et ma mère se sont arrêtés ici le 7 octobre et la conférence se tenait à Édimbourg.

– Sache que j'ai sous mon toit ce qu'on appelle une 'personne-ressource', je crois, ou n'est-ce pas plutôt une 'travailleuse du sexe' ? Elle passe la nuit avec moi. Ce que les goujats dans mon genre avaient l'habitude d'appeler une 'poupée'. Tu peux le dire à ta mère. Ça ne me dérange pas.

– Pourquoi tu ne viendrais pas nous tenir compagnie pendant un moment ?

– Parce que, dans la Londres dont je garde le souvenir, l'entrée qu'on vous imposait, même dans les restaurants les plus chics, était une soupe Windsor brun-gris ou un demi-pamplemousse avec une cerise au marasquin au milieu, façon téton. La plupart des gens que j'avais l'habitude de fréquenter là-bas sont morts, et il était plus que temps. Harrods est devenu un temple de la branchouille européenne. Partout dans Knightsbridge, on tombe sur des Japs pleins aux as qui se filment mutuellement. Le White Elephant est *kaput*, idem pour Isow's, et L'Étoile n'est plus ce qu'elle était. Je me contrefiche de savoir qui se farcit Diana et si Charles sera réincarné en tampon hygiénique. Avec leurs machines à sous bruyantes et leur musique de sauvages qui fait trembler les murs, les pubs sont devenus insupportables. Et un trop grand nombre des nôtres se prennent pour d'autres. Ceux qui ont étudié à Oxford ou à Cambridge ou qui gagnent plus de cent mille livres par année ne sont plus juifs ; ils sont 'de descendance juive'. Avoue que ce n'est pas tout à fait la même chose."

Je n'ai jamais pris racine à Londres, mais j'y ai vécu pendant trois mois dans les années 1950 et pendant deux autres mois en 1961, séjour qui m'a fait manquer les séries finales de la Coupe Stanley. Remarquez, c'est l'année où les Canadiens, pourtant largement favoris, ont perdu en six matchs contre les Blackhawks de Chicago, en demi-finale. J'aurais quand même aimé voir le deuxième match, joué à Chicago, que les Hawks ont gagné deux à un après cinquante-deux minutes de prolongation. C'est le soir où l'arbitre Dalton McArthur, ce salaud qui en faisait toujours trop, a imposé une pénalité à Dickie Moore, *en pleine période de prolongation*, pour avoir fait trébucher un joueur adverse, ce qui a permis à Murray Balfour de marquer le but gagnant. Outré, Toe Blake, notre entraîneur à l'époque, s'est rué sur la patinoire dans l'intention d'en allonger une à McArthur et il a écopé d'une amende de deux mille dollars. En 1961, j'étais à Londres afin de travailler à une coproduction avec Hymie Mintzbaum, et ça a si mal tourné que nous avons été des années sans nous adresser la parole. Hymie, pur produit du Bronx, est anglophile, pas moi.

On ne peut tout simplement pas faire confiance aux Britanniques. Avec les Américains (comme avec les Canadiens, d'ailleurs), on sait à quoi s'attendre. Mais si vous êtes installé dans un 749 au départ de Heathrow à côté d'un vieil Anglais tout ce qu'il y a de plus terne, concentré sur les mots croisés du *Times*, avec son double menton qui tremblote et son bégaiement étudié, un type important à la City, c'est évident, n'allez surtout pas commettre l'erreur de le prendre de haut. M. Insipide, en réalité ceinture noire de judo, a sans doute été parachuté sur la Dordogne en 1943, où il a fait sauter un convoi ou deux, et a survécu aux cachots des nazis en se consacrant corps et âme à la traduction définitive de *L'Épopée de Gilgamesh* du grand Sîn-lēqi-unninni ; et à présent, sa valise remplie à craquer de la lingerie et des robes de cocktail les plus coquines de sa femme, il se dirige probablement vers le congrès annuel des travestis à Saskatoon.

Une fois de plus, Mike m'a proposé de séjourner dans le petit pavillon au fond de leur jardin. Une résidence privée. Avec sa propre entrée. En plus, ses enfants, qui avaient adoré *Vendredi 13*, prendraient un plaisir effroyable à faire plus ample connaissance avec leur grand-père. Sauf que je déteste être grand-père. C'est indécent. Dans ma tête, j'ai encore vingt-cinq ans. Trente-trois, grand maximum. Sûrement pas soixante-sept, âge qui pue le délabrement et les espoirs déçus. Aïe, mon haleine aigre. Mes membres qui ont grand besoin d'être lubrifiés. Maintenant qu'on m'a fait cadeau d'une prothèse de hanche en plastique, je ne suis même plus biodégradable. Les écologistes protesteront vertement contre mon inhumation.

Récemment, lors d'une de mes visites annuelles chez Mike et Caroline, je suis arrivé les bras chargés de cadeaux pour mes petits-enfants et Madame la Vicomtesse (surnom que lui a donné Saul, le deuxième de mes fils). Mais la *pièce de résistance** était réservée à Mike : une boîte de Cohiba, que j'avais fait acheter à Cuba. J'ai eu du mal à me séparer de ces cigares, mais j'espérais qu'ils plairaient à Mike, avec qui j'entretenais des rapports difficiles. De fait, il a été ravi. C'est du moins ce que j'ai cru. Un mois plus tard, cependant, Tony Haines, un de ses associés et, incidemment, un cousin de Caroline, est venu à Montréal pour affaires. Il m'a téléphoné pour me dire qu'il avait un cadeau de la part de Mike : un filet de saumon fumé de chez Fortnum's. Je l'ai invité à prendre un verre au Dink's. Sortant son étui à cigares, Tony m'a proposé un Cohiba.

"Merveilleux, ai-je dit. Merci.

– Ne me remerciez pas. C'est un cadeau de Mike et Caroline. Pour mon anniversaire.

– Ah bon ?" ai-je répondu, meurtri.

Encore un autre grief familial à ruminer. Ou à chérir, dirait Miriam. "Certains collectionnent les timbres ou les pochettes d'allumettes ; toi, mon chéri, tu collectionnes les récriminations", m'avait-elle un jour lancé.

À l'occasion de cette visite, Mike et Caroline m'ont installé dans une chambre à l'étage, avec des meubles ultramodernes, achetés chez Conran ou General Trading Company, quelque chose du genre. Un bouquet de freesias et une bouteille de Perrier trônaient sur ma table de chevet, mais pas de cendrier. Dans le tiroir, en cherchant un truc qui pourrait faire l'affaire, je suis tombé sur des bas de Nylon déchirés. En les reniflant, j'ai tout de suite reconnu leur odeur. Celle de Miriam. Blair et elle avaient partagé ce lit, l'avaient contaminé. Arrachant les draps, j'ai inspecté le matelas, à la recherche de taches incriminantes. Rien. Ha, ha, ha ! Le professeur Couille molle ne s'était donc pas montré à la hauteur. Herr Doktor Hopper né Hauptman avait sans doute préféré lui faire la lecture à haute voix. L'avait abreuvée de ses *pensées** déconstructionnistes sur le racisme de Mark Twain. Ou l'homophobie de Hemingway. Malgré tout, je suis allé prendre le désodorisant à la senteur de pin dans la salle de bains et j'ai désinfecté le matelas, puis j'ai refait le lit, un peu n'importe comment, avant de m'y glisser. Les draps étaient tout enchevêtrés – un fouillis à en perdre patience – et la pièce empestait le sent-bon. J'ai ouvert une fenêtre toute grande. Il gelait à pierre fendre. Mari abandonné, j'étais visiblement condamné à mourir de pneumonie dans un lit que Miriam avait un jour honoré de son corps brûlant. De sa beauté. *De sa déloyauté.* Bon, il arrive que les femmes de son âge, victimes de bouffées de chaleur et d'épisodes de confusion, se mettent à voler à l'étalage, comme ça, sans raison. Si elle se fait arrêter, je refuserai de témoigner en sa faveur. Non, je raconterai plutôt au tribunal qu'elle a toujours eu une propension au chapardage. Qu'elle croupisse derrière les barreaux. Miriam, Miriam, élue de mon cœur.

Mike, que Dieu le bénisse, est riche comme Crésus, péché qu'il expie en portant une queue-de-cheval et des jeans (des Polo Ralph Lauren, remarquez), mais, heureusement, pas de boucle d'oreille. Et il a renoncé à la veste Nehru. Et à la casquette Mao. C'est un baron de l'immobilier. Propriétaire de demeures d'exception dans Highgate, Hampstead, Swiss Cottage, Islington et Chelsea, qu'il a accumulées avant que l'inflation grimpe en flèche et converties en appartements. Il brasse aussi des affaires *offshore* dont je préfère ne pas entendre parler et spécule sur les marchés à terme. Caroline et lui habitent dans Fulham, quartier à la mode que j'ai connu avant l'invasion des yuppies adeptes du bricolage. Ils possèdent aussi une datcha dans les hauteurs des Alpes-Maritimes, non loin de Vence, avec un vignoble sur les coteaux. Du *shtetl* au Château Panofsky en trois générations. Que voulez-vous que je vous dise ?

Mike a une participation dans un restaurant prisé par le Tout-Londres. L'établissement, qui a pignon sur rue dans Pimlico, a pour nom The Table. Le chef est plus grossier que talentueux, mais c'est aujourd'hui la norme, non ? Trop jeune pour se souvenir de Pearl Harbor ou des sévices subis par les Canadiens faits prisonniers à… à… vous savez bien, l'avant-poste imprenable en Extrême-Orient. Pas celui où l'aurore se lève comme l'orage, non, je veux parler de l'endroit où les Sassoon ont fait fortune. Singapour ? Non. L'endroit dont le nom ressemble à celui du gorille dans le film avec Fay Wray. *Kong. Hong Kong.* Eh oui, vous voyez, je sais que Wellington a défait Napoléon à Waterloo et je me souviens de l'auteur de *L'Homme au complet gris*. Ça m'est revenu comme ça, sans effort. *L'Homme au complet gris* a été écrit par Frederic Wakeman[1] et le film était interprété par Clark Gable et Sydney Greenstreet.

1. *L'Homme au complet gris* a été écrit par Sloan Wilson (1955) ; et c'est du livre intitulé *Les Marchands de courants d'air* de Frederic Wakeman qu'on a tiré un film, *Marchands d'illusions*, avec Clark Gable, Deborah Kerr et Sydney Greenstreet (MGM, 1947). Il en existe maintenant une version colorisée.

Quoi qu'il en soit, Mike, trop jeune pour se souvenir de Pearl Harbor, a investi massivement dans le marché japonais émergent et s'est retiré au bon moment. Pendant la crise pétrolière, il a trouvé refuge dans l'or ; ayant choisi la bonne monture, il l'a si bien chevauchée qu'il a doublé sa mise. Puis, en 1992, il a réussi un autre joli coup en spéculant sur la livre sterling. Il a misé sur Bill Gates avant que quiconque ait entendu parler du courrier électronique.

Oui, mon aîné est un multimillionnaire doté d'une conscience sociale et culturelle. Il est membre du conseil d'administration d'un théâtre d'avant-garde qui monte des pièces provocantes où des filles de bonne famille aux jambes interminables font semblant de chier sur scène, alors que des membres de l'Académie royale d'art dramatique simulent avec abandon des scènes de sodomie. *Ars longa, vita brevis.* Mike compte parmi les deux cents bailleurs de fonds du mensuel *Red Pepper* ("magazine féministe, antiraciste, écologiste et internationaliste") ; avec un sens de l'humour qui le rachète, du moins en partie, il m'y a abonné. Dans le plus récent numéro, une publicité pleine page – un appel à la générosité du public en faveur du London Lighthouse, centre pour les sidéens – montre une jeune femme au teint maladif, ses yeux au beurre noir rivés sur un miroir à main.

Elle a avoué à son mari
qu'elle était séropositive.
Il l'a mal pris.

Comment aurait-il dû réagir, le pauvre bougre ? Il aurait dû l'inviter à l'Ivy pour fêter ça, peut-être ?

Quoi qu'il en soit, on meurt le plus souvent d'un cœur à bout de souffle, comme l'a écrit M. Bellow. Ou du cancer du poumon. J'en parle en qualité de candidat de premier choix.

Il est vrai que Mike prend ses champignons shiitakés, ses algues japonaises, son riz Nishiki et ses soupes Shiro Miso à l'épicerie fine de Harvey Nichols, mais, quand il ressort dans Sloane Street, il n'oublie jamais d'acheter un numéro de *The Big Issue*, le journal des itinérants, à un clochard qui rôde par là. Il possède dans Fulham une galerie d'art qui a fait ses preuves en ce sens qu'elle a deux fois été accusée d'obscénité. Caroline et lui se font un point d'honneur d'acheter des œuvres de peintres et de sculpteurs encore inconnus, mais qui, pour reprendre les mots de Mike, sont "à l'avant-garde de l'avant-garde". Mon fils branché, à la fine pointe de tout, tripe sur le gangsta rap, les autoroutes de l'information (par opposition aux bibliothèques), le temps de qualité, Internet, bref, tout ce qui est cool, tous les clichés de sa génération. Mike n'a lu ni *L'Iliade*, ni Gibbon, ni Stendhal, ni Swift, ni le Dr Johnson, ni George Eliot, ni aucun autre chauvin eurocentriste aujourd'hui discrédité, mais il ne se trouve pas un seul romancier ou poète surfait "issu d'une minorité visible" dont il n'ait commandé les livres chez Hatchards. Je parie qu'il n'a jamais passé une heure à contempler le portrait qu'a réalisé Velázquez de cette famille royale[1], vous savez de qui je veux parler, au Prado, mais invitez-le à un *vernissage** où on promet un crucifix flottant dans de la pisse ou un harpon dépassant du trou du cul ensanglanté d'une bonne femme, et il accourra avec son chéquier.

"Oh, ai-je dit, résolu à prolonger notre communication transatlantique, je ne veux surtout pas me mêler de ce qui ne me regarde pas, mais as-tu parlé à ta sœur, dernièrement ?

1. *Les Ménines.*

– Attention, on croirait entendre maman.

– En voilà une réponse…

– Il est inutile de téléphoner à Kate. Ou bien elle est sur le point de sortir, ou bien elle a des invités et ce n'est pas le bon moment.

– Kate ? Ça ne lui ressemble pourtant pas.

– Allons donc, papa. À tes yeux, elle est la perfection même. Elle a toujours été ta chouchoute.

– C'est faux, ai-je menti.

– Par contre, Saul a téléphoné hier pour me demander ce que je pensais de sa plus récente diatribe dans ce torchon néofasciste où il écrit. Je venais de recevoir le numéro avec le courrier du matin. Il est incroyable, je te jure. Il a passé quinze minutes à me rebattre les oreilles avec ses bobos imaginaires et ses difficultés professionnelles, avant de me traiter de représentant de la gauche caviar et de qualifier Caroline d'avaricieuse. Avec qui vit-il en ce moment, si je puis me permettre ?

– Dis donc, il paraît que les Britanniques sont sur le pied de guerre parce qu'on vend des veaux à la France, où ils sont confinés dans des cages au lieu d'être logés au Crillon. Caroline a pris part aux manifestations ?

– Tu peux faire mieux que ça, papa. Mais viens nous voir bientôt."

À son ton soudain plus raide, je me suis dit que Caroline venait d'entrer de son pas leste dans la pièce, regardant ostensiblement sa montre sans savoir que c'était moi qui paierais la communication.

"Bien sûr", ai-je dit en raccrochant.

Je me dégoûtais. Pourquoi ne lui avais-je pas dit que je l'aimais, qu'il m'avait rendu heureux pendant toutes ces années ?

Et si c'était notre dernière conversation ?

“Mais la mort, vous le savez, n’a que faire de nos suppliques, a écrit Samuel Johnson au révérend Thomas Warton, et n’a aucun égard pour la commodité des mortels.”

Et si nous ne nous réconciliions jamais, Miriam et moi ?

2

Les revues littéraires ont consacré beaucoup trop d'articles aux romanciers injustement négligés ; en revanche, on ne dit pas assez qu'il y a des écrivains négligés à juste titre, des plumitifs prompts à brandir leurs moindres distinctions, *à la** Terry McIver. Une traduction en islandais, une invitation à Auckland pour un festival des auteurs du Commonwealth (quelques représentants de la "blanchitude", suivant la nouvelle nomenclature, ainsi qu'un *mélange** de Maoris, d'Inuits et d'Amérindiens forts en orthographe bien aidés par la discrimination positive). Mais, après toutes ces années de ratage, mon vieil ami devenu ennemi s'est constitué une coterie d'apparatchiks de la littérature canadienne, aussi peu nombreux qu'ils sont virulents. Ces jours-ci, ce salaud pontifie à la radio et à la télévision en plus de prononcer des conférences à gauche et à droite. Bref, il est omniprésent au Canada.

C'est par l'entremise du père de ce sale petit fanfaron, géniteur lui aussi calomnié dans *Du temps et des fièvres*, que j'ai fait la connaissance de Terry. M. McIver, unique propriétaire de la librairie Spartacus, rue Sainte-Catherine Ouest, était le plus admirable des hommes et peut-être aussi le plus innocent. Écossais maigrichon originaire des Gorbals, il était le fils illégitime d'une blanchisseuse et d'un soudeur de Clydeside tombé pendant la bataille de la Somme. M. McIver me pressait de lire des œuvres de

Howard Fast, Jack London, Émile Zola, Upton Sinclair, John Reed, Edgar Snow et ce Russe, vous savez bien, le chouchou de Lénine, comment s'appelle-t-il, déjà ? L'anathème aux yeux de Soljenitsyne. *Allez, Barney. Tu le sais, ça.* En Russie, on a tiré un film magnifique de ses souvenirs d'enfance. Je l'ai sur le bout de la langue, merde. Prénom, Max. Non, Maxime. Avec un nom de famille comme un truc en saumure *goyishe.* Maxime Cornichon ? Ne sois pas ridicule. Maxime Gherkin ? Oublie ça. *Gorki. Maxime Gorki.*

Quoi qu'il en soit, on avançait dans cette librairie comme dans un labyrinthe, en se faufilant entre de hautes piles de livres d'occasion ici, là, partout, qu'on risquait de renverser d'un coup de coude tandis qu'on suivait le *clic clac* des pantoufles de M. McIver jusque dans l'arrière-boutique. Son sanctuaire. Où, assis devant son bureau à cylindre, ses coudes dépassant de son vieux cardigan qui se détricotait, il donnait des séminaires sur les maux du capitalisme, accompagnés de thé au lait et de toasts tartinés de confiture de fraises. Si ses élèves n'avaient pas les moyens de se payer le dernier Algren, le plus récent Graham Greene ou le premier roman de ce jeune Américain du nom de Norman Mailer, il leur prêtait un exemplaire tout neuf, à condition qu'ils promettent de le rapporter en l'état. Pour lui montrer leur gratitude, les élèves piquaient des livres en sortant et les lui revendaient la semaine d'après. Certains se servaient même dans sa caisse enregistreuse ou lui refilaient un chèque en bois de dix ou vingt dollars, après quoi ils ne remettaient plus jamais les pieds dans la librairie.

"Comme ça, tu pars pour Paris ? m'a-t-il dit.

– Oui."

Inévitablement, j'ai eu droit à un cours sur la Commune. Condamnée d'avance, comme la Ligue spartakiste de Berlin.

"Ça te dérangerait d'apporter un petit colis à mon fils ? m'a-t-il demandé.

– Bien sûr que non.”

Le soir même, je suis passé le prendre dans l’appartement des McIver, à l’air confiné et surchauffé.

“Deux chemises, a expliqué M. McIver. Un chandail que Mme McIver lui a tricoté. Six boîtes de saumon sockeye. Une cartouche de Player’s Goût velouté. Des trucs du genre. Terry veut être écrivain, mais…

– Mais ?

– Tout le monde veut être écrivain.”

Quand il est allé dans la cuisine mettre la bouilloire sur le feu, Mme McIver m’a tendu une enveloppe.

“Pour Terence”, m’a-t-elle dit à voix basse.

J’ai trouvé McIver dans un petit hôtel de la rue Jacob. Contre toute attente, notre relation a bien débuté. Jetant le colis sur son lit défait, il s’est empressé d’ouvrir l’enveloppe.

“Tu sais comment elle a gagné cet argent ? a-t-il demandé, furieux. Ces quarante-huit dollars ?

– Aucune idée.

– Elle garde des enfants. Elle donne des leçons d’algèbre et de grammaire française à des gamins idiots. Tu connais des gens, ici, Barney ?

– Je suis là depuis trois jours et tu es la première personne à qui je parle.

– Rejoins-moi au Mabillon à six heures et je vais te présenter.

– Je ne sais pas où c’est.

– Retrouve-moi en bas, alors. Attends. Mon père donne-t-il encore ses séminaires improvisés à des élèves qui se moquent de lui derrière son dos ?

– Quelques-uns sont très attachés à lui.

– C’est un imbécile. Il rêve de me voir échouer. Comme lui. À tout à l’heure.”

Naturellement, j'ai reçu un exemplaire prétirage du livre de Terry, *Du temps et des fièvres*, gracieuseté de l'auteur. Deux fois déjà, j'ai épluché le torchon, soulignant les mensonges éhontés et les passages les plus offensants. Ce matin, j'ai téléphoné à mon avocat, *maître** John Hughes-McNoughton.

“Je peux poursuivre en diffamation un type qui m'accuse, dans un texte imprimé, d'être un tabasseur de femmes, un faux intellectuel, un marchand de niaiseries télévisuelles, un ivrogne avec un penchant pour la violence et sans doute aussi un assassin ?

– Pour ma part, je dirais que c'est un résumé plutôt exact.”

Je venais de raccrocher lorsque Irv Nussbaum, *capo di tutti capi* de l'Appel juif unifié, m'a téléphoné. “Tu as vu la *Gazette* de ce matin ? Sacrée nouvelle. Un gros bonnet, un avocat spécialisé dans la défense des caïds de la drogue, s'est fait descendre dans sa Jaguar, devant sa grande demeure de l'avenue Sunnyside, la nuit dernière, et c'est à la une du journal. Il est juif, Dieu merci. Un certain Larry Bercovitch. La journée va être bonne. Par ici les promesses de dons.”

Ensuite, Mike m'a appelé pour me refiler un de ses fameux tuyaux boursiers. Je ne sais pas d'où mon fils tient ses informations d'initié, mais, en 1989, il m'a retrouvé au Beverly Wilshire Hotel. J'étais à Hollywood pour assister à l'un de ces festivals pour la télévision où on va jusqu'à décerner un prix au réalisateur de l'annonce publicitaire “la plus remarquable”, alors que c'est la chaise électrique qu'il mériterait. J'étais là en quête non pas d'honneurs mais de débouchés pour les merdes que je produisais.

“Achète des actions du *Time*, a dit Mike.

– Pas de ‘Bonjour’ ? Pas de ‘Comment vas-tu, mon petit papa chéri’ ?

– Appelle ton courtier en raccrochant.

– Je n'ai même plus envie de le lire, ce magazine. Pourquoi est-ce que je voudrais y investir ?

– Tu veux bien m'écouter ?"

Je l'ai écouté. En beau salaud que je suis, j'attendais avec impatience la satisfaction que je tirerais de la perte de mon magot et des reproches que j'adresserais à mon fils. Un mois plus tard, toutefois, Warner et Paramount ont bondi sur leur proie et les actions ont plus que doublé de valeur.

Mais je vais trop vite en besogne. Pour remplir mon carnet de commandes à Beverly Hills, j'ai dû inviter à la Scala deux analphabètes fonctionnels, par ailleurs cadres supérieurs de NBC-TV ; me souvenant des recommandations que m'avait faites Miriam à mon départ, je m'étais juré de me montrer aimable. "Tu devrais envoyer quelqu'un d'autre à L.A., m'avait-elle dit ; toi, tu vas trop boire et insulter tout le monde, c'est couru d'avance." J'en étais à mon troisième Laphroaig lorsque j'ai aperçu Hymie Mintzbaum à une autre table, en compagnie d'une bimbo assez jeune pour être sa petite-fille. Chaque fois que nous nous croisions à l'une ou l'autre des stations du chemin de croix du show-business international (Ma Maison, Elaine's, The Ivy, L'Ami Louis, etc.) depuis notre querelle londonienne, Hymie et moi nous saluions d'un simple hochement de tête. À l'occasion, je le voyais dans un restaurant ou un autre avec une apprentie starlette qui buvait ses paroles et j'entendais de loin sa voix graveleuse : "Comme me l'a un jour dit Hemingway…" ou : "Marilyn était beaucoup plus intelligente qu'on ne le croit, mais Arthur n'était pas l'homme qu'il lui fallait…"

Une fois, en 1964, Hymie et moi étions allés jusqu'à échanger quelques mots :

"Il paraît que Miriam a fini par t'épouser, malgré mes conseils, a-t-il dit.

– Pour ta gouverne, nous sommes très heureux, tous les deux.

– Tu en connais beaucoup, toi, des mariages qui *débutent* dans le malheur ?”

Et voilà que, vingt-cinq ans plus tard, il était encore là. Il a hoché la tête. J’ai hoché la tête. Manifestement, Hymie avait subi un lifting depuis la dernière fois que je l’avais vu. Il se teignait les cheveux en noir, portait un blouson d’aviateur, un jean haute couture et des Adidas. Par un coup du destin, nous avons failli nous percuter dans les toilettes.

“Pauvre cloche, a-t-il dit. Quand nous serons morts, ce sera pour longtemps, tu sais. D’accord, le film que nous avons fait à Londres était tiré d’une nouvelle originale de Boogie. Et alors ? Quelle importance ?

– C’était important pour moi.

– Parce que tu étais rongé par la culpabilité ?

– Après toutes ces années, j’ai plutôt l’impression que c’est Boogie qui m’a trahi.

– La plupart des gens pensent le contraire.

– Il aurait dû se manifester lors de mon procès.

– Ressusciter d’entre les morts, tu veux dire ?

– Il n’avait qu’à prendre l’avion, peu importe où il se trouvait.

– Tu es incorrigible.

– Vraiment ?

– Salaud. Tu sais ce que je fais, en ce moment ? Un film pour ABC Movie of the Week. Mais c’est un scénario emballant qui pourrait déboucher sur quelque chose de gros. Ces jours-ci, je suis suivi par une psychanalyste freudienne. Nous travaillons ensemble à un scénario formidable et je couche avec elle. C’est déjà bien plus que ce que les autres ont fait pour moi.”

De retour à ma table, l’un des jeunes cadres supérieurs, avec un sourire dégoulinant de condescendance, m’a demandé :

“Tu connais donc le vieux Mintzbaum ?

– Pour l’amour du Christ, s’est écrié l’autre en secouant la tête, ne l’invite surtout pas à notre table : il va essayer de nous vendre quelque chose.

– Le vieux Mintzbaum, ai-je répondu, risquait sa vie dans la 8e Air Force avant même ta naissance, espèce de petit crétin. T’as beau faire le fier, t’es chiant comme la pluie. Quant à toi, monsieur le marchand de clichés de mes deux, ai-je poursuivi en me tournant vers l’autre, je gage que tu paies un entraîneur personnel pour chronométrer les longueurs que tu fais chaque matin dans ta piscine de merde. Vous n’êtes même pas dignes de cirer les chaussures du vieux Mintzbaum. Allez donc chier, tous les deux.”

C’était en 1989. Je passe du coq à l’âne. Je sais, je sais. Mais c’est que la fin de la partie approche à grands pas : assis à mon bureau, avec ma vessie obstruée par une prostate hypertrophiée et ma sciatique qui revient fréquemment me torturer, je me demande quand j’aurai besoin d’une nouvelle prothèse à la hanche, je tire sur un Montecristo n° 2, une bouteille de Macallan à portée de main, et je m’efforce de trouver quelque sens à ma vie, d’en démêler l’écheveau. Au souvenir de l’époque bénie de Paris, au début des années 1950, celle où nous étions jeunes et fous, je lève mon verre aux amis absents : Mason Hoffenberg, David Burnett, Alfred Chester et Terry Southern, tous morts aujourd’hui. Je me demande ce qu’est devenue cette fille qu’on n’a jamais vue, boulevard Saint-Germain, sans son chimpanzé volubile perché sur son épaule. Est-elle rentrée à Houston pour épouser un dentiste ? Est-elle grand-mère, aujourd’hui, et fervente admiratrice de Newt ? Est-elle plutôt morte d’une overdose, comme l’exquise Marie-Claire, dont l’arbre généalogique remontait jusqu’à Roland ?

Je sais pas, je sais vraiment pas. Le passé est un pays étranger : on y fait les choses autrement qu'ici, comme l'a un jour écrit E. M. Forster[1]. En tout cas, c'était, ah, c'était la belle époque. Aussitôt débarqués dans la Ville lumière, nous nous affranchissions des conventions liées à nos lointaines origines provinciales, dans mon cas le seul pays où l'anniversaire de la reine Victoria est une fête nationale. Nos vies étaient déstructurées. Totalement. Nous mangions quand nous avions faim, dormions quand nous étions fatigués et baisions à la première occasion et à toutes les autres. Tout ça en subsistant avec trois dollars par jour. Sauf Cedric l'élégant, un Noir américain qui bénéficiait d'une source de fonds secrète, à propos de laquelle le reste d'entre nous conjecturions sans fin. Ce n'était certainement pas de l'argent de famille. Rien à voir non plus avec les misères qu'il gagnait pour des nouvelles publiées dans le *London Magazine* ou le *Kenyon Review*. Pour ma part, je refusais d'accréditer la rumeur, répandue parmi les autres Américains noirs de la Rive gauche, selon laquelle, en cette époque où florissait un anticommunisme débridé, Cedric touchait une allocation mensuelle du FBI ou de la CIA en échange d'informations sur leurs activités. Quoi qu'il en soit, Cedric ne vivotait pas dans une chambre d'hôtel minable ; il était bien installé dans un appartement confortable, rue Bonaparte. Il avait appris assez de yiddish à Brighton Beach, où son père était concierge, pour plaisanter avec Boogie, qui le traitait de *shayner reb*, de *shvartzer gaon* de Brooklyn. D'un commerce agréable et dépourvu de tout complexe racial, Cedric confirmait volontiers l'histoire de Boogie, qui le présentait comme un ambitieux Yéménite essayant de se faire passer pour un Noir afin de mieux séduire les jeunes Blanches venues à Paris pour se libérer, grâce à l'allocation mensuelle que leur versaient leurs parents

1. En fait, c'était plutôt Leslie Hartley dans *Le Messager*.

collet monté. Il faisait preuve d'un mélange d'affection et de déférence quand Boogie, en qui nous reconnaissions tous notre maître, louait sa plus récente nouvelle. Je soupçonne toutefois son plaisir d'avoir été feint. Avec le recul, je crains fort que Boogie et lui, engagés dans une joute perpétuelle, ne se soient en fait détestés.

Ne vous y trompez surtout pas : Cedric possédait un véritable talent. Inévitablement, un éditeur new-yorkais lui a un jour envoyé un contrat pour son premier roman, assorti d'un à-valoir de deux mille cinq cents dollars. Pour fêter ça, Cedric nous a invités à la Coupole, Leo, Boogie, Clara et moi. Et nous avons célébré cela en grand, heureux d'être ensemble, descendant bouteille sur bouteille. L'éditeur et sa femme seraient à Paris la semaine suivante, nous a confié Cedric. "À en juger par ses lettres, a-t-il ajouté, il me prend pour un nègre impécunieux qui vit dans une mansarde et sautera avec avidité sur une invitation au restaurant."

Les blagues ont fusé. Cedric devrait-il commander des *chitlins* chez Lapérouse ou se présenter pieds nus aux Deux Magots ? J'ai alors commis une gaffe. Dans l'espoir d'impressionner Boogie, qui semblait toujours prêt à cautionner nos farces les plus extravagantes, j'ai proposé à Cedric d'inviter son éditeur chez lui, où nous ferions semblant d'être ses domestiques. Clara et moi ferions la cuisine tandis que Boogie et Leo, en chemise blanche et nœud papillon noir, se chargeraient du service. "Quelle bonne idée !" s'est écriée Clara en battant des mains. Boogie, cependant, n'a rien voulu entendre.

"Pourquoi ? lui ai-je demandé.

– Je crains que notre ami Cedric n'y prenne trop plaisir."

On a senti souffler sur la table un vent mauvais. Prétextant un coup de fatigue, Cedric a réclamé l'addition et nous nous sommes dispersés dans la nuit, chacun de son côté, perdu dans ses sombres pensées. Quelques jours plus tard, l'épisode était oublié. Nous avons repris l'habitude de nous réunir chez Cedric, tard la nuit, après la fermeture des boîtes de jazz, et de puiser dans ses réserves de hasch.

C'était l'époque de Sidney Bechet, mais aussi de Charlie Parker et de Miles Davis, qui jouaient dans les petites *boîtes de nuit** que nous fréquentions. Au printemps, par des après-midi de farniente, nous passions prendre notre courrier et faire le plein de ragots à l'English Bookshop de Gaït Frogé, rue de Seine, ou nous nous rendions au Père-Lachaise pour contempler, bouche bée, les tombes d'Oscar Wilde et de Heinrich Heine, entre autres immortels. Mais la mort, fléau répandu au sein des générations antérieures, ne faisait pas partie de notre conception du monde. Elle ne figurait pas dans notre carnet de bal.

Chaque époque a les mécènes qu'elle mérite. Le bienfaiteur de ma bande avait pour nom Maurice Girodias né Kahane, unique propriétaire d'Olympia Press, qui publiait les histoires croustillantes de la Traveller's Companion Series. Plus d'une fois, au coin de la rue Dauphine, j'ai attendu Boogie pendant qu'il s'aventurait dans le bureau de Girodias, rue de Nesle, armé de la vingtaine de pages de porno qu'il avait pondues la veille. Avec un peu de chance, il en ressortait avec cinq mille francs nourriciers, à-valoir sur un bouquin cochon à livrer dès que possible. Une fois, à son grand amusement, Boogie était tombé nez à nez avec la police des mœurs, les hommes en imper de la Brigade mondaine, qui avaient fait irruption pour saisir des exemplaires de *Who Pushed Paulo*, *The Whip Angels*, *Helen and Desire,* sans oublier le *Book of Limericks* du comte Palmiro Vicarion :

Titien mélangeait du garance,
Son modèle penché sur une crédence.
"Ta position, dit le maître,

Donne envie de te mettre."
Alors il lui régla sa créance.

Sur un coup de tête ou simplement parce qu'une connaissance s'y rendait à moto, nous partions passer quelques jours à Venise ou nous trouvions quelqu'un pour nous emmener à la *feria* de Valence, où nous avons vu à l'œuvre Litri, Aparicio et le jeune Dominguín à la plaza de Toros. En 1952, par un après-midi d'été, Boogie nous a annoncé que nous nous rendrions à Cannes pour faire de la figuration dans un film, et c'est ainsi que j'ai fait la connaissance de Hymie Mintzbaum.

Bâti comme un footballeur, les traits grossiers, les cheveux noirs et frisés comme un terrier, des yeux bruns trahissant un appétit vorace, de grandes oreilles pendantes et un gros nez déformé, deux fois brisé : tel était Hymie qui, en 1943, avait servi dans le 281e groupe de bombardiers de l'armée de l'air américaine, basé à Ridgewell, non loin de Cambridge ; major âgé de vingt-neuf ans, il pilotait des B-17. D'une voix graveleuse, captivante, il nous a raconté, à Boogie et à moi – nous étions attablés à la terrasse de la Colombe d'Or, à Saint-Paul-de-Vence, dans le courant de l'été 1952, où nous dégustions la deuxième bouteille de dom pérignon offerte par Hymie, chaque flûte de champagne chassée par un trait de Courvoisier XO –, que son escadron se spécialisait dans les bombardements de précision en plein jour. Il avait pris part au deuxième raid contre l'usine de roulements à billes de Schweinfurt, au cours duquel la 8e Air Force avait perdu soixante des trois cent vingt bombardiers qui avaient décollé de l'est de l'Angleterre. "À six mille mètres d'altitude et moins cinquante degrés, a-t-il expliqué, nous devions nous méfier des engelures, malgré nos combinaisons de vol chauffées. Et je ne vous parle même pas de l'escadron personnel de Goering, composé de ME-109 et de FW-190 qui attendaient les traînards. L'un de vous, petits génies, a-t-il alors demandé en insistant bien sur le mot *génies*, saurait-il me dire qui est la jeune femme assise dans l'ombre, là-bas, à la deuxième table sur la gauche ?"

Petits génies. Boogie, normalement le plus perspicace des hommes, tenait mal l'alcool. Sa perception était émoussée et il n'a donc pas compris qu'on nous traitait avec condescendance. De toute évidence, Hymie, qui frisait la quarantaine, se sentait menacé par notre jeunesse. Ma virilité, sinon celle de Boogie, était mise en doute, car je n'avais pas versé une seule goutte de sang au combat. Je n'étais pas assez vieux non plus pour avoir beaucoup souffert pendant la Grande Dépression. Je n'avais pas batifolé dans Paris à la Belle Époque, tout de suite après la Libération, et je n'avais pas descendu des martinis avec Papa Hemingway au Ritz. Je n'avais pas vu Joe Louis mettre Max Schmeling au tapis dès le premier round et je n'avais aucune idée de ce que cette victoire avait représenté pour un Juif ayant atteint l'âge d'homme dans le Bronx. Je n'avais pas non plus vu Gypsy Rose Lee faire son strip-tease lors de l'Exposition universelle. Hymie souffrait de ce délire propre au vieil homme aigri, pour qui tous ceux qui ont vu le jour après lui sont nés trop tard. Il était, dans la langue que nous parlions à l'époque, un peu rasoir.

"Non, ai-je répondu. Je ne la connais pas.

– Dommage", a déclaré Hymie.

Hymie, qui se cachait alors sous un pseudonyme car il figurait sur la liste noire, tournait à Monaco un *film noir** français interprété par Eddie Constantine, et Boogie et moi y travaillions comme figurants. Il a commandé une autre bouteille de dom pérignon, ordonné au serveur de laisser celle de Courvoisier XO sur la table, réclamé des olives, des amandes, des figues fraîches, une assiette de crevettes, du pâté truffé, du pain, du beurre, du saumon fumé, bref, tout ce que l'établissement avait pour grignoter.

Le soleil, qui nous avait doucement réchauffés, a peu à peu disparu derrière les collines vert olive, qu'il a semblé embraser. Au pied du mur de soutènement en pierre de la terrasse, une voiture tirée par un âne, que conduisait un vieux chnoque grisonnant en blouse bleue, est passée dans un claquement de sabots, et la brise du soir a élevé jusqu'à nos narines le parfum de sa cargaison de roses destinées aux parfumeries de Grasse. Puis le grassouillet fils d'un boulanger est passé près de notre table en soufflant fort, un énorme panier en osier chargé de baguettes fraîches sur le dos, et nous avons humé ce parfum-là également. "Si elle attend quelqu'un, a dit Hymie, il est scandaleusement en retard."

La femme aux cheveux soyeux assise seule, deux tables sur notre gauche, semblait avoir un peu moins de trente ans. La friandise d'un autre homme. Ses bras fins et dénudés, son élégant fourreau de lin, ses longues jambes nues croisées. Elle sirotait du vin blanc en fumant une Gitane. En nous voyant lui lancer des regards furtifs, elle a baissé les yeux en faisant la moue, a tiré un livre de son sac en paille (*Bonjour tristesse*[1], de Françoise Sagan) et s'est mise à lire.

"Tu veux que je l'invite à se joindre à nous ?" a demandé Boogie.

Hymie a gratté son menton violacé. Il a grimacé, plissé le front.

"Nan. Je ne crois pas. Elle gâcherait tout. J'ai un coup de fil à passer. Je reviens tout de suite.

– Il commence à me taper sur les nerfs, ai-je dit à Boogie. On devrait se tirer dès qu'il revient, mon vieux.

– Non."

Hymie, déjà de retour, s'est mis à se vanter de ses relations. Faiblesse que je juge insupportable. La manne

1. C'était forcément un autre livre, *Bonjour tristesse* ayant été publié seulement en 1954.

hollywoodienne. John Huston, son grand copain. Dorothy Parker, un paquet d'ennuis. Le scénario auquel il avait travaillé avec Clifford Odets, cette balance. Sa cuite de deux jours avec Bogart. Puis il nous a parlé du jour où son commandant avait convoqué tous les équipages dans un hangar en tôle avant leur première mission. "Et surtout, qu'aucune de vous, espèces de mauviettes, ne s'avise de me faire le coup de la panne mécanique à trois cents milles de la cible et de larguer les bombes dans le champ le plus proche avant de rentrer *subito presto.* Bon sang de bois ! Vous laisseriez tomber Rosie la riveteuse, sans parler de tous ces youpins réformés qui font fortune sur le marché noir et s'envoient en l'air avec les filles que vous avez laissées derrière. Vous feriez mieux de vous chier dessus plutôt que d'essayer de m'embobiner avec de telles foutaises. Dans trois mois, a-t-il ajouté, les deux tiers d'entre vous seront morts. Des questions à la con ?"

Hymie, lui, avait survécu. Il avait été démobilisé avec quelque quinze mille dollars en banque, la majorité de la somme gagnée au poker. Il avait foncé à Paris, où il s'était installé au Ritz, nous a-t-il dit, y passant six mois sans dessoûler. Puis, ses derniers trois mille dollars en poche, il était monté à bord de l'*Île-de-France*, en partance pour la Californie. Ayant débuté comme troisième régisseur, il avait gravi les échelons à force de rudoyer tous ceux qui lui barraient la route et d'intimider les patrons des grands studios – ces héros qui s'étaient distingués dans les campagnes d'achat d'obligations de guerre sur le front intérieur – en arborant son blouson d'aviateur dans les soirées. Hymie avait ainsi pondu un *Blondie*, deux ou trois westerns avec Tim Holt et un film de la série *Le Faucon* mettant en vedette Tom Conway, avant d'être autorisé à réaliser une comédie avec Eddie Bracken et Betty comment s'appelle-t-elle déjà ? Comme les courtiers, vous savez bien ? Betty Merrill Lynch ? Betty Lehman Brothers ? Franchement. Betty comme dans ces annonces publicitaires : quand Machinchouette parle, tout le monde écoute. *Hutton. Betty Hutton.* Hymie avait été en lice pour un Oscar et il avait divorcé trois fois avant que la commission de la Chambre sur les activités antiaméricaines s'intéresse à son cas. "Mon camarade Anderson, cette ordure, ce scénariste à cinq cents dollars la semaine, a été assermenté par la commission et a juré être passé chez moi, dans Benedict Canyon, pour récupérer ma cotisation hebdomadaire au Parti. Comment je pouvais savoir que c'était un informateur du FBI ?"

Balayant la table des yeux, Hymie a dit : "Il nous manque quelque chose. *Garçon, apportez-nous des cigares, s'il vous plaît*.*"

Puis un Français, un vieux fini qui approchait la soixantaine, est arrivé sur la terrasse en se pavanant. Il arborait une casquette de capitaine et un veston bleu marine aux boutons en laiton, drapé sur son épaule à la façon d'une cape ; il venait s'emparer de la jeune femme assise deux tables sur notre gauche. Tel un papillon effarouché, elle s'est levée pour l'accueillir, toute frémissante de joie.

"*Comme tu es belle**, a-t-il roucoulé.

– *Merci, chéri**.

– *Je t'adore**", a-t-il dit en lui caressant la joue.

D'un geste péremptoire, l'air de dire "*Le roi le veut**", il a convoqué le serveur et sorti une liasse de francs retenus par un fermoir doré pour régler l'addition. Puis les tourtereaux se sont avancés vers notre table, où la jeune femme a obligé son compagnon à s'arrêter. Désignant avec mépris les vestiges de notre festin, elle a dit :

"*Les Américains. Dégueulasses. Comme d'habitude.*

– On n'aime pas Ike, a dit l'homme en ricanant.

– *Fiche-moi la paix*, a lancé Hymie.

– *Toi et ta fille**", ai-je ajouté.

Piqués au vif, ils ont poursuivi leur chemin en se tenant par la taille et se sont dirigés vers l'Aston Martin du vieux type, qui en a profité pour caresser les fesses de la petite. Il lui a ouvert la portière, puis il s'est glissé derrière le volant et a démarré après nous avoir gratifiés d'un geste obscène.

"On s'en va", a décrété Hymie.

Entassés dans sa Citroën, nous avons foncé vers Le Haut-de-Cagnes, Hymie et Boogie beuglant des chants de synagogue dont ils gardaient le souvenir, et nous avons gravi la côte presque verticale qui conduisait au Jimmy's Bar, sur la crête. Là, mon humeur a commencé à s'assombrir. L'hiver est la saison de mon âme. Et ce soir-là, qui aurait été parfait n'eût été ma fureur, mon cœur était plombé par l'envie. J'enviais la guerre de Hymie. Son charme. Son argent. J'enviais Boogie qui, sans effort, avait réussi à devenir son complice. Désormais, j'étais souvent exclu de leurs plaisanteries.

Des années plus tard, peu après l'abandon de l'accusation de meurtre qui pesait contre moi, Hymie, de retour chez lui, le cauchemar de la liste noire enfin terminé, a insisté pour que je vienne me requinquer dans la maison en bord de mer qu'il louait dans les Hamptons. "Je sais que, dans ton état, tu n'as envie de voir personne. Mais j'ai justement ce dont tu as besoin. La paix et la tranquillité. La mer. Le sable. Du pastrami. Des divorcées en manque. Attends de goûter à ma kacha. Et je ne dirai rien à personne de tes ennuis."

La paix et la tranquillité. Hymie. J'aurais pourtant dû me méfier. Comme il était le plus généreux des hôtes, sa maison se remplissait presque tous les soirs d'une multitude d'invités, jeunes pour la plupart, qu'il s'efforçait de séduire un à un. Il les régalait de récits concernant les grands et les quasi-grands de ce monde qu'il prétendait avoir connus. Dashiell Hammett, un prince. Bette Davis, une incomprise. Peter Lorre, son genre d'homme. Pareil pour Spence. Papillonnant d'un invité à l'autre, il les illuminait à la façon d'un allumeur de réverbères. À l'oreille de chaque jeune femme, il susurrait qu'elle était la créature la plus belle et la plus intelligente de Long Island ; à chaque jeune homme, il déclarait être convaincu qu'il possédait des dons uniques. Refusant de me laisser broyer du noir dans un coin, il m'a littéralement jeté au cou d'une succession de femmes. “Elle est folle de toi.” En me présentant, il disait : “Voici mon vieil ami Barney Panofsky, qui meurt d'envie de faire ta connaissance. Il n'a l'air de rien, je sais, mais il a commis le crime parfait et vient de s'en tirer blanc comme neige. Raconte-lui, petit.”

J'ai entraîné Hymie à l'écart.

“Je vois bien que tes intentions sont bonnes, Hymie, mais, la vérité, c'est que j'ai une relation sérieuse avec une femme de Toronto.

– Évidemment. Tu penses que je ne t'entends pas te ruer sur le téléphone comme un adolescent boutonneux dès que je suis couché ?

– Tu suis nos conversations sur l'autre appareil, dans ta chambre ?

– Écoute, petit. Miriam est là-bas. Toi, tu es ici. Profite du moment.

– Tu ne comprends pas.

– Non, c'est toi qui ne comprends pas. Quand tu auras mon âge, ce sont les fois où tu te seras abstenu que tu regretteras, pas tes petites indiscrétions.

– Entre elle et moi, c'est différent.

– Enfant, je parie que tu étais du genre à taper dans tes mains pour sauver la fée Clochette.”

Tôt le matin, beau temps, mauvais temps, Hymie, alors traité par une psychanalyste reichienne, trottait jusqu'aux dunes et poussait des cris primaux assez forts pour repousser vers le large les requins qui s'étaient approchés du rivage. Ensuite, il commençait son jogging matinal, entraînant dans son sillage les enfants du coin. Il a ainsi demandé la main de quelques fillettes de onze ans et proposé à des garçons de neuf ans d'aller prendre une bière quelque part. Ils finissaient tous au magasin de bonbons, où il offrait une tournée générale. De retour dans sa maison au bord de la mer, il nous préparait des omelettes au salami servies avec des monceaux de pommes de terre rissolées. Puis, tout de suite après le déjeuner, la voix encore enrouée par sa thérapie dans les dunes, Hymie, relié au monde extérieur par son téléphone, appelait son agent. “Qu’as-tu l’intention de faire pour moi aujourd’hui, espèce de *cacker* ?” Sinon, c’était un producteur qu’il cajolait, suppliait, menaçait, tout en crachant des mucosités dans son mouchoir et en enchaînant les cigarettes. “J’ai les qualités pour réaliser le meilleur film américain depuis *Citizen Kane*. Et pourtant, je n’ai jamais de tes nouvelles. Comment est-ce possible ?”

Souvent, les hurlements de Hymie me tiraient du sommeil à l’aube. Il engueulait l’une de ses ex-femmes, s’excusait d’être en retard pour le versement de la pension alimentaire, se disait navré d’une aventure qui s’était mal terminée. Ou alors, il enguirlandait un de ses fils ou sa fille, qui vivait à San Francisco.

“Que fait-elle ? lui ai-je demandé un jour.

– Des courses. Des bébés. Elle se marie, puis elle divorce. Les tueurs en série, tu connais ? Eh bien, elle, c’est une mariée en série.”

Les enfants de Hymie représentaient pour lui une source de chagrin perpétuel et un immense gouffre financier. Le fils qui vivait à Boston, adepte de la Wicca et propriétaire d’une librairie ésotérique, écrivait le traité de référence en astrologie. Quand il ne se perdait pas dans la contemplation des cieux, il avait ici-bas la fâcheuse habitude de faire des chèques en bois, et c’est Hymie qui payait. Son autre fils, rockeur itinérant, passait la moitié de sa vie dans de luxueuses cliniques de désintoxication ; il avait aussi la manie de prendre la route au volant de voitures de sport volées, qu’il finissait invariablement par bousiller. Il téléphonait d'une prison de Tulsa, d'un hôpital de Kansas City ou du cabinet d'un avocat de Denver pour dire qu'il y avait eu un malentendu. "Ne t'en fais pas, papa. Je ne suis pas blessé."

N'étant pas encore père, je me suis permis de faire la leçon à Hymie :

"Si un jour j'ai des enfants, ai-je dit, je m'occuperai d'eux jusqu'à vingt et un ans. Après, qu'ils se débrouillent. Il y a tout de même une limite.

– Oui, la tombe", a-t-il lâché.

Hymie soutenait aussi un frère, un *shlemiel* qui se consacrait à l'étude du Talmud, et ses parents, qui habitaient en Floride. Une fois, je l'ai surpris qui sanglotait à la table de la cuisine à deux heures du matin, entouré de chéquiers et de bouts de papier sur lesquels des calculs étaient griffonnés.

"Je peux faire quelque chose ? lui ai-je demandé.

– Oui. Mêle-toi de tes affaires. Non, assieds-toi. Te rends-tu compte que si je crevais d'une crise cardiaque demain, douze personnes se retrouveraient à la rue, sans un sou en poche ? Tiens. Lis ça."

C'était une lettre de son frère. Il avait enfin vu un des films de Hymie à la télé, en fin de soirée : lubrique, obscène, clinquant, une vraie honte pour la réputation de la famille. S'il devait produire de telles ordures, ne pouvait-il pas le faire sous un nom d'emprunt ? "Tu veux savoir combien il me doit, ce *momzer* ? Je vais jusqu'à payer l'université à sa fille."

Je n'étais pas d'une compagnie très agréable. Loin de là. Je me réveillais en sueur à trois heures du matin, certain d'être encore en train de moisir dans cette geôle de Saint-Jérôme : on avait refusé de me libérer sous caution et je serais vraisemblablement condamné à une peine d'emprisonnement à perpétuité. Sinon, je rêvais que j'étais de nouveau à la merci d'un jury apathique composé d'éleveurs de porcs, de conducteurs de chasse-neige et de mécaniciens. Ou encore, incapable de fermer l'œil, pleurant Boogie, je me demandais si les plongeurs avaient bâclé le travail et si son corps boursouflé ne se trouvait pas encore empêtré dans les roseaux. Peut-être qu'il était remonté à la surface pendant mon absence ? Une heure plus tard, cependant, la rage succédait à l'inquiétude. Il était en vie, ce salaud. Je le sentais dans mes os. Pourquoi, dans ce cas, ne s'était-il pas manifesté au moment de mon procès ? Parce qu'il n'était pas au courant. Il était en Inde, dans l'un des ashrams où il avait coutume de trouver refuge. Sinon, il gisait dans un hôtel mal famé de San Francisco, abruti par l'héroïne. Ou il se trouvait au monastère trappiste de Big Sur, où il tentait de décrocher en répétant les noms des morts qui figuraient sur sa liste. Bientôt, je recevrais une carte postale énigmatique. Semblable à celle qu'il m'avait envoyée d'Acre :

> En ce temps-là, il n'y avait point de roi en Israël. Chacun faisait ce qui lui semblait bon.
>
> JUGES 17,6

Le lendemain de ma remise en liberté, j'avais roulé jusqu'à mon chalet au bord du lac, puis, dans mon hors-bord, j'avais longé toute la rive et même parcouru les rivières alentour. Le sergent-détective O'Hearne m'attendait sur le quai.

“Qu'est-ce que tu fabriques ici ? lui avais-je demandé.

– Je me promène dans les bois. Tu as une veine de cocu, monsieur P.”

Tard un soir, nous sirotions un cognac sur la terrasse, Hymie et moi.

“Quel paquet de nerfs tu étais lorsque nous nous sommes rencontrés, a-t-il dit. Sous des dehors de type dans le vent, tu transpirais la colère, le ressentiment et l'agressivité. Mais qui aurait cru que tu commettrais un jour le meurtre parfait ?

– Ce n'est pas moi qui ai fait le coup, Hymie.

– En France, tu t'en serais tiré avec une tape sur les doigts. *Crime passionnel**, dit-on là-bas. Jamais je n'aurais cru que tu avais un tel cran.

– Tu ne comprends pas. Il est encore vivant. Quelque part. Au Mexique. En Nouvelle-Zélande. À Macao. Qui sait ?

– D'après ce que j'ai lu, pas un sou n'a été retiré de son compte bancaire, depuis.

– Miriam a appris que, dans les jours suivant sa disparition, quelqu'un est entré par effraction dans trois chalets, au lac. C'est sans doute comme ça qu'il s'est procuré des vêtements.

– Tu es fauché, maintenant ?

– Mon avocat. Les pensions alimentaires. Les affaires que j'ai délaissées. Bien sûr que je suis fauché.

– On va écrire un scénario ensemble.

– Ne sois pas ridicule. Je ne suis pas écrivain, Hymie.

– Cent cinquante mille beaux dollars nous attendent. On sépare le magot en deux. Non, minute. Je voulais dire un tiers pour toi, deux tiers pour moi. Qu'est-ce que tu en penses ?"

Dès que nous avons commencé à travailler, Hymie a pris l'habitude d'arracher les pages de ma machine à écrire pour les lire au téléphone à une ancienne maîtresse vivant à Paris, à un cousin de Brooklyn, à sa fille ou à son agent. "Écoute bien, c'est fabuleux." Si la réaction était trop tiède à son goût, il lançait : "C'est seulement le premier jet et j'ai dit à Barney que ça ne tenait pas la route. Il débute, tu sais." Il a sollicité l'opinion de sa femme de ménage ; il a consulté sa psychanalyste, tendu des pages à des serveuses et apporté des modifications en se fondant sur leurs commentaires. Il faisait irruption dans ma chambre à quatre heures du matin et me tirait du sommeil en me secouant. "Je viens d'avoir une idée géniale. Amène-toi." En caleçon, il faisait les cent pas dans la cuisine en mangeant de la crème glacée à même le pot et en se grattant l'entrejambe. Puis il commençait à dicter. "Ça, c'est un Oscar garanti. Cette fois, c'est dans la poche." Mais le lendemain matin, en se relisant, il disait : "C'est de la merde, Barney. Aujourd'hui, on s'y met pour de vrai."

Les mauvais jours, les jours de disette, il se laissait tomber sur le canapé. "Tu sais ce qui me ferait plaisir, en ce moment ? Une pipe. Théoriquement, on peut se faire sucer sans être infidèle. Mais de quoi je m'inquiète ? Je ne suis même pas marié, en ce moment." Puis il bondissait sur ses pieds, cucillait son exemplaire des *Mémoires de Fanny Hill* ou d'*Histoire d'O* sur une tablette et disparaissait dans la salle de bains. "Il faut faire ça au moins une fois par jour. Excellent pour la prostate. C'est un médecin qui me l'a dit."

Mais revenons au Jimmy's Bar, en 1952. Nous avons repris la route dans la Peugeot[1] de Hymie et là, trou noir dans mon souvenir, nous nous retrouvons sans transition dans un de ces minuscules *bars-tabacs** bondés et enfumés, avec un comptoir en zinc, dans une ruelle voisine du marché de Nice, où nous avons descendu des cognacs en compagnie de portiers et de camionneurs. Nous avons trinqué à la santé de Maurice Thorez, de Mao, de Harry Bridges, puis à celle de La Pasionaria et d'El Campesino, en l'honneur de deux réfugiés catalans présents. Et puis, les bras chargés de cadeaux – tomates empestant encore la vigne, oignons verts et figues –, nous avons mis le cap sur Juan-les-Pins, où nous avons fini par trouver une boîte de nuit encore ouverte. "Mon intrépide frère d'armes, Joe le mitrailleur, j'ai nommé le sénateur Joseph McCarthy, ce cafard, n'a jamais été au front…" a déclaré Hymie.

Ce à quoi Boogie, émergeant du coma dans lequel il semblait plongé, a réagi au quart de tour : "Lorsque la

1. Il est dit que c'était une Citroën, à la page 56.

chasse aux sorcières sera terminée et que tous auront honte du rôle qu'ils y ont joué, comme au lendemain des raids de Palmer, on verra peut-être en McCarthy, avec le recul, le plus fin critique de cinéma de tous les temps. Agee, ce n'est rien à côté. Le moins qu'on puisse dire, c'est que le sénateur a fait un sacré ménage."

Hymie ne m'aurait jamais pardonné une telle tirade, mais comme elle venait de Boogie, il n'a rien dit. C'était stupéfiant. D'un côté, Hymie, homme accompli et plutôt aisé, réalisateur de cinéma réputé ; de l'autre, Boogie, pauvre, inconnu, écrivain obscurissime dont les publications se limitaient à deux ou trois textes dans des magazines au tirage pour le moins confidentiel. Pourtant, c'est Hymie qui était intimidé et cherchait à obtenir l'approbation de Boogie. Boogie avait cet effet sur les gens. Je n'étais pas le seul à avoir besoin de sa bénédiction.

"Mon problème, a poursuivi Boogie, c'est que j'éprouve un certain respect pour les Dix de Hollywood en tant que personnes, mais pas en tant qu'auteurs. Ils ne sont même pas de deuxième ordre. *Je m'excuse**. Même pas de troisième ordre. J'ai beau abhorrer les idées politiques d'Evelyn Waugh, je préfère encore lire un de ses romans plutôt que de me taper un autre de leurs films mièvres.

– Tu es un sacré plaisantin, Boogie, a déclaré Hymie, morose.

– 'Les meilleurs ne croient plus à rien, les pires / Se gonflent de l'ardeur des passions mauvaises.' Ainsi parlait M. Yeats.

– Je suis prêt à admettre, a répliqué Hymie, que, mue par la culpabilité, notre petite bande – et je m'inclus dans le lot – a peut-être fait preuve d'une trop grande intégrité dans ses activités politiques, à tel point qu'il ne lui en restait presque plus pour son travail artistique. On pourrait soutenir, j'imagine, que Franz Kafka n'a pas eu besoin d'une piscine. Ou que George Orwell n'a jamais proposé un scénario à Hollywood, mais…"

Refusant de s'en prendre à Boogie, Hymie a reporté toute sa colère sur moi :

"J'espère que je pourrai toujours en dire autant à ton sujet, Barney, espèce de petit salaud condescendant.

– Hé, je ne suis pas écrivain, moi. Je vous tiens compagnie, rien de plus. Allez, viens, Boogie. On s'en va.

– Laisse mon ami Boogie en dehors de ça. Lui, au moins, il dit le fond de sa pensée. Mais toi ? J'ai des doutes.

– Moi aussi, a renchéri Boogie.

– Allez au diable, tous les deux !" me suis-je écrié en me levant, avant de sortir en trombe de la boîte de nuit.

Boogie m'a rattrapé.

"Tu ne seras pas satisfait tant qu'il ne t'aura pas mis son poing dans la tronche, hein ?

– Il ne me fait pas peur.

– Comment Clara fait-elle pour supporter tes crises de nerfs ?

– Et qui d'autre pourrait la supporter, elle ?"

Il a pouffé de rire. Moi aussi.

"OK, a-t-il dit. On y retourne et tu te montres gentil, compris ?

– Il m'énerve.

– Tout le monde t'énerve. Tu as un fichu sale caractère, mon salaud ! Si tu n'es pas capable de te comporter comme un *mensh*, fais au moins semblant. Allez. On y va."

Hymie, resté à la table, s'est levé et m'a enveloppé dans ses bras en me serrant fort. "Excuse-moi. Je te demande humblement pardon. Allez, un peu d'air frais nous ferait le plus grand bien, non ?"

À Cannes, nous avons mangé nos tomates, nos oignons verts et nos figues, assis sur la plage, en regardant le soleil se lever sur la mer vineuse. Puis, nu-pieds, le bas de nos pantalons roulé, nous sommes entrés dans l'eau jusqu'aux genoux. Boogie m'a éclaboussé, j'ai riposté. Moins de trois secondes plus tard, nous étions engagés tous les trois dans une bataille d'eau. À l'époque, on n'avait pas à craindre que la marée charrie des étrons et des préservatifs usagés. Enfin, nous nous sommes dirigés vers un café de la Croisette, où nous nous sommes offert des *œufs sur le plat*, des brioches et du *café au lait**. Boogie a arraché le bout d'un Romeo y Julieta avec ses dents. Après l'avoir allumé, il a déclaré, citant Dieu sait qui[1] : "*Après tout, c'est un monde passable**."

Hymie s'est étiré, puis il a bâillé et lancé : "Je dois aller travailler. On commence à tourner au casino dans une heure. Retrouvons-nous au Carlton pour l'apéro, ce soir, à sept heures. Je connais un endroit à Golfe-Juan où on prépare une excellente bouillabaisse." Il nous a lancé les clés de sa chambre d'hôtel. "Au cas où vous voudriez faire un brin de toilette, roupiller ou lire mon courrier. À ce soir."

Boogie et moi sommes allés jusqu'au port admirer les yachts. Et là, nous sommes tombés sur le vieux papa gâteau. Il se faisait bronzer sur le pont en tek de son bateau, bercé par la danse sans fin de la Méditerranée. Sa poulette n'était nulle part en vue. Avec ses lunettes de lecture et son ventre qui pendouillait sur son maillot, le pauvre minable parcourait *Le Figaro*, lecture obligée des êtres dépourvus de vie intérieure.

"*Salut, grand-père !*, ai-je crié. *Comment va ta concubine aujourd'hui** ?

– *¡ Maricones !* a-t-il hurlé en me menaçant du poing.

– Tu vas le laisser s'en tirer comme ça ? a demandé Boogie. Allez, pète-lui les dents. Assomme-le. Fais-toi plaisir !

– OK, OK, ai-je dit.

– T'es un vrai danger public, toi", a-t-il déclaré en m'entraînant loin de là.

1. Voltaire.

3

Le scénario que Hymie et moi avons écrit à Long Island n'a jamais été tourné, mais moins d'un an plus tard, en 1961, il m'a téléphoné de Londres.

"Viens me rejoindre. On va pondre un autre film. Je suis tellement emballé par ce projet que j'ai déjà écrit mon discours de remerciement pour la soirée des Oscars.

– Je suis très occupé, Hymie. Je passe tous mes week-ends à Toronto ou alors c'est Miriam qui prend l'avion et on va voir une partie de hockey. Pourquoi ne pas t'associer à un vrai auteur, ce coup-ci ?

– Ça m'intéresse pas. C'est toi que je veux, mon chéri. On va s'inspirer d'une histoire originale dont j'ai acheté les droits, il y a bien des années.

– Je ne peux pas tout laisser en plan.

– Je t'ai réservé une place en première classe. Ton avion décolle demain de Toronto.

– Mais je suis à Montréal.

– Qu'est-ce que ça change ? C'est quand même le Canada, non ?"

Dehors, il faisait moins quinze et une autre femme de ménage venait de me laisser tomber. Dans mon réfrigérateur, des aliments moisis avaient commencé à germer. Mon appartement empestait le tabac froid, les chemises et les chaussettes sales imbibées de sueur. À l'époque, je commençais mes journées en avalant plusieurs tasses de café noir arrosé de cognac et un bagel rassis que je devais tremper dans l'eau avant de le faire chauffer dans mon four graisseux. Nous avions déjà divorcé, la Deuxième Mme Panofsky et moi. J'étais un paria : blanchi par la justice, j'étais considéré par à peu près tout le monde comme un meurtrier qui avait eu une chance incroyable de s'en tirer. J'avais pris l'habitude de jouer à des jeux puérils. Si les Canadiens gagnaient dix parties consécutives ou que Jean Béliveau réussissait un coup du chapeau le samedi soir, cela voulait dire que je recevrais le lundi matin une carte postale de Boogie pour me dire qu'il me pardonnait mon accès de colère, les mots durs que j'avais prononcés mais que je ne pensais pas, je le jure. J'avais aussi écrit ou téléphoné à des amis communs à Paris, à Chicago et à Dublin, sans oublier, vous savez bien, cette prétentieuse colonie artistique perdue dans le désert de l'Arizona, ce *shtetl* hollywoodien façon *pueblo* où affluaient des producteurs lilliputiens en bottes de cow-boy, rempli de cantines diététiques où il est interdit de fumer et où tout le monde avale de l'ail et des vitamines en même temps que sa dose de fibres quotidienne. Pas loin de l'endroit où on a fabriqué la bombe atomique et de celui où vivait D. H. Lawrence avec comment s'appelle-t-elle, déjà ? La ville de… de… Santa quelque chose[1]. Mais personne n'avait vu Boogie ni eu de ses nouvelles. Certains m'ont même reproché mes démarches. “Qu'est-ce que tu essaies de prouver, au juste, espèce de salaud ?” J'ai visité les anciens repaires de Boogie à New York : le San Remo, le Lion's Head.

“Moscovitch ? s'est étonné le barman du San Remo. Il n'a pas été assassiné, quelque part au Canada ?

– Mon cul, oui.”

En plus, à l'époque, la situation n'était pas des plus simples avec Miriam, la femme qui avait chambardé ma vie : alors, maintenant et pour toujours. Elle hésitait

1. Santa Fe, au Nouveau-Mexique, et non en Arizona.

encore. Si elle déménageait à Montréal pour m'épouser, elle serait obligée de quitter son emploi à la CBC. De plus, j'étais, à son avis, un homme difficile. Je lui ai donné un coup de fil.

"Vas-y, a-t-elle dit. Ça te fera du bien d'être à Londres et j'ai besoin de passer un moment toute seule.

– Mais non, tu n'en as pas besoin.

– Je suis incapable de penser quand tu es là.

– Pourquoi ?

– Tu me dévores.

– Si je reste à Londres pendant plus d'un mois, je veux que tu me promettes de venir y passer quelques jours. Ce ne serait quand même pas le goulag."

Elle a promis. Alors pourquoi pas ? ai-je songé. Le travail n'aurait rien d'éreintant. J'avais désespérément besoin d'argent et Hymie ne cherchait au fond qu'une présence bienveillante. Quelqu'un qui s'assiérait devant la machine à écrire et s'esclafferait à chacun de ses bons mots pendant qu'il parlerait au téléphone en faisant les cent pas, criaillerait, bavarderait avec des bimbos, des agents, des producteurs, sa psychanalyste : "Je viens tout juste de me souvenir d'un détail capital."

Le film de Hymie, en l'occurrence, était un autre de ses projets aussi douteux que bancals, qu'il avait réussi à financer en vendant les futurs droits de distribution à des territoires particuliers : le Royaume-Uni, la France, l'Allemagne et l'Italie. Ses cheveux frisés, autrefois noirs, étaient désormais gris cendré, et il avait acquis deux nouvelles manies : faire craquer ses jointures et gratter ses paumes jusqu'à la chair avec les ongles de ses pouces. Il avait abandonné sa psychanalyste reichienne au profit d'une jungienne, qu'il voyait tous les matins. "Elle est formidable. Une magicienne. Tu devrais la consulter. Et ses lolos, je ne te dis pas !"

Souffrant d'insomnie, Hymie avalait quantité de calmants et s'offrait une petite ligne à l'occasion. Il avait pris du LSD avec R. D. Laing, qui faisait alors fureur. Le problème de Hymie, c'est que, à Hollywood, plus personne n'avait besoin de ses services. Ses coups de fil à la plupart des agents et patrons des grands studios de Beverly Hills restaient sans réponse ou alors un sous-fifre le rappelait quelques jours plus tard. L'un d'eux avait même eu l'outrecuidance de demander à Hymie d'épeler son nom. "Rappelle-moi quand ta voix aura mué, fiston", avait rétorqué Hymie. Mais, tel que promis, Hymie et moi avons fait la foire ensemble dans la suite du Dorchester, où il avait poussé une femme de chambre à écrire de la poésie et un serveur à organiser le personnel en syndicat. Nous fumions des Montecristo et sirotions un brandy-soda en travaillant et, le midi, faisions monter à la chambre du saumon fumé, du caviar et du champagne. "Tu veux que je te dise, Barney ? On risque de ne jamais pouvoir sortir d'ici. Je me demande si mes bailleurs de fonds ont les reins assez solides pour éponger la note de frais." Sans parler de mes interminables coups de fil à Toronto, souvent deux fois par jour. "Hé, disait Hymie en s'arrêtant au milieu d'une scène qu'il lisait à haute voix, il y a six heures que tu n'as pas parlé à ta petite puce d'amour. Ce n'est peut-être plus la même ?"

Un après-midi, une dizaine de jours après le début de ma collaboration avec Hymie, j'ai téléphoné à répétition, mais pas de réponse.

"Elle m'a pourtant dit qu'elle serait chez elle. Je ne comprends pas.

– On n'est pas censés travailler, nous ?

– C'est qu'elle conduit comme un pied. En plus, ils ont eu du verglas, ce matin. Et si elle avait eu un accident ?

– Elle est allée au cinéma. Ou elle mange avec des amis. Allez, au boulot."

Il était cinq heures du matin à Londres lorsque quelqu'un a enfin daigné répondre. J'ai aussitôt reconnu la voix.

"Qu'est-ce que tu fais là, McIver, espèce de salaud ?

– Qui est à l'appareil ?
– Barney Panofsky, voilà qui. J'exige de parler à Miriam tout de suite."

On riait en arrière-plan. Des verres tintaient. Enfin, je l'ai eue au bout du fil.

"Mon Dieu, Barney. Que fais-tu encore debout à cette heure ?

– Je me suis fait un sang d'encre, tu n'as pas idée ! Tu m'as dit que tu serais chez toi, ce soir.

– C'est l'anniversaire de Larry Keefer. Nous sommes allés au restaurant et après j'ai invité tout le monde à venir prendre un verre à la maison.

– J'ai dû téléphoner cent fois. Pourquoi tu ne m'as pas appelé ?

– Parce que j'étais certaine que tu serais couché.

– Que fait McIver chez toi ?

– C'est un vieil ami de Larry.

– Ne crois pas un mot de ce qu'il raconte sur moi. C'est un menteur pathologique.

– Barney, c'est plein de monde autour de moi et ça commence à être gênant. Va dormir. On se parlera demain.

– Mais je...

– Désolée, a-t-elle dit d'une voix plus dure. Comment ai-je pu oublier une chose pareille ? Chicago a battu Detroit trois à deux, ce soir. Bobby Hull a marqué deux buts. La série est maintenant à égalité.

– Ce n'est pas pour ça que je t'appelais. Je m'en fous. C'est toi que je...

– Bonne nuit", a-t-elle dit en raccrochant.

J'ai songé à laisser passer deux ou trois heures et à la rappeler sous prétexte de lui présenter des excuses, mais, en réalité, c'était pour m'assurer qu'elle était bien seule. Heureusement, après mûre réflexion, j'ai renoncé à cette mauvaise idée. Je n'en étais pas moins fou de rage. Ce que ce salaud de McIver avait dû s'amuser !

“Tu veux dire qu’il te téléphone tous les soirs pour avoir les résultats des matchs de hockey ? Je n’en reviens pas.”

Plein aux as ou sans un sou en poche, Hymie menait un train de vie princier. Presque tous les soirs, donc, nous mangions au Caprice, au Mirabelle ou au White Elephant. Lorsque nous étions seuls tous les deux, Hymie était le plus aimable des compagnons, un conteur au charme inégalable. Mais si par malheur un gros bonnet de Hollywood, de passage à Londres, prenait place à la table d’à côté, Hymie se métamorphosait instantanément en quémandeur : il disait au malappris manifestement irrité que ce serait un immense plaisir de travailler avec lui ou que son dernier film, injustement sous-estimé, était en réalité un coup de génie. “Et je ne dis pas ça parce que vous êtes là, hein ?”

Deux ou trois jours avant que Miriam se décide enfin à venir me rejoindre, j’ai commis l’erreur de tenter d’avoir une conversation sérieuse avec Hymie.

“Elle est très sensible. Je te saurais gré de faire un effort pour éviter les vulgarités.

– Oui, papa.

– Et pas question que ta dernière ‘découverte’, cette idiote de Diana, mange avec nous pendant que Miriam sera là.

– Disons que nous sommes au restaurant et que je doive aller faire pipi, faut-il que je lève la main pour te demander la permission ?

– Et, de grâce, épargne-nous tes ragots croustillants sur Hollywood. Ça l’ennuierait à mort.”

Je me faisais du souci pour rien. Miriam a adoré Hymie dès leur première rencontre. C’était un soir, au White Elephant. Il a réussi à la faire rire plus fort que moi, cet enfoiré. Et à la faire rougir. À mon grand étonnement, les anecdotes salaces de Hymie concernant Bette Davis, Bogie ou Orson l’ont fascinée, elle en réclamait toujours davantage. Moi, j’étais là, rêvassant devant l’élue de mon cœur, un sourire crétin sur les lèvres, mais clairement *de trop**.

"Il m'a dit que tu étais intelligente, a déclaré Hymie, mais jamais que tu étais aussi belle.

– Il n'a probablement encore rien remarqué. Ce n'est pas comme si j'avais déjà réussi un coup du chapeau ou marqué le but de la victoire en prolongation.

– Pourquoi l'épouser, lui, alors que moi je suis libre ?

– Il a dit que j'avais accepté de l'épouser ?

– Absolument pas, ai-je protesté. Je le jure. J'ai dit que j'*espérais* que tu allais…

– Pourquoi ne partagerions-nous pas un repas tous les deux, demain midi ? Je lui donnerai quelque chose à taper à la machine."

Un "repas" ? Ils ont été absents pendant quatre heures. Quand Miriam est enfin rentrée d'un pas chancelant à notre chambre d'hôtel, les joues rouges et la langue pâteuse, elle n'avait qu'une seule envie : dormir. Je nous avais réservé une table au Caprice le soir même, mais j'ai été incapable de la tirer du lit. "Vas-y avec Hymie", a-t-elle dit en me tournant le dos et en se remettant à ronfler.

"De quoi avez-vous parlé pendant tout ce temps ? ai-je demandé à Hymie, plus tard.

– De choses et d'autres.

– Tu l'as soûlée.

– Mange, *boychick*."

Lorsque Miriam est rentrée à Toronto, Hymie et moi avons recommencé à faire la noce. Pour Hymie, l'enfer, ce n'était pas les autres, comme l'avait dit Camus[1]; c'était être sans les autres. Quand je me levais, au White Elephant ou au Mirabelle, prétextant un coup de fatigue, Hymie fonçait sans y avoir été invité vers une autre table. Parce qu'il avait l'art d'épater la galerie en multipliant

1. Jean-Paul Sartre, en réalité.

les anecdotes sur les vedettes, on lui réservait un accueil chaleureux. Sinon, il se dirigeait vers le bar, où il contait fleurette à la première femme seule qui s'y trouvait : "Vous savez qui je suis ?"

Un soir que je ne peux me rappeler sans un frisson glacé, Ben Shahn est arrivé au White Elephant avec un groupe d'admirateurs. Hymie, qui possédait un des dessins de Shahn, s'est cru autorisé à aller le voir. Montrant l'artiste du doigt d'un air rageur, il a déclaré : "La prochaine fois que vous verrez Cliff, dites-lui de ma part que c'est un sale mouchard."

Cliff, naturellement, était Clifford Odets, qui, sommé de comparaître devant la commission des activités anti-américaines, avait donné plein de gens.

Un lourd silence est tombé sur la table. Sans se démonter, Shahn a relevé ses lunettes sur son front et, en regardant Hymie d'un air perplexe, il a demandé :

"C'est de la part de qui ?

– Aucune importance, a répondu Hymie en se décomposant sous mes yeux. Oubliez ça."

Et il s'est éloigné, l'esprit momentanément embrouillé, l'air soudain vieux, déboussolé.

Enfin, quelques mois plus tard, le grand jour est arrivé. Hymie et moi avons pris place dans une salle de projection de Beverly Hills et j'ai vu défiler le générique de notre film. J'ai tressailli en lisant la mention suivante :

D'APRÈS UNE IDÉE ORIGINALE
DE BERNARD MOSCOVITCH

"Espèce de salaud ! ai-je hurlé en tirant Hymie de son fauteuil et en le secouant comme un prunier. Pourquoi tu ne m'as pas dit que c'était inspiré d'une nouvelle de Boogie ?

– C'est qu'il est susceptible, le petit, a-t-il dit en me pinçant la joue.

– Comme si je n’avais pas assez d’ennuis comme ça ! Maintenant les gens vont dire que j’exploite son travail.

– Il y a un détail qui me turlupine. Si c’était un si bon ami et qu’il est encore vivant, pourquoi ne s’est-il pas manifesté pendant ton procès ?”

En guise de réponse, j’ai pris mon élan et j’ai réussi à fracturer une fois de plus le nez de Hymie, déjà cassé deux fois, comme je brûlais d’envie de le faire depuis qu’il avait offert à Miriam ce fameux repas de quatre heures. Il a riposté en balançant son genou dans mon entrejambe. Tombant sur le sol, nous avons continué de nous cogner dessus et il a fallu trois employés du studio pour nous séparer, tandis que nous nous crachions au visage un flot ininterrompu d’injures.

4

Nous autres, Panofsky, avons la poésie dans le sang. Prenez mon père, par exemple. C'est en état de grâce que l'inspecteur-détective Panofsky a quitté cette vallée de larmes. Il y a trente-six ans aujourd'hui, il est mort d'une crise cardiaque sur la table d'un salon de massage du nord de Montréal, tout de suite après avoir éjaculé. Sommé de venir récupérer sa dépouille, j'ai été entraîné à l'écart par une jeune Haïtienne, visiblement ébranlée. Elle n'avait pas de dernières paroles à me transmettre, mais elle tenait à souligner qu'Izzy avait quitté ce monde sans signer son bordereau de carte de crédit. En bon fils, j'ai payé l'ultime giclée de passion de mon père, ajouté un généreux pourboire et présenté mes excuses à la maison pour le dérangement. Et cet après-midi, pour souligner l'anniversaire du décès de mon père, j'ai fait mon pèlerinage annuel au cimetière Chevra Kadisha et accompli le rite usuel : j'ai vidé une bouteille de *rye* Crown Royal sur sa tombe et, en lieu et place d'un caillou, j'y ai déposé un *smoked meat* moyennement gras sur pain de seigle avec un cornichon au vinaigre.

Si notre Dieu était juste, mais il ne l'est pas, mon père séjournerait à présent dans le plus opulent bordel du paradis, où il y aurait aussi un *delicatessen* et un bar doté de repose-pieds et de crachoirs en laiton, d'une réserve illimitée de Corona White Owl et d'une télévision diffusant du sport vingt-quatre heures sur vingt-quatre.

Mais le Dieu qui nous échoit à nous, les Juifs, est à la fois cruel et rancunier. Dans mon esprit, Jéhovah a été le premier comique juif, et Abraham son faire-valoir. “Dieu dit : Prends ton fils, ton unique, celui que tu aimes, Isaac ; va-t’en au pays de Morija, et là offre-le en holocauste sur l’une des montagnes que je te dirai.” Et Abe, premier d’une trop longue lignée de lèche-culs juifs, selle son âne et fait ce qu’on lui dit. Il élève un autel, dresse un bûcher, lie son fils Isaac et le couche dessus. “Euh, papounet, lance Isaac, un brin inquiet, voici le feu et le bois ; mais où est l’agneau pour l’holocauste ?” En guise de réponse, Abe tend la main et prend le couteau pour égorger son fils. Alors, Jéhovah, tordu de rire, dépêche un ange qui déclare : “N’avance pas ta main sur l’enfant.” Et Abraham, levant les yeux, regarde autour de lui : il aperçoit un bélier retenu par les cornes dans un buisson ; et Abraham va prendre le bélier, et l’offre en holocauste à la place de son fils. Mais je gage que plus rien n’a été comme avant entre Abe et Izzy.

Je m’éloigne encore du sujet. Je sais, je sais. Mais ceci est mon histoire, ma seule et unique histoire, alors j’entends la raconter à ma façon. Et vous amorcez actuellement un petit détour qui passe par un territoire que Holden Caulfield a qualifié de “conneries à la Nicholas Nickleby[1]”. Ou était-ce Oliver Twist ? Non, Nickleby. J’en suis certain.

Une fois, Clara m’a demandé : “Comment se fait-il que ta famille ait émigré au Canada ? Drôle d’idée, non ? Je croyais que tous les Juifs allaient à New York.”

Je suis né canadien, lui ai-je alors expliqué, parce qu’il avait manqué à mon grand-père, abatteur rituel, deux billets de dix et un de cinq. C’était en 1902. Moishe et Malka Panofsky, nouveaux mariés, avaient obtenu un

1. C’était plutôt *David Copperfield.* Voir les premières lignes de *L’Attrape-cœurs*, de J. D. Salinger.

entretien avec Simcha Debrofsky, de la Société d'aide aux immigrants juifs de Budapest.

"Nous voulons des papiers pour New York, avait déclaré mon grand-père.

– Le Siam ne vous convient pas ? L'Inde, ça ne vous dit rien ? D'accord, je comprends. Vous voyez le téléphone, là ? Je vais appeler le président, à Washington. Je vais lui dire : 'Il te manque quelques blancs-becs, là-bas, dans Canal Street, Teddy ? Il te faut d'autres abrutis qui ne parlent pas un mot d'anglais ? Eh bien, bonne nouvelle pour toi : j'ai justement ici deux *shleppers* qui sont disposés à s'établir à New York.' Si c'est la *goldene medina* que tu veux, Panofsky, ça coûte cinquante dollars américains. Payables sur-le-champ.

– Cinquante dollars, on n'a pas, monsieur Debrofsky.

– Sans blague ? Eh bien, c'est ton jour de chance. J'ai une promotion : pour vingt-cinq dollars, je vous expédie tous les deux au Canada."

Ma mère n'était pas une de ces mères juives de légende, une travailleuse acharnée qui chouchoute son fils unique, prête à tous les sacrifices pour lui donner une vie meilleure. En rentrant de l'école, j'ouvrais la porte avec fracas et hurlais :

"C'est moi, m'man !

– Chuuut", faisait-elle en portant l'index à ses lèvres.

Elle écoutait *Pepper Young*, *Ma Perkins* ou *One Man's Family* à la radio. Pendant la pause publicitaire, mais pas avant, elle daignait me dire : "Il y a du beurre d'arachide dans la glacière. Sers-toi."

Les autres enfants de la rue m'enviaient parce que ma mère ne se souciait ni de mes résultats scolaires ni de l'heure à laquelle je rentrais le soir. Elle lisait *Photoplay*, *Silver Screen* et d'autres fanzines, s'inquiétait de ce qui allait arriver à Shirley Temple maintenant qu'elle était adolescente, se demandait si Clark Gable et Jimmy Stewart rentreraient sains et saufs de la guerre et si Tyrone Power trouverait un jour le grand amour. Rue Jeanne-Mance, les autres mères obligeaient leurs fils à se farcir *Chasseurs de microbes* de Paul de Kruif dans l'espoir de les pousser à étudier la médecine. Ou rognaient sur l'argent des courses pour acheter *Les Livres de la connaissance* et leur assurer le meilleur départ possible dans la vie. Pour ma mère, Dunkerque, la bataille d'Angleterre, Pearl Harbor et le siège de Stalingrad sont passés comme de lointains nuages ; la querelle entre Jack Benny et Fred Allen, en revanche, l'a plongée dans le désarroi. Les bandes dessinées des journaux, que nous appelions les "comics", étaient pour elle beaucoup plus réelles que moi. Elle a écrit à Chester Gould pour exiger que Dick Tracy épouse Tess Trueheart. Quand, dans *Terry et les Pirates*, Raven Sherman est morte dans les bras de son amoureux, Dude Hennick, elle a été parmi les milliers de lecteurs à envoyer un télégramme de condoléances. Et elle avait ardemment désiré que Daisy Mae, prenant de vitesse Wolf Gal et Moonshine McSwine, emmène Li'l Abner au bal où ce sont les filles qui invitent.

Mon père, qui mesurait un mètre soixante-dix-sept, était allé voir peut-être cinq fois *La Fugue de Mariette*, interprétée par Nelson Eddy et Jeanette MacDonald, et avait comme air favori *Indian Love Call*. Il a voulu s'enrôler dans la GRC, mais il a été jugé trop petit. Et donc, ayant décidé de se rabattre sur la police de Montréal, il est allé voir le Prodige à l'occasion du "jour du *schnorrer*".

En général, Jerry Dingleman, dit "le Prodige", brassait ses affaires au dernier étage de sa maison de jeu, de l'autre côté du fleuve Saint-Laurent, mais, le mercredi, il recevait les ratés du coin dans un cagibi minable jouxtant la salle de danse du Tico-Tico, l'une des nombreuses boîtes de nuit qu'il possédait. Les membres du cercle rapproché du Prodige avaient surnommé le mercredi "le jour du *schnorrer*". De dix heures du matin à quatre heures de l'après-midi, les suppliants défilaient devant lui.

“Pourquoi veux-tu devenir policier ? a demandé Dingleman, amusé, à mon père.

– Je vous serais éternellement reconnaissant, monsieur Dingleman, si, vous savez… si vous pouviez me donner un coup de main.”

Après avoir téléphoné à Tony Frank, le Prodige a dit à mon père qu’il devait se rendre chez un certain docteur Eustache St. Clair pour subir un examen médical.

“Et que vas-tu faire avant de t’y rendre, Izzy ?

– Prendre un bain ?

– Quelle acuité intellectuelle ! Tu deviendras policier en un rien de temps.”

Un mois plus tard, cependant, le Prodige s’est arrêté prendre deux *smoked meats* moyennement gras sur pain de seigle chez Levitt, boulevard Saint-Laurent, et il a eu la surprise d’y trouver mon père, toujours occupé à trancher de la viande derrière le comptoir.

“Pourquoi tu n’es pas en uniforme ?

– Le docteur St. Clair m’a refusé à cause des trous d’acné sur mon visage.”

Dingleman a soupiré. Il a secoué la tête. “Il ne t’a pas dit que ça pouvait se guérir ?”

Izzy Panofsky a donc pris un autre rendez-vous avec le docteur St. Clair. Ayant eu la prévoyance cette fois d’accrocher un billet de cent dollars à son formulaire de demande, conformément aux instructions reçues, il a passé haut la main l’examen médical. “Dans le temps, m’a un jour dit mon père en mâchouillant un White Owl bien ramolli, si t’étais *goy* et que t’avais les pieds plats et un gros ventre, ben… Des gars comme ça, des gros tas, ils les faisaient venir de la Gaspésie et de partout. Toi, par contre, fallait payer pour être accepté dans la police.” Dès le début, a-t-il poursuivi en se bouchant une narine pour catapulter un projectile par l’autre, il y avait eu du grabuge. “Le juge qui m’a assermenté, un ivrogne avec les yeux qui lui sortaient de la tête, a eu l'air surpris, comme qui dirait. Il m'a demandé : 'Vous seriez pas juif, vous, par hasard ?' Et à l'école de police, où on m'a appris le jiu-jitsu et la lutte au corps à corps, les *goyim* arrêtaient pas de me provoquer. Des *shikers* d'Irlandais et des *chazerim* de Canadiens français. Des nullités. Des *bétociens*, tu sais. Moi, au moins, j'ai fini ma septième année et j'ai pas redoublé, pas une seule fois."

Par excès de zèle, mon père a procédé à trop d'arrestations lors de sa première affectation dans Notre-Dame-de-Grâce. On l'a donc muté au centre-ville. Déambulant rue Sainte-Catherine, tous ses sens en alerte, il avait promptement appréhendé un pickpocket devant le Capitole, où se produisait Helen Kane, la seule, l'unique Boop-Boop-a-Doop Girl. Certain d'avoir droit à des félicitations pour sa diligence, mon probe paternel avait au contraire été entraîné dans une petite pièce, au fond du poste de police, où deux collègues l'avaient menacé. "Si tu veux pas te faire crisser dehors, va plus jamais arrêter un de ces gars-là. Ils ont un genre de permis, tu comprends ?"

D'autres policiers prospéraient grâce aux dessous-de-table versés par des bandits et leurs avocats, mais mon papa, lui, était intraitable. "Fallait que je sois honnête, Barney. Je m'appelais Panofsky et je pouvais pas me permettre de me faire traiter de 'maudit Juif'. Ça aurait été le bout, pour l'amour du Christ. Ils m'avaient averti : à la première *incratade*, si tu vois ce que je veux dire, ils me pendraient."

Avec le temps, mon incorruptible père s'était aigri en voyant des *shikers* d'Irlandais et des *chazerim* de Canadiens français, des types qu'il avait lui-même formés, prendre du galon plus vite que lui. Izzy est resté sergent-détective pendant neuf ans. "Quand je suis enfin devenu inspecteur, tu sais ce qu'ils ont fait – ça m'a rendu malade –, ils sont allés voir le syndicat et ils ont inventé toute une histoire, comme quoi que j'aurais jamais passé mes examens de tir. Je surveillais mes hommes de près, tu sais. J'étais sincère. Et eux, ils me haïssaient comme c'est pas permis. Alors ils sont allés voir le syndicat et ils se sont plaints de moi."

Izzy Panofsky a connu des déboires professionnels sans fin.

"Hé, quand je suis allé passer l'examen pour monter en grade, Gilbert, qui faisait partie du comité à l'époque, me demande pourquoi que les Juifs sont plus intelligents. J'ai deux réponses, que je lui sers du tac au tac. Tu te trompes. Y a pas de surhumains. Tout ce que je peux dire, c'est que ton chien, si t'arrêtes pas de lui balancer des coups de pied, il va finir par se méfier. Il va devenir plus malin que toi, il a pas le choix. Bon, nous, comme ça fait deux mille ans qu'on nous botte le cul, on n'est pas plus intelligents, mais on est plus futés. Ma deuxième réponse, c'est l'histoire de l'Irlandais et du Juif. Comment ça se fait que vous êtes plus futés ? demande l'Irlandais au Juif. Ben, c'est parce qu'on mange une certaine sorte de poisson, répond le Juif. J'en ai même un ici, tiens. Et il le montre à l'Irlandais. Nom de Dieu, fait l'Irlandais, j'aimerais bien avoir un poisson comme ça. Pas de problème, dit le Juif, file-moi dix dollars. Alors l'Irlandais achète. Là, il regarde comme il faut et il dit : Hé, il a rien de spécial, ce poisson-là, c'est juste un hareng. Tu vois, dit le Juif, tu commences déjà à être plus futé."

5

La nuit dernière, j'ai rêvé que Terry McIver se faisait piquer à la cheville par une tique du chevreuil et croyait, le pauvre imbécile, qu'il s'agissait d'une simple piqûre de moustique. Un mois plus tard, couché dans son lit au vingtième étage de l'hôtel Four Seasons à Toronto, l'impitoyable maladie de Lyme faisant rage dans son sang, McIver est tiré du sommeil par une alarme assourdissante. Il entend une voix paniquée retransmise par le système de sonorisation : "L'hôtel est la proie des flammes. Les ascenseurs ne fonctionnent plus. En raison d'une épaisse fumée, les cages d'escalier sont impraticables. Les clients sont priés de rester dans leur chambre et de boucher le bas de leur porte avec des serviettes mouillées. Bonne chance et merci d'avoir choisi le Four Seasons." Une fumée suffocante s'infiltre dans la chambre de McIver, mais, vaincu par la paralysie, il est incapable de bouger les bras, encore moins les jambes. Les flammes ont consumé la porte et dansent maintenant autour de lui, léchant une pile d'exemplaires de son livre, *Du temps et des fièvres*, qui traîne par terre. Comme aucun d'entre eux n'est dédicacé, ils peuvent encore être considérés comme des articles de collection. C'est à ce moment que j'ai jailli de mon propre lit, débordant d'allégresse. J'ai ramassé les journaux du matin à ma porte, préparé du café et, d'un pas dansant, je suis entré dans la cuisine en fredonnant : *"Grab your coat and get your hat..."*

Les pages sportives de la *Gazette* d'abord, l'habitude de toute une vie. Aucune joie de ce côté-là. Ces lâcheurs de Canadiens, qui ne sont plus *nos glorieux**, se sont une fois de plus couverts de honte en perdant cinq à un contre… tenez-vous bien… les Mighty Ducks de la Californie. Toe Blake doit se retourner dans sa tombe. Aucun membre de la bande actuelle de millionnaires sans talent n'aurait été accepté dans la LNH à son époque et encore moins par le Club de hockey canadien, autrefois légendaire. De nos jours, pas un seul joueur n'est prêt à se placer devant la cage ; ils ont trop peur de se prendre un mauvais coup. Oh, le temps béni où une longue passe de Larry Robinson lançait Guy Lafleur. Filant seul vers la cage, il nous soulevait de nos sièges et nous scandions : "Guy ! Guy ! Guy !" *Il lance et compte !*

Le téléphone a sonné et, bien sûr, c'était Kate.

"Je t'ai appelé cinq fois, hier soir. À la fin, il devait être une heure du matin. Où étais-tu ?

– Ta sollicitude me touche, ma chérie. Sincèrement. Mais je ne suis pas ton fils. Je suis ton père. J'étais sorti.

– Tu n'as pas idée du souci que je me fais de te savoir tout seul là-bas. Et si, Dieu nous en garde, tu faisais un AVC et que tu étais incapable de répondre au téléphone ?

– Ça ne fait pas partie de mes projets.

– J'étais sur le point d'appeler Solange pour lui demander de se rendre chez toi.

– Je devrais peut-être te téléphoner chaque soir en rentrant.

– N'aie surtout pas peur de me réveiller. Si nous dormons, tu n'as qu'à laisser un message sur le répondeur.

– Tu es un ange, Kate, mais je n'ai pas encore déjeuné. On se parle demain.

– Ce soir. Des œufs au plat et du bacon, je parie, malgré tes belles promesses ?

– De la compote de pruneaux. Du muesli.

– C'est ça, ouais."

Je m'égare de nouveau. Je radote. Mais il s'agit ici du récit de ma triste vie qui, avouons-le, n'est qu'une succession d'affronts à venger et de plaies à panser. À mon âge, où il y a plus de choses à ressasser et à trier qu'à espérer, avec l'hospice qui m'attend au tournant, j'ai bien le droit de radoter si je veux. Cette déplorable tentative de… de… vous savez bien… raconter mon histoire. Comme Waugh l'a fait à propos de ses jeunes années. Ou Jean-Jacques Rousseau. Ou Mark Twain dans *La Vie sur le…* C'était quel fleuve, déjà ? Dieu tout-puissant ! Au train où vont les choses, je risque bientôt d'oublier mon nom.

On égoutte les spaghettis dans une passoire. Mary McCarthy a écrit *L'Homme à la chemise verte.* Ou bleue ? L'un ou l'autre. C'est Walter "Turk" Broda qui gardait les buts pour les Maple Leafs de Toronto lorsqu'ils ont gagné la Coupe Stanley en 1951. Stephen Sondheim a écrit les paroles de *West Side Story.* Ah ! je l'ai. Sans faire de recherches, en plus. *Mississippi. La Vie sur le.*

Récapitulons. Si j'écris le torchon qui me tient lieu d'autobiographie en réaction aux calomnies de Terry McIver, c'est dans le mince espoir que Miriam, lisant ces pages, sera rongée par la culpabilité.

"Quel est donc ce livre qui te fascine tant ? demande Blair.

– Ce best-seller encensé par la critique ? Ah, c'est l'autobiographie de l'unique grand amour de ma vie. Va te faire voir, sale petit universitaire à la noix."

Où en étais-je ? Paris, 1951. Voilà où j'en étais. Terry McIver. Boogie. Leo. Clara, paix à son âme. Ces jours-ci, quand j'ouvre le journal, je consulte d'abord le Dow Jones, puis la page nécrologique, afin de vérifier à quels ennemis j'ai survécu et quelles icônes nous ont quittés. Le début de l'année 1995 s'est révélé particulièrement dur pour les ivrognes. Peter Cook et le fulminant colonel John Osborne, tous deux disparus.

1951. Les îles de Quemoy et de Matsu[1], à supposer que quelqu'un parvienne aujourd'hui à repérer ces pustules dans la mer de Chine, se faisaient bombarder par les cocos, prélude, selon certains, à l'invasion de ce qui s'appelait alors Formose. En Amérique, tout le monde vivait dans la terreur de *la* bombe. Comme j'ai un peu tendance à tout garder, je possède encore mon exemplaire de *How to Survive an Atomic Bomb*, publié en livre de poche par Bantam :

> Écrit sous forme de questions-réponses par un grand spécialiste, cet ouvrage vous explique les mesures à prendre pour vous protéger, vous et votre famille, en cas d'attaque nucléaire. Pas d'"histoires d'horreur", ici ; la lecture de ce livre aura au contraire pour effet de vous rassurer.

Les rotariens creusaient dans leur jardin des abris antiatomiques, qu'ils remplissaient de bouteilles d'eau, de sachets de soupe déshydratée et de sacs de riz, sans oublier leur collection de livres abrégés de *Sélection du Reader's Digest* et de disques de Pat Boone[2], histoire de se divertir le temps que se dissipe la contamination en surface. Le sénateur Joe McCarthy et ses deux

1. En fait, les îles de Quemoy et de Matsu se trouvent dans le détroit de Taiwan et les communistes de la Chine continentale n'ont commencé à les bombarder qu'en 1958. Menacés par le secrétaire d'État américain, John Foster Dulles, ils ont limité les attaques aux jours impairs du mois. Puis, en mars 1959, les bombardements ont pris fin, sans explication.

2. Pat Boone (né Charles Eugene Boone, le 1er juin 1934) n'a connu son premier succès qu'en 1955 : *Two Hearts, Two Kisses*.

larbins, Cohn et Schine, se déchaînaient. Julius et Ethel Rosenberg allaient passer un mauvais quart d'heure et presque tout le monde aimait Ike. Le Canada inc., pas encore en proie à la division, était administré non pas par un Premier ministre mais par un paterne P-DG du nom de Louis St-Laurent. Au Québec, ô mon Québec adoré, Maurice Duplessis, truand à la tête d'une bande de voleurs, était encore Premier ministre.

En général, en fin de matinée, on trouvait les membres de notre bande de lève-tard au Select ou au Mabillon, réunis autour de la table où présidait Boogie, alias Bernard Moscovitch, plongé dans la lecture de l'*International Herald Tribune*, à commencer par *Pogo* et les pages sportives, où il vérifiait le rendement de Duke Snider et de Willie Mays. Terry, lui, ne se joignait jamais à nous. Si d'aventure il se trouvait au café, il était seul à une autre table, occupé à annoter les *Imaginary Conversations* de Walter Savage Landor dans son édition de l'Everyman's Library. Ou encore à rédiger une réfutation du dernier article de Jean-Paul Sartre dans *Les Temps modernes*. À l'époque déjà, Terry semblait indifférent au fait que, pour reprendre les mots de MacNeice[1], "il y a toujours des candidats recalés". Non, monsieur. Terry McIver, lui, posait déjà pour son portrait en jeune artiste magnifique accomplissant sa glorieuse destinée. Il ne tolérait pas la frivolité. Reproche vivant qui nous visait, nous, grands gaspilleurs de temps devant l'Éternel.

Un soir, en déambulant dans Saint-Germain-des-Prés, en chemin vers une soirée à laquelle Terry n'avait pas été convié, je l'ai aperçu, un demi-pâté de maisons devant moi. Voyant qu'il avait ralenti le pas dans l'espoir que je l'inviterais, je me suis arrêté pour examiner les livres dans la vitrine de la Hune, jusqu'à ce qu'il disparaisse au loin. Tard un autre soir, Boogie et moi,

1. En réalité, les mots sont tirés d'un poème d'Auden.

déjà passablement éméchés, écumions les terrasses du boulevard Montparnasse, à la recherche d'amis susceptibles de nous offrir un verre ou un joint, quand nous sommes tombés sur Terry au Select, où il écrivait dans un de ses carnets. "Je te parie à dix contre un, ai-je dit à Boogie, qu'il date et numérote ses carnets par égard pour les universitaires de demain."

Évidemment, Terry, homme d'une intégrité confondante, voyait Boogie d'un mauvais œil. Contre la somme de cinq cents dollars qu'il lui fallait d'urgence, Boogie avait accouché d'un roman sulfureux pour la Traveller's Companion Series, dirigée par Maurice Girodias. *Le Con de Vanessa* était dédié à l'épouse on ne peut plus fidèle d'un professeur de Columbia qui avait recalé Boogie dans un cours sur la poésie élisabéthaine. La dédicace se lisait comme suit :

À la lubrique Vanessa Holt,
en souvenir des nuits priapiques d'autrefois.

Boogie avait poussé la délicatesse jusqu'à envoyer des exemplaires du livre au professeur ainsi qu'au doyen de la faculté des arts, au rédacteur en chef du *New York Times Book Review* et aux critiques littéraires du *New York Herald Tribune.* Difficile, toutefois, de savoir ce qu'ils en avaient pensé puisque Boogie avait publié le livre sous un pseudonyme : baron Claus von Manheim. Dédaigneux, Terry avait renvoyé son exemplaire sans le lire. "L'écriture est une vocation et non un métier", avait-il déclaré.

Possible, mais le livre a connu tant de succès qu'on a vite commandé une nouvelle œuvre à Boogie. Désireux de lui donner un coup de main, nous nous réunissions au café Royal Saint-Germain, depuis longtemps remplacé par le Drugstore, pour inventer des prouesses sexuelles pouvant être accomplies dans un gymnase ou sous l'eau, ou faisant appel aux accessoires d'une sellerie ou du bureau d'un rabbin. Il va sans dire que, dégoûté par nos rires salaces, Terry fuyait ces ateliers de fin de soirée.

Dans son deuxième roman, signé par le marquis Louis de Bonséjour, Boogie a montré qu'il était un visionnaire, un innovateur littéraire qui a préfiguré le karaoké, la télévision interactive, la pornographie électronique, les cédéroms, Internet et autres fléaux contemporains. Le viril héros de *Dentelle écarlate*, pourvu d'un engin surdimensionné, n'est jamais nommé, sans être anonyme pour autant. Chaque fois que son nom aurait dû apparaître dans le roman, on voyait plutôt un blanc. Ainsi, le lecteur pouvait y mettre le sien quand l'une de ses magnifiques conquêtes, chaude comme la braise, s'écriait entre ses multiples orgasmes : "____, quel homme extraordinaire tu es !"

C'est Clara, véritable machine à mots cochons, qui fournissait à Boogie les idées pornographiques les plus inventives et les plus extravagantes, fait plutôt surprenant étant donné les problèmes que je lui prêtais alors. Nous vivions déjà ensemble à cette époque, moins par choix que par un concours de circonstances. C'était ainsi, dans ce temps-là.

Voici comment c'est arrivé : tard un soir, Clara – en proie, de son propre aveu, au *cafard** – a annoncé qu'elle ne supportait plus sa chambre d'hôtel, hantée par un *poltergeist.* "Pendant la guerre, cet hôtel servait de bordel à la Wehrmacht, vous savez, a-t-elle expliqué. C'est sûrement l'esprit de la fille qui y est morte, baisée Dieu seul sait combien de fois par tous les orifices." Puis, après avoir récolté une moisson de regards compatissants de la part des autres membres de la bande, serrés autour de la table, elle a ajouté :

"Chanceuse, va !

– Où vas-tu dormir, dans ce cas ? ai-je demandé.

– Tais-toi, malheureux ! a lancé Boogie.

– Sur un banc de la gare Montparnasse. Ou sous le pont Neuf. Je serai la seule *clocharde** à être sortie *magna cum laude* de Vassar.”

Je l’ai donc ramenée à ma chambre, où nous avons passé une nuit chaste. Clara a dormi dans mes bras d’un sommeil agité. Le lendemain matin, elle m’a demandé d’être chou et d’aller chercher ses toiles, ses dessins, ses carnets et ses valises au Grand Hôtel Excelsior, rue Cujas, en me donnant l’assurance que je n’aurais pas à la supporter plus de deux ou trois nuits, le temps qu’elle se trouve un hôtel plus convenable. “Je serais bien venue prêter main-forte, mais Mme Defarge (c’était le nom qu’elle donnait à la concierge) me déteste.”

À contrecœur, Boogie a accepté de m’accompagner.

“J’espère que tu sais dans quoi tu t’embarques, au moins.

– C’est seulement pour deux ou trois nuits.

– Cette fille est complètement zinzin.

– Et toi ?

– Ne crains rien. Je maîtrise la situation.”

C’est des drogues que je parlais. Boogie était passé du haschisch à la blanche.

“Il faut tout essayer. Les petites princesses juives pleurnichant pour un rien qui vont bientôt rentrer à la maison pour épouser un médecin. Les garçons arabes à Marrakech. Les filles noires. L’opium. L’absinthe. La racine de mandragore. Les champignons magiques. Les *kishkas*. Le halva. Tout ce qui se trouve sur la table ou en dessous. On n’a droit qu’à un seul tour de piste, ici-bas. Sauf Clara, naturellement.

– Qu’est-ce que ça veut dire ?

– Mlle Chambers, petite bourgeoise de Gramercy Park et de Newport, croit à la réincarnation. Ça vient avec son fonds de fiducie. Tu n’étais pas au courant ?”

Parmi les effets personnels de Clara, il y avait notamment une édition en deux volumes de *La Doctrine secrète* de H. P. Blavatsky, une pipe à eau, un dictionnaire du satanisme, un hibou empaillé, quelques livres d'astrologie, des tableaux de chiromancie, un jeu de tarots et un portrait encadré d'Aleister Crowley, dit "la Bête", portant la coiffe d'Horus. La concierge a toutefois refusé de nous laisser emporter quoi que ce soit tant qu'on n'aurait pas réglé le loyer en souffrance. Il y en avait pour quatre mille deux cents francs. "L'argent me dégoûte, a déclaré Clara. Le mien. Le tien. C'est sans importance. Ça ne vaut même pas la peine d'en parler."

Il serait inexact d'affirmer que Clara était grande. Elle était plutôt effilée. Si maigre qu'on pouvait compter ses côtes. Les mains papillonnant sans cesse, occupées à ajuster son châle, à lisser sa jupe, à replacer une mèche rebelle, à décoller l'étiquette d'une bouteille de vin. Ses doigts étaient tachés d'encre et de nicotine, ses ongles cassés ou rongés jusqu'au sang. Ses oreilles en forme d'anse de tasse dépassaient de ses cheveux ("Ils ont la couleur de la merde, je les déteste", disait-elle), qui descendaient en cascade jusqu'à sa taille fine. L'intelligence se lisait dans ses immenses yeux noirs surmontés de sourcils presque immatériels. Et le mépris. Et la panique. Elle était d'une pâleur maladive, qu'elle exacerbait encore en se fardant généreusement les joues et en portant du rouge à lèvres orange, vert ou violet, au gré de son humeur. Ses seins, croyait-elle, étaient trop pleins pour sa silhouette. "Avec des nichons de cette taille, je pourrais allaiter des triplés." Elle se plaignait de ses jambes trop longues et trop fines, de ses pieds trop grands. Mais elle avait beau dénigrer son apparence, elle était incapable de passer devant le miroir d'un café sans s'arrêter pour s'admirer. Oh, et ses bagues. J'oubliais ses bagues. Une topaze, un saphir bleu. Et une croix Ânkh, sa préférée.

Devançant la mode de plusieurs années, Clara portait des robes victoriennes longues et flottantes, ornées de perles, et de hautes bottines à boutons, achetées aux puces. Elle s'enveloppait de châles dont les couleurs juraient souvent avec le reste de sa tenue, détail qui, chez une femme peintre, me semblait bizarre. Boogie la surnommait "la Sensation du moment", comme dans "*Sauve qui peut**, voici Barney et la Sensation du moment". Pour être tout à fait franc, ça me plaisait. Je ne savais ni écrire ni peindre. Et, même à l'époque, je n'étais pas très aimable, comme homme. J'étais déjà aigri, prompt à juger tout le monde. Et là, du jour au lendemain, j'avais acquis une sorte de signe distinctif. Je piquais la curiosité. J'étais le gardien de Clara la folle.

Clara tripotait tout le monde, manie qui, lorsque nous avons commencé à vivre ensemble, m'a vite mis sur les nerfs. Dans les cafés, elle s'écroulait de rire contre la poitrine d'autres hommes ou leur caressait les genoux. "Si Grinchu n'était pas là, nous pourrions aller quelque part et nous envoyer en l'air."

Test de mémoire. Vite, Barney. Nomme les Sept Nains. Grinchu, Atchoum, Dormeur, Prof. Je connais le nom des trois autres. Je m'en souvenais hier soir. Ça va me revenir. Je ne vais pas faire de recherches.

Clara prenait un plaisir tout particulier à taquiner Terry McIver, habitude que j'approuvais sans réserve. Idem avec Cedric Richardson, bien avant qu'il devienne célèbre sous le nom d'Ismail ben Yussef, fléau des marchands d'esclaves juifs de jadis et des propriétaires de taudis peu scrupuleux, ennemi des Peaux-Blêmes de partout.

Suivre le destin des autres : voilà l'occupation qui me maintient à flot dans mes vieux jours. Il se passe des choses étonnantes. Sidérantes, même. Leo Bishinsky, le magouilleur, récolte des millions pour les mauvaises farces que sont ses tableaux. Clara, qui méprisait les autres femmes, bénéficie d'une renommée posthume à titre de sainte martyre des féministes. Moi, frappé d'une notoriété toute relative, je joue le rôle du sale phallocrate qui l'a trahie et je suis un présumé meurtrier par-dessus le marché. Les romans assommants de Terry McIver, ce menteur pathologique, figurent au programme des universités de tout le Canada. Et le Boogie que j'adorais est là quelque part, profondément meurtri, refusant de me pardonner, écumant de rage. Un jour, ayant saisi mon exemplaire de *Cœur de lièvre*, il m'avait fait sursauter en lançant : "Comment peux-tu lire de telles merdes ?"

Grinchu, Atchoum, S… Snoopy ? *Non, crétin. Ça, c'est le chien de Pogo. De* Charlie Brown, *je veux dire.*

Passons. Ces jours-ci, quand je lis dans *Time* un reportage sur la dernière déclaration d'Ismail ben Yussef, je suis moins porté à m'indigner qu'à rire au spectacle de Cedric affublé d'un fez, de dreadlocks et d'un cafetan aux couleurs de l'arc-en-ciel. Une fois, je lui ai même envoyé une lettre.

Salam, Ismail,

Je t'écris au nom des Anciens de la Fondation sioniste. Nous recueillons des dons pour créer des bourses d'initiation à l'art du tabassage destinées aux sœurs et aux frères noirs, et ce, afin de faire perdurer la mémoire de trois jeunes raclures youpines (Chaney[1], Goodman et Schwerner) qui se sont aventurées dans l'État du Mississippi dans l'intention d'inscrire des Noirs sur les listes électorales et qui, pour cette raison, ont été assassinées par des Peaux-Blêmes. Je suis convaincu de pouvoir compter sur ta contribution.

Tu pourrais peut-être aussi m'aider à élucider une énigme philosophique. Je suis d'accord avec le point de vue de Louis Farrakhan, selon lequel les anciens Égyptiens étaient noirs. En guise de corroboration, je me permets de citer *Voyage en Égypte* de Flaubert. Bien avant que Cheikh Anta Diop affirme que le berceau de la civilisation était noir, le romancier a écrit à propos du Sphinx : "[…] sa

1. En fait, James E. Chaney, vingt et un ans, était noir.

tête est grise, oreilles fort grandes et écartées comme un nègre, son cou est usé et rétréci [...] ; le nez absent ajoute à la ressemblance en le faisant camard. Au reste il était certainement éthiopien ; les lèvres sont épaisses."

Mais, bon sang, si les anciens Égyptiens étaient noirs, Moïse, prince de la cour du pharaon, l'était aussi. Et il s'ensuit que les esclaves que Moïse a libérés étaient également noirs. Sinon, il se serait fait traiter "comme un n..." par les Israélites, ces emmerdeurs notoires, qui se seraient mis à gueuler : "Quoi ? Sommes-nous tombés si bas qu'il faille errer dans le désert pendant quarante ans, guidés par un *shvartzer* qui ne sait pas où il va ?"

Postulons donc que Moïse et les membres de sa tribu étaient noirs. Voici ce qui me rend perplexe : quand, avec l'éloquence redoutable qu'on lui connaît, Farrakhan dénonce les miens, se pourrait-il que, à son insu, il ne soit en réalité qu'un énième Juif aux prises avec la haine de soi, à la manière d'un Philip Roth ?

Dans l'attente de ta réponse, ô mon frère, sans parler de ton chèque, je joins à la présente une enveloppe affranchie.

Allahu akbar !

Ton vieil ami et admirateur,

BARNEY PANOFSKY

Je l'attends toujours, sa réponse.

(En relisant ma lettre, dernièrement, j'ai de nouveau reçu un message réprobateur sur ma boîte vocale spirituelle : Miriam, ma conscience, m'avait encore pris en défaut.)

Si je pouvais remonter dans le temps, je voudrais vivre à l'époque où nous nous tripotions sans arrêt, Miriam et moi. Nous faisions l'amour dans les bois et sur une chaise de cuisine, après avoir quitté prématurément une ennuyeuse soirée, sur le sol de maintes chambres d'hôtel et dans le train. Une fois, à l'occasion d'un repas-bénéfice organisé par Irv Nussbaum, nous avons même failli être pris en flagrant délit dans les toilettes de la synagogue Shaar Hashomayim. “Tu aurais pu être excommunié, a-t-elle dit. Comme Spinoza.”

Par un après-midi mémorable, nous avons même fait l'amour sur la moquette de mon bureau. Arrivée à l'improviste, Miriam sortait tout juste du cabinet de l'obstétricien, qui l'avait déclarée prête à reprendre ses activités conjugales, six semaines après la naissance de Saul. Elle a verrouillé la porte, retiré son chemisier et fait tomber sa jupe.

“Il paraît que c'est ici que tu auditionnes tes actrices.

– Mon Dieu ! me suis-je récrié d'un air faussement effaré. Et si ma femme débarquait sans prévenir ?

– Je ne suis pas seulement ta femme et la mère de tes enfants, a-t-elle dit en tirant sur ma ceinture. Je suis aussi ta putain.”

Quel bonheur d'être réveillé par des enfants en pyjama qui déboulent pêle-mêle dans votre chambre et sautent sur le lit.

“Maman, elle ne porte rien du tout.

– Papa non plus.”

Comment avais-je pu rater les premiers signaux de détresse, aussi rares aient-ils été ? Une fois, au retour d'un souper que j'avais espéré plaisant avec son ancien producteur de CBC-Radio, Kip Horgan, ce sale fouineur, elle a semblé distraite. Elle s'est mise à redresser les tableaux sur les murs et à tapoter les coussins du canapé. Ça augurait mal.

“Je déçois Kip, a-t-elle dit. Il n'avait jamais pensé que je me contenterais d'être une femme au foyer.

– Tu n'es pas une femme au foyer.

– Bien sûr que si.

– Merde.

– Ne t'énerve pas.

– Allons passer le week-end à New York.

– Saul fait de la fièvre…

– Trente-sept et des poussières, oui…

– Et tu as promis à Mike que tu l'emmènerais voir la partie de hockey, samedi soir."

Puis, sans crier gare, elle a lancé :

"Si tu as l'intention de me quitter, j'aimerais mieux que tu le fasses maintenant, avant que je sois trop vieille.

– Tu me donnes dix minutes pour faire mes valises ?"

Plus tard, nous avons déduit que Kate avait sans doute été conçue cette nuit-là. Merde, merde, merde. Si Miriam est partie, c'est sûrement à cause de mon manque de sensibilité. *Mea culpa.* Quand même, je trouve injuste de devoir encore me défendre contre ses jugements moraux. C'est minable, ce besoin constant d'obtenir son approbation. Deux fois déjà, je me suis arrêté dans la rue pour débattre avec elle, vieux grincheux à moitié fou qui soliloque. Et maintenant, ma lettre à Cedric à la main, je l'entends me dire : "Parfois, ce que tu trouves drôle est méchant, calculé pour faire mal."

Ah ouais ? Et si, dans cette affaire, c'était moi, la partie lésée ? De quel droit Cedric, autrefois membre de notre confrérie, se permet-il, du haut des chaires que les universités mettent à sa disposition, de nous reprocher, à moi et aux miens, notre religion et notre couleur ? De quel droit un jeune homme aussi talentueux que lui a-t-il renoncé à la littérature au profit de la vulgaire arène politique ? Merde. Si j'étais aussi doué que lui, je gribouillerais jour et nuit.

J'aimerais bien que Farrakhan, Jesse Jackson, Cedric et consorts me lâchent un peu la grappe. Oui, Miriam. Je sais, Miriam. Je regrette, Miriam. Si j'avais enduré ce que ces types et les leurs ont enduré aux États-Unis, je serais disposé à croire, moi aussi, qu'Adam et Ève étaient noirs et que, sous le coup de la stupeur, Caïn avait blanchi quand Dieu l'avait condamné pour le meurtre d'Abel. Quand même, c'est pas juste.

Quoi qu'il en soit, pour revenir à l'époque de la Rive gauche, on voyait rarement Cedric sans une fille blanche pendue à son bras. Clara, feignant la jalousie, l'accueillait en général par ces mots : "Combien de temps, encore, avant que tu compostes mon billet ?"

Avec Terry, elle adoptait une autre approche :

"Pour toi, mon petit sucre d'orge, je serais prête à m'habiller en garçon.

– Je te préfère comme tu es : déguisée en arlequin."

Ou encore, en lectrice avide de Virginia Woolf, Clara faisait semblant d'apercevoir une tache incriminante sur le pantalon de Terry. "Tu risques de devenir aveugle, mon vieux. On ne vous a pas encore prévenus, au Canada ?"

En plus de ses peintures abstraites hallucinées, Clara exécutait des dessins à la plume effrayants, grouillants de gargouilles menaçantes, de diablotins qui se dandinaient et de satyres baveux qui se ruaient sur des femmes nubiles. Elle écrivait aussi des poèmes, pour moi indéchiffrables, mais qu'elle réussissait à faire publier dans *Merlin* et *Zero.* James Laughlin, de New Directions Press, souhaitait même en lire plus. Clara volait à l'étalage. Elle glissait des articles sous ses amples châles. Des boîtes de sardines, des bouteilles de shampoing, des livres, des tire-bouchons, des cartes postales, des bobines de ruban. Fauchon a été un de ses terrains de chasse préférés jusqu'au jour où on lui a interdit de revenir. Inévitablement, on a fini par la prendre en train de voler des bas de Nylon au Monoprix. Selon ses dires, elle a été relâchée après avoir permis au type, un *flic** gras et graisseux, de l'emmener au bois de Boulogne, où il avait éjaculé entre ses seins. "Comme l'a fait mon cher oncle Horace quand j'avais à peine douze ans. Seulement, lui, il ne m'a pas jetée d'une voiture en marche, il n'a pas ri en me voyant rouler cul par-dessus tête et il ne m'a pas traitée de tous les noms. Chaque fois qu'on se voyait, il me donnait un billet de vingt dollars en échange de ma discrétion."

Notre chambre de l'hôtel de la Cité, dans l'île du même nom, baignait dans une pénombre perpétuelle, son unique et minuscule fenêtre s'ouvrant sur une cour intérieure aussi étroite qu'un puits d'ascenseur. Dans la chambre, il y avait un tout petit lavabo, mais les toilettes communes se trouvaient au bout du couloir. C'étaient des toilettes à la turque, où il fallait s'accroupir au-dessus d'un trou dans le sol, avec une plate-forme surélevée pour vos chaussures et, sur un anneau fixé au mur, des carrés de papier découpés dans *L'Humanité* ou *Libération*, journaux dont on jugeait les idéaux politiques appropriés à un tel usage. J'ai fait l'acquisition d'un bec Bunsen et d'une casserole : ainsi, à midi, nous pouvions manger des sandwichs aux œufs durs. Les miettes, cependant, attiraient les souris et, une nuit, sentant une visiteuse trottiner sur son visage, Clara s'est réveillée en hurlant. Une fois, elle a ouvert le tiroir de la commode pour prendre un châle et trouvé, nichés là, trois bébés souris. Elle s'est mise à pousser des hurlements stridents et nous avons renoncé à manger dans la chambre.

Nous passions une bonne partie de nos journées au lit, sans faire l'amour, mais blottis l'un contre l'autre en quête de chaleur ; nous somnolions, lisions (moi, *Paroles* de Jacques Prévert, qu'elle méprisait), comparions nos enfances difficiles et nous félicitions l'un l'autre d'y avoir miraculeusement survécu. Dans l'intimité de notre refuge, loin des cafés où elle se sentait l'obligation de choquer ou, allant au-devant des coups, de gratter là où ça fait mal, Clara était une conteuse hors pair, ma Shéhérazade à moi. En contrepartie, je la divertissais en lui faisant le récit des exploits de l'inspecteur-détective Izzy Panofsky.

Clara abhorrait sa mère. Dans une vie antérieure, disait-elle, Mme Chambers avait sans doute été une aya.

Ou, par suite d'un nouveau mouvement de la roue de la réincarnation, une Chinoise aux pieds bandés qui s'avançait à petits pas chancelants dans la Cité interdite, au temps de la dynastie Ming. La bobonne parfaite. "*Très mignonne**. Tout le contraire d'une virago", disait Clara. Les infidélités de son mari étaient pour elle une bénédiction, dans la mesure où elles la dispensaient de subir sa présence entre les draps. "Il est sidérant de constater jusqu'où un homme est prêt à aller pour trente secondes de friction", avait-elle un jour déclaré devant Clara. Ayant pourvu M. Chambers d'un fils, le frère cadet de Clara, elle estimait s'être acquittée de ses devoirs conjugaux. C'est donc avec bonheur qu'elle a emménagé dans sa propre chambre. Elle a toutefois continué de s'épanouir à titre de châtelaine exemplaire, de tenir avec panache l'élégante maison en grès rouge de Gramercy Park, quartier huppé de New York, et la grande demeure estivale de Newport. Mme Chambers siégeait au conseil d'administration du Metropolitan Opera. Giuseppe Di Stefano avait chanté à l'une de ses soirées. Elisabeth Schwarzkopf soupait souvent à la maison. Mme Chambers s'était fait un point d'honneur d'emmener Kirsten Flagstad manger au Pavillon après que les Juifs s'en étaient pris à elle. "Ma mère ferait une syncope si elle apprenait que je vis avec un Juif, a dit Clara en me chatouillant le nez avec un de ses boas en plumes d'autruche. Elle vous considère comme le poison qui contamine le sang vital des États-Unis. Toi, qu'est-ce que tu lui répondrais ?"

Son père, m'a-t-elle raconté un jour, était un des associés principaux de l'ancien cabinet d'avocats de John Foster Dulles. Il élevait des pur-sang arabes et se rendait chaque année en Écosse pour pêcher le saumon sur la Spey. Une autre fois, cependant, je l'ai entendue dire qu'il était courtier dans Wall Street et cultivait des orchidées rares. Interrogée à ce sujet dans l'intimité, elle s'est emportée : “Merde, mais tu prends tout au pied de la lettre. Qu’est-ce que ça change ?” Puis elle s’est enfuie, disparaissant au coin de la rue de Seine. Ce soir-là, elle n’est pas revenue à l’hôtel.

“À titre d’information, ai-je demandé lorsqu’elle s’est matérialisée à la Pergola le lendemain soir, où étais-tu, la nuit dernière ?

– Je ne t’appartiens pas, tu sauras. Mon minou est à moi.

– Tu parles d’une réponse.

– Il se trouve que ma tante Honor séjourne en ce moment au Crillon. Elle m’a hébergée. Nous avons mangé chez Lapérouse.

– Je ne te crois pas.

– Tiens, a-t-elle dit en plongeant sa main sous ses jupes, d’où elle a tiré une liasse de billets de mille francs qu’elle m’a lancée au visage. Prends ce que je te dois pour le gîte. Je suis sûre que tu as tenu des comptes serrés, de toute manière.

– J’ajoute les intérêts ?

– Ce soir, je prends le train pour Venise avec ma tante. Nous allons loger chez Peggy Guggenheim.”

Une semaine plus tard, peu après une heure du matin, Clara est rentrée dans notre chambre, s’est déshabillée et s’est glissée entre les draps. “Nous avons bu plein de Bellini au Harry’s Bar avec Tennessee Williams. Peggy nous a emmenées dîner à Torcello une fois. En ton honneur, j’ai visité le Campo del Ghetto Nuovo. Si tu avais habité là-bas, dans le temps, tu aurais dû être de retour chez toi avant dix heures du soir. J’allais t’envoyer une carte postale du Rialto pour te dire qu’il n’y avait rien à signaler, a-t-elle ajouté, mais j’ai oublié.”

Le matin venu, je n’ai pu m’empêcher de remarquer les vilaines égratignures qui zébraient son dos. On aurait dit des sentiers.

“Peggy élève des lévriers russes, a lancé Clara. Ils sont devenus tout fous quand je me suis battue avec eux sur le tapis.

– Nue ?

– Il faut tout essayer. N’est-ce pas ce que répète ton mentor ?

– Boogie n’est pas mon mentor.

– Regarde-toi. Bouillant de colère. Tu brûles d’envie de me foutre à la porte, mais tu n’en feras rien. Parce que tu aimes bien t’afficher avec moi, ta *shiksa* de bonne famille complètement givrée.

– Tu sais ce qui serait bien ? Que tu prennes un bain, de temps en temps.

– Tu n’es pas un artiste comme moi et les autres. Tu es un voyeur. Et quand tu rentreras chez toi pour gagner plein d’argent, ce qui est inévitable étant donné ton caractère, et que tu auras épousé une gentille fille juive, une fille qui passe son temps à faire les magasins, tu pourras divertir les convives des banquets de l’Appel juif unifié en leur parlant de l’époque où tu partageais la vie de la scandaleuse Clara Chambers.

– Avant qu’elle devienne célèbre.

– Je ne te plais peut-être pas, mais ça viendra avec le temps. Parce que, en ce moment même, tu mets des souvenirs en banque. Terry McIver voit clair dans ton jeu.

– Ah ouais ? Et qu’est-ce qu’il dit à mon sujet, ce sale type ?

– Il dit que pour savoir ce que Boogie pensait hier, il suffit d’écouter Barney aujourd’hui. Il t’appelle ‘Barney le piano mécanique’. Faute de musique à lui, il joue celle des autres.”

Piqué au vif, je lui ai allongé une taloche, assez forte pour que sa tête aille heurter le mur. Et quand elle s’est ruée sur moi, les poings brandis, je l’ai lancée sur le lit.

“Tu étais avec un dénommé Carnofsky ? lui ai-je demandé.

– Je ne sais pas de quoi tu parles.

– J'ai appris qu'un type portant ce nom montre ta photo à gauche et à droite, pose des questions à ton sujet.

– Je ne connais pas cet homme. Je te le jure, Barney.

– Tu as recommencé à voler dans les magasins ?

– Non.

– À faire des chèques sans provision ? D'autres trucs que je devrais savoir ?

– Oh, attends. Je l'ai, a-t-elle dit, les yeux fourbes. À New York, j'ai eu un professeur de peinture qui s'appelait *Ch*arnofsky. Un vrai détraqué. Il avait l'habitude de me suivre jusqu'à mon loft du Village et de rester planté là à fixer ma fenêtre. J'ai reçu des appels obscènes. Une fois, dans Union Square, il s'est exhibé devant moi.

– Je croyais que tu ne connaissais pas de Carnofsky.

– Je viens tout juste de me rappeler, mais c'était *Ch*arnofsky. C'est sûrement lui, ce pervers. Il ne faut pas qu'il me trouve, Barney."

Elle a été une semaine sans quitter notre chambre. Et encore, elle avançait furtivement, le visage voilé par ses châles, en ayant soin d'éviter nos repaires habituels. Je savais qu'elle mentait au sujet de Carnofsky ou Charnofsky, mais je n'ai pas compris ce qui se tramait. Si j'avais été plus alerte, j'aurais peut-être pu la sauver. *Mea culpa*, une nouvelle fois. Merde, merde, merde.

6

“Saul ? C’est moi.

– Qui d’autre téléphone à l’aube ?

– Il est dix heures trente, pour l’amour du Christ.

– J’ai lu jusqu’à quatre heures du matin. J’ai l’impression de couver une grippe. Mes selles d’hier étaient toutes molles.”

Un jour, Saul, qui n’avait alors que dix-huit ans, est arrivé à la maison hors de lui et a aussitôt laissé tomber ses livres en s’écriant : “Merde, merde, merde !”, fidèle à son habitude parfaitement répugnante, avant de faire irruption dans le salon, où Miriam et moi étions assis. “Quelle affreuse journée, a-t-il enchaîné. Je me suis disputé avec ce crétin qu’est mon prof de philo. J’ai été assez idiot pour manger chez Ben’s et, depuis, j’ai l’estomac barbouillé. Empoisonnement alimentaire, sans doute. J’ai failli assommer un bibliothécaire complètement débile et je ne sais pas ce que j’ai fait de mon cahier de littérature anglaise, non pas que les bêtises que radote cet idiot méritent d’être notées, remarquez. J’ai attendu l’autobus pendant quarante minutes. Je me suis disputé avec Linda. J’ai une autre de mes migraines carabinées. J’espère qu’on ne mange pas encore des pâtes, ce soir.” C’est alors seulement qu’il a remarqué que la jambe de Miriam, posée sur un coussin, était dans le plâtre.

“Oh, a-t-il dit, qu’est-ce qui s’est passé ?

– Ta mère s'est fracturé la cheville, ce matin. Mais ne t'en fais pas. Vraiment."

De retour dans le présent, j'ai dit :

"Tu te souviens de la fois où je vous ai emmenés voir *Blanche-Neige et les Sept Nains*, toi et les autres ? Il y avait Atchoum, Dormeur, Prof, Grinchu et…

– Grinchu ? Tu veux parler de Grincheux ?

– C'est ce que j'ai dit. Les autres, comment s'appellent-ils ?

– Joyeux.

– Je sais. Et ?

– Vite comme ça, je ne me rappelle plus.

– Pense un peu.

– Merde, papa. Je ne me suis même pas encore brossé les dents.

– J'espère que je n'ai pas réveillé Sally.

– Sally, c'est de l'histoire ancienne. Si tu veux parler de Dorothy, elle est déjà partie au travail. Merde, merde, merde.

– Quoi ? Qu'est-ce qu'il y a ?

– Elle n'a pas laissé le *Times* sur mon lit et je m'aperçois qu'elle a oublié d'emporter mon linge sale. Avec ta permission, maintenant, je vais essayer de me rendormir."

Il est brillant, mon Saul, beaucoup plus intelligent que moi, mais toujours insatisfait. Aigri. Caustique. Accablé d'un sale caractère, qualité que je juge peu attrayante. Mais, en même temps, il a la chance d'avoir hérité d'une part de la beauté de Miriam. De sa grâce. De son originalité. Je l'adore, mon fils. Avant d'obtenir son diplôme de McGill, *magna cum laude*, il a daigné demander une bourse Rhodes. En ayant obtenu une, il l'a refusée avec son panache incomparable. "Cecil Rhodes, a-t-il déclaré aux membres du comité, était une crapule d'impérialiste, et vous feriez un usage plus honorable des fonds dévolus à ces bourses en restituant aux Noirs qu'il a exploités une partie de ce qu'il leur a volé. Pour ma part, je ne veux pas toucher à son argent éclaboussé de sang." Puisqu'il avait rejeté Oxford, Saul a choisi Harvard pour ses études supérieures. Naturellement, mon fils a refusé son diplôme, dans lequel, à l'époque, il voyait une marque d'infamie bourgeoise.

Mes deux garçons ont été victimes d'un court-circuit quelque part. Des fils se sont touchés. Mike, socialiste militant, est scandaleusement riche et marié à une aristocrate. En revanche, Saul, qui s'est converti au néoconservatisme, est pauvre comme Job et mène une existence sordide dans un loft de l'East Village, à New York, où se succèdent des filles en pâmoison qui font sa cuisine, sa couture et sa lessive. Saul vivote en écrivant des articles polémiques pour des publications de droite : *The American Spectator*, *The Washington Times*, *Commentary* et *National Review.* The Free Press vient tout juste de publier un recueil de ses textes. En voyage, chaque fois que je passe devant une librairie, je choisis trois livres d'art hors de prix et je les pose sur le comptoir en demandant : "Auriez-vous un exemplaire du brillant ouvrage de Saul Panofsky intitulé *Rapport minoritaire* ?" Si la réponse est négative, je m'écrie : "Dans ce cas, je ne veux pas de ceux-là !"

Saul est un tribun passionné. Ses diatribes de droite, indéniablement bien écrites, sont insultantes, homophobes et totalement dénuées de compassion envers les pauvres, mais elles m'amusent énormément, surtout quand je songe que, en 1980, Saul, âgé de dix-sept ans, était un agitateur marxiste. C'était un ardent partisan de l'indépendance du Québec, à ses yeux un rite de passage, nécessairement bref, qui déboucherait sur la création du premier État ouvrier d'Amérique, une fois que lui et sa bande auraient marché sur le palais d'Hiver de Québec (pas avant onze heures du matin, toutefois). Il prenait aussi la parole à l'occasion d'assemblées confidentielles où il dénonçait le racisme de l'État d'Israël et réclamait justice pour les Palestiniens. “Si Dieu a légué Canaan aux descendants d’Abraham, la progéniture d’Ismaël en fait aussi partie.”

À l’époque, Saul ne vivait plus à la maison, celle que j’avais acquise à Westmount après la naissance de Michael. Il faisait plutôt partie d’une commune, majoritairement composée de jeunes Juifs de la classe moyenne, dans un appartement sans eau chaude de la rue Saint-Urbain, en plein milieu de mon ancien quartier. Je m’y promène parfois dans l’espoir, toujours déçu, d’y reconnaître des visages ou des lieux familiers. Comme moi, cependant, les garçons avec qui j’ai grandi sont partis depuis longtemps : ceux qui ont réussi habitent à Westmount ou à Hampstead, et ceux qui en bavent toujours, dans les banlieues quelconques de Côte-Saint-Luc, Snowdon ou Saint-Laurent. Désormais, ces rues grouillent de jeunes Italiens, Grecs et Portugais, dont les parents, jonglant avec des factures en souffrance, sont à bout de souffle, comme l’étaient les nôtres. Signes des temps. La boutique du cireur de chaussures à qui j’apportais les feutres souples de mon père pour qu’il leur redonne forme a cédé la place à un salon de coiffure unisexe. Le Regent Theatre, où je pouvais autrefois assister à un programme double pour trente-cinq *cents* et profiter de trois heures de tripotage ininterrompu avec Goldie Hirschorn, bien connue pour ne pas être avare de ses charmes, a fermé définitivement ses portes. La bibliothèque où j’empruntais des livres (*Ambre* ; *Adieu, ma jolie* ; *Kings Row, une petite ville comme les autres* ; *Le Fil du rasoir*) pour trois sous par jour n’existe plus. À la place de la boucherie de M. Katz, Supreme Kosher Meat Mart, on trouve maintenant un club vidéo avec l’enseigne suivante : LES FILMS POUR ADULTES, NOTRE SPÉCIALITÉ. Mon ancien quartier possède désormais une librairie *new age*, un restaurant végétarien, un comptoir de médicaments holistiques et une sorte de temple bouddhiste, bref, des établissements répondant aux besoins de Saul, des membres de sa bande et d'autres énergumènes du même acabit.

Tu parles d'une bande… Des portraits des suspects habituels décoraient les pièces : Lénine, Fidel, le Che, Rosa Luxemburg, Louis Riel, le docteur Norman Bethune. Les mots FUCK PIERRE TRUDEAU avaient été peints à la bombe sur un mur, VIVE LE QUÉBEC LIBRE sur un autre. L'appartement empestait les chaussettes sales, les vieux pets et la mari. Des restes de pizzas traînaient ici et là. Je m'y rendais à l'occasion. Un jour, Saul était sorti à contrecœur d'une chambre pour m'accueillir, ses longs cheveux bruns tombant en cascade sur ses épaules, un bandeau cree lui enserrant la tête à la façon d'une auréole qui aurait glissé, un livre sur la révolution chinoise à la main. Aussitôt, il avait entrepris, devant ses camarades admiratifs, de me faire un sermon sur les rigueurs de la Longue Marche.

"La Longue Marche, c'est de la petite bière, ai-je répliqué en allumant un Montecristo. Une promenade de santé, petit. Un pique-nique du dimanche. Tu veux que je te parle d'une longue marche, moi ? Pendant quarante ans, tes ancêtres et les miens ont erré péniblement dans le désert, sans rouleaux impériaux ni canard laqué, et…

– Tu tournes tout à la blague. Les flics filment nos rassemblements, tu sais !

– Saul, mon fils, *abi gezunt.*"

Une jeune femme noire en sous-vêtements, recroquevillée sur le matelas posé par terre, a remué son grand corps maigre.

"Qu'est-ce que ça veut dire ? a-t-elle demandé.

– C'est un dicton de nos ancêtres. Les proprios d'immeubles peu scrupuleux de Canaan, tu sais. Ça signifie : 'Tant qu'on pète le feu, tout va pour le mieux.'

– Oh, va donc chier, a-t-elle dit en se levant et en sortant de la pièce d'un pas traînant.

– Quelle charmante demoiselle. Pourquoi tu ne l'emmènerais pas souper à la maison, un de ces soirs ?"

Une autre fille – courtaude, les yeux bouffis, nue – a émergé d'une chambre d'une démarche chancelante et s'est dirigée vers la cuisine en agitant son derrière devant mes yeux.

"Puis-je savoir laquelle de ces délicieuses créatures est ta petite amie ?

– Il n'y a pas de droit de propriété, ici."

Un autre jeune révolutionnaire, ses cheveux gras coiffés en queue-de-cheval, est sorti de la cuisine en buvant du café dans un pot à confiture.

"Qui c'est, le vieux chnoque ?

– Ne parle pas comme ça de mon père", a dit Saul.

Puis, m'entraînant à l'écart, il a chuchoté :

"Je ne veux pas que vous vous inquiétiez, toi et maman, mais ils risquent de venir me chercher.

– Qui ? Les services sanitaires ?

– La GRC. Ils m'ont à l'œil."

Sur ce point, il avait raison. Un an plus tôt, pendant une session de rattrapage au collège Wellington, Saul avait découvert que l'établissement investissait dans des succursales d'entreprises américaines, dont l'une fabriquait des bougies utilisées dans les chars d'assaut israéliens. Indignée, la bande de Saul s'était soulevée comme un seul homme et s'était barricadée au *faculty club*. Les révolutionnaires s'étaient aussitôt attiré l'hostilité de certains enseignants qui, bien que prêts à s'identifier à la nouvelle gauche, étaient fâchés de se trouver soudainement dans l'impossibilité de se soûler à crédit. Le manifeste des Quinze du 18 novembre, lancé d'une fenêtre du *faculty club* et diffusé, entre deux bulletins de circulation, à la tribune téléphonique matinale de Pepper Logan sur les ondes de CYAD, contenait les revendications suivantes :

Que le collège Wellington se défasse de ses actions dans des entreprises au service d'États fascistes ou racistes.

Que, en reconnaissance de l'exploitation passée des Québécois, les nègres blancs d'Amérique, cinquante pour cent des cours du collège Wellington soient désormais donnés en français.

Que, dans l'hypothèse où on continuerait à étudier un passé dénué du moindre intérêt, on abandonne le mot *history* au profit de *his and her story.*

La police a érigé des barricades aux abords du collège, mais elle n'a pas eu recours aux pièces d'artillerie. Des draps sur lesquels on avait barbouillé des slogans sont apparus aux fenêtres. MORT AUX FLICS. VIVE LE QUÉBEC LIBRE. RAPATRIEZ LES COMBATTANTS DE LA LIBERTÉ DU FLQ. Le troisième jour, on a coupé l'électricité, privant les Quinze du 18 novembre du plaisir de se voir à la télé. Ils se sont mis à brûler des meubles dans divers foyers de l'immeuble, ce qui a aggravé l'asthme de Judy Frishman. Puis, dès qu'ils ont manqué de bois, Marty Holtzman s'est enrhumé. Il voyait sa mère, campée de l'autre côté des barricades, qui lui tendait son chandail en cachemire et son manteau doublé de mouton, mais ce confort inatteignable ne faisait qu'exacerber ses crises d'éternuement. Leur régime à base de tablettes de chocolat convenait à certains, mais, quand sa peau s'est couverte de boutons, Martha Ryan a cessé de poser les seins nus à la fenêtre pour le bénéfice des cameramen, plaçant ainsi sa vanité avant la cause. Pas étonnant donc que ce soir-là, lors de la réunion de la cellule, on l'ait traitée de salope de bourgeoise.

Comme il fallait s'y attendre, l'exiguïté des lieux, l'obscurité et le froid glacial ont engendré de la dissension dans les rangs. Greta Pincus, à court de pilules pour ses allergies, a demandé son congé pour des raisons médicales. On a découvert que Calvin Potter fils humectait en cachette ses lentilles de contact sans partager son flacon avec deux camarades qui n'en avaient plus. Dénoncé, il a répliqué en accusant les autres d'avoir des préjugés contre les gays. Le jeudi, Molly Zucker a voulu se rendre à son rendez-vous avec sa psychanalyste, mais la requête a été rejetée par vote. Les toilettes, qui étaient bouchées depuis des jours, dégageaient des odeurs immondes. Le neuvième jour du siège, les Quinze du 18 novembre ont donc décidé de sortir juste avant l'heure de bouclage du bulletin de nouvelles de CBC-TV. Ils ont défilé en file indienne, la tête bien haute et le poing brandi en guise de salut, tandis qu'on les guidait vers le panier à salade. Pendant que je regardais le spectacle, Miriam, bouleversée, enfonçait ses ongles dans la paume de ma main, assez fort pour me faire grimacer.

Sous des dehors sereins, Miriam dissimulait en elle une guerrière prête à bondir. Pour le dire d'une autre manière, toute personne qui se balade dans les bois, dans notre pays, sait qu'il faut éviter de se trouver entre une ourse et son petit ; j'aimerais mieux, pour ma part, courir le risque d'être déchiqueté par un grizzly que de menacer un des enfants de Miriam.

"Vont-ils tabasser Saul, une fois au poste ? a-t-elle demandé.

– Ils ne vont pas toucher aux enfants de cette bande. Certains de leurs parents ont de trop bonnes relations. D'ailleurs, des avocats, dont John Hughes-McNoughton, attendent déjà sur place avec l'argent de la caution. Saul rentrera demain matin.

– Nous allons suivre le fourgon jusqu'au poste et prévenir ces salauds que s'ils osent porter la main sur Saul…

– Ce n'est pas comme ça qu'il faut s'y prendre, Miriam."

Faisant fi de ses larmes brûlantes, j'ai insisté pour la raccompagner à la maison.

“Tu t’imagines que je ne me fais pas de souci, moi ? Eh bien, tu te trompes royalement, ai-je dit. Mais tu es si naïve. Tu n’as aucune idée de la façon dont se règle ce genre d’affaires. On n’arrive à rien en proférant des menaces contre la police. Ni en signant des pétitions. Ni en écrivant aux rédacteurs en chef des journaux. Ce qu’il faut faire, dans un cas comme celui-ci, c’est amadouer les bonnes personnes, graisser la patte de ceux qui comptent. On s’y met dès demain, Hughes-McNoughton et moi.

– On pourrait au moins aller au poste et attendre qu’il soit libéré sous caution, demain matin ?

– Non, Miriam.

– J’y vais, moi.

– Mon cul, oui.”

Au terme d’une courte lutte, elle s’est écroulée dans mes bras, secouée de sanglots qui n’ont cessé que lorsque je l’ai mise au lit. À cinq heures du matin, je l’ai trouvée qui faisait les cent pas dans le salon, où elle m’a accueilli avec un regard glacial.

“Que Dieu te protège, Barney Panofsky, si ce n’est pas la bonne façon de procéder.

– Ne crains rien.”

La vérité, toutefois, c’est que j’étais moins sûr de moi que je ne le lui laissais croire.

Au cours de la matinée, Saul a été libéré sous caution. Comme il était indéniablement le cerveau du groupe, on l’a accusé, notamment, d’avoir troublé l’ordre public et de s’être livré au vandalisme. Personne ne savait quelles accusations précises porterait le collège Wellington, mais, ainsi que je me suis empressé de l’expliquer à Miriam, Calvin Potter père siégeait au conseil d’administration et le papa de Marty Holtzman était ministre dans le cabinet de Trudeau.

Après le déjeuner, j’ai dressé une liste de noms utiles et j’ai convoqué Saul dans la bibliothèque. Miriam et Kate l’ont suivi pour assurer sa protection.

“Je ne veux pas que tu t’inquiètes, camarade, ai-je dit. Me Hughes-McNoughton va rencontrer quelques personnes ici. Quant à moi, j’ai des rendez-vous à Ottawa.

– Ouais, je m’en doutais. Évidemment. Elle est pourrie jusqu’à la moelle, ta société.

– Heureusement pour toi, fiston, parce que sinon, selon John, tu risquerais deux ans de cachot. J’y ai séjourné, et je sais que ça ne te plairait pas. Alors tu ne dis pas un mot aux journalistes ni à d’autres valets de l’impérialisme tant que ce ne sera pas terminé. Pas de manifestes. Pas de *pensées** du président Saul. Compris ?

– Tu veux bien arrêter de le menacer ? a lancé Miriam.

– J’accepte de t’écouter, maman, parce que tu ne te sens pas obligée de crier pour faire entendre tes piètres arguments et que ton argent ne sert pas à financer le maintien de l’armée d’occupation israélienne dans la patrie ancestrale des Palestiniens.

– La prison, ce n’est pas ce que tu imagines, Saul. Si tu y passes ne serait-ce que six mois, ils vont te violer les uns après les autres, soir après soir.

– Rien ne m’oblige à écouter tes tirades antihomosexuelles.

– Merde, merde, merde.

– Je ne ferai rien qui puisse porter préjudice à un de mes camarades.

– Bien dit, Spartacus.

– Écoute ton père, mon chéri. Personne ne va te demander de porter préjudice à qui que ce soit.”

J’ai appris que le juge chargé du procès serait M. Bartholomé Savard de Saint-Eustache, qui avait la réputation d’être un homme à femmes doublé d’un *bon vivant**. John me l’avait un jour présenté au restaurant Les Halles. “Je suis un fervent admirateur de votre peuple, m’avait-il confié. Nul doute que les miens auraient intérêt à apprendre des vôtres et à se serrer les coudes, quoi qu’il advienne.”

Je suis rentré en vitesse en espérant que la nouvelle réconforterait Miriam. “C’est notre jour de chance, mon amour. Il se trouve que le juge est le frère de l’homme qui m’a sauvé, le bon évêque Sylvain Gaston Savard.”

Sa réaction m’a pris de court. “J’aimerais que tu me dises, a-t-elle lancé, pourquoi tu n’as expliqué à personne pour quelles raisons tu étais responsable de la traduction en anglais de ce bouquin débile consacré à son affreuse tante. On me pose souvent la question, tu sais.”

En plus de financer cette édition hors commerce du petit panégyrique de sœur Octavia, j’avais été forcé, à l’époque, de prendre à ma charge une bonne partie des frais d’érection d’une statue à la mémoire de cette salope, à Saint-Eustache. L’évêque espérait que sa tante serait un jour béatifiée, sinon pour ses bonnes œuvres en faveur des pauvres, du moins pour sa campagne de 1937, au cours de laquelle elle avait incité les siens à bouder les boutiques des Juifs, “qui ont la malhonnêteté dans le sang”.

“Parce que, ai-je dit, la vérité, si elle était connue, ne ferait qu’envenimer la situation.

– Tu ne joues pas franc jeu, a-t-elle répliqué, manifestement irritée. Après toutes ces années, tu cherches encore à plaire à Boogie. Il serait ravi de savoir que tu es à l’origine d’un scandale. ‘Tu vois, Boogie, malgré les apparences, je réussis encore à *épater le bourgeois**, comme tu me l’as appris.’

– Toi, tu prends un somnifère, ce soir.

– Hors de question.”

À Ottawa, par le plus grand des hasards, je suis tombé, dans le hall du château Laurier, sur cet escogriffe de Graham Fielding, sous-ministre de la Justice, et nous sommes allés manger au restaurant du Centre national des arts, en face. Fielding était l’héritier d’une famille de courtiers montréalais immensément riche. Sa femme, qui lui coupait les cheveux et reprisait ses chaussettes, n’était pas autorisée à faire les magasins sans lui. Il préférait l'accompagner une fois l'an à la boutique de vêtements "presque neufs" d'Oxfam. Des années plus tôt, nous avions pris quelques bières ensemble à Paris, du temps où il étudiait à la Sorbonne. Frisant la cinquantaine à présent, Fielding, qui passait son temps à remonter du bout de son index ses lunettes à monture d'écaille, avait gardé l'apparence d'un écolier précoce, du mouchard de la classe. Nous avions déjà bien entamé la deuxième tournée lorsqu'il a demandé au serveur de lui apporter sa propre boîte de Montecristo. Comme c'est gentil de sa part, ai-je songé. Puis je l'ai vu se choisir un cigare, laisser le serveur le couper et l'allumer pour lui avant de le chasser d'un geste. Amusé, j'ai professé ma grande admiration pour les tableaux géométriques de sa femme, tous exécutés dans des camaïeux de jaunes, puis je me suis indigné du fait qu'elle n'ait encore jamais exposé à New York, *où ses tableaux iraient chercher un max.* S'il était assez aimable pour me refiler quelques diapositives, je les ferais suivre au grand Leo Bishinsky, un vieil ami. Je lui ai ensuite parlé des déboires de Saul en ayant soin de les présenter sous un jour amusant.

"Tu te rends compte, a dit Fielding en extirpant ses longues jambes de sous la table, que les poursuites intentées par les autorités provinciales constituent un monde à part.

– Graham, je ne t'aurais jamais parlé de cette affaire si j'avais pensé que tu pouvais influer sur les procédures. Une telle démarche aurait été tout à fait déplacée, ai-je dit en demandant l'addition et en lui laissant ma carte. Et, s'il te plaît, n'oublie pas de m'envoyer ces diapos."

Ensuite, j'ai obligé un vieil ami à m'emmener dîner au Club Mont-Royal, un jour où je savais que Calvin Potter père y serait. M'arrêtant à sa table, je l'ai félicité pour les fiançailles de sa fille avec le fils du sénateur Gordon McHale, promis à un si brillant avenir politique.

“Hélas, le calvinisme a la vie dure, ai-je dit. Ce bon vieux Gordon, par exemple, ne tolère tout simplement pas l’homosexualité, qu’il considère comme une maladie honteuse.”

Changeant de sujet, Potter a fustigé le vandalisme et le radicalisme, qui se répandaient comme une traînée de poudre. Pour lui, il était important que les jeunes voyous du collège Wellington, son fils y compris, reçoivent une bonne leçon.

“Tu as mille fois raison. Mais je me fais du souci pour les familles, innocentes, elles. Dans l’hypothèse d’un long procès, les peccadilles commises en privé par les contrevenants, qui ne sont pas tous certains de leur orientation sexuelle – ce qui ne durera pas, il va sans dire –, risquent d’être montées en épingle par la presse, toujours à l’affût de scandales dans les classes sociales supérieures.”

En tirant quelques ficelles, j’ai réussi à me faire inviter au Club Saint-Denis, où j’ai coincé le ministre provincial de la Justice. À son oreille tendue, j’ai soutenu avec passion que le Canada était pratiquement dépourvu de culture autre que canadienne-française. Le même week-end, je suis allé à une retraite organisée à l’abbaye bénédictine de Saint-Benoît-du-Lac, où j’ai eu l’occasion de renouer avec le bon évêque Sylvain Gaston Savard, neveu dévoué de l’immonde sœur Octavia. Nous nous sommes étreints, en bons amis, avant de bavarder un moment. L’évêque a déploré l’état de délabrement de sa cathédrale de Saint-Eustache en disant avoir grand besoin d’argent pour lui rendre sa gloire d’antan. “Ça tombe bien, ai-je dit, parce que, pour ma part, je suis si reconnaissant envers cette province – non, cette nation qui ne demande qu’à naître – pour tout ce qu’elle nous a donné, à moi et à ma famille, que je voudrais lui rendre la pareille. Naturellement, il serait déplacé que je te donne un coup de main au moment où ton frère s'apprête à juger mon fils pour ses égarements."

Même Miriam a dû convenir que j'avais fait le maximum. Et le procès a bien débuté, tellement que c'en était presque troublant. Et même un peu décevant, à vrai dire. Les avocats du collège n'ont pas joué trop dur, peut-être parce que les parents des accusés avaient promis de financer une chaire d'études sur les minorités visibles. Vêtu d'un costume, Saul affichait une pâleur de circonstance et répondait aux questions d'une voix si faible que le juge Savard a dû lui demander plus d'une fois de parler plus fort.

Le matin du verdict, des sympathisants se sont réunis devant le palais de justice, brandissant des pancartes qui proclamaient LIBÉREZ LES QUINZE DU 18 NOVEMBRE OU N'OUBLIEZ PAS *LES PATRIOTES**. Par chance, le juge, qui n'avait encore jamais bénéficié d'une telle attention, était d'humeur radieuse. Dans son résumé de l'affaire, il a évoqué ses propres années rebelles à Saint-Eustache. Il avait atteint l'âge d'homme, a-t-il rappelé, à une époque où on ne pouvait pas se faire servir en français chez Eaton et où, sur les boîtes de macaronis, les recettes étaient en anglais seulement. Il s'est remémoré la Grande Dépression, puis la Seconde Guerre mondiale, qu'il avait suivie aux actualités. Il a souligné que nous vivions à une époque qui mettait à l'épreuve les garçons et les filles. La guerre froide. Les drogues. La pollution. La promiscuité sexuelle. Les magazines et les films pornographiques. De malheureuses tensions entre anglophones et francophones. Un déplorable déclin de la fréquentation des églises et, a-t-il ajouté, le regard pétillant, des synagogues. Il était logique que les jeunes, en particulier les plus sensibles d'entre eux, soient troublés, a-t-il risqué. Mais cette situation, s'est-il empressé de préciser, ne les autorisait pas à se déchaîner, à saccager des biens privés. Personne n'est au-dessus des lois. Et pourtant, et pourtant, a-t-il réfléchi à haute voix, serait-il utile d'incarcérer au milieu de criminels de droit commun les fils et les filles de citoyens exemplaires ? Oui, certes, s'ils s'accrochent à leurs croyances radicales. Non, peut-être, seulement peut-être, s'ils se repentent sincèrement. Puis, après lui avoir mâché le travail, il a demandé à Saul s'il avait quelque chose à dire avant que sa peine soit déterminée.

Hélas, Saul avait vu les journalistes et les admirateurs qui avaient pris d'assaut la salle d'audience et attendaient la suite en retenant leur souffle.

“Eh bien, jeune homme, a insisté le juge Savard en souriant avec affabilité.

– Je me fous comme de l'an quarante de la peine que tu vas m'imposer, vieux chnoque, vu que je ne reconnais pas l'autorité de ce tribunal. Tu n'es qu'un autre valet de l'impérialisme.”

Puis, brandissant le poing, il a hurlé : “Le pouvoir au peuple ! *Vive le Québec libre !* *”

Miriam, certaine que Saul venait de tout gâcher, était horrifiée. Me Hughes-McNoughton et moi, craignant de voir tous nos efforts anéantis, avons échangé des regards désespérés. Comme le juge Savard s'efforçait de rétablir un semblant de décorum dans la salle, j'en ai profité pour sortir griller la cigarette dont j'avais le plus grand besoin.

Quelques minutes plus tard, Miriam m'a rejoint, tout sourire, suivie de Saul, visiblement déçu. Mike et Kate ont couru le serrer dans leurs bras. “Condamnation avec sursis, a dit Miriam, à condition qu'il se tienne tranquille et vive à la maison.” Il y avait aussi une amende à payer.

C'est alors seulement que j'ai vu le bon évêque Sylvain Gaston Savard s'approcher avec un porte-documents rempli de plans d'architectes et de devis d'entrepreneurs, le visage fendu d'un large sourire.

7

J'ai lu dans la *Gazette* de ce matin un article selon lequel un jury a accordé quatre cent mille dollars à l'ancien gérant de la cafétéria du Smithsonian de Washington, que son patron avait traité de "vieux chnoque". L'homme en question, un jouvenceau de cinquante-quatre ans à l'époque des faits, a soutenu que son patron lui faisait souvent des remarques liées à son âge, par exemple : "Vous avez vu les cheveux gris de Jim ?", "Comment ça va, mon vieux ?" ou encore "Voici venir l'ancêtre, sortez le fauteuil roulant".

Hélas, tout comme Jim, j'arrive au bout du chemin. Hier, en sortant de la chambre de torture de l'homme qui me triture le dos quand ma sciatique devient intolérable, j'ai été accueilli par un véritable déluge. Incapable de trouver un taxi, j'ai sauté dans un autobus, rue Sherbrooke. Bondé, pas un seul siège libre. Mais, devant moi, j'ai repéré une séduisante jeune femme en minijupe, assise les jambes croisées. Aussitôt, je me suis mis à la déshabiller en pensée, à descendre des fermetures Éclair et à défaire des agrafes avec une lenteur affriolante. Sans doute était-elle clairvoyante, car voilà que – à moins qu'il ne se soit agi d'un tic nerveux – elle s'est mise à me zyeuter, moi. Elle m'a souri, à moi, le vieux Barney Panofsky, et mon pauvre petit cœur a tressailli. Je lui ai rendu son sourire. Bondissant sur ses pieds, elle a dit :

"Vous voulez vous asseoir, monsieur ?

– Je suis parfaitement capable de rester debout, ai-je dit en la repoussant sur son siège.

– Quelle époque, a-t-elle soupiré. Ça m'apprendra à être gentille, tiens."

Passons. Au risque d'insulter mes voisins, peut-être même d'être poursuivi en justice comme le patron de Jim, ce malotru qui se moque des vieux, je dois avouer que l'immeuble où j'habite, au centre-ville de Montréal, est en réalité un château destiné aux vieux chnoques riches. Pas de douves ni de pont-levis, mais, quand même, ça ressemble drôlement à une forteresse où se réfugient les septuagénaires anglophones, terrorisés par un Premier ministre séparatiste qui, à l'école, avait pour surnom "la Fouine". La plupart de mes voisins se sont délestés de leurs grandes demeures dans Westmount et, par mesure de précaution, ont transféré leurs portefeuilles d'actions à Toronto en attendant que les *Québécois pure laine** (soit les francophones qui répondent aux critères de la pureté raciale) soient appelés une deuxième fois à dire oui ou non à une forme d'indépendance pour ce trou perdu appelé Québec.

Récemment, les Teitelbaum, pour se débarrasser de notre immeuble, l'ont vendu à une nouvelle bande d'investisseurs venus de Hong Kong avec des valises bourrées de billets de banque. L'immeuble a pour nom The Lord Byng Manor, d'après le vicomte Byng, général britannique qui, avant de devenir l'un de nos gouverneurs généraux, s'est distingué en conduisant des milliers de Canadiens au massacre sur la crête de Vimy, en 1917. Les types de Hong Kong, sentant le vent tourner, projettent de rebaptiser notre imposant amas de granite, qui deviendrait le Château Dollard-des-Ormeaux en l'honneur d'un des premiers héros de la Nouvelle-France. On dit que Dollard des Ormeaux s'est sacrifié aux côtés de seize compagnons pour sauver Ville-Marie (le nom de Montréal en 1660) en se battant contre trois cents Iroquois, au Long-Sault.

Ou encore qu'il était un marchand de fourrures rapace qui a connu une fin aussi cruelle que méritée en tombant dans une embuscade avec ses hommes. Quoi qu'il en soit, mes voisins, indignés par cet affront à leur patrimoine anglophone, font circuler une pétition pour empêcher le changement de nom.

L'un de mes voisins, octogénaire qui terrorisait tout le monde du temps où il était ministre du gouvernement fédéral, est devenu gaga. Toujours aussi bien mis, il ne sort jamais sans sa casquette de tweed, sa cravate de régiment, sa veste d'équitation et son pantalon de cavalerie en sergé. Son regard, toutefois, est vide. Quand le temps le permet, la jeune infirmière enjouée qui s'occupe de lui le sort pour l'aérer. Ils font le tour du jardin avant de s'asseoir sur un banc au soleil : l'infirmière se plonge dans un roman Harlequin, tandis que l'ex-ministre suçote des bonbons en observant le va-et-vient des voitures sur le parking et en notant dans un petit carnet le numéro des plaques d'immatriculation. "Félicitations", dit-il en souriant chaque fois qu'il me voit passer.

Le sénateur qui a récemment emménagé dans le penthouse de l'immeuble n'est autre que Harvey Schwartz, ex-*consigliere* du baron de la bibine, Bernard Gursky. Harvey est riche à craquer ; Becky et lui possèdent un Hockney que je leur envie, un Warhol et un tableau de comment s'appelle-t-il déjà, ce type, celui qui roulait à vélo sur ses toiles[1] ? Et un Leo Bishinsky, dont la valeur a grimpé en flèche. Dernièrement, dans l'entrée de l'immeuble, j'ai arrêté les Schwartz, lui déguisé en gangster des années 1920 et elle en poulette ; visiblement, ils étaient en route vers un bal costumé organisé en soutien à une bonne cause.

"Ma parole, si c'est-y pas Bonnie *and* Clyde Schwartz en chair et en os. Surtout, ne tirez pas.

1. Jackson Pollock (1912-1956).

– Ignore-le, a dit Harvey. Il est ivre, comme d'habitude.

– Un instant, ai-je dit. Votre Leo Bishinsky, vous savez bien ?

– Oublie ça. Tu n'as jamais été invité chez nous et tu ne le seras jamais.

– Je pensais que vous seriez heureux de savoir que j'y ai mis la main, ou plutôt le balai à franges. Un jour, Leo m'a passé le sien et voilà !

– Je n'ai jamais rien entendu d'aussi ridicule, a déclaré Becky.

– Je parie à dix contre un que tu n'as jamais rencontré Bishinsky", a dit Harvey en me frôlant.

Au Lord Byng Manor, nous nous enorgueillissons également d'un petit troupeau de divorcées d'un certain âge. Ma préférée, une anorexique casquée de cheveux teints en blond et laqués, avec des seins autrefois aussi plats que des crêpes et deux cure-dents à la place des jambes, ne m'adresse plus la parole depuis son retour d'une clinique de rajeunissement de Toronto, où elle s'est fait remonter le visage et gonfler les nichons. Je l'ai accueillie dans l'entrée en l'embrassant sur la joue.

"Qu'est-ce que tu regardes ? a-t-elle demandé.

– J'attends de voir si les bosses restent en place.

– Salaud."

Plus rien ne m'oblige vraiment à aller à ma boîte de production, où on me considère comme un poids mort. Je pourrais vivre n'importe où. À Londres avec Mike et Caroline. À New York avec Saul et sa conquête du moment. Ou encore à Toronto avec Kate. Kate est ma petite chérie. Mais, à Toronto, je risquerais de tomber sur Miriam et Blair Hopper né Hauptman, Herr Doktor Professor Charlatan.

CBC-Radio, trop heureuse du retour de Miriam dans la Ville reine, lui a vite trouvé un créneau. Ayant repris son nom de jeune fille, Greenberg, celui sous lequel elle était devenue une journaliste culturelle connue dans tout le pays, elle anime désormais une émission matinale consacrée à la musique classique, *Demandes spéciales*. Miriam y fait jouer les enregistrements réclamés par des auditeurs qui, en plus, nous infligent les histoires cucul au possible qui motivent leur choix. Comme j'enregistre ces émissions, j'ai pu compiler une liste des airs les plus populaires auprès de M. et Mme Tout-le-Monde, soit, sans ordre particulier : l'ouverture de *Guillaume Tell*, *La Sonate au clair de lune*, *Le Concerto de Varsovie*, *Les Quatre Saisons* et *L'Ouverture solennelle 1812*. Je me rejoue ces enregistrements, le soir, assis dans l'obscurité, un verre de Macallan à la main, savourant la voix de mon unique grand amour, essayant de me convaincre qu'elle est non pas à la radio mais bien dans notre salle de bains, où elle se livre à ses ablutions nocturnes, se prépare à se mettre au lit, où elle se lovera contre moi, réchauffant mes vieux os, et où je ne lâcherai ses seins qu'en sombrant dans le sommeil. Pour peu que ma ration de Macallan soit suffisante, je pousserai le jeu jusqu'à lui lancer : “Je sais que tu te fais du souci à cause du tabac, mon amour, alors j'éteins mon cigare et je te rejoins tout de suite.”

Pauvre Miriam. Son émission est absolument nulle. Entre deux disques, elle doit lire à voix haute les lettres de ses auditeurs, dont – pour ma joie éternelle – celle que lui aurait envoyée une certaine Mme Doreen Willis, résidente de l'île de Vancouver.

Chère Miriam,

J'espère que vous ne m'en voudrez pas d'une telle familiarité, mais, ici, sur l'île de Vancouver, on considère que vous faites partie de la famille. Je me lance donc. Oh, que je suis gênée ! Il y a quarante ans aujourd'hui, je me trouvais sur la “route de briques jaunes” de Banff avec Donald ; c'était notre lune de miel. Nous roulions dans une Plymouth Compact. Bleue, ma couleur préférée. J'aime aussi l'ocre, l'argent et le lilas. Je trouve aussi que le jaune canari va bien à certaines personnes, si vous voyez ce que je veux dire. En revanche, je ne supporte pas le bordeaux. Il pleuvait à boire debout. Et que se passe-t-il alors ? Je vous le donne en mille : une crevaison. J'étais furieuse. Donald, alors aux premiers stades de la sclérose en plaques, même si nous étions loin de nous en douter à l'époque (je le croyais simplement maladroit), n'a pas réussi à la réparer. Et moi, pauvre petite ? Je n'allais tout de même pas risquer de tacher de cambouis mon deux-pièces à pois flambant neuf, avec un veston semi-ajusté qui m'arrivait juste au-dessus de la taille. Il était turquoise. Heureusement qu'un bon Samaritain s'est arrêté, car nous commencions à nous faire un sang de cochon. Aïe. Avec un nom comme le vôtre, cette expression risque de vous offenser. Sans rancune, hein ? Nous étions épuisés à notre arrivée au Banff Springs Hotel. Donald a quand même tenu à ce que nous fêtions notre folle équipée en nous offrant deux Singapore Slings. Le barman avait allumé la radio et Jan Peerce chantait *The Bluebird of Happiness.* J'en ai eu la chair de poule, je vous prie de me croire. Cet air s'accordait parfaitement à notre humeur. Aujourd'hui même, nous fêtons notre quarantième anniversaire de mariage, et Donald, confiné dans un fauteuil roulant depuis des années, voit tout en noir (ma couleur préférée, ha, ha !). Mais je tiens à ce que vous sachiez qu'il n'a pas perdu son sens de l'humour. Je l'appelle "Tremblote", et ça le fait rire si fort que je dois chaque fois le moucher et lui essuyer le menton. Bah, pour le meilleur et pour le pire… N'est-ce pas la promesse que nous avons faite ? Encore que je pourrais nommer certaines femmes mariées qui n'ont pas respecté la leur.

Faites jouer *The Bluebird of Happiness* de Jan Peerce pour Donald, s'il vous plaît, car je sais que cet air va lui remonter le moral. Mille mercis de la part d'une fidèle auditrice.

Bien à vous,

DOREEN WILLIS

Je t'ai bien eue, ai-je songé en me servant une généreuse rasade et en exécutant quelques pas de danse. Puis je me suis rassis et j'ai commencé à prendre des notes en vue d'une autre lettre.

Au crépuscule de ma vie, je m'attarde à Montréal, dont je brave les rues hivernales glacées, malgré mes os de plus en plus friables. Il me convient d'habiter une ville qui, comme moi, est en plein déclin. Hier encore, me semble-t-il, les séparatistes ont lancé leur campagne référendaire par un spectacle donné devant un millier de fanatiques au Grand Théâtre de Québec. Leur déclaration de souveraineté, prolixe, quoique franchement prématurée, récitée par un duo réuni sous les projecteurs, devait davantage aux cartes Hallmark qu'à Thomas Jefferson.

Nous, peuple du Québec, déclarons que nous sommes libres de choisir notre avenir.

L'hiver nous est connu. Nous savons ses frimas, ses solitudes, sa fausse éternité et ses morts apparentes. Nous avons bien connu ses morsures…

Nous avions affaire à un monstre bicéphale : à Québec, notre Premier ministre provincial, la Fouine, et ses laquais ; à Ottawa, Dollard d'occasion, le bouillant chef du Bloc québécois. Dollard d'occasion a allumé un véritable incendie, ici. Bientôt, les seuls anglophones encore présents à Montréal seront les vieillards, les infirmes et les pauvres. Tout ce qui fleurit, en ce moment, ce sont les pancartes FOR SALE/À VENDRE qui, devant les maisons, poussent comme des jonquilles hors saison ; dans les vitrines des rues autrefois animées, on voit partout des écriteaux TO LET/À LOUER. Dans mon bar de prédilection, rue Crescent, on organise au moins une fois par mois une veillée mortuaire pour le plus récent habitué qui, en ayant sa claque du tribalisme, part vivre à Toronto ou à Vancouver. Ou, que Dieu le protège, à Saskatoon, “un bon endroit où élever des enfants”.

Dink’s est le nom du bar où je mange presque tous les midis et où je retourne vers cinq heures, moment où les vieux chnoques aigris envahissent les lieux. L’adorable petite friponne qui me sert d’adjointe aux Productions totalement inutiles, l’indispensable Chantal Renault, connaît ma routine sur le bout des doigts. Faisant fi des hommes que sa présence ne manque jamais d’émoustiller, elle va et vient avec des chèques à signer et d’autres problèmes plus emmerdants encore. Par chance, Arnie Rosenbaum n’est plus des nôtres. Arnie, mon camarade de classe à l’école secondaire Fletcher’s Field, est le *nebbish* que j’avais sottement chargé de gérer l’antenne montréalaise de mon entreprise d’importation de fromages. Mû par la culpabilité, je l’ai gardé avec moi, au service de la comptabilité, quand je me suis lancé précipitamment dans la production télévisuelle, en 1959. Quelle époque, nom de nom ! Harcelé par les créanciers, je reportais constamment le paiement des factures de laboratoire, de pellicule et de location de caméras. Et je devais aussi composer avec Arnie. Arnie qui grinçait des dents et souffrait d’halitose, d’asthme, d’ulcères et de flatulences, des maux exacerbés par les tourments que lui infligeait son supérieur, Hugh Ryan, notre comptable agréé. Tantôt, Arnie, en arrivant au travail, découvrait dans un de ses grands livres une entrée qui n’était pas de lui et qui l’obligeait à se lancer dans d’interminables calculs. Tantôt, il avalait ce qu’il croyait être une de ses pilules et se trouvait, avant la fin de la matinée, en proie à une soudaine crise de diarrhée. Je me souviens aussi de l'après-midi où Arnie était venu me relancer au Dink's. "Je sors de chez le blanchisseur, avait-il dit en lançant son imper sur le bar. Regarde ce qu'on a trouvé dans mes poches." Des préservatifs. Un vibromasseur. Une minuscule culotte noire déchirée. "Et si c'était Abigail qui les avait vidées ?"

J'abhorrais Hugh, moi aussi, mais je n'osais pas le virer. Neveu du ministre des Finances du Canada, il était régulièrement invité à la table des présidents de la Banque de Montréal et de la Banque royale. Sans ses garanties, les marges de crédit dont j'avais désespérément besoin fondraient comme neige au soleil.

"Si seulement tu l'ignorais, Arnie, il finirait par se lasser. Mais bon, je vais lui en toucher un mot.

– Un jour, que Dieu me pardonne, je vais lui planter un couteau entre les omoplates. Flanque-le à la porte, Barney. Je suis capable de faire son travail.

– Je vais y réfléchir.

– Je n'en attendais pas moins… Merci quand même."

Parmi les habitués du Dink's, ces jours-ci, figurent quelques divorcées, un certain nombre de journalistes, dont Zack Keeler, chroniqueur à la *Gazette*, deux ou trois raseurs à éviter à tout prix, des avocats, un Néo-Zélandais en rade ici et un sympathique coiffeur gay. La vedette du groupe et mon meilleur ami en ce lieu est un avocat qui s'approprie en général le tabouret voisin du mien à midi et ne le libère qu'à sept heures, moment où nous abandonnons le Dink's au rock assourdissant et aux jeunes qui viennent s'y peloter.

Il y a longtemps déjà que John Hughes-McNoughton, héritier d'une riche famille de Westmount, a égaré sa boussole morale. Ce grand maigre aux épaules voûtées et aux cheveux clairsemés teints en brun, dont les yeux bleus respirent le mépris, était autrefois un brillant criminaliste. Mais deux divorces coûteux et un mélange explosif d'alcool et d'irrévérence ont eu raison de lui. Représentant, il y a quelques années, un escroc doublé d'un noceur de première, un homme accusé d'avoir agressé sexuellement une jeune femme qu'il avait cueillie à l'Esquire Show Bar, John a commis l'erreur de boire ferme chez Delmo's avant de revenir devant le tribunal pour présenter sa plaidoirie finale. S'approchant de la barre d'un pas légèrement chancelant, il s'est lancé, la bouche pâteuse : "Mesdames et messieurs les jurés, le devoir me commande de prononcer un discours enflammé pour défendre mon client. C'est au juge de vous présenter ensuite un résumé impartial des preuves entendues. Il vous appartiendra en dernier ressort, mesdames et messieurs les jurés, de décider, dans votre sagesse, de la culpabilité ou de l'innocence de mon client. Mais par respect pour Juvénal, qui a un jour écrit *probitas laudatur et alget*, maxime que je ne vous ferai pas l'injure de traduire, je dois vous avouer que je suis beaucoup trop soûl pour me lancer dans une plaidoirie. Par ailleurs, malgré une longue fréquentation des tribunaux, je n'ai encore jamais rencontré un seul juge impartial. Quant à vous, mesdames et messieurs les jurés, vous êtes tout à fait incapables de déterminer si mon client est coupable ou non." Puis il s'est assis.

En 1989, John prenait la parole dans des meetings pour exprimer son soutien à un drôle de nouveau parti formé de protestataires anglophones qui réussiraient à faire élire quatre députés à notre mal nommée Assemblée nationale à Québec. Il a également signé des textes d'opinion cinglants qui tournaient en ridicule les lois linguistiques bancales de la province, lesquelles stipulaient, entre autres absurdités, que l'affichage commercial en anglais et même dans les deux langues était dorénavant *verboten* puisqu'il abîmait le *visage linguistique de la Belle Province**. En ces temps de chicane, même le Dink's a reçu la visite d'un inspecteur (ou d'un membre de la police de la langue, comme on disait alors) de la Commission de protection de la langue française. Ce bedonnant *patriote** des temps modernes, affublé d'une chemise hawaïenne et d'un bermuda, a été navré de découvrir, au-dessus du bar, une bannière qui proclamait :

ALLONS-Y, EXPOS
GO FOR IT, EXPOS

Sur un ton des plus polis, l'inspecteur a déclaré que, si le sentiment était admirable, la bannière, elle, était malheureusement illégale. En effet, les caractères du message en anglais étaient aussi gros que ceux du message en français, alors que, selon la loi, le texte en français devait être deux fois plus gros. Il était trois heures passées quand l'inspecteur a rendu son jugement, et John, qui avait déjà bu plus que de raison, était d'humeur combative.

"Le jour où vous nous enverrez un inspecteur deux fois plus grand que nous, les anglophones, a-t-il beuglé, nous la décrocherons, la banderole ! D'ici là, elle ne bouge pas.

– Vous êtes *le patron**?

– *Fiche le camp. Espèce d'imbécile**."

Six mois plus tard, John défrayait la chronique : il n'avait pas payé ses impôts provinciaux depuis six ans. Simple omission de sa part. Il a donc convoqué les journalistes au Dink's.

"On me persécute parce que je suis anglophone, porte-parole d'une communauté spoliée de ses droits constitutionnels, a-t-il déclaré. Croyez-moi, je ne me laisserai ni intimider ni réduire au silence. Et je vais survivre. *Fortis fortuna adiuvat*, comme l'a si bien dit Terence. Ça s'écrit T-E-R-E-N-C-E, messieurs.

– Vous les avez payés ou pas, vos impôts ? a demandé un journaliste du *Devoir*.

– Je refuse de répondre aux questions hostiles posées par des journalistes de la presse francophone dont les motivations politiques sautent aux yeux."

Lorsqu'il a abusé de sa boisson de prédilection, la vodka au jus de canneberge, John peut se montrer franchement odieux. Il s'en prend de préférence à l'inoffensif coiffeur gay, qu'il engueule en le traitant de pousse-crotte ou pire encore, au grand déplaisir de Betty, notre incomparable barmaid, et des autres clients. Betty, qui semble née pour faire ce travail, s'arrange pour qu'aucun client étranger à notre bande ne vienne s'installer à notre bout du bar en forme de fer à cheval. Elle filtre les coups de fil importuns avec brio. Si, par exemple, la femme de Nate Gold téléphone, Betty se tourne vers Nate dans l'attente d'un signe de sa part tout en criant à la cantonade : "Nate Gold est là ?" Elle accepte les chèques de Zack Keeler, entre autres, et les met de côté tant qu'elle n'a pas l'assurance qu'ils ne lui seront pas renvoyés faute de fonds suffisants. Quand les effets de l'alcool rendent John insupportable, elle le prend doucement par le bras et lui dit :

"Ton taxi est là.

– Mais je n'ai pas commandé de…

– Bien sûr que si, pas vrai, Zack ?"

John est une fripouille, aucun doute à ce sujet, mais c'est aussi un homme intelligent et un original, espèce rare dans cette ville. De plus, je lui dois une reconnaissance éternelle. Même si je me doute bien qu'il me croyait coupable, il a fait des miracles en cour. Il ne m'a jamais abandonné, même à l'époque où seules les visites de Miriam à la prison de Saint-Jérôme m'empêchaient de sombrer dans le désespoir.

"Bien sûr que je te crois, disait-elle alors. Mais je pense aussi que tu ne m'as pas tout dit."

Encore aujourd'hui, quand le responsable de l'enquête, le sergent-détective Sean O'Hearne, débarque au Dink's, John fait de son mieux pour l'humilier.

"Si tu as l'intention d'imposer ta présence à cette auguste assemblée, O'Hearne, tu vas devoir payer tes propres consommations, maintenant que tu as pris ta retraite.

– À ta place, maître Hughes trait d'union McNoughton, je me mêlerais de mes oignons.

– *Ite, missa est*, sale vipère. Je te prie donc de ne pas importuner mon client. Tu peux encore être accusé de harcèlement, tu sais."

Raskolnikov et moi, même combat. Ou, pour le dire autrement, à chaque suspect son inspecteur Porphyre. O'Hearne ne me lâche pas d'une semelle dans l'espoir d'une confession de dernière minute.

Pauvre O'Hearne.

Tous ceux qui fréquentent le Dink's l'après-midi ont subi les affres du temps, moi y compris, mais les années se sont montrées particulièrement cruelles envers O'Hearne, à présent âgé d'un peu plus de soixante-dix ans. Autrefois, il était carré comme un boxeur, sans une once de graisse, dur comme les héros de la Warner Bros., avec un penchant pour les borsalinos, les cravates larges et les costumes sur mesure qu'il obtenait gratis. À cette époque, depuis longtemps révolue, sa seule présence au Dink's ou dans n'importe quel bar de la rue Crescent suffisait à en chasser les dealers, les receleurs et les call-girls, qui ne tenaient surtout pas à ce qu'il les voie dépenser sans compter. À présent, toutefois, O'Hearne est moins corpulent que gonflé à la bière, comme s'il était plein de vent, et les rares cheveux blancs qui lui restent, séparés au milieu et plaqués sur son crâne, ressemblent à s'y méprendre à des arêtes de saumon blanchies. Pique-le avec une fourchette, me dis-je parfois, et la graisse va gicler de lui comme d'une saucisse en train de cuire. Joufflu, suant, un double menton tout flasque et un ventre monumental : voilà notre homme. De l'époque où il fumait à la chaîne des Player's Goût velouté, il lui est resté une toux bronchique grasse qui le secoue souvent de part en part, tellement que, à chacune de ces quintes, nous prenons la résolution de relire notre testament en rentrant. La dernière fois qu'il est passé voir où j'en étais, il s'est hissé avec effort sur le tabouret voisin du mien, la respiration sifflante. “Tu sais ce qui me préoccupe le plus, par les temps qui courent ? Le cancer du rectum. Avoir à chier dans un sac Glad attaché à ma hanche. Comme ce pauvre vieux Armand Lemieux. Tu te souviens de lui ?”

Lemieux était celui qui m'avait passé les menottes.

“Maintenant, il faut que je reste assis sur les chiottes pendant une heure, a-t-il dit, et encore, ça sort par vilains petits fragments.

– Fascinante, cette description de tes excréments. Pourquoi tu ne vas pas chez le médecin ?

– Tu manges japonais, toi ?

– Seulement si j'y suis forcé.

– J'ai essayé ce nouveau resto, rue Bishop, le Lotus Blossom ou un truc du genre, et on m'a servi du poisson cru et du vin chaud. Écoutez, j'ai dit à la serveuse, moi j'aime ma nourriture *chaude* et mon vin *froid*. Rapportez-moi tout ça et recommencez, d'accord ? Tu sais quoi ? Je lis beaucoup, ces jours-ci.

– Assis sur les chiottes ?

– Lemieux se souvient de toi comme si c'était hier. La façon dont tu t'en es sorti… Selon lui, tu es un génie.

– Ça me touche beaucoup.

– Pour un vieux policier, Lemieux s'est trouvé un beau brin de femme. Une veuve italienne avec des lolos qui vont jusque-là. Elle a un *dépanneur** dans le nord de la ville. Tu imagines comment c'est pour elle, hein ? Il se l'envoie au lit, *boum boum boum*, puis elle jette un coup d'œil et voit cette saloperie de sac Glad en train de se remplir. Je t'ennuie ?

– Oui.

– Tu sais que, après toutes ces années, la Deuxième Mme Panofsky, comme tu persistes à l'appeler, m'invite encore à souper, de temps en temps ?

– Tu as de la chance, alors. De toutes les épouses que j'ai eues jusqu'ici, c'est celle qui cuisine le mieux. Tu peux le lui répéter, ai-je dit en espérant que cette calomnie parviendrait aux oreilles de Miriam.

– J'ai bien peur qu'elle n'accepte pas de compliment de ta part.

– Elle accepte bien mon chèque, mois après mois.

– Allez, soyons un peu sérieux. On dirait que sa vie s'est arrêtée d'un coup. Elle a fait relier en maroquin la transcription du procès et elle la relit infatigablement en prenant plein de notes. Elle cherche des failles. Au fait, tu connais la différence entre Christopher Reeve et O. J. Simpson ?

– Non.

– O. J. va retomber sur ses deux pieds ! s'est écrié O'Hearne en s'esclaffant.

– Ce que tu peux être lourd, Sean.

– Tu ne piges pas ? Reeve, c'est l'acteur qui jouait Superman. Il est paralysé à vie à cause d'un accident de cheval. O. J. est coupable, tu sais. Comme toi. Allons, allons. Déride-toi un peu. Beaucoup d'eau a coulé sous les ponts. À ta place, j'aurais peut-être fait pareil. Personne ne t'en veut.

– Pourquoi tu me relances sans cesse ici, dans ce cas ?

– Parce que je me plais en ta compagnie. Sincèrement. Tu veux bien me rendre un petit service ? Laisse une lettre dans laquelle tu expliques où tu l'as caché.

– Le cadavre ?"

Il a hoché la tête.

“Tu vas partir avant moi, Sean. Avec le poids que tu te paies, ces jours-ci, tu es mûr pour la crise cardiaque. Archimûr.

– C’est moi qui serai à ton enterrement, Panofsky. C’est sûr et certain. Laisse-la-moi, cette lettre. Je te promets de la détruire après l’avoir lue. Simple curiosité de ma part.”

8

Ce matin, Irv Nussbaum m'a de nouveau téléphoné avant même que j'aie bu mon premier café. "Excellente nouvelle, a-t-il dit. Allume CJAD. Vite. Des gamins ont peint une croix gammée sur les murs d'une école Talmud Torah, la nuit dernière. Et cassé des fenêtres. À plus."

Dans le *Globe and Mail* d'aujourd'hui, je lis une information fascinante en provenance d'Orange County, en Californie. Une femme de soixante-dix ans qui s'occupait de son mari atteint d'un cancer – elle changeait ses couches, le nourrissait à la cuillère et ne dormait que quelques heures par nuit parce que l'homme n'éteignait jamais la télévision – a fini par craquer. Elle a arrosé d'alcool à friction celui qui partageait sa vie depuis trente-cinq ans et l'a brûlé parce qu'il avait mangé une tablette de chocolat qu'elle se réservait. "Je suis allée poster une lettre et, à mon retour, le chocolat avait disparu. Comme il n'y avait personne d'autre à la maison, je savais que c'était lui, a-t-elle expliqué. Chaque jour, il a droit à son propre chocolat. Mais il fallait qu'il prenne le mien. Je suis donc allée chercher une cuillère à café d'alcool et je l'ai vidée sur lui. J'avais des allumettes dans ma poche. Il s'est enflammé. Je n'ai pas fait exprès. Je voulais simplement lui faire peur."

Ayant rendez-vous à une heure, je suis parti de fort mauvaise humeur, mais avec de l'avance. Contrairement à Miriam, je me suis fait un point d'honneur d'être ponctuel. Puis, tout d'un coup, je me suis figé. Je me suis demandé ce que je fabriquais… rue Sherbrooke, à en croire le panneau au carrefour. Je ne savais pas où j'allais. Ni pourquoi. Étourdi, suant à grosses gouttes malgré le froid, je me suis traîné jusqu'à l'arrêt d'autobus le plus proche et je me suis laissé tomber sur le banc. Un jeune qui attendait, la casquette à l'envers, s'est penché sur moi.

"Ça va, papy ?

– Ta gueule", ai-je répondu.

Puis j'ai commencé à ânonner ce qui est en voie de devenir mon mantra. On égoutte les spaghettis à l'aide de l'instrument accroché au mur de ma cuisine. Mary McCarthy a écrit *L'Homme à la chemise verte*. Ou bleue. L'un ou l'autre. Je suis veuf une fois, divorcé deux fois. J'ai trois enfants : Michael, Kate et l'autre garçon. Mon plat préféré, c'est la poitrine de bœuf braisée servie avec du raifort et des *latkes*. Miriam est l'élue de mon cœur. Je vis rue Sherbrooke Ouest, à Montréal. Le numéro de l'immeuble ? Aucune importance. Je le reconnaîtrais entre mille.

Mon cœur battait si fort qu'il menaçait de s'échapper de ma poitrine. À tâtons, j'ai cherché un Montecristo, que je suis parvenu à allumer. J'ai tiré dessus. Souriant faiblement au jeune homme inquiet qui se tenait toujours au-dessus de moi, j'ai dit :

"Pardon. Excuse ma grossièreté.

– J'appelle une ambulance ?

– Je ne sais pas ce qui m'a pris. Mais je vais mieux, maintenant. Vraiment."

Il ne semblait pas convaincu.

"Je vais retrouver Stu Henderson au Dink's. Un bar, rue Crescent. Je prends à gauche au prochain carrefour et j'y suis."

Stu Henderson, un producteur télé payé à la pige qui vivotait après une carrière à l'Office national du film, m'attendait au bar. John, déjà perché sur son tabouret, était assis à côté de lui, perdu dans ses pensées. En 1960, Stu avait réalisé un documentaire primé mais assommant sur le Canadair CL-215, un bombardier d'eau, alors à l'essai sur divers lacs des Laurentides : il pouvait emmagasiner mille deux cents gallons d'eau sans s'immobiliser complètement et les larguer sur le feu de forêt le plus proche. Là, il cherchait des fonds pour un documentaire indépendant consacré à Stephen Leacock.

"C'est très intrigant, ai-je concédé, mais je n'investis pas dans les projets culturels.

– Compte tenu de l'argent que tu as gagné en produisant des navets, je..."

Les yeux vitreux, John s'est immiscé dans notre conversation : "*Non semper erit aestas*, Henderson. Ou, pour le dire en langage courant, oublie ça."

Je suis affligé d'un système de valeurs bancal, que j'ai acquis à mon époque parisienne et qui ne m'a jamais quitté depuis. Selon les critères de Boogie, quiconque écrivait un article pour *Sélection du Reader's Digest*, publiait un best-seller ou décrochait un doctorat était en dessous de tout. Pondre un roman pornographique pour Girodias était, en revanche, tout à fait acceptable. De la même façon, écrire pour le cinéma était méprisable, sauf s'il s'agissait d'un film de Tarzan, auquel cas ce serait tordant. Faire fortune grâce à une série idiote comme *McIver de la GRC* était casher, mais financer un documentaire sérieux sur Leacock serait *infra dignitatem*, ainsi que John n'aurait pas manqué de le souligner.

Terry McIver, naturellement, ne souscrivait pas au système de valeurs de Boogie. À ses yeux, nous faisions tous preuve d'une désinvolture impardonnable. Nous étions louches. Notre point de vue politique, nourri par la lecture du *New Statesman*, résolument gauchiste, lui semblait d'une pitoyable naïveté. Et, à l'époque, Paris était une véritable arène politique où les combats de coqs étaient légion. Une nuit, les brutes violemment anticommunistes de Paix et Liberté ont tapissé la ville d'affiches montrant la faucille et le marteau qui flottaient au sommet de la tour Eiffel. La légende se lisait comme suit : "JAMAIS ÇA". Tôt le lendemain matin, des durs à cuire communistes sont allés d'affiche en affiche pour coller le drapeau des États-Unis sur celui des Soviétiques.

Assis à la terrasse du Mabillon, Clara, Boogie, Cedric, Leo et moi, bien éméchés à la bière, faisions des piles avec nos dessous de verre le jour où le général Ridgway, fraîchement débarqué de la guerre de Corée, est entré dans Paris pour remplacer Eisenhower au Grand Quartier général des puissances alliées en Europe. Seule une petite foule de badauds désœuvrés s'était rassemblée pour voir le général. Pourtant, les gendarmes étaient partout, et le boulevard Saint-Germain grouillait de Mobiles, dont les casques polis reflétaient le soleil. Aussitôt, la place de l'Odéon a été envahie par des manifestants communistes, des hommes, des femmes et des garçons qui, surgis des rues transversales, ont sorti de leur veston informe des manches à balai au bout desquels étaient fixées des pancartes antiaméricaines. Clara s'est mise à gémir. Ses mains tremblaient.

"RIDGWAY ! ont hurlé les hommes.

– *À la porte !**" ont répondu les femmes d'une voix stridente.

Aussitôt, les gendarmes ont chargé les manifestants en agitant leurs charmantes pèlerines bleues, celles qu'on voyait sur à peu près toutes les publicités touristiques et dont la doublure était en fait lestée de plomb. Ils ont aplati des nez, fracassé des crânes. Jusque-là ordonnés, les cris de *Ridgway à la porte !** se sont peu à peu estompés. Battant en retraite, les manifestants se sont dispersés en tenant à deux mains leur tête ensanglantée. Et je me suis lancé aux trousses de Clara, qui se sauvait à toutes jambes.

Un autre jour, un général allemand est venu à Paris, convoqué par l'OTAN, et des Juifs et des socialistes français ont défilé sur les Champs-Élysées dans un silence de mort, vêtus en prisonniers des camps de concentration. Parmi eux se trouvait Yossel Pinsky, l'agent de change de la rue des Rosiers qui deviendrait sous peu mon associé. *"Misht zikh nisht arayn"*, a-t-il dit. Ne te mêle pas de ça. Les "événements d'Algérie" avaient débuté. Les gendarmes ont entrepris de fouiller les hôtels de la Rive gauche, un à un, à la recherche d'Arabes sans papiers. Un matin, à cinq heures, ils ont martelé notre porte et exigé de voir nos passeports. J'ai montré le mien, tandis que Clara, la couverture remontée jusqu'au menton, gémissait, recroquevillée dans le lit, avec les pieds qui dépassaient. Chaque ongle d'orteil était peint d'une couleur différente, un véritable arc-en-ciel.

"Montre-leur ton passeport, pour l'amour du Christ.

– Je ne peux pas. Je suis toute nue.

– Dis-moi où il est.

– Non. Je te l'interdis.

– Bon sang, Clara.

– Merde. Bordel."

Tandis que les gendarmes échangeaient des sourires entendus, Clara, sans jamais cesser de geindre, s'est couverte de son mieux avec la couverture et a sorti son passeport du fond d'une valise avant de le leur tendre et de remettre le verrou.

"Ils ont vu ma chatte, ces sales porcs, a-t-elle dit. Ils ne l'ont pas quittée des yeux."

Cet après-midi-là, je suis tombé sur Terry au café Bonaparte, où j'étais allé jouer au billard électrique. Je m'étais lié avec Terry à cause de nos origines montréalaises communes. J'avais grandi dans la rue Jeanne-Mance, au cœur du vieux quartier juif ouvrier de la ville, et lui à Notre-Dame-de-Grâce, quartier wasp légèrement plus favorisé, où son père tirait une maigre subsistance d'une librairie d'occasion spécialisée dans les textes marxistes. Sa mère avait enseigné dans une école élémentaire jusqu'au jour où des parents s'étaient plaints, parce qu'elle projetait à leurs enfants des documentaires sur la vie dans une ferme collective en Ukraine plutôt que des dessins animés de Bugs Bunny.

Si nous étions presque tous fauchés, Terry, lui, n'avait vraiment pas un sou. Du moins en apparence. Certains jours, sa diète se limitait à un bout de baguette et à un *café au lait**. Il portait des chemises sans repassage qu'il lavait dans le petit lavabo de sa chambre et laissait sécher pendant la nuit. Une fille de sa connaissance, qui logeait à la Cité universitaire, lui coupait les cheveux. Terry devait sa survie aux articles qu'il écrivait pour le compte de l'UNESCO, des textes de six cents mots distribués gratuitement à des journaux du monde entier. Contre trente-cinq dollars, il pondait un papier fort bien documenté commémorant le centenaire de la naissance d'un grand écrivain, le cinquantième anniversaire du premier message sans fil envoyé par Marconi de l'autre côté de la Manche ou la découverte du major Walter Reed, qui avait démontré que les moustiques propageaient la fièvre jaune. Notre bande le tolérait à peine, comme je l'ai peut-être déjà mentionné. Quand on organisait une fête quelque part, le mot d'ordre qui circulait de café en café était : "Surtout, pour l'amour du ciel, ne dites rien à Terry." Terry le paria. Mais, contre tout bon sens, je m'étais attaché à lui et je l'emmenais manger une fois par semaine dans un de mes restaurants favoris, rue du Dragon. Clara ne se joignait jamais à nous. "C'est l'être le plus *dégoûtant** que j'aie vu de ma vie, disait-elle, totalement *déraciné**, un *frondeur**. En plus, il a une mauvaise aura et il passe son temps à m'envoyer des esprits malicieux." Il faut dire qu'elle n'aimait pas davantage Yossel. "Il me donne le frisson. Il empeste la méchanceté à plein nez."

Terry m'intriguait. Nous autres, encore légers et insouciants, ne passions pas nos journées à ruminer sur notre âge : vingt-trois ans, vingt-sept, peu importait. L'idée de notre mortalité ne nous avait pas encore effleurés. Autrement dit, les obus n'avaient pas encore commencé à atterrir près de nos tranchées. Terry, en revanche, était conscient d'être jeune et de vivre sa "période parisienne". Sa vie ne lui appartenant pas, il ne devait pas la gaspiller en pure perte, comme Onan avec sa semence. C'était une responsabilité. Un trésor qu'on lui avait confié. Comme une image dans un cahier pour enfants qu'il devait colorier avec le plus grand soin autobiographique en songeant déjà aux critiques de demain. Les privations, vues comme un rite de passage littéraire, le ravissaient au lieu de le faire souffrir. Le docteur Johnson avait connu pire. Idem pour Mozart. Tout ce qu'il voyait et entendait alimentait ses journaux intimes, ainsi que je le découvrirais un jour, mais trop tard.

Terry avait beau se moquer des convictions politiques de ses parents, il avait hérité de certains de leurs préjugés et pestait contre tout ce qui était américain. La culture Coca-Cola le mettait au désespoir. La Nouvelle Rome.

"Tu te souviens du soir où Cedric nous a emmenés célébrer la signature de son contrat d'édition ? a-t-il un jour demandé. Il étalait sa nouvelle richesse avec tant d'ostentation. Ne voulant pas saboter ses fanfaronnades, faire taire le fracas de ces cymbales nubiennes, je n'ai rien dit, sur le moment. Nul doute que tu as mis mon silence sur le compte de la jalousie. En vérité, Scribner venait tout juste de me renvoyer les trois premiers chapitres de mon roman en cours, accompagnés d'une lettre élogieuse et d'une petite avance. Comme les questions relatives au Canada suscitent peu d'intérêt, hélas, on me suggérait de déplacer l'intrigue à Chicago. Dans ce cas précis, Hugh MacLennan, que je ne tiens pas en très haute estime, avait raison. 'Un garçon rencontre une fille à Winnipeg, et tout le monde s'en fiche.' Au fait, comment ça se passe avec l'imprévisible Clara, ces jours-ci ?

– Elle nous aurait volontiers accompagnés, mais elle est souffrante.

– Inutile de me la raconter, tu sais. Je n'ai pas comme toi un besoin maladif de plaire à tout le monde et à ton père, conséquence, sans doute, d'avoir grandi dans la rue Jeanne-Mance. Ce que je ne m'explique pas, c'est pourquoi tu passes ton temps à suivre Boogie comme un caniche.

– Quel sale type tu es, Terry.

– Allons, allons. Tu idolâtres ce charlatan. Tu as même adopté certaines de ses manies."

Ayant le sentiment d'avoir marqué un point, Terry s'est appuyé contre le dossier de sa chaise et m'a regardé avec un sourire condescendant.

C'est dans *Merlin*, l'un des petits magazines littéraires alors en vogue à Paris, qu'a paru le premier texte de Terry. *Paradiso* était poétique à l'excès, joycien, horriblement *surécrit*. En gloussant, nous avions cherché des mots dans le dictionnaire : *didynamie*, *mataéologie*, *rébecca*, *sforzato*.

Je collectionne désormais des objets anciens sur le Canada, en particulier les journaux des premiers explorateurs du Bas-Canada. Dans l'un des catalogues que les marchands m'envoient régulièrement, j'ai aperçu l'entrée suivante :

Rarissime et en bon état

McIver, Terry. La première publication de l'auteur, *Paradiso*, une nouvelle. Esquisse précieuse des futures obsessions de l'un de nos plus grands romanciers. *Merlin*, Paris, 1952.
Voir Lande, 78 ; Sabin, 1052.
300 $ CA

Un soir, Terry, d'excellente humeur, m'a relancé au café Royal Saint-Germain.

"George Whitman aime ma nouvelle, a-t-il annoncé. Et il m'a demandé d'en faire la lecture dans sa librairie.

– Eh bien, tu m'en vois ravi", ai-je dit en feignant l'enthousiasme.

Mais j'ai été d'une humeur massacrante pendant le reste de la journée.

Boogie a insisté pour nous accompagner, Clara et moi, à la librairie, qui se trouvait en face de la cathédrale Notre-Dame.

"Je ne manquerais ça pour rien au monde, a déclaré mon ami, visiblement défoncé. Plus tard, on nous demandera où nous étions le soir où Terry McIver a lu des extraits de son *chef-d'œuvre**. Les moins chanceux d'entre nous diront : 'J'encaissais mon billet gagnant au *sweepstake* irlandais' ou : 'Je m'envoyais en l'air avec Ava Gardner.' Barney, lui, pourra toujours se vanter d'avoir été présent quand ses Canadiens adorés ont une fois de plus remporté la Coupe Stanley. Moi, j'aurai eu l'honneur d'avoir assisté à cet événement marquant de l'histoire littéraire.

– Tu ne viens pas. Pas question.

– Je me ferai tout petit. Je m'exclamerai à chacune de ses métaphores et j'applaudirai chaque fois qu'il emploiera *le mot juste**.

– Je veux que tu me promettes de ne pas l'interrompre, Boogie.

– Oh, ce que tu peux être *kvetch*, des fois, a lancé Clara. Tu n'es pas la mère de Terry."

On avait prévu des chaises pliantes pour quarante, mais nous étions seulement neuf lorsque Terry a commencé à lire avec une demi-heure de retard.

"Je crois qu'Édith Piaf lance un nouveau spectacle quelque part sur la Rive droite, ce soir, a dit Boogie à voix basse. Sinon, il y aurait foule, ici."

Terry était en pleine envolée lorsque des lettristes ont fait irruption dans la librairie. C'étaient des partisans d'*Ur, cahiers pour un dictat culturel*, publié par Isidore Isou. Le redoutable Isou avait également signé *Une réplique à Karl Marx*, mince riposte que de jolies filles proposaient à des touristes, rue de Rivoli et devant les bureaux d'American Express, donnant à ces visiteurs la délicieuse illusion de se procurer sous le manteau un article sulfureux. Les lettristes soutenaient que tous les arts étaient morts et que seule une synthèse de leurs absurdités collectives pourrait les ressusciter. Leurs propres poèmes, qu'ils récitaient en général dans un café, place Saint-Michel, se composaient de grognements et de cris, d'arrangements de lettres incohérents, sur fond d'anti-musique. Pendant un moment, j'avais été un de leurs admirateurs. Et là, tandis que Terry continuait à lire d'un ton monocorde, nous avons eu droit à de l'harmonica, à des coups de sifflet et de klaxon de vélo, et à des bruits de pet qu'ils imitaient en mettant les mains sous les aisselles.

Au fond de moi, je suis un petit gars de Montréal. J'encourage les Canadiens et, à l'époque où on jouait encore au base-ball au stade De Lorimier, je soutenais les Royaux, notre équipe Triple-A. Instinctivement, je me suis donc porté à la défense de Terry. *"Allez vous faire foutre ! Tapettes ! Salauds ! Petits merdeux ! Putes !* "* Je n'ai réussi qu'à exciter davantage les chahuteurs.

Terry, les joues en feu, lisait toujours. Lisait. Et lisait. En transe, aurait-on dit. Son sourire figé donnait froid dans le dos. J'en étais malade. *Soyons clair.* Oui, je me faisais du souci pour lui, mais, en même temps, le parfait salaud que je suis se réjouissait qu'il n'ait pas attiré plus de monde. Qu'il n'ait pas connu de triomphe. L'épreuve terminée, j'ai dit à Boogie et à Clara que je les rejoindrais à l'Old Navy après avoir emmené Terry prendre un verre.

En s'éloignant, Boogie m'a étonné en déclarant : "J'ai entendu pire, tu sais."

Terry et moi nous sommes retrouvés dans un café du boulevard Montparnasse. Nous étions seuls sur la terrasse, deux Canadiens bravant le froid.

"Tu sais, Terry, ces clowns voulaient juste faire du grabuge et ils n'auraient pas agi autrement si ç'avait été Faulkner en personne qui avait lu, ce soir.

– Faulkner est surfait. Il ne durera pas.

– Quand même, je suis désolé. C'était cruel.

– Cruel ? C'était absolument merveilleux, a dit Terry. Ignorerais-tu donc que, à Vienne, la première représentation des *Noces de Figaro* de Mozart a été huée et que, au début, les œuvres des impressionnistes ont fait rire les bonnes gens ?

– Ouais, d'accord, mais…

– Tu devrais savoir, a-t-il enchaîné en citant manifestement quelqu'un, que 'ce qui est Grand est forcément incompréhensible pour le Faible et que ce qui est à la portée de l'Idiot ne mérite pas que je m'y intéresse'.

– C'est de qui ?

– William Blake a écrit ces mots dans une lettre au révérend John Trusler qui, après lui avoir commandé quelques aquarelles, s'était permis de les critiquer. Et toi, qu'en as-tu pensé ? Non pas que ça ait la moindre importance, remarque.

– Dans tout ce raffut, je n'ai rien compris.

– Pas de défilade, je te prie."

Assez irrité pour avoir envie de fendre sa carapace d'arrogance, désormais, j'ai sifflé mon cognac et déclaré : "Il y a beaucoup d'appelés, mais peu d'élus.

– Ce que tu peux être minable, Barney.

– Tu as raison. Et toi, dans tout ça ?

– Je suis entouré de crétins. Une vraie conjuration d'imbéciles."

Je me suis esclaffé.

“Pourquoi ne réglerais-tu pas l’addition, maintenant, puisque c’est toi qui m’as invité ? Après, tu iras rejoindre ton lourdaud Trilby et ton hétaïre mal embouchée.

– Ma quoi ?

– Ta catin.”

La Deuxième Mme Panofsky a un jour fait remarquer que j’ai, à la place du cœur, une boule de colère prête à exploser. Et là, mon sang ne faisant qu’un tour, j’ai bondi. Soulevant Terry, je lui ai asséné un coup en plein visage. Sa chaise s’est renversée. Puis je me suis planté au-dessus de lui, mes poings prêts à récidiver, en proie à une envie de meurtre. Terry, cependant, a refusé de se défendre. Il s’est assis sur le trottoir et, avec un sourire de mépris, a sorti un mouchoir pour essuyer son nez ensanglanté.

“Bonne nuit, ai-je dit.

– L’addition. Je n’ai pas assez d’argent. Règle l’addition et va au diable.”

Je lui ai jeté quelques francs et j’allais m’éloigner quand il s’est mis à trembler et à sangloter.

“Aide-moi, a-t-il dit.

– Quoi ?

– … mon hôtel…”

J’ai réussi à le remettre debout et nous nous sommes mis en marche. Il avait les jambes en coton et claquait des dents. Au bout de quelques pas à peine, il a commencé à trembler. Non, à vibrer. Il est tombé à genoux et j’ai tenu sa tête pendant qu’il vomissait, vomissait encore. J’ignore comment, mais nous avons fini par monter jusqu’à sa chambre, rue Saint-André-des-Arts. Je l’ai mis au lit. Quand il a recommencé à trembler, j’ai empilé sur ses couvertures tous les vêtements que j’ai pu trouver.

“J’ai la grippe, a-t-il dit. Je ne suis pas contrarié. Rien à voir avec ma lecture. Ne dis rien à personne, surtout.

– Qu’est-ce que tu veux que je dise ?

– Mon talent ne fait aucun doute. Mes œuvres dureront. Je le sais.

– Oui.”

Puis ses dents se sont mises à claquer si fort que j'ai eu peur qu'il se sectionne la langue. “Ne t'en va pas tout de suite, s'il te plaît.”

J'ai allumé une Gauloise et je la lui ai offerte, mais il était trop faible pour la tenir.

“Mon père n'attend qu'une chose : que j'échoue et que je vienne le rejoindre dans son malheur.”

Il a recommencé à pleurer. J'ai tenu sa tête au-dessus de la poubelle, mais, malgré ses haut-le-cœur, il n'a réussi à produire qu'un filament vert visqueux. Dès que la crise a été passée, je lui ai apporté un verre d'eau.

“La grippe, a-t-il répété.

– Oui.

– Je ne suis pas contrarié.

– Non.

– Si tu dis aux autres que tu m'as vu dans cet état, je ne te le pardonnerai jamais.

– Je ne dirai rien.

– Jure-le.”

J'ai juré et je suis resté avec lui jusqu'à ce que les spasmes cessent et qu'il sombre dans un sommeil agité. Mais j'avais été témoin de sa dégringolade et c'est ainsi, cher lecteur, qu'on se fait des ennemis.

9

Je suis résolu à me montrer juste. Un témoin sincère. La vérité, c'est que les romans de Terry McIver, y compris *Le Financier*, dans lequel je joue un rôle de premier plan dans la peau du cupide Benjy Perlman, sont dénués de la moindre trace d'imagination. De la première à la dernière ligne, ils sont banals, bien-pensants, aussi appétissants que de la bouffe de régime et, il va sans dire, totalement dépourvus d'humour. Les personnages manquent tellement de naturel qu'on les dirait faits en bois : on pourrait s'en servir pour allumer un feu. Ce n'est que dans les journaux intimes de Terry que la fabulation entre en jeu. Les pages consacrées à Paris sont remplies d'inventions, c'est incontestable. Des divagations dignes d'un malade. Mary McCarthy a un jour affirmé que tout ce que Lillian Hellman écrivait n'était que mensonge, même les *mais* et les *et*. On peut en dire autant des journaux de Terry.

En voici un échantillon. Quelques pages tirées de l'autobiographie de Terry McIver (officier de l'Ordre du Canada, lauréat d'un prix du Gouverneur général), actuellement sous presse. *Du temps et des fièvres*, publié par the group. La maison tient à souligner l'aide financière de la sainte Trinité de la médiocrité : les Conseils des arts du Canada, de l'Ontario et de Toronto.

Paris, 22 septembre 1951. Incapable, ce matin, d'avancer dans *Mort à crédit* de Céline, lecture recommandée par P… Ce garçon est d'une touchante insécurité. Pas étonnant dans la mesure où il est dévoré par une rage folle envers le monde entier. J'entretiens avec P… une relation des plus ténues, et encore j'y suis obligé à cause de notre statut commun de Montréalais, ce qui ne veut pas dire, tant s'en faut, que nous venons du même monde. P… a débarqué à Paris le printemps dernier ; c'est mon père qui lui a filé mon adresse. Comme il ne connaissait personne, il est venu chaque jour me relancer. Il m'interrompait dans mon travail, m'invitait au restaurant et exigeait en retour que je lui dise quels cafés il devrait fréquenter. Il me suppliait aussi de lui présenter des gens. Moins d'une semaine plus tard, il avait maîtrisé l'idiome très en vogue des Noirs américains, qu'il a assimilé sans le moindre sens critique. Un jour que je n'oublierai pas de sitôt, il s'est approché de moi à la terrasse du Mabillon, où j'étais plongé dans la lecture de *Ces corps vils* d'Evelyn Waugh.

"C'est chouette ou c'est chiant, *man* ?

– Plaît-il ?

– Ça me botterait, tu penses ?"

J'ai fini par le fourguer à une bande d'Américains frivoles, des gens que je faisais des pieds et des mains pour éviter. Ils m'en ont voulu, au début, avant de se rendre compte que P…, déterminé à s'intégrer, se laissait facilement déposséder de ses sous. Leo Bishinsky lui empruntait de l'argent pour se procurer des toiles et des couleurs, tandis que les autres le siphonnaient selon leurs besoins. J'ai un jour dit à Boogie :

"Je constate que tu t'es fait un nouvel ami.

– Tout le monde a droit à son Vendredi, tu ne crois pas ?"

Après une longue période de malchance aux tables de jeu, Boogie, menacé d'expulsion par son hôtel, a obtenu de P… qu'il règle sa note.

À l'instar de tous les autodidactes, P… se sent obligé de faire étalage de ses lectures en émaillant sa conversation de citations. Comme il est issu du ghetto, la vulgarité lui colle à la peau, mais il est aussi porté sur la bouteille et la bagarre. Étonnant, compte tenu de ses origines juives. Une forme de déni ? Peut-être.

Né à Montréal, élevé dans un foyer anglophone, P… a quand même tendance à inverser ses phrases comme s'il traduisait du yiddish, par exemple : "Un bel enfant de salaud, il était, le docteur de Clara." Ou, après coup : "Si j'avais su, il aurait été différent, mon comportement." Ne pas oublier d'employer cette syntaxe dans mes dialogues entre Juifs.

L'apparence de P… n'est pas désagréable. Cheveux noirs frisés, durs comme de la paille de fer. Yeux malins de négociant. Bouche de satyre. Grand, la démarche traînante, enclin à se pavaner. Il semble encore à la dérive, ici, hors de son élément, mais il s'est acoquiné avec l'un des plus odieux poseurs du *quartier**, qu'il suit à la trace comme s'il était son giton, son Ganymède, ce qui n'est pas le cas. Ni l'un ni l'autre n'est pédé. Ai écrit six cents mots, aujourd'hui, avant de les déchirer. Inadéquats. Médiocres. Comme moi ?

Paris, 3 octobre 1951. Le mari de S… est à Francfort pour affaires. Ce matin, elle m'a envoyé un *pneumatique** pour m'inviter dans notre *oubliette**, un bistro de la rue Scribe où nous ne risquons pas de tomber sur des gens que nous connaissons. Bourgeoise prudente, S…, qui se méfie des racontars ("*Elle entretient un gigolo. Tiens donc**"), m'a glissé des francs sous la table pour que je règle l'addition.

Depuis maintenant trois mois, je suis son amant consciencieux. Elle m'a cueilli, un soir d'été, à la terrasse du Café de Flore. Assise seule à la table voisine, elle m'a souri et, indiquant le roman que je lisais, elle a dit : "Rares sont les Américains capables de lire Robbe-Grillet dans le texte. Moi-même, j'avoue le trouver difficile."

Elle dit avoir quarante ans, mais je la soupçonne d'être un peu plus vieille. J'en veux pour preuve ses vergetures. S…, ma houri autoproclamée, n'a rien d'une Aphrodite, mais elle est mince et agréable à regarder. Elle commence à boire dès le matin ("Gin-martini, *comme la reine d'Angleterre**") et, ce soir, après avoir ingurgité les trois quarts de la bouteille de vin, elle m'a fait comprendre d'un petit coup de pied que ses jambes étaient écartées sous la table, sa façon de m'inviter à ôter ma chaussure et ma chaussette pour la caresser avec mes orteils.

Plus tard, nous nous rendons dans ma petite chambre d'hôtel répugnante, qu'elle adore dans la mesure où elle la conforte à la fois dans sa *nostalgie de la boue** et dans l'idée qu'elle se fait d'un jeune artiste sans le sou. Nous copulons à deux reprises, devant et derrière, puis je refuse de lui faire un cunnilingus. Elle boude. Elle s'égaie toutefois lorsque, à son insistance, je lui lis des extraits de mon roman en cours. Elle s'écrie que c'est *merveilleux, vraiment incroyable**.

S…, qui rêve d'être célébrée dans mes pages, s'est déjà choisi un prénom : Héloïse. Malgré ma fatigue, je la raccompagne sous la pluie battante jusqu'à son Austin-Healey, garée à bonne distance, et je l'assure de ma plus haute estime pour sa beauté, son esprit et son intelligence. Aussitôt de retour dans ma chambre, je m'assieds pour écrire cinq cents mots dans lesquels je décris, pendant que les détails sont encore frais à ma mémoire, les frissons qui parcourent son corps au moment de l'orgasme.

Tiré du sommeil par une crise d'éternuements à deux heures du matin. Tendant la main vers le thermomètre, je découvre que je fais 37,3 de fièvre. Mon pouls est rapide. J'ai mal aux articulations. Je savais bien que je n'aurais pas dû sortir sous la pluie.

Paris, 9 octobre 1951. Une lettre de mon père s'empoussière sur ma table depuis dix jours et, ce matin, je me risque à décacheter l'enveloppe, dont l'épaisseur me déprime d'avance.

En esprit, je vois mon père rédiger cette lettre de son écriture serrée, assis devant son bureau à cylindre en chêne, au fond de sa librairie. Il fume une Export A dont il a piqué le bout avec un cure-dent, stratagème qui lui permet de la savourer au complet sans se brûler les lèvres. À côté de lui se trouvent un pique-notes sur lequel de nombreuses factures impayées s'empilent et une boîte à cigares où s'entassent les trombones, les élastiques et les timbres-poste étrangers destinés au facteur canadien-français, qu'il s'efforce de convertir. Les vestiges de son repas du midi y traînent aussi : un œuf à la coque desséché, qu'il ne termine jamais, ou un sandwich aux sardines graisseux. Un trognon de pomme. Tout en suçotant ses dents jaunes, il écrit avec un stylo en liège, à l'ancienne, de la même façon que, chaque matin, il utilise un rasoir à main et cire ses chaussures aux bouts golf craquelés.

Comme d'habitude, il commence par déverser son fiel politique. Naturellement, Julius et Ethel Rosenberg ont été reconnus coupables et condamnés à mort. On a fait l'essai de la bombe H dans le Pacifique, affront à l'Union soviétique et aux autres démocraties populaires. Aux États-Unis, vingt et un dirigeants communistes ont été arrêtés et accusés d'incitation au renversement du gouvernement. Puis il passe aux choses sérieuses. Maman ne va pas mieux. Comme elle ne peut plus rester seule à la maison, il pousse son fauteuil roulant jusqu'à la librairie, tous les matins. Bientôt, il y aura de la glace et de la neige, et alors comment s'en sortira-t-il, avec l'arthrite qui lui empoisonne la vie ? Elle somnole ou lit dans l'arrière-boutique jusqu'au moment où il baisse les volets et la ramène à la maison. Où il lui donne un bain, la frictionne à l'alcool pour la soulager et lui réchauffe un bol de soupe aux tomates Campbell, suivie de carottes en dés et de maïs en grain, également en boîte. Sinon, il fait cuire dans de la graisse de bacon rance deux œufs dont les bords brûlés font comme une dentelle brune. Le soir, il lui fait la lecture de sa voix de fumeur et, secoué de quintes de toux, il crache des mucosités dans un mouchoir crasseux : Howard Fast, Gorki, Ilya Ehrenbourg, Aragon, Brecht. Tenant lieu de crucifix, une reproduction encadrée de l'hommage de Mao au camarade Norman Bethune trône au-dessus du lit qui, pour les besoins de sa femme, est désormais équipé d'une alèse en caoutchouc. Parfois, il lui brosse ses cheveux gris emmêlés tout en chantant pour l'endormir :

Adhérez au Syndicat, compagnons,
Hommes et femmes unis sans honte,
Des sangsues, nous triompherons,
Telle une grande marée qui monte,
Car ensemble nous nous tenons droits
Et divisés nous cédons aux secousses,
Désormais un mot d'ordre nous échoit :
Tous pour un et un pour tous.

Mon père ajoute que, désormais, il ne peut plus se débrouiller tout seul. Si je rentre à la maison, il me pardonnera mes péchés par omission et par commission. Je peux avoir la chambre du fond, dont le radiateur siffle et cogne toute la nuit et dont la fenêtre, donnant sur l'arrière-cour, offre une vue stimulante sur les caleçons longs Penmans des voisins qui claquent au vent sur la corde à linge et, en hiver, les draps gelés durs. Je pourrais écrire le matin, jeter un coup d'œil sur maman de temps en temps, vider le pot d'aisance posé sur son fauteuil, histoire de m'ouvrir l'appétit avant de manger. Puis, l'après-midi, je prendrais la relève à la librairie, vendrais des remèdes marxistes aux camarades. M'occuperais de l'innocent quidam qui, de loin en loin, entre et demande : “Auriez-vous un exemplaire de *La Puissance de la pensée positive* de Norman Vincent Peale ou, peut-être, de *Vivez jeune, vivez longtemps* de Gayelord Hauser ?" Il me paierait vingt-cinq dollars par semaine.

"Je ne suis plus tout jeune, ta mère si dévouée non plus, et nous avons besoin de ton aide, maintenant que nos vies tirent à leur fin."

Et ma vie à moi, dans tout ça ? me suis-je demandé. Au nom de quoi devrais-je me sacrifier pour eux ? J'aimerais encore mieux me taillader les poignets, comme la pauvre Clara[1] (Clara dont j'ai été parmi les premiers à reconnaître le prodigieux talent), que de retourner dans cette lugubre maison. Ce prétendu chez-moi où je n'ai jamais pu ramener des amis après l'école, de crainte qu'on ne leur fasse un sermon sur la grève générale de Winnipeg et qu'on ne leur fourgue des dépliants à remettre à leurs parents.

Je relis la missive de mon père et, cette fois, je corrige ses fautes de grammaire et de ponctuation avec un crayon à mine. Je note aussi, sans m'en étonner, que pas une fois, dans ses sept pages, il ne s'enquiert de mon moral. Pas un iota d'intérêt non plus pour mon livre en cours.

Inévitablement, ce rappel de mon devoir filial déclenche une migraine. Impossible de travailler. Après une promenade dans le jardin du Luxembourg, je sors rue Vavin et poursuis jusqu'à Montparnasse. Quelle folie de ma part ! Tout cet exercice m'a mis en appétit et je n'ai pas d'argent pour dîner. Passant devant le Dôme, j'aperçois P… en plein conciliabule avec l'arnaqueur qui, paraît-il, compte désormais

1. En réalité, l'entrée concernant Clara, dans les journaux manuscrits de McIver, conservés à l'université de Calgary, se lit comme suit : "J'aimerais encore mieux me taillader les poignets, comme l'a fait C… (sans succès, *faute de mieux**, comme tout ce qu'elle entreprenait)." Cahier n° 31, septembre-novembre 1951, p. 83.

parmi ses intimes. Un agent de change de la rue des Rosiers.

Une journée perdue, creuse, pas un mot d'écrit.

Paris, 20 octobre 1951. Le chèque de l'UNESCO, que j'aurais dû recevoir il y a des lustres, n'est toujours pas arrivé. Le *New Yorker* m'a renvoyé ma nouvelle, accompagnée d'une note de refus préimprimée. Ces gens-là préfèrent de loin les épanchements d'Irwin Shaw. J'aurais dû m'en douter.

S… est toujours somptueusement vêtue. Dior ou Chanel. Je pourrais vivre pendant des mois avec le prix d'une seule de ses tenues. Le collier de perles avec le fermoir à diamant. Ses bagues, la montre Patek Philippe. Son mari, cadre supérieur au Crédit lyonnais, ne lui a pas fait l'amour depuis plus d'un an. Elle a décidé qu'il était une *tante**, qu'il peut, mais *sans brio**, marcher *à voile et à vapeur**, comme elle me l'a confié un jour. S… a de nouveau fait des emplettes rue du Faubourg-Saint-Honoré. À mon retour du marché de la rue de Seine, la concierge m'a remis un petit paquet, retenu par un ruban, livré en mains propres. Roger & Gallet. Une bouteille d'eau de toilette pour hommes et trois pains de savon parfumé. Ô l'arrogance des riches.

Puis, juste au moment où je m'installais pour travailler, elle a débarqué, à bout de souffle. C'est qu'elle n'a pas l'habitude de grimper cinq étages. "J'ai seulement une heure", a-t-elle dit. Elle venait de manger et son haleine empestait l'ail.

"Je suis en plein travail."

Elle a apporté une bouteille de Roederer Cristal bien froid et déjà elle se déshabille. "Dépêche-toi", ordonne-t-elle.

Trois cents mots aujourd'hui. C'est tout.

Paris, 22 octobre 1951. P…, toujours aussi condescendant, m'a invité dans sa gargote de la rue du Dragon et, bien sûr, il s'attend à ce que je sois éperdu de gratitude. Il a touché un peu d'argent, explique-t-il, résultat d'un marché douteux passé avec son complice, l'agent de change. Dégoulinant de sollicitude, il propose de m'en prêter. Grands sont mes besoins et, pourtant, je refuse sa proposition, car P… n'est pas le genre d'homme que je veux avoir comme créancier. Sa prévenance n'est qu'une façade. Peu sûr de lui, il distribue les faveurs dans le but de s'attirer les bonnes grâces de ses supérieurs.

Après, nous allons ensemble au Jeu de Paume, où les Seurat provoquent en lui une vive émotion.

“On prête à Seurat une part d'invention, un nouveau style, ai-je dit, mais, comme certains autres impressionnistes, il était sans doute myope et peignait les choses telles qu'il les voyait.

– C'est ridicule”, a-t-il répondu.

Paris, 29 octobre 1951. La coterie s'est réunie autour d'une table du Mabillon. Leo Bishinsky, Cedric Richardson, un couple dont j'oublie le nom, une fille aux aisselles poilues et luisantes que je ne connais pas et, bien sûr, P…, accompagné de son Svengali et de sa Clara. En réponse à leurs salutations hypocrites, je me suis arrêté brièvement près de leur table, refusant de me laisser démonter par les provocations de Boogie. Tous défoncés au haschisch, ils sont encore plus barbants que d'habitude.

Pour m'amuser, j'ai tenté de trouver un nom qui convienne à cette bande. Les Rustres ? Les Feignants ? J'ai fini par arrêter mon choix sur la Bande de guignols.

Ils ne sont pas venus à Paris pour s'imprégner de culture française, mais bien pour avoir l'occasion de se fréquenter. Aucun ne s'est donné la peine de lire Butor, Sarraute ou Simon. Les soirs où mon budget me permet d'aller voir la dernière pièce d'Ionesco ou d'assister à une prestation de Louis Jouvet, on les trouvera sûrement en train d'applaudir Sidney Bechet au Vieux-Colombier. Attablés dans un café ou un autre, ils discuteront sans fin des mérites de Ted Williams par rapport à Joe DiMaggio ou, si P… est en proie à sa lassante nostalgie du hockey, de ceux de Gordie Howe par rapport à Maurice Richard. Ils se mettront au défi de réciter les paroles d'une chanson des Andrews Sisters. Ou des répliques de *Casablanca.* S'ils apprennent qu'on projette quelque part une vieille comédie d'Abbott et Costello, ils s'y rendront en troupeau en se congratulant réciproquement. Idem pour une comédie musicale avec Esther Williams. Après, ils iront à l'Old Navy ou au Mabillon, où ils s'esclafferont pendant des heures.

Paris, 8 novembre 1951. George Whitman a insisté pour que je donne une lecture dans sa librairie. James Baldwin n'était pas disponible, je suppose.

Quand je débute, quarante-cinq personnes sont présentes, y compris P… et ses copains, visiblement venus dans l'intention de se moquer de moi. Puis des lettristes, sans doute envoyés par Boogie, envahissent les lieux en bande, déterminés à manifester. S'ils croient pouvoir m'intimider, ils se trompent royalement. Je poursuis ma lecture, malgré leurs braiements, au bénéfice de ceux qui sont venus m'entendre.

Après, P…, de toute évidence ravi de m'avoir vu malmené, m'invite à boire un verre. Sans doute a-t-il aussi le projet de se gausser de moi. Attentionné au possible, il propose une fois de plus de me prêter de l'argent. Peut-être, laisse-t-il entendre, devrais-je rentrer à Montréal et trouver un poste dans l'enseignement.

“Avec ta bourse de McGill et ta médaille des Arts…, dit-il en dissimulant mal son envie.

– Que celui qui ne sait rien faire enseigne”, lui réponds-je. Insulté, il tente de s'esquiver sans payer.

Je lui rappelle que c'est lui qui a insisté pour venir. Furieux d'avoir été pris en défaut, il me soulève et me donne un coup de poing sur le nez, qui se met à saigner. Puis il disparaît dans la nuit, me laissant le soin de payer la note.

Ce n'est pas la première fois que P… essaie de régler un différend à coups de poing. Et je ne crois pas non plus que ce soit la dernière. C'est un homme violent. Capable de tuer, j'en ai bien peur[1].

1. La phrase ne figure pas dans l'entrée du cahier n° 31 de McIver (septembre-novembre 1951), p. 89. Les mots "Capable de tuer, j'en ai bien peur" ont été ajoutés après les faits.

10

Tiens, tiens. Reb Leo Bishinsky fait de nouveau la une. Le MoMA organise une rétrospective de ses œuvres, qui sera reprise au musée des Beaux-Arts de l'Ontario. Enfin, la reconnaissance internationale. La photo de Leo dans le *Globe and Mail* montre qu'il porte désormais une moumoute – constituée, dirait-on, de poils pubiens fournis par ses modèles célèbres. Torse nu, il sourit aux anges dans les bras de sa maîtresse de vingt-deux ans, véritable Barbie qui enserre son énorme ventre velu en forme de tonneau de pastrami. Leo me manque. Vraiment. "Le matin, avant de me mettre au travail, a-t-il confié au journaliste du *Globe and Mail*, je m'aventure dans les bois environnants pour écouter les arbres."

En page 3 du journal, la pêche est encore meilleure.

Oubliez Abélard et Héloïse. Roméo et Juliette, c'était du pipi de chat. Pareil pour Chuck et Di. Et pour Michael Jackson et le fils n° 1 de l'orthodontiste de Beverly Hills. Dans le *Globe* de ce matin, on trouve une histoire *made in Ontario* qui redéfinit le genre du récit d'amour contrarié. Un certain Walton Sue s'est marié, hier. Par ce geste, selon le journaliste du *Globe*, il aurait "ajouté un nouvel acte à une histoire d'amour quasi shakespearienne, sur fond de gros sous et de querelles de famille, dont lui et sa femme sont les improbables protagonistes". Walter Sue, qui souffre d'un handicap physique et mental depuis qu'il a été renversé par une voiture, il y a quinze ans, a uni sa destinée à celle de Maria DeSousa, qui, atteinte de paralysie cérébrale, se déplace en fauteuil roulant. Ils se sont mariés “en secret”, à l’occasion d’une cérémonie tenue à l’hôtel de ville de Toronto et à laquelle, toujours selon le journaliste du *Globe*, ont assisté plus de représentants des médias que de parents et amis.

Le problème de Sue, c’est que son père, vertement opposé à cette union, avait été nommé administrateur de la rente de deux cent quarante-cinq mille dollars versée à la suite de l’accident. Avant-hier, cependant, un avocat a obtenu qu’on déclare Sue incapable de gérer ses biens, dont la responsabilité a été cédée au tuteur et curateur public de l’Ontario. Sue et son épouse ont ainsi pu emménager dans un appartement pour personnes handicapées.

Je ne me moque pas de ce couple, à qui je souhaite sincèrement *mazel tov*. Voici où je veux en venir : à mon avis, ce handicap mental fait que Sue a de meilleures chances d’être heureux en ménage que votre serviteur. Et je parle à titre de vétéran, moi qui ai raté mon coup à trois reprises. La dernière fois que j’ai été marié, c’était à une femme “que l’âge ne peut flétrir, ni l’habitude épuiser[1]”, mais qui m’a finalement jugé indigne d’elle – c’est le moins qu’on puisse dire. Miriam, Miriam, élue de mon cœur.

Si ma première femme vivait encore, je les inviterais, elle, la Deuxième Mme Panofsky et Miriam, à un superdîner au Mas des Oliviers, qui serait une sorte de colloque consacré aux multiples défaillances conjugales de Barney Panofsky, Esq. Cynique, coureur de jupons, ivrogne et piano mécanique. Assassin, peut-être.

Le Mas des Oliviers, mon restaurant préféré à Montréal, prouve que cette ville troublée et divisée a encore des qualités qui la rachètent. Son salut passe par le culte du

1. “L’âge ne peut la flétrir, ni l’habitude épuiser l’infinie variété de ses appas.” *Antoine et Cléopâtre*, acte II, scène 2.

plaisir entretenu par les grosses huiles d'ici. À Montréal, les personnages influents ne font pas de jogging et ne se contentent pas de brouter rapidement une salade après leur partie de squash du midi, maladie dont souffre Toronto, où tout est subordonné à l'argent. Ici, ils se réunissent plutôt au Mas des Oliviers pour s'offrir un gueuleton de trois heures au cours duquel ils engloutissent de généreuses portions de *côtes d'agneau** ou de *boudin**, arrosées de bouteilles de saint-julien, avant de réclamer à cor et à cri du cognac et des cigares. C'est là que des avocats des deux parties, mais aussi des juges, se rencontrent pour régler leurs différends à l'amiable, mais pas avant de s'être régalés des cancans les plus salaces. On y voit plus de maîtresses que d'épouses légitimes. À sa table attitrée, le parrain québécois des tories accepte les tributs avec munificence. Plus loin, les ministres provinciaux qui ont le pouvoir d'attribuer de juteux contrats de voirie se laissent courtiser. Je fréquente parfois la table ronde des pécheurs juifs, que préside Irv Nussbaum ; là, mes transgressions sont pardonnées ou évoquées à la blague.

J'ai emmené Boogie dans cet endroit la veille de mon mariage avec la Deuxième Mme Panofsky.

Boogie, s'il avait survécu, aurait aujourd'hui soixante-douze ans. Peut-être s'acharnerait-il encore à terminer ce premier roman qui devait révolutionner le monde des lettres. C'est mesquin de ma part. Revanchard. Mais il y a des années déjà que j'ai cessé d'attendre qu'il sonne à ma porte… demain, sinon après-demain. "Tu as lu Lovecraft ?"

Depuis longtemps déjà, je ne me réveille plus en sursaut à quatre heures du matin pour foncer au lac, mû par une folle intuition, je n'ouvre plus la porte avec fracas, je ne crie plus son nom, vainement, avant de descendre sur le quai pour contempler les eaux où je l'ai vu pour la dernière fois.

"Nous nous sommes seulement croisés à l'occasion de ton mariage, m'a un jour confié Miriam, et je regrette de te dire qu'il faisait peine à voir. Ne me regarde pas comme ça, s'il te plaît.

– Je te regarde normalement.

– Je sais que nous sommes revenus cent fois sur les événements qui se sont produits au lac, ce jour-là. J'ai quand même le sentiment que tu me caches quelque chose. Vous êtes-vous disputés, tous les deux ?

– Non. Absolument pas."

Avec le temps, le bonheur que me procure mon chalet adoré dans les montagnes, à une centaine de kilomètres au nord de Montréal, s'est quelque peu estompé. Il est vrai que l'ouverture de l'autoroute des Laurentides, avec ses six voies, dans les années 1960, m'a permis de m'y rendre plus vite, en une heure plutôt que presque deux. Hélas, l'autoroute a également rendu le lac accessible aux banlieusards de même qu'aux maniaques du clavier et de la souris, qui ont installé leur bureau dans leur chalet. Quittant l'autoroute sur laquelle je file à toute allure, je n'ai plus à braver un chemin forestier semé d'embûches, celui où je devais rétrograder à l'approche des plus grosses pierres et des trous les plus profonds, précaution malgré laquelle je devais, chaque année, faire remplacer mon pot d'échappement. Je ne regrette pas les arbres tombés qui me bloquaient parfois le passage, mais je songe avec nostalgie au pont à une seule voie qui enjambait la rivière aux Cerises, dont les eaux vives montaient dangereusement au moment de la crue printanière. Il a depuis longtemps été remplacé par un pont moderne, en acier et en béton. Quant au chemin forestier, élargi dans les années 1950, il est désormais asphalté et déneigé en hiver. Nous avons également recueilli les fruits des avancées politiques. Dans les années 1970, ce bijou de lac, que je persiste à nommer lac Amherst, a été rebaptisé lac Marquette par la Commission de toponymie, chargée de libérer *la Belle Province** des noms de lieux inspirés des conquérants. Autrefois, on ne voyait que des canots et des voiliers sur le lac de vingt-trois milles de long ; de nos jours, les étés sont pollués par des flottilles de hors-bord et des hordes d'adeptes du ski nautique. Des avions de chasse venus de la base de l'OTAN, à Plattsburgh, traversent parfois le ciel, faisant trembler les vitres. À l'occasion, nous devons subir le passage de gros-porteurs transatlantiques qui descendent vers l'aéroport de Mirabel, sans parler des trois magnats des affaires qui arrivent aux commandes de leur hydravion privé pour passer un week-end en pleine nature. À la belle époque, je n'ai vu qu'un seul avion venir troubler les eaux cristallines du lac ; c'était l'un de ces maudits Canadair mis à l'essai en 1959, si mes souvenirs sont bons. Il a effleuré la surface en vrombissant et avalé Dieu sait combien de tonnes d'eau avant de s'élever de nouveau pour larguer sa cargaison sur quelque lointaine montagne. D'ailleurs, à mon arrivée, il y avait seulement cinq chalets au bord du lac, le mien y compris, alors qu'on en dénombre aujourd'hui plus de soixante-dix. À mon grand amusement, je suis désormais le vieux bonhomme un brin excentrique du coin : les voisins m'invitent chez eux afin que je régale leurs enfants de récits de l'époque bénie où les truites mouchetées étaient encore abondantes et où il n'y avait ni électricité ni téléphone, et encore moins de télévision par câble et d'antennes paraboliques.

Je suis tombé par accident sur mon Iasnaïa Poliana. Invité au chalet d'un ami, sur un autre lac, en 1955, j'avais tourné au mauvais endroit et je m'étais retrouvé sur un chemin forestier qui s'arrêtait abruptement devant ce qui avait l'apparence d'une cabane abandonnée sur une colline dominant le lac. On avait cloué un écriteau À VENDRE, avec le nom d'un agent immobilier, sur un des poteaux de la galerie à moitié affaissée. La porte de devant était verrouillée et les fenêtres condamnées, mais j'ai réussi à en dégager une et à entrer pour jeter un coup d'œil, semant la panique parmi les écureuils et les mulots. La cabane, ai-je appris par la suite, avait été construite en 1935 par un type de Boston qui s'en servait comme camp de pêche. Elle était à vendre depuis dix ans, détail qui, vu son état de délabrement, ne m'a pas du tout étonné. Pourtant, séduit au premier coup d'œil, j'en ai fait l'acquisition, avec les prés et les bois environnants, d'une superficie de dix acres, pour la somme étonnamment modique de dix mille dollars. Au cours des quatre années suivantes, j'y ai passé presque tous les week-ends d'été, m'accommodant d'un sac de couchage, d'une lampe à pétrole, de sandwichs achetés dans un *delicatessen*, des pièges à souris que j'avais disséminés un peu partout et des entrepreneurs locaux, que je devais secouer pour qu'ils s'activent à rendre le lieu habitable. La troisième année, j'ai fait installer une génératrice au gaz, mais ce n'est qu'après mon mariage avec Miriam que je me suis décidé à aménager le chalet pour l'hiver et à construire les dépendances et le hangar à bateaux. Encore aujourd'hui, j'entretiens la grande cabane dans les arbres, où les enfants avaient l'habitude de jouer. Elle servira à mes petits-enfants, peut-être.

Nerveux, je me suis mis à faire les cent pas dans mon salon. Je sais que quelqu'un vient m'interviewer à onze heures ; en revanche, je n'arrive pas à me souvenir de qui il s'agit. Ni du sujet. J'ai noté les détails sur un Post-it, mais il est introuvable. Hier, au volant de ma Volvo, en voulant prendre Décarie, j'ai oublié comment on fait pour rétrograder en troisième. Me garant le long du trottoir, je me suis reposé un moment, puis j'ai enfoncé la pédale d'embrayage pour m'exercer à changer les vitesses.

Attendez, ça me revient. La jeune femme de ce matin anime *Funky Gouines*, émission de la radio universitaire de McGill, et consacre sa thèse de doctorat à Clara. Ce ne sera pas la première fois qu'on m'interroge à son sujet. J'ai reçu des visites et des demandes d'information de féministes venues de lointaines contrées, par exemple Tel-Aviv, Melbourne et Le Cap, sans oublier cette ville où Hitler a dirigé la marche sur le Parlement. Le Premier ministre britannique, le type au parapluie, était présent, vous savez bien. Celui qui a promis la paix pour notre temps ? Merde, merde, merde. C'est la ville où il y a ce fameux festival de la bière. Pilsen ? Molson ? Son nom ressemble à celui des petits personnages dans *Le Magicien d'Oz.* Ou à celui du type qui a peint *Le Hurlement*[1]… voyons… Munch. *Munich.* Quoi qu'il en soit, ce que je veux dire, c'est que les admiratrices de sainte Clara la martyre sont légion et qu'elles ont deux choses en commun : *primo*, elles me considèrent comme un monstre ; *secundo*, elles ne veulent pas comprendre que Clara détestait les femmes, en qui elle voyait des rivales déterminées à lui ravir l'attention masculine, dont elle ne pouvait se passer.

Encore aujourd'hui, un de ses dessins tourmentés et surchargés, réalisé à la plume, est accroché au-dessus de ma cheminée. On y voit de jeunes vierges soumises à un viol collectif. Une orgie à laquelle participent des gargouilles et des gobelins. Un satyre hilare qui a mon visage empoigne par les cheveux une Clara toute nue, tombée à genoux. Profitant du hurlement qu'elle laisse échapper, je m'enfonce dans sa bouche. On m'a déjà offert deux cent cinquante mille dollars pour ce charmant tableau, mais jamais je ne m'en déferai. En dépit des apparences, je suis un vieux chnoque sentimental.

Et voilà que je me prépare à accueillir une représentante de celles que Rush Limbaugh a appelées les *féminazies.* Avec le nez et les mamelons percés, sûrement, sans oublier un coup-de-poing américain. Un casque allemand de la Seconde Guerre mondiale. Des bottes de travail.

1. *Le Cri.*

J'ouvre plutôt la porte à une jeune créature terriblement timide, toute menue, avec des cheveux auburn non pas coupés à la garçonne mais longs et flottants, un doux sourire, des lunettes de grand-mère, une robe Laura Ashley et de fins escarpins. Elle a aussitôt gagné ma faveur en admirant les photos des immortels des claquettes alignées sur les murs : Willy "Pickaninny" Coven, créateur de la Rhythm Waltz ; Peg Leg Bates, saisi en plein vol ; les Nicholas Brothers, qui ont fait les beaux jours du Cotton Club ; Ralph Brown ; les jeunes James, Gene et Fred Kelly dans leur uniforme de groom, au Nixon Theater de Pittsburgh en 1920 ; et, bien entendu, le grand Bill "Bojangles" Robinson en haut-de-forme, cravate blanche et queue-de-pie, aux environs de 1932. Mlle Morgan a installé son magnétophone et posé une tonne de questions. Comme les autres, elle a commencé en douceur : "Comment avez-vous rencontré Clara ?", "Qu'est-ce qui vous a attiré chez elle ?", etc. Ce n'est qu'ensuite qu'elle a lancé son premier missile : "D'après tous les témoignages que j'ai lus, vous étiez indifférent aux grands talents de Clara, comme peintre et comme poète, et vous n'avez rien fait pour l'encourager."

Amusé, j'ai essayé de faire sortir Mlle Morgan de ses gonds.

"Laissez-moi vous rappeler les propos que Marike de Klerk, l'épouse de l'ancien Premier ministre sud-africain, a un jour tenus dans une église : 'Les femmes ne comptent pas. Nous sommes sur cette terre pour servir, guérir les blessures, donner de l'amour…'

– Vous êtes un sacré numéro, vous.

– 'Si une femme encourage un homme à faire le bien, a ajouté Mme de Klerk, il le fera.' Disons simplement, pour les besoins de la démonstration, que Clara a manqué à tous ses devoirs.

– Et vous, vous avez manqué à vos devoirs envers elle ?

– Le dénouement était inévitable.”

Clara avait une peur bleue des incendies. “Nous vivons au cinquième étage, disait-elle, nous sommes condamnés d’avance.” De simples coups sur la porte la pétrifiaient. Nos amis avaient donc l’habitude de s’annoncer : “C’est Leo” ou : “C’est Boogieman. Mettez tous vos objets de valeur dans un sac et passez-le par l’entrebâillement de la porte !” Les plats trop riches la faisaient vomir. Elle souffrait d’insomnie. Si elle avait ingurgité une quantité de vin suffisante, elle s’endormait, mais ce n’était pas non plus une solution dans la mesure où elle faisait alors des cauchemars et se réveillait toute tremblante. Elle se méfiait des inconnus et plus encore des amis. Elle était allergique aux fruits de mer, aux œufs, aux poils d’animaux, à la poussière et à toute personne que sa présence laissait indifférente. Ses règles s’accompagnaient de migraines, de crampes, de nausées et d’une mauvaise humeur constante. Elle était victime de longues crises d’eczéma. Pour repousser les esprits mauvais, elle gardait sur le rebord de notre fenêtre une jarre en terre cuite bouchée, une cruche bellarmine, remplie de son urine et de rognures d’ongles. Elle avait peur des chats. Elle avait le vertige. Le tonnerre la tétanisait. Elle avait la phobie de l’eau, des serpents, des araignées et de ses semblables.

Je l’ai épousée, cher lecteur.

Et ce ne sont certainement pas ses exploits au lit qui m’y ont poussé, moi, le chaud lapin de vingt-trois ans. Aucune scène d’abandon ne venait pimenter notre idylle, si on peut l’appeler ainsi. Clara, qui flirtait et prononçait des obscénités à tout bout de champ, s’est révélée aussi prude – avec moi, en tout cas – que la mère qu’elle prétendait abhorrer, me refusant à répétition ce qu’elle appelait avec mépris mes “trente secondes de friction”. Ou elle les endurait à contrecœur. Ou encore elle se débrouillait pour étouffer dans l’œuf la joie que nous aurions pu tirer de nos accouplements de plus en plus rares et frustrants. Aujourd'hui, les seuls souvenirs que je garde de ces moments sont ses ordres : "Commence par la frotter avec de l'eau et du savon, et ne t'avise surtout pas d'éjaculer en moi !"

Une fois, ayant enfin daigné me gratifier d'une fellation, elle a couru vomir dans le lavabo. Humilié, je me suis rhabillé en silence et je suis sorti marcher sur les quais jusqu'à la place de la Bastille. En rentrant, je l'ai trouvée prostrée sur le lit, grelottant de tout son corps malgré les multiples châles dans lesquels elle s'était enveloppée. Elle avait fait sa valise. "Je serais déjà partie, mais j'ai besoin d'argent pour prendre une autre chambre."

Pourquoi ne pas l'avoir laissée s'en aller alors que je pouvais encore m'en sortir impunément ? Pourquoi l'ai-je prise dans mes bras, bercée pendant qu'elle sanglotait, aidée à se déshabiller, mise au lit et caressée doucement jusqu'à ce qu'elle mette son pouce dans sa bouche et retrouve une respiration régulière ?

J'ai passé la nuit assis à côté d'elle à griller cigarette sur cigarette en lisant le roman consacré au Golem de Prague écrit par l'ami de Kafka, comment s'appelle-t-il déjà ? Le matin venu, je suis allé au marché lui acheter une orange, un croissant et un yogourt.

"Tu es le seul homme à avoir pelé une orange pour moi, a-t-elle dit, travaillant déjà au premier vers du poème qui figure aujourd'hui dans de si nombreuses anthologies. Tu ne vas pas me jeter à la rue, hein ? a-t-elle demandé d'une toute petite voix, comme dans les comptines.

– Non.

– Tu l'aimes encore, ta folle de Clara, non ?

– Franchement, je n'en sais rien."

Épuisé comme je l'étais, pourquoi ne lui ai-je pas donné l'argent qu'elle réclamait ? Pourquoi ne l'ai-je pas aidée à s'installer dans un autre hôtel ?

Mon problème, c'est que je suis incapable d'aller au fond des choses. L'opacité des motivations des autres ne me dérange pas, plus maintenant, mais qu'est-ce donc qui m'empêche de voir clair dans les miennes ?

Au cours des jours suivants, Clara n'aurait pu se montrer plus contrite, plus docile, plus aimante, en apparence du moins. Au lit, elle me prodiguait des encouragements, simulait une passion que démentait son corps crispé, raide. “C'était bon, extraordinaire, disait-elle. J'avais besoin de te sentir en moi.”

Mon cul, oui. On pourrait soutenir que j'avais, moi, besoin d'elle. Ne sous-estimez jamais la sœur infirmière qui brûle de se manifester, même chez un vieux grincheux comme moi. En veillant sur Clara, je me sentais noble. Mère Teresa Panofsky. Docteur Barney Schweitzer.

Assis à mon bureau à cylindre, un Montecristo aux lèvres, je me retrouve à scribouiller à deux heures du matin, dans cette ville où il fait moins vingt degrés, pour tenter de donner un sens à mon passé incompréhensible. Incapable de me pardonner mes péchés en les mettant sur le compte de la jeunesse et de l'innocence, je parviens toujours à revivre en esprit certains moments heureux vécus avec Clara. Douée pour la raillerie, elle avait l'inestimable art de me faire rire de moi-même. J'adorais nos instants de tranquillité partagée. Moi, allongé sur le lit de ce placard qui faisait office de chambre d'hôtel, feignant de lire mais, en réalité, occupé à observer Clara à sa table de travail. Clara la troublée, l'obsessive, maintenant totalement à son aise. Concentrée. En transe. Son visage lavé de l'agitation qui le défigurait parfois. J'étais extrêmement fier de voir d'autres personnes, qui s'y connaissaient beaucoup mieux que moi, vouer une très grande estime à ses dessins et ses poèmes. Je me projetais dans l'avenir en gardien d'une artiste. Je lui fournirais les moyens de poursuivre son œuvre, la libérerais des contraintes de la vie quotidienne. Je la ramènerais en Amérique, où je lui aménagerais un atelier à la campagne, avec une bonne lumière du nord et une sortie de secours en cas d'incendie. Je la protégerais du tonnerre, des serpents, des poils d'animaux et des mauvais esprits. Auréolé de sa gloire, je jouerais le rôle de Leonard se dévouant à sa Virginia de génie. Sauf que je ne la lâcherais pas d'une semelle, moi, et que je l'empêcherais d'entrer dans l'eau sous l'emprise d'un coup de folie, les poches lestées de pierres. Ayant rencontré Clara à deux ou trois reprises, Yossel Pinsky, le survivant de l'Holocauste qui allait devenir mon associé, se montrait sceptique. "Tu n'es pas un homme bon, m'a-t-il dit. Pourquoi faire semblant ? Elle est *meshugena.* Laisse-la tomber avant qu'il soit trop tard."

Il était déjà trop tard.

"Tu veux que je me fasse avorter, je suppose ? a-t-elle demandé.

– Attends, ai-je répondu. Laisse-moi réfléchir."

J'ai vingt-trois ans, bon sang de bonsoir ! Voilà tout ce qui me venait à l'esprit.

"Je sors faire un tour. Je reviens tout de suite."

Pendant mon absence, elle avait vomi de nouveau dans le lavabo avant de se mettre au lit. Il était trois heures de l'après-midi et Clara, l'insomniaque, dormait profondément. J'ai nettoyé du mieux que j'ai pu. Elle s'est levée au bout d'une heure.

"Tu es là, a-t-elle dit. Mon héros.

– Je peux en toucher un mot à Yossel. Il connaît sûrement quelqu'un.

– Il pourrait peut-être s'en charger lui-même, avec un cintre. Sauf que j'ai déjà pris la décision de l'avoir, ce bébé. Avec ou sans toi.

– Alors je vais devoir t'épouser, j'imagine.

– Tu parles d'une demande en mariage.

– Simple possibilité."

Clara a exécuté une révérence. “Merci, prince Charmantsky.” Puis elle est sortie en trombe.

Boogie était catégorique.

“Ta responsabilité ? En quoi es-tu responsable ?

– Euh, je le suis, non ?

– Tu es encore plus fou qu’elle. Oblige-la à se faire avorter.”

Le soir, j’ai cherché Clara partout. J’ai fini par la trouver, seule, à la Coupole. Je me suis penché pour l’embrasser sur le front.

“J’ai décidé de t’épouser, ai-je dit.

– Fabuleux. Génial. Je n’ai même pas mon mot à dire, moi ?

– On peut consulter ton *Yi Jing*, si tu veux.

– Mes parents ne viendront pas. Ma mère serait morte de honte. Mme Panofsky. On dirait la femme d’un fourreur. Ou du propriétaire d’une mercerie. Vente en gros, exclusivement.”

Je nous ai trouvé, rue Notre-Dame-des-Champs, un appartement au cinquième étage, aménagé dans quatre anciennes *chambres de bonne**, et nous nous sommes mariés à la *mairie** du 6e. La mariée arborait un chapeau cloche, un voile ridicule, une robe noire en laine qui lui descendait jusqu’aux chevilles et un boa blanc en plumes d’autruche. Lorsque l’officier de l’état civil lui a demandé si elle acceptait de me prendre comme légitime époux, Clara, défoncée, l’a gratifié d’un clin d’œil. “J’ai un polichinelle dans le tiroir. Que voulez-vous que je fasse ?” Boogie et Yossel ont tous deux assisté à la cérémonie et nous avons reçu plusieurs cadeaux. Une bouteille de dom pérignon et quatre onces de haschisch glissées dans des petits chaussons en tricot bleus (Boogie), un ensemble de six draps et serviettes de l’hôtel George V (Yossel), une douzaine de couches et une esquisse signée (Leo). Enfin, Terry McIver nous a gratifiés d’un exemplaire dédicacé du numéro de *Merlin* où figurait sa première nouvelle publiée.

Pendant les préparatifs du mariage, j'ai enfin pu jeter un coup d'œil au passeport de Clara, dont le nom de famille, ai-je découvert à ma grande surprise, était Charnofsky. "Ne crains rien, a-t-elle dit. Tu t'es bel et bien déniché une *shiksa* au sang bleu. À dix-neuf ans, je me suis enfuie avec cet homme et nous nous sommes mariés au Mexique. Mon prof à l'école des beaux-arts. Charnofsky. Cette union a duré seulement trois mois, mais elle m'a coûté ma fiducie. Mon père m'a déshéritée."

Une fois installée dans notre appartement, Clara a pris l'habitude de rester debout jusque tard dans la nuit pour gribouiller dans ses cahiers de notes ou se pencher sur ses dessins à l'encre cauchemardesques. Puis elle dormait jusqu'à deux ou trois heures de l'après-midi, sortait en douce et ne refaisait surface qu'en soirée en nous rejoignant, la mine coupable, au Mabillon ou au Select.

"Simple curiosité de ma part, madame Panofsky, mais puis-je vous demander où vous avez passé l'après-midi ?

– Je ne me souviens pas. J'ai marché, je suppose."

Puis, plongeant la main sous ses jupes volumineuses, elle disait : "J'ai un cadeau pour toi." Elle me tendait alors une boîte de *pâté de foie gras**, une paire de chaussettes ou même, une fois, un briquet en argent fin.

"Si c'est un garçon, a-t-elle déclaré, je vais l'appeler Ariel.

– Ça se dit tellement bien, a déclaré Boogie. Ariel Panofsky.

– Moi, je vote pour Othello, a dit Leo avec un sourire en coin.

– Va chier, Leo", a répliqué Clara, les yeux enflammés, en proie à l'une de ses sautes d'humeur inexplicables, mais de plus en plus fréquentes.

Puis elle s'est tournée vers moi.

“Peut-être que Shylock serait un prénom plus indiqué, vu les circonstances ?”

Fait étonnant, une fois passées les nausées matinales de Clara, jouer au couple marié s’est révélé amusant. Nous avons acheté une batterie de cuisine et un berceau. Clara a fabriqué un mobile et elle a peint des lapins, des tamias et des hiboux sur les murs de la chambre du bébé. Je faisais la cuisine, évidemment. Spaghettis sauce bolognaise, *les pâtes égouttées à l’aide d’une passoire.* Salade aux foies de volaille hachés. Et, ma *pièce de résistance**, des côtes de veau servies avec des *latkes* et de la compote de pommes. Boogie, Leo (accompagné d’une de ses minettes) et Yossel venaient souvent festoyer à la maison. Et même Terry McIver, une fois. Par contre, Clara refusait de recevoir Cedric, qui n’avait pas assisté à notre mariage.

“Pourquoi ? lui demandais-je.

– T’occupe. Je ne veux pas de lui ici, c’est tout.”

Elle avait également des réserves vis-à-vis de Yossel.

“Son aura est mauvaise. Il ne m’aime pas. Et je ne sais pas ce que vous complotez, tous les deux.”

L’ayant fait asseoir sur le canapé, je lui ai servi un verre de vin.

“Il faut que j’aille au Canada, ai-je dit.

– *Quoi ?*

– Seulement trois semaines. Un mois au maximum. Yossel t’apportera de l’argent chaque semaine.

– Tu ne vas pas revenir.

– Ne commence pas, Clara.

– Pourquoi le Canada ?

– Yossel et moi allons nous lancer dans l’exportation de fromages.

– Tu veux rire ? L’exportation de fromages ? Quelle honte ! Vous vous êtes mariée à Paris, Clara, n’est-ce pas ? Oui. À un peintre ou à un écrivain ? Non, à un foutu vendeur de fromages.

– On a besoin d'argent.

– Ta vieille obsession. Je vais devenir folle ici, toute seule. Je veux que tu mettes un cadenas sur la porte. Et s'il y a un incendie ?

– Ou un tremblement de terre ?

– Avec un peu de chance, tu réussiras tellement bien dans le fromage que tu me feras venir au Canada et nous deviendrons membres d'un club de golf, à moins que ça n'existe pas encore, là-bas, et nous inviterons des gens à jouer au bridge. Ou au mah-jong. Je refuse de faire du bénévolat à la synagogue comme toutes ces foutues bonnes femmes et Ariel ne sera pas circoncis. Je ne le permettrai pas."

Malgré ma grande fébrilité, je suis parvenu en trois semaines à faire enregistrer une entreprise, à ouvrir un bureau et à en confier l'administration à un vieil ami, Arnie Rosenbaum. Et Clara a semblé s'habituer aux voyages à Montréal que je faisais toutes les six semaines, voire les attendre avec impatience, à condition que je lui rapporte plusieurs pots de beurre d'arachide, des biscuits Oreo et au moins deux douzaines de boîtes de Glosette aux raisins de Lowney's. C'est durant l'une de mes absences qu'elle a écrit et illustré à la plume la majeure partie des *Vers de la virago*, recueil qui en est à sa vingt-huitième édition. On y trouve un poème dédié à "Barnabus P.". Ce touchant hommage débute ainsi :

il a pelé mon orange et m'a pelée, moi, plus souvent encore,
Calibanovitch,
mon gardien.

Je me démenais à Montréal et Clara en était à son septième mois de grossesse lorsque, tôt un matin, Boogie m'a joint au téléphone dans ma chambre de l'hôtel Mont-Royal.

“Tu ferais mieux de répondre, a dit Abigail, la femme du vieil ami qui gérait notre antenne montréalaise.
– Oui.”
Boogie a lancé tout de go : “Reviens par le premier avion.”
J’ai atterri à… euh… comment cet aéroport s’appelait-il avant de devenir l’aéroport de Gaulle[1] ? Quoi qu’il en soit, il était sept heures du matin, le lendemain, et j’ai foncé tout droit à l’Hôpital américain.
“Je viens voir Mme Panofsky.
– Vous êtes de la famille ?
– Son mari.”
Un jeune interne penché sur sa planchette à pince a levé les yeux vers moi, soudain très intéressé.
“Le docteur Mallory aimerait d’abord vous dire un mot”, a lancé la réceptionniste.
Le docteur Mallory, un homme corpulent au crâne ceint d’une couronne grise, m’a tout de suite déplu. Il transpirait la suffisance et n’avait de toute évidence jamais trouvé un patient digne de ses talents. Après m’avoir fait asseoir, il m’a annoncé que le bébé était mort-né, mais que Mme Panofsky, jeune femme en pleine santé, serait certainement en mesure d’avoir d’autres enfants. “Si je vous parle ainsi, c’est parce que vous êtes le père, je suppose”, a-t-il ajouté avec un sourire facétieux.
Il semblait attendre ma réaction.
“Oui.
– Dans ce cas, a dit le docteur Mallory en faisant claquer ses bretelles colorées, vous êtes albinos.”
Manifestement, il l’avait préparée, cette repartie.
Après avoir encaissé cette nouvelle, le cœur battant à tout rompre, je l’ai fusillé du regard. “On se revoit tout à l’heure”, ai-je dit.

1. L’aéroport Charles-de-Gaulle n’a jamais existé sous un autre nom. L’aéroport mentionné ici est sans doute celui du Bourget.

J'ai trouvé Clara dans une salle de maternité, aux côtés de sept autres femmes, dont quelques-unes allaitaient leur nouveau-né. Elle avait dû perdre beaucoup de sang. Pâle comme un linge, elle était.

"Toutes les quatre heures, a-t-elle expliqué, on fixe des pinces à mes mamelons et on me trait comme une vache. Tu as vu le docteur Mallory ?

– Oui.

– 'Vous autres… Vous autres…' m'a-t-il dit en brandissant cette pauvre chose morte et toute ratatinée devant mes yeux, comme si elle s'était échappée d'un égout…

– Il a dit que je pourrais te ramener à la maison demain matin, ai-je lancé, moi-même surpris par mon ton calme. Je passerai de bonne heure.

– Je ne t'ai pas tendu de piège. Je te le jure, Barney. J'étais certaine que le bébé était de toi.

– Mais comment pouvais-tu en être sûre ?

– C'est arrivé seulement une fois et nous étions tous les deux défoncés.

– Nous semblons avoir un auditoire très attentif, ici, Clara. Je serai là demain matin.

– Pas moi."

Le docteur Mallory n'était pas dans son cabinet. Mais, sur son bureau, j'ai trouvé deux billets d'avion pour Venise, en première classe, et la confirmation d'une réservation au palais Gritti. J'ai recopié le numéro de la réservation et j'ai foncé au bureau de poste. "Docteur Mallory à l'appareil. Je souhaite annuler ma réservation pour demain."

Il y a eu une pause. Sans doute le commis consultait-il ses dossiers.

"Pour les cinq jours ?

– Oui.

– Dans ce cas, je regrette, mais nous devrons retenir votre acompte, monsieur.

– De la part d'une sale petite raclure de mafioso, ça ne m'étonne même pas", ai-je déclaré avant de raccrocher.

Boogie, ma source d'inspiration, aurait été fier de moi. Ce maître farceur avait joué des tours bien plus cruels, me suis-je dit en me mettant à errer au hasard des rues, fulminant, la tête pleine d'idées assassines. J'ai abouti, Dieu sait comment, dans un bar de la rue Scribe, où j'ai commandé un double "Johnnie Walquère". Enchaînant les Gauloises, j'ai eu la surprise d'apercevoir Terry McIver, bien installé à une table au fond du café, en compagnie d'une femme plus âgée, habillée avec trop de recherche et maquillée à l'excès. Croyez-moi sur parole : son Héloïse "agréable à regarder" était en réalité une créature courte sur pattes et rondelette, une grosse quenelle au visage bouffi et à la moustache bien fournie. Croisant mon regard, Terry, aussi stupéfait que moi, a repoussé la main aux multiples bagues qui reposait sur son genou. Après avoir chuchoté quelques mots à l'oreille de la femme, il s'est approché de ma table d'un pas tranquille.

"C'est la barbante tante de Marie-Claire, a-t-il expliqué en soupirant.

– La très affectueuse tante de Marie-Claire, à ce que je vois.

– Elle est dans tous ses états, a-t-il chuchoté. Son pékinois s'est fait écraser ce matin, alors tu imagines un peu. Tu as une mine épouvantable. Quelque chose ne va pas ?

– Tout va mal, mais je préfère ne pas en parler. Dis-moi que tu ne te farcis pas cette vieille peau, au moins.

– Chut, malheureux, a-t-il sifflé. Elle comprend ce que nous disons. C'est la tante de Marie-Claire, je te dis.

– Bon, d'accord. Maintenant, dégage, McIver."

Il n'a pu se résigner à partir sans lancer une dernière pique : "À l'avenir, je te serais reconnaissant de ne plus m'espionner."

McIver et la "tante de Marie-Claire" ont quitté le café sans terminer leurs verres et sont partis non pas à bord d'une Austin-Healey mais d'une Ford Escort[1] cabossée. Menteur, menteur, menteur, ce McIver.

J'ai pris un autre double Johnnie Walquère, puis je suis parti à la recherche de Cedric. Je l'ai trouvé dans son café préféré, celui que fréquentaient les collaborateurs du *Paris Review* ainsi que Richard Wright : le café Tournon, en haut de la rue du même nom.

"Cedric, mon vieux copain, il faut qu'on se parle, tous les deux, ai-je dit en le saisissant par le bras et en l'entraînant vers la sortie.

– On n'a qu'à le faire ici, a-t-il répondu en dégageant son bras et en m'orientant vers une table de coin.

– C'est ma tournée", ai-je dit.

Il a commandé un verre de *vin rouge** et moi un scotch.

"Tu sais, ai-je commencé, mon père, il y a longtemps, m'a dit que la pire chose qui pouvait arriver à un homme était de perdre son enfant. Qu'est-ce que tu en penses, *man* ?

– Si tu as quelque chose à me dire, crache le morceau, *man*.

– Bon, d'accord. J'ai bien peur que les nouvelles soient mauvaises, Cedric. Hier, tu as perdu un fils. Celui de ma femme. Et je suis venu t'offrir mes condoléances.

– Merde.

– Ouais.

– Je ne me doutais de rien.

– Moi non plus, figure-toi.

– Et s'il n'était pas de moi non plus, cet enfant ?

– Que voilà une idée intrigante.

– Je suis désolé, Barney.

– Moi aussi.

– Je peux te poser une question ?

– Je t'écoute.

– Bon sang, mais pourquoi as-tu épousé Clara ?

1. La production de la Ford Escort n'a débuté qu'en janvier 1968.

– Parce qu'elle était enceinte et que j'ai cru que je devais bien ça à mon rejeton. À mon tour, maintenant.
– Vas-y.
– Tu l'as baisée après aussi ou seulement avant ? Notre mariage, je veux dire.
– Qu'est-ce qu'elle t'a dit ?
– C'est à toi que je pose la question.
– Merde.
– Je pensais que nous étions amis.
– Où est le rapport ?"
Puis je me suis surpris à dire : "Pour moi, coucher avec la femme d'un ami, c'est dépasser les bornes. Je ne pourrais jamais faire un truc pareil."
Il a commandé une autre tournée et, cette fois, j'ai insisté pour que nous trinquions.
"Après tout, ai-je dit, c'est une occasion spéciale, tu ne crois pas ?
– Que comptes-tu faire de Clara, maintenant ?
– J'ai bien envie de te la refiler, papounet.
– Nancy ne serait pas d'accord. Trois au lit ? Ce n'est pas trop mon truc. Merci quand même d'avoir pensé à moi.
– C'était de bon cœur.
– Naturellement.
– En fait, je trouve que mon offre est d'une grande pureté, d'une *blancheur* immaculée.
– Hé, Barney, mon pote, tu ne devrais pas chercher querelle à un méchant négro comme moi. Je risque de te mettre un coup de surin.
– Je n'y avais pas pensé. Offrons-nous plutôt un autre remontant."
La patronne a déposé nos verres devant nous. Non sans mal, je me suis mis debout et j'ai levé le mien.
"À la santé de Mme Panofsky, ai-je dit. En reconnaissance du plaisir qu'elle nous a procuré à tous les deux.
– Rassieds-toi. Tu risques de tomber.

– Bonne idée.”

Puis je me suis mis à trembler de tout mon corps. Ravalant la grosse boule qui se formait dans ma gorge, j’ai dit :

“Franchement, je ne sais pas quoi faire, Cedric. Je devrais peut-être te casser la gueule.

– Merde, Barney, ça me fait de la peine de te dire ça, mais je n’étais pas le seul.

– Oh.

– Tu n’étais pas au courant ?

– Non.

– Elle est insatiable.

– Pas avec moi.

– Nous devrions peut-être commander du café. Ensuite, si tu penses que ça peut te faire du bien, tu n’auras qu’à me taper dessus.

– J’ai besoin d’un autre scotch.

– OK. Écoute ton oncle Remus, maintenant. Tu as seulement vingt-trois ans et elle est folle à lier. Débarrasse-toi d’elle. Divorce.

– Si tu la voyais… Elle a perdu beaucoup de sang. Elle a une mine épouvantable.

– Toi aussi.

– J’ai peur de sa réaction.

– Clara est beaucoup plus coriace que tu ne le penses.

– C’est toi qui lui as fait ces marques dans le dos ?

– Quoi ?

– C’est un autre, alors.

– C’est terminé. *Finito.* Donne-lui une semaine pour se remettre et parle-lui.

– Cedric, ai-je dit, soudain en sueur. Ça tourne. Je vais vomir. Emmène-moi aux toilettes. Vite.”

11

Il y a longtemps que l'intense Solange Renault, avec ses cheveux teints au henné, elle qui a autrefois joué la Catherine d'*Henri V* à notre festival de Stratford, doit se satisfaire du rôle de l'infirmière du petit patelin canadien-français dans ma série *McIver de la GRC.*

(Petite plaisanterie en passant. Il m'arrive souvent d'exiger le scénario hebdomadaire qui sera envoyé à Solange et de réécrire certaines de ses répliques pour la faire rire :

INFIRMIÈRE SIMARD : Bon Yeu, l'vent souff' fort à soir. *Watch out* pour la glace, vous autres.

INFIRMIÈRE SIMARD : 'gardez ça, si cé pas l'pére Saint-Pierre qui arsoud icitte. Farmez l'alco-hol à clé, pis serrez vot' craque, les ti-gars.)

À vrai dire, je me suis fait un devoir de trouver du travail pour Solange dans à peu près tous les projets réalisés par les Productions totalement inutiles depuis les années 1970. À plus de soixante ans, Solange, que le stress a bien conservée, persiste à s'habiller comme une ingénue, mais, pour le reste, c'est la plus admirable des femmes. Son mari, un scénographe de grand talent, a été emporté par un infarctus foudroyant lorsqu'il avait à peine trente ans, et elle a élevé et éduqué seule sa fille, l'indomptable Chantal, mon adjointe. Le samedi soir, si les Canadiens nouveaux et améliorés, ces poules mouillées dépourvues du moindre talent et pourtant multimillionnaires, jouent en ville, Solange et moi mangeons tôt chez Pauzé, puis nous nous rendons au Forum, où *nos glorieux** ont tant de fois triomphé. Mon Dieu, je me souviens de l'époque où ils n'avaient qu'à sauter par-dessus la bande, vêtus de ces magnifiques chandails rouge et blanc, pour que l'équipe visiteuse s'incline devant eux. Ça, c'était le bon vieux temps. Du hockey incandescent. Des passes délicates mais précises. Des tirs du poignet rapides comme l'éclair. Des défenseurs capables de frapper. Pas de rock à vous casser les oreilles pendant qu'une publicité télé retarde une mise en jeu.

Tout indique par ailleurs que ces sorties du samedi soir, tradition de plus en plus exaspérante, seront bientôt chose du passé. Il paraît que j'ai fait honte à Solange en me comportant en houligan, samedi dernier. Le délit qu'elle me reproche se serait produit en troisième période. Les gros mollassons de Canadiens, tirant déjà de l'arrière par quatre à un contre les Sénateurs d'Ottawa, pour l'amour du Christ, bénéficiaient d'un prétendu avantage numérique, mais leur jeu était brouillon et, après une minute, ils n'avaient toujours pas réussi un seul tir au but. Savage, cet imbécile, a fait une passe à un ailier dégagé, et un défenseur d'Ottawa apathique, un tâcheron qui aurait été jugé indigne de la Ligue de hockey senior du Québec d'antan, en a profité pour dégager la rondelle. Turgeon l'a récupérée et s'est avancé jusqu'au centre, d'où il l'a lancée dans le coin, puis Damphousse et Savage se sont rués vers elle, soulevant un nuage de neige et s'arrêtant juste avant d'atteindre la mêlée.

“Maudit Turgeon ! ai-je hurlé. Son contrat prévoit quelque chose comme cent mille dollars par but ! Béliveau n'a jamais gagné plus de cinquante mille dollars[1] pour

1. En 1970-1971, sa dernière saison avec les Canadiens, Béliveau a gagné cent mille dollars.

une saison complète et il n'avait pas peur de traverser la ligne bleue avec la rondelle, lui !

– Oui, je sais, a dit Solange en levant les yeux au ciel. Et Doug Harvey n'a jamais gagné plus de quinze mille dollars par année, ici.

– C'est moi qui te l'ai appris. Tu n'étais pas au courant.

– Tu me l'as dit, c'est vrai, je ne sais plus combien de fois. Maintenant, veux-tu bien te calmer et cesser de te donner en spectacle ?

– Regarde ça ! Personne devant la cage, ils ont trop peur de se manger un coup de coude. On aura de la chance si Ottawa ne marque pas un autre but en désavantage numérique. Merde ! Christ !

– Barney, je t'en prie.

– On n'a qu'à échanger Koivu contre un autre nain finlandais !" ai-je beuglé en me joignant au concert de huées.

Un illustre inconnu des Sénateurs, jaillissant du banc des punitions, a saisi le disque, puis, fonçant seul vers le but où tremblait notre gardien (qui, naturellement, s'est jeté trop tôt sur la glace), l'a déjoué en tirant au-dessus de son bloqueur. Cinq à un pour Ottawa. Des supporteurs dégoûtés ont commencé à applaudir les visiteurs. Des programmes ont atterri sur la patinoire. Retirant mes caoutchoucs, je les ai lancés en direction de Turgeon.

"Un peu de sang-froid, Barney.

– Ta gueule !

– Pardon ?

– Comment veux-tu que je me concentre sur la partie si tu n'arrêtes jamais de jacasser ?"

Le match était presque terminé lorsque j'ai remarqué que le siège de Solange était vide. Ce qu'elle peut être susceptible, celle-là ! Ottawa l'a emporté sept à trois. J'ai gagné le Dink's, où j'ai broyé du noir au-dessus de deux ou trois Macallan avant de téléphoner à Solange. C'est Chantal qui a répondu.

“Je veux dire un mot à ta mère, ai-je lancé.
– Elle ne veut pas vous parler.
– Elle s’est comportée comme une enfant gâtée, ce soir. Me planter là… J’ai perdu mes caoutchoucs et, dehors, j’ai glissé sur la glace. J’ai failli me casser la jambe avant de trouver un taxi. Tu as regardé la partie à la télévision ?
– Oui.
– Savard, ce sale type, n’aurait jamais dû échanger Chelios. Si ta mère ne prend pas le combiné, je saute dans un taxi et je débarque chez vous dans cinq minutes. Elle me doit des excuses.
– Nous n’ouvrirons pas.
– Vous m’écœurez, toutes les deux.”
Honteux d’avoir mal agi, j’ai téléphoné à Kate pour me confesser.
“Qu’est-ce que je fais, maintenant ? lui ai-je demandé.
– Tu lui envoies des fleurs demain matin, à la première heure.”
Les fleurs étaient réservées à Miriam. En offrant un bouquet à une autre, même à Solange, j’aurais eu l’impression de la trahir.
“Je ne pense pas, ai-je dit.
– Des chocolats ?
– Tu es occupée, demain, Kate ?
– Pas spécialement. Pourquoi ?
– Si je prenais l’avion pour la journée, on pourrait s’offrir un dîner pas piqué des vers.
– À la Prince Arthur Room ?”
Malgré toutes ces années, j’ai été étranglé par l’émotion.
“Tu es encore là, papa ?
– Réserve-nous une table chez Prego.
– Je peux emmener Gavin ?”
Merde, merde, merde. “Bien sûr”, ai-je dit. Mais, le lendemain matin, je me suis décommandé. “Je ne me

sens pas d'attaque, aujourd'hui. Peut-être la semaine prochaine."

Le lundi, ne serait-ce que pour prouver à mes employés que je ne suis pas complètement dépassé et que je ne sers pas qu'à signer des chèques, je suis allé au bureau, où Chantal m'a tout de suite annoncé de mauvaises nouvelles. Notre dernier pilote, qui avait coûté les yeux de la tête, regorgeait de scènes chargées de sens et d'émotions : des gays qui se font des mamours, des héros issus des minorités visibles, des courses-poursuites qui se terminent en carambolage, sans oublier des viols, des meurtres, un soupçon de sadomasochisme et quelques inepties *new age*. Bref, espérais-je, on y verrait la série parfaite pour la case horaire de neuf heures, les jeudis soir, sur les ondes de CBC-TV. On avait toutefois préféré à la nôtre une série encore plus consternante, produite par les Torontois de Trois Amigos. C'était la deuxième fois cette année que ce *goniff* de Bobby Tarlis, *big boss* de Trois Amigos, nous faisait le coup. Mais il y avait pire. L'audimat de la série *McIver de la GRC*, autrefois en tête de peloton, avait subitement commencé à fléchir, et la CBC menaçait de la retirer de l'antenne. Ma sainte Trinité d'abrutis, Gabe Orlansky, chef scénariste, accompagné du producteur délégué, Marty Klein, et du réalisateur, Serge Lacroix, a débarqué dans mon bureau. Pleine d'appréhension, Chantal les a suivis à la trace, un cahier de notes à la main. La Trinité a prétendu qu'il fallait commencer par rajeunir la distribution. Un exemple patent : Solange Renault, qui jouait l'infirmière du patelin depuis le début, huit ans plus tôt, était désormais beaucoup trop vieille.

"On n'a qu'à la faire mourir, a proposé Gabe.

– Et ensuite ? ai-je demandé, au bord de l'explosion.

– Tu regardes *Alerte à Malibu* ?

– Tu proposes que des bimbos s'ébattent dans la neige, au nord du soixantième parallèle, vêtues de bikinis grands comme un mouchoir de poche, c'est ça ?

– Les gars de la création sont tous d'accord : il nous faut une nouvelle infirmière, a insisté Gabe. J'aimerais que tu jettes un coup d'œil à ces photos.

– J'espère au moins que tu ne couches pas avec elle, Gabe. Trois mois après ton triple pontage. Tu devrais avoir honte.

– Il faut qu'on dépoussière la série, Barney. Qu'on la débarrasse du bois mort. J'ai montré les deux derniers épisodes à un groupe cible, et le personnage joué par Solange est celui que les téléspectateurs ont trouvé le moins *simpatico.*

– Parlant de bois mort… Je vous flanquerai à la porte, tous les trois, avant de me défaire de Solange. De plus, j'ai l'intention de lui confier la réalisation d'au moins deux épisodes, cette année.

– Quelles sont ses qualifications ? a demandé Serge.

– Elle sait lire et écrire. Et, contrairement à vous, elle n'est pas dénuée de bon goût. En fait, elle est bien trop qualifiée, mais ma décision est prise. Le problème, ce n'est pas Solange ; ce sont les lieux communs dont le scénario est truffé. Et si on essayait quelque chose d'imprévisible, pour changer ? Un Esquimau ignoble, mettons. Ou encore un sorcier indien qui se dit devin alors qu'il pique ses prévisions dans l'*Almanach des agriculteurs* ? Ça y est, je l'ai. Maintenant que les recrues sikhes de la GRC ont le droit de porter le turban, que diriez-vous d'un nouveau caporal, un Juif qui arbore la kippa, accepte des pots-de-vin et marchande à La Baie ? Fichez-moi le camp, tous les trois. Allez, ouste. Je veux voir de nouveaux scénarios, et que ça saute. Vous êtes déjà en retard."

Chantal s'est attardée.

"J'ai bien peur qu'ils aient raison, pour Solange.

– Bien sûr qu'ils ont raison, mais c'est ta mère, pour l'amour du Christ. Si elle ne joue plus, elle va nous rendre fous, tous les deux. C'est sa raison de vivre. Tu le sais aussi bien que moi.

– Vous allez vraiment lui proposer de réaliser des épisodes ?

– N'essaie pas de deviner mes intentions. Oh, Chantal, une dernière chose. Je ne me sens pas le courage de les lire, ces scénarios. Tu vas devoir t'en charger. Et demande à Gabe de m'envoyer les photos, s'il te plaît, ai-je dit en évitant ses yeux. Je pense qu'il vaut mieux que je les regarde de plus près."

Je me suis ensuite attaqué au courrier que Chantal m'avait laissé.

Dacca
Le 21 septembre 1995

Monsieur,

Avec grand respect je prie d'énoncer que je vous demeurerai éperdu de gratitude si vous lisez et répondez à l'humble requête qui suit. Je suis Khandakar Shahtyer Sultan, étudiant bengali. J'ai perdu ma mère dans son enfance et depuis j'ai eu de multiples tribulations. Malgré des problèmes nombreux, je suis un diplôme d'études anglaises de l'université de Dacca.

Je suis désireux d'aller au Canada ou autre pays d'acabit et j'ai tout essayé pour étudier art de télévision, que vous excellez. Mais je suis vaincu. J'ai ici personne pour m'aider à aller au-delà des mers.

J'ai écrit de nombreuses grandes personnes comme vous dans des pays diversifiés pour obtenir de l'aide. Je voudrais étudier dans votre pays et si vous réussissez à persuader une université ou ailleurs de donner à moi une bourse, ce serait parfait de mon côté. Si vous désirez, je resterai avec vous et votre famille et vous servirai de mon possible.

Si vous êtes dans l'impossibilité, veuillez pourtant m'accorder une donation (cinquante, cent dollars ou autant que possible) pour cueillette des fonds nécessaires pour éducation au Canada. Beaucoup ont déjà envoyé et j'ai réuni pas mal. J'espère collectionner assez bientôt et mon rêve deviendra vrai. Alors ne pas oubliez d'envoyer.

Si vous envoyez billets banque ou chèque de traite, faites l'enveloppe non transparente et postez-la par courrier garanti. Compte n° 20784, Banque Sonali, succursale Dilusha, Dacca. Ou MANDAT POSTAL INTERNATIONAL, meilleur moyen. J'attends votre affable réponse. Je vous demande pardon pour le tort à vous.

Avec ma sincérité,

KHANDAKAR SHAHTYER SULTAN

Productions totalement inutiles ltée
1300, rue Sherbrooke Ouest
Montréal (Québec) H3J 1J4
Canada

Le 5 octobre 1995
Du bureau de Barney Panofsky

Cher Monsieur Sultan,

Tel que demandé, j'ai envoyé, dans une enveloppe non transparente, un mandat postal international, d'un montant de deux cents dollars, au compte n° 20784, Banque Sonali, succursale Dilusha, Dacca.

J'ai également discuté de votre cas avec le professeur Blair Hopper, un homme d'une richesse incomparable qui enseigne au collège Victoria de l'université de Toronto, en Ontario, au Canada, et il est impatient d'avoir de vos nouvelles. Je crois cependant qu'il vaudrait mieux que vous évitiez de mentionner mon nom dans votre correspondance avec l'estimé professeur. Cordialement,

BARNEY PANOFSKY

P.-S. Le numéro de téléphone personnel du professeur est le (416) 819-2427 et il sera heureux que vous l'appeliez en PCV à n'importe quelle heure du jour ou de la nuit.

Il y avait aussi une lettre du Grand Antonio.

Légende vivante la plus grande des forces humaines à 510 livres, 225 kilos, l'homme le plus fort du monde. homme préhistorique fort comme 10 chevaux. Tire 4 autobus attachés ensemble par une chaîne, poids de 70 tonnes sur 2 200 pieds devant télévision NBC. Plus de 5 millions de personnes venues voir le Grand Antonio à Tokyo.

Le Grand Antonio, un Montréalais, a eu la délicatesse de joindre à sa lettre une idée de long métrage.

SCÉNARIO PAR LE GRAND ANTONIO – N° 1

Le Grand Antonio est très populaire et impressionnant dans le monde entier.

1. Antonio tire 4 autobus 70 tonnes – Record mondial.
2. Tient avec ses mains 10 chevaux.
3. Tire par les cheveux 400 personnes.
4. Un match de championnat à la lutte.
5. Également, une histoire d'amour dramatique avec une actrice.
6. Réconciliation.
7. Fin avec grand défilé devant des millions et millions de personnes. Rue principale centre-ville de Tokyo, New York et aussi Rio de Janeiro, Paris, Londres, Rome, Montréal et toutes les grandes villes du monde.

Le Grand Antonio excite la curiosité du monde entier. Le film sera un succès sans précédent parce que tous les habitants de la planète aiment voir le Grand Antonio. Le film va coûter 100 millions de dollars. Son tournage va falloir deux ans. Il va rapporter entre 5 et 10 milliards de dollars. Tout le monde veut voir le Grand Antonio et sa

force mystérieuse. Le Grand Antonio est invincible. Le Grand Antonio a écrit l'histoire et il va réaliser le film.
LE GRAND ANTONIO, UNE VRAIE MINE DORÉE

Productions totalement inutiles ltée
1300, rue Sherbrooke Ouest
Montréal (Québec) H3J 1J4

Le 5 octobre 1995
Du bureau de Barney Panofsky

Cher Grand Antonio,

C'est avec un profond regret que je me vois dans l'obligation de rejeter votre projet de mégaproduction, le plus emballant que j'aie vu depuis des années, mais notre maison est beaucoup trop modeste pour lui rendre justice. Il serait égoïste de notre part de freiner vos ambitions. Cependant, j'ai discuté avec mon bon ami Bobby Tarlis, de la société Trois Amigos de Toronto, et je ne l'ai jamais vu aussi enthousiasmé par une proposition.

Avec le sincère espoir d'être le maïeuticien qui permettra à cette admirable entreprise de voir le jour, je joins à ma lettre un chèque de six cents dollars, de quoi couvrir un aller-retour à Toronto et les frais afférents. La société Trois Amigos a pignon sur rue au 33, rue Yonge. Ne vous donnez pas la peine de téléphoner d'avance, Bobby vous attend. Le plus tôt sera le mieux, a-t-il insisté. Ah oui, je vais vous confier un petit secret. Bobby est l'ancien champion de lutte amateur de Hongrie et il a parié avec moi une somme considérable : il aura le dessus sur vous par deux tombés sur trois, prétend-il. J'ai misé gros sur vous, Antonio, alors je vous prie de ne pas me décevoir. Essayez un saut chassé tout de suite en entrant dans son bureau. Ça lui plaira beaucoup. Bonne chance.

Respectueusement,

BARNEY PANOFSKY

À cinq heures, je me suis arrêté au Dink's, où j'ai traîné trop longtemps au bar. Puis, avec Hughes-McNoughton et Zack Keeler, le chroniqueur de la *Gazette*, je me suis retrouvé au Jumbo's et, au petit matin, dans un *speakeasy* que connaissait Zack. Sean O'Hearne m'a un jour dit :

"Dans l'ancien temps, quand nous voulions savoir où étaient cachées les boîtes clandestines, nous attendions dans une voiture banalisée que Zack sorte en titubant du Jumbo's et nous n'avions qu'à le suivre. Ce salaud-là avait toujours un beau brin de fille avec lui. Comment fait-il, hein ?

– Facile, ai-je répondu. C'est un homme d'une beauté rare. Futé. Spirituel. Tu ne peux pas comprendre."

Ce soir-là, cependant, Zack m'a vite tapé sur les nerfs. Sous contrat avec CBC-TV, il rentrait d'une visite éclair à Toronto, où il était tombé sur Miriam et Blair dans une soirée.

"Tu nous as fait croire que Blair était chiant à mourir. L'humour n'est pas son point fort, d'accord. Mais je l'ai trouvé très sympathique. S'il était aussi nul que tu le dis, comment aurait-il pu séduire une femme comme Miriam ?

– Elle va bien, Miriam ?

– Elle est radieuse, mon vieux. Très drôle à sa façon, tu sais. L'air de ne pas y toucher. Mais elle n'est pas folle de la nouvelle petite amie de Saul. 'Il boit dans une tasse qui a déjà servi', a-t-elle dit. Et elle se fait même du souci pour toi. Tes enfants affirment que tu bois trop. Tu devrais avoir honte."

Il devait être quatre heures du matin lorsque je suis rentré et j'ai dû m'y prendre à deux mains pour introduire la clé dans la serrure. M'étant malgré tout réveillé de bonne heure, je me suis octroyé un mardi de congé. J'ai décidé de hisser le drapeau paternel et de faire le tour des descendants Panofsky, à commencer par Mike. Sa secrétaire m'a appris que toute la famille était partie en Normandie pour le week-end. Le week-end ? On était seulement mardi. Un long week-end, a-t-elle précisé. Un week-end britannique. Ensuite, j'ai composé le numéro de Saul.

"Mon Dieu, il n'est même pas encore midi. Ça ne pouvait être que toi. Rappelle-moi plus tard, papa, s'il te plaît.

– Quelle voix rauque de fumeur tu te paies ! Tu as passé la nuit à boire, n'est-ce pas ?

– Venant de toi, c'est…

– Comprends-moi bien, je ne suis pas prude. Je n'ai rien contre l'alcool, à condition qu'on le consomme *avec modération.*

– J'ai passé la nuit à lire l'autobiographie de Geronimo. Au fait, tu savais que les Apaches étaient peut-être une des tribus perdues ? Geronimo ne mangeait jamais de bacon ni de porc. Tabou tribal. Quand son père est mort, les Apaches ont abattu son cheval et donné tous ses autres biens. Les Apaches ne conservent jamais les richesses d'un parent mort. Une loi tribale tacite l'interdit. On craint que les enfants d'un homme riche ne se réjouissent de la mort du paternel. Donne tout ce que tu possèdes, papa. Caroline va péter les plombs.

– Excuse-moi de t'embêter avec ça, Saul, mais as-tu parlé à Kate, récemment ?

– Pour qu'elle me glisse subtilement à l'oreille que je mène une vie de raté ?

– Elle t'adore.

– Ouais, bien sûr. En passant, je n'envoie plus mes articles à Mike. Il met des mois à les lire, et encore… Il fait semblant d'être végétarien pour plaire à Madame la Vicomtesse, mais lorsqu'il est venu à New York, la semaine dernière, et qu'il a été question d'aller au restaurant, il a tenu à aller au Palm, où il s'est offert un steak géant. Et il a fait exprès de tourmenter Aviva.

– Aviva ?

– C'est une Israélienne. Elle écrit pour le *Jerusalem Post*, maintenant que le journal a cessé de faire l'apologie d'Arafat. Naturellement, Mike n'a pas arrêté de parler de ses contributions à La Paix maintenant et de la situation désespérée des Palestiniens. Et tant pis si le frère d'Aviva est mort dans un attentat terroriste.

– C'est avec elle que tu vis, en ce moment ?

– Hier, j'écoutais les *Variations Goldberg*, la version de Glenn Gould, et elle s'est mise à se limer les ongles. Elle se lève de bonne heure et découpe plein d'articles dans mon *Times*. Quand je finis par m'asseoir à table, mon journal est plein de trous. J'ai dû la flanquer à la porte. À propos, quand as-tu l'intention de revenir passer quelques jours avec moi ?

– On s'est bien amusés, la dernière fois, non ?

– Dis la vérité. Tu adores Mike, alors que moi, je ne suis pas à la hauteur de tes espérances. Et toutes ces questions sur les femmes avec qui je vis, c'est ta façon de sous-entendre…

– Tu bois dans trop de tasses qui ont déjà servi, petit.

– … que je suis incapable d'entretenir une relation adulte.

– Tu aimerais vraiment que je vienne te voir ?

– Ouais. Et j'ai parlé à Kate, le week-end dernier. Nous nous sommes disputés. Il se trouve que je savais que maman les avait reçus à souper, la veille, et que Kate s'était montrée odieuse envers Blair, sans la moindre raison.

– Mon Dieu, mais c'est terrible. Je vous interdis de prendre parti, les enfants. Blair a beau être un peu jeune pour ta mère, il la rend heureuse, et ça devrait nous suffire. C'est aussi un homme qui se dépense sans compter pour de bonnes causes. Greenpeace, par exemple.

– À d'autres, papa. Tu le détestes. Qu'as-tu pensé de mon dernier article dans *American Spectator* ?

– Je l'ai trouvé tendancieux et raciste, mais tu as une sacrée plume, mon fils.

– Là, je reconnais bien mon papa. Il faut que je me sauve. Natasha m'emmène dîner à l'Union Square Café.

– Qui est Natasha ?

– Pourquoi tu n'épouserais pas Solange ?

– Je l'aime trop pour lui faire un coup pareil. D'ailleurs, tu es au courant de la nouvelle ordonnance des tribunaux américains. La loi des deux coups[1] ? Tu aimerais vraiment que je vienne faire un tour à New York ?

– Oui. Oh, j'oubliais. Le *Washington Times* me propose de faire la critique de *Du temps et des fièvres*. J'en ai reçu un exemplaire.

– Tu veux dire qu'un éditeur a l'intention de publier la merde de McIver, à New York ?

– Ne t'énerve pas.

– Ne te méprends pas. Je ne m'abaisserais pas à essayer de t'influencer. Vas-y, fais-la, ta critique. Porte le livre aux nues, si ça te chante. C'est ta réputation qui est en jeu, pas la mienne. À bientôt."

Mon fils aîné n'hésite pas à donner la boîte de Cohiba que je lui ai apportée et voilà que Saul s'apprête à me trahir en échange de deux cent cinquante dollars tout au plus. Sacrée famille que j'ai nourrie. Calmé par deux doigts de Cardhu, j'ai allumé un Montecristo et téléphoné à Kate.

"Je te dérange ?

– Papa ! J'allais justement t'appeler.

– Dis donc, Kate, j'apprends à l'instant que, dernièrement, ta mère vous a reçus à souper, Gavin et toi, et que tu t'es montrée odieuse envers Blair.

– Il passe son temps à la toucher à table. Ça me donne envie de vomir.

1. Trois coups.

– Je comprends ce que tu ressens, ma chérie, mais il faut à tout prix éviter de blesser ta mère. D'ailleurs, Blair a toujours été très gentil envers toi et tes frères. De toute évidence, il est incapable d'avoir des enfants, ce qui explique peut-être bien des choses. *Il la touchait où, au juste ?*

– Oh, tu sais. Il lui tenait la main. Lui caressait le bras. L'embrassait sur la joue en se levant pour remplir son verre de vin. Des trucs dégueu du genre.

– Je vais te révéler un secret, mais tu dois le garder pour toi. Comme d'autres, le pauvre Blair doute depuis toujours de sa virilité. C'est à cause de ça qu'il se sent obligé de faire étalage de son affection pour ta mère.

– Je suppose que maman s'est plainte à Saul, qui a toujours été son chouchou…

– Je pense qu'il lui fait penser à moi, à l'époque où j'étais encore assez jeune pour elle.

– … et il t'a tout répété. Je suis furieuse contre Saul. Nous nous sommes disputés.

– Saul t'adore. Il insiste pour que j'aille bientôt lui rendre visite à New York. Qu'est-ce que tu en dis ?

– Viens d'abord ici. Je t'en prie, papa. Gavin t'emmènera voir une partie de hockey.

– *Des Maple Leafs ?*

– Confie-lui tes impôts. C'est un vrai magicien. Il ne te fera rien payer. Qu'est-ce que tu vas faire si les séparatistes gagnent le référendum ?

– Ça n'arrivera pas. Alors ne t'inquiète pas.

– Ce que tu peux être condescendant, des fois. Quand nous étions enfants, tu pouvais passer des heures à parler de politique avec les garçons, mais jamais avec moi.

– C'est faux.

– 'Alors ne t'inquiète pas.' Je ne suis pas stupide, tu sais.

– Bien sûr que non. Tout ce que je voulais dire, c'est que tu as sans doute déjà assez de problèmes comme ça."

Kate enseignait la littérature anglaise dans une école pour surdoués et, un soir par semaine, elle aidait des immigrés à apprendre l'anglais dans un sous-sol d'église. Elle me harcelait sans cesse pour que je finance un film sur la mère des suffragettes canadiennes, l'admirable Nellie McClung.

"Bientôt, ce sera Noël et maman va vouloir faire le réveillon chez elle. Un sapin et une ménorah. Mike et Caroline vont venir avec les enfants, Saul sera là, Mike et lui vont commencer à se chamailler sur le pas de la porte. L'année dernière, je n'ai pas cessé de pleurer. Je t'aime, papa.

– Je t'aime aussi, Kate.

– Nous formions une superfamille. Je ne pardonnerai jamais à maman de t'avoir quitté.

– Je l'ai perdue par ma faute.

– Je vais raccrocher maintenant. Avant de fondre en larmes."

Entre Miriam et Kate, l'hostilité couvait depuis toujours ou presque. Et je ne comprenais pas pourquoi. Après tout, c'était Miriam qui avait régalé Kate d'histoires, soir après soir, lui avait appris à lire, l'avait emmenée dans les musées et les théâtres new-yorkais. Mon rôle à moi avait surtout consisté à leur assurer à tous une existence confortable et à taquiner les enfants à table pendant que Miriam réglait les différends. Oh oui, j'oubliais, j'ai aussi constitué pour eux, après avoir consulté Miriam, les fameuses bibliothèques. "À la naissance de leurs enfants, ai-je un jour expliqué à mes rejetons, certains pères achètent pour eux des bouteilles de vin qui, en attendant que les petits en question deviennent des adultes ingrats, gagneront en maturité. À seize ans, vous recevrez plutôt une bibliothèque contenant les cent livres qui m'ont procuré le plus de plaisir lorsque j'étais moi-même un adolescent ignare."

En rentrant un après-midi, pendant sa dernière année à l'école Miss Edgar et Miss Cramp, Kate avait trouvé Miriam à bout de nerfs, le regard rivé sur l'horloge du four, les mains occupées à parer deux canards. Perfectionniste, elle arrachait les dernières traces de duvet avec une pince à épiler. Des casseroles bouillonnaient sur tous les feux de la cuisinière. Des miches de pain attendaient d'être enfournées. Les verres à vin, tout juste sortis du lave-vaisselle, étaient alignés dans l'attente d'une ultime inspection contre la lumière du jour et, au besoin, d'un nouveau lavage. Dans un bol en verre, une montagne de fraises restait à équeuter. Maussade, Kate avait foncé tout droit vers le réfrigérateur, pris un yogourt et fait un peu de place sur le comptoir pour poursuivre sa lecture de *Middlemarch* là où elle s'était arrêtée la veille.

"Kate, sois gentille et équeute ces fraises, puis va retaper les coussins du salon."

Pas de réponse.

"J'attends six personnes à souper à sept heures et demie, Kate, et je n'ai pas encore eu le temps de prendre ma douche et de me changer.

– Pourquoi tu ne demanderais pas aux garçons de te donner un coup de main ?

– Ils ne sont pas là.

– Quand je serai grande, je ne serai pas femme au foyer. Comme toi.

– *Pardon ?*

– Je parie que ce sont ses amis à lui qui vont débarquer. Pas les tiens.

– Tu les équeutes, ces fraises, ou pas ?

– Quand j'aurai fini mon chapitre", a répondu Kate en quittant la pièce.

Quand Miriam a fait irruption dans notre chambre, je tenais la manche de ma chemise propre, l'air désemparé.

"Je ne sais plus combien de fois je t'ai demandé de changer de blanchisseur. Ne dis rien. Je sais bien que

M. Hejaz a sept enfants, mais il a encore pété un de mes boutons. Tu peux me le recoudre ?

– Fais-le toi-même.

– Qu'est-ce qu'il y a ?

– Rien."

J'ai tenté de la prendre dans mes bras, mais elle s'est raidie en reniflant. "Merde ! s'est-elle exclamée. Mon pain." Et elle a couru jusqu'à la cuisine, moi sur ses talons.

"Il est foutu, a-t-elle dit, les joues ruisselantes de larmes.

– Mais non, il est seulement bien cuit, ai-je dit en saisissant un couteau dans l'intention de racler la surface.

– Pas question que je serve ça.

– Je vais envoyer Kate à la Bagel Factory.

– Tu trouveras ta fille dans sa chambre, où elle lit *Middlemarch*, a-t-elle dit sur un ton acerbe.

– On peut dire que tu es de bonne humeur, toi. Tu préférerais qu'elle lise *Cosmopolitan* ?

– Ne l'envoie pas faire des courses. Elle me déteste déjà assez comme ça.

– Comment peux-tu croire une chose pareille ?

– Oh, Barney, tu ne sais rien de tes enfants. Mike se fait un sang d'encre parce que sa petite amie a trois semaines de retard et Saul vend de la drogue.

– Ce n'est pas le moment, Miriam. Il est sept heures dix et tu ne t'es pas encore changée."

Une fois Miriam dans notre chambre, je suis allé voir Kate et je lui ai demandé de tout me raconter.

"Écoute-moi bien, Kate. Ta mère a renoncé à une brillante carrière à la radio pour m'épouser et, sincèrement, je ne sais pas ce que j'aurais fait si elle m'avait dit non. Elle a consenti à je ne sais plus combien de sacrifices pour les garçons et toi. En plus, ta mère, femme au foyer ou pas, est la personne la plus intelligente que je connaisse.

Alors tu vas aller de ce pas dans notre chambre pour lui présenter tes excuses.

– Tu sais ce qu'on ressent, nous, les enfants ? Que nous avons tort, peu importe les circonstances, parce que vous vous serrez toujours les coudes, toi et elle.

– Fais ce que je t'ai demandé, ai-je dit en lui enlevant son livre.

– Ça me rend malade de la voir te servir à longueur de journée.

– Je me plais à penser que nous nous servons réciproquement.

– Depuis ce matin elle fait la popote, et tes amis vont se soûler à mort avant même de passer à table, puis ils vont se dépêcher de manger pour en arriver au cognac et aux cigares, et elle va s'être donné tout ce mal pour rien.

– Va t'excuser tout de suite."

Elle a obéi, mais mon intervention n'a pas plu à Miriam.

"Tu as le don d'empirer les choses, Barney. Tu lui as confisqué son livre ?

– Non. Oui. Je ne sais plus."

Je le tenais encore à la main.

"Rends-le-lui tout de suite, s'il te plaît.

– Merde, merde, merde. On sonne à la porte."

Craignant un désastre vu l'humeur de Miriam, j'ai bu comme un trou avant le repas, mais elle m'a une fois de plus étonné. Plutôt que de s'occuper avec bonté du convive le plus ennuyeux en feignant comme toujours d'être fascinée par les banalités qu'il débitait, Miriam a décidé, pour une rare fois, de ne pas faire de quartier. La femme de Nate Gold a été la première à subir son ire, mais, à vrai dire, elle l'avait bien mérité. Elle n'aurait pas dû repousser son canard rôti et sortir de sa sacoche un sac en plastique rempli de raisins verts. "Le canard a l'air délicieux, a-t-elle clamé en retournant sa viande à la recherche de petits bouts de graisse, mais je suis au régime." Nate, pour meubler le silence qui a suivi, a raconté qu'il avait dîné avec son distingué ami, le ministre de la Culture, plus tôt dans la semaine, à Ottawa.

"Et vous savez quoi ? a dit Nate. Il n'a pas lu un seul livre de Northrop Frye.

– Moi non plus, a lancé sa femme en ajoutant un pépin de raisin au monticule dans son assiette.

– C'est vrai qu'il n'y a pas d'images", a laissé tomber Miriam.

Puis ce fut au tour du pauvre, du vulnérable Zack Keeler. Il était plus morose qu'à l'accoutumée, car, dans l'après-midi, il avait assisté aux funérailles d'Al Mackie. Mackie, un journaliste sportif de notre connaissance, avait l'habitude de sortir du Jumbo's ou du Friday's, ouverts seulement jusqu'à deux heures du matin, pour se rendre au Cercle des journalistes, qui fermait à quatre heures. Le désarroi de Zack s'expliquait par l'attitude de la veuve d'Al, qui avait assisté à la mise en terre du cercueil avec un sang-froid déconcertant.

"Pas étonnant, a dit Miriam. C'était la première fois en vingt ans qu'elle savait exactement où se trouvait son mari passé dix heures du soir."

Zack – et c'est tout à son honneur – s'est aussitôt ressaisi. "Tu es trop bonne pour lui", a-t-il déclaré en faisant un baisemain à Miriam.

12

Le matin où j'ai ramené Clara de l'hôpital, nous avons dû nous arrêter à chacun des cinq paliers pour lui permettre de reprendre son souffle. Aussitôt, elle s'est déshabillée, ne gardant que son épaisse petite culotte tachée de sang et un assortiment complexe de ceintures. "Ton assurance-chasteté", a-t-elle déclaré. Elle a aligné ses bouteilles de médicaments sur la table de chevet et pris un somnifère avant de se coucher, face au mur, et de s'endormir. Je me suis assis dans la cuisine avec une bouteille de vodka et un sentiment de tristesse de plus en plus vif. Des heures plus tard, l'ayant entendue remuer, je lui ai apporté du thé et des toasts sur un plateau.

"Bon, a-t-elle dit. Qu'est-ce qu'on fait, maintenant ?

– On en discutera quand tu seras rétablie."

Elle a traîné les pieds jusqu'aux toilettes et a jeté un coup d'œil dans la pièce minuscule qui devait servir de chambre d'enfant.

"Pauvre petit noiraud, a-t-elle dit avant d'apercevoir le lit que je m'étais fait avec les coussins du canapé. Tant qu'à y être, pourquoi tu n'irais pas chercher un fer rouge pour me marquer d'un A entre mes mamelles qui fuient ?

– J'ai pris des côtes de veau pour ce soir. Tu vas manger au lit ou avec moi dans la cuisine ?

– Je suppose que tu ne sauras pas quoi faire de moi tant que Boogie ne sera pas rentré d'Amsterdam pour te signifier tes ordres."

Boogie, défoncé, ne m'a été d'aucun secours. Après l'avoir mis au courant, je lui ai demandé :

"Qu'est-ce que tu faisais à Amsterdam ?

– Des courses."

Yossel a dit :

"Chaque fois que je te vois, tu es ivre. J'ai l'avocat qu'il te faut. Un compatriote. Un type qui ne va pas te coûter les yeux de la tête. Me Moishe Tannenbaum.

– Plus tard.

– Parce que ce sera plus facile dans un mois ?"

Comme je nageais dans la vodka dès le déjeuner et que j'étais pour ainsi dire en état de mort cérébrale, je garde peu de souvenirs de la semaine suivante, mais je me rappelle que nous échangions des gentillesses. Enveloppées dans des barbelés.

"Tu te sens mieux, Clara ?

– Qu'est-ce que ça peut te faire, docteur Prudestein ?"

Ou encore :

"Bobonne a été négligente. Elle a oublié de s'informer du négoce du fromage. Le camembert se vend-il mieux que le bleu de Bresse, ou l'inverse ?

– Que tu es charmante.

– Pauvre Barney. Sa femme est une putain et son meilleur ami un junkie. *Oy vey.* Quel triste sort pour un jeune Juif si bien élevé."

Un soir, Clara faisait les cent pas dans le salon en grillant cigarette sur cigarette, tandis que, assis sur le canapé avec un livre, je refusais de lui accorder la moindre attention. Puis, sans crier gare, elle a pivoté sur ses talons pour m'arracher mon livre. *Molloy* de Beckett traduit par Austryn Wainhouse[1]. "Comment peux-tu lire un truc aussi rasoir ?" a-t-elle exigé de savoir.

1. C'est Patrick Bowles qui a traduit *Molloy.* Wainhouse a traduit Sade et est l'auteur de *Hedyphagetica : A Romantic Argument After Certain Old Models, Scenes of Anthropophagy, and Assortment of Heroes.*

J'en ai profité pour la rabaisser en lui citant un de ses poètes préférés. “William Blake a un jour envoyé une lettre à un type qui lui avait commandé quatre aquarelles pour ensuite condamner les résultats. ‘Ce qui est Grand est forcément incompréhensible pour le Faible’, a-t-il écrit. Il aurait tout aussi bien pu écrire ‘la Faible’, remarque. Puis il a ajouté : ‘Et ce qui est à la portée de l'Idiot ne mérite pas que je m'y intéresse.’ Dans ce cas précis, c'est peut-être toi qui n'es pas à la hauteur, et non Beckett.”

Elle a recommencé à veiller tard pour écrire dans son cahier de notes ou dessiner. Ou elle restait assise devant son miroir pendant des heures et essayait différentes teintes de rouge à lèvres et de vernis à ongles, toutes plus criardes les unes que les autres, sans oublier les fards à paupières avec des brillants. Puis elle avalait un ou deux somnifères et sombrait jusqu'au lendemain. Un après-midi, elle a disparu et n'a refait surface que trois heures plus tard, les cheveux teints en violet avec des mèches orange.

“Jésus-Christ, ai-je fait.

– Oh, mon chou, a-t-elle lancé en battant des cils, une main sur le cœur. Tu as remarqué ?

– Ouais.

– Je suppose que tu les préférais couleur caca ?”

En d'autres occasions, elle quittait l'appartement tôt l'après-midi et ne rentrait pas avant minuit.

“Tu as réussi à te faire mettre, au moins ?

– Dans l'état où je suis, même un *clochard** ne voudrait pas de moi.

– Tu pisses encore le sang ? Je devrais peut-être t'emmener chez le médecin.”

Elle m'a soufflé un baiser.

“Je suis prête à discuter, maintenant. Et toi, prince Charmantsky ?

– Bien sûr. À quoi bon attendre ?

– Joyeuse Hanoucca. Bonne et heureuse Pâque. Si tu veux divorcer, je suis d'accord.

– Je le veux.

– Par contre, je tiens à ce que tu saches que j'ai consulté une avocate. Selon elle, en cas de divorce, j'ai droit à la moitié de tout ce que tu gagneras jusqu'à la fin de tes jours. Dieu soit loué, tu as une santé de fer.

– Tu ne cesseras donc jamais de m'étonner, Clara. Je ne t'aurais pas crue dotée d'un tel sens pratique.

– On dira ce qu'on voudra à propos des maris juifs, ce sont d'excellents pourvoyeurs. Je l'ai appris sur les genoux de ma mère.

– Je rentre chez moi, au Canada, ai-je déclaré à mon propre étonnement, car je venais de prendre la décision, là, sur-le-champ.

– Je croyais que, de nous deux, c'était moi, la folle. Qu'est-ce que tu vas bien pouvoir faire là-bas ?

– De la raquette. De la chasse au castor. Du sirop d'érable, au printemps.

– Je ne suis pas une peau de vache, malgré ce que tu peux penser. Je me satisferai de l'équivalent d'un an de loyer dans ce taudis et d'une allocation de cinquante dollars par semaine. Ah, tiens, tes joues ont repris des couleurs.

– Je m'en irai demain matin.

– Je ne te retiens pas. Après, je ferai changer les serrures. Je ne voudrais surtout pas que tu fasses irruption dans ma chambre pendant que je suis avec un homme qui sait baiser. Maintenant, fiche-moi le camp ! a-t-elle crié d'une voix stridente, les yeux pleins de larmes. Laisse-moi tranquille, espèce de salaud bien-pensant !"

Ses hurlements m'ont poursuivi jusque dans la cage d'escalier. "Qu'est-ce qui nous empêche de tout reprendre depuis le début ? Réponds !"

Le lundi, j'ai trouvé une chambre dans un hôtel de la rue de Nesle et, le lendemain après-midi, profitant d'une sortie de Clara, j'ai entassé dans une valise l'essentiel de mes affaires, mis mes livres et mes disques dans des boîtes que je passerais prendre plus tard. Quand je suis revenu le jeudi suivant, les serrures n'avaient pas encore été changées. J'ai trouvé la table de la cuisine dressée pour un souper aux chandelles, en tête à tête. Elle prépare peut-être des plats de *soul food* pour Cedric, ai-je songé. En tout cas, l'appartement empestait. À cause de la gazinière qui fumait et du poulet carbonisé dans le four, ai-je d'abord cru. De la moisissure s'était formée dans le bol de pommes de terre râpées posé sur le comptoir. À qui diable les destinait-elle, ces *latkes* ? Elle avait toujours refusé d'en préparer pour moi, sous prétexte que c'était de la cuisine juive graisseuse. Un souper aux chandelles, par-dessus le marché. J'ai éteint le gaz et ouvert la fenêtre de la cuisine. La puanteur, cependant, émanait de la chambre, où j'ai trouvé Clara raide morte, un flacon de somnifères vide sur la table de chevet.

De toute évidence, mon épouse avait prévu une partie de jambes en l'air : elle avait enfilé sa nuisette la plus affriolante, un truc en mousseline noire presque diaphane que je lui avais offert. Elle n'avait pas laissé de mot. Je me suis servi un énorme verre de vodka et je l'ai sifflé d'une traite avant d'appeler la police et l'ambassade des États-Unis. Le cadavre de Clara a été emporté et entreposé en attendant l'arrivée de M. et Mme Chambers de Gramercy Park et de Newport.

De retour à mon hôtel, rue de Nesle, la concierge a tapé sur le carreau de sa loge minuscule et l'a entrouvert.

"Ah, monsieur Panofsky.

– *Oui**."

Mille excuses. Un *pneumatique** était arrivé le mercredi, mais elle avait oublié de me le remettre. De la part de Clara, qui insistait pour que je vienne souper avec elle. Il était important que nous "discutions". Je me suis assis sur les marches et j'ai pleuré.

Enfin, des questions d'ordre pratique se sont posées. Pouvait-on enterrer une suicidée, même si son geste n'était pas intentionnel, dans un cimetière protestant ? Je n'en avais aucune idée.

Merde, merde, merde.

Puis je me suis souvenu de l'histoire, peut-être apocryphe, que m'avait racontée Boogie à propos de Heine. Pendant que le poète était sur son lit de mort, décharné, plongé dans une transe induite par la morphine, un de ses amis l'avait pressé de faire la paix avec Dieu. On prête à Heine la repartie suivante : *"Dieu me pardonnera. C'est son métier*."*

Je me suis dit que, pour ma part, il ne fallait pas y compter. Et je n'ai toujours pas changé d'idée.

13

Me tournant et me retournant dans mon lit, la nuit dernière, j'ai enfin réussi à faire renaître la pulpeuse Mme Ogilvy, dont le souvenir m'est si précieux, dans un fantasme affriolant de mon cru.

Le voici.

Indignée, Mme O. me réprimande devant toute la classe et me frappe la tête avec un numéro de l'*Illustrated London News*. "Venez me voir à l'infirmerie tout de suite après la classe."

Une visite dans cette petite pièce tant redoutée, équipée d'un simple lit de camp, est généralement l'occasion d'une correction en règle. Dix bons coups sur chaque main. Je me présente à quinze heures trente-cinq précises et Mme Ogilvy, qui semble furieuse, verrouille la porte derrière moi.

"Qu'avez-vous à invoquer pour votre défense ? demande-t-elle.

– Je ne sais pas pourquoi je suis là. Sincèrement."

Avec un seul ongle, long et peint en rouge, elle arrache l'emballage en Cellophane d'un paquet de Player's Goût velouté, puis elle en sort une cigarette et l'allume. Elle exhale. D'un lent mouvement de sa langue humide, elle débarrasse ses lèvres d'un bout de tabac, puis elle me foudroie du regard.

"Je m'assieds sur mon bureau pour lire les premières pages de *Tom Brown, scènes de la vie de collège en*

Angleterre, et vous laissez tomber votre crayon, comme par hasard, afin de jeter un coup d'œil sous ma jupe.

– C'est faux.

– Puis, comme si ce n'était pas assez dégoûtant, vous vous êtes mis à vous frotter le zizi au beau milieu de mon cours de lecture.

– Mais je n'ai rien fait de tel, madame Ogilvy.

– Je jure, dit-elle en jetant sa cigarette par terre avant de l'écraser avec son talon, que je ne m'habituerai jamais à cette manie que vous avez de surchauffer, dans les colonies."

Elle déboutonne son chemisier et l'enlève. Elle porte un soutien-gorge noir diaphane.

"Venez là, mon garçon.

– Oui, madame Ogilvy.

– Votre esprit déborde de pensées impures, en ce moment, non ?

– Non.

– Si, jeune homme. En voici la preuve irréfutable."

Elle défait ma braguette et y glisse ses doigts incroyablement froids.

"Regardez votre zizi. De toute évidence, vous n'avez aucun respect pour l'autorité. Vous avez honte, Barney ?

– Oui, madame Ogilvy."

Elle continue de me titiller avec ses longs ongles rouges et je me mets à dégoutter, juste un peu.

"Si c'était une sucette, je serais peut-être tentée d'y donner un petit coup de langue, dit-elle. Oh, et puis zut : ne rien gaspiller, telle est ma devise." Joignant le geste à la parole, elle nettoie le gland et aussitôt une autre petite goutte en sort. "Ciel ! s'écrie Mme Ogilvy en posant sur moi un regard sévère. On ne voudrait tout de même pas que le train quitte la gare avant l'heure, n'est-ce pas ?" Elle retire sa jupe et sa culotte. "Je veux que vous vous frottiez contre moi, juste là, en bas. *Mais, attendez un* *instant, s'il vous plaît**. Il faut aller de haut en bas et non de gauche à droite."

Je m'efforce de lui donner satisfaction.

"Vous n'y êtes pas. Merde, alors ! C'est pourtant pas plus compliqué que de gratter une allumette. Vous comprenez ce qu'on attend de vous, oui ou non ?

– Oui."

Soudain, elle se met à trembler. Puis, me saisissant la tête, elle nous entraîne tous deux vers le lit de camp. "Maintenant, vous allez entrer en moi, en bon garçon, et bouger de haut en bas. Comme un piston. À vos marques ! Prêt ? Partez !"

En réalité, ces quelques lignes représentent ma seule incursion dans le domaine de la fiction, brève tentative encouragée par Boogie, qui cherchait à me convaincre que j'étais capable de pondre ce que notre bande appelait un LC[1] pour la Traveller's Companion Series. Un après-midi, Boogie m'a traîné dans le bureau de Maurice Girodias, rue de Nesle. "Vous avez devant vous le prochain Marcus van Heller, a déclaré Boogie avant d'improviser. Il a deux idées géniales. *Le Chouchou de la maîtresse* et *La Fille du rabbin*."

Girodias s'est montré intrigué. "Il me faut vingt pages avant de vous proposer un contrat", a-t-il dit. Mais je ne suis jamais allé au-delà de la page 3.

Ce matin, j'ai traîné au lit jusqu'à ce que le facteur me réveille pour de bon.

Une lettre recommandée.

La Deuxième Mme Panofsky, une femme fiable, m'envoie au moins deux lettres recommandées par année : à la date anniversaire de la disparition de Boogie et, comme aujourd'hui, à celle de mon acquittement, car si

1. Livre cochon.

le tribunal m'a déclaré innocent, elle croit dur comme fer à ma culpabilité. Pour une fois, la missive est admirablement succincte. La voici en totalité :

> Nous ne vendrons, refuserons ou différerons
> le droit d'obtenir justice à personne.
> Article 40
> *La Grande Charte* (1215)

Inévitablement, je tombe de temps en temps sur la Deuxième Mme Panofsky. Une fois, je l'ai aperçue au rayon lingerie de Holt Renfrew, où j'aime bien inspecter la marchandise. Un autre jour, je l'ai vue au comptoir des plats à emporter du Brown Derby, où elle a fait main basse sur assez de *kishka*, de rôti de poitrine, de foie haché et de salade de pommes de terre pour une réception de bar-mitsva, mais je savais bien que c'était pour elle seule. Plus récemment, je l'ai croisée au restaurant du Ritz, où (qu'on me permette de devancer un peu mon récit) j'avais emmené Mlle Morgan afin de poursuivre nos échanges sur les personnes aux tendances saphiques (mais peut-être pas irrécupérables pour autant). La Deuxième Mme Panofsky y était avec son cousin, le notaire, accompagné de son épouse. Sa propre assiette dûment saucée avec du pain, elle a saisi sa fourchette pour piquer des morceaux de viande et de pommes de terre dans celles de ses voisins. Elle nous a fusillés du regard, évidemment, et elle a pris note de la bouteille de dom pérignon qui flottait dans un seau à glace. Une fois l'addition réglée, elle a trouvé le moyen de passer près de notre table, où elle s'est arrêtée. Après avoir gratifié Mlle Morgan d'un sourire menaçant, elle a dit :

"Et comment vont tes petits-enfants, ces jours-ci ?

– Surtout, ne te retourne pas, ai-je répondu. Tu risquerais de te changer en statue de sel."

Quoiqu'elle ait été plaisamment *zaftig* pendant un temps (rendons-lui au moins cette justice), la Deuxième Mme Panofsky n'a jamais été svelte, pas même avant notre mariage, et a depuis longtemps l'habitude d'abuser des plaisirs de la table pour adoucir son chagrin inconsolable. Par nécessité, elle porte désormais des cafetans gigantesques, seuls capables de recouvrir une taille qui ferait la fierté d'un lutteur de sumo. Elle marche avec difficulté, souffle comme un phoque et ne se déplace plus sans une canne. Elle me rappelle la description que fait Garrick de la Tetty de Sam Johnson à cinquante ans : "très grasse, avec une poitrine monumentale, des joues enflées et d'un rouge rubicond, fruit d'une épaisse couche de fard renforcée par l'usage libéral des cordiaux. Elle portait des toilettes extravagantes et flamboyantes et avait un parler et une tenue fort affectés". On me dit qu'elle a perdu presque tous ses amis, mais qu'elle entretient une relation très intime avec son téléviseur. J'aime l'imaginer dans la grande demeure de Hampstead payée par votre serviteur : allongée sur le canapé, elle dévore des chocolats belges à même un seau et regarde des feuilletons en attendant de se mettre à table, où elle se sert d'une pelle plutôt que d'une fourchette et d'un couteau. Puis elle s'écrase de nouveau devant le petit écran.

Au déjeuner, j'ai consciencieusement parcouru la *Gazette* et le *Globe and Mail*, bien décidé à ne pas perdre une miette de la comédie que nous vivons dans la seule et unique "société distincte" du Canada.

En ce moment, la panique est telle que même les jeunes couples juifs de la classe moyenne, ces visionnaires qui ont fui vers Toronto dans les années 1980 afin d'échapper aux histoires tribales sans fin, mais aussi à des parents étouffants, sont désormais menacés. Ils sont nombreux à subir les coups de fil insistants de leurs mamans et de leurs papas vieillissants. “Herky, je sais qu’elle ne nous porte pas dans son cœur, ta charmante épouse, elle qui aime tellement faire les magasins, mais heureusement que vous avez une chambre d’amis parce que nous déménageons mercredi prochain, et nous allons nous y installer en attendant de trouver un appartement dans votre quartier. N’oublie pas que ta mère ne supporte pas le rock, alors dis-le à tes enfants, que Dieu les bénisse. Et si tu as l’intention de fumer pendant notre séjour, tu iras sur la terrasse. Mais on ne vous dérangera pas du tout, promis. Tu es là, Herky ? Dis quelque chose.”

Selon les derniers sondages, les deux camps sont à égalité, et le Dink’s résonne de plaisanteries dignes de condamnés à mort. Un des habitués, Cy Tepperman, certain que le reste du Canada va boycotter les vêtements qu’il produit, a déclaré : “Je songe sérieusement à faire coudre une étiquette *Made in Ontario* sur mes jeans, au cas où ces salauds l’emporteraient.” Fidèle à lui-même, Zack Keeler, chroniqueur à la *Gazette,*, multiplie les blagues puériles : “Vous saviez que les *Newfies* sont pour le Oui ? Ils pensent que, si le Québec se sépare, le voyage jusqu’en Ontario va prendre deux heures et demie de moins.”

Le matin de sa visite chez moi, Mlle Morgan, de l’émission *Funky Gouines*, m’a confié qu’elle avait l’intention de voter Oui.

“Ils ont droit à leur pays. Ils forment effectivement une société distincte.

– Je peux vous inviter à dîner ?

– Vous pourriez être mon grand-père.

– Question suivante, s’il vous plaît.

– Si le bébé qu’a perdu Clara avait été blanc, l’auriez-vous quand même abandonnée ?

– Vous voulez savoir si j’aurais quand même voulu divorcer ? C’est une question intéressante. J’aurais peut-être été assez naïf pour croire que le bébé était de moi.

– Mais vous nourrissez de graves préjugés envers les Afro-Américains.
– D'où vous sortez ça ?
– J'ai communiqué avec Ismail ben Yussef, que vous avez connu sous son nom d'esclave, Cedric Richardson, et il affirme que vous lui écrivez à tout bout de champ des lettres injurieuses.
– Je suis prêt à jurer qu'il ment. Sur la tête de mes petits-enfants."

Elle a ouvert un dossier et m'a tendu la photocopie d'une lettre. Un appel à la création de bourses d'initiation à l'art du tabassage destinées aux sœurs et aux frères noirs, lancé par un groupe nommé les Anciens de la Fondation sioniste.

"C'est tout à fait honteux, ai-je dit. Et d'un mauvais goût consternant.
– N'est-ce pas votre signature, au bas de la page ?
– Non."

Elle a poussé un long soupir.

"Depuis des années, Terry McIver, ce raciste… ce *misogyne*… envoie des lettres injurieuses et les signe de mon nom.
– Allons donc.
– Et si vous ne voulez pas que des hommes respectables reluquent votre charmante poitrine, pourquoi ne pas porter un soutien-gorge pour empêcher vos mamelons de pointer comme ça ? C'est très déconcertant, vous savez.
– Écoutez-moi bien, monsieur Panofsky. J'en ai ma claque des hommes obnubilés par leur pouvoir phallique. Il y en a déjà bien assez qui m'ont pincée et tripotée, alors cessez de jouer au plus fin avec moi. Si les lesbiennes vous font peur, c'est parce que vous craignez qu'elles ne mettent en péril votre système autoritariste, patriarcal et – ouvrez les guillemets – normal – fermez les guillemets –, fondé sur la soumission des femmes.

– Je ne voudrais surtout pas me montrer indiscret, mais qu'est-ce qu'ils en disent, vos parents, du fait que vous êtes lesbienne ?

– Je me conçois plutôt comme pansexuelle.

– Alors ça nous fait quelque chose en commun.

– Avez-vous accepté cette entrevue dans l'idée de vous payer ma tête ?

– Pourquoi ne pas poursuivre cet entretien pendant le dîner ?

– Allez au diable, a-t-elle dit en réunissant ses affaires. Sans vous, Clara serait encore en vie. C'est Terry McIver qui me l'a dit."

14

Paris, 1952. Émergeant à contrecœur d'une énième cuite à la vodka, quelques jours seulement après la mort de Clara, je ne savais pas trop où je me trouvais, mais il me semblait qu'on grattait ou qu'on cognait à ma porte, que j'avais du mal à localiser. Va-t'en, ai-je songé. Le visiteur a insisté. Encore Boogie, peut-être. Ou Yossel. Mes garde-malades aux nobles intentions. Laissez-moi tranquille, ai-je pensé en me tournant vers le mur.

"Monsieur Panofsky, monsieur Panofsky, s'il vous plaît", implorait une voix inconnue. Une voix de suppliant.

"Allez vous faire foutre, qui que vous soyez. Je suis souffrant.

– S'il vous plaît, a repris la voix geignarde. Je ne bougerai pas d'ici tant que vous ne m'aurez pas ouvert."

Cinq heures de l'après-midi. Je me suis soulevé du canapé, dont les ressorts cassés ont gémi, et j'ai titubé jusqu'à la salle de bains, où je me suis aspergé le visage d'eau fraîche. C'était peut-être quelqu'un pour l'appartement. J'avais mis une petite annonce dans l'*International Herald Tribune.* Je me suis donc hâté de réunir le linge sale, les bouteilles vides et les assiettes contenant des saucisses de Francfort intactes ou des restes d'œufs, puis j'ai tout jeté dans le tiroir le plus proche. Faisant de mon mieux pour ne pas trébucher sur les boîtes renfermant les affaires de Clara, j'ai ouvert à un inconnu de petite taille, rondelet, avec une barbiche poivre et sel à la Van Dyke et des lunettes à monture d'écaille qui accentuaient son regard d'épagneul. À vue de nez, il avait une cinquantaine d'années. Il portait un manteau d'hiver en laine avec un col en astrakan et un feutre souple qu'il s'est empressé de retirer, révélant une kippa noire retenue par une pince à ses cheveux gris flottants. Son manteau était déboutonné et j'ai constaté que le bout de sa cravate avait été soigneusement coupé.

"Qu'est-ce que vous me voulez ? ai-je demandé.

– Ce que je vous veux ? Mais je suis Charnofsky, a-t-il répondu. Chaim Charnofsky", a-t-il répété, comme si le nom expliquait tout.

Charnofsky ? Le premier mari de Clara. J'ai secoué la tête dans le vain espoir de mettre fin aux coups de marteau-piqueur qui me transperçaient le crâne.

"Le professeur de peinture ? ai-je demandé, déconcerté.

– Le professeur de peinture ? Puis-je savoir si vous entendez le yiddish ?

– Un peu.

– Je suis votre *machuten.* Le père de Clara. Je peux entrer ?

– Oui, bien sûr. Un instant, voulez-vous ?"

Je me suis une fois de plus éclaboussé le visage d'eau froide et, en sortant de la salle de bains, j'ai constaté que je n'hallucinais pas. M. Charnofsky était toujours là. Les mains jointes derrière le dos, il examinait les dessins à la plume toujours accrochés au mur.

"Si je comprends bien, vous êtes artiste, monsieur Panofsky ?

– Ces dessins sont à Clara.

– À Clara ! Pourquoi aurait-elle acheté des trucs aussi dégoûtants ?

– C'est elle qui les a faits.

– C'est elle qui les a faits ! Je n'ai pas pu m'empêcher de remarquer un berceau, dans cette petite pièce. Il y a un enfant ?

– Un garçon. Nous l'avons perdu.

– Vous avez perdu un fils et moi une fille. Que, désormais, le chagrin épargne votre maison et la mienne.

– Je vous sers un café ?

– Ça me donne des gaz. Surtout le café qu'ils servent ici, en France. Mais je prendrais bien une tasse de thé, si ce n'est pas trop vous demander."

À table, il s'est ménagé une petite place en balayant les miettes de la main avec ostentation et en repoussant une tasse à moitié pleine dans laquelle flottaient des mégots de Gauloises. Après avoir inspecté sa cuillère, il l'a essuyée avec un coin de la nappe.

"Du citron, vous avez ?

– Désolé, je suis à court.

– Il est à court", a répété M. Charnofsky en haussant les épaules.

Puis, pendant qu'il suçotait un morceau de sucre en sirotant son thé, il m'a raconté qu'il était le chantre de la synagogue B'nai Jacob de Brighton Beach. "Ce n'est pas la vie de pacha, a-t-il dit, mais on nous fournit un appartement, lequel appartient au président de la synagogue, qui aimerait mieux mourir que de repeindre les lieux, sans parler de réparer les toilettes qui fuient, sa femme est stérile, quel dommage, à qui va-t-il léguer sa fortune ? C'est son problème. J'ai assez des miens. Des calculs biliaires, je ne souhaiterais pas ça à mon pire ennemi. J'ai des problèmes de sinus, des varices et des cors aux pieds. À force de passer mon temps debout à la synagogue. Bon, au moins, le cancer, ce n'est pas, hein ? Tiens, j'oubliais : je me produis aussi pour une misère dans les mariages et les funérailles, ces gens-là, s'ils vous donnent cinquante dollars, ils exigent un reçu pour les impôts. À Pessa'h, je préside au *séder* à l'hôtel de Finestone, strictement casher, dans les Catskills. Les chambres sont toutes louées, grâce à moi. Ma voix. Un don du Tout-Puissant, béni soit-Il. Et où Finestone me loge-t-il, lui si reconnaissant de tous les profits qu'il engrange grâce à moi ? Dans une chambre grande comme un placard à balais, derrière la cuisine, le réfrigérateur et le garde-manger verrouillés, parce que monsieur a peur que je lui vole une bouteille de Coca-Cola ou une boîte de sardines. Je dois marcher un mille pour aller faire mes besoins. Quoi qu'il en soit, j'envoyais à Clara tout ce que je pouvais, aux soins d'American Express, la seule adresse que j'avais."

M. Charnofsky avait deux enfants. Il y avait Solly, un comptable, un bon garçon, marié, béni par deux rejetons adorables. Des premiers de la classe. Il m'a montré des photographies. "Vous êtes leur oncle, à présent. Milton est né le 18 février et Arty le 28 juin, au cas où vous voudriez noter les dates, ça peut toujours servir." Et, bien sûr, il y avait aussi Clara.

"*Aleha ha-sholem*, a-t-il dit. Vous semblez *epes*, surpris de me voir.

– J'ai besoin d'un peu de temps pour tout assimiler.

– De temps, il a besoin. Et moi, monsieur ? Je savais qu'elle était mariée, ma fille ? a-t-il demandé, la colère ayant raison de ses manières doucereuses. Vous prétendez que c'est ma Clara qui a dessiné ces images répugnantes ?

– Oui."

De toute évidence, l'état de notre appartement avait enhardi M. Charnofsky. Aux yeux de ce digne représentant de Brighton Beach, il devait avoir l'air d'un taudis, malgré la petite fortune qu'il me coûtait. Il a sorti un mouchoir en lin blanc de la poche de son pantalon et s'est épongé le front.

"Et elle ne vous a jamais parlé de nous, il va sans dire ?

– J'ai bien peur que non.

– Il a bien peur que non. Pour ma part, je n'en reviens pas que Mlle Prout-proute ait épousé un garçon juif. Un nègre aurait été plus dans ses cordes. Elle les adorait, les nègres.

– Je préfère qu'on n'utilise pas ce mot, si vous permettez.

– Je permets. Faites comme chez vous. Donnez-leur le nom qui vous chante, a dit M. Charnofsky en reniflant l'odeur de renfermé, le nez plissé. Si vous pouviez ouvrir une fenêtre, hein, je ne dirais pas non."

J'ai obtempéré.

"Si vous n'êtes pas artiste, monsieur Panofsky, quel est votre domaine d'activité, si je peux me permettre ?

– Je suis exportateur.

– Il est exportateur. Les affaires n'ont pas l'air très bonnes. Vivre de cette façon… Un cinquième étage sans ascenseur. Pas de réfrigérateur. Pas de lave-vaisselle.

– Nous nous débrouillions.

– Vous me trouvez sûrement injuste. Mais si votre fils, la chair de votre chair, le sang de votre sang, *alav ha-sholem*, avait fini par avoir honte de vous, comment vous sentiriez-vous ?"

Me levant, j'ai trouvé le cognac et j'en ai versé un peu dans mon café. M. Charnofsky a fait claquer sa langue.

"C'est du schnaps que je vois là ?

– Du cognac.

– Du cognac. Honore ton père et ta mère. C'est un commandement. Vous le suivez, au moins ?

– Avec ma mère, c'est dur.

– Et votre père, sans indiscrétion, que fait-il dans la vie ?

– Il est policier.

– Policier. Hmm. D'où venez-vous, monsieur Panofsky ?

– De Montréal.

– Montréal. Ah. Dans ce cas, vous connaissez peut-être les Kramer ? Une famille exemplaire. Ou le chantre Labish Zabitsky ?

– Non, je regrette.

– Le chantre Zabitsky est pourtant renommé. Nous avons donné des concerts ensemble chez Grossinger. Il fallait réserver ses places longtemps à l'avance. Vous êtes sûr de ne pas le connaître ?

– Je ne viens pas d'une famille très pieuse.

– Mais vous n'avez pas honte d'être juif ! explosa-t-il tel un furoncle bien juteux. Comme elle. Comme Clara.

– *Aleha ha-sholem*, ai-je dit en tendant de nouveau la main vers la bouteille.

– À douze ans, pour un oui ou pour un non, elle a commencé à s'arracher les cheveux par poignées. Au docteur Kaplan, membre estimé de notre congrégation et généreux donateur, j'ai demandé : 'Que devrais-je faire ?' Il a répondu : 'Elle a ses règles ?' *Feh !* Comment voulait-il que je le sache ? 'Envoyez-la-moi', m'a-t-il dit. Vous pensez que Clara a été reconnaissante ? Avec ça qu'il ne m'a même pas fait payer la consultation. 'Il m'a palpé les nichons', voilà ce qu'elle a déclaré. Une enfant de douze ans. Des propos orduriers. Sortis tout droit de la fange. Mme Charnofsky l'a maintenue pendant que je lui lavais la bouche avec du savon.

"C'est là que tout a commencé. Non, qu'est-ce que je raconte ? C'était déjà commencé. La folie. 'Vous n'êtes pas mes parents', disait-elle. Ça aurait été trop beau, vraiment. 'Je suis adoptée. Et je veux savoir qui sont mes vrais parents. — Bien sûr, répondais-je. Tu es la fille du tsar Nicolas. Ou du roi George d'Angleterre. J'oublie lequel. — Je ne suis pas juive, disait-elle. J'en suis certaine. Alors j'exige de connaître mes vrais parents.' Tant que nous ne lui dirions pas la vérité, elle allait refuser de manger. Alors nous avons dû lui ouvrir la bouche de force, et elle mordait, c'est moi qui vous le dis. Nous lui versions de la soupe au poulet dans la bouche avec un entonnoir. Et ensuite elle faisait exprès de me vomir dessus. Sur mon beau costume. C'était franchement dégoûtant.

"Puis j'ai trouvé des livres répugnants sous son matelas. *Traduit du français. Nina* ou *Nana*, quelque chose comme ça. Des poèmes de ce salaud de Heine. Un autre qui avait honte d'être juif. Cholem Aleikhem, c'était indigne de Mademoiselle la fine bouche. Et puis elle a commencé à aller à Greenwich Village, elle s'absentait parfois pendant deux jours. Alors je l'enfermais à clé dans sa chambre. Mais trop tard, ai-je découvert. Parce qu'elle n'était plus vierge. Elle sortait dans la rue habillée comme une putain. Dans notre rue. Les voisins parlaient. Mon poste à la synagogue était en jeu. Et après, quoi ? J'aurais dû chanter sur le pavé. C'est là qu'Eddie Cantor a débuté, remarquez, et regardez où il est aujourd'hui, malgré sa voix fluette et ses yeux exorbités. Je parie qu'il ne mesure même pas cinq pieds. Et pourtant, il est millionnaire, alors les *goyim* le vénèrent.

“C'est devenu trop. Ses crises. Les saletés qui sortaient de sa bouche. Elle restait parfois dans sa chambre pendant dix jours, assise à regarder dans le vide. Le docteur Kaplan, Dieu merci, lui a trouvé une place dans un hôpital psychiatrique. Des soins spécialisés, elle a reçus, au diable la dépense. Nous nous sommes serré la ceinture. On lui a fait des électrochocs, la plus récente avancée de la médecine moderne. Elle rentre à la maison et, pour nous remercier, elle s'ouvre les veines dans la baignoire. L'ambulance devant chez nous, les voisins qui nous épient entre les rideaux. Mme Charnofsky avait si honte qu'elle a été une semaine sans quitter l'appartement. En plus de toutes mes autres tâches, je devais faire les courses ou me contenter de sandwichs au thon.

“Je veux que vous sachiez, monsieur Panofsky, que vous n'avez aucun reproche à vous faire : ce n'était pas sa première tentative de suicide. Ni sa deuxième. Le docteur Kaplan prétend que c'est un appel à l'aide. Elle veut de l'aide ? Elle n'a qu'à demander. Suis-je sourd ? Suis-je un mauvais père ? Foutaises. Vous êtes encore un jeunot, monsieur Panofsky, a-t-il ajouté en sortant son immense mouchoir. L'exportation est un secteur d'activité de tout premier ordre et vous vous tireriez mieux d'affaire en travaillant davantage. Vous devriez vous remarier. Avoir des enfants. Toutes ces boîtes empilées par terre… Vous déménagez ? Je comprendrais, remarquez.

– Ce sont les affaires de Clara. Laissez-moi votre adresse et je vous les ferai parvenir.

– Quel genre d'affaires, par exemple ?

– Des vêtements. Ses cahiers de notes. Ses poèmes. Ses journaux intimes. Ses dessins à la plume.

– Qu'est-ce que je ferais de tout ça ?

– Certains disent le plus grand bien de son travail. Vous devriez demander l'avis d'un éditeur.

– Des journaux intimes, vous dites. Remplis de mensonges à notre sujet, je parie. De la fange. Elle nous y présente sûrement comme des monstres.

– Il vaut peut-être mieux que je m'en occupe.

– Non. Envoyez-moi tout ça. Je vais vous laisser ma carte. Mon neveu devrait y jeter un coup d'œil. Il est professeur de littérature à NYU. Très bien considéré. Il l'encourageait, autrefois.

– Comme vous.

– Comme moi. Oh, c'est très gentil. Merci, vraiment. Après tout ce que nous avons souffert, Mme Charnofsky et moi. La honte qu'elle a attirée sur nous.

– Des électrochocs… Mon Dieu.

– Et si je vous disais que nous laissions de la nourriture devant sa porte quand elle restait dix jours, voire deux semaines sans sortir de sa chambre ? Une fois, Mme Charnofsky va récupérer l'assiette vide et pousse un cri strident. J'ai cru que quelqu'un était mort. Vous savez ce qu'il y avait, dans cette assiette ? Pardonnez-moi, mais c'était le caca de Clara. Oui, monsieur. Alors vous voyez. À l'hôpital, on recommandait cette opération… Comment disait-on, déjà ? *Laboratorie* frontale. Mais mon neveu, le professeur, a dit non. Il fallait absolument que je m'y oppose. Vous pensez que j'ai mal fait d'écouter mon neveu ?

– Oh, vous avez mal fait, monsieur Charnofsky. Sacrément mal fait. Mais pas à ce sujet, pauvre imbécile.

– Pauvre imbécile ? C'est ainsi que vous vous adressez à un aîné, à un homme qui vient de perdre sa fille ?

– Sortez d'ici, monsieur Charnofsky.

– Sortez d'ici ? Vous pensiez que j'allais m'inviter à souper dans un trou pareil ?

– Sortez d'ici avant que je vous plaque au sol et que je vous lave la bouche avec du savon."

Je l'ai pris par le cou et je l'ai flanqué dehors, puis j'ai claqué la porte. Il s'est mis à la marteler de coups de poing. "Je veux mon feutre", a-t-il dit.

J'ai ouvert la porte avec force et je le lui ai lancé.

"Vous ne l'avez pas rendue heureuse, ma Clara ! a crié M. Charnofsky. Autrement, elle n'aurait pas fait ce qu'elle a fait.

– Vous savez, monsieur Charnofsky, je suis tout à fait capable de vous jeter en bas de l'escalier.

– *Pfff.*"

J'ai fait un pas vers lui.

"Le type de l'ambassade m'a dit qu'elle était morte depuis deux jours[1] quand vous l'avez trouvée, jeudi. Mais la table était mise pour deux. Il y avait un poulet brûlé dans le four. Je me pose une question : vous étiez où, ce soir-là, monsieur Panofsky ?"

J'ai avancé d'un autre pas. Il a commencé à descendre, mais, au milieu de la volée de marches, il s'est arrêté et, en secouant le poing dans ma direction, il a hurlé : "Assassin ! *Oysvorf ! Momzer !* Que les *makkes* s'abattent sur toi et tes enfants à naître ! Les fléaux ! Les difformités ! *Ptt !*", en crachant par terre et en s'enfuyant pour de bon lorsque je me suis lancé à ses trousses.

1. Moins de vingt-quatre heures. Voir page 210.

15

Paris, 7 novembre 1952. J'avais supputé que, maintenant qu'elle était fécondée et qu'elle enflait de plus en plus, Clara serait un peu moins facile que d'habitude, sinon carrément chaste[1]. Cet après-midi, toutefois, elle m'a apporté son dernier poème, puis elle a accepté mes corrections mâtinées d'encouragements, avant de me soumettre une fois de plus aux bons soins qu'elle prodigue, avec maestria, du bout de sa langue de serpent. Puis elle a frotté son visage avec mon sperme en disant qu'il faisait des merveilles pour sa peau.

P… se doute sûrement qu'il est cocu. Vendredi soir, pendant que je déambulais sur le boulevard Saint-Germain, quelque chose m'a forcé à me retourner, mon troisième œil, dirait Clara. Et il était là, marchant à grandes enjambées, moins d'un pâté de maisons derrière moi. Ayant croisé mon regard réprobateur, il s'est arrêté devant la vitrine d'une librairie en feignant de ne pas m'avoir vu. *Et voilà**, hier soir, je l'ai surpris de nouveau qui traînait derrière moi sur le boul'Mich. Je pense qu'il a pris l'habitude de me suivre dans l'espoir

1. L'entrée manuscrite originale dans le journal intime de McIver, conservé à la Bibliothèque des collections spéciales de l'université de Calgary, se lit comme suit : "Sinon carrément chaste, ce qui allait à l'encontre de sa nature indolente. Cet après-midi, toutefois, elle m'a interrompu dans mon travail afin de me soumettre une fois de plus à…" Voir cahier n° 112, p. 42.

de nous surprendre ensemble, Clara et moi. De plus en plus souvent, il débarque chez moi à l'improviste, sous prétexte que mon sort l'inquiète. Il m'invite dans ce trou minable de la rue du Dragon et s'attend à ce que je lui en sois reconnaissant.

"Je me fais du souci pour Clara", dit-il en scrutant mon visage. Mais j'évite le piège qu'il me tend.

Six cent soixante-dix mots aujourd'hui.

Paris, 21 novembre 1952. Autre lettre de mon père dans laquelle j'ai relevé trois doubles négations, deux anacoluthes et les habituels pléonasmes. La santé de mère s'est détériorée et il lui tarde de me voir une dernière fois avant de rendre l'âme, mais je n'ai aucune envie de faire face à son opprobre. Je ne peux ni mettre mon manuscrit de côté ni m'exposer à l'angoisse existentielle qu'une telle visite supposerait. Aux querelles. Aux migraines. Aux efforts que, sur son lit de mort, elle déploierait inévitablement pour m'arracher la promesse de rester à Montréal afin de veiller sur mon père, dont la santé décline également. Connaissant le dévouement fanatique de mon père à l'égard de sa femme, je doute qu'il lui survive longtemps. Amoureux depuis l'école secondaire, ils se sont rencontrés, comme il se doit, à un pique-nique de la Ligue de la jeunesse communiste.

Rien écrit aujourd'hui. Pas un mot.

16

Excédé par l'attitude de Mlle Morgan, qui avait décliné mon invitation à dîner et quitté mon appartement en trombe, j'avais besoin de me calmer les nerfs. J'ai mis mon canotier, saisi ma vieille canne à pommeau argenté et enfilé mes chaussures de claquettes. Accompagné par un CD de King Oliver, j'ai exécuté quelques pas de danse pour m'échauffer avant de réussir un passable *shim sham shimmy* et un *pulling the trenches* tout à fait potable, sans toutefois réussir à me détendre. J'étais dans tous mes états parce que l'incroyablement stupide mais délicieuse Mlle Morgan avait reçu une bourse de la Fondation Clara-Charnofsky pour la féminitude. En effet, on lui avait versé deux mille cinq cents dollars pour finir son mémoire de maîtrise : “La victimisation des femmes dans le roman québécois de langue française”.

Mea culpa derechef. *Mea ultima culpa.*

Vous voyez, c'est le cousin de Clara, l'estimé professeur de littérature de NYU, qui a amoureusement trié les poèmes et les dessins de Clara et les a soumis au compte-gouttes à des éditeurs et à des marchands d'art, au fur et à mesure que leur valeur augmentait. Il a d'abord insisté pour me voir à New York, rencontre à laquelle je me suis résigné non sans appréhension, prévoyant un face-à-face difficile avec un tâcheron universitaire (j'avais jugé l'homme d'avance, selon ma vieille habitude). En sortant d'une séance avec l'une de ses nombreuses psychothérapeutes, Hymie Mintzbaum m'avait dit un jour : "C'est un mécanisme de défense. Tu es persuadé que tous ceux qui te voient pour la première fois te considéreront comme une sous-merde, et tu vas au-devant des coups. Détends-toi, *boychick.* En apprenant à te connaître, ils comprendront que leur première impression était la bonne : tu es une sous-merde."

En l'occurrence, Norman Charnofsky était un homme affable, quoique naïf, tout sauf chiche. Un *gute neshuma*, aurait dit ma grand-mère. Une bonne âme. Un danger de tous les instants pour lui-même et pour les autres. Ayant appris de la bouche de son abominable oncle Chaim que j'étais ivrogne, il m'a gentiment donné rendez-vous dans le hall de l'hôtel Algonquin, où j'étais descendu, et il m'a aussitôt conforté dans mes préjugés en commandant un Perrier. Petit homme à l'aspect peu engageant, il avait des cheveux gris étain, des lunettes aux verres épais, un nez bulbeux et une cravate maculée de taches de sauce. Les épaules de son veston en velours côtelé étaient parsemées de pellicules, et les genoux de son pantalon élimés. Le vieux sac d'écolier qu'il a posé à côté de lui était plein à craquer.

"En premier lieu, je tiens à vous remercier de vous être déplacé et à m'excuser pour mon oncle Chaim, qui ne pouvait pas savoir que l'enfant que Clara a perdu n'était pas de vous, information que vous avez eu la délicatesse de taire.

– Vous avez lu ses journaux intimes.

– En effet.

– Y compris la dernière entrée, celle du souper auquel je ne me suis pas présenté.

– La visite surprise que vous a rendue mon oncle Chaim n'a pas dû être agréable, ni pour lui ni pour vous."

J'ai haussé les épaules.

"N'allez surtout pas vous méprendre. J'ai beaucoup d'estime pour mon oncle Chaim. C'est un homme amer, certes, mais non sans raison, et nous sommes plusieurs à lui devoir une fière chandelle. Moi-même, je lui suis très reconnaissant. Chaim est le premier Charnofsky à avoir quitté la Pologne pour s'établir aux États-Unis. Dès le début, il s'est tout refusé et a économisé chaque sou pour faire venir des membres de sa parenté. Sans son dévouement, mes parents seraient restés à Łódź, où je serais né, et notre histoire, comme celle de trop nombreux Charnofsky, aurait pris fin à Auschwitz. À présent, les descendants de ceux que Chaim a fait venir ici, des hommes et des femmes qui ont prospéré aux États-Unis, le considèrent comme une source d'embarras. Un atavisme. Un Juif du ghetto. Le matin, ils n'ont aucune envie de le voir arborer son talit pour réciter le *davening* dans leur salon, parce que ça donne le fou rire à leurs enfants, et ils n'aiment pas le voir exposer son corps blême au soleil, coiffé de sa kippa évidemment, dans leur jardin de Long Island ou de la Floride, de crainte que les voisins ne l'aperçoivent. D'accord. Ça suffit. Je parle trop. Demandez à ma femme. Et je dois avouer que c'est un homme borné, entêté, intolérant, mais uniquement parce qu'il est encore déconcerté par ce que sont devenus les Juifs aux États-Unis. Je suis certain que, à vos yeux, il s'est montré d'une cruauté inexcusable envers Clara. Mais comment auriez-vous voulu qu'il comprenne qu'une enfant aussi précoce et volontaire ait pu voir le jour sous son toit ? Elle était si difficile. C'était un esprit troublé. Oh, pauvre Clara, a-t-il dit en se mordant la lèvre. À seulement douze ans, elle s'allongeait par terre dans notre séjour, entourée de livres. Elle dessinait en agitant ses jambes maigrichonnes, qu'elle croisait aux chevilles. J'aimais Clara et je regrette profondément de ne pas avoir fait davantage pour la mettre à l'abri de… De quoi, au juste ? Du monde, voilà de quoi.

– C'est vous qui êtes venu à sa recherche à Paris ?

– Oui, c'est moi. Puis elle m'a écrit pour me supplier de la laisser tranquille, de ne pas me faire de souci : elle avait rencontré un homme bien – vous, monsieur Panofsky – qui avait promis de l'épouser."

Un soir par semaine, Norman donnait des cours d'alphabétisation à Harlem. Il était membre d'un groupe qui recueillait des vêtements destinés à des Juifs de Russie, il donnait son sang et avait tenté de se faire élire sous la bannière du Parti socialiste à l'assemblée de son État. Sa femme, Flora, avait renoncé à son poste d'institutrice pour se consacrer à leur enfant unique, un garçon trisomique.

"Flora serait absolument ravie de vous avoir à souper.

– Une autre fois, peut-être.

– Si Flora était là, elle me dirait de cesser de *kvetcher* et d'aller au fait. Si je vous ai demandé de venir, c'est parce que j'ai trouvé un éditeur pour les poèmes de Clara et une galerie d'art qui veut vendre ses dessins. Laissez-moi toutefois vous donner l'assurance que ses journaux intimes, à supposer qu'ils trouvent preneur, ne seront pas publiés du vivant de mon oncle Chaim et de ma tante Gitel.

– Et de mon vivant à moi ? ai-je ajouté en souriant d'un air dubitatif.

– Si on lit entre les lignes, a-t-il protesté, on voit qu'elle vous savait gré de votre dévouement. Je pense qu'elle vous aimait.

– À sa façon.

– Écoutez, tout ça risque de tomber à l'eau. Mais le devoir me commande de vous dire que le travail de Clara pourrait rapporter gros. Dans ce cas, les revenus vous reviendraient de droit.

– Allons donc, Norman. Vous racontez n'importe quoi.

– J'ai une proposition à vous faire et je vous demande d'y réfléchir avec beaucoup d'attention. Je suis fou. Posez la question à qui vous voulez. Mais si cette entreprise se révèle rentable, j'aimerais établir, au nom de Clara, une fondation qui viendra en aide aux artistes et aux universitaires féminines, dont le chemin est semé d'embûches."

Il a poursuivi sur sa lancée en citant des chiffres concernant le nombre de femmes qui obtenaient un poste ou une permanence à NYU et à Columbia. En plus, elles étaient moins bien payées que leurs collègues masculins, qui les traitaient avec condescendance. "J'ai ici quelques documents à vous soumettre, a-t-il ajouté en fouillant dans son sac plein à craquer. Des renonciations. Des dispenses. Prenez-les avec vous. Consultez un avocat. Pensez-y bien."

Désireux d'avoir l'approbation de Norman, j'ai plutôt signé les documents en triple exemplaire, sur-le-champ. J'aurais mieux fait de me couper la main droite. Sans le savoir, je venais de mettre en branle la succession d'événements qui entraînerait la ruine de l'un des seuls hommes vraiment bons que j'aie connus dans ma vie.

DEUXIÈME PARTIE

La deuxième Mme Panofsky 1958-1960

1

J'ai la nostalgie de la bonne vieille époque des Productions totalement inutiles, ces années où je risquais à tout moment d'être tiré d'une réunion de production ennuyeuse parce que Miriam, arrivée à l'improviste, m'attendait à la réception. Saul en équilibre précaire sur sa hanche, Mike accroché à une main, son sac lesté d'une bouteille de lait, de couches, d'un cahier de coloriage et de crayons, d'au moins trois petites voitures, d'un livre de Yeats ou de Berryman en édition de poche et du dernier numéro du *New York Review of Books.* Souriant d'un air contrit, Miriam avait recueilli un sans-abri qui mendiait dans l'avenue Greene ou grelottait dans un portique de la rue Atwater. Ou alors c'était un adolescent cadavérique, qui rentrait les épaules en prévision de la pluie de coups qu'il s'attendait à recevoir, son sourire à la fois mielleux et rusé.

"Je te présente Timothy Hobbs, a-t-elle dit. Il vient d'Edmonton.

– Salut, Tim.

– 'lut.

– J'ai promis à Tim que tu lui donnerais du travail.

– Quel genre de travail ?

– Tim dormait à la Gare centrale. Il va avoir besoin d'une avance d'une semaine."

J'ai chargé Tim des messages et du photocopieur, tandis qu'il s'essuyait le nez d'un rapide mouvement de la manche. Il est parti vers la fin de la semaine avec le sac à main de la réceptionniste, une calculatrice, une machine à écrire IBM, une bouteille de Macallan et mon coffret à cigares, que je venais de regarnir.

Un autre jour encore, Miriam est arrivée avec une jeune fugueuse qui gaspillait ses talents dans un boui-boui, à la merci d'un patron incapable de la croiser dans la cuisine sans lui peloter les seins. "Marylou, a-t-elle dit, accepterait de suivre un cours d'informatique."

Peu après, au moment de quitter le bureau à midi, je suis tombé sur une flottille de motos et de vélos de coursiers parqués devant l'immeuble. Il s'est avéré que Marylou offrait ses faveurs aux garçons dans ce qui est vite devenu l'ascenseur de service le plus célèbre de la ville. Il y a eu des plaintes et j'ai dû la renvoyer.

Je crois comprendre que, ces jours-ci, Miriam ouvre les portes de l'appartement familial aux étudiants de Blair, le vendredi soir, et réconforte ceux qui sont en difficulté ou loin de chez eux. Elle a accompagné des jeunes femmes à la clinique d'avortement et témoigné en faveur de jeunes hommes accusés de possession de drogue.

Aujourd'hui, j'ai évité les bureaux des Productions totalement inutiles et passé la matinée à traîner au lit. J'ai écouté *Demandes spéciales*, les yeux clos, et je me suis laissé dériver en m'imaginant que Miriam, blottie sous la couette, réchauffait mes vieux os. Je connaissais les moindres nuances de sa voix. *Quelque chose ne va pas.* En me repassant l'enregistrement, le soir, j'en ai eu la certitude. Miriam a des soucis. Elle s'est disputée au téléphone avec Kate. Encore une fois. Ou, mieux, avec Blair. Pour l'adorable vieux Panofsky, le moment est peut-être venu de passer à l'action. "Bien sûr que tu peux rentrer à la maison, ma chérie. Si je pars tout de suite, je peux être devant chez toi, à Toronto, à la première heure. Non, pas la peine de t'inquiéter pour moi. J'ai cessé de boire. Tu as raison. Je ne suis plus le même quand je suis soûl. Oui, je t'aime, moi aussi."

Enhardi par une autre généreuse rasade, je suis allé jusqu'à composer son numéro à Toronto, mais, en entendant sa voix reconnaissable entre toutes, j'ai cru que mon cœur allait exploser. J'ai donc raccroché avec fracas. Cette fois, tu as tout gâché, ai-je songé. Blair était peut-être parti faire des câlins à des arbres ou coller des affiches pour la défense des animaux sur les vitrines des marchands de fourrures. Miriam est peut-être seule à la maison, en déshabillé. Elle va croire qu'un cambrioleur sonde le terrain en prévision de son prochain coup. Ou qu'un maniaque la guette. Je lui avais flanqué la frousse. Mais je n'ai pas osé la rappeler pour la rassurer. Je me suis plutôt resservi à boire en me disant que j'étais parti pour une autre de ces nuits où le vieux chnoque que je suis allait se rejouer le film de sa vie gâchée, se demander comment il avait abouti ici. Comment le doux adolescent qui lisait à haute voix *La Terre vaine*, allongé sur son lit, était devenu un vieillard misanthrope, pourvoyeur d'inepties télévisuelles, avec, pour unique réconfort, un amour perdu et la fierté que lui inspirent ses enfants.

BOSWELL : "Mais la crainte de la mort n'est-elle pas naturelle à l'homme ?"

JOHNSON : "À tel point, monsieur, que toute notre vie n'est rien d'autre qu'un vain effort pour en chasser la pensée."

C'est dans le vaudeville, ce que l'odieux Terry McIver appellerait sûrement "la commedia dell'arte, où P… a appris l'art de faire des grimaces", que j'ai décroché mon premier emploi, annonciateur des péchés contre le bon goût dont je me rendrais plus tard coupable. Pour faire simple, j'ai été embauché pour déambuler dans les allées du Gayety avec un plateau et vendre des sandwichs à la crème glacée, des tablettes de chocolat et des arachides. Puis Slapsy Maxie est venu présenter le spectacle de Lili

St-Cyr, et j'ai eu mon premier coup de chance. "Dis donc, tête de nœud, qu'est-ce que tu dirais de gagner deux dollars par représentation ?"

Ainsi, chaque fois que Slapsy Maxie s'apprêtait à monter sur scène, je courais jusqu'au balcon et, avant même qu'il ait pu ouvrir la bouche, je mettais mes mains en porte-voix et je criais : "Salut, *shmuck* !"

Feignant la surprise, Slapsy Maxie me foudroyait du regard et lançait : "Hé, petit ! Qu'est-ce que tu dirais de plonger au fond de ta poche et de prendre les choses en main ?" Puis, encouragé par les rires qui fusaient des fauteuils d'orchestre, il ridiculisait les spectateurs assis dans la première rangée.

Morty Herscovitch m'a examiné la semaine dernière. Il a proclamé d'un air ravi : "Tu as perdu presque un demi-pouce depuis l'année passée." Puis il m'a soufflé un baiser et m'a fourré un doigt ganté dans le cul.

"Tu t'attends à trouver des truffes, là-dedans ?

– Un de ces jours, il faudra faire un brin d'émondage. Le plus tôt sera le mieux. Tu te souviens de Myer Labovitch ?

– Non.

– Voyons donc. Salle de classe 39. Un pilier de l'AZA. Le premier à venir à l'école en *zoot suit.* Hier, il s'est envolé pour Zurich. Transplantation d'un rein. On les achète au Pakistan. C'est hors de prix, mais qu'est-ce que tu veux ? Tu sais ce qui s'en vient à la clinique de ton quartier ? Des transplantations de cœurs de cochon. On y travaille à Houston, en ce moment même. Qu'est-ce qu'il va en penser, le *rebbe* des Loubavitch, à ton avis ?"

Comme j'étais le dernier patient de la journée, Morty et moi nous sommes retirés dans son bureau pour continuer à bavarder. C'est alors que Duddy Kravitz, furieux, est entré en trombe. Il a fondu sur nous en retirant son pardessus en cachemire et son écharpe en soie blanche pour révéler un smoking très classe. Après m'avoir à peine salué d'un geste du menton, il s'est tourné vers Morty.

"Il me faut une maladie, a-t-il déclaré.

– Pardon ?

– C'est pour ma femme. Écoute, je suis très pressé, elle m'attend dans la voiture. Une Jag. Dernier modèle. Offre-t'en une, Barney. Tu paies comptant, on te fait un prix. Elle est en larmes.

– Parce qu'elle n'a pas de maladie ?"

Duddy nous a alors expliqué que malgré ses millions, ses dons à l'Orchestre symphonique, au musée des Beaux-Arts, à l'Hôpital général, à McGill, sans parler du chèque faramineux qu'il envoyait chaque année à la campagne de Centraide, il était toujours incapable de se faire accepter par la bonne société de Westmount, et sa femme en souffrait. Mais ce soir, tandis qu'ils se rendaient à la soirée Bulles et fraises du musée ("On nous case toujours à une table merdique, au bout du monde"), il avait eu une illumination.

"Il doit bien y avoir une maladie à laquelle personne n'a encore pensé, un truc pour lequel je pourrais créer une fondation, organiser un bal au Ritz, faire venir un grand nom du ballet ou de l'opéra qui se produirait en spectacle, peu importe ce que ça coûte, et tout le monde serait forcé de venir. Mais c'est pas si facile. Pas la peine de me le dire. Je suis au courant. La sclérose en plaques est déjà prise. Idem pour le cancer, la maladie de Parkinson, la maladie d'Alzheimer, les maladies du foie et du cœur, l'arthrite, et j'en passe. Tout ça, c'est parti. Ce qu'il me faut, c'est une maladie encore disponible, une maladie sexy pour laquelle je créerais une œuvre de bienfaisance avec comme parrain le gouverneur général, ou un autre crétin de la même espèce. Genre sœur Kenny, tu sais bien, pour la Marche des Dix Sous, à moins que ça soit Mme Roosevelt… La polio, c'était super. Une maladie que les enfants attrapent, ça vous arrache le cœur. Les gens mordent à tous les coups.

– Tu as pensé au sida ? ai-je risqué.

– Dans quel monde tu vis ? C'est fini depuis longtemps. Il y a bien ce truc qu'ont les femmes. Elles mangent comme des truies, puis elles se fourrent deux doigts dans la gorge et vomissent leurs tripes. Ça s'appelle comment, déjà ?

– La boulimie.

– C'est dégoûtant, mais si la princesse Diana l'a, les bourgeoises de Westmount vont sauter dessus. Christ, a dit Duddy en consultant sa montre. Ça urge, Morty. Je suis en retard. Bientôt, elle va se mettre à jouer du klaxon. Elle me rend fou. File-moi quelque chose.

– La maladie de Crohn.

– Jamais entendu parler. C'est du sérieux ?

– Environ deux cent mille Canadiens en souffrent.

– Parfait. Là, on est sur une bonne piste. Continue.

– On parle aussi d'iléite ou de colite ulcéreuse.

– Dans la langue de tout le monde, s'il te plaît.

– La maladie entraîne des gaz, de la diarrhée, des saignements rectaux, de la fièvre, une perte de poids. Les personnes qui en souffrent vont à la selle jusqu'à quinze fois par jour.

– Excellent ! Merveilleux ! Je téléphone à Wayne Gretzky et je lui demande : 'Ça te dirait de devenir le parrain d'une œuvre de bienfaisance pour des malades qui arrêtent jamais de péter ?' 'Monsieur Trudeau ? D. K. à l'appareil. Vous voulez redorer votre image ? J'ai exactement ce qu'il vous faut. Que diriez-vous de siéger au conseil d'administration d'une œuvre de charité que ma femme monte pour du monde qui chie jour et nuit ? Oyez, oyez ! Ma femme vous convie au Bal de la diarrhée.' Blague à part, elle a besoin d'un truc qui a de la classe. Je veux que tu me trouves une maladie gagnante d'ici à demain matin, neuf heures au plus tard, Morty. Ça m'a fait plaisir de te voir, Barney. Désolé que ta femme t'ait quitté. Il paraît que c'était pour un homme plus jeune. C'est vrai ?

– Oui.

– Elles sont comme ça, de nos jours, avec leurs féministeries. Un soir, vous les aidez à laver la vaisselle, le lendemain, elles sont de retour à l'université pour avoir un diplôme et, le temps de le dire, elles se font *schtupper* par un petit jeune. Si tu as besoin de billets de hockey ou de base-ball, Barney, je suis ton homme. Appelle-moi. On ira dîner. Bon, ça y est. *Tut, tut, tut.*"

Je venais de terminer mon verre et je me préparais à me coucher quand Irv Nussbaum a téléphoné pour me demander si j'avais vu le dernier sondage préréférendaire.

"On baisse, a-t-il dit.

– Ouais. Je sais."

Pourtant, Irv était euphorique. "On va avoir droit à de nouveaux actes antisémites. Ça ne tardera pas. Je le sens dans mes os. C'est génial !" Irv rentrait d'une de ses tournées de ressourcement que l'Appel juif unifié organisait en Israël.

"Là-bas, j'ai rencontré un dénommé Pinsky qui prétend t'avoir connu à Paris, du temps où tu n'avais pas un rond. Il paraît que vous avez même fait des affaires ensemble. Je parie que ce n'était pas casher.

– Pas vraiment, non. Que manigance Yossel, ces jours-ci ?

– Il est dans les diamants. Je l'ai rencontré à Ocean, peut-être le restaurant le plus cher de Jérusalem. Il trinquait au champagne avec une de ces jeunes immigrantes russes de fraîche date. Une vraie poupée, c'était, cette blondinette. Et il roulait en Jaguar, donc ça va plutôt bien pour lui. Il tenait à ce que je te demande si un type que vous connaissiez tous les deux – Biggie ou Boogie, je ne sais plus – te devait plein d'argent à toi aussi.

– Il a eu des nouvelles de Boogie ?

– Pas depuis des lustres, a-t-il dit. Il m'a donné sa carte. Il aimerait savoir ce que tu deviens."

Je n'ai pas réussi à fermer l'œil. Je m'en voulais d'avoir perdu Yossel de vue il y a des années. Parce qu'il ne m'était plus d'aucune utilité ? Étais-je donc devenu un salaud de la pire espèce ?

Merde, merde, merde. Si j'avais su que je vivrais si vieux, soixante-sept ans, je me serais arrangé pour avoir une réputation de gentleman et non de voyou qui produit des conneries pour la télévision. Je donnerais cher pour être un homme comme Nathan Borenstein, le bon docteur Borenstein, médecin de famille à la retraite, qui doit bien avoir dans les soixante-dix ans, digne représentant de ceux que Kate appelle "les moutons grisonnants". Les épaules tombantes, des verres à triple foyer, il sort rarement sans la frêle Mme Borenstein aux cheveux d'argent pendue à son bras. Elle doit avoir le même âge que lui. Aux concerts de l'Orchestre symphonique, je me suis arrangé pour me trouver juste derrière eux. Le siège voisin du mien reste vide, désormais, mais je le conserve, au cas où. Quand les lumières se tamisent, le bon docteur prend Mme Borenstein par le bras, très discrètement, puis se libère, ouvre sa partition et suit la musique à l'aide d'une lampe de poche miniature, hochant la tête avec ravissement ou se mordillant les lèvres, selon le cas. La dernière fois que je les ai vus ensemble, c'était à la représentation de *La Flûte enchantée*, donnée par l'Opéra de Montréal. Comme d'habitude, j'ai épié Borenstein, applaudissant un air quand il le faisait et m'abstenant quand il restait impassible.

À la Place des Arts, on aperçoit surtout des femmes aux tenues voyantes et aux bijoux clinquants, qui ont toutes bénéficié d'une rhinoplastie, de traitements au laser CO_2 ultrapulsé, d'une abdominoplastie ou d'une liposuccion. Ces jours-ci, selon Morty Herscovitch, certaines se font faire des implants mammaires à l'huile de soja.

Mordillez un mamelon et qu'est-ce que vous obtenez ? De la vinaigrette.

Je recueille des bribes d'information au sujet des Borenstein. La vision de madame décline, paraît-il ; aussi lui fait-il la lecture le soir, après le souper. Ils ont trois enfants. L'aîné, docteur, travaille pour Médecins sans frontières en Afrique, partout où on trouve des enfants au ventre enflé couverts de mouches. La fille est violoniste à l'Orchestre symphonique de Toronto et l'autre fils est physicien à… non, pas à Tel-Aviv… l'autre ville en Israël. Pas Jérusalem non plus. À l'institut quelque chose de la ville qui n'est ni Jérusalem ni Tel-Aviv. Je l'ai sur le bout de la langue. Ça commence par un H. L'institut Herzl[1]. Non. Mais un truc du genre. Oh, et puis, quelle importance ?

Une fois, après un concert à la Place des Arts, j'ai osé m'approcher des Borenstein alors qu'ils attendaient dehors, visiblement indécis. Il pleuvait à boire debout. Tonnerre. Foudre. Un orage estival.

“Désolé de vous importuner, docteur, ai-je dit, mais je pars chercher ma voiture au garage. Vous voulez que je vous dépose quelque part ?

– C'est très aimable à vous, monsieur…

– Panofsky. Barney Panofsky.”

J'ai alors vu Mme Borenstein se crisper et serrer le bras de son mari.

“Un taxi est en route, a-t-elle dit.

– Oui”, a-t-il confirmé, gêné.

Dès la première page de ce funeste manuscrit, j'ai laissé entendre que j'étais un paria à cause du scandale que je traînerai sur mes épaules jusqu'à ma tombe, tel un bossu sa bosse. Mais, pour dire toute la vérité, il s'est passé quelque chose après mon acquittement : certains hommes, des wasp qui puaient l'argent de famille à plein

1. L'Institut Weizmann de Rehovot.

nez, ceux-là mêmes qui avaient l'habitude de me saluer à la va-vite d'un simple hochement de tête, m'offraient désormais à boire au Ritz. "Bien joué, Panofsky." Ou m'assénaient une claque dans le dos et s'asseyaient à ma table du Beaver Club sans y avoir été invités. "À mon humble avis, tu as marqué un point pour la bonne équipe." Ou encore m'invitaient à jouer au squash, le midi, au MAA. "Et je suis loin d'être ton seul admirateur, ici."

Certaines de leurs épouses, ces femmes hautaines qui m'avaient jusque-là trouvé désagréable et grossier, qui n'avaient vu en moi qu'un homme aigri et plutôt repoussant, semblaient désormais électrisées par ma présence. Elles flirtaient de façon éhontée, mes déplorables origines oubliées. Imaginez. Un youpin qui se passionne pour autre chose que l'argent. Un authentique meurtrier parmi nous. "Ne le prends pas mal, Barney, mais j'associe ton peuple à la criminalité en col blanc, et non à des actes de… euh… tu sais bien." Je me suis aperçu que ces femmes étaient plus excitées lorsque j'assumais la responsabilité de l'acte ignoble que lorsque je proclamais mon innocence. J'ai beaucoup appris sur le malaise dans la civilisation de Westmount. La femme d'un associé au cabinet McDougal, Blakestone, Corey, Frame et Marois m'a dit : "Je pourrais entrer au Ritz toute nue sans qu'Angus sourcille. Il se contenterait de déclarer : 'Tu es en retard.' Soit dit en passant, il passe la nuit à Ottawa, mardi, au cas où ça t'intéresserait. Pour ma part, je suis prête à tout, sauf la position du missionnaire. J'ai lu des choses sur les autres possibilités, évidemment. Je suis abonnée au Livre du mois."

Cependant, j'étais et je reste frappé d'anathème chez les personnes de qualité. Par chance, elles sont rares à Montréal.

Tous les étés, les Borenstein assistent au Festival Shakespeare de Stratford, en Ontario. Une fois, je me suis trouvé à côté d'eux au restaurant The Church, et

Mme Borenstein était toute rouge. Je suis prêt à jurer que le vieillard, sa main sous la table, flirtait avec celle qui était sa femme depuis quelque chose comme cinquante ans. J'ai fait venir le serveur et je lui ai demandé de leur apporter une bouteille de dom pérignon, mais seulement après mon départ. Ainsi, ils ignoreraient d'où elle était venue. Puis j'ai marché sous la pluie en m'apitoyant sur mon sort et en maudissant Miriam de m'avoir abandonné.

Je déteste la plupart des gens que j'ai rencontrés, mais s'il y en a un qui me dégoûte plus que les autres, c'est le très honorable Barney Panofsky. Miriam l'avait bien compris. Un jour, alors que je m'étais encore une fois emporté à cause de l'alcool, ce qui, évidemment, m'avait poussé à chercher du réconfort dans une bouteille de Macallan, elle a dit :

"Tu hais les émissions de télévision que tu produis et tu méprises à peu près tous ceux qui y travaillent. Pourquoi ne pas t'arrêter avant que ça te donne le cancer ?

– Pour faire quoi ? Je n'ai même pas cinquante ans.

– Ouvrir une librairie ?

– C'est pas avec ça que je paierai mes havanes, mon cognac XO et nos virées européennes en première classe… Ni les frais de scolarité des enfants. Et ne parlons même pas d'un quelconque héritage.

– Je n'ai pas envie de finir mes jours en compagnie d'un vieil homme aigri, plein de regrets parce qu'il a gâché sa vie."

Et, finalement, elle a mis ses menaces à exécution, n'est-ce pas ? Elle a préféré aller s'enterrer avec le Herr Doktor Professor Sauvons-les-baleines, Non-à-la-chasse-aux-phoques, Torchons-nous-avec-du-papier-cul-recyclé Hopper, né Hauptman, qui a laissé tomber le deuxième *n* de son nom de famille de crainte que les gens ne s'aperçoivent qu'il était lié au kidnappeur des Lindbergh et peut-être aussi, si on étudiait attentivement son arbre généalogique, à Adolf Eichmann.

Assez.

C'est le docteur Borenstein qui est le sujet du sermon d'aujourd'hui. Il s'agit d'un gentleman au goût impeccable. Imaginez donc ma consternation lorsque je les ai vus, Mme Borenstein et lui, assis dans la quatrième rangée de l'auditorium Leacock, mercredi soir dernier, pour entendre Terry McIver lire des passages de son livre intitulé *Du temps et des fièvres*. Je n'ai pas pu m'empêcher d'y assister, terré tout au fond. Je n'avais pas entendu cet imposteur lire des extraits de son œuvre depuis cette soirée désastreuse, sur la face cachée de la Lune, dans la librairie de George Whitman. Que faisaient ces personnes cultivées parmi les idolâtres de la culture canadienne ?

Chargé de présenter Terry, le professeur Lucas Bellamy, auteur de *Rites nordiques, essais sur la culture et le lieu dans le Canada postcolonial*, a amorcé son hésitant panégyrique de dix minutes en déclarant que l'homme se passait de présentation. Puis il a énuméré tous les prix obtenus par Terry. Le prix littéraire du Gouverneur général. La Médaille du mérite de la Canadian Authors Association. L'Ordre du Canada. “Et, a conclu le professeur, s'il y a une justice, je prévois un prix Nobel dans un avenir proche. La vérité, c'est que Terry McIver, s'il n'était pas canadien, bénéficierait d'une renommée internationale, au lieu d'être boudé par les impérialistes culturels de New York et les snobs du milieu littéraire londonien.”

Avant d'entreprendre sa lecture, Terry nous a annoncé une nouvelle : de concert avec un certain nombre de collègues écrivains, il avait appuyé un appel exigeant l'interdiction des coupes à blanc et la protection de la baie Clayoquot en Colombie-Britannique. Les coupes à blanc, a-t-il expliqué, entraînent la disparition d'innombrables espèces. Selon certaines estimations, jusqu'à cent espèces s'éteignent chaque jour à cause des effets néfastes sur l'environnement de l'activité humaine, laquelle contribue également au réchauffement de la planète – une perspective que je considérais personnellement comme une bénédiction pour notre coin de pays. “La biodiversité est notre legs vivant”, a déclaré Terry au milieu d'un tonnerre d'applaudissements. Il a ensuite invité les spectateurs à signer la pétition que les placiers feraient circuler. J'étais venu avec Solange, ma compagne habituelle, désormais, elle qui me rejoindrait bientôt dans les rangs des pensionnés de l'État, mais continuait de porter des robes courtes qui convenaient mieux à des femmes de l'âge de Chantal. Je craignais qu'elle ait l'air ridicule, ce qui me chagrinait, car j'avais beaucoup d'amitié pour elle, mais je n'osais rien dire. À titre de réalisatrice pour la télé, elle avait mérité la confiance que je plaçais en elle, et j'en étais fier, mais elle tenait encore à paraître devant la caméra et à jouer des rôles d'amoureuse. Je ne lui ai pas permis de rester pour la séance de dédicace. Je l'ai plutôt emmenée manger à l'Express.

“Pourquoi as-tu signé cette pétition débile ? lui ai-je demandé.

– Débile ? Partout, la vie animale est menacée.

– La tienne et la mienne aussi. Tu veux que je te dise ? C'est toi qui as raison. Je m'inquiète en particulier de la disparition éventuelle des hyènes, des chacals, des blattes, des serpents venimeux et des rats d'égout.

– Tu n'aurais pas pu attendre que j'aie fini de manger, au moins ?

– Et si, à cause de notre négligence, ils connaissaient le même sort que les dinosaures ?

– Comme toi ?” a-t-elle demandé.

Puis je suis parti à la dérive, réprimant des larmes. Je venais autrefois ici avec Miriam. Miriam, élue de mon cœur. Qu'est-ce donc qui la troublait tant, ce matin ? Peut-être que Kate lui avait reproché de m'avoir quitté.

De quel droit ? *Ouais, vas-y fort, ma chérie. Ne la laisse pas oublier tout ce qu'elle rate. Non, ne fais pas ça.*

"Hou ! hou ! a fait Solange en agitant la main devant mon visage. Je suis encore là.

– Tu vas acheter son livre ?

– Oui.

– Mais Solange, très chère, il n'y a pas d'images dedans.

– Je vais donc avoir droit à une de ces délicieuses soirées toutes-les-actrices-sont-des-idiotes ? Vas-y. Fais-toi plaisir.

– Désolé. Je retire mes paroles. J'ai connu McIver à Paris, tu vois, et je l'ai revu depuis.

– Tu me l'as déjà dit plusieurs fois, a-t-elle répondu, inquiète.

– Nous ne nous aimons pas beaucoup.

– De quoi es-tu le plus jaloux, Barney ? De son talent ou de son physique ?

– Oh, ce que tu peux être futée. Je vais devoir y réfléchir. Maintenant, dis-moi, toi qui es une authentique *pepsi* [1], une *frog pure laine**, sans doute une descendante directe des *filles du roi**, comment entends-tu voter au référendum ?

– Je songe sérieusement à voter Oui, cette fois-ci. Certains éléments du PQ sont ouvertement racistes, ce qui me révolte, mais ce pays s'épuise depuis plus de cent ans à chercher la quadrature du cercle et ses vaines tentatives l'empêchent d'avancer. C'est risqué, bien sûr, et ce sera difficile, mais au nom de quoi ne devrions-nous pas avoir notre pays ?

– Parce que le mien serait alors détruit. Vos ancêtres étaient stupides. Ils auraient dû vendre le Québec et garder la Louisiane.

1. *Pepsi* a ici un sens péjoratif et désigne les Canadiens français, censés boire du Pepsi-Cola au déjeuner.

– Tu fais pitié à voir, Barney. Boire autant, à ton âge… Faire comme si Miriam allait revenir…

– Et toi ? Après toutes ces années, tu ne t'es pas encore résignée à jeter les vêtements de Roger. C'est pathologique, tu sais.

– Selon Chantal, tu es plus odieux que jamais, au bureau. Tes employés redoutent les jours où tu fais acte de présence. Et, Barney, a-t-elle ajouté en s'emparant de ma main à la peau aussi rugueuse que celle d'un lézard, tu arrives à un âge où il est dangereux de vivre seul.

– Qu'est-ce qui te démange, Solange ? Vas-y, crache le morceau.

– Selon Chantal, tu as dicté deux fois la même lettre destinée à Trois Amigos, jeudi et lundi derniers.

– J'avais la tête ailleurs. Ça arrive, non ? La gueule de bois, sûrement.

– Ce n'est pas la première fois.

– Morty Herscovitch m'examine tous les ans. Il paraît que je rapetisse. Si je tiens le coup jusqu'à quatre-vingt-dix ans, tu pourras me trimballer dans ton sac à main.

– Nous en avons discuté, Chantal et moi. Si ta santé se détériore, tu pourras toujours emménager avec nous. On cloisonnera une partie de l'appartement avec une clôture métallique, comme le font ceux qui transportent un chien à l'arrière de leur voiture familiale. Et on te lancera des *latkes*, de temps en temps.

– Je préfère encore m'installer chez Kate.

– N'y pense même pas, espèce de salaud. Elle a eu sa part d'ennuis et, maintenant, elle est heureuse en ménage. Elle a besoin de toi comme de la peste.

– Tu commettrais une grave erreur en votant Oui. Je te l'interdis.

– Tu me l'interdis ? De quel droit ? Que ferais-tu, toi, si tu étais jeune et canadien-français ?

– Je voterais Oui, évidemment. Mais nous ne sommes plus jeunes et stupides, toi et moi."

Quand je l'ai déposée devant chez elle, chemin de la Côte-des-Neiges, Solange s'est attardée un moment près de la portière.

"Arrête de boire pour aujourd'hui, s'il te plaît. Rentre directement chez toi.

– C'est mon intention.

– Oui, évidemment, et tu le jurerais sur la tête de tes petits-enfants, je suis au courant.

– Franchement, Solange."

Incapable de faire face à mon appartement vide, à mon lit sans Miriam, j'ai repris la voiture et me suis rendu au Jumbo's dans l'espoir de tomber sur Me John Hughes-McNoughton ou Zack. J'ai plutôt trouvé Sean O'Hearne, qui s'est écrasé de tout son poids sur le tabouret voisin du mien, le regard avili par l'ivresse.

"Apportez à boire à monsieur P., a-t-il lancé entre deux râles.

– Tu tombes bien, Sean. Je t'ai cherché partout. J'ai quelque chose qui pourrait t'intéresser.

– Ouais, ouais, ouais.

– Tes collègues et toi, vous avez creusé des trous dans mon jardin, envoyé des plongeurs explorer le lac je ne sais plus combien de fois, fouillé le chalet de fond en comble et cherché des traces de sang, comme les policiers que vous avez vus à la télévision. Mais, pauvres crétins que vous êtes, vous ne m'avez jamais demandé ce qu'était devenue ma scie à chaîne.

– Foutaise. Tu n'as jamais eu de scie à chaîne, monsieur P. Quand il y avait du travail à faire dans ton domaine, tu engageais des *goyim* comme moi. C'est ce que font les tiens depuis toujours.

– Comment expliques-tu le crochet vide sur le mur de mon garage ?

– Le crochet vide, mon cul. Tu ne réussiras pas à me faire sortir de mes gonds, monsieur P.

– Et si je te disais que, dans une malle remplie de vieux documents que j'ai retrouvée au chalet, le week-end dernier, j'ai mis la main sur la facture d'une scie à chaîne datée du 4 juillet 1959 ?

– Je dirais que tu es un fieffé menteur."

Dans le bar, les autres clients regardaient les nouvelles à la télé. Le bilan référendaire de la journée. Ils se sont esclaffés en voyant la Fouine remplir l'écran, puis ils ont lancé des blagues d'agonisants, désormais le lot quotidien des anglophones.

"Où est-elle, cette scie à chaîne, à présent ?

– Là où je l'ai laissée tomber, quelque part à quatre cents pieds de profondeur, où elle rouille tranquillement. Après toutes ces années, elle ne te serait plus d'aucune utilité.

– Tu voudrais me faire croire que tu as eu le cran de le découper en morceaux ?

– Pourquoi n'épouserais-tu pas la Deuxième Mme Panofsky, maintenant que vous êtes comme les deux doigts de la main ? Je continuerai de lui verser sa pension alimentaire. Je suis même prêt à offrir une dot.

– Jamais un type comme toi n'aurait le courage de dépecer un homme. Et il n'y avait aucune trace de sang. Alors cesse de me mener en bateau, espèce de trou-du-cul.

– Bien sûr qu'il n'y avait pas de sang. Qu'est-ce qui m'aurait empêché de débiter son corps dans les bois ? N'oublie pas que j'ai passé une journée seul au chalet avant que vous ayez le bon sens de m'inculper, bande de crétins.

– Tu as un sens de l'humour complètement tordu. Tu le savais, ça, monsieur P. ? Tiens, voici leur maudit sauveur, à présent."

C'était au tour de Dollard d'occasion de remplir l'écran. Ne vous laissez pas intimider par les menaces, a-t-il déclaré. Peu importe ce qu'ils racontent aujourd'hui, le Canada, en cas de victoire du Oui, se présentera à genoux à la table des négociations.

"J'imagine, a dit O'Hearne, que toi et les membres de ta tribu allez déménager à Toronto dès le lendemain. Mais les types comme moi, on est coincés ici.

– En fait, je songe maintenant à voter Oui.

– Ouais, ouais, ouais.

– Depuis plus de cent ans, ce pays cherche la quadrature du cercle. Tu es prêt à endurer encore un siècle de querelles adolescentes ? Ne devrait-on pas plutôt crever l'abcès ?"

N'étant toujours pas disposé à braver mon lit sans Miriam, j'ai laissé ma voiture là où elle était, j'ai relevé le col de mon manteau pour me protéger du vent sans merci, annonciateur des six mois d'hiver à venir, et j'ai arpenté les rues autrefois pleines de vitalité de la ville mourante que je chérissais toujours. Je suis passé devant des magasins condamnés. Dans les vitrines des boutiques de la rue Crescent, en plein naufrage, des écriteaux proclamaient VENTE DE FERMETURE ou TOUT DOIT ÊTRE VENDU. Des squatters s'étaient approprié l'immeuble art déco en ruine qui avait abrité le cinéma York. Un malotru avait peint à la bombe les mots DEHORS LES ANGLAIS sur la vitrine d'une librairie d'occasion. Tous les poteaux des lampadaires de la rue Sainte-Catherine étaient tapissés d'affiches de soutien au Oui ou au Non. Blottis dans des sacs de couchage, des adolescents dépenaillés grelottaient devant le Forum où, le lendemain matin, on mettrait en vente les billets pour un spectacle de Bon Jovi. Un vieillard barbu aux cheveux graisseux, les yeux affolés, parlait tout seul en poussant un chariot d'épicerie et en écumant les poubelles à la recherche de canettes vides. Un rat dodu a surgi de la ruelle derrière un restaurant indien.

MacBarney assassine le sommeil.

Dans mon lit, j'ai eu recours à tous les expédients, en vain. Ce soir, lorsque j'ai glissé mes mains sous le chandail de Mme Ogilvy et tenté de dégrafer son soutien-gorge diaphane, elle m'a allongé une taloche en pleine face.

“De quel droit osez-vous ?

– Si c'est comme ça, pourquoi avez-vous frotté vos lolos contre mon dos, dans la cuisine ?

– Quelle horreur ! Vous vous imaginez vraiment que je suis assez frustrée, moi, une femme ravissante – qui, au gymnase, se fait démonter tous les après-midi par M. Stuart, M. Kent et M. Abercorn, mais pas nécessairement dans cet ordre –, pour m'abaisser à séduire un petit branleur juif de la rue Jeanne-Mance aux ongles crottés ?

– Mais vous avez laissé la porte de votre chambre ouverte.

– Oui. Et, même dans ces conditions, vous n'avez pas réussi à imposer votre volonté à votre vessie. Il a fallu que vous vous leviez pour faire pipi. Seulement quatorze ans et déjà atteint de problèmes de la prostate. D'un cancer, vraisemblablement.”

Le sommeil continuait de me bouder. J'ai donc laissé le film de ma vie se rembobiner, coupant au montage les bouts les plus gênants, tournant de nouvelles prises en pensée… Jusqu'à ce lundi après-midi de 1952 où je suis rentré à mon hôtel, rue de Nesle, et où la concierge, après avoir tapé sur le carreau de sa loge, l'a entrouvert : “*Il y a un pneumatique pour vous, monsieur Panofsky*.”

Clara m'attendait pour souper. Pourquoi pas, après tout ? Je me suis arrêté au Nicolas le plus proche, où j'ai choisi un saint-émilion, un de ses vins préférés. L'ayant découverte plongée dans un profond sommeil, un flacon de somnifères vide par terre, je l'ai aussitôt redressée et, en la soutenant, je l'ai obligée à se lever et à marcher dans un sens, puis dans l'autre, jusqu'à l'arrivée de l'ambulance. Après le lavage gastrique, je suis resté près d'elle à lui caresser la main.

“Tu m’as sauvé la vie, a-t-elle dit.

– Ton héros.

– Oui.”

Puis son cadavre putréfié est apparu devant moi, avec les orbites de ses yeux vidées, des vers se repaissant de ses seins, et le chantre Charnofsky a une fois de plus martelé notre porte. “Tu vas te mettre à pisser au lit, à ton âge ?” a-t-il demandé.

De nouveau parfaitement réveillé, j’ai senti que le moment était venu d’aller pisser : et vas-y que je me lève, que je la pince pour en tirer quelques maigres gouttes, que je la secoue bien et que je retourne me coucher.

Quatre heures et demie du matin. Au moment où je sombre, mes yeux brillent de joie à la vue de Boogie, qui se profile devant moi, grandeur nature.

“Je savais bien que tu finirais par refaire surface, ai-je dit. Où étais-tu, pendant toutes ces années ?

– Pétra. New Delhi. Samarra. Babylone. Papouasie. Alexandrie. Transylvanie.

– Si tu savais les ennuis que tu m’as causés, ici. Tant pis. Miriam, le Boogieman est là. Tu veux bien mettre un autre couvert, s’il te plaît ?

– Comment ? Je n’habite plus là. Je t’ai quitté.

– Mais non.

– Tu ne te souviens pas ?

– *Tu sabotes mon rêve.*”

Puis je me suis trompé de chemin et la Deuxième Mme Panofsky est apparue. Courant de nouveau vers sa Honda, en larmes, poussant des cris stridents.

“Que vas-tu faire ?

– Je vais le tuer. Voilà ce que je vais faire.”

Ô Seigneur, j’ai beaucoup de comptes à rendre, mais pas tout de suite. S’il vous plaît.

C’est alors que le téléphone s’est mis à sonner. *Dring* et *dring* et *dring*. Il est arrivé quelque chose de terrible. *Miriam. Les enfants.* Non, c’était Solange, éplorée.

“Serge s’est fait tabasser par une bande de maudits homophobes.

– Oh non.

– Il draguait au parc La Fontaine. Il va avoir besoin de points de suture. Je pense qu’il a le bras cassé.

– Où est-il ?

– Ici.

– Pourquoi Peter ne s’occupe-t-il pas de lui ?”

Peter, scénographe de talent, était le compagnon de Serge Lacroix. Ils partageaient un loft dans le Vieux-Montréal, et il m’arrivait d’aller manger chez eux, le soir. Des murs peints en violet. Des miroirs partout. Je ne sais plus combien de chats persans en maraude.

“Ce ne serait pas arrivé si Peter avait été là. Il est en tournage en Colombie-Britannique.

– J’arrive”, ai-je dit.

J’ai téléphoné au domicile de Morty Herscovitch.

“Désolé de te réveiller, Morty, mais mon réalisateur vedette vient d’avoir un grave accident. Je vais l’emmener à l’Hôpital général, mais je ne veux pas qu’il poireaute pendant une éternité dans la salle d’attente avant d’être vu par un interne qui n’a pas dormi depuis trente-six heures.

– Pas à l’Hôpital général. Je te retrouve à l’hôpital Reine-Elizabeth dans une demi-heure.”

Plutôt que de conduire, je me suis rendu chez Solange en taxi. Serge avait une lacération au crâne et un œil tuméfié, presque fermé. Il tenait un poignet de toute évidence fracturé.

“Qu’est-ce qui t’a pris d’aller faire le tapin dans ce parc, à ton âge ? Tu ne sais pas que c’est dangereux ?

– Je pensais que tu étais venu dans l’intention de te rendre utile”, a lancé Solange.

Morty, qui nous attendait à l’hôpital, a fait dix-huit points de suture sur le crâne de Serge, a demandé des radios et plâtré son poignet fracturé. Il m’a entraîné à l’écart.

“J’ai voulu en profiter pour lui faire un test sanguin, mais il refuse.

– Je m’en occupe.”

Plus tard, j’ai emmené Serge et Solange chez moi. J’ai installé Serge dans la chambre d’amis. “Tu vas être sage ou je dois verrouiller ma porte avant de me coucher ?”

Il a souri et m’a serré la main. Je suis revenu dans la cuisine, où j’ai ouvert une bouteille de champagne pour Solange.

“Je veux que tu cesses de couchailler avec Chantal, a-t-elle dit.

– Tu te fais des idées, Solange.

– Elle ne sait pas quel voyou tu es. Et elle est vulnérable.”

J’ai ouvert le réfrigérateur. “Nous avons le choix. J’ai du foie haché. Je pourrais aussi réchauffer des *knishes* fourrés à la *kacha*. Ou peut-être même partager avec toi, à contrecœur, cette boîte de caviar.”

2

Tiens, une émule de Mme Ogilvy.

Dans la *Gazette* de ce matin, il est question d'une jolie prof de musique de Manchester, aujourd'hui âgée de quarante et un ans, qu'on accuse, douze ans après les faits, d'avoir séduit des garçons de treize à quinze ans qui faisaient partie d'un orchestre pour jeunes. L'une des présumées victimes, dont les souvenirs ont été ravivés par un atelier de deux jours consacré à l'exploitation sexuelle des enfants, a expliqué au juge les circonstances dans lesquelles l'accusée avait profité d'elle après une leçon de violon, alors qu'elle n'avait que quatorze ans : "Penelope s'est allongée sur son lit et m'a attiré près d'elle. Elle a déboutonné son chemisier et m'a invité à caresser ses seins. Je lui ai enlevé son jean. Elle portait une culotte de satin rouge. Elle a glissé sa main dans mon pantalon. J'ai eu des rapports oraux avec elle pendant vingt minutes. Après, elle m'a servi du thé et des biscuits au chocolat. Elle m'a dit : 'Tu es un vilain petit garçon.'"

À propos d'un incident distinct qui serait survenu à la suite d'une réception de Noël bien arrosée, un autre garçon a déclaré : "Penelope a retiré sa culotte au bord du lit. Elle s'est étendue sur le dos, puis elle a déboutonné son chemisier et fermé les yeux. Et nous nous en sommes donné à cœur joie."

Le juge a statué qu'un procès serait injuste, parce que les incidents étaient anciens et qu'il serait difficile de réunir des témoins et des preuves corroborant les dénégations de l'enseignante. Il a ajouté que les garçons n'avaient manifestement pas eu de séquelles psychologiques, qu'ils avaient été des participants enthousiastes et avaient "tiré un plaisir certain des activités". Il n'est toutefois pas allé jusqu'à soutenir que, tout bien pesé, Penelope avait fait davantage que Yehudi Menuhin pour stimuler l'amour de la musique chez ses élèves. À partir de quinze ans, les garçons ne présentaient plus aucun intérêt pour elle. C'est ce qui s'était produit avec Mme Ogilvy, hélas. Ce coup de poignard avait été quelque peu amorti par ma toute nouvelle relation avec Dorothy Horowitz. Dorothy, qui avait mon âge, se laissait tripoter sur le canapé recouvert de plastique de la maison familiale ou sur un banc du parc Outremont, mais pas plus. Et même ces caresses étaient soumises à un règlement de zonage des plus stricts. Dorothy retirait sa main, comme si elle s'était brûlée, lorsque je la posais sur la racine palpitante de mon ardeur qui, parce que j'avais eu la prévenance de défaire ma braguette, se dressait, tel Polichinelle jaillissant de sa boîte.

1943, c'était. L'armée du feld-maréchal von Paulus avait déjà été pulvérisée à Stalingrad, les Américains avaient pris Guadalcanal et j'avais punaisé au mur de ma chambre une photo grand format de Chili Williams en maillot deux-pièces à pois. Ma mère avait commencé à envoyer des blagues à Bob Hope et à Jack Benny ainsi que des bons mots à Walter Winchell, et mon père portait déjà l'uniforme de la police de Montréal. Izzy Panofsky, seul Juif de la force judiciaire. L'orgueil de la rue Jeanne-Mance.

Ici et maintenant, dans mon appartement du Lord Byng Manor, j'ai déjeuné en vitesse et décidé de profiter du fait que mes voisins d'en dessous, les McKay, passaient le week-end dans leur chalet du lac Memphrémagog. J'ai roulé le tapis du salon et ouvert les rideaux derrière lesquels je cachais mon miroir en pied, objet embarrassant mais ô combien nécessaire. Ensuite, j'ai revêtu mon haut de forme, ma queue-de-pie et mes fidèles chaussures de claquettes Capezio, puis j'ai mis dans mon lecteur de CD *Bye Bye Blackbird*, version Louis Armstrong. Sans oublier de saluer d'un coup de mon couvre-chef les bonnes gens au balcon, ma canne sur l'épaule, j'ai exécuté un *round-the-clock shuffle* pour m'échauffer, enchaîné avec un *brush* satisfaisant, puis un *cahito* fort bien réussi, avant de risquer un *shim sham* et de m'écrouler, haletant, sur le fauteuil le plus proche.

Salut, *shmuck*, ai-je songé. Et je me suis une fois de plus promis de réduire ma consommation de Montecristo, de *smoked meat* moyennement gras sur pain de seigle, de single malt, de la délicieuse entrée à la moelle de bœuf[1] servie à l'Express, de cognac XO, d'entrecôtes bien persillées au menu de chez Moishes, de caféine et de tous les délices qui sont mauvais pour moi maintenant que j'ai les moyens de me les offrir.

Où en étais-je ? 1956. Rentré de Paris depuis longtemps déjà. Clara morte, mais pas encore une icône. Terry McIver avait publié son premier roman, bien que la littérature eût été mieux servie s'il avait été interrompu en plein élan par l'homme de Porlock ; et Boogie, le plus souvent défoncé à l'héroïne, m'écrivait chaque fois que ses besoins devenaient trop criants. Je lui prêtais l'argent sans rechigner, même si ça ne faisait pas mon affaire, car je venais tout juste de m'aventurer dans les eaux polluées de la production télé et je ramais, ne réglant jamais une facture avant le "dernier avis de paiement". Comme pour aggraver mes difficultés, j'avais bêtement recommencé à coucher avec Abigail qui, oh mon Dieu, laissait entendre qu'elle allait quitter Arnie pour moi et peut-être même prendre ses deux enfants avec elle.

1. Il s'agit plutôt de moelle de veau.

Attendez, attendez. Quelque part dans mon cahier de notes, j'ai une remarque parfaite à propos de cette époque et du gâchis que j'ai fait. Quand le docteur Johnson a écrit les mots qui suivent, en 1772, il avait soixante-trois ans : "Mon esprit est instable et ma mémoire confuse. J'ai dernièrement fait un retour bien infructueux sur des événements passés. Je ne suis pas encore le maître de mes pensées, et le moindre incident désagréable est presque toujours capable de troubler mon repos."

Voici le compte rendu d'un incident désagréable et de sa genèse. Un jour, mon comptable, le vil, l'ineffable Hugh Ryan, a envoyé Arnie au siège social de la Banque de Montréal avec une enveloppe scellée dans laquelle se trouvait, avait-il affirmé, un chèque certifié de cinquante mille dollars. En ouvrant l'enveloppe, le directeur de la banque a plutôt trouvé des photos de garçons nus et une invitation à un souper aux chandelles chez Arnie. Ce dernier, désespéré, est venu me voir au Dink's.

"Il faut que tu saches une chose. Tous les matins, en arrivant au travail, je m'arrête aux toilettes pour vomir. Je souffre de zona. Abigail et moi regardons *Bonanza* à la télévision et je me mets subitement à sangloter. Ce n'est rien, je lui dis. Ouais. Rien, tu parles. Je suis ton ami, Barney. Pas lui. Nous nous connaissons depuis longtemps, toi et moi. Quand tu séchais sur ton examen de trigonométrie, qui te refilait les réponses ? Déjà, à l'époque, j'étais un crack en maths. Pour toi, je traficote les chiffres depuis combien de temps, déjà ? Même que je pourrais aller en prison pour ça. Est-ce que ça me dérange ? *Mets cet enfant de chienne à la porte.* Je peux faire son travail les yeux fermés.

– Je ne doute pas de tes capacités, Arnie. Mais irais-tu pêcher le saumon sur la Ristigouche avec Mackenzie de la Banque de Montréal ?

– Je ne pourrais jamais mettre un ver sur un hameçon, ça me dégoûte.

– Tu as une idée des risques que je prends avec les projets en cours ? Je pourrais faire faillite d'un jour à l'autre. Je dois le garder pendant encore un an, Arnie. Au maximum.

– J'engueule mes enfants. Le téléphone sonne, je bondis comme si on me tirait dessus. Je me réveille à trois heures du matin en pleine querelle imaginaire avec ce persécuteur de Juifs. Au lit, je suis si agité que la pauvre Abigail n'arrive pas à fermer l'œil. À présent, elle a besoin d'une nuit de repos par semaine pour se rattraper. Le mercredi, elle cuisine comme une folle et apporte le fruit de ses efforts chez une de ses amies, à Saint-Laurent. Elle passe la nuit chez Rifka Ornstein. Ça ne me dérange pas. Elle est rajeunie, à son retour.

– Combien est-ce que je te paie, Arnie ?

– Vingt-cinq mille par an.

– À compter de la semaine prochaine, ce sera trente mille."

Lorsque Abigail est arrivée, à huit heures pétantes le mercredi soir suivant, je lui ai débité le petit laïus que j'avais répété.

"Bien sûr, je n'avais jamais connu quelque chose d'aussi fort avant toi, mais nous devons nous sacrifier pour le bien d'Arnie et des enfants. Je ne me pardonnerais pas de leur avoir fait du mal, et je suis sûr qu'une femme de ta beauté, de ton intelligence et de ton intégrité sera forcément d'accord avec moi. Nous conserverons toujours de bons souvenirs. Comme Celia Johnson et Trevor Howard dans *Brève Rencontre*, tu sais.

– Je ne vais jamais voir de films britanniques. À cause de leur drôle d'accent. On ne comprend rien.

– Personne ne pourra nous enlever les moments magiques que nous avons partagés, mais il faut nous montrer courageux.

– Tu veux que je te dise ? Si j'avais les mains libres, j'applaudirais. Mais je t'ai préparé de la poitrine braisée et de la *kacha*. Tiens, a-t-elle dit en me fourrant le tout dans les bras. Étouffe-toi avec."

Elle est partie en claquant la porte. J'ai réchauffé la poitrine braisée, tendre à souhait, bien qu'un tantinet trop salée. La *kacha*, en revanche, était parfaite. Et si, ai-je songé, nous mettions un terme à nos parties de jambes en l'air et qu'elle se contentait de me faire la cuisine ? Nan. Elle n'accepterait jamais.

Plus tard au cours de cette soirée empreinte de culpabilité, je me suis surpris, entre deux bouffées de Montecristo, à décider de rendre enfin justice à Arnie en mettant fin aux tourments qu'il subissait au bureau. Le lendemain, je me suis réveillé d'humeur charitable, bien décidé à faire triompher la vertu. Exécutant nu-pieds quelques pas de danse, j'ai chanté *Itsi bitsi, petit bikini*[1] à tue-tête. Puis, tout de suite après un long dîner bien arrosé au Dink's, qui a eu pour effet de raffermir ma volonté, j'ai convoqué Arnie dans mon bureau.

"Qu'est-ce qui ne va pas ? a-t-il demandé, la lèvre inférieure tremblante.

– Assieds-toi, Arnie, mon vieux copain, ai-je dit avec un sourire bienveillant. J'ai des nouvelles pour toi."

Arnie a posé son postérieur sur l'accoudoir d'un fauteuil. Rigide. En nage. Dégageant une odeur de panique qui est parvenue jusqu'à mes narines.

"J'ai réfléchi aux problèmes que tu éprouves ici, ai-je dit, et j'en suis venu à la seule conclusion possible. Attache bien ta ceinture, Arnie. Hugh doit partir.

– Mon cul, oui ! a-t-il hurlé en bondissant et en lançant des postillons. C'est moi qui démissionne !

– Tu ne comprends pas, Arnie. Je…

– Ah ouais ? Efface-moi ce petit sourire méprisant. Tu as fait ton choix et moi j'ai fait le mien. J'ai ma fierté, tu sais.

1. Succès de 1960, en fait.

– Écoute-moi, Arnie, s'il te plaît.

– Ne va pas croire une seconde que j'ignore ce qui se cache derrière tout ça, espèce de Judas. Tu as fait des avances à ma femme. Tu as voulu coucher avec la mère de mes enfants. Elle n'a pas dormi chez Rifka, hier ; elle est rentrée avant minuit et m'a tout avoué. Tu l'as surprise *dans ma cuisine, pendant la bar-mitsva de Craig*, pour l'amour du Christ, et tu t'es frotté contre elle, espèce de salaud. Elle n'a pas voulu de toi et c'est moi qui trinque. Et tu trouves ça drôle ?

– Désolé. C'est plus fort que moi, ai-je répondu, en proie à une crise de fou rire.

– Tu es d'humeur à rigoler ? Tant mieux, parce que j'en ai une tordante à te raconter. Tous tes employés se cherchent du travail ailleurs. Monsieur le gros bonnet. Monsieur le dépravé. Tu te prends pour David Selznick, mais les autres, dans ton dos, t'appellent Hitler et parfois même Dean Martin. Pas en raison de ta belle gueule – ne t'en fais pas, tu es laid comme un pou –, mais parce que tu es un ivrogne, comme lui. Qui es-tu, au juste ? Un moins-que-rien. Ton père est un policier corrompu, et ta mère la risée du quartier, depuis le premier jour. Une fois, elle a reçu une lettre de Hedda Hopper, avec une photo autographiée – elle avait été imprimée, *sa signature* –, mais ta mère l'a montrée à tous les voisins de la rue, ils ne savaient plus où se mettre.

– Tu creuses ta tombe, là, Arnie.

– Une fois, Francine a apporté des documents chez toi et elle t'a vu coiffé d'un canotier débile et attifé comme le valet de cœur, avec des chaussures de claquettes aux pieds. Ha ! ha ! ha ! Fred Astaire, prends garde : *whoopee-do*, voici venir Gene Kelly Panofsky. Ce qu'on a pu rire à tes dépens, dis donc ! Alors va chier, espèce de *putz*, vieux crétin. Si tu savais ce que je peux être heureux de ne plus travailler ici."

Sur ces mots, il est parti.

Sortant de mon bureau en furie, je me suis lancé aux trousses d'Arnie, et j'ai failli entrer en collision avec Hugh Ryan.

"Tout ça, c'est ta faute, Hugh. Tu es viré. Avec effet immédiat.

– Je ne comprends rien de ce que tu radotes, mais mon petit doigt me dit que quelqu'un a un peu forcé la dose, ce midi.

– Tu as fini de tourmenter Arnie. Ramasse tes affaires et fiche-moi le camp.

– Et mon contrat ?

– Tu auras droit à six mois de salaire, et rien de plus. *Bonjour la visite**.

– Dans ce cas, tu auras affaire à mon avocat."

Merde, merde, merde. Qu'est-ce que j'ai fait ? Je peux me passer d'Arnie, cette tête de nœud, mais pas de mon précieux contact avec les banques *goyishe*. Je voyais déjà les demandes de paiement s'accumuler sur mon bureau dès le lendemain matin. Des prêts seraient annulés. Des contrôleurs du gouvernement débarqueraient pour passer mes comptes au peigne fin. "Qu'est-ce que vous regardez, vous autres ?" ai-je demandé à la cantonade.

Des têtes se sont baissées.

"Hitler ici présent procède à une réduction des effectifs. À un dégraissage[1]. Si l'un de vous souhaite poursuivre sa carrière ailleurs, c'est le moment ou jamais. Personne n'est irremplaçable. En fait, vous êtes tous jetables. Comme des Kleenex. Bonne journée."

Malheureux, profondément gêné par mon inexcusable coup de gueule, j'ai couru chercher du réconfort au Dink's.

1. En fait, l'emploi du mot dans ce sens date de 1974. Il est apparu à la suite d'une récession qui a conduit les entreprises à licencier des milliers de salariés.

“Dure journée au bureau, mon trésor ? a demandé John Hughes-McNoughton.

– Tu veux que je te dise, John ? Tu es beaucoup moins spirituel que tu ne le penses. En particulier quand tu as passé la journée à picoler. Comme aujourd’hui.”

Je me suis dirigé vers le bar du Ritz. Il devait être vingt heures quand je suis sorti de là en titubant pour monter dans un taxi et me rendre chez Arnie, à Chomedey, autant dire dans la cambrousse. C’est Abigail qui m’a ouvert.

“Tu oses te montrer ici ? a-t-elle sifflé entre ses dents, atterrée.

– C’est lui que je veux voir, pas toi, ai-je répondu en la contournant.

– C’est Face de cul, Arnie. Il veut te voir.”

Arnie a éteint la télé.

“Je suis passé voir mon avocat cet après-midi. Je ne sais pas ce que tu as à me dire, mais tu devrais plutôt t’adresser à lui. De l’avis de Lazar, j’ai d’excellentes chances de toucher des dommages et intérêts. Licenciement injustifié.

– Mais c’est toi qui as démissionné.

– Tu l’as congédié d’abord, a dit Abigail. Il a tout noté.

– Vous me permettez de m’asseoir ?

– Assieds-toi.

– Je ne t’ai pas congédié cet après-midi, Arnie. Je t’ai fait venir pour t’annoncer mon intention de congédier Hugh. J’ai dit ‘Hugh doit partir’, pas ‘Tu dois partir’.

– Oh mon Dieu, a-t-il fait, la tête dans ses mains.

– Ne va surtout pas te mettre à chialer, ai-je dit. J’ai déjà eu une longue journée.

– C’est vrai ?

– Quoi donc ?

– Tu as congédié Hugh ?

– Oui.

– Ce n’est pas trop tôt, a dit Abigail.

– Vous n’auriez pas quelque chose à boire ?”

Arnie s’est précipité vers un placard.

“Il nous reste du brandy aux pêches de la bar-mitsva de Craig. Attends. Il y a un fond dans cette bouteille de Chivas.

– Il ne boit pas du Chivas. C’est plutôt du… Et puis, qu’est-ce que j’en sais, moi ? Je ne sais même plus ce que je raconte. Je vais aller chercher un verre.

– Qu’est-ce qu’on fait, maintenant ? a demandé Arnie en serrant ses mains entre ses genoux.

– Tu m’as tenu des propos très durs, aujourd’hui.

– Je devenais fou, là-bas. Je retire ce que j’ai dit. Tout ce que j’ai dit. Je tiens à ce que tu saches que je t’ai toujours admiré en raison de tes grandes réalisations. Tu es mon mentor.

– Je vais mourir, a dit Abigail.

– Arnie, ai-je enchaîné en sifflant le reste de la bouteille de Chivas, tu as le choix : soit tu pars avec un an de salaire, soit tu reviens dès demain matin. Discutes-en avec la mère de tes enfants.

– Dis-lui que tu veux le poste et le salaire de Hugh.

– Je veux le poste et le salaire de Hugh.

– Je ne suis pas sourd. Et c’est non.

– Pourquoi ?

– Tu as entendu ma proposition, Arnie. Discutez-en, Abigail et toi, et fais-moi part de ta décision, ai-je dit en me levant.

– Tu ne devrais pas conduire dans ton état, a dit Arnie. Attends. Je te ramène.

– Je suis venu en taxi. Tu m’en appelles un autre, Arnie, s’il te plaît ?”

Tout de suite après qu’Arnie eut disparu dans la cuisine, Abigail m’a dit :

“Ma cocotte. *Et le plat en Pyrex.* S’il s’aperçoit de leur absence, il va accuser la femme de ménage.

– Mais je n’ai pas encore fini la *kacha*”, ai-je répondu.

3

Le 23 octobre 1995

Cher Barney,

À chacun son albatros.

Le jour où tu as débarqué à Paris, avec ta touchante maladresse, ta mauvaise éducation et ton arrivisme, il nous est apparu, à d'autres que je pourrais nommer comme à moi, que mon talent t'inspirait une jalousie dévorante. Non, le mot est trop faible. La vérité, c'est qu'il t'obsédait, ce qui t'a poussé à me lécher les bottes en feignant d'être mon ami. J'ai toujours vu clair dans ton jeu. Mais, pris de pitié, je t'ai regardé avec amusement gagner les bonnes grâces de la bande de guignols, sans rechigner le moins du monde à jouer bénévolement les factotums. Le pourvoyeur de Clara. Le caniche de Boogie. Avec le recul, évidemment, je m'en veux de mon indulgence. Si je ne t'avais pas présenté aux gens de mon entourage, la pauvre Clara Charnofsky serait encore vivante, au même titre que Boogie, la perte de ce dernier, hélas, ayant porté un coup plus dur aux vendeurs de drogue qu'au monde des lettres. Depuis, à titre d'observateur de *la condition humaine**, je me suis parfois demandé comment tu pouvais continuer à vivre avec deux morts prématurées sur la conscience. Tu dois avoir du mal à trouver le sommeil. J'ai entendu dire que ton grand-père maternel était brocanteur. Il m'apparaît donc tout à fait approprié que, obéissant à une sorte de symétrie, tu aies fait fortune comme marchand de camelote télévisuelle. Étant donné ton côté revanchard, je n'ai pas été surpris que tu trouves amusant d'intituler une série particulièrement lubrique *McIver de la GRC*. Je n'ai pas non plus été surpris de te voir souffrir le martyre dans l'auditorium Leacock pendant la lecture que j'ai récemment donnée devant une salle comble. Dans ma naïveté, je croyais certaines calomnies indignes même d'un être comme toi. Félicitations, Barney. Ton dernier geste de malveillance m'a pris au dépourvu. Bref, j'ai lu la charge féroce de *Du temps et des fièvres* que ton fils a publiée dans le *Washington Times*. Pauvre Barney Panofsky, pauvre esprit sclérosé et perverti qui, à l'heure de sa décrépitude, entraîne son enfant dans une bataille que lui-même n'ose pas mener.

En général, je ne m'abaisse pas à répondre aux comptes rendus de mes œuvres (la plupart fort élogieux, faut-il le souligner) ni même à les lire. Mais je me suis senti l'obligation d'écrire au rédacteur en chef du *Washington Times* pour lui révéler que la diatribe de Saul Panofsky s'expliquait par une animosité personnelle de son père.

Cordialement,

TERRY MCIVER

4

On verra peut-être ce qui suit comme une autre digression. Ce n'est pas le cas. J'ai une idée derrière la tête. M. Lewis, qui enseignait dans la salle 43 de l'école secondaire Fletcher's Field, nous a un jour ravis en nous lisant l'inspirant *Drake's Drum* de Henry Newbolt. Le poème va comme suit :

Si les Dons aperçoivent le Devon,
je quitterai le port du Paradis
Et à coups de tambour les repousserai loin
De la Manche, comme nous l'avons fait
Autrefois.

Cependant, selon le *New York Times*, Newbolt (surprise, surprise) était un imposteur. L'homme qui scribouillait des vers de mirliton à la sauce patriotique a évité de participer à la guerre des Boers sous prétexte que son rôle consistait à stimuler le moral de la population. La légende du tambour de Drake était frauduleuse, pure invention de sa part. En réalité, le poète, qui se présentait comme l'incarnation vivante des vertus victoriennes, a entretenu une relation intime avec la cousine de sa femme jusqu'à son trépas : un soir, il couchait avec sa légitime épouse à Londres et, le lendemain, avec la cousine à la campagne. W. H. Auden a un jour écrit :

Le temps est intolérant
Au brave et à l'innocent,
Et se montre stoïque
Devant la beauté physique,

Mais il adore le langage et pardonne
À ceux qui s'y adonnent ;
Pardonne la lâcheté, la vanité,
Dépose à leurs pieds ses lauriers.

Peut-être bien que oui, peut-être bien que non. Ce que je sais, c'est que tous les écrivains et tous les peintres que je connais, sans exception aucune, chantent inlassablement leurs propres louanges ; ce sont des fanfarons, des lâches et des menteurs professionnels, motivés par la cupidité et prêts à toutes les bassesses pour accéder à la gloire.

Hemingway, cette brute, en dépit de son détecteur de conneries intégré, a inventé ses états de service pendant la Première Guerre mondiale, tranquillement assis devant sa machine à écrire. Lewis Carroll, ce papy gâteau adoré par des générations d'enfants, n'était pas le genre de bonhomme à qui vous auriez confié votre fille de dix ans. Le camarade Picasso a léché le cul des nazis pendant l'occupation de Paris. Si Simenon a effectivement tronché dix mille femmes, comme il le prétend, je veux bien manger mon canotier. Odets a balancé de vieux amis à la commission de la Chambre sur les activités antiaméricaines. Malraux était un voleur. Lillian Hellman mentait comme une arracheuse de dents. Ce bon vieux Robert Frost était en réalité un sacré fils de pute. Mencken était un antisémite enragé, mais moins que T. S. Eliot, ce plagiaire notoire, et de nombreux autres que je pourrais nommer. Evelyn Waugh était un arriviste et Frank Harris est sans doute mort puceau. Le rôle joué par Jean-Paul Sartre dans la Résistance est douteux et il a fait plus tard l'apologie du goulag. Edmund Wilson a fraudé l'impôt et Stanley Spencer était un malotru. T. E. Lawrence n'a pas lu tous les livres de la bibliothèque bodléienne. Marco Polo, dans sa quête de l'empire du Milieu, n'a jamais été plus loin que la place Saint-Marc. Et si on pouvait aller au fond des choses, on découvrirait sûrement que le vieil Homère avait une vision parfaite.

J'ai abandonné mon pays pour gagner les territoires de la culture, je suis allé à Paris dans l'espoir de m'enrichir au contact des cœurs purs, de ces "législateurs secrets du monde", et j'en suis revenu déterminé à fuir comme la peste les écrivains et les peintres.

Sauf Boogie.

Après mon départ, le Boogieman, selon la rumeur, aurait séjourné à Istanbul, à Tanger et dans cette île au large de l'Espagne. Pas Majorque, l'autre. La Crête ? Ne sois pas stupide. Celle que les hippies ont massacrée[1]. Quoi qu'il en soit, la première lettre que j'ai reçue de Boogie, en 1954, soit deux ans après mon retour à Montréal, venait d'un monastère bouddhiste dans l'île qu'on appelait autrefois Formose[2], mais qui porte désormais un autre nom, de la même façon que le Coke a été rebaptisé Coke Classique. Et puis merde. À mon âge, rien ne m'oblige à me tenir au courant. Je regarde les affiches des films mettant en vedette un gigolo boudeur, une starlette aux nichons refaits, tout ce beau monde qui empoche dix millions de dollars par prise, et je n'ai pas la moindre idée de qui il s'agit. Fait digne de mention : autrefois, les vedettes du grand écran devaient porter des lunettes de soleil et se couvrir la tête d'un foulard pour passer inaperçues dans la rue ; aujourd'hui, elles n'ont

1. Ibiza.

2. En réalité, la lettre de Boogie dont il est ici question a été écrite en 1957 et postée de New York, et non de Taiwan, après que Boogie eut assisté à son premier concert rock.

plus qu'à s'habiller. Pendant que j'y suis, je ne sais pas du tout ce que veut dire "se lécher la poire", ou "bisquer", ni pourquoi les jeunes branchés se contentent désormais de brouter de l'herbe dans les restaurants. Je ne suis pas en ligne et je ne le serai jamais.

Boogie a écrit :

> L'humanité, manifestement imparfaite, poursuit son cycle évolutionnaire. Dans un avenir lointain, ne fût-ce que pour des raisons de commodité, les organes génitaux des hommes et des femmes migreront vers leurs têtes, tandis que nos caboches, de plus en plus inutiles, feront le chemin inverse. Ainsi, jeunes et vieux pourront s'accoupler sans se fatiguer en préliminaires romantiques et sans se battre avec les boutons ou les fermetures Éclair. "Se relier suffira", selon la prescription de Forster, et ils pourront s'exécuter en attendant qu'un feu passe au vert, en poireautant devant la caisse au supermarché, sur le banc d'une synagogue ou d'une église. Pour parler de "baiser" ou de l'euphémisme "faire l'amour", on utilisera les mots "coups de boule", comme dans : "En marchant dans Fifth Avenue, j'ai flairé cette ravissante poulette et je lui ai mis un de ces coups de boule."
>
> Ce raffinement culturel s'accompagnera toutefois de certains inconvénients : le bordel, ou maison close, sera supplanté par la bibliothèque comme lieu défendu où les pécheurs se retrouveront pour leurs rendez-vous galants, défaisant leur braguette ou baissant leur petite culotte afin de causer dans le respect de la grammaire, et elle sera sans cesse visée par les menaces de fermeture de l'escouade antilittéraire. La nouvelle maladie sociale aura pour nom l'intelligence. N'oublie jamais que tu l'as d'abord lu ici.

Terry est rentré à Montréal un an après moi pour s'occuper de la succession de son père : la librairie du vieil homme s'était transformée en pizzeria. Fait renversant, proprement renversant, la première fois que nous nous sommes croisés dans la rue Stanley, nous nous sommes donné l'accolade, si, si, l'accolade, tant nous étions ravis de nous revoir. Nous nous sommes rendus au restaurant La Tour Eiffel pour célébrer nos retrouvailles en entretenant l'illusion d'avoir été des intimes, des rescapés de deux années de bohème sur la Rive gauche. Pendant au moins une heure, nous avons joué à tu te souviens de ci ou de ça, merde, non, j'avais oublié. Du soir où nous sommes allés entendre Charles Trenet et où nous avons fini la soirée en mangeant une soupe à l'oignon aux Halles. Hé, tu te rappelles la fois où Boogie s'est assis au piano dans ce bar de Montmartre en se faisant passer pour Cole Porter ? Nous avons tous eu droit à plusieurs tournées gratuites. Puis nous avons démoli *de haut en bas** la ville provinciale où nous avions daigné revenir et médit de la rue Sainte-Catherine : l'artère principale de Montréal, qui, naguère, nous avait donné l'impression d'être un carrefour cosmopolite, avait sombré dans la plus sordide vulgarité. Mon Dieu, ai-je songé, je ne m'étais pas rendu compte que Terry McIver était un type formidable, et je suis certain que, cet après-midi-là, il s'est dit la même chose à mon sujet. Je lui ai promis de lui téléphoner le lendemain, le surlendemain au plus tard, et il m'a donné l'assurance qu'il ferait de même. Il n'a pas tenu parole et moi non plus. Dommage. Dans le cas contraire, je pense que nous aurions pu devenir amis. Une route que nous n'avons pas empruntée, en somme. Et c'est loin d'être la seule, dans mon cas. Oh que oui.

J'enchaîne. Leo Bishinsky était de retour à New York, établi dans un loft du Village, et déjà des revues d'art *recherchées** lui consacraient des comptes rendus illisibles. Quant au splendide premier roman de Cedric Richardson, il avait suscité un concert d'éloges. Je lui ai envoyé une lettre béate d'admiration à laquelle il n'a jamais répondu. Ça m'a blessé. Autrefois, nous avions été plus que des amis. Nous avions eu un lien commun, en quelque sorte.

"*'Vous autres... Vous autres...' m'a-t-il dit en brandissant cette pauvre chose morte et toute ratatinée devant mes yeux, comme si elle s'était échappée d'un égout...*"

Puis, un beau jour, j'ai vu la photo de Cedric à la une du *New York Times.* Le visage ensanglanté, le nez cassé, il était retenu de force par deux gros lards, des policiers du Kentucky qui souriaient d'un air méprisant. Cedric et d'autres tentaient d'inscrire douze enfants noirs dans une école réservée aux Blancs quand des briques et des coups de poing s'étaient mis à voler. À la suite de l'émeute, dix Blancs avaient aussi été arrêtés.

Pour ma part, après avoir renoncé à Paris et aux crétins d'artistes avec qui j'avais perdu mon temps, j'ai décidé de prendre un nouveau départ. Qu'avait dit Clara, déjà ? "Et quand tu rentreras chez toi pour gagner plein d'argent, ce qui est inévitable étant donné ton caractère, et que tu auras épousé une gentille fille juive, une fille qui passe son temps à faire les magasins..." Bon, ai-je songé, je vais donner satisfaction à son fantôme. Dorénavant, Barney Panofsky mènera une vie de bourgeois. Country club. Caricatures du *New Yorker* scotchées au mur de la salle de bains. Abonnement au *Time.* Carte American Express. Synagogue. Mallette munie d'un cadenas à combinaison. Etc., etc.

Quatre années s'étaient écoulées, et j'avais renoncé à vendre du fromage, de l'huile d'olive, des DC-3 d'un autre âge et des artefacts égyptiens volés, mais je n'arrivais pas à tirer un trait sur Clara : un jour j'étais rongé par la culpabilité, le lendemain je me rebiffais. Je me suis acheté une maison dans la banlieue montréalaise de Hampstead. La perfection absolue. Tout y était : salon avec coin conversation encaissé et fenêtre panoramique, foyer en pierre des champs, four en hauteur, éclairage indirect, climatisation, sièges de toilettes et porte-serviettes chauffants, bar avec évier au sous-sol, revêtement extérieur en aluminium et garage pour deux voitures. Admirant mon acquisition depuis le trottoir avec le sentiment que Clara devait se retourner dans sa tombe, j'ai tout de suite vu ce qui clochait et j'ai couru acheter un panier de basket-ball, que j'ai vissé au-dessus de la porte du garage. Il ne me manquait plus qu'une gentille petite femme et un chien appelé Rover. Avec deux cent cinquante mille dollars en banque, j'ai alors vendu mes agences, engrangé encore plus de *mazuma*, enregistré le nom "Productions totalement inutiles" et loué des bureaux au centre-ville. Puis je me suis mis en quête de l'élément qui manquait à mon entrée vengeresse au sein de la classe moyenne, le joyau dans la couronne de Reb Barney, pour ainsi dire. Après tout, il est universellement admis qu'un célibataire fortuné a nécessairement besoin d'une épouse. Oui. Sauf que, pour mettre la main sur la candidate idéale, je devais d'abord faire la démonstration de ma rectitude morale.

J'ai donc décidé d'infiltrer la bonne société juive dans l'intention d'en devenir un pilier ou, à défaut, une corniche. D'abord, je me suis proposé comme bénévole à l'Appel juif unifié. C'est ainsi que j'ai abouti, tard un après-midi, dans le bureau d'un fabricant de vêtements méfiant mais pressé d'en venir au fait. Aucun doute possible, j'étais au bon endroit. Une plaque remise à "l'Homme de l'année" était accrochée derrière la table de travail du corpulent et jovial Irv Nussbaum, à côté d'une paire de chaussures de bébé en bronze et d'une photo autographiée de Golda Meir. Sur une autre photo, Irv remettait un doctorat *honoris causa* ès lettres à M. Bernard Gursky, au nom des Amis de l'université Ben Gourion du Néguev. Un modèle réduit de son yacht de dix-huit pieds amarré en Floride trônait sur un piédestal ; c'était le *Reine-Esther*, nommé en l'honneur de la femme d'Irv, et non de la Miss Perse de la Bible. Et on voyait aussi des photos des sales gamins d'Irv, ici, là, partout.

"Je te trouve un peu jeune pour ce genre de travail, a dit Irv. En général, nos collecteurs de fonds sont des hommes, disons, plus mûrs.

– On n'est jamais trop jeune pour faire son devoir envers Israël.

– Un verre ?

– Un Coke ou une eau pétillante ne serait pas de refus.

– Scotch ?

– Hmm… C'est un peu tôt pour moi, mais ne vous gênez surtout pas."

Irv a souri. Contrairement aux rumeurs qui couraient à mon sujet, je n'étais donc pas un boit-sans-soif. J'avais réussi un premier test. J'ai alors eu droit à un cours accéléré sur la manière de convaincre les donateurs.

"Dans un premier temps, je vais seulement te confier quelques cartes de visite, d'accord ? Mais écoute-moi bien. Voici les règles du jeu. Ne va jamais voir ta cible dans son bureau, où il est roi et maître, et toi un *shmuck* de plus qui quémande une aumône. Si tu tombes sur lui à la synagogue, tu peux le caresser dans le sens du poil en lui parlant des besoins d'Israël, mais ce n'est pas le bon endroit pour lui mettre la pression. C'est de mauvais goût. Les changeurs du temple et tout ça. Téléphone-lui et prends rendez-vous. Le moment de la journée a une importance capitale, d'ailleurs. Le matin, oublie ça. Sa femme lui a peut-être refusé son bonbon, la veille ; ou encore, il n'a pas fermé l'œil à cause de ses brûlures d'estomac. Le moment idéal, c'est le midi. Choisis un petit restaurant. Avec des tables espacées. Un lieu où vous ne serez pas obligés de crier. Face à face. Cette année, nous avons un sacré problème, d'ailleurs. Le nombre d'incidents antisémites a beaucoup diminué.

– Quel dommage, vraiment, ai-je dit.

– Comprends-moi bien. Je suis contre l'antisémitisme. Mais chaque fois qu'un trou-du-cul barbouille une croix gammée sur le mur d'une synagogue ou renverse une pierre tombale dans un de nos cimetières, les nôtres s'affolent tellement qu'ils me téléphonent illico pour me promettre de l'argent. Compte tenu de la situation actuelle, tu n'as d'autre choix que de bombarder ta cible avec l'Holocauste. Enfonce-lui Auschwitz dans la gorge. Buchenwald. Les criminels de guerre qui, encore aujourd'hui, se la coulent douce au Canada. Pose-lui une question du genre : 'Comment être sûr que ça n'arrivera pas ici ? Le cas échéant, où iriez-vous ? Israël est votre police d'assurance.' Voilà ce que tu lui dis.

"On va te fournir des informations confidentielles sur le revenu annuel de ta cible. S'il se met à pleurnicher et te dit qu'il connaît une mauvaise année, tu lui lances que c'est de la foutaise et tu lui cites les chiffres. Pas ceux qui figurent dans sa déclaration de revenus. Les vrais. Tu lui expliques que, comme nous devons désormais composer avec cet enculé de Nasser, il doit se montrer plus généreux, cette année. Et s'il est récalcitrant, s'il joue les *kvetchers*, tu laisses entendre que tous les membres de son country club, Elm Ridge ou autre, sauront exactement combien il s'est engagé à donner et que, s'il fait le pingre, son carnet de commandes va en pâtir. Hé, il paraît que tu t'es lancé dans la production télé ? Si tu as besoin d'un coup de main pour tes castings, je suis ton homme."

Un coup de main pour mes castings ? Alors néophyte dans les bois du show-business, où grouillent les fouines, les escrocs et les serpents venimeux, j'avais même besoin d'un coup de main pour nouer mes lacets. L'argent me sortait par tous les trous, une vraie hémorragie. Mon premier pilote, dont l'idée m'avait été vendue par un arnaqueur qui prétendait avoir cosigné un épisode de *Perry Mason*, devait faire partie d'une série consacrée à un détective privé doté d'un "code d'honneur tout particulier". Une sorte de Sam Spade canadien. Le pilote, réalisé par un tâcheron de l'Office national du film, mettait en vedette un acteur de Toronto (notre Olivier, selon son agent, un type qui refusait les offres de Hollywood par principe), invariablement soûl dès le matin, tandis que la femme retenue pour jouer son adjointe était, sans que je me doute de rien, son ancienne maîtresse. Elle éclatait en sanglots chaque fois qu'ils devaient jouer une scène ensemble. Le résultat était si consternant que je n'ai osé le montrer à personne, mais j'ai encore l'épisode sur une cassette : les jours de déprime, je me le repasse pour me dilater la rate.

Je me suis révélé si efficace comme collecteur de fonds qu'Irv m'a invité à la réception organisée pour célébrer ses vingt-cinq ans de mariage, un souper dansant réservé à la bonne société et donné dans une salle privée du Ruby Foo's. Tenue de soirée de rigueur. Tous les participants, sauf moi, s'étaient engagés à verser au moins vingt mille dollars par an à l'AJU, sans compter les campagnes ponctuelles de vente d'obligations et les autres appels à la communauté. Et c'est à cette occasion que j'ai rencontré la virago qui allait devenir ma deuxième épouse. Merde, merde, merde. Me voici, à soixante-sept ans, vieillard ratatiné dont la queue fuit comme un robinet défectueux, et je suis toujours incapable d'expliquer mon deuxième mariage, qui me coûte à présent la bagatelle de dix mille dollars par mois, avant les ajustements liés à l'inflation. Dire que son père, ce vieux casse-couilles avec son air important, craignait que je ne sois, moi, un coureur de dot. Cherchant, avec le recul, à justifier cette bêtise, à expier mes péchés, je dois avouer que je n'étais pas moi-même à cette époque-là : j'étais un imposteur qui se faisait passer pour l'arriviste que Clara avait maudit. Rongé par la culpabilité. Buvant seul jusque tard dans la nuit parce que je craignais d'être envahi dans mon sommeil par des visions de Clara dans son cercueil. Le cercueil, conformément à la loi juive, était fait de pin, et on y avait percé des trous pour laisser les vers se repaître le plus tôt possible des chairs de ce cadavre trop jeune. Six pieds sous terre. Ses seins pourrissants. "Tu pourras divertir les convives des banquets de l'Appel juif unifié en leur parlant de l'époque où tu partageais la vie de la scandaleuse Clara Chambers." Me gavant de respectabilité, j'étais résolu à prouver au fantôme de Clara que je pouvais jouer les bons petits Juifs de la classe moyenne mieux qu'elle ne l'avait jamais imaginé. Hé, il m'arrivait de prendre un peu de distance pour m'observer, en quelque sorte, et j'étais parfois tenté d'applaudir au spectacle de ma propre hypocrisie. Un soir, par exemple, pendant la cour éclair – un tout petit mois – que j'ai faite à la bombe à retardement qui allait devenir la Deuxième Mme Panofsky, je l'ai emmenée souper au Ritz, où j'ai bu beaucoup plus que de raison, tandis qu'elle jacassait à tue-tête, m'expliquait comment elle entendait retaper, avec l'aide d'un décorateur de sa connaissance, mon nid de respectabilité de Hampstead.

"Tu pourras me raccompagner chez moi, a-t-elle demandé, dans ton état ?

– Hmm, ai-je fait en lui picorant la joue et en improvisant un scénario que seules les Productions totalement inutiles auraient pu réaliser, je ne me pardonnerais jamais de te causer des préjudices corporels en raison d'un accident attribuable à mon 'état'. Tu m'es beaucoup trop précieuse. Nous allons laisser ma voiture ici et prendre un taxi.

– Oh ! Barney", s'est-elle écriée, ravie.

Je n'aurais pas dû écrire : "Oh ! Barney, s'est-elle écriée, ravie." C'était méchant de ma part. Un mensonge. La vérité, c'est que, quand j'ai fait sa connaissance, j'étais un infirme du cœur, ivre la plupart du temps, me punissant d'agir contrairement à ma nature, mais la Deuxième

Mme Panofsky avait des réserves de vitalité suffisantes pour nous deux, sans parler d'un sens de la comédie, d'un éclat uniques. Au même titre que Hymie Mintzbaum, cette vieille pute dont la mémoire m'est si chère, elle possédait une qualité que j'admire par-dessus tout : un appétit de vivre. Non, plus que ça. Elle tenait absolument à dévorer tout ce qui avait trait à la culture, de la même façon qu'aujourd'hui elle serait capable d'engouffrer tout le contenu du comptoir du Brown Derby sans s'arrêter pour reprendre son souffle. La Deuxième Mme Panofsky ne lisait pas pour le plaisir ; elle cherchait à se tenir au courant. Le dimanche matin, elle compulsait le *New York Times Book Review* comme si elle préparait un examen. Retenant uniquement les titres qui pourraient être évoqués dans les soirées, elle les commandait aussitôt et les parcourait à toute vitesse : *Le Docteur Jivago*, *L'Ère de l'opulence*, *Le Commis*, *Par l'amour possédé.* Le péché mortel par excellence, à ses yeux, consistait à perdre son temps, et elle m'en accusait souvent, moi qui consacrais des heures et des heures à des moins-que-rien rencontrés dans des bars, bavardais longuement avec des hockeyeurs à la retraite, des chroniqueurs sportifs portés sur la bouteille, des escrocs à la petite semaine.

Nous avons fait un voyage de trois jours à New York, à l'Algonquin, où j'avais pris soin de réserver deux chambres. Désireux d'observer ce que je croyais être les convenances, j'avais beaucoup insisté sur ce point. Alors que j'aurais été heureux de passer cet interlude à déambuler sans but, à visiter des bars et des librairies au petit bonheur la chance, elle nous avait concocté un emploi du temps si chargé qu'une personne normale n'aurait pas trop eu d'une quinzaine pour s'en acquitter. Des pièces à voir l'après-midi et le soir : *Two for the Seesaw*, *Sunrise at Campobello*, *The World of Suzie Wong*, *The Entertainer.* Entre deux représentations, elle avait prévu des marches forcées jusqu'à des boutiques d'artisanat hors des sentiers battus et des joailliers recommandés par *Vogue*. Malgré ses pieds endoloris, elle était parmi les premières à l'ouverture de Bergdorf Goodman, puis elle fonçait vers Saks et les boutiques de Canal Street, fréquentées par les seuls *cognoscenti*, où on pouvait se procurer à des prix dérisoires les nouvelles robes-sacs de Givenchy. À Montréal, elle avait enfilé une vieille tenue dans l'intention de la jeter dans la poubelle de la chambre d'hôtel dès qu'elle en aurait acquis une nouvelle. Puis, le matin de notre départ, elle a déchiré tous les coupons de caisse incriminants, ne conservant que ceux que des vendeuses obligeantes avaient trafiqués, une facture indiquant *39,99 $* pour un chandail qu'elle avait payé cent cinquante dollars, par exemple. Elle était montée dans l'avion avec je ne sais plus combien de sous-vêtements et de chemisiers enfilés les uns sur les autres et, à Montréal, elle avait franchi la douane en flirtant *en français** avec l'inspecteur.

Oui, la Deuxième Mme Panofsky était un exemple du phénomène, souvent vilipendé, de la princesse juive américaine ; pourtant, elle a réussi à raviver mes braises agonisantes et à me donner la sensation d'être en vie. Lorsque je l'ai rencontrée, elle avait déjà fait six mois dans un kibboutz et décroché un diplôme de McGill avec spécialisation en psychologie ; elle travaillait auprès d'enfants perturbés à l'Hôpital général juif. Ils l'adoraient. Elle les faisait rire. La Deuxième Mme Panofsky n'était pas une mauvaise personne. Si elle s'était mariée avec un homme droit au lieu d'un imposteur comme moi, elle serait aujourd'hui une épouse et une mère modèle. Et non une vieille peau aigrie, obèse, attirée par les cristaux *new age* et la transe médiumnique. Krishna a la permission de détruire l'univers, Barney, m'a dit un jour Miriam, mais pas toi. OK, OK. Alors, voici la vérité.

"Tu m'es beaucoup trop précieuse ! me suis-je écrié. Nous allons laisser ma voiture ici et prendre un taxi.

– Oh, Barney, a-t-elle répondu, ce que tu peux être con, ce soir.”

Oh, Barney, espèce de salaud. Quand je m'efforce de reconstituer cette époque-là, je bénis les défaillances de ma mémoire. Certains épisodes glissent sur moi comme l'eau sur les plumes d'un canard. Des incidents gênants. Des petits remords. Boogie est venu en avion de Las Vegas, où il avait eu un peu de chance, pour une fois, afin d'être mon garçon d'honneur. Il a rencontré ma fiancée deux jours avant la cérémonie et nous avons mangé ensemble, lui et moi, un soir où j'aurais dû être au Maple Leaf Gardens de Toronto pour voir les Canadiens battre les Leafs trois à deux et prendre une avance de trois parties contre une en finale de la Coupe Stanley. Et quelle partie ! Tirant de l'arrière par un à zéro en troisième période, le *bleu, blanc, rouge** a marqué trois fois en un peu plus de six minutes : Backstrom, McDonald et Geoffrion.

“Ne fais pas ça, Barney, s'il te plaît, m'a supplié Boogie. On termine nos cognacs, puis on fonce à l'aéroport et on attrape le premier vol pour le Mexique, l'Espagne, n'importe où.

– Voyons donc, ai-je répondu.

– Elle est séduisante, c'est indéniable. Une femme pulpeuse. Contente-toi d'une aventure. On pourrait être à Madrid demain. On mangera des tapas dans une de ces ruelles autour de la Plaza Mayor. Du *cochinillo asado* à la Casa Botín.

– Merde, Boogie, je ne peux pas partir pendant la finale de la Coupe Stanley.”

Le cœur lourd, je lui ai fait voir les deux billets dans les rouges – de très bonnes places – que je m'étais procurés pour le prochain match, disputé à Montréal. *La partie aurait lieu le soir de mes noces.* En l'emportant, les Canadiens gagneraient leur quatrième Coupe Stanley d'affilée ; exceptionnellement, j'ai prié pour qu'ils perdent, ce qui me permettrait, en différant notre voyage de noces, d'assister à ce qui serait sûrement la victoire décisive.

"Si, après le souper, je m'absentais pendant une petite heure pour voir la troisième période au Forum, ça la dérangerait, tu crois ? ai-je demandé à Boogie.

– Les jeunes mariées ont tendance à être chatouilleuses sur ce genre de questions, a-t-il répondu.

– Ouais, j'imagine que tu as raison. C'est bien ma chance, hein ?"

Le soir du souper dansant donné pour son anniversaire de mariage, Irv Nussbaum était radieux.

"Tu as vu la *Gazette* de ce matin ? Des types ont chié sur les marches de la synagogue B'nai Jacob. Mon téléphone n'arrête pas de sonner. Super, non ?" Puis il m'a décoché un clin d'œil et un coup de coude. "Si vous dansez encore plus collés, elle et toi, je vais devoir vous retenir une chambre à l'hôtel."

Sur la piste de danse, ma future épouse, coquine, voluptueuse, embaumant tout ce qui sent bon, n'a rien fait pour m'obliger à desserrer mon étreinte. "Mon père nous regarde", a-t-elle dit en se blottissant contre moi.

Tête chauve qu'on eût dite lustrée. Moustache cirée. Lunettes à monture dorée. Sourcils broussailleux. Petits yeux bruns au regard perçant. Joues flasques. Large ceinture enserrant un ventre prospère. Bouche ridicule en bouton de rose. Aucune chaleur dans le sourire mesuré qu'il arborait en fondant sur notre table. C'était un promoteur immobilier. Titulaire d'un diplôme en génie de McGill, il construisait des tours de bureaux en forme de boîtes à biscuits et des immeubles résidentiels semblables à des ruches.

"On ne nous a pas présentés, a-t-il dit.

– Il s'appelle Barney Panofsky, papa."

J'ai accepté la petite main molle et moite qu'il me tendait.

“Panofsky ? Panofsky ? Je connais votre père ?

– Non, à moins que tu n’aies déjà été arrêté sans que je sois au courant, papa.

– Mon père est inspecteur-détective.

– Ah bon ? Vous m’en direz tant. Et comment gagnez-vous votre vie ?

– Je suis producteur télé.

– Tu te rappelles la publicité pour la bière Molson, celle qui est si tordante ? Celle qui te fait rire à tous les coups ? C’est Barney qui l’a produite.

– Eh bien, eh bien, eh bien. Le fils de M. Bernard est assis avec nous, ma chérie, et il aimerait bien danser avec toi, mais il est trop timide pour t’inviter, a-t-il dit en prenant fermement le bras de sa fille. Vous connaissez les Gursky, monsieur…

– Panofsky.

– Nous sommes bons amis. Allez, viens, mon trésor.

– Non”, a-t-elle dit en libérant son bras et en me tirant de ma chaise pour m’entraîner de nouveau sur la piste de danse.

La soupe de fausse tortue, ça vous dit quelque chose ? Eh bien, le père de la mariée s’est révélé le parfait exemple du faux wasp juif. Des pointes de sa moustache cirée jusqu’au bout de ses richelieus. La plupart du temps, il s’attifait en complet à rayures, avec un gilet jaune canari rehaussé d’une chaîne et d’une montre de gousset en or. Pour ses séjours à la campagne, il se munissait d’une canne en malacca et, quand il faisait un dix-huit trous avec Harvey Schwartz, il portait une culotte de golf bouffante. À l’occasion des réceptions données dans sa grande demeure de Westmount, il privilégiait une veste d’intérieur en velours magenta avec des pantoufles assorties et passait son temps à frotter ses lèvres humides du bout de son index, comme perdu dans la contemplation de graves problèmes philosophiques. Son insupportable épouse, affublée d’un pince-nez, agitait une clochette chaque fois que les convives étaient prêts à passer au service suivant. La première fois que j'ai mangé chez mes futurs beaux-parents, elle a corrigé ma façon de tenir ma cuillère à soupe. M'indiquant la bonne méthode, elle a dit : "C'est la cuillère qui vient à la bouche..."

Naturellement, ces dames prenaient le café au salon, tandis que ces messieurs, s'attardant à table, avaient droit au porto, la carafe circulant vers la gauche. M. le Faux Wasp annonçait alors un sujet méritant qu'on en débatte : "George Bernard Shaw a un jour déclaré..." ou : "H. G. Wells prétend que... Que vous en semble-t-il, messieurs ?"

Le vieil imbécile, bien sûr, trouvait plein de choses à redire à mon sujet. En toute justice, il était un de ces pères possessifs qui se seraient indignés que leur fifille se fasse tringler par quiconque, même par un Gursky, c'est dire. Nous n'en étions pas encore là, la future Deuxième Mme Panofsky et moi, remarquez. Se plaignant de moi à sa fille, il a dit : "Il parle avec ses mains." Trait qu'il considérait comme compromettant. *Très** israélite.

"Je t'interdis de le revoir.

– Ouais ? Puisque c'est comme ça, je pars. Je loue un appartement."

Où le pauvre homme s'est imaginé sa précieuse fille déshonorée matin, midi et soir. "Non ! s'est-il récrié. Tu ne t'en iras pas. Je t'autorise à le voir. Mais le devoir paternel me commande de te prévenir que tu commets une grave erreur. Il vient d'un autre *monde**."

En l'occurrence, il avait raison de s'opposer au mariage de sa fille avec une canaille comme moi, mais il s'est gardé de toute ingérence, par crainte de la perdre pour de bon. Me convoquant dans sa bibliothèque, il m'a dit :

"Je ne ferai pas semblant d'être enchanté par la tournure des événements. Vous êtes issu d'une famille d'illustres inconnus, vous n'avez pas d'éducation et vous êtes engagé dans une activité professionnelle vulgaire. Mais lorsque ma fille et vous serez unis par les liens du mariage, mon excellente épouse et moi n'aurons d'autre choix que de vous accepter comme un des nôtres, ne fût-ce que pour le bien de notre enfant bien-aimée.

– Qu'en termes galants ces choses-là sont mises, ai-je répliqué.

– Quoi qu'il en soit, j'ai une requête à formuler. Mon excellente épouse, comme vous le savez, a été l'une des premières Juives à décrocher un diplôme de McGill. Promotion de 1922. Elle a été la présidente de la Hadassah et son nom figure dans le livre d'or de monsieur le maire. Notre Premier ministre l'a félicitée personnellement pour son travail auprès des enfants britanniques envoyés ici lors du dernier conflit mondial..."

Oui, mais seulement après qu'il eut écrit au cabinet du Premier ministre pour le supplier d'envoyer cette lettre d'appréciation, désormais encadrée et accrochée dans leur salon.

"... c'est une dame très délicate et je vous serais reconnaissant, à l'avenir, de bien vouloir vous abstenir, à notre table, d'émailler votre conversation de jurons. C'est une demande raisonnable pour un homme comme vous, n'est-ce pas ?"

Avec le recul, je me rends compte que le vieux n'avait pas que des défauts. Ayant servi dans le Corps blindé avec le grade de capitaine, il avait été cité à deux reprises dans les dépêches. Voyons les choses en face. L'acerbe vérité, c'est que bon nombre de ceux dont se moquent les progressistes dans mon genre – les colonels de l'armée, les crétins des écoles privées, les golfeurs de banlieue, les amateurs de banalités, les pédants imbuvables – ont fait la guerre de 1939 et sauvé la civilisation occidentale, tandis qu'Auden, soi-disant commando antifasciste, a fui aux États-Unis quand les barbares étaient à nos portes[1].

1. Pendant que je révisais le manuscrit de mon père, me limitant à rectifier les faits et à fournir des noms, des lieux et des dates lorsque

La réputation de l'entreprise de mon beau-père était irréprochable. C'était un mari fidèle et un père aimant. Atteint d'un cancer un an seulement après notre mariage, il s'est comporté avec dignité durant ses derniers mois, aussi stoïque que les héros de G. A. Henty qu'il admirait tant. Hélas, mes relations avec M. et Mme les Faux Wasp étaient parties du mauvais pied. Prenez par exemple ma première rencontre avec ma future belle-mère, à l'occasion d'un dîner *à trois** dans les jardins du Ritz, organisé par ma fiancée. La veille, pleine d'appréhension, elle avait passé des heures à me préparer.

"Tu ne dois pas commander plus d'un verre avant le repas.

– Entendu.

– Et, surtout, ne sifflote pas à table. *Tu ne dois sous aucun prétexte siffloter à table.* Elle ne le supporte pas.

– Je n'ai jamais siffloté à table de toute ma vie."

---

sa mémoire lui faisait défaut, je lisais le mémoire que Peter Vansittart consacre au Londres d'après-guerre, *In the Fifties* (John Murray, Londres, 1995). À la page 29, je suis tombé sur le passage suivant :

> En 1958, un colonel poussiéreux, à propos de qui nous disions qu'il avait perdu une jambe à Mons, une autre à Ypres, une troisième dans la Marne, et le reste de son esprit dans la Somme, m'avait apostrophé en ces termes : "Ton M. Auden ne porte pas Hitler dans son cœur, d'accord, mais se joindra-t-il à moi pour combattre cette abomination ?" Bon nombre de ceux qu'Auden avait tournés en ridicule – les colonels, les attardés des écoles privées, les golfeurs de banlieue, les amateurs de lieux communs, les pédants aussi romantiques que ridicules – ont sauvé la civilisation occidentale. J'ai dû renoncer à voir en Auden un commando antifasciste, lui qui avait décampé aux États-Unis alors que les barbares étaient à nos portes.

Loin de moi l'idée d'ajouter le plagiat aux nombreux péchés de mon père. Je préfère donner raison à Kate, pour qui il s'agit d'une erreur commise de bonne foi. "Sans doute, a-t-elle dit en examinant ses fiches cartonnées, papa s'est-il approprié une pensée de Vansittart en croyant transcrire une de ses propres remarques."

Les choses ont mal commencé. Mme la Fausse Wasp était mécontente de la table qu'on nous avait attribuée. “J'aurais dû demander à mon mari de s'occuper de la réservation”, a-t-elle déclaré.

Les débuts ont été pénibles, la conversation hachée. Mme la Fausse Wasp m'a mis en rogne avec ses questions sur ma famille, mon passé, ma santé et mes perspectives d'avenir, auxquelles elle exigeait des réponses immédiates. Mais j'ai finalement réussi à nous guider vers un terrain plus sûr : le décès de Cecil B. DeMille, le jeu remarquable de Cary Grant dans *La Mort aux trousses*, la tournée imminente du Bolchoï. En fait, mon comportement a été exemplaire, quatre étoiles, jusqu'à ce qu'elle raconte qu'elle avait adoré *Exodus* de Leon Uris. Sans crier gare, je me suis mis à siffloter l'air de *Dixie.*

“*Il siffle à table.*

– Qui ça ? ai-je demandé.

– Vous.

– Mais je n'ai… Merde. Vraiment ?

– Il ne l'a pas fait exprès, mère.

– Toutes mes excuses”, ai-je dit.

Mais, quand le café a été servi, j'étais si nerveux que j'ai sifflé les premières notes de *Lipstick on Your Collar*, un des tubes de l'année, avant de m'arrêter abruptement.

“Je tiens à payer une partie de l'addition, a dit ma future belle-mère en se levant.

– Barney ne le permettra pas.

– Nous venons souvent ici. On nous connaît. Mon mari laisse toujours un pourboire de douze pour cent et demi.”

Peu après est venu le jour tant redouté où j'ai dû présenter mon père à mes futurs beaux-parents. À l'époque, ma mère n'était déjà plus dans le coup (elle ne l'a jamais vraiment été, remarquez). Elle dépérissait dans une maison de santé, son esprit à la dérive. Les murs de sa chambre étaient tapissés de photos de George Jessel, Ish Kabibble, Walter Winchell, Jack Benny, Charlie

McCarthy, Milton Berle et des Marx Brothers : Groucho, Harpo et, vous savez bien, l'autre[1]. Je l'ai sur le bout de la langue. Bon, peu importe. La dernière fois que je suis allé la voir, ma mère m'a dit qu'un préposé avait tenté de la violer. Elle m'a appelé Shloime, le prénom de son frère décédé, et je lui ai fait manger de la crème glacée au chocolat (sa préférée) à même le pot en lui donnant l'assurance qu'elle n'était pas empoisonnée. Le docteur Bernstein m'a dit qu'elle souffrait de la maladie d'Alzheimer, mais que je ne devais pas m'inquiéter, car ce n'était pas nécessairement héréditaire.

En prévision de la visite de M. et Mme les Faux Wasp chez moi, j'ai tracé un *S* au stylo dans ma main pour me souvenir de ne pas siffloter. J'ai acheté des livres appropriés et je les ai placés çà et là : le dernier Harry Golden, une biographie de Herzl, le nouveau Herman Wouk, un album photo sur Israël. J'ai couru aux Délices acheter un gâteau au chocolat. J'ai rempli la corbeille à fruits. J'ai caché l'alcool. J'ai déballé un service de vaisselle hideux acheté le matin même et mis la table pour cinq, serviettes en lin comprises. J'ai passé l'aspirateur. Retapé les coussins du canapé. Certain que la mère de la future Deuxième Mme Panofsky trouverait un prétexte pour aller fouiner dans ma chambre, j'en ai inspecté chaque pouce, à la recherche de poils autres que les miens. Puis je me suis brossé les dents une troisième fois dans l'espoir de masquer l'odeur du scotch. M. et Mme les Faux Wasp, accompagnés de leur fille, avaient déjà pris place au salon lorsque mon père est enfin arrivé. La mise d'Izzy était impeccable, vu qu'il portait les vêtements que je lui avais choisis chez Holt Renfrew, mais, dans un petit acte de rébellion, il avait ajouté une touche personnelle. Il arborait son élégant feutre mou avec, glissée sous le

1. Chico. Il y avait un quatrième frère, Zeppo, qui a joué dans plusieurs films.

galon, une aigrette multicolore ridicule, si grande qu'elle aurait pu servir de plumeau. Empestant l'Old Spice, il était d'humeur à se remémorer l'époque où il patrouillait dans le Quartier chinois.

"On était jeunes et pas trop stupides, nous autres, ça fait qu'on a vite appris quelques chinoiseries. On les regardait trafiquer du toit des édifices. On savait quand ils avaient fumé parce qu'ils accrochaient des couvertures mouillées dans la rue, à cause de l'odeur. Tu m'sers un scotch, Barney ? a-t-il dit en repoussant sa tasse de thé.

– Je ne sais pas si j'en ai, ai-je répondu en lui lançant un regard noir.

– Ouais, comme y a pas de charbon à Newcastle, s'est-il écrié en prononçant le *t*, et pas de neige au Yukon !"

Je suis donc allé chercher un verre et une bouteille.

"Et toi ? Tu bois pas, cet après-midi ?

– Non.

– *L'chaim*", a dit Izzy en sifflant son verre. J'avais pour ma part le gosier sec.

"Y avait des filles mouillées jusqu'au cou dans leur trafic. Pour ça, ouais... Christ... Prenez la famille canadienne-française moyenne. Je sais pas aujourd'hui, mais, dans le temps, les Canadiens français, y faisaient dix, quinze enfants, vous savez, et ils avaient rien à manger, alors ils emmenaient les filles là, en bas, une venait avec une autre, et quand on faisait une descente, vous savez, on trouvait quatre, cinq Chinois avec quatre, cinq filles, Christ, ils leur donnaient même de la drogue. Il y avait pas mal d'opium, dans ce temps-là. Je vous parle de 1932, là, à l'époque où tout le corps de police avait une seule auto, une Ford à deux places."

Izzy s'est arrêté le temps de se taper sur les cuisses.

"Quand on attrapait deux escrocs, on leur passait les menottes et on les étendait sur le capot puis, *vroum, vroum*, on se mettait en route. Ils restaient affalés là, comme des chevreuils, vous savez, quand on va à la chasse.

– Mais le moteur était en dessous, non ? a demandé ma future. Ce n'était pas un peu chaud ?

– On allait pas très loin. Rien qu'au quartier général. De toute façon, je sentais rien, moi, a dit Izzy en riant. C'est eux autres qu'étaient sur le capot.

– À la réflexion, ai-je dit sans oser regarder mes futurs beaux-parents, je vais peut-être m'offrir un petit verre, moi aussi."

J'ai tendu la main vers la bouteille.

"Tu es sûr, mon chéri ?

– J'ai l'impression de couver un rhume."

Izzy s'est raclé la gorge et a propulsé une grosse glaire dans l'une de mes serviettes en lin. En plein dans le mille. Interpellé par le tintement de sa tasse de thé, j'ai glissé un coup d'œil à ma future belle-mère.

"On arrêtait un gars, pis on l'emmenait en bas pour le cuisiner, si vous voyez où je veux en venir.

– Vous ne soumettiez tout de même pas les suspects à des violences gratuites, inspecteur Panofsky ?"

Izzy semblait froissé.

"Gratuites ?

– Inutiles, ai-je expliqué.

– Pas de maudit danger, monsieur. La violence, je la cautionne. Je la cautionne sans réserve. Mais, vous savez, c'est la nature humaine qui veut ça. Un jeune, vous lui donnez du pouvoir, il bouscule un peu son prochain, on peut rien faire. Mais quand j'étais jeune, moi, j'ai rien fait de tel parce que je m'appelais Panofsky.

– Mais comment vous y preniez-vous pour faire parler les suspects, inspecteur ? a demandé mon futur beau-père en regardant fixement sa fille, comme pour lui dire : 'Tu es sûre de vouloir t'unir à une famille comme celle-là ?'

– J'avais mes trucs.

– Comme le temps passe ! me suis-je écrié en fixant ma montre avec insistance. Il est presque six heures.

– On leur explique la situation. Pis s'ils refusent de parler, on les emmène en bas.

– Et ensuite, inspecteur ?

– Ben, on met le gars dans une pièce, on claque la porte et on commence à lancer des chaises. Pour qu'il chie dans son froc, vous comprenez. Je lui écrabouille peut-être les orteils par accident. Parle ! que je lui crie.

– Et si, d'aventure, c'était une femme que vous emmeniez en bas ?

– Ben, je me souviens pas – je vous le dis sincèrement –, je me souviens pas d'avoir frappé une femme, l'occasion s'est jamais présentée, mais quand on avait affaire à un dur, dans bien des cas, je pourrais vous raconter…

– Tu me passes la bouteille, papa, s'il te plaît ?

– Est-ce bien raisonnable, mon chéri ?

– Laissez-moi vous donner un autre exemple. En 1951, c'était. Je me suis aperçu que, sur l'avenue du Parc, des futurs rabbins, avec leur grosse barbe, se faisaient taper dessus par des voyous, devant leur école. Rien que parce qu'ils étaient juifs, hein ? Ces voyous, quand ils nous voient, vous pis moi, ils doutent un peu parce qu'on n'a pas l'air trop juifs et qu'on se comporte pas comme des Juifs, mais quand ils voient un gars tout costumé, vous savez… Bon, ben, leur chef, un Hongrois, une brute à peine débarquée du bateau, se fait prendre et je l'emmène au poste 17 pour un petit tête-à-tête. Il porte des bottes, vous savez, ces longues bottes, un dur de dur, je ferme la porte. Je lui demande c'est quoi, son nom. Je me fous de tout le monde, qu'il dit avec cet accent qu'ils ont. Son anglais ressemble à rien. Alors je lui en secoue une bonne, monsieur. Il s'écrase par terre. Il tombe dans les pommes. Jésus-Christ. J'ai cru qu'il allait crever. Je lui donne les premiers soins. Vous savez à quoi je pense à ce moment-là ? Imaginez… UN POLICIER JUIF TUE UN… Si le gars se relève pas… Alors j'appelle une ambulance vite vite et on vient à bout de le réveiller, pis…"

Tandis qu'Izzy s'essuyait la bouche du revers de la main, prêt à donner un autre exemple, j'ai décidé de prendre les grands moyens. J'ai commencé à siffloter. Mais cette fois, par déférence pour ma belle-mère, quelque chose de culturel, *La donna è mobile*, un air de *Rigoletto.* Initiative qui a fait fuir dans l'instant mes futurs beaux-parents et ma fiancée. Après leur départ précipité, Izzy a dit :

"Hé ! Félicitations, c'est du bon monde. Des personnes sympathiques, futées. J'ai aimé ça, leur parler. Comment je m'en suis sorti, tu penses ?

– Je pense qu'ils ne risquent pas de t'oublier de sitôt.

– Content que tu m'aies fait venir pour les observer de proche. J'ai pas été dans la police pendant toutes ces années pour rien. Y sont riches à craquer. Ça se voit. Exige une dot, fiston."

5

Hé la la, en voici une pas piquée des vers, lue dans le *Globe and Mail* de ce matin.

Probation pour une femme "dévouée"
ayant tué son mari

S'occuper d'un homme malade après quarante-neuf ans
de mariage : un "fardeau intolérable"

Une épouse dévouée âgée de soixante-quinze ans qui a tué son mari gravement malade, peu avant leurs noces d'or, a été remise en liberté hier par la Haute Cour d'Édimbourg.

La pauvre chérie a été condamnée à deux ans de sursis en liberté surveillée pour avoir étouffé son mari avec un oreiller, à la maison, en juin dernier, avant de tenter de s'enlever la vie avec des médicaments. Selon la preuve entendue par le tribunal, son mari et elle ont formé, pendant quarante-neuf ans, un "couple dévoué et aimant". Mais les soins qu'exigeait le mari, cet ingrat, depuis qu'il avait subi un infarctus foudroyant et souffrait d'insuffisance rénale aiguë, avaient fait sombrer sa femme dans la dépression. *Tss-tss*. L'avocat[1] a déclaré

1. Équivalence approximative. En Écosse, on parle plutôt d'*advocate* et, depuis une modification législative récente, de *solicitor-advocate*.

que la prise en charge du mari était "un fardeau de plus en plus intolérable". Le soir du meurtre, a-t-il ajouté, quand le mari s'est levé de son lit, elle lui a ordonné de se recoucher. Devant son refus, elle l'a giflé, il est tombé et elle l'a étouffé en pressant un oreiller contre son visage. Le lord juge-greffier s'est déclaré convaincu que, dans ce cas particulier, une peine d'emprisonnement était contre-indiquée. "C'est une affaire tragique, a-t-il déclaré. Vous vous êtes retrouvée face à une situation au-dessus de vos forces : vous étiez surmenée et souffriez des effets de cette maladie mentale qu'est la dépression."

Cette poignante histoire d'un amour sincère qui déraille entre deux représentants de l'âge d'or m'a fait penser à un de mes rares amis septuagénaires encore en vie. Dans l'après-midi, je me suis donc arrêté à Westmount Square pour acheter des chocolats belges et je suis passé voir Irv Nussbaum qui, bien qu'âgé de soixante-dix-neuf ans, est plus fringant que jamais et toujours un pilier de notre communauté. Irv, que Dieu le bénisse, s'indignait vertement du sort réservé à notre peuple, mais c'était le référendum imminent qui le préoccupait par-dessus tout. La veille encore, le porte-parole le plus virulent de la Fouine nous avait prévenus, nous, *les autres** : si nous votions Non en bloc, nous serions punis.

"Bonne nouvelle, a affirmé Irv. Ce crétin a sans doute poussé mille Juifs supplémentaires à boucler leurs valises. Je lui en suis reconnaissant. Si seulement ils optaient pour Tel-Aviv plutôt que pour Toronto ou Vancouver...

– Que va-t-on faire de toi, Irv ? Tu es un vieil incorrigible.

– Tu te rappelles notre jeunesse ? Les *pepsis* défilaient boulevard Saint-Laurent en criant 'Mort aux Juifs' et *Le Devoir* semblait s'inspirer des idées de Julius Streicher. Tu te souviens de l'époque où il y avait des hôtels interdits aux Juifs partout dans les Laurentides ? Un Juif ne pouvait même pas trouver du travail comme caissier de banque, sans parler d'épouser une fille non juive. Nous étions assez débiles pour nous plaindre. Nous avons combattu âprement la discrimination. Mais, avec le recul, on se rend compte que c'était une bénédiction, cet antisémitisme, du moins pour ceux qui se soucient autant que moi d'Israël et de la survie des nôtres.

– On devrait réintroduire les pogroms, tu ne penses pas ?

– Ha ! ha ! ha ! Je ne plaisante pas, moi. Maintenant qu'on nous accepte, qu'on nous accueille même à bras ouverts presque partout, les jeunes n'hésitent plus à épouser une *shiksa.* Regarde autour de toi, tu veux ? De nos jours, des Juifs siègent aux conseils d'administration des banques, à la Cour suprême, même au Conseil des ministres à Ottawa. Harvey Schwartz, le lèche-cul des Gursky, est sénateur. À cause de l'Holocauste, l'antisémitisme est passé de mode. Ah, le monde moderne est sens dessus dessous. Il n'y a plus d'ivrognes, à présent, seulement des malades. Tu assassines tes parents en leur faisant sauter la cervelle, comme ces deux jeunes Californiens, et on déclare que tu as besoin de compréhension. Tu tranches la gorge de ta femme et tu t'en sors sans une tache à ton dossier, à condition d'être noir. Afro-américain, toutes mes excuses. Les homosexuels exigent d'être mariés par des rabbins. Autrefois, c'était l'amour qui n'osait pas dire son nom. Tu sais ce qui n'ose pas montrer sa face au soleil, désormais ? L'antisémitisme. Écoute-moi bien, mon vieil ami : nous n'avons pas survécu à Hitler pour que nos enfants s'assimilent et que le peuple juif disparaisse. Au fait, tu penses que Duddy Kravitz va réussir à éviter la prison, ce coup-ci ?

– Difficile de prouver un délit d'initié."

La dernière fois que j'étais tombé sur Duddy, accompagné de sa secrétaire, une sacrée bimbo, c'était à l'aéroport de Toronto.

"Hé, Panofsky, tu vas à Londres ? On s'assoit ensemble.

– En fait, je me rends à New York pour prendre le Concorde, ai-je répondu en me hâtant d'ajouter que c'était MCA qui payait le billet.

– Tu penses que j'ai pas les moyens de m'offrir le Concorde ? *Shmuck.* Je l'ai pris et j'ai pas aimé ça. À bord du Concorde, y a que des millionnaires. D. K., lui, aime voyager en première classe à bord d'un 747 au départ de Montréal. Je me promène parmi les passagers en classe club et en classe économique pour que les petites merdes qui me regardaient de haut voient que j'ai réussi et qu'ils s'étouffent avec."

Irv a poursuivi : "J'espère même que, cette fois-ci, leur maudit Parti québécois va le gagner, le référendum. Comme ça, les Juifs qui traînent encore ici vont avoir la peur de leur vie. Seulement, je veux qu'ils partent pour Tel-Aviv, Haïfa ou Jérusalem. Oui. Avant qu'Israël soit envahi par les Noirs éthiopiens ou les nouveaux immigrants russes, dont la plupart ne sont même pas juifs. Tu te rends compte ? Sept cent cinquante mille immigrants russes. Israël risque bientôt de devenir un pays *goyishe* comme un autre. Mais ça n'empêche pas les Israéliens d'être les seuls antisémites encore dignes de ce nom. Voyons les choses en face : ils détestent les Juifs de la diaspora. Tu oses prononcer un mot de yiddish ? Pour un peu, ils te jetteraient aux ordures. 'Oh, vous êtes sûrement un de ces Juifs du ghetto.' Moi qui recueille des fonds depuis belle lurette, j'ai dû grappiller quelque chose comme cinquante millions de dollars pour Israël. Mais quand je vais là-bas, on me dit que je suis un mauvais Juif parce que mes enfants ne se sont pas établis au pays et ne se battent pas sur la ligne de front."

Entrée dans *Le Livre des ironies* de la famille Panofsky :

Ma première épouse, Clara, se moquait éperdument des autres femmes et connaît une gloire posthume en tant qu'icône du féminisme. Quant à la Deuxième Mme Panofsky, cette *yenta* convaincue que je devrais être condamné pour meurtre, elle est à présent une militante féministe. Je la surveille de près et j'ai appris que, pour la Pâque, elle se joint à six autres épouses délaissées, véritables Boadicée des temps modernes, pour célébrer le *séder* entre femmes. Elles commencent par trinquer à la santé de la Shekina, le principe féminin de Dieu, selon la kabbale. Soulevant l'assiette de *matzas*, elles psalmodient :

Voici le plateau du séder.
Le plateau est plat. La femme est plate, comme un plateau,
Plate dans le relief de l'histoire...

Elles enchaînent :

Pourquoi, en cette nuit, nos mères
étaient-elles amères ?
Parce qu'elles faisaient tout,
sauf le rituel. Elles servaient,
mais ne dirigeaient rien. Elles lisaient l'histoire
de leurs pères, mais pas celle de leurs mères.

Selon les amazones qui participent à ce simulacre de Haggada, Miriam, la sœur de Moïse, a été injustement traitée. Où, dans l'Exode, le récit du puits de Miriam figure-t-il ? Il a été coupé au montage, voilà. Mais, selon la légende rabbinique, c'est en l'honneur de Miriam qu'un puits d'eau douce a suivi les enfants d'Israël dans le désert. Quand Miriam est morte, le puits s'est asséché et a disparu.

La fille du rabbin Gamaliel a déclaré : “La colère fait partie de notre héritage. Dans le désert, Miriam et Aaron ont demandé : ‘Est-ce donc à Moïse seul que le Seigneur a parlé ? Ne nous a-t-il pas parlé à nous aussi ?’ Le Seigneur est passé parmi eux et a laissé Miriam blanche de lèpre mais Aaron indemne. Miriam a été punie comme une vilaine fille : son père lui a craché au visage et l'a chassée de la tente pendant sept jours, jusqu'à ce qu'elle soit pardonnée."

Miriam, Miriam, élue de mon cœur. Je crache au visage de Blair, mais jamais au tien.

C'est aujourd'hui l'anniversaire de Miriam. Son soixantième. Si elle vivait encore avec moi, elle aurait eu droit au déjeuner au lit, ce matin. Champagne Roederer Cristal. Caviar de béluga, sans oublier soixante roses à longue tige et de la lingerie en soie, élégante mais coquine. Peut-être le collier de perles hors de prix que j'ai vu chez Birks. Herr Doktor Professor Hopper va plutôt se fendre d'une trousse antipollution, j'imagine. On encore d'une paire de chaussures confortables, fabriquées sans cuir animal. Non, ça y est, je l'ai. Il va lui offrir un disque de chants de baleines. Ha ! ha ! ha !

J'avais rendez-vous à midi pour déjeuner, mais j'ai été incapable de me souvenir où et avec qui, et je n'ai pas osé téléphoner à Chantal pour lui poser la question. Elle se méfie déjà assez de mes trous de mémoire occasionnels, qui n'ont pourtant rien d'inquiétant. Chez les personnes de mon âge, c'est fréquent. J'ai donc plutôt téléphoné au Mas des Oliviers pour demander si j'avais réservé une table. Non. Pareil à l'Express et au Ritz. Puis Chantal m'a appelé.

"C'est pour vous rappeler que vous avez rendez-vous, ce midi. Vous vous souvenez où ?

– Bien sûr que oui. Ne sois pas impertinente.

– Et avec qui ?

– Tu te rends compte que je peux te mettre à la porte du jour au lendemain ?

– C'est avec Norman Freedman, chez Moishes, à une heure. À moins que je ne mente et que ce ne soit avec ma mère chez Gautier. Mais comme vous vous en souvenez, il n'y a pas de problème. Au revoir."

Norman Freedman était au nombre des quelque deux cents invités à ma réception de mariage à l'hôtel Ritz-Carlton. Smokings, robes longues. Boogie défoncé, moi soûl, d'humeur massacrante parce que j'aurais préféré être assis dans les rouges au Forum. Merde, merde, merde. Les Canadiens risquaient de gagner sans moi leur quatrième Coupe Stanley d'affilée. Rien à faire, pourtant. Lorsque j'avais pris conscience du conflit d'horaire, il était trop tard pour reporter la cérémonie. N'oubliez pas que le *Club de hockey canadien** de 1959 a été l'une des plus grandes équipes de tous les temps. Voyez par vous-mêmes : Jacques Plante devant la cage, Doug Harvey, Tom Johnson et Jean-Guy Talbot à la ligne bleue et, à l'avant, Maurice et Henri Richard, Bernie Geoffrion, Dickie Moore, Phil Goyette, Ab McDonald et Ralph Backstrom. Hélas, en finale, les Canadiens étaient privés de leur meilleur joueur : le grand Jean Béliveau, qui avait fait une vilaine chute lors de la demi-finale contre Chicago, était sur le carreau jusqu'à la fin de la saison.

Dès que nous avons été déclarés mari et femme, j'ai embrassé la nouvelle mariée et foncé vers le bar.

"Le score ?

– Mahovlich a eu une pénalité pour charge avec la crosse il y a deux ou trois minutes et Backstrom a marqué[1]. Un à zéro donc, mais on est encore tôt en première période. L'absence de Béliveau se fait vraiment sentir", a répondu le barman.

Je me sentais mal à l'aise parmi tant d'inconnus au Ritz, ce qui n'arrangeait en rien mon humeur. Puis tout a basculé. Pour toujours. "À l'autre bout d'une salle pleine de monde", comme le disait Howard Keel[2] dans la chanson, est apparue la femme la plus enchanteresse

1. Assisté par Geoffrion et Moore à 4'12.

2. En fait, c'était Ezio Pinza dans *South Pacific*, spectacle qui a tenu l'affiche à Broadway pendant quatre ans et neuf mois.

que j'aie vue de ma vie. Elle avait de longs cheveux aussi noirs que l'aile d'un corbeau, des yeux bleu vif et la peau ivoire. Mince, vêtue d'une robe de cocktail à volants en mousseline de soie bleue, elle bougeait avec une grâce ahurissante. Oh, son visage d'une incomparable beauté ! Ah, ses épaules dénudées ! À sa vue, mon cœur a chaviré.

"Qui est la femme avec qui Myer Cohen discute ? ai-je demandé à Irv.

– Tu n'as pas honte ? Tu es marié depuis une heure à peine et déjà tu en reluques une autre ?

– Ne sois pas ridicule. Je suis curieux, rien de plus.

– Je ne me rappelle plus comment elle s'appelle, a répondu Irv. Tout ce que je sais, c'est que Harry Kastner s'est essayé avec elle, il y a environ une demi-heure. J'ignore ce qu'elle lui a dit, mais il est devenu tout blême. Elle ne mâche pas ses mots, celle-là. Depuis la mort de ses parents, elle vit à Toronto."

Absolument exquise, elle se tenait seule, mais sur ses gardes, désormais. Une fois Myer Cohen dûment rembarré, un autre prétendant était allé lui chercher une coupe de champagne. En me voyant la regarder fixement, puis m'avancer vers elle, elle a baissé ses yeux bleus à vous damner, puis elle s'est détournée et s'est mêlée à un groupe dont faisait partie Terry McIver, ce salaud. Je n'étais pas le seul à l'avoir à l'œil. Plusieurs épouses, que ce soit des maigrichonnes au dos squelettique ou des gros boudins engoncés dans leur corset, la détaillaient d'un air réprobateur. Puis la Deuxième Mme Panofsky, qui venait tout juste de finir une danse avec Boogie, s'est avancée vers moi.

"Ton ami est un homme si mélancolique, si vulnérable, a-t-elle dit. J'aimerais bien que nous fassions quelque chose pour lui.

– Il n'y a rien à faire.

– Je pense que tu devrais aller dire un mot à ton ami McIver. Il a l'air un peu perdu, ici.

– Qu'il aille se faire foutre.

– Chut. *Mon grand-père est assis à la table derrière nous.* Tu ne l'as pas invité, McIver ?

– Terry assiste à tous mes mariages.

– Tiens, c'est gentil, ça. Vraiment. Pourquoi tu ne t'offrirais pas un autre verre ? Ton père a déjà trop bu. S'il se lance dans un de ses récits, ma mère va mourir de honte.

– Dis-moi, qui est la femme que ce foutu Gordon Lipschitz est en train de draguer ?

– Oh, celle-là ? Oublie-la. Tu n'es pas assez bien pour elle, don Juan. Tu veux bien t'occuper de ton père, maintenant ? Et mets ça dans ta poche.

– Qu'est-ce que c'est ?

– Un chèque de cinq cents dollars de la part de Lou Singer. Je ne voudrais surtout pas t'enquiquiner, mais je pense vraiment que tu as assez bu.

– Comment ça, je ne suis pas assez bien pour elle ?

– Disons que, si j'avais su qu'elle entendait nous honorer de sa présence, j'aurais fait dérouler le tapis rouge. Ne me dis pas que tu la trouves attirante, au moins.

– Absolument pas, ma chérie.

– Je gage qu'elle chausse du neuf et demi et, même là, elle a les orteils tout écrabouillés. Elle s'appelle Miriam Greenberg. Nous avons étudié ensemble à McGill. Mademoiselle avait une bourse d'études, une chance parce que, sinon, elle aurait eu du mal à payer les frais de scolarité. Son père était tailleur et sa mère faisait du travail à la pièce pour une couturière. Elle ne se prend pas pour n'importe qui, c'est moi qui te le dis. Pourtant, elle a été élevée dans un de ces appartements sans eau chaude de la rue Rachel. Mon oncle Fred, qui en possédait plusieurs, avait coutume de dire qu'il aurait été plus facile de tirer de l'eau d'une pierre que de percevoir le loyer de certains de ses locataires. Ils risquaient à tout moment de déguerpir en pleine nuit et ça ne valait pas la peine de les poursuivre. Oncle Fred m'adorait. Il répétait toujours : 'Je vais te kidnapper, un de ces jours.' Les garçons de la fraternité voulaient que Miriam Greenberg soit la reine du Carnaval d'hiver. Dieu sait pourtant qu'elle n'a rien de spécial, avec les pieds qu'elle se paie, mais elle aurait été la première fille juive à recevoir cet honneur. Elle a dit non. Le titre de Miss America était assez bon pour Bess Myerson, mais, évidemment, Bess n'était pas une, hmm, une 'intellectuelle'. Elle ne *shleppait* pas *Partisan Review* et *New Republic* partout avec elle pour que tout le monde voie ce qu'elle lisait. Ça, c'est sûr. Si tu avais jeté un coup d'œil dans sa chambre, je parie que tu aurais aussi trouvé *Cosmopolitan.* Un jeune pianiste dont personne n'avait jamais entendu parler faisait ses débuts au Moyse Hall, et on la voyait, toujours vêtue de la même petite robe noire, qui ne pouvait pas avoir coûté plus de 29,99 dollars chez Eaton, lui tourner les pages de sa partition. La belle affaire. Maintenant, elle vit à Toronto, où elle cherche du travail à la radio. Bonne chance, avec une voix comme la sienne. Ton père est de retour au bar. Il a parlé au docteur Mendelsohn. *Fais quelque chose.*

– Miriam qui, tu as dit ?

– Greenberg. Tu veux que je te la présente ?

– Non. Dansons, plutôt.

– Le barman essaie d'attirer ton attention.

– Ouais. Je lui ai dit que, en cas de problème… Excuse-moi. J'en ai pour deux secondes.

– La première période est terminée, a dit le barman, et on mène trois à zéro. Geoffrion et Johnson[1] ont marqué un but chacun. Devant la cage adverse, Bower m'a l'air chancelant.

1. Geoffrion a marqué à 13'42, assisté par Backstrom et Harvey. Johnson a marqué à 16'26, assisté par Backstrom.

– Ouais, mais, maintenant, les Canadiens vont s'asseoir sur leurs lauriers et laisser les Leafs remonter. Mahovlich et Duff peuvent encore faire pas mal de ravages."

Entraînant ma nouvelle épouse sur la piste de danse, je me suis arrangé pour l'orienter vers Miriam, qui dansait avec McIver. Je me suis approché d'elle, assez pour humer son parfum subtil, le consigner dans ma mémoire. Un soupçon de *Joy* appliqué sur ses tempes, à l'arrière de ses genoux et sur l'ourlet de sa robe, ainsi que je finirais par le découvrir. Des années plus tard, au lit avec Miriam, après avoir lapé le verre de cognac que je venais de vider sur ses seins, j'ai dit : "Si, le soir de mes noces, tu avais vraiment, vraiment cherché à me prendre au piège, ô diablesse, tu te serais aspergée d'*Essence de smoked meat* au lieu d'un soupçon de *Joy*. Un aphrodisiaque irrésistible, fait à partir d'épices vendues chez Schwartz. Je ne sais pas ce qui me retient de l'appeler *Nectar de Judée* et de faire homologuer le nom." Le soir de mes noces, toutefois, j'ai seulement dit à Miriam, avec qui je venais d'entrer en collision : "Oh, pardon !" La Deuxième Mme Panofsky a alors déclaré :

"Ne me dis pas que tu vas voir le barman pour t'informer du score de la partie de hockey. C'est notre soirée de noces. Tu m'insultes, là.

– Je ne le ferai plus, ai-je menti.

– Ton père s'est arrêté à la table du rabbin. Oh, mon Dieu !" s'est-elle exclamée en me propulsant dans cette direction.

Mais il était déjà trop tard. Autour de cette longue table se trouvaient le rabbin et sa femme, les Huberman, Jenny Roth, le docteur Mendelsohn et sa femme, et d'autres invités que je ne connaissais pas. Douze personnes en tout, médusées par un Izzy passablement éméché et intarissable.

"C'est quand j'étais à l'escouade de la moralité que j'ai appris à apprécier les mères maquerelles. Dans le tas, y avait quelques Parisiennes. Des femmes charmantes. De quinze à vingt-cinq filles en tout. Dès qu'on ouvrait la porte, la madame disait : 'Les demoiselles au salon !' Elles accouraient et chacun faisait son choix.

– Dois-je vous rappeler qu'il y a des dames autour de cette table ? a demandé le rabbin de sa voix mielleuse.

– Ouais, et alors ? À les regarder, j'ai l'impression qu'elles ont toutes plus de vingt et un ans. *Pas mal plus, même.* Je plaisante, les filles. Personne y passait la nuit, y avait trop de roulement, si vous voyez où je veux en venir. Certains de ces bordels étaient meublés avec élégance.

– Je peux te dire un mot, papa ?

– Propres, vous dites ? Z'auriez pu manger par terre, monsieur le rabbin. Et, oh, les lits étaient magnifiques et tout était systématiquement… hmm… vous voyez où je veux en venir ? Vous arriviez dans la chambre, y avait une cruche d'eau et tout de suite on vous la lavait avec soin.

– Ma nouvelle épouse est impatiente de danser avec toi, papa.

– Tu me déranges, là, fiston.

– Excusez-moi, a dit la femme du rabbin en se levant, suivie à contrecœur par deux autres dames.

– Dans ce temps-là, c'était une piastre le coup, et fallait que les filles paient le savon et la serviette. La moitié du temps, c'est elles qui finissaient par payer pour travailler là. Y avait toutes sortes de colporteurs qui s'arrêtaient, des Juifs futés qui vendaient leurs marchandises à tempérament. Hé, doc, vous avez bien dit que vous vous appeliez Mendelsohn ?

– On danse, Bessie ?

– Pas si vite, doc. Shmul Mendelsohn. On le surnommait 'Touche-à-tout' parce que… Bon, pas besoin de vous faire un dessin, hein ? a demandé mon père en se fendant d'un clin d'œil. Le colporteur, c'était votre paternel ?

– J'arrive", a dit Bessie.

J'ai enfin réussi à tirer mon père de sa chaise et à le traîner vers le bar, où j'ai aussitôt interrogé le barman sur les buts marqués en deuxième période.

"Geoffrion[1] a battu Bower entre ses jambières, puis ç'a été au tour de Bonin.

– Hé, c'est son dixième des séries.

– Exactement. Mais quand Harvey a été puni pour avoir fait trébucher un adversaire, Pulford en a profité pour réduire l'écart. Les bons mènent cinq à deux.

– Je pensais que ce serait snob à mort, ici, a dit mon père, mais les gens sont très aimables. Je m'amuse comme un petit fou. Pourquoi tu ris ?

– Viens là", ai-je dit.

J'ai serré Izzy dans mes bras. Il a arqué les sourcils, puis il a pris ma main et l'a posée sur l'arme de service qu'il portait à la hanche. Le revolver qui finirait par causer ma perte. Ou presque. "Je sors plus jamais tout nu, a-t-il expliqué. Si quelqu'un t'achale, t'as qu'un mot à dire et je lui fais des trous d'aération."

Ce détail réglé, nous, le père et le fils, avons posé nos verres sur le bar et réclamé plus de réconfort. Le barman s'est gratté la tête d'un air embêté. "Je regrette, monsieur, mais votre femme et votre beau-père viennent de me donner l'ordre de ne plus vous servir. Ni l'un ni l'autre."

Mon père a sorti son portefeuille et a fait voir son insigne à l'homme. "T'as affaire aux forces de l'ordre."

Me penchant, j'ai saisi la bouteille de Johnnie Walker Black Label la plus proche et je nous ai généreusement servis.

"Où est-il, ce vieux pédant ?

1. En fait, c'est Pulford qui a marqué le premier, à 4'27, assisté par Armstrong et Brewer. Bonin l'a imité à 9'56, assisté par Henri Richard et Harvey, tandis que Geoffrion a inscrit le cinquième but des Canadiens à 19'26, assisté par Backstrom et Johnson.

– Hé, je m'amuse comme un petit fou, moi, a dit mon père. Va surtout pas me faire honte."

J'ai trouvé mon beau-père en train de pontifier à une table de huit invités.

"'Seigneur, que ces mortels sont fous !' a écrit Shakespeare. Et comme il avait raison, le barde d'Avon ! Nous voici en pleine conversation polie, messieurs, occupés à méditer sur la condition humaine, sur notre bref passage dans cette vallée de larmes, à échanger des idées, entourés de nos proches et de nos vieux compagnons. Tandis que nous sommes assis là, à consommer avec une louable retenue le fruit de la vigne, dix-sept mille âmes entassées au Forum hurlent, leur cerveau minuscule totalement absorbé par la progression d'un petit disque en caoutchouc noir qui va et vient sur la patinoire, propulsé par des hommes qui n'ont pas lu Tolstoï, qui n'ont jamais entendu une symphonie de Beethoven. C'est à désespérer de l'humanité, vous ne croyez pas ?

– Excusez-moi, ai-je dit, mais je crois qu'il y a erreur. Le barman m'apprend que vous lui auriez intimé l'ordre de ne plus nous servir, mon père et moi ?

– Ce n'est pas une erreur, jeune homme. Ma fille est en larmes. *Le soir de ses noces, imaginez !* Et l'estimable auteur de vos jours a mis en émoi la femme du rabbin. À cause de lui, les Mendelsohn, de bons amis à moi, sont déjà partis.

– Le père du docteur Mendelsohn était un colporteur qui tripotait les filles dans les bordels.

– C'est vous qui le dites. Mme Mendelsohn est une Gursky, vous saurez. Quelqu'un devrait raccompagner votre père chez lui avant qu'il se lance dans d'autres récits dégoûtants ou qu'il s'étale de tout son long.

– Si mon père doit rentrer chez lui, je l'accompagne.

– De quel droit osez-vous nous imposer, à ma famille et à mes amis, de tels… de tels voyous ? Voilà, c'est dit. Ce jeune homme, a-t-il dit en montrant McIver assis seul à une table, discute avec mes invités, puis il se met à l'écart pour prendre des notes. Quant à celui-là, a-t-il ajouté en désignant Boogie, on l'a trouvé devant la coiffeuse des toilettes des dames, en train d'aspirer une substance avec une paille. Chez les dames, vous dis-je."

La pluie de reproches s'est poursuivie, mais je n'écoutais plus, car j'avais aperçu Miriam, assiégée par de nouveaux admirateurs, et je me suis avancé vers elle en souriant d'un air béat, comme le dernier des imbéciles. La salle de bal s'étant mise à tanguer, je me suis amariné, puis j'ai vogué vers elle et chassé les courtisans en agitant un cigare dont le bout rougeoyant menaçait de les harponner.

"Nous n'avons pas été présentés.

– Impardonnable négligence de ma part. Vous êtes le marié. *Mazel tov.*

– Ouais. Si on veut.

– Je pense que vous feriez mieux de vous asseoir, a-t-elle dit en me guidant vers la chaise la plus proche.

– Vous aussi, alors.

– Un instant seulement. Il se fait tard. Je crois comprendre que vous êtes dans le milieu de la télévision ?

– Productions totalement inutiles.

– Vous êtes dur.

– C'est le nom de ma société.

– Sans blague ?"

Et, mon Dieu, mon Dieu, ce petit sourire, je l'avais bien mérité. Oh, la fossette de sa joue. Ces yeux bleus à vous damner. Ces épaules dénudées.

"Vous permettez que je vous pose une question un peu intime ?

– Par exemple ?

– Quelle est votre pointure ?

– Du huit. Pourquoi ?

– Je vais souvent à Toronto. Accepteriez-vous de manger avec moi, un soir ?

– Je ne crois pas.

– J'insiste.

– Ce serait une mauvaise idée", a-t-elle répondu en tentant de s'esquiver.

Mais je l'ai retenue par le coude.

"Dans ma poche de veston, j'ai deux billets pour Paris. Départ demain. Venez avec moi.

– On prend quand même le temps de dire au revoir à votre nouvelle épouse ?

– Vous êtes la plus belle femme que j'aie vue de ma vie.

– Votre beau-père nous observe.

– Mardi, on pourrait dîner à la brasserie Lipp. Je vais louer une voiture et on ira à Chartres. Vous connaissez Madrid ?

– Non.

– Nous mangerons des tapas dans une de ces ruelles autour de la Plaza Mayor. Du *cochinillo asado* à la Casa Botín.

– Je vais être gentille et oublier que nous avons eu cette conversation.

– 'Viens vivre avec moi, viens, sois mes amours.' Je vous en prie, Miriam.

– Si je ne pars pas maintenant, je risque de rater mon train.

– Je divorcerai à notre retour. Tout ce que vous voulez. Mais dites oui, s'il vous plaît. On ne prendra même pas de valises. On achètera tout là-bas.

– Excusez-moi", a-t-elle dit en s'éloignant dans un bruissement de soieries.

Anéanti, je me suis dirigé vers la table où mon père tenait désormais salon, au milieu de jeunes couples fascinés. "Oh, vous voulez parler de celui de la rue Ontario ? On était juste en face, au poste 4. On y faisait des descentes de temps en temps, dans ces bordels. On appartenait à l'escouade de la moralité et on était jeunes, alors vous comprenez… Pendant les descentes, l'officier restait en bas et nous autres, on montait en douce, vous savez, et on attendait un peu avant de les déranger, vous me suivez ? Sacré spectacle…"

Miriam était encore dans la salle de bal, mais elle avait enfilé son manteau et se tenait près de la sortie, où elle bavardait avec Boogie. Elle lui a tendu quelque chose. Puis Boogie s'est approché de notre table, au moment où mon père se lançait dans un autre récit, et m'a glissé un bout de papier, que j'ai promptement posé sur mes genoux pour le lire sous la nappe.

Résultat final : Canadiens 5, Toronto 3. Félicitations[1].

"Je suis amoureux, Boogie, ai-je dit. Pour la première fois de ma vie, je suis vraiment, gravement, irrévocablement amoureux."

Bien sûr, j'ignorais que la Deuxième Mme Panofsky était venue se planter derrière moi. Elle m'a serré dans ses bras, ballottant ma tête d'un côté et de l'autre. "Moi aussi, mon chou. Moi aussi."

De culpabilité mon cœur était accablé. Oui. Mais je suis quand même sorti discrètement du Ritz-Carlton, quelques secondes plus tard, et j'ai sauté dans le premier taxi.

1. Toronto a marqué deux fois en troisième période : Mahovlich, à 12'07, assisté par Harris et Ehman, et Olmstead à 16'19, en avantage numérique, assisté par Ehman.

6

“Gare Windsor, s’il vous plaît, ai-je ordonné au chauffeur. Et vite.” Je n’avais pas une minute à perdre, mais, merde, merde, merde, les rues étaient pleines d’amateurs de hockey en liesse qui célébraient la Coupe Stanley. Les voitures avançaient à pas de tortue en klaxonnant à qui mieux mieux. On sonnait du clairon. Des soûlards faisaient des cabrioles au milieu de la chaussée en hurlant : “On est les meilleurs ! On est les meilleurs !”

Le cœur battant à tout rompre, je suis arrivé à la gare à temps pour retenir une cabine à bord du train en partance pour Toronto. J’ai trouvé Miriam dans le troisième wagon, plongée dans *Goodbye, Columbus.* Souriant d’un air idiot, je me suis laissé choir sur le siège voisin du sien, au moment précis où le train s’ébranlait.

“Salut, ai-je dit.

– Je n’en crois pas mes yeux, a-t-elle répondu en fermant son livre d’un coup sec.

– Moi non plus. Pourtant, je suis là.

– Si vous ne descendez pas de ce train à la gare de Montréal-Ouest, c’est moi qui le ferai.

– Je suis amoureux de vous.

– Ne soyez pas ridicule. Vous ne me connaissez même pas. Montréal-Ouest. C’est vous ou c’est moi. Décidez.

– Si vous descendez, je descendrai aussi.

– Comment avez-vous pu faire une chose pareille, le soir de votre mariage ?

– C'est comme ça.

– Vous êtes complètement ivre. Je vais appeler le contrôleur."

Je lui ai fait voir mon billet.

"S'il vous plaît, Barney. Ne me causez pas plus d'embarras. Descendez du train à Montréal-Ouest.

– Si j'obéis, accepterez-vous de souper avec moi à Toronto ?

– Non, a-t-elle répondu en bondissant de son siège pour attraper un sac dans le compartiment à bagages. Je vais dans ma cabine et je verrouille la porte.

– Vous n'êtes pas très aimable, vu le mal que je me suis donné.

– Vous êtes fou. Bonne nuit."

Je suis bel et bien descendu du train à Montréal-Ouest[1], d'un pas titubant. Sur le quai, j'ai vu le train quitter la gare en ahanant. Et voilà que Miriam, par la vitre de sa cabine, m'a salué de la main et j'aurais juré qu'elle riait. Mon cœur s'est emballé. Encouragé, j'ai couru derrière le train dans l'espoir d'y remonter. Je suis tombé, déchirant

1. Les doutes qu'a suscités en moi le compte rendu de ces événements ont été confirmés lorsque j'ai appris que le match du 9 avril 1959 s'était terminé à 22 h 29, tandis que le train de nuit à destination de Toronto partait à 22 h 25 : mon père n'aurait donc pas eu le temps de découvrir le score final, de foncer à la gare Windsor et de monter dans le train de ma mère. Interrogée sur ces détails troublants, ma mère, la lèvre tremblante, a répondu : "C'est la vérité, la stricte vérité." Comme elle s'est aussitôt mise à sangloter, je n'ai pas jugé utile d'insister. Je ne doute pas de la véracité des témoignages de ma mère et de mon père, mais je pense que Barney s'est embrouillé. Miriam a sans doute quitté le Ritz à la fin de la deuxième période, soit à 21 h 41, et le taxi de mon père n'a été empêtré dans les festivités de la Coupe Stanley qu'à son retour de la gare de Montréal-Ouest. Il est possible également que le train ait été retardé. J'ai écrit deux fois au Canadien Pacifique pour demander à quelle heure était parti le train de nuit à destination de Toronto, le 9 avril 1959, mais j'attends toujours la réponse.

mon pantalon et m'éraflant le genou. Dehors, j'ai eu la chance de trouver un taxi.

"Au Ritz, ai-je dit. Sacrée partie, hein ?

– *Mon blood pressure est sky high. C'est le stress**."

En frappant timidement à la porte de la suite que nous avions retenue pour la nuit, j'ai pris une grande inspiration. Je craignais le pire, mais à ma grande stupéfaction la Deuxième Mme Panofsky m'a accueilli en m'enlaçant, ce qui n'a fait qu'aviver mon sentiment de culpabilité.

"Dieu merci, tu vas bien, a-t-elle dit. Je ne savais plus quoi penser.

– J'ai eu besoin d'un peu d'air frais, ai-je dit en la berçant doucement.

– Je ne suis pas surprise, mais…

– Les Canadiens ont gagné sans Béliveau et avec le Rocket sur le banc. Pas mal, hein ?

– … tu aurais pu me prévenir. Nous nous sommes fait un sang d'encre."

C'est alors seulement que j'ai aperçu son père, fulminant sur une chaise.

"Elle voulait que je téléphone à la police pour voir s'il y avait eu un accident. Je me suis dit qu'il serait peut-être plus avisé de jeter un coup d'œil dans les bars des environs.

– Mon Dieu ! Ton genou ! Je vais chercher une serviette.

– Laisse, laisse."

Me tournant vers son père, j'ai demandé :

"Avant de partir, vous prendrez bien un dernier verre avec nous ?

– J'ai déjà assez bu ce soir, jeune homme, et vous aussi, aucun doute à ce sujet.

– Bon, eh bien, à la prochaine, alors.

– Vous espérez vraiment me faire avaler que vous avez marché dans les rues pendant une heure et demie ?

– Il est sain et sauf, papa, et c'est tout ce qui compte."

Dès qu'il a été parti, la Deuxième Mme Panofsky m'a fait asseoir, puis elle est allée humecter une serviette à la salle de bains et a nettoyé mon genou éraflé.

"Dis-moi si je te fais mal, mon nounours, et j'arrête tout de suite.

– Tu mérites un meilleur homme que moi.

– Il est un peu tard pour ça, non ?

– Je me suis mal comporté, ai-je dit, tandis que des larmes, venues spontanément, coulaient sur mes joues. Si tu veux divorcer, je ne m'y opposerai pas.

– Oh, ce que tu peux être tordant, toi, a-t-elle dit en s'agenouillant pour m'enlever mes chaussures et mes chaussettes. Ce qu'il te faut, c'est dormir.

– Le soir de nos noces ?

– Je ne dirai rien à personne.

– Impensable", ai-je dit en commençant à lui tripoter les seins.

Ensuite, il paraît que je suis retombé dans le fauteuil et que je me suis mis à ronfler.

7

À une certaine époque, je me suis pris à espérer que Miriam et moi, nonagénaires, rendrions notre dernier souffle en même temps, tels Philémon et Baucis. Puis, d'un doux mouvement de son caducée, le bienveillant Zeus nous métamorphoserait en arbres : nos branches se caresseraient en hiver, nos feuilles s'entremêleraient en été.

Les arbres me rappellent l'après-midi où Sean O'Hearne était installé avec Miriam et moi sur la galerie qui fait le tour de notre chalet des Laurentides. De cette position, nous dominions le lac où des plongeurs de la police avaient autrefois cherché Boogie. Boogie qui, à en croire mon récit, avait dévalé la colline en zigzaguant, couru sur le quai et sauté dans l'eau après avoir évité la balle que je lui destinais. Sans me quitter des yeux, O'Hearne a désigné les arbres et risqué, avec une étonnante verve poétique :

“Je me demande ce que ces ormes raconteraient s'ils étaient dotés de la parole.

– Facile, O'Hearne, a répondu Miriam. Ils diraient : ‘Nous sommes des érables.’”

Au cours des années ayant suivi la disparition de Boogie, je ne sais combien de fois je me suis assis sur ce quai dans l'espoir de le convaincre de sortir des eaux, indemne. Encore l'autre nuit, j'ai rêvé que Boogie, dégrisé par sa longue baignade, se hissait sur le quai et sautillait sur une jambe en secouant la tête pour faire sortir l'eau de son oreille.

"Je ne pensais pas ce que j'ai dit, Boogie. Pas un traître mot. Je ne sais pas ce qui m'a pris.

– Bah, nous sommes de vieux amis, a-t-il répondu en me serrant dans ses bras. Heureusement que tu tires comme un pied.

– Hmm."

Retour à la réalité. Encore une histoire absolument hilarante lue dans la *Gazette* de ce matin. Il faudra que je pense à découper l'article pour l'envoyer à la délicieuse Mlle Morgan de *Funky Gouines.*

INDIGNATION DES FÉMINISTES
DEVANT DES CHAÎNES DE FORÇATS
POUR FEMMES

Des détenus de l'Alabama qui, tout au long de l'année dernière, se sont échinés à entretenir les bords des routes de l'État les fers aux pieds, enchaînés les uns aux autres pendant douze heures consécutives, ont écrit au gouverneur pour lui signaler que ce châtiment constituait une forme de discrimination sexuelle. Dans sa réponse, le commissaire des services correctionnels de l'Alabama affirme : "Rien ne justifie de ne pas traiter les détenues de la même manière." Il a donc ordonné à la directrice de la prison pour femmes Julia-Tutwiler, à Wetumpka, près de Montgomery, de créer une chaîne de forçats pour les prisonnières d'ici à trois semaines. Les femmes n'effectueront toutefois pas de travaux de voirie. Elles s'occuperont plutôt des terrains de l'établissement, tondront les pelouses, planteront des légumes et ramasseront les déchets.

Toujours rongé par la culpabilité après toutes ces années, j'aborde maintenant le sujet que j'évite depuis longtemps : ma désastreuse lune de miel avec la Deuxième Mme Panofsky, à Paris, où les cafés étaient hantés par le souvenir de Clara et mon humeur plombée par mon désir pour Miriam. Pour ne rien arranger, une photo de Clara, assise à une table du Mabillon, ornait la vitrine de la Hune. En regardant bien, on reconnaissait des membres du groupe : Leo Bishinsky, Hymie Mintzbaum, George Plimpton, Sinbad Vail, Cedric Richardson et moi. Seulement un an plus tard, Cedric, en compagnie d'étudiants de l'Université agricole et technique de Greensboro, en Caroline du Nord, participait à un sit-in dans le snack d'un magasin du coin. Puis, en 1963, si je ne m'abuse, Cedric a quitté Martin Luther King pour Malcolm X. Selon la rumeur, il serait passé dans la clandestinité quelque part à Chicago, sans encore être suivi dans tous ses déplacements par les Fruits of the Loom[1], les gardes du corps du prophète Elijah, ces truands dont j'oublie le vrai nom. Mais voilà que je devance encore mon propos.

La photographie dans la vitrine de la Hune était posée sur une pile du recueil des poèmes de Clara, récemment traduit en français ; si ma mémoire est bonne, pour changer, l'original en était à sa sixième édition aux États-Unis. À l'époque, *Les Vers de la virago* avaient déjà été publiés dans seize autres langues et, à mon grand étonnement, la fondation créée par Norman Charnofsky faisait des affaires en or. Norman avait nommé deux féministes noires au conseil d'administration, semant ainsi les germes de sa propre perte.

Ayant pressenti qu'un petit hôtel de la Rive gauche ne conviendrait pas à la Deuxième Mme Panofsky, je nous avais réservé une chambre au Crillon. Encore heureux parce que, après le fiasco de nos noces, elle boudait toujours, non sans raison d'ailleurs.

1. On les appelait Fruits of Islam.

Je m'empresse de souligner que, avant notre lune de miel, la Deuxième Mme Panofsky et moi n'avions passé ensemble que trois jours frénétiques à New York, où je l'avais à peine vue tant elle était occupée à courir à gauche et à droite. Nous nous étions contentés de nous tripoter jusqu'à ce que, en se dégageant, elle lance : "Temps mort !" avant de remettre ses seins dans son soutien-gorge et de tirer sa jupe sur ses genoux. "Ouf ! Il était moins une." Nous avons fait l'amour pour la première fois dans notre lit du Crillon, où j'ai eu la surprise de découvrir qu'elle n'était pas vierge.

J'ai commis une erreur en emmenant la Deuxième Mme Panofsky à Paris. Il est vrai que j'avais désormais les moyens de m'offrir les grands restaurants devant lesquels, en 1951, je passais sans m'arrêter : Le Grand Véfour, Lapérouse, La Tour d'Argent, La Closerie des Lilas. Mais, assis à la terrasse du Café de Flore, d'où nous regardions des tourtereaux débraillés se promener en se tenant par la main, ma femme vêtue de ses plus beaux atours et moi de mon costume chic, je me suis rapidement senti dans la peau d'un de ces riches touristes dont Clara et moi nous moquions autrefois. Cette sensation m'a mis de mauvaise humeur.

"Tu ne pourrais pas garder ton foutu guide de voyage dans ton sac tant que nous sommes ici ?

– Je te fais honte ?

– Oui.

– Comme avec le bidet ?

– Rien ne t'obligeait à demander à la femme de chambre à quoi il servait. Je te l'aurais expliqué, moi.

– Tu parles l'hébreu ?

– Non.

– Tu as une maîtrise de McGill ?

– Non.

– Est-ce que j'ai honte de toi, moi ?"

J'ai grogné.

“Nous sommes assis ici depuis environ une heure et j’estime à huit, au grand maximum, le nombre de mots que tu m’as adressés. Crois bien que je te sais gré d’une telle attention, mais j’aimerais que tu me dises combien de temps encore nous allons moisir ici.

– Un dernier verre.

– Trois mots de plus ! Ça fait onze. Je ne suis pas venue jusqu’ici pour pleurer ta première femme, tu sais.

– Moi non plus.

– Tu répètes jusqu’à plus soif que mon père est snob, mais tu me considères comme un être inférieur parce que j’ai cru que le bidet servait à se laver les pieds. Regarde-toi dans le miroir, veux-tu ?

– Je n’ose pas.

– Moi, en tout cas, je n’ai pas l’intention de traîner ici à te regarder regarder dans le vide. Il nous reste seulement quatre jours et j’ai encore des tonnes de choses à faire”, a-t-elle déclaré.

Elle a sorti de son sac des fiches sur lesquelles étaient dressées des listes, divisées en trois catégories : “À ne rater sous aucun prétexte”, “Facultatif”, “S’il reste du temps”. “On se retrouve à l’hôtel à sept heures. Et ce serait bien si tu n’étais pas soûl à l’heure du souper. Disons que ce serait un changement bienvenu.”

Tandis que notre chambre d’hôtel se remplissait peu à peu des achats de madame, j’ai commencé à me sentir comme un personnage dans cette pièce du Roumain, vous savez bien de qui je veux parler[1]. Il a écrit celle dans laquelle Zero Mostel se transforme en éléphant[2]. Non, en hippopotame. La pièce avait pour titre *Les Chaises*, oui, c’est bien ça, et l’auteur avait le même prénom que

1. Eugène Ionesco (1909-1994), dramaturge roumano-français du théâtre de l’absurde, auteur notamment de *La Cantatrice chauve* et de *La Leçon*.

2. *Rhinocéros*.

l'entraîneur des Expos dans les premières années. Gene Mauch, voilà. L'entraîneur de l'équipe de base-ball, pas le dramaturge. *Un Roumain qui s'appellerait Gene ?* Bah, quelle importance. Pendant la pièce, la scène se remplit de meubles jusqu'à ce qu'il n'y ait plus de place pour les personnages, à l'image de notre chambre d'hôtel, devenue un véritable circuit de course d'obstacles.

J'ai vu avec incrédulité notre commode se couvrir de flacons de parfum, d'eau de Cologne, de shampoing et d'huiles pour le corps ; les rouges à lèvres étaient alignés comme des balles de fusil ; il y avait aussi des pains de savon aux parfums divers, des vaporisateurs, des sels de bain, une éponge naturelle, des pots de crème revitalisante et des tubes d'onguents mystérieux, des crayons à sourcils, des poudriers et des poudres à mettre dedans. Ici, là, partout, je butais sur des boîtes et des sacs provenant des boutiques du boulevard de la Madeleine, de la rue du Faubourg-Saint-Honoré, de la rue de Rivoli, de l'avenue George-V et du boulevard des Capucines. Des tenues, avec accessoires assortis, de Courrèges, Cardin, Nina Ricci. Un sac de soirée signé Lanvin. Et la Deuxième Mme Panofsky n'avait pas fait sa maîtrise à McGill pour rien. Longtemps après que je m'étais couché, cette femme méticuleuse, armée d'une lame de rasoir, s'employait à couper les étiquettes compromettantes des grands couturiers sur les articles qu'elle comptait envoyer à la maison par la poste et les remplaçait par les étiquettes d'Eaton, d'Ogilvy et de Holt Renfrew qu'elle avait eu la prévoyance d'apporter.

Nous sommes allés au Louvre, au Jeu de Paume et au musée Rodin, où, après s'être arrêtée brièvement devant une œuvre, elle cochait sa liste des incontournables et poursuivait sa visite au pas de charge. Nous étions à Paris depuis quatre jours quand, à son grand ravissement, nous avons attaqué la liste "Facultatif".

Je suis un homme impétueux, un type qui croit qu'il vaut mieux avoir des remords que des regrets, et l'une de mes pires erreurs a été d'épouser la Deuxième Mme Panofsky au terme d'une cour éclair, ce qui n'excuse en rien mon comportement ignoble pendant notre lune de miel. Elle avait tout lieu d'être déboussolée : en effet, j'oscillais entre des périodes de morosité et d'autres où, mû par la culpabilité et résolu à assurer la réussite de notre union, je me montrais attentionné à l'excès. Un soir, feignant d'être enthousiasmé par son dernier achat chez Dior ou Lanvin, qu'elle avait exhibé en défilant dans la chambre, je l'ai emmenée manger dans un des restaurants de sa liste, où, rusé comme je suis, je me suis informé de certains membres de sa parenté que j'avais rencontrés lors de nos noces, des *alrightniks* fortunés que j'espérais de tout cœur ne jamais revoir. J'ai fait semblant de m'intéresser à ses réponses interminables puis, mine de rien, j'ai déclaré :

“Ouais, et il y avait aussi cette fille, j'oublie son nom, celle qui portait une robe de cocktail à volants en mousseline de soie bleue et qui se pense irrésistible. Non pas que je sois de cet avis, remarque.

– Miriam Greenberg ?

– Ouais, c'est ce que tu as dit, il me semble. Une parente à toi, elle aussi ?

– Jamais de la vie. Elle n'était même pas invitée.

– Tu veux dire qu'elle s'est incrustée à nos… ? Elle ne manque pas de culot, celle-là, je trouve.

– Elle est venue avec mon cousin Seymour.”

En bâillant ostensiblement, j'ai demandé :

“Son petit ami ?

– Comment veux-tu que je le sache ?

– Quelle importance ? Allons plutôt prendre un dernier verre au Mabillon.

– Si tu n'as pas déjà assez bu, je préférerais le Harry's Bar.”

Ma dame aux listes avait fait des recherches, épluché des manuels d'éducation sexuelle qu'on ne trouvait pas à la bibliothèque publique juive, pris des notes et tracé des diagrammes sur des fiches cartonnées. À ma grande stupeur, elle n'ignorait rien de la *feuille de rose**, du *gamahuchage**, du *pompoir**, du *postillonage**, du *soixante-neuf**, du *saxonus** ni même de la position de l'huître viennoise, et chaque soir je devais trouver le moyen d'échapper à une nouvelle expérimentation. La Deuxième Mme Panofsky cultivait ses plaisirs avec acharnement. La vie, pour elle, était un examen qu'elle devait réussir à tout prix.

"Qu'est-ce qu'elle lui trouve, à Seymour ?

– C'est fini ? a-t-elle demandé en s'essuyant la bouche avec le drap.

– C'est toi qui dictes le programme.

– *Feh.* Je ne vois pas pourquoi les gens en font tout un plat."

Elle s'est brossé les dents. Elle s'est gargarisée. Puis elle s'est remise au lit.

"Qu'est-ce qui était donc si important ?

– Ce n'est pas important du tout, mais je me demande ce qu'elle trouve à ton cousin Seymour. C'est un tel crétin.

– Qui ça ?

– J'oublie encore son nom. La fille à la robe à volants en mousseline de soie bleue. Ah ha. Ah ha."

Alors, me regardant d'un air mauvais, elle a dit :

"Dis-moi ce que je portais aujourd'hui.

– Euh… une robe.

– Ouais, bien sûr. Une robe, pas une chemise de nuit. *De quelle couleur ?*

– Oh, franchement.

– Tu ne te serais pas un peu entiché de Miriam Greenberg, par hasard ?

– Du calme. Je me demande juste ce qu'elle trouve à Seymour.

– Il roule en Austin-Healey. Quelque part dans les Antilles, il a un yacht pour six personnes. Il va hériter d'un pâté de maisons complet, rue Sherbrooke, et de je ne sais trop combien de centres commerciaux. Tu parles d'un crétin…

– Tu veux dire que c'est une croqueuse de diamants ?

– Tu sais combien de fois je l'ai vue vêtue de cette robe à volants en mousseline de soie bleue qui t'obsède ? Elle doit bien avoir dix ans, cette robe. Du *prêt-à-porter**. Un truc probablement acheté chez Macy's pendant les soldes de janvier. Pourquoi ne chercherait-elle pas à améliorer sa situation ?"

Il y avait aussi les coups de fil quotidiens à sa mère.

"Je ne peux pas te parler longtemps, maman, nous sommes sur le point de sortir. Non, pas pour souper, il est seulement sept heures, ici. *Apéritifs**, ma chère. Un café dans Montparnasse. Le Dôme, je crois. Oui, je me souviens de ce qu'a dit tante Sophie et je ne bois que de l'eau en bouteille. Hier soir ? Oh, nous avons mangé dans ce restaurant extraordinaire appelé La Tour d'Argent, tu adorerais, on y monte en ascenseur et on voit Notre-Dame tout illuminée, je m'attendais à voir Charles Laughton se balancer à une des gargouilles. Mais non, je plaisante. La spécialité de la maison, c'est le canard au sang, chacun est numéroté et on te remet une carte postale avec ton numéro dessus. Je te l'envoie par la poste demain matin. Tu sais qui était là, assise à deux tables de nous ? Audrey Hepburn. Je sais bien que Jewel est une grande admiratrice, mais j'ai déjà quelque chose pour elle. *Je ne pouvais pas faire ça.* Il serait mort de honte. Je n'ai même pas la permission de demander un menu en souvenir. Je n'ai jamais vécu à Paris avec un budget de dix sous par jour et, dans son esprit, ça fait de moi une criminelle de guerre, voire pire. Je plaisante.

Nan, maman, on s'entend très bien. Quoi ? Oh, je portais ma nouvelle robe Givenchy, attends de me voir dedans, et n'oublie pas de faire un gros câlin à papa et de lui dire mille fois merci. Comment ? C'est une robe noire toute simple en soie et en lainage, avec une boucle pour souligner la taille haute et l'ourlet remonté juste ce qu'il faut pour couvrir le genou. Non, la robe-sac, c'est dépassé. Terminé. Surtout, pas un mot à Pearl ou à Arlene. Qu'elles s'aperçoivent par elles-mêmes qu'elles ont dépensé une petite fortune pour des *shmatas* de l'année dernière. Veux-tu bien arrêter de te faire du souci pour rien, s'il te plaît ? Quand on rentre, quelle que soit l'heure, j'exige qu'on mette mes perles en sécurité dans le coffre-fort de l'hôtel. Oui, oui, oui. L'appareil photo aussi, je sais combien il a coûté. En fait, l'appareil reste là. Il ne me laisse pas l'emporter, de peur qu'on nous prenne pour des touristes. Oh, attends voir. J'ai commencé par du saumon fumé, absolument succulent. Non, ici, on ne le sert pas avec du fromage à la crème. Non, Barney a pris des escargots servis dans leurs coquilles. Oui, je sais, mais il aime ça. Moi, jamais. Les huîtres non plus, franchement. J'ai dû lui demander d'éloigner la corbeille de pain, sinon j'aurais tout mangé, le beurre aussi, c'est du beurre de Normandie, il fond dans la bouche. Ensuite, nous avons tous les deux pris le canard, puis des crêpes pour le dessert. Oh, je ne sais pas, mais c'était du rouge et il lui a coûté les yeux de la tête, non pas qu'il trouverait à y redire, mais le serveur a été sacrément impressionné, lui qui, au début, nous traitait comme deux pestiférés. Oui, avec café et cigare. Un cognac, et pas n'importe lequel. Non, deux. Ils arrivent avec un énorme chariot plein de bouteilles. Non, ici, on ne chauffe pas les verres. Oui, mais Ruby Foo's, ce n'est pas le fin du fin. À Paris, je n'ai vu personne chauffer les verres. Oui, il en a pris deux, c'est bien ce que j'ai dit. Comment ? Ouais, je lui dirai, mais ce n'est pas comme s'il devait conduire, après, et c'est notre lune de miel, quand même. Faut en profiter, non ? Qu'est-ce que ça provoque, avec l'âge ? Voyons donc. C'est le docteur Seligman qui t'a mis ça dans la tête ? Ah bon ? En tout cas, jusqu'à présent, il n'a pas de problème de ce côté-là, je touche du bois. Tu es choquée ? Au nom de quoi ? Je suis une femme mariée, maintenant. C'est permis. Oui, maman. Bien sûr. Je l'ai réveillé à sept heures, puis je suis allée me brosser les dents et me laver les cheveux, ensuite nous avons pris notre douche ensemble, ne dis rien à papa, il serait choqué. Je parie que tu es toute rouge, en ce moment. Je plaisante. Tu devrais voir les peignoirs de l'hôtel, les pains de savon viennent de chez Lanvin. Ouais, bien sûr. En fait, j'en ai déjà mis trois de côté pour toi dans une de mes valises, ce qui me rappelle que je dois en acheter une autre aujourd'hui pour mes nouvelles emplettes. Je sais bien qu'oncle Herky pourrait me l'avoir au prix de gros, maman, mais j'en ai besoin ici et maintenant. Non, je ne m'énerve pas. Non, je n'élève pas le ton. Tu t'imagines des choses. Comment ? Oui, la taille est de retour, pour les robes, et j'ai encore la mienne. *Je ne suis pas désobligeante.* Combien de fois faudra-t-il que je te répète que tu as une silhouette remarquable pour une femme d'âge mûr ? Elle vient de chez Dior. Je l'ai portée ce matin et je peux t'assurer que j'en ai fait tourner, des têtes. Une robe à plis en chantoung bleu pâle, à col châle. Dessus, j'ai enfilé ma nouvelle veste, un cardigan Chanel en laine beige avec des passepoils en soie bleu marine. C'est ce que je vais porter au temple pour Rosh ha-Shana, Arlene va en mourir d'envie. Et attends de voir les chaussures et le sac à main assortis. Dis à papa qu'il me gâte trop, mais que je ne m'en plains pas. Ne le répète pas, mais je lui ai acheté un foulard en soie Hermès, des boutons de manchettes en perle et une chemise chez Cardin, et je ne te dis pas ce que je t'ai acheté, mais je pense que tu vas être contente. *Je te jure que je ne suis pas sarcastique à propos de ta silhouette, maman.* Je suis sûre que la plupart des femmes de ton âge te l'envient. Non, je n'ai oublié ni Jewel ni Irving. Et, non, ce ne serait pas 'tout à fait mon genre'. J'achète tout ce qui figure sur ta liste. Arrête, maman. Personne ne va envoyer de photos à Rabbi Hornstein. Bien sûr que nous verrouillons la porte avant de prendre notre douche ensemble, mais, de nos jours, ce n'est pas un crime. Il n'y a rien de mal à profiter des plaisirs charnels. Oui, oui, oui. Je sais que tu as mes intérêts à cœur, mais n'entrons pas là-dedans, s'il te plaît. *Je ne t'accuse pas de mettre ton nez dans mes affaires.* Mon ton ? Qu'est-ce qu'il a, mon ton ? Ne commence pas. Oh, oui, Barney a lu dans le *Herald Tribune* que les Canadiens allaient peut-être échanger Doug Harvey et il veut savoir si c'est vrai. *Je sais bien que tu ne lis jamais les pages sportives*, mais ça ne te tuerait pas d'y jeter un coup d'œil, pour une fois. Je ne peux pas te dire comme c'est beau, ici, maman. Comment ? C'est faux. Je ne suis pas en train d'affirmer que Montréal est une ville laide. Ce que tu peux être susceptible, aujourd'hui. Si je ne te connaissais pas, je croirais que tu as tes règles. *Méprisante, moi ? Jamais de la vie.* Je sais que ça va m'arriver tôt ou tard et j'espère que, ce jour-là, j'accepterai mon sort mieux que toi. Et c'est reparti. C'est la seule voix que j'ai, tu le sais, et si elle ne te plaît pas, je raccroche tout de suite. OK, OK. Excuse-moi. Non, il déteste les boutiques, mais nous nous sommes retrouvés pour le dîner, évidemment. Comment ? Ça s'appelle la brasserie Lipp. Il a pris la *choucroute**, le restaurant est connu pour ça. Non, attends, il a commandé des huîtres pour commencer. *Moi, non, maman.* Mais, franchement, ce n'est pas par conviction religieuse. J'ai pris l'œuf mayonnaise et le saumon avec des frites. Non, il a bu une bière et moi un verre de vin blanc. Un seul verre, maman. Je ne vais pas avoir à m'inscrire aux AA en rentrant. Oh, il est retourné à l'hôtel pour faire une sieste. Par chance, il ne savait pas que j'allais acheter des soutiens-gorge et de la lingerie. Ce sont les seules boutiques où il accepte de m'accompagner. On lui apporte une chaise et il regarde les femmes aller et venir en souriant d'un air béat. *Tu préférerais qu'il soit comme ton pauvre cousin Cyril, maman ?* Non, il n'est pas homosexuel. Bien sûr que non. Un membre de notre distinguée famille… C'est seulement un célibataire de cinquante-cinq ans qui vit encore chez sa mère et qui est abonné à tous les magazines de culturisme possibles et imaginables et à qui on a ordonné de ne plus s'approcher de la piscine du YMHA quand des écoliers s'y baignent. Toutes mes excuses. On ne lui a rien demandé de tel. De simples racontars. Il a décidé de lui-même de ne plus y aller. À mon avis, nous lui avons quand même causé des torts psychologiques irréparables en l'obligeant à faire semblant d'être quelqu'un qu'il n'est pas. Non, tu te trompes. Barney le trouve plein d'esprit, au contraire. En fait, il l'aime bien. Ils sont allés dîner ensemble plusieurs fois. Ça t'en bouche un coin, hein ? Ce soir ? Un danseur de claquettes se produit à Pigalle et Barney veut voir son spectacle. Oui, maman. C'est un amateur de hockey qui aime la danse des claquettes, je devrais demander le divorce, à ton avis ? Non, il faut vraiment que je raccroche, là, nous sommes sur le départ. Barney vous embrasse, papa et toi. Non, je n'invente rien. Je répète simplement ses mots. On se parle demain."

8

"Canadian Broadcasting Corporation, Radio-Canada. Comment puis-je vous aider ?

– L'émission *Artsworld*, je vous prie.

– *Artsworld.* Beth Roberts à l'appareil.

– J'aimerais parler à Miriam Greenberg.

– Allô ?

– Bonjour, Miriam. Ici Barney Panofsky. Vous vous souvenez de moi ?

– Oh.

– Il se trouve que je suis à Toronto et je me demandais si vous seriez libre demain midi.

– Non, désolée.

– Demain soir, alors ?

– Je suis prise.

– J'ai entendu votre interview avec Mailer. À mon avis, vous lui avez posé toutes les bonnes questions.

– Merci.

– Un verre, ce soir, à cinq heures ?

– Je ne sors pas avec les hommes mariés, Barney.

– Un simple verre, pour l'amour du Christ. Où est le mal ? Il se trouve que, par le plus grand des hasards, je suis au bar du Four Seasons Motor Hotel. Juste en face.

– N'insistez pas, s'il vous plaît.

– Une autre fois, peut-être ?

– Bien sûr. Peut-être. Non. Merci d'avoir appelé.

– De rien."

J'écris cet échange un dimanche après-midi, installé à mon bureau dans mon chalet des Laurentides où, la veille, j'ai regardé à la télé un vieux film en noir et blanc avec Chantal, taciturne et irritable au possible. *Opération Feu de l'enfer*, réalisé en 1947 par Hymie Mintzbaum, avec John Payne, Yvonne De Carlo, Dan Duryea et George Macready. L'intrigue débute deux semaines avant le jour J dans un camp de l'armée américaine en Angleterre. Le major Dan Duryea, diplômé de l'école de la vie, ne supporte plus le sergent John Payne, play-boy paresseux et riche héritier de nombreux grands magasins : il ordonne qu'il soit parachuté dans la France occupée pour prendre contact avec un groupe de résistants dirigé par une personne dont le nom de code est Feu de l'enfer. Feu de l'enfer, c'est Yvonne De Carlo, et elle et John Payne se prennent immédiatement en grippe. Tout change, cependant, lorsque Payne, toujours rapide de la gâchette, la libère de la chambre de torture où le type de la Gestapo, George Macready, vient de lui arracher son chemisier. Deux jours après le jour J, les nouveaux amants font sauter un train qui transporte des troupes allemandes vers les plages de Normandie. Lorsqu'ils entrent dans Saint-Pierre-la-Mer, prêts à livrer une autre coûtcuse bataille, Duryea et ses hommes épuisés découvrent que le village a déjà été libéré par Payne, qui trinque au champagne avec De Carlo sur la place, au milieu de paysans admiratifs. “J'ai cru que vous n'arriveriez jamais”, dit Payne en gratifiant De Carlo d'un clin d'œil. Fin.

Je tiens à ce qu'il n'y ait pas la moindre ambiguïté : je n'ai pas invité Chantal à passer le week-end avec moi. Elle a débarqué à l'improviste, le samedi en fin d'après-midi, les bras chargés de gâteries achetées à la Pâtisserie belge, avenue Laurier : du *pâté de foie gras**, d'épaisses tranches de jambon rôti, une quiche lorraine, des barquettes de salade de betteraves et de pommes de terre, des fromages, une baguette et des croissants pour le déjeuner. Après l'avoir débarrassée de son sac, j'ai eu soin de l'accueillir en l'embrassant sur les deux joues, comme l'aurait fait un oncle.

"Tu n'es pas content de me voir ? a-t-elle demandé.

– Si, bien sûr."

J'ai ostensiblement évité d'ouvrir une bouteille de champagne. J'ai plutôt opté pour de l'aligoté.

"Je mets la table", a-t-elle dit.

Je lui ai expliqué qu'on présentait un film réalisé par un de mes vieux amis à la télévision, à huit heures, et que je tenais à manger devant le petit écran. "Charmant, a-t-elle déclaré. J'essaierai de tenir ma langue."

Résistant à l'envie de la rejoindre sur le canapé, je me suis installé à une distance prudente, avec un verre de Macallan et un Montecristo n° 4. Après, je me suis entendu dire :

"Je suis très heureux que tu sois là, Chantal, mais, cette nuit, je veux que tu dormes dans une des chambres à l'étage.

– Ma mère a dit quelque chose à notre sujet ?

– Pas du tout.

– Parce que je ne suis plus une enfant et que cette question ne la regarde pas.

– C'est mal, Chantal, ma chérie. Je suis un grand-père et tu n'as même pas encore trente ans.

– Il se trouve que j'en ai trente-deux."

Elle était si resplendissante de jeunesse, si attirante, que j'ai pris la décision de ne pas protester si elle refusait de dormir là-haut et insistait pour se glisser sous les couvertures avec moi. Je suis faible. Il y a des limites à ce qu'on peut attendre de moi. Mais elle m'a regardé d'un air mauvais avant de disparaître à l'étage. Ensuite, j'ai entendu une porte claquer. Merde, merde, merde. Des jeunes femmes nubiles venaient réchauffer le vieux roi David dans son lit. Au nom de quoi le même privilège me serait-il refusé ? Tout en me servant une généreuse ration, je me suis dit que je devrais peut-être monter consoler Chantal. Je m'en suis abstenu. Fier de moi pour une fois, je savourais d'avance les félicitations de Solange. Je n'ai pas fermé l'œil avant quatre heures du matin. Je me suis réveillé à midi. Chantal était partie sans même me laisser un mot. Le soir, Solange m'a téléphoné :

"Elle a renoncé à son week-end et fait tout ce trajet pour t'aider à préparer les budgets du mois prochain. Et toi, qu'est-ce que tu fais ? Tu picoles en regardant la télé. Qu'est-ce que tu lui as dit, espèce de salaud ? Elle n'a pas cessé de pleurer depuis son retour et elle ne veut plus travailler pour toi.

– Tu veux que je te dise, Solange ? J'en ai plein le dos, des femmes. Toi y compris. Toi en particulier. Et j'envisage sérieusement d'emménager avec Serge.

– Je veux savoir ce que tu lui as dit pour la mettre dans cet état.

– Contente-toi de lui dire que je l'attends dans mon bureau à dix heures demain matin."

9

J'ai vu Hymie Mintzbaum à l'occasion de mon plus récent voyage à Hollywood, il y a quelques mois à peine. Venu pour refourguer un pilote, j'ai été submergé par un besoin pressant : créer un nouveau scénario de ma blanche main couverte de taches de vieillesse. J'ai donc été assez idiot pour proposer une idée saugrenue au jeune morveux qui dirige désormais le studio. À Beverly Hills, Shelley Katz, petit-fils d'un des pères fondateurs, passe pour un original. Au lieu de parcourir les canyons en Rolls ou en Mercedes, droit acquis à la naissance, il se déplace au volant d'un pick-up Ford 1979 au moteur boosté à mort et aux ailes si joliment cabossées que je soupçonne un employé du service artistique du studio de s'en être chargé. Shelley lui a sans doute dit quelque chose comme : "Ce que je cherche, c'est un look de plouc fini mais réaliste, façon trou merdique dans le nord du Vermont, genre. Un peu de rouille serait du plus bel effet. Merci, mon gars. Je tiens à ce que tu saches que ton travail est apprécié. Nous formons une grande famille."

Les voituriers du Dôme et de Spago touchent cinquante dollars chaque fois qu'ils signalent l'arrivée du pick-up Ford à certains agents et producteurs ("Il est là, il vient d'entrer. Non, je ne téléphone à personne d'autre. C'est juré"), qui se hâtent de venir lui rendre hommage, de *shmoozer* un peu, de vanter les mérites d'un projet.

“Notre héros, ai-je dit à Shelley, est un Candide des temps modernes.

– Candide ?

– Voltaire, tu sais.

– Bon, c’est quoi son nom, à la fin ?”

Loin de moi l’idée d’insinuer que Shelley est un illettré fonctionnel. Il s’agit plutôt d’un des nouveaux *Wunderkinder* du secteur. Si j’avais cité Superman, Batman, Wonder Woman ou Sub-Mariner, il aurait hoché la tête d’un air entendu, certain d’avoir affaire à un intellectuel du même calibre que lui. Les jeunes d’aujourd’hui… Dieu tout-puissant. Ils ignorent à quel point ils sont privilégiés. Nés trop tard pour se souvenir de Stalingrad, du jour J, de Rita Hayworth retirant cet interminable gant dans *Gilda*, de Maurice Richard franchissant la ligne bleue à la vitesse de l’éclair, du siège de Jérusalem, de Jackie Robinson perçant dans le base-ball majeur avec les Royaux de Montréal, de Marlon Brando dans *Un tramway nommé Désir* ou de Harry Truman, tout sourire, brandissant la manchette du *Chicago Tribune* : DEWEY DÉFAIT TRUMAN.

“Notre protagoniste, ai-je enchaîné, est un être innocent. Un enfant. Mon histoire débute en 1912, il est à bord du *Titanic* pour son voyage inaugural. Dans la salle, tous les spectateurs attendent le choc avec l’iceberg…

– Vous savez ce qu’a dit Lew Grade à propos de *La Guerre des abîmes*, ce film sur le *Titanic* qui a coulé à pic ? Il aurait été moins coûteux de baisser le niveau de l’Atlantique.

– Mais voilà, ai-je poursuivi sans me laisser démonter, que le navire accoste sans encombre à New York et que notre jeune héros rencontre une journaliste sexy, genre Lauren Bacall, qui…

– Lauren Bacall ? a-t-il répété. Vous voulez rire ? Dans le rôle de la mère de quelqu’un, à la rigueur…

– Genre Demi Basinger, je veux dire, qui lui demande comment a été la traversée. Le calme plat, répond-il.

– Demi Basinger ? On peut dire que vous avez encore un sacré sens de l'humour, monsieur Panofsky. Sachez que j'apprécie à sa juste valeur cette occasion de causer stratégie avec un ex-ténor de l'industrie, mais je vais passer mon tour. Au fait, je suis marié avec la petite-fille de Hymie Mintzbaum, Fiona. Je l'aime. Nous avons le bonheur d'avoir deux enfants.

– Que vous aimez aussi, j'imagine ?

– Absolument.

– Vous m'en direz tant."

Puis le téléphone a sonné.

"Quand on parle du… Oups, j'ai failli utiliser une métaphore peu flatteuse. C'est ma femme. Excusez-moi.

– Je vous en prie.

– Oui, oui. Oui, oui. Maintenant, tu vas te calmer, *darling*, et présenter tes excuses à Mlle O'Hara, lui dire que tout est oublié. Je pense que je viens de régler le problème. Je t'assure. Ouais. Non. Je t'expliquerai plus tard."

En raccrochant, il m'a gratifié d'un large sourire. "Quand Fiona a appris à Hymie que vous veniez discuter avec moi, il a demandé si vous accepteriez de manger avec lui ce soir au Hillcrest. Gardez la limousine. C'est la moindre des choses."

Depuis notre accrochage à Londres, le sentiment que j'avais d'avoir été trahi s'était émoussé et j'étais aux anges en pensant que Hymie souhaitait se raccommoder avec moi. Nous aurions tant de choses à nous raconter. Avant de me mettre en route pour le Hillcrest, je me suis arrêté chez Brentano's et j'ai acheté le dernier livre de Beryl Bainbridge, une romancière que j'admirais, pour l'offrir à Hymie. Puis j'ai fait venir la limousine.

Je n'aurais pas reconnu Hymie si le serveur ne m'avait pas conduit vers la table de la salle à manger où il somnolait dans son fauteuil roulant motorisé. Sa couronne de cheveux noirs aux boucles serrées avait cédé la place à de petites touffes de duvet blanc qui semblaient disposées au hasard, aussi légères que des aigrettes de pissenlit que la moindre brise risquait de disperser. Son corps de footballeur n'était plus qu'un sac d'os saillants. Le serveur, qui avait eu la prévoyance d'équiper Hymie d'un bavoir, lui a secoué l'épaule pour le tirer du sommeil.

"Votre invité est arrivé, monsieur Mintzbaum.

– *Flem glop mmerm*, a déclaré Hymie en se réveillant soudain et en tendant vers moi une brindille tremblotante, sa seule main qui fonctionnait encore.

– Dites-lui que vous êtes content de le voir, vous aussi", a suggéré le serveur en me décochant un clin d'œil.

Hymie avait les yeux chassieux et sa bouche pendait d'un côté, comme tirée vers le bas par un fil invisible. De la bave lui coulait sur le menton. Il a souri ou tenté de sourire, ne réussissant à produire qu'un rictus, puis il a montré mon verre.

"Vous désirez quelque chose à boire ? a demandé le serveur.

– Un Springbank. Sec.

– Et pour M. Mintzbaum, la même chose que d'habitude, sans doute ?" a dit l'homme en s'éloignant.

Dodelinant de la tête, Hymie s'est mis à gémir. Il a de nouveau tendu le bras vers moi, a pris ma main dans la sienne sans parvenir à la serrer.

"Ça va, Hymie", ai-je dit en essuyant ses yeux puis sa bouche avec le bavoir.

Le serveur m'a apporté mon verre de Springbank et a versé de l'eau d'Évian dans celui de Hymie. *"Flochoui bechouga chloup"*, a lancé Hymie, les yeux exorbités sous l'effort, puis il a renversé son verre en indiquant le mien.

“Vous faites le vilain garçon, monsieur Mintzbaum, a dit le serveur.

– Ne lui parlez pas sur ce ton, ai-je dit, et apportez-lui un verre de Springbank, s’il vous plaît.

– Ça lui est interdit.

– Tout de suite, ai-je dit.

– À condition que vous disiez à madame que c’est vous qui avez insisté.

– Madame ?

– Sa petite-fille. Mme Katz.

– Dépêchez-vous.

– Je sais ce que prendra M. Mintzbaum, a dit le serveur en me tendant la carte. Que désirez-vous ? Monsieur, a-t-il ajouté après une hésitation.

– Et que prendra M. Mintzbaum, au juste ?

– Des légumes vapeur surmontés d’un œuf poché. Sans sel.

– Pas ce soir. Poitrine de bœuf rôtie et *latkes* pour nous deux. Et n’oubliez surtout pas le raifort.

– *Cryta fichoum*, a dit Hymie en se balançant d’un air ravi.

– Nous prendrons aussi une bouteille de beaujolais. Mon Dieu, je constate que M. Mintzbaum n’a pas de verre à vin. Apportez-lui-en un, je vous prie.

– Mme Katz va péter les plombs.

– Faites ce qu’on vous dit et, le moment venu, je m’occuperai de Mme Katz.

– On se reverra à vos funérailles.”

Hymie montrait sa bouche grande ouverte avec sa fourchette, les yeux furieux.

“N’essaie pas de parler, Hymie. Je ne comprends pas un traître mot de ce que tu racontes.”

Le serveur lui a apporté son Springbank. J’ai fait tinter mon verre contre le sien et nous avons bu. “À nous, ai-je dit, et aux bons moments que nous avons passés ensemble et que personne ne peut nous enlever.” Il a pris une petite gorgée. Je lui ai épongé le menton avec son bavoir.

"Buvons à la 8e Air Force, ai-je ajouté, à Duke Snider, à Mozart, à Kafka, à Jelly Roll Morton, au docteur Johnson, à Sandy Koufax, à Jane Austen et à Billie Holiday.

– *Flougit*", a répondu Hymie en pleurant sans bruit.

J'ai approché ma chaise pour l'aider à couper sa viande et ses *latkes.* Lorsque le serveur s'est de nouveau approché, Hymie s'est mis à postillonner et à gesticuler. "Très bien. Entendu", a dit l'homme. Il est bientôt revenu avec un bloc-notes et un crayon à mine.

En se concentrant beaucoup, Hymie, qui respirait fort et bavait, a laborieusement écrit quelques mots avant d'arracher la page, de recommencer sur une autre, de l'arracher elle aussi. Enfin, il m'a tendu le fruit de ses efforts :

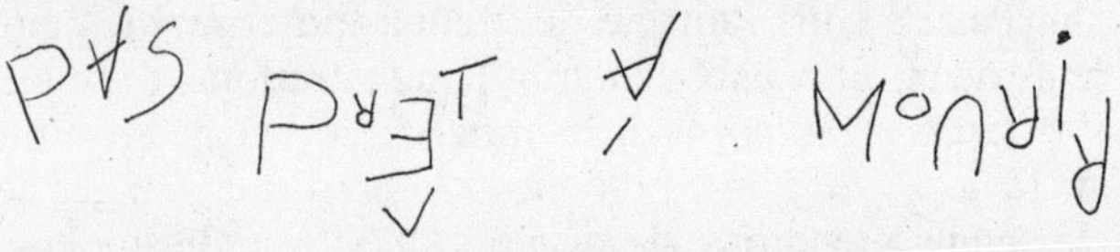

Nous étions tous les deux ivres, mais par chance nos assiettes compromettantes avaient été débarrassées lorsque Fiona Darling s'est glissée dans la salle à manger, Shelley sur ses talons. Ensemble, ils sont passés d'une table à l'autre, honorant de leur bienveillance les membres du gratin, tandis que ceux qu'ils jugeaient indignes d'un retour d'appel étaient, d'un simple geste de la tête, relégués aux oubliettes. Ils ont fini par arriver jusqu'à nous. La courtaude Fiona Darling, couverte de bijoux, était engoncée dans une robe du soir en mousseline qui la boudinait, sa cape de velours noir retenue par un fermoir serti de diamants. Shelley arborait un smoking, une de ces chemises violettes à jabot qui me font toujours penser à une planche à laver, une cravate-lacet avec un pendentif navajo et des bottes de cow-boy en cuir repoussé résistantes aux morsures de serpent, au cas où il s'aventurerait dans Rodeo Drive.

"Je parie que deux vieux chenapans comme vous en avaient long à se raconter, a déclaré Fiona Darling en plissant son joli nez sculpté par un chirurgien et en laissant sur le crâne dégarni de Hymie l'empreinte de ses lèvres écarlates. Il paraît que, dans le temps, vous avez fait les quatre cents coups ensemble dans le gai Paris.

– Pouvez-vous me dire pourquoi Shelley n'a pas jugé bon de me prévenir que Hymie avait perdu l'usage de la parole ?

– On se calme. Ce n'est pas gentil. On peut dire que vous manquez drôlement d'empathicité, vous. Hymie est seulement un peu dur à comprendre, par moments. N'est-ce pas, grand-papounet ?"

Le reste de cette soirée baigne dans une grande confusion, mais je me rappelle que Fiona Darling, après que le serveur lui eut chuchoté quelques mots à l'oreille, s'en est prise à moi :

"Vous l'avez laissé boire de l'alcool fort et manger de la viande rouge avec du vin ?"

Hymie, les yeux exorbités, essayait de se faire entendre.

"*Flouga pchit.*

– Il est incontinent, a dit Fiona Darling. C'est vous qui allez le laver à trois heures du matin, peut-être ?

– Parce que vous allez vous en occuper vous-même ?

– Il se trouve justement que c'est le congé hebdomadaire de Mlle O'Hara, aujourd'hui."

Je me rappelle que Hymie s'est éloigné de la table en mettant son fauteuil en marche arrière, puis qu'il a foncé sur Fiona Darling, qui a poussé un cri. Shelley l'a écartée juste à temps. Peut-être les choses ne se sont-elles pas du tout passées ainsi ; peut-être est-ce moi qui, à force de bidouiller avec ma mémoire, enjolive la réalité. Il me semble me souvenir que Hymie, qui avait toujours eu horreur des mouchards, a ensuite tenté de percuter le serveur, mais que, en négociant trop vite un virage serré, il est entré en collision avec une femme assise à une autre table. Là encore, je prends peut-être mes désirs pour des réalités. Quand je ressasse une histoire, j'ai tendance à y ajouter ma touche personnelle. Pour dire vrai, je suis un embellisseur-né. Mais n'est-ce pas le cas de tous les écrivains, y compris ceux qui, comme moi, font leurs premières armes ?

Quoi qu'il en soit, je me souviens d'un échange de mots colériques. D'une voix toujours plus stridente, Fiona Darling m'a traité d'ivrogne irresponsable. Je lui ai alors demandé, avec une politesse glacée, si ses seins étaient vraiment les siens ou si elle les avait fait refaire puisque, à mon œil exercé, ils semblaient d'une densité et d'une portance inégales. Shelley a menacé de m'assommer. Prêt à relever le défi, j'ai craché mon dentier dans ma main et je l'ai glissé dans la poche de mon veston avant de brandir les poings. Fiona Darling a levé au ciel ses yeux lourdement maquillés. "Oh, comme c'est dégoûtant, a-t-elle déclaré. Fichons le camp d'ici." Et elle a poussé Hymie vers la sortie, celui-ci continuant de proférer des propos inintelligibles.

Quand j'ai voulu reprendre la limousine, gracieuseté de Shelley, le portier m'a informé que Mme Katz avait dit au chauffeur qu'il pouvait disposer.

"Dans ce cas, ai-je déclaré, ma chemise tachée de beaujolais à cause de l'ultime salve de Fiona Darling, j'ai besoin d'un taxi.

– Quelle adresse, monsieur ?

– Le Berverly Wilshire."

Le portier a convoqué un voiturier blond et musclé. "Clint va vous y déposer pour vingt-cinq dollars, a dit le portier. Pourboire non compris."

Clint a sorti du garage la Rolls-Royce de quelqu'un d'autre et m'a déposé en grande pompe devant mon hôtel. Agité, chagriné, je me suis dirigé tout droit vers Fernando's Hideaway où, perché sur un tabouret, j'ai commandé un Courvoisier XO. Grosse bêtise puisque j'avais déjà beaucoup trop bu et que, tard le soir, je ne supportais plus le cognac.

"Que t'est-il arrivé, mauvais garnement ?" a demandé la jeune femme assise à côté de moi en indiquant ma chemise.

Une jolie rousse, c'était, avec de charmantes taches de son, un sourire coquin et un décolleté plongeant. Elle portait aussi une jupe qui lui arrivait aux chevilles, avec une longue fente qui dévoilait le haut de sa cuisse.

"Je vous offre un verre ? ai-je demandé.

– Une coupe de champagne."

Petula (Pet pour les intimes, a-t-elle dit, et ils sont nombreux) et moi avons commencé à échanger des banalités, mes vannes les plus médiocres me valant un petit pincement du genou. J'ai fait signe au barman de nous servir une autre tournée.

"Écoutez, a-t-elle dit, si on est partis pour continuer à communiquer, genre – et pourquoi pas ? on est dans un pays libre –, je suggère qu'on aille s'asseoir à cette petite table, là, dans le coin, avant que quelqu'un d'autre mette la main dessus."

Rentrant le ventre, j'ai accepté la main qu'elle me tendait et je l'ai laissée me remorquer jusqu'à la table, en *shleppant* son sac à main d'un poids extraordinaire avec délectation : dans mon état d'ivresse, j'avais en effet l'impression que les autres hommes réunis dans le bar, de jeunes étalons qui avaient vu en moi un type fini – la séduction étant la prérogative des blancs-becs –, me regardaient désormais avec envie. Puis, ça s'est mis à sonner. *Son sac à main, pour l'amour du Christ.* Pris de panique, je le lui ai brusquement rendu. Elle a plongé la main à l'intérieur et en a sorti un téléphone cellulaire. "Ouais. Non, je suis avec quelqu'un, genre. Salue-les de ma part, d'ac ? Il va adorer Brenda", a-t-elle dit avant de remettre l'appareil à sa place.

À la table voisine, deux hommes d'âge mûr arborant un chandail des Kings de Los Angeles et un jean étaient en plein conciliabule.

"Il paraît, a demandé celui qui portait le numéro 99 en chuchotant le nom d'un studio, que la vente aux Japs va de l'avant ?

– Que ça reste entre nous, mais j'ai vu les documents, a répondu son compagnon. Y a plus qu'à mettre les points sur les *i*.

– Ne me dis pas, a lancé Petula en me caressant le genou. Tu es producteur. Non pas que je me cherche du travail, remarque. Alors t'en fais pas. Quel âge tu me donnes, genre ?

– Vingt-huit ans ?

– Petit farceur, va. J'en ai trente-quatre, genre, et pendant qu'on est là à se faire les yeux doux, ma petite horloge continue de faire *tic tac*, *tic tac*. Laisse-moi te regarder. T'as genre cinquante-quatre, je dirais. J'ai raison ?"

Ne souhaitant pas plonger la main dans ma poche de poitrine pour prendre mes lunettes de lecture, j'ai fait semblant d'étudier la carte des vins, complètement floue, et j'ai commandé une bouteille de veuve clicquot et un Courvoisier XO.

"Tu es carrément diabolique, toi", a-t-elle dit en me donnant un petit coup de coude.

La poitrine de bœuf rôtie et les *latkes* ont fini par me rattraper. J'avais l'impression d'avoir une pierre dans le ventre et je retenais à grand-peine ce qui, je le craignais, serait un pet retentissant. Puis, par bonheur, Petula a dû se rendre "au petit coin", ce qui m'a permis de laisser fuser un gaz discret avec un soupir de soulagement. J'ai fait l'innocent lorsque le type assis à une table à droite, sous le vent, m'a foudroyé du regard. Sa femme s'est éventée ostensiblement avec la carte.

Petula, qui revenait en se déhanchant, a été arrêtée par un jeune homme affublé d'une boucle d'oreille, assis seul à une table. Sa tête ne me revenait pas.

"Qu'est-ce qu'il voulait ? ai-je demandé.

– Franchement, a-t-elle répondu, me lançant un regard lourd de *Weltschmerz*, la même chose que tous les hommes."

Pendant que nous descendions la bouteille de champagne, mes coupes à moi entrecoupées de gorgées de cognac, j'ai puisé dans ma réserve d'anecdotes flatteuses et commencé, sans vergogne, à laisser tomber négligemment des noms. Seulement, elle n'avait jamais entendu parler de Christopher Plummer ni de Jean Béliveau. À la mention de Pierre Elliott Trudeau, à qui j'avais une fois été présenté, elle a fait fausse route.

"Hou ! Dis-lui de ma part que j'adore *Doonesbury*, genre !" Réprimant un bâillement, elle a ajouté : "Pourquoi ne monterions-nous pas à ta chambre quand la bouteille sera finie ? Tu te rends compte que je suis une escort, genre une pro, hein ?

– Ah.

– Ne fais pas cette tête-là, mon bébé, a-t-elle dit en défaisant le fermoir de son immense sac à main, dans lequel j'ai aperçu un terminal de traitement des cartes de crédit. Mon agence accepte toutes les cartes, sauf American Express.

– À titre de simple curiosité, quel est ton tarif ?

– Je préfère parler d'honoraires. Tout dépend du menu, tu comprends, et de la durée."

Puis elle a de nouveau plongé la main dans son sac et en a sorti une carte plastifiée certifiant qu'elle n'avait pas le sida.

"J'ai eu une très longue journée, Petula. Pourquoi ne pas finir nos verres et nous souhaiter bonne nuit ? Sans rancune.

– Merci de m'avoir fait perdre mon temps, papy", a-t-elle dit en saisissant son verre pour se diriger vers la table de son proxénète, le type à la boucle d'oreille.

J'ai signé l'addition avant de me lever avec difficulté et je suis sorti du bar d'une démarche chancelante, avec moins de dignité, sans doute, que je ne l'aurais souhaité. De retour dans ma chambre, j'étais si en colère contre Miriam que je n'ai pas réussi à dormir. Regarde-moi, ai-je songé. J'en suis réduit à flirter avec une prostituée, à mon âge, tout ça parce que tu m'as abandonné. Je me suis mis au lit avec la *Vie de Samuel Johnson* de Boswell, le livre que j'emporte toujours en voyage parce que je veux qu'on le trouve sur ma table de chevet si je meurs durant la nuit, et j'ai lu : "Je crains toutefois qu'en associant sa vie à celle de Savage, qui était habitué à la débauche et à la dissipation de la grande ville, Johnson, quoique attaché à ses principes, n'ait été parfois amené à s'écarter quelque peu de cette ligne de conduite irréprochable qui, aux jours de plus grande simplicité, l'avait fait distinguer d'un homme comme M. Hector. Et ces écarts, si légers fussent-ils, durent affliger grandement son âme vertueuse." Puis les lettres ont commencé à danser sur la page et j'ai dû poser le livre.

Pour ajouter à mon humiliation, mais peut-être aussi trouver un soupçon de soulagement, j'ai pensé regarder un film pour adultes à la télévision, mais j'ai décidé de m'en abstenir. En imagination, j'ai plutôt fait appel à Mme Ogilvy, qui ne me décevait jamais. Mme Ogilvy était originaire du Kent, où son père possédait un magasin de nouveautés ou ce que nous, coloniaux corrompus, ainsi qu'elle l'affirmait, appelions une mercerie. Une fois, j'ai fait irruption dans sa chambre, où je l'ai surprise dans une posture charmante à mourir : Mme Ogilvy, pilier de la chorale de l'église unie Saint-James, en culotte et porte-jarretelles, penchée d'un air songeur, s'apprêtant à dissimuler ses seins dans son soutien-gorge. Non, non.

C'était trop tôt. J'ai rembobiné à toute vitesse la bande où je conserve mes souvenirs érotiques jusqu'au moment où, ce matin-là, j'étais entré chez elle.

La pulpeuse Mme Ogilvy, qui nous enseignait le français et la littérature et nous lisait souvent à voix haute des passages du *John O'London's Weekly*, n'avait que vingt-neuf ans, mais je la croyais totalement inaccessible. Jusqu'au samedi où elle m'avait embauché pour repeindre son deux-pièces et demie.

"Si vous travaillez bien, a-t-elle déclaré, je vous inviterai à souper. *En français, s'il vous plaît*?*

– Pardon, madame Ogilvy ?

– *Worker ?*

– *Ouvrier**.

– *Très bien**."

Nous avons commencé par la minuscule cuisine. Ce matin-là, j'ai souffert mille morts, car nous nous sommes inévitablement heurtés à plusieurs reprises dans cet espace d'une provocante exiguïté. Deux fois, j'ai effleuré par accident sa poitrine avec le dos de mes mains et j'ai craint l'embrasement. Puis Mme Ogilvy a grimpé sur un escabeau pour terminer le plafond. *Wow !*

"Aidez-moi à descendre, mon garçon", a-t-elle dit.

Perdant l'équilibre, elle s'est brièvement abandonnée dans mes bras.

"Oups, a-t-elle fait.

– Désolé, ai-je dit en la redressant.

– 'Désolé' ? Ce n'est pas très flatteur pour moi", a-t-elle rétorqué en ébouriffant mes cheveux.

À midi, nous nous sommes arrêtés pour manger de la pâte d'anchois tartinée sur du pain blanc, assis sur des tabourets devant le comptoir de la cuisine. Ayant aussi ouvert une boîte de tomates en conserve, Mme Ogilvy en a laissé tomber une dans mon assiette, puis une autre dans la sienne.

“Ne restons pas les bras croisés. N’oubliez pas que vous serez en période d’examens dans une quinzaine. Maintenant, j’aimerais que vous me donniez le vrai nom de ce que les habitants du dominion appellent un carrosse pour bébé.

– Un landau.

– Bravo.

– Comment appelle-t-on les poils d’un pinceau ? a-t-elle poursuivi.

– Je ne sais pas.

– La touffe.

– Vous me faites marcher, ai-je dit en manquant de m’étouffer avec ma pâte d’anchois.

– Pas du tout, il s’agit bien d’une touffe, mais je vois à quoi vous pensez, petit polisson. Maintenant, l’origine du mot *alibi*, je vous prie.

– Le latin.

– Très bien.”

C’est alors qu’elle a remarqué la tache de peinture blanche sur sa jupe. Se levant, elle a trempé un linge dans la térébenthine, a remonté sa jupe et l’a plaquée sur un tabouret pour frotter la tache. Une jupe brune à plis, c’était[1]. Je la vois encore. J’ai cru que mon cœur allait jaillir de ma poitrine et sortir par la fenêtre. Puis, elle l’a baissée en tortillant ses hanches. “Doux Jésus. Voilà que je suis mouillée à des endroits inavouables. Il vaut mieux que je me change. Attendez-moi là, mon garçon”, a-t-elle dit en me frôlant, le contact de ses seins, aussi léger qu’une plume, risquant de laisser dans mon dos une brûlure permanente. Elle a disparu dans sa chambre.

J’ai allumé une cigarette, puis je l’ai fumée. Mme Ogilvy n’était toujours pas de retour. J’avais une envie terrible de pisser, mais il fallait passer par sa chambre pour accéder aux toilettes. L’évier de la cuisine, ai-je songé. Non. Et

1. Plutôt décrite comme une “jupe à carreaux”, à la page 26.

si elle me prenait en flagrant délit ? Incapable de me retenir plus longtemps, je suis entré dans le salon, où j'ai constaté que la porte de sa chambre était entrebâillée. Tant pis, me suis-je dit. C'est dire l'état d'agonie dans lequel je me trouvais. J'ai fait irruption dans la pièce, où je l'ai trouvée en culotte et porte-jarretelles, penchée d'un air songeur, s'apprêtant à dissimuler ses seins dans son soutien-gorge.

"Désolé, ai-je balbutié. Je ne savais pas que…

– Quelle importance ?

– Je dois aller aux toilettes.

– Allez-y, alors. Qu'est-ce que vous attendez ?" a-t-elle demandé d'une voix étonnamment dure.

Quand je suis ressorti, ivre de désir, elle s'était déjà rhabillée. Elle a allumé la radio. Quelqu'un chantait *M. Five by Five*[1].

Alors, j'ai enfin trouvé le courage de tendre les bras et de glisser les mains sous son chandail pour dégrafer son soutien-gorge. Elle ne m'a opposé aucune résistance. Puis elle s'est débarrassée de ses chaussures, geste qui m'a ravi et terrifié en même temps. "Je ne sais pas ce qui m'arrive", a-t-elle dit. Elle s'est tortillée pour ôter sa jupe et j'en ai profité pour descendre sa culotte d'un coup sec.

"Quelle impatience ! Vous me faites penser à un chiot tout excité. *Attendez un instant**. Commencez par compléter l'expression : un gentleman n'est jamais…"

Merde, merde, merde.

"Vous avez oublié ? a-t-elle demandé en insinuant sa langue dans mon oreille. Un gentleman n'est jamais…

– … pressé ! ai-je lancé d'un air triomphant.

– En plein dans le mille. Donnez-moi votre main, à présent. Là. Comme ça. Oh oui, *s'il vous plaît**!"

C'est à ce moment précis que, seul dans ma chambre d'hôtel, mon dentier reposant dans un verre posé sur ma

1. *Mairzy Doats*, à la page 26.

table de chevet, je me suis empoigné à pleine main. Dans mon état de décrépitude, on est rarement mieux servi que par soi-même. J'allais enfin glisser dans le sommeil, mais il était écrit que ça n'arriverait pas. Non, monsieur. Car, juste avant de m'endormir, j'ai vu en esprit Mme Ogilvy me donner une tape sur la main.

"Qu'est-ce que vous faites, au juste ? Espèce de voyou perfide. Petit Juif présomptueux. Remettez vos vêtements nauséabonds, achetés au prix de gros, j'en suis certaine, et sortez.

– Qu'est-ce que j'ai fait de mal, ce coup-ci ?

– Vieux cochon. Tu m'as prise pour une vulgaire putain que tu peux lever dans un bar ? Et si Miriam était entrée à ce moment-là et avait vu ce que tu es devenu, espèce de vieillard gâteux ? Ou un de tes petits-enfants ? *Dégoûtant**, voilà ce que tu es. *Méchant**. Ce soir, tu vas m'apprendre par cœur *L'Ode au vent d'ouest* de Shelley et tu vas me réciter le poème en classe, à la première heure, lundi matin.

– C'est de Keats.

– Balivernes."

Miriam est entrée dans mes rêves, armée de son réquisitoire.

"Tu as cru faire une faveur à Hymie en défendant ses droits, mais je te connais bien. Trop bien.

– Je t'en prie, Miriam.

– La vérité, c'est que tu lui as fait prendre trop d'alcool et de nourriture parce que tu ne lui as jamais pardonné de t'avoir caché que c'était une idée originale de Boogie. Tu n'as fait que te venger, comme d'habitude.

– Non.

– Tu n'as jamais rien pardonné à personne.

– Et toi ? ai-je crié en me réveillant. Et toi ?"

Je me suis levé tôt, comme toujours, peu importe l'heure à laquelle je me couche, en proie aux séquelles des péchés de la veille : mal de tête, yeux qui piquent, sinus bouchés, gorge râpeuse, poumons en feu, membres lourds, comme si je marchais dans l'eau. J'ai pris les mêmes résolutions que d'habitude ainsi qu'une bonne douche, puis j'ai remis en place mes fausses quenottes parfumées à la menthe, ne fût-ce qu'afin de rétablir la forme de ma mâchoire affaissée et de pouvoir me raser. Puis, pour avoir mon déjeuner rapidement, j'ai appelé le service de chambre et eu recours à un truc infaillible que m'a appris Duddy Kravitz.

"Bonjour, monsieur Panofsky.

– Qu'est-ce qu'il a de si 'bon', votre 'jour' ? Il y a trois quarts d'heure que j'ai commandé mon déjeuner et on me l'avait promis dans vingt minutes.

– Qui a pris votre commande, monsieur ?

– Comment voulez-vous que je le sache ? En tout cas, je voulais un jus d'orange fraîchement pressé, des œufs pochés, des toasts au pain de seigle, des pruneaux, le *New York Times* et le *Wall Street Journal.*"

Après un moment d'hésitation, la préposée a dit :

"Je n'ai aucune trace de votre commande, monsieur.

– Je parie que vous êtes une bande d'immigrants illégaux, là, en bas.

– Donnez-moi dix minutes.

– Ne m'obligez pas à téléphoner une troisième fois."

Douze minutes plus tard, mon déjeuner m'a été livré par un serveur qui s'est copieusement excusé pour le retard. J'ai descendu mon verre de jus d'orange fraîchement pressé avec mes comprimés d'ail et de vitamine C ainsi que mes pilules contre l'hypertension, le cholestérol et la constipation carabinée, sans oublier mes anti-inflammatoires, puis j'ai vérifié le cours de mes actions dans le *Wall Street Journal.* Merck était en hausse d'un point et demi, Schlumberger se maintenait, American Home Products s'était légèrement replié, Royal Dutch avait pris deux points et le reste faisait du surplace. Pas d'amis ni d'ennemis dans les pages nécrologiques du *New York Times.* Puis le téléphone a sonné. C'était l'autre faux cul de la BBC-TV, un producteur qui réclamait aux chauffeurs de taxi des reçus en blanc et chipait sans doute les mini-pots de confiture posés sur les tables de son hôtel. Il m'appelait du hall. Christ, je l'avais complètement oublié, celui-là.

“Je croyais qu'on avait dit dix heures et demie.

– Non. Huit heures et demie, en fait.”

J'étais tombé sur lui par hasard, deux jours plus tôt, au Polo Lounge, où il m'avait raconté qu'il tournait un documentaire sur la liste noire de Hollywood. D'humeur expansive, je m'étais vanté d'avoir rencontré beaucoup d'artistes inscrits sur cette liste, à Londres, en 1961, par l'intermédiaire de Hymie, et j'avais accepté d'être interviewé dans l'espoir que Mike verrait les images. Non, parce que j'aimais bien qu'on me donne l'occasion de pontifier.

Assis sous les projecteurs brûlants, plissant les yeux pour simuler un état de profonde réflexion, j'ai déclaré : “Le sénateur McCarthy était un ivrogne sans scrupule. Un clown. Aucun doute à ce sujet. Mais, maintenant que la chasse aux sorcières est terminée, on verra peut-être en McCarthy, avec le recul, le plus fin critique de cinéma de tous les temps. Agee, ce n'est rien à côté.” Puis, n'oubliant pas de marquer une pause pour décupler mon effet, j'ai porté mon meilleur coup :

“Le moins qu'on puisse dire, c'est que le sénateur a fait un sacré ménage.

– Je dois avouer, a répondu le présentateur de la BBC, qu'il s'agit pour moi d'un point de vue inédit.”

Visiblement préoccupé, j'ai fait mine d'hésiter et de chercher mes mots avant d'ajouter : “Mon problème, c'est que j'éprouve un certain respect pour les Dix de Hollywood en tant que personnes, mais pas en tant qu'auteurs. Ils ne sont même pas de deuxième ordre. Mus par la culpabilité, ces types ont peut-être fait preuve d'une trop grande intégrité dans leurs sottes activités politiques, à tel point qu'il ne leur en restait plus pour leur travail artistique. Dites-moi : Franz Kafka a-t-il eu besoin d'une piscine ?"

La remarque m'a valu un petit rire sec.

"Il me déplaît de le dire, mais, pour la BBC, la vérité, rien que la vérité. J'ai beau abhorrer les idées politiques d'Evelyn Waugh, je préfère encore lire un de ses romans plutôt que de me taper une rediffusion de leurs films sentimentaux de gaugauche, en fin de soirée."

J'ai continué un bon moment dans la même veine. Puis, m'interrompant le temps d'allumer mon premier Montecristo de la journée, de tirer dessus et d'enlever mes lunettes de lecture, j'ai fixé la caméra et lâché : "Permettez-moi de vous laisser sur des vers de W. B. Yeats : 'Les meilleurs ne croient plus à rien, les pires / Se gonflent de l'ardeur des passions mauvaises.' À l'époque, c'était ainsi, du moins je le crains."

Mon *shtick* terminé, le producteur, reconnaissant, m'a remercié pour mes vues originales. "Du supermatériel", a-t-il déclaré.

10

Le téléphone a sonné. Je me suis réveillé en sursaut parce que personne n'était censé savoir que j'étais venu au chalet, la veille. Kate, évidemment.

"Comment as-tu su que j'étais ici ?

– Intuition. Pressentiment. Mais quand on s'est parlé, mercredi soir, tu ne m'as pas dit que tu comptais t'absenter. J'ai téléphoné à Solange, qui n'avait aucune idée d'où tu étais passé. Le portier…

– Désolé, Kate.

– … a dû la laisser entrer chez toi. J'étais folle d'inquiétude.

– J'aurais dû te téléphoner. Tu as raison.

– Tu ne devrais pas rester là-bas à broyer du noir. C'est mauvais pour toi.

– C'est à moi d'en décider, ma chérie.

– Plus rien ne te retient à Montréal, de toute façon. Michael est à Londres. Saul est à New York. Ce n'est pas comme si tu étais le roi Lear et qu'aucun de tes enfants n'allait t'accueillir. Rien ne t'empêche d'emménager avec nous dès demain. Je m'occuperais de toi.

– J'ai bien peur d'être trop ancré dans ma routine pour rendre des comptes à quelqu'un. Même à toi, Kate. D'ailleurs, mes amis sont encore ici. Mais je te promets d'aller te faire une petite visite bientôt. Le week-end prochain, peut-être."

Hélas, je serais alors forcé de subir une des interminables pérorisons de Gavin sur la nécessité d'une réforme de la fiscalité. Il me raconterait par le menu l'intrigue du dernier film qu'il avait vu. Suivant les directives de Kate, il m'emmènerait voir un match au Maple Leaf Gardens et feindrait l'enthousiasme.

"Au fait, tu sais ce que j'ai découvert dans un des tiroirs, ici ? Un cahier d'exercices avec quelques-unes de tes compositions de cinquième année.

– Vends le chalet, papa.

– Impossible, Kate. Pas encore."

La vérité, c'est que, de temps en temps, j'ai besoin de m'isoler dans le chalet des Laurentides, lieu du crime que j'aurais commis. Là, un verre à la main, je parcours les pièces désertes où résonnaient autrefois le rire de Miriam et les petits cris joyeux de nos enfants. Je feuillette des albums photo en reniflant comme un vieil imbécile. Miriam et moi sur le Ponte Vecchio à Florence. Ou sur la terrasse de la Colombe d'Or, où je lui ai raconté la soirée que j'y avais passée en compagnie de Boogie et de Hymie Mintzbaum. Assise sur notre lit, Miriam, sereine, allaitant Saul. J'écoute ses airs de Mozart préférés. Je reste là pendant des heures, les joues sillonnées de larmes, à serrer contre moi les vieilles chaussures qu'elle mettait pour jardiner. Ou à humer la chemise de nuit que j'ai cachée quand elle faisait ses bagages. Je m'imagine qu'on me trouvera ainsi. Un mari abandonné. Mort de chagrin. Sa chemise de nuit pressée contre mon *schnozz.*

"Que serre le vieux Juif contre lui ? demande le professeur Blair Hopper né Hauptman. Le numéro de son compte bancaire en Suisse, écrit sur un bout de chiffon ?

– Oh, mon pauvre amour, pardonne-moi, m'implore-t-elle en tombant à genoux et en posant ma main froide contre sa joue. Tu as raison. C'est un *shmuck.*"

Puis je ressuscite d'entre les morts, à la manière de comment s'appelle-t-elle, déjà, cette bombe sexuelle[1] qui fait semblant de s'être noyée dans la baignoire, dans le film mettant en vedette le fils de Kirk Douglas, le fils aussi laid que le père, d'ailleurs, sauf que moi, je ne brandis pas de couteau. *Liaison finale*[2]. Je me relève et, d'une voix chevrotante, je déclare : "Je te pardonne, ma chérie."

Ne crachez pas sur l'auto-apitoiement. Il a du bon. J'adore m'y adonner. Mais il arrive que la voix accusatrice de la Deuxième Mme Panofsky, qui a également vécu ici, s'immisce dans mes rêveries :

"Je ne te plais pas, Barney, c'est ça ?"

Levant les yeux de mon livre, je fronce les sourcils pour bien montrer qu'elle me dérange et je réponds :

"Bien sûr que si.

– Tu méprises mes parents, qui ne t'ont jamais rien fait. C'est toi, n'est-ce pas ?

– C'est moi qui quoi ?

– C'est toi qui as envoyé à ma pauvre mère cette lettre écrite sur du papier à en-tête de Buckingham Palace, j'ignore comment tu as réussi à t'en procurer, disant que, en raison de ses bonnes œuvres, son nom figurait sur la liste des candidats à l'Ordre de l'Empire britannique de cette année.

– Je n'ai rien fait de tel.

– Tous les matins, elle attendait à la fenêtre l'arrivée du facteur et elle a dû se résigner à annuler la réception qu'elle avait prévue en son propre honneur. J'espère au moins que tu as pris plaisir à l'humilier de cette façon.

– Je n'ai rien eu à voir là-dedans. Je le jure.

1. Glenn Close.

2. *Liaison fatale*, avec Michael Douglas. Production de Paramount sortie en 1987. Recettes nord-américaines de 156 645 693 dollars bruts.

– Je veux que tu nous donnes une chance, Barney. Je veux que tu me dises ce que je pourrais faire pour que tu sois heureux.

– Je suis heureux, je suis heureux.

– Dans ce cas, pourquoi ne m'adresses-tu jamais la parole ?

– Corrige-moi si je me trompe, mais ne sommes-nous pas en train de parler, en ce moment ?

– Je te parle et tu m'écoutes, plus ou moins. Tu n'as même pas déposé ton livre.

– Là. C'est fait. Et maintenant ?

– Va au diable, veux-tu ?"

J'avais compté trouver ici un peu de solitude, mais, après mon inculpation, des voitures se garaient à proximité et des curieux venaient examiner la maison du meurtrier. Des salauds coupaient le moteur de leur hors-bord et se levaient pour prendre des photos. Au début de mon deuxième mariage, en revanche, j'avais réussi plusieurs fois à m'y réfugier pour échapper à ma femme.

"Mieux vaut que tu restes en ville ce week-end, ma chérie. Les mouches noires sont féroces, ces jours-ci, et je ne te parle même pas des moustiques après la pluie. Va au mariage des Silverman. Présente-leur mes excuses. Moi, je vais demander à Benoît de réparer le toit qui fuit."

Certains week-ends, mon père, récemment obligé de prendre sa retraite de la police de Montréal, m'imposait sa présence.

"Avec mon expérience incomparable, je pourrais trouver du travail dans la sécurité, mais ces *chazerim* ont révoqué mon permis de port d'arme.

– Pourquoi ?

– Pourquoi ? Tu me demandes pourquoi ? Parce que je m'appelle Panofsky, voilà pourquoi."

Alors Izzy a téléphoné à un officier de haut rang de la Sûreté provinciale du Québec, qui avait autrefois été son chauffeur.

“Après des semaines, j’avais toujours pas réussi à l’avoir au bout du fil. Alors j’ai eu recours au système D. J’ai enfin trouvé une astuce, tu comprends. J’ai demandé à une amie de téléphoner, tu sais, de se faire passer pour une standardiste, un interurbain de Los Angeles, la curiosité humaine et tout ça. Pris au dépourvu, il a répondu. Écoute-moi bien, toi, mon trou-de-cul, tu sais que j’aurais moins de misère à parler au pape qu’à toi ? Oh, Panofsky, j’ai été très pris, tu sais. Lâche-moi avec tes niaiseries, que je lui dis, t’étais pas trop pris quand je te connaissais. Je te demande pas de faveur. Sauf que tous les macaronis ont un permis et que je me cherche du travail dans la sécurité et que, sans arme, je me sentirais tout nu. Il a fait le nécessaire. Tout est réglé maintenant : j’ai gardé deux revolvers, mes préférés. Un à canon court, une vraie beauté, et un Tiger. J’ai aussi deux automatiques et j’en laisse un dans le tiroir de ta table de chevet, OK ?

– Pour quoi faire ?

– Un type entre par effraction, t’es au milieu de nulle part, ici, alors tu lui fais des trous d’aération.”

La plupart des week-ends, la Deuxième Mme Panofsky invitait au chalet ses parents ou d’autres indésirables pour ne pas avoir à endurer mon silence. Par réflexe d’autodéfense, j’ai donc inventé quelques rituels estivaux. Je disparaissais pendant une heure ou deux avec un masque, un tuba et des palmes, plongeais dans les eaux du lac et nageais sous l’eau à la recherche de bancs de perchaudes. Le samedi matin, invoquant un manque d’exercice et un début d’embonpoint, je mettais dans un sac à dos deux sandwichs au salami, quelques fruits, une bouteille de Macallan, une Thermos de café et un livre, puis, à bord de mon canot en épinette[1], je me dirigeais vers la montagne d’en face, tel un coureur des bois des

1. En cèdre.

temps modernes, en chantant à tue-tête les paroles de *Mairzy Doats* ou de *Bongo, Bongo, Bongo, I Don't Want to Leave the Congo.*

La montagne, encore connue sous le nom d'Eagle Head à l'époque, a depuis été rebaptisée mont Groulx, d'après l'abbé Lionel Groulx, un antisémite enragé, héros des séparatistes d'ici. Grimpant jusqu'à une clairière au sommet, je m'installais dans l'ombre du petit appentis que je m'étais construit, où j'avalais mon repas, buvais du Macallan et lisais jusqu'à m'endormir.

Quand je rentrais au chalet, ivre à souhait en général, je parvenais parfois, en prétextant une migraine, à échapper au souper ou aux charades ou aux parties de Scrabble qui s'ensuivaient. En retrouvant le reste de la famille à table, je finissais invariablement par me quereller avec mon beau-père, qui déclarait, par exemple, que Nixon s'était distingué lors des *kitchen debates* qui l'avaient opposé à Nikita Khrouchtchev à Moscou.

"Papa aimerait soumettre ta candidature au Elm Ridge.

– C'est très aimable de sa part, mais à quoi bon puisque je ne joue pas au golf ?

– Franchement, a répliqué ma belle-mère, nous pensons plutôt aux contacts que vous pourriez nouer au country club, vous qui n'avez jamais bénéficié des avantages que nous tenons pour acquis. Le fils de M. Bernard en est membre, au même titre que Harvey Schwartz.

– Nous faisons souvent des parties à trois, a renchéri mon beau-père.

– L'adhésion au club a fait des merveilles pour Maxim Gold, qui ne joue pas non plus au golf. Quand il est arrivé de Hongrie, enfant, il connaissait à peine quelques mots d'anglais."

Gold, un type odieux à présent riche comme Crésus, exploitait une compagnie pharmaceutique, dont le plasma était le produit vedette.

“Franchement, ai-je dit, je ne tiens pas du tout à devenir membre d’un club qui accepte des hommes comme Max Gold, qui achète et vend du sang pour s’enrichir. Et de plus, ai-je ajouté en gratifiant mon beau-père de mon sourire le plus gracieux, je ne comprends pas ce qui pousse des hommes par ailleurs raisonnables à gaspiller tout un après-midi à tenter de faire pénétrer une petite balle blanche dans un trou. C’est à désespérer de l’humanité, vous ne croyez pas ?

– Il plaisante, papa.

– Bah, si on ne vaut pas une risée, on ne vaut pas grand-chose. Au moins, là-bas, nous prenons un bol d’air frais…

– Sans la pollution causée par la fumée de cigare, a souligné ma belle-mère en s’éventant.

– … nous profitons des largesses que dame Nature nous prodigue et nous n’en venons pas aux poings comme les voyous qui jouent au hockey. Qu’avez-vous à répondre à cela, Barney ?”

J’ai un attachement sentimental à ce chalet, où résonnent tant de souvenirs. Prenez celui-ci, par exemple.

Un soir d’été, il y a seulement deux ans, je me berçais sur la galerie qui fait le tour du chalet. En savourant un Montecristo et un cognac, je m’abandonnais avec délices aux souvenirs des bons moments que nous avions connus ici en famille quand le crissement de pneus sur le gravier m’a tiré de ma rêverie. C’est Miriam, ai-je songé, le cœur bondissant. Miriam revient à la maison. Puis une Mercedes sport s’est immobilisée brusquement, juste devant moi, et une personne tirée à quatre épingles sortie des pages de *GQ* en est descendue avec un sourire hésitant. C’était un vieillard voûté et maigrichon, apparemment inconscient du ridicule de sa mise. J’avais devant moi Norman Charnofsky, visiblement bouleversé. Il avait depuis longtemps pris sa retraite de NYU et ses cheveux gris et ternes n’étaient plus qu’un lointain souvenir. Norman arborait une perruque. “Je dois rêver.” Voilà tout ce que j’ai trouvé à dire.

“Je tenais à ce que tu entendes ma version des faits. Je me suis dit que je te devais au moins ça.”

Le pauvre, l’innocent, l’aimable Norman était ratatiné désormais, mais toujours incapable de maîtriser ses crises de larmes, comme j’allais pouvoir le constater. Son absurde tenue de jet-setter était quelque peu rachetée par une tache de sauce sur son pantalon.

“Avant de commencer, ai-je dit, je dois te prévenir que j’ai été en communication avec ta femme.” Je l’ai ensuite invité au salon.

“Tu as été en communication avec Flora. Tu crois que je ne me fais pas de souci à son sujet ?”

D’abord, Norman m’a rappelé notre rencontre à L’Algonquin, sur la face cachée de la Lune, ce jour où j’ai renoncé à mes droits sur l’œuvre de Clara, que nous avions l’un et l’autre jugée sans valeur commerciale. À notre grande surprise, l’album des dessins à l’encre, au fur et à mesure que la réputation de Clara grandissait, a commencé à se vendre à des milliers d’exemplaires chaque année, tandis que le recueil intitulé *Les Vers de la virago*, traduit dans d’innombrables langues, a été réimprimé à répétition. La Fondation Clara-Charnofsky, créée avec amour mais sans grand espoir de gain, s’est mise à engranger des millions. Au départ, son bureau consistait en un réduit minuscule dans l’appartement de Norman où, assis sous une ampoule nue, il répondait aux lettres sur sa machine à écrire portative, très tôt le matin, et notait scrupuleusement les sommes dépensées en papier à lettres, timbres, rubans de machine à écrire, trombones et papier carbone. Oui, en papier carbone, à supposer que certains d’entre vous soient assez vieux pour savoir de quoi il s’agit. Non seulement on utilisait du papier carbone, dans ce temps-là, mais en plus, quand on téléphonait quelque part, on tombait sur une personne en chair et en os, et non sur un répondeur avec un message bidonnant, ha, ha, ha. Dans ce temps-là, on n'avait pas besoin d'être un astrophysicien pour manipuler le gadget qui sert à allumer et à éteindre le téléviseur, ce ridicule machin équipé d'une vingtaine de boutons, Dieu seul sait pourquoi. Les médecins faisaient des visites à domicile. Les rabbins étaient des hommes. Les enfants étaient élevés par leur mère et non dans les enclos des garderies, comme des porcelets. On n'avait pas de logiciel, mais on avait le ciel. On n'avait pas de dentistes spécialisés dans les gencives, les plombages, les molaires et les extractions – le même gros nul s'occupait de tout ça. Quand un serveur renversait de la soupe chaude sur votre petite amie, le patron proposait de payer le nettoyage et vous offrait un verre pour se faire pardonner, et le client ne réclamait pas des trillions de dollars devant la justice pour "perte de jouissance de la vie". S'il était italien, le restaurant servait encore ce qu'on appelait des spaghettis, souvent accompagnés de boulettes de viande. On ne proposait pas encore des pâtes au saumon fumé, des linguinis aux couleurs de l'arc-en-ciel, des pennes recouvertes d'une bouillie végétarienne qui rappelle le vomi de chien. Ça y est, voilà que je me remets à déblatérer. Encore une digression. Navré.

Il y a longtemps déjà, le cagibi mal aéré qui servait de bureau à la fondation a été remplacé par un local de cinq pièces sur Lexington Avenue, avec un effectif de huit personnes, sans compter les conseillers juridiques et le gestionnaire de portefeuille, qui a réalisé des miracles sur le marché boursier. Les millions se sont accumulés grâce aux droits d'auteur et à des placements judicieux, mais aussi grâce à des dons faits à la fondation. Lorsqu'il n'a plus suffi à la tâche, Norman a nommé deux féministes afro-américaines au conseil d'administration : Jessica Peters, dont les poèmes étaient publiés par le *New Yorker* et le *Nation*, et Shirley Wade, qui enseignait les "études culturelles" à Princeton. Unies dans la solidarité, les deux femmes ont retenu les services d'une historienne abrasive, Doris Mandelbaum, auteur d'*Histoires d'elles, de Boadicée à Madonna.*

C'est Mme Mandelbaum qui a fomenté la rébellion au sein du conseil d'administration en soulignant que seul un coup de force typiquement masculin, ce que certaines pourraient considérer comme un "oxymore, du point de vue du genre", pouvait expliquer que le président du conseil d'une fondation féministe soit un homme, membre de la famille nucléaire par-dessus le marché, qui ne devait son poste qu'à son lien de parenté avec Clara Charnofsky, elle-même martyre de l'insensibilité phallocratique. Gêné, Norman a volontiers renoncé à la présidence, où Shirley Wade l'a aussitôt remplacé. Cependant, il a continué de surveiller les activités de la fondation et de passer ses comptes au peigne fin. À l'occasion d'une réunion du conseil tenue en 1992, Norman, malgré son naturel timide, a soulevé des doutes au sujet de la participation des consœurs à une conférence littéraire tenue à Nairobi, avec une escale à Paris, dont les frais avaient été facturés à la fondation.

"Parions que vous n'auriez rien trouvé à redire si nous étions allées à Tel-Aviv."

Ensuite, Norman a eu le culot de contester la légitimité de nombreux dîners aux Four Seasons, au Cirque, au Lutèce et à la Russian Tea Room, également aux frais de la fondation.

"Mais je suppose que tout aurait été casher, si j'ose dire, si nous avions discuté des affaires de la fondation au-dessus d'une bonne platée de *chitlins* dans un boui-boui de Harlem.

– Je vous en prie, a dit Norman en rougissant.

– Nous en avons assez de te voir traiter ce conseil comme une phallocratie, Norm.

– La vérité, c'est que nous sommes toutes lasses de ta condescendance…

– … et de tes complexes d'ordre sexuel…

– … sans parler de ton racisme.

– Comment osez-vous m'accuser de… N'est-ce pas moi qui vous ai nommées au conseil, Shirley et toi ?

– *Oy vey, bubele*, mais ça t'a fait chaud en dedans, pas vrai ? Ça t'a réchauffé les *kishkas*.

– Ouais, tu as pu rentrer chez toi et annoncer à ta petite épouse que des *shvartzes* siégeaient au conseil, désormais."

À l'issue d'une réunion d'urgence, tenue un an plus tard à la Côte Basque, en l'absence de Norman, celui-ci a reçu une lettre recommandée l'informant de son renvoi du conseil de la Fondation Clara-Charnofsky, qui s'appellerait désormais la Fondation Clara-Charnofsky pour la féminitude.

"Merde, Norman. Pourquoi n'as-tu pas demandé à ton avocat de te débarrasser d'elles ?

– Bien sûr. Et elles auraient écrit une lettre au *Times* pour m'accuser de racisme.

– Et alors ?

– Et alors, elles auraient eu raison, tu comprends ? J'ai découvert que je suis effectivement raciste, comme toi d'ailleurs. La différence, c'est que je l'admets, à présent. Je leur dois au moins ça. J'ai aussi des préjugés sexuels. Je suis un hypocrite. Quand j'enseignais à NYU, je portais sur le revers de mon veston un ruban en l'honneur des victimes du sida. Mais tu veux que je te dise ? J'ai cessé de fréquenter un restaurant italien de la 9e Rue où Flora et moi allions depuis des années parce que certains serveurs gays m'ont soudain semblé émaciés. Et si l'un d'eux se coupait un doigt en pelant des pommes de terre et continuait son travail comme si de rien n'était ?

"Ces femmes m'ont forcé à me regarder en face. Je dois avouer que je me suis senti vertueux, voire noble, après avoir nommé deux Afro-Américaines au conseil d'administration. Dans mon for intérieur, j'attendais de la gratitude de leur part. Tu sais, je leur ai un jour dit que je trouvais Shamir abominable et que j'étais favorable à la création d'un État palestinien, et c'est la vérité. Mais était-ce la seule raison ? Est-ce que mon but n'était pas de me faire bien voir d'elles ? Hé, il est cool pour un Juif, ce Charnofsky. Il ne casse pas les bras des enfants arabes de la Cisjordanie. Un jour, pendant une réunion du conseil, Jessica m'a mis sur la sellette. Allez, dis la vérité, qu'elle m'a demandé : si je voyais ses trois fils venir vers moi, dans la 46e Rue, mettons, changerais-je de trottoir de peur d'être volé ? Ils ont tous les trois les cheveux coupés en brosse, mais l'un d'eux a une bourse de Juilliard et les deux autres étudient à Harvard. S'il pleut et qu'ils hèlent un taxi, les voitures passent sans ralentir. Si je conduisais un taxi, je ferais peut-être pareil. Toi aussi. Jesse Jackson dit à la blague que New York, c'est Moïseville, et tout le monde pique une crise, mais je t'ai entendu les traiter de *shvartzes* et je parie que tu n'aurais pas sabré le champagne si ta fille en avait épousé un. Je dois aussi admettre que Jessica Peters et Shirley Wade sont beaucoup plus intelligentes que moi. Au lieu d'être enchanté… Tiens, voilà que je recommence, a-t-il dit en se donnant des coups de poing sur le front. Comment justifier que je réagisse de la sorte devant l'intelligence supérieure d'une Afro-Américaine ? Je n'en ai pas le droit, point final. En même temps, je leur en voulais secrètement. Après toutes ces années, je ne suis encore qu'un simple professeur adjoint à la NYU, me disais-je, tandis que Shirley est professeur titulaire à Princeton, grâce à la 'discrimination positive'. Ouais, évidemment. Sauf que Shirley et Jessica ont un esprit aussi vif que remarquable. J'étais tellement intimidé que j'osais à peine ouvrir la bouche pendant les réunions du conseil. Elles avaient l'art de me remettre à ma place avec un simple trait d'esprit.

"Écoute bien celle-là. Quand elles se sont voté des honoraires de trente mille dollars par année pour assister aux réunions du conseil, entre autres tâches, je me suis battu bec et ongles contre cette mesure, mais, mon Dieu, mon Dieu, au fin fond de moi, j'étais aux anges. Tout cet argent… Jessica, avec son sourire bien à elle, a dit : 'Si cette allocation te gêne, Norman, tu n'as qu'à y renoncer. — Impossible', ai-je répondu, mort de trouille. En agissant de la sorte, je donnerais l'impression d'être critique envers mes honorables collègues du conseil. On risquerait d'y voir un désaveu.

"Tu veux que je te confie un secret encore plus honteux ? Jessica est brillante, mais en plus c'est une femme d'une grande beauté à qui on prêtait un penchant pour la bagatelle. Je n'ai jamais fait l'amour avec une femme noire. Qu'est-ce que je raconte ? J'ai soixante-trois ans et je n'avais jamais couché qu'avec Flora. Je risquais de mourir sans savoir que c'était peut-être beaucoup mieux avec une autre. Quoi qu'il en soit, je me suis surpris, à l'occasion des réunions du conseil, à jeter des regards furtifs aux seins de Jessica ou encore à ses jambes croisées, et elle s'en rendait compte, ça, tu peux en être sûr, elle s'en rendait parfaitement compte. Assise là, vêtue de cette jupe courte – quelques pouces de moins et on aurait pu voir… passons –, elle dissertait brillamment sur Henry James ou Twain, improvisait, lançait des idées qui ne m'étaient jamais venues à l'esprit en trente années à l'université, et je me payais une de ces érections… Après les réunions, c'est moi qui commandais le repas de midi au restaurant du rez-de-chaussée. Un jour, on nous monte des morceaux de poulet et de la salade de pommes de terre, et Shirley s'apprête à me servir un bout de poitrine quand Jessica la retient en disant : 'J'ai l'impression que Norman préfère la viande brune.' Elles éclatent toutes les deux d'un rire gras et moi je suis rouge comme une tomate. Oh, ce que je peux avoir honte. Quel cochon je suis ! Et Doris, oui, Doris, je ne supportais pas ses taquineries, mais elle voyait clair dans mon jeu. Je n'aimerais pas que ma fille vive avec une autre femme. La vérité, c'est que la présence de lesbiennes ou d'homosexuels me met mal à l'aise. Pourquoi ? Je vais te le dire. Comme l'a affirmé Doris, je doute de ma virilité. Si j'étais allongé dans mon lit, les yeux fermés, et que c'était un homme qui me suçait – excuse ma franchise –, saurais-je faire la différence ? N'éjaculerais-je pas de la même manière ? Quand je me fais de telles réflexions, j'en ai l'estomac tout retourné. Je gage que ce serait pareil pour toi si c'était un homme qui te faisait des choses et que c'est pour cette raison que tu racontes des blagues sur les tapettes. Moi, en tout cas, c'est terminé.

"Bon, ça suffit. Assez tourné autour du pot, Norman. La question qui te brûle les lèvres, c'est pourquoi j'ai, ouvrez les guillemets, volé l'argent, fermez les guillemets. Eh bien, je ne l'ai pas volé, cet argent. J'ai pris ce qui me revenait de droit. Non, j'ai prélevé beaucoup moins que ce que je méritais. Qui aurait entendu parler de Clara Charnofsky, sans moi ? C'est toi qui as publié ses poèmes à tes frais, peut-être ? C'est toi qui as *shleppé* ce livre publié à compte d'auteur de maison d'édition en maison d'édition où, à l'époque, on me traitait comme un moins-que-rien ? C'est toi qui as supplié les journalistes d'en faire une recension ? Combien un agent aurait-il exigé ? Dix pour cent, je crois, peut-être même quinze. La fondation, c'était mon idée et celle de personne d'autre. Des millions dormaient là et les intérêts s'accumulaient chaque jour, tout ça grâce à moi. Chaque année, nous distribuons des largesses. Des bourses, des subventions, en veux-tu, en voilà. Des centaines de milliers de dollars. J'ai droit à un petit mot de remerciement, à ton avis ? Jamais de la vie. J'ai donc fait le décompte de toutes les heures de travail que j'ai fournies au fil des ans et j'ai décidé que je valais bien cinquante dollars de l'heure, c'est moins que ce que facture un foutu plombier, de nos jours, et je ne te parle même pas des avocats. J'en suis arrivé à un total de sept cent cinquante mille dollars. On a beau parler de vol, de détournement de fonds ou de fraude, je m'en fous complètement, j'étais dans mon droit. Tu veux en entendre une bonne ? Celle-ci vaut la peine. Ressers-moi.

– Je pense que tu as déjà assez bu, Norman.

– Il pense que j'ai déjà assez bu. Venant de toi, c'est un peu fort de café, ha !" a-t-il dit en me tendant son verre.

Je l'ai servi avec parcimonie, en ajoutant beaucoup d'eau.

"Je suis allé au Lutèce. On m'a casé à la table près du passe-plat. Je ne savais pas quoi commander. Je ne savais pas quel vin allait avec quel mets. Tu aimes le caviar ? J'avais lu des choses dans des romans, mais je trouve ça trop salé. Je ne comprends pas pourquoi on en fait toute une histoire. Tu t'es aperçu que je porte une perruque ? Tu t'en serais aperçu si tu ne m'avais pas connu avant, je veux dire ?

– Qu'est-ce que tu dirais de passer la nuit ici, Norman ?

– J'ai déjà réservé une chambre d'hôtel.

– Ce n'était vraiment pas la peine.

– Premièrement, je ne savais pas si tu serais là et, le cas échéant, si tu accepterais de me recevoir. Deuxièmement, je suis en compagnie d'une jeune femme, elle ne te plairait pas, mais ce ne sont pas tes oignons, soit dit en tout respect."

Le fou rire a succédé aux larmes.

"Doreen lit des bandes dessinées, des *Archie*, notamment. Dans la voiture, elle écoute du rock et fait des bulles avec sa gomme à mâcher. Ça me rend fou. On doit s'arrêter dans un motel avant six heures trente parce qu'il faut à tout prix qu'elle écoute *Jeopardy* ! J'ai honte de me déshabiller devant elle, avec mon corps de vieillard maigrichon. Excuse mon indiscrétion, mais tu as des varices ?

– Quelques-unes.

– Barney, Barney. Je ne sais plus qui je suis ni ce que je fais. Je m'assieds sur la cuvette en pleurnichant et j'ouvre les robinets pour éviter qu'elle m'entende. Je me fais un sang d'encre pour Flora, ma fille me hait sûrement. Tôt ou tard, on va finir par me coincer et je vais me retrouver derrière les barreaux en compagnie de criminels de droit commun. Et toi, comment vas-tu ? Je ne t'ai même pas posé la question.

– Tu as dépensé tout l'argent ?

– Deux cent mille dollars jusqu'ici, peut-être un peu moins. Quelle importance ?

– Tu as l'intention de restituer le reste ?

– Je n'ai fait que prendre ce qui me revenait de droit.

– Réponds à ma question.

– Réponds à sa question. En tout cas, je n'irai pas en prison.

– Si tu es disposé à restituer l'argent, je vais aller à New York pour proposer aux membres du conseil d'administration de payer la différence, à condition qu'elles retirent leurs plaintes. Je suis sûr qu'elles seraient d'accord.

– Je ne pourrais jamais te laisser faire une chose pareille.

– Je suis riche, Norman.

– Il est riche. J'aurais peut-être dû me lancer dans la télévision. Produire de la merde pour la populace.

– On croirait entendre ton oncle Chaim, Norm, *alav ha-sholem.*

– Je te suis reconnaissant de ton offre. Si, si, je t'assure. Mais Flora n'accepterait jamais de me reprendre. Comment lui en vouloir ? Et je n'oserais plus me montrer devant mes vieux amis, a-t-il dit en se levant brusquement.

Au fait, tu n'aurais pas des trucs à grignoter ? Des noix de cajou ou des chocolats ? J'ai promis de lui rapporter quelque chose, mais, à cette heure-ci, tout va être fermé.

– Non, Norman. Désolé. Je veux que tu reviennes demain matin. On parlera en déjeunant. Je suis sérieux à propos de l'argent. Je pourrais aussi dire un mot à Flora.

– Du beurre d'arachide, peut-être ? Avec des tranches de pain ?

– Désolé, je ne viens plus ici très souvent. Hé, un bon bol d'air frais me ferait le plus grand bien. Qu'est-ce que tu dirais de laisser ta voiture ici ? Je te ramène au motel.

– C'est seulement à trois kilomètres d'ici, quatre au maximum. Je suis parfaitement capable de me débrouiller tout seul."

J'aurais dû insister.

11

Jeremy Katz
Président
AHNUS
C. P. 124
Montréal (Québec)

Le 18 octobre 1992

Fondation Clara-Charnofsky
pour la féminitude
615 Lexington Avenue
New York, N.Y.
États-Unis

Chères individues,

Bien le bonjour. Je vous écris dans le but de demander une subvention au nom de l'AHNUS (l'Association des hommes nouveaux unis contre le sexisme), mais, avant d'entrer dans le vif du sujet, je tiens à vous dire un mot de notre organisation, de moi-même et de ma tendre moitié.

Ma personne-ressource, Georgina, dont je suis très fier, est la seule femme membre du Groupe tactique d'intervention de la police de Montréal. Poste qu'elle a obtenu malgré des désavantages situationnels, elle qu'on a sifflée, reluquée et soumise à d'autres formes de harcèlement sexuel. Encore la semaine dernière, au moment où elle quittait le poste, habillée en civile (maillot moulant, microjupe, bas résille noirs et talons aiguilles), l'agent de service a haussé les sourcils et s'est exclamé : "T'es belle à croquer, ce soir, Georgy !"

C'est moi qui tiens la maison et m'occupe de nos deux enfants, Oscar et Radclyffe. J'adore Georgina, bien qu'elle soit parfois un peu pénible. Après le travail, il lui arrive de rencontrer une femme au Caveau de Sapho, son bar préféré, et de l'inviter à souper à la maison *sans me prévenir.* Je ne rouspète jamais, mais je déteste être vu dans mes habits de ménage tout fripés. J'aimerais bien qu'elle me téléphone pour me faire part de ses projets. Ainsi, j'aurais le temps de revêtir une tenue plus *soignée**. Et je ne vous parle même pas de la honte d'être surpris avec des *serviettes en papier* sur la table.

Tard hier après-midi, Georgina a téléphoné pour me dire qu'elle ne rentrerait pas souper. Il paraît que deux patrouilleuses du poste 10, Brunhilde Mueller et Hélène Dionne, ont décidé d'unir leurs destinées et de se mettre en ménage. Les femmes du poste ont donc organisé un enterrement de vie de jeune fille en réservant quelques tables au Cox, une boîte de strip-tease (masculin) du côté est du boulevard Saint-Laurent. Je me suis donc offert une rare gâterie : *le journal du matin.* Et là, à la une, j'ai vu une photo de Mike Tyson, ce boxeur reconnu coupable de viol qui se lance de nouveau à la conquête du titre de champion des poids lourds. C'est en le voyant que j'ai été visité par l'inspiration.

Ce matin, j'ai mis ma plus belle nappe en lin irlandais sur la table et j'ai invité tous les membres du comité de direction de l'AHNUS à prendre le thé et à manger des biscuits sans sucre dans ma cuisine.

Je répugne à chanter mes propres louanges, mais la vérité, c'est qu'ils ont accueilli mon idée avec des cris d'enthousiasme. Voici donc de quoi il retourne. Ne serait-il pas tout simplement *magnífico* que Mike Tyson, ce violeur de la féminitude, lui, la honte de toutes les minorités visibles, *soit défié et vaincu par une femme dans le cadre d'un combat du championnat des poids lourds* ? Il s'agirait sans contredit d'un ÉVÉNEMENT MARQUANT dans l'histoire des femmes. C'est dans cet esprit que l'AHNUS est disposée à entreprendre, d'un océan à l'autre, la recherche d'une aspirante capable de se mesurer à Tyson. Comme nos ressources financières sont limitées, nous demandons à la Fondation Clara-Charnofsky pour la féminitude une aide de cinquante mille dollars, somme qui s'ajoutera au produit de nos ventes de pâtisseries maison et de nos soirées de bingo. Nous vous offrons ainsi la possibilité de participer à l'émergence de la première championne du monde des poids lourds. Qu'en dites-vous ?

l'AHNUS attend impatiemment votre réponse.

Cordialement,

JEREMY KATZ
pour l'AHNUS

12

Désœuvré, j'ai décroché le combiné à temps pour entendre notre réceptionniste claironner :

"Les Productions totalement inutiles, bonjour.

– Puis-je parler à Barney Panofsky ?

– C'est de la part de qui ?

– Miriam Greenberg.

– Si vous êtes actrice, M. Panofsky préférerait que vous lui écriviez.

– Dites-lui que Miriam Greenberg le demande, s'il vous plaît.

– Je vais voir s'il est disponible.

– Miriam… Vous êtes à Montréal ?

– À Toronto.

– Quelle coïncidence ! Je serai à Toronto demain. On soupe ensemble ?

– Vous êtes impossible, Barney. Je téléphone parce que votre cadeau est arrivé hier.

– Oh.

– De quel droit osez-vous vous montrer si familier ?

– Vous avez raison. Je n'aurais pas dû. Mais j'ai vu cet article dans la vitrine de Holt Renfrew et j'ai tout de suite pensé à vous.

– Je l'ai renvoyé.

– Oh. À mon bureau ?

– Ne vous faites surtout pas de souci.

– Je vous ai déjà dit que j'étais désolé.

– Il faut que ça cesse. Je n’ai pourtant rien fait pour vous encourager.

– Je pense que nous devrions en discuter face à face.

– Il n’y a rien à discuter.

– Pourquoi êtes-vous si en colère ?

– Pour quel genre de femme me prenez-vous ?

– Oh, vous seriez étonnée. Miriam, Miriam, la vérité, c’est que je pense à vous tout le temps.

– Eh bien, arrêtez. Il se trouve que je suis avec quelqu’un.

– *Mais vous ne vivez pas ensemble, n’est-ce pas ?*

– En quoi est-ce que ça vous regarde ?

– Je vous casse les pieds. J’en suis conscient. Pourquoi ne pas dîner avec moi et…

– Je vous ai déjà dit que…

– Attendez. Un dîner. Juste une fois. Et si vous décidez que vous ne voulez plus me revoir… On en restera là.

– Promis ?

– Juré.

– Quand ?

– Dites-moi quand et je serai là.

– Mercredi. On prendra un bol repas sur le toit du Park Plaza.

– Non. En bas. À la Prince Arthur Room.”

13

Hier soir, j'ai commis une grosse bêtise. J'ai relu quelques-unes des niaiseries que j'ai écrites dans ce que j'appelle pompeusement, en tirant mon *chapeau** au cardinal Newman, mon *Apologia pro vita sua.* Les digressions, ou ce que je préfère considérer comme "les propos de table de Barney Panofsky", y abondent. Laurence Sterne se l'est permis, alors pourquoi pas moi ? Estimez-vous encore chanceux : vous, lecteurs, n'avez pas eu à attendre la fin du troisième volume pour assister à ma naissance. Fabuleux, n'est-ce pas ? Je ne mets pas six pages à traverser un champ, contrairement à Thomas Hardy. J'y vais mollo côté métaphores, rien à voir avec John Updike. Mes descriptions sont d'une concision admirable, pas comme celles de P. D. James, romancière que j'admire par ailleurs beaucoup. Un personnage de P. D. James entre dans une pièce, porteur d'une nouvelle qui aura l'effet d'une bombe : mais d'abord on nous entretient de la couleur et de l'étoffe des rideaux, de l'histoire du tapis, de la teinte du papier peint, de la qualité et du sujet des tableaux, du nombre et du style des fauteuils ainsi que des dessertes, dont on précise s'il s'agit de meubles de collection dénichés dans Pimlico ou de simples ersatz achetés chez Heal's. En plus d'être talentueuse, P. D. James est, de toute évidence, une véritable *baleboosteh*, une châtelaine. Elle est également attachante, ce qui est loin d'être mon cas, et me voilà qui digresse de nouveau. Ou comment être forcé d'admettre un défaut de caractère.

Le soir, seul dans mon canapé, je bois en zappant d'une chaîne à l'autre, des jumelles à portée de main sur la table basse. J'en ai besoin pour regarder les entrevues "pénétrantes" de la CBC avec des commentateurs politiques, des économistes, des rédacteurs en chef de journaux, des pros de la socio ou de la psycho et d'autres idiots certifiés qui parlent pour ne rien dire. Pourquoi ? Parce que lesdites entrevues se tiennent en général dans ce qu'on voudrait faire passer pour une bibliothèque, les tablettes derrière la grande gueule étant remplies de livres. Mettons qu'il s'agit de l'auteur d'une étude phare menée auprès de cinq mille Canadiens et qui montre hors de tout doute (ô révélation fracassante) que les riches sont plus heureux que les pauvres et courent moins le risque de souffrir de malnutrition. Ou mieux encore, d'une sexologue (qu'est-ce que c'est ? Mystère et boule de gomme) qui ose affirmer que les violeurs en série sont souvent des êtres solitaires qui ont été victimes d'agressions sexuelles durant leur enfance ou, à tout le moins, sont issus de familles dysfonctionnelles. Qui que soit l'heureux interviewé, j'empoigne aussitôt mes jumelles pour parcourir les titres alignés sur les tablettes. Si j'aperçois un livre de Terry McIver, j'éteins mon appareil et j'écris dare-dare à la CBC pour mettre en doute l'intelligence et le goût des experts auxquels elle fait appel.

J'ai mal dormi, la nuit dernière. Je me suis réveillé à cinq heures et j'ai dû attendre mon journal du matin jusqu'à six heures et demie.

Article rigolo dans le *Globe and Mail* d'aujourd'hui. Une veuve viennoise, Elfriede Blauensteiner, est dans un sacré pétrin. Elle avait l'habitude de faire paraître des petites annonces dans les pages que la presse autrichienne réserve aux cœurs esseulés :

Veuve, 64 ans, 1,65 m, aimerait partager le paisible automne de sa vie avec un veuf. Je suis à la fois ménagère, jardinière, infirmière et compagne fidèle.

Notre célibataire teutonne est aussi une blonde décolorée arborant des verres teintés de bleu qui est accro aux roulettes et aux tables de blackjack de Baden. Beaucoup de vieux types seuls, surtout des retraités, ont répondu et madame a choisi les candidats en fonction de leurs actifs. Selon la police, les gains de cette femme – des comptes bancaires, des biens immobiliers et des espèces obtenus à la faveur de testaments modifiés – se chiffreraient en millions. Son *modus operandi* consistait à ajouter, pendant des mois, un soupçon de médicament contre le diabète dans les assiettes et les verres de ses victimes. La mort, en apparence de cause naturelle, est inévitable. Jusqu'ici, la petite chérie a reconnu avoir commis quatre meurtres, mais la police la soupçonne d'avoir d'autres squelettes dans son placard, en quelque sorte. Je me suis souvenu du personnage interprété par Charlie Chaplin dans son dernier film, *Monsieur comment déjà*[1]?, celui où il élimine des veuves, et je me suis demandé si Elfriede s'était inspirée du même raisonnement tordu. À savoir : par rapport à toutes les horreurs du monde, que pèsent quelques vies inutiles ?

À ma décharge, je précise n'avoir jamais envisagé de noyer ou d'empoisonner "accidentellement" la Deuxième Mme Panofsky, même si les déjeuners que nous prenions ensemble étaient de véritables descentes aux enfers. Attentionnée au possible, ma bavarde épouse aimait me faire part, pendant notre café matinal, des souvenirs toujours abondants qu'elle conservait de ses rêves. Un de

1. *Monsieur Verdoux* (Universal, 1947) n'a pas été le dernier film de Chaplin. Il réalisa plus tard *La Comtesse de Hong Kong* (1967), avec Marlon Brando.

ces matins en particulier restera à jamais gravé dans ma mémoire, pourtant parfois défaillante. Récapitulons. La veille, deux billets de hockey dans ma poche de poitrine, j'avais retrouvé au Dink's John Hughes-McNoughton, qui devait m'accompagner au Forum. John était déjà ivre et Zack Keller bien en voie de l'être.

"Dis, Barney, tu sais pourquoi les Écossais portent le kilt ?

– Je ne veux pas le savoir.

– Parce que les moutons entendent le bruit de la braguette."

Saul, dont je suis forcé de subir l'opprobre, ne voit pas d'un bon œil ma passion dévorante pour le hockey. "À ton âge, a-t-il récemment déclaré, il est carrément indécent de continuer à renifler les suspensoirs."

Ce soir-là, je n'ai pas assisté au match. À la fermeture du Dink's, à deux heures du matin, John, Zack et moi sommes sortis dans un froid à vous faire tinter les oreilles, la neige tourbillonnant dans le vent. Sans un taxi en vue, nous avons traîné les pieds jusqu'à un *speakeasy* de la rue McTavish, où nos pardessus se sont mis à fumer dans la chaleur ambiante.

On concevra facilement que j'étais au plus mal lorsque, le lendemain matin, la Deuxième Mme Panofsky m'a rejoint à la table du déjeuner, vêtue de sa robe de chambre rose molletonnée. J'ai trouvé refuge derrière la *Gazette*, que j'ai ouverte à la page des sports et où j'ai lu : *Le Gros Bill a conduit...*

"J'ai fait le rêve le plus bizarre, la nuit dernière."

... les Canadiens à...

"Hou ! hou ! J'ai dit que...

– Je t'ai entendue."

... une victoire décisive par cinq à...

"J'avais à nouveau seize ans et je ne m'explique pas pourquoi, dans mon rêve, mes cheveux étaient encore coiffés en queue-de-cheval, noués avec le ruban en velours de Saks Fifth Avenue que ma tante Sarah m'a offert environ un mois avant de se faire récurer l'intérieur, tu sais, son hystérectomie. On a procédé à l'ablation de l'utérus de cette pauvre femme et tout de suite après elle a chargé un détective privé de suivre mon oncle Sam à la trace. Le mensonge le plus compromettant qu'elle a découvert, c'est que, au lieu d'aller à la leçon de Talmud donnée par Rabbi Teitelbaum, comme il le prétendait, il jouait à la belote dans l'arrière-boutique du salon de barbier Broadway, rue Saint-Viateur. Tu sais bien, à côté de l'endroit où se trouvait autrefois la boucherie casher Reuben, ma mère ne jurait que par ses poulets. C'était un sacré numéro, ce Reuben. J'y allais avec ma mère, j'avais à peine dix ans, et il me disait : 'Une beauté comme toi, comment ça se fait que t'es pas encore mariée ?' En tout cas, elle était incongrue, la queue-de-cheval de mon rêve, et je n'ai pas encore compris ce qu'elle signifie, mais, à l'époque, j'allais déjà chez le coiffeur, M. Mario's Salon, rue Sherbrooke, pas loin de Victoria. Tiens, ça me fait penser. Tu es passé prendre l'abat-jour chez Grunwald, hier ? Ça fait seulement trois fois que je te le rappelle et que tu promets de t'en occuper. Tu as encore oublié ? Tu avais des choses plus importantes à régler ? Ouais, évidemment. Mais si je te disais qu'il ne reste plus une seule goutte de single malt à la maison, *comme si c'était possible*, tu laisserais tout en plan pour foncer illico à la Commission des liqueurs. J'étais la chouchoute de M. Mario. 'De si jolies boucles naturelles, avait-il coutume de dire. C'est moi qui devrais te payer pour avoir le plaisir de te coiffer.' Il est mort il y a trois ans, non, quatre, des suites d'un cancer des testicules."

D'une main tremblante, j'ai posé ma tasse de café et allumé un Montecristo n° 4.

"L'emphysème, ça te dit quelque chose ?

– Hmm ?

– C'est sûrement pire qu'une hystérectomie, pour un homme je veux dire, perdre ses testicules, sans parler des conséquences pour Gina, sa pauvre femme. Il suffisait de nommer un air de Verdi pour que Gina te le chante à la perfection en te lavant les cheveux. Il avait déjà commencé à se généraliser, le cancer de Mario, on lui a ouvert le ventre et on l'a recousu tout de suite, il n'y avait plus rien à faire. Il a laissé derrière lui Gina et deux enfants. La fille travaille au comptoir de parfumerie Lanvin de Holt Renfrew, et c'est pour cette raison que je n'y mets plus les pieds, elle est trop familière, je n'aime pas ça. Je n'ai pas envie de l'entendre crier mon prénom comme si nous étions les meilleures amies du monde, sa voix résonne d'un bout à l'autre de l'étage. Le cadet, Miguel, est le chef du Michelangelo, avenue de Monkland, et aussi le coproprio, il me semble. Tu sais bien, juste en face du cinéma. C'est là que j'ai vu *Ambre* quand j'étais toute petite, mon père en serait mort s'il l'avait su. Avec Linda Darnell et Cornel Wilde, et aussi George Sanders, tu te souviens de lui, je le trouvais génial. On devrait essayer le Michelangelo, un de ces jours. Les Silverman y sont allés la semaine dernière et il paraît que c'est bon marché et délicieux, en plus les tables ne sont pas trop rapprochées. Pas comme dans tes bistros de la rue Saint-Denis, où tu vas parce qu'ils te rappellent Paris, où les *frogs* mangent juste à côté de nous, presque sur nos genoux, et où tu te mets à parler fort en anglais parce que tu cherches les ennuis, comme d'habitude. Oh, je sais bien que ça t'amuse. Sachant qu'ils nous écoutent, tu t'inventes un juteux compte bancaire en Suisse et tu prétends ne pas comprendre le menu parce qu'il est en français. C'est quoi, du *pâté**? as-tu hurlé une fois, en prononçant le mot comme s'il rimait avec *wait.* Tu as été chanceux de ne pas recevoir un coup de poing sur le nez, ce soir-là. Le type d'à côté bouillait de rage. Herb a pris la soupe *pasta e fagioli* et les lasagnes à la mode de Sorrente. Il ne surveille pas sa ligne, celui-là, c'est le moins qu'on puisse dire, et pourtant il aurait intérêt à faire attention, il monte une volée de marches et il est à bout de souffle, on jurerait qu'il vient de courir le marathon de Boston. Il a des furoncles, notamment autour des parties génitales, et ce n'est pas très ragoûtant, m'a confié Marsha, surtout quand il y en a un qui pète. Marsha a pris l'assiette d'antipasti et les escalopes de veau à la milanaise, malgré les trous entre ses dents, elle a toujours refusé de porter un appareil à l'époque où nous faisions partie de Young Judaea. Résultat : des morceaux se coincent un peu partout et moi je ne sais plus où regarder. J'ai eu la délicatesse de lui en parler à voix basse, un jour. C'était pendant une sortie à quatre, on soupait chez Miss Montréal, moi j'étais avec Sonny Applebaum, il m'a demandée en mariage et aujourd'hui, tu sais, je m'occuperais d'un homme qui a le Parkinson. Je lui en ai parlé dans le creux de l'oreille et, mon Dieu… elle m'a fusillée du regard et je n'ai plus jamais abordé le sujet. Tout de même, elle ferait mieux de ne pas parler la bouche pleine. Oh, excuse-moi. Je vois bien à ton regard qu'elle ne peut rien faire de mal, celle-là. Au mariage des Rothstein, tu as dansé avec elle je ne sais plus combien de fois et vous étiez tellement collés l'un sur l'autre que j'aurais été incapable de vous séparer. Ne te fais pas d'illusions : tout le monde s'est aperçu que vous vous êtes éclipsés pendant une heure. Je sais, oui. Inutile de te répéter. Elle a eu un étourdissement et tu l'as emmenée faire une promenade au bord de l'eau. Ouais, ouais. Mais écoute-moi bien, sire Galaad : si Norma Fleischer – ses kilos en trop n'ont rien à voir avec ce qu'elle mange, c'est un problème de glandes, d'accord ? – tombait dans les pommes sur la piste de danse, tu ne lèverais pas le petit doigt. Une promenade… tu parles. Tu as conduit Marsha dans le hangar à bateaux, oui. Pour elle, ce ne serait pas la première fois, elle va avec tout ce qui porte un pantalon, alors il ne faut surtout pas te prendre pour un don Juan. Elle devrait vous donner des cartes postales, comme le fait ce restaurant où tu m'as emmenée, avec ses canards… La Tour d'Argent."

... cinq à deux, mais ce triomphe risque de se révéler coûteux...

"Je t'ennuie ?

– Pas du tout.

– Alors pose ton journal, s'il te plaît.

– Voilà, c'est fait."

... coûteux à cause de la charge crosse en avant que Phil Goyette a reçu de la part de Stan Mikita...

"Tu as recommencé à lire.

– Tu me racontais ton rêve.

– Je suis parfaitement au courant de ce que j'avais commencé à te raconter et j'y reviendrai en temps utile. Je ne savais pas qu'il y avait le feu. Mon Dieu, on peut dire que tu en as fait, du raffut, quand tu as fini par rentrer, la nuit dernière. À en juger par l'heure qu'il était, elle a dû durer au moins dix-huit périodes, cette partie de hockey, au lieu des trois réglementaires, et j'aimerais que tu m'expliques comment tu t'y es pris pour déchirer ta chemise. Non. Je préfère ne pas le savoir. Tiens, puisqu'on parle de ton comportement, ça me rappelle que je voulais te demander quelque chose. Vendredi soir, nous allons prendre le repas du sabbat chez mes parents, ce coup-ci tu n'y échapperas pas. C'est beaucoup te demander, je sais bien, tu dois mettre un costume, mais mon père s'arrange toujours pour avoir les meilleures bouteilles de single malt, uniquement pour te faire plaisir. Ah oui, c'est vrai, la dernière fois, la nouvelle bonne a mis des glaçons dans ton verre. Qu'on lui coupe la tête ! Hein ? La vérité, c'est que je devrais plutôt me couper la langue parce que j'ai un jour commis la bêtise de te dire que ma mère ne supporte pas qu'on sifflote à table. Tu ne siffles ni à la maison ni ailleurs. *Jamais, jamais.*

Pourtant, le vendredi soir, on n'a pas encore terminé le *gefilte fish* que tu nous fais l'étalage de ton talent comme si tu auditionnais pour l'*Ed Sullivan Show* ou un truc du genre. Alors, cette fois-ci, s'il te plaît, s'il te plaît, ne siffle pas *Mairzy Doats* ou *Bongo, Bongo, Bongo, I Don't Want to Leave the Congo* ou un autre air idiot de Spike Jones. Tu trouves ça drôle ? Ça te fait rire ? Va chier. Mon père attend toujours les résultats de sa biopsie. S'ils sont positifs, je ne sais pas ce que je vais faire. Je pense que je n'y survivrai pas. Où en étais-je, déjà ?

– À seize ans, avec une queue-de-cheval.

– C'était l'année de la danse organisée au temple pour mon anniversaire. Je portais une robe en taffetas blanc de Bergdorf Goodman, avec des gants et des bas de soie assortis, sans oublier les talons hauts. Mon père m'a regardée et ses yeux se sont remplis de larmes. M. Bernard et son épouse étaient présents pour le souper, de même que les Bernstein, les Katansky et…

– Que vous a-t-on servi ? ai-je demandé avec un sourire torve.

– *C'est du sarcasme ?*

– Ça m'intéresse.

– Une chose importante pour moi t'intéresse ? Ouais, tu parles. Et tu n'as jamais touché une de tes prétendues actrices, ces *shiksas* que tu engages, et, hier soir, tu n'as pas bu une seule goutte d'alcool. Vrai ? Faux. Eh bien, pour ta gouverne, c'est M. Henri qui a préparé le repas, et on n'a pas lésiné sur la dépense. C'était un Juif sépharade du Maroc, mais pas un malpropre comme les autres. Il était extrêmement poli. Très raffiné. Quand on lui présentait une dame, il lui baisait la main sans même l'effleurer. Puis on a découvert que son fils était épileptique et ça lui a brisé le cœur. Il s'est mis à boire et ses affaires ont périclité. *Ne me regarde pas comme ça. Je t'en prie.* Je sais que ça ne nuit pas à ton travail. Du moins pas encore. Dans ton cas, je dirais plutôt que c'est ton travail qui nuit à ton ivrognerie. Pas de réaction ? Qu'est-ce qu'il faudrait que je fasse pour t'arracher un sourire ? Que je marche sur les mains ? Que j'enlève ma culotte dans la vitrine de chez Eaton ? Un truc que cette jeune actrice que tu aimes tellement, cette Solange, ne pourrait pas faire. Il paraît qu'elle n'en porte jamais et j'ai devant moi l'homme capable de confirmer ou d'infirmer cette information. Oui ? Non ? Bon, peu importe. Revenons plutôt à l'époque où les affaires de M. Henri étaient florissantes et où même des non-Juifs le retenaient comme traiteur. De vieilles familles de Westmount qui n'auraient jamais accueilli un Juif, fût-il aussi cultivé que mon père, dans un de leurs clubs, n'hésitaient pas à lui confier le bal des débutantes de leurs filles et d'autres événements qui défrayaient la chronique mondaine de la *Gazette.* Non mais, regardez-le. Il s'impatiente déjà. J'ai intérêt à en venir au fait, hein ? Sinon, tu vas m'annoncer que tu dois te rendre aux toilettes de toute urgence, *ton journal sous le bras*, mais il se trouve que je sais que tu y es déjà allé ce matin, *et comment !* Je te prierai de vaporiser, la prochaine fois, c'est pour ça qu'il y a du sent-bon, tu sais. Comment t'expliquer ? Les bouteilles ne servent pas juste à boire. Bon, pas même un sourire, comme d'habitude. Pas de ha ! ha ! ha ! Tu n'as pas trouvé la remarque spirituelle ? Il n'y a qu'une personne qui sache plaisanter, ici, et c'est toi. OK, OK. *Tara-tara-tara.* Le menu. Nous avons commencé par du *foie de poulet**, servi dans une barque en concombre entourée de tranches de cornichon au vinaigre et de pétales de fleurs. Ma tante Fanny, qui ne savait pas ce que c'était, les a tous mangés. La famille s'est payé sa tête pendant des années. Mon père nous emmenait au café Martin, où il y avait un vase de fleurs au milieu de la table, et avec un clin d'œil il disait : 'Heureusement que tante Fanny n'est pas là.'

“Lors de cette réception donnée pour mes seize ans, des garçons déguisés en Bédouins allaient de table en table pour distribuer des bagels aux brisures de chocolat, à la cannelle, à la framboise et au citron, du jamais-vu. Une invention de M. Henri. La soupe était une sorte de bouillon – mais oh, quel parfum ! – dans lequel flottaient de toutes petites boules de veau haché en forme de cœur enveloppées dans une pâte mince comme du papier. Ensuite, tout le monde a eu droit à un sorbet à la menthe poivrée pour se rincer le palais. Il y en a parmi les plus vieux qui ont commencé à rouspéter, ils croyaient que le repas était terminé, puis est arrivé le plat principal : un carré d’agneau posé sur un lit de couscous et garni de beignets aux pommes. Après, on nous a servi des carrés aux dattes, des boudoirs aux pacanes, des quartiers de figues fraîches et des fraises trempées dans le chocolat, et le tout jaillissait d’une corne d’abondance en croûte à biscuit.”

... de Stan Mikita en première période...

“Mon père m’a offert une bague en onyx et un collier de perles avec un bracelet et des boucles d’oreilles assortis. Je les ai fait évaluer chez Birks, ne me regarde pas de cette façon, je ne suis pas vénale, il fallait bien, à cause des assurances, et il y en avait pour mille cinq cents dollars, et je te rappelle que c’était en 1947. Aujourd’hui… Dieu sait ce que ça vaut. Il m’a aussi donné le nécessaire de toilette en argent fin de chez Mappin & Webb qui trône toujours sur ma coiffeuse, et je te prierai de ne plus laisser tes verres de whisky traîner, ça fait des cernes sur le cuir, non pas que ça te dérange, toi. Ma grand-mère m’a offert mon premier manteau de vison avec son manchon assorti. Qui porte encore des trucs pareils, hein ? Pourtant, je ne m’en séparerais pour rien au monde. Tu lis, là.

– Je ne lis pas.

– Pourquoi viens-tu de déplacer ta tasse de café ?

– Parce que j'en ai renversé un peu.

– Explique-moi quelque chose. Tu assistes à une partie de hockey, tu connais le résultat, tu sais qui a marqué les buts, et pourtant, le lendemain matin, tu te précipites sur les pages sportives. Pourquoi ? Tu t'attends à trouver un score différent dans la *Gazette* ?

– Tu me racontais ton rêve.

– Mon rêve ne t'intéresse pas.

– Bien sûr que si.

– Parce qu'il te concernait ?

– Ce n'est pas moi qui ai abordé le sujet, pour l'amour du Christ.

– Je vais te dire ce qui m'intéresse, moi. Sylvia Hornstein t'a vu dans le rayon lingerie de Holt Renfrew, il y a deux semaines. Selon elle, tu as acheté un déshabillé en soie, tu as fait faire un emballage cadeau puis – et c'est ce que je trouve rudement intéressant – tu l'as fait emballer de nouveau dans du papier kraft, comme pour l'envoyer par la poste. Ce n'était donc pas pour moi. Alors, pour qui ?

– En fait…

– Ouh, je sens que je vais bien rigoler.

– … c'est bientôt l'anniversaire de mariage d'Irv Nussbaum et il m'a téléphoné de Calgary pour me demander d'acheter cet article pour sa femme et de le lui poster ici.

– Menteur, menteur, menteur.

– C'est un scandale.

– Laquelle de tes prétendues actrices l'a porté pour toi la nuit dernière, toi qui es rentré à quatre heures du matin ?

– La nuit dernière, j'étais avec John et Zack. Tu peux vérifier, si tu veux.

– Va te faire voir !" s'est-elle écriée en bondissant.

... les flamboyants Habitants ont servi toute une leçon de hockey aux Hawks. Le grand Jean Béliveau a d'abord

trouvé Dickie Moore devant la cage, puis Boum Boum a battu Glenn Hall du côté du gant avec un tir frappé d'une douzaine de mètres que le gardien des Hawks n'a même pas vu passer, puis Jean Béliveau, après avoir réceptionné une longue passe de Doug Harvey, a foncé droit sur Hall. Bang bang bang. *Cinq à un pour les bons gars.*

14

La Deuxième Mme Panofsky a martelé la porte pendant que je prenais ma douche. “Téléphone, a-t-elle dit. C’est ton père.”

Izzy a dit : “Tu avais l’intention de m’emmener au hockey, ce soir ? Tu parles d’une faveur. Les maudits Rangers. Je gage que t’as pas réussi à trouver une autre victime. Je peux pas y aller, de toute façon. Toi non plus, d’ailleurs.” Il a marqué une pause pour se moucher. “C’est terminé.

– Qu’est-ce qui est terminé ?

– Les souffrances de ta pauvre mère. Elle est morte dans son sommeil, la nuit dernière, et j’en ai le cœur brisé.

– À d’autres.

– Hé, un peu de respect, tu veux ? Si tu l’avais vue quand on s’est connus… C’était un sacré numéro. On a eu nos petits différends au fil des ans, comme tout le monde, mais elle a toujours bien tenu la maison. Dans ce domaine-là, j’ai jamais eu à me plaindre.”

Moi, par contre, j’avais mes propres motifs de plainte. Pendant mon enfance, mon père était rarement à la maison. Le soir, en général, ma mère me servait des macaronis au fromage, mais, pour les occasions spéciales, elle faisait bouillir des saucisses à hot-dog et les servait avec une pyramide de purée de pommes de terre grumeleuse, recouverte de flocons de maïs. Je lui dois quand même de m’avoir inscrit aux cours de claquettes donnés par

M. Jeepers Creepers, accusé à deux reprises d'agressions sexuelles sur des garçons. L'espoir le plus cher de ma mère, c'était qu'on me "découvre" à l'occasion de mon passage sur le plateau de *Major Bowes Amateur Hour*, mais elle s'est désintéressée de l'affaire le jour où j'ai fait un four en auditionnant pour une émission locale. C'est lorsqu'elle a fini à l'hôpital que je me suis un peu rapproché d'elle. Je fermais la porte de sa chambre, je posais mon canotier sur ma tête, je faisais tourner ma canne et je dansais avec mes chaussures de claquettes en chantant *Shoo-Fly Pie and Apple Pan Dowdy* ou *Ac-cent-tchu-ate the Positive*, un autre de ses airs préférés. Elle couinait et battait des mains, des larmes coulaient sur ses joues, et mon humeur oscillait entre la joie d'avoir enfin réussi à l'émouvoir et la fureur de la savoir si stupide.

Izzy a pleuré à l'enterrement, ne fût-ce que pour le bénéfice de ses deux beaux-frères et de leurs épouses, venus de Winnipeg, d'où ma mère était originaire. Mes oncles, que je n'avais pas revus depuis ma bar-mitsva, étaient des hommes respectables. Milty, pédiatre, et Eli, avocat, sont tombés sous le charme de la Deuxième Mme Panofsky. "Je crois comprendre que votre père est un bon ami de M. Bernard, a dit oncle Eli. Il va prononcer un discours à l'occasion d'une soirée de bienfaisance qu'organise notre synagogue, la semaine prochaine. Dites à votre père que je suis au service de M. Bernard, s'il a besoin de quoi que ce soit."

La Deuxième Mme Panofsky s'est hâtée d'expliquer que ses parents étaient en voyage en Europe. Sinon, évidemment, ils auraient tenu à être présents aux funérailles.

"Si votre père vient à Winnipeg pour affaires, il a un ami là-bas. Je compte sur vous pour le lui dire."

Mes oncles ont toujours désapprouvé mon père et eu honte de ma mère, qu'ils considéraient comme l'idiote de la famille. Malgré tout, oncle Milty a demandé à Izzy :

"Où as-tu l'intention d'observer la Shiv'ah ?

– Ma philosophie personnelle à moi est plutôt moderne. Je ne crois pas trop à ces tours de passe-passe religieux.”

Soulagés, mes oncles et mes tantes ont aussitôt acheté leur billet de retour. J’ai déposé la Deuxième Mme Panofsky à la maison, puis j’ai emmené mon père au Dink’s, où nous allions faire notre deuil, à la Panofsky. L’affaire était déjà bien partie quand Izzy a commencé à renifler et à s’éponger les yeux avec un mouchoir immonde.

“Je ne vais pas me remarier. Jamais.

– Qui voudrait d’un vieux chnoque comme toi, de toute manière ?

– Tu serais surpris, petit. Elle t’aimait, tu sais. Quand elle était enceinte… tu as été un accident, tu sais.

– Oh.

– Pendant sa grossesse, elle se faisait du souci pour sa ligne, alors je lui ai dit : Si tu veux un avortement, je m’en occupe. Nan, elle a répondu. Elle voulait t’appeler Skeezix, comme le garçon dans *Gasoline Alley*, mais j’ai tenu mon bout, et on s’est entendus pour Barney, d’après Barney Google.

– *Tu veux dire que je dois mon prénom à un personnage de bande dessinée ?*

– Elle espérait que tu deviendrais une personnalité de la radio.

– Comme Charlie McCarthy ou Mortimer Snerd ?

– Tu veux rire ? C’étaient des pantins, ces gars-là. Hé, elle se serait même contentée d’une toute petite place à la radio canadienne. Elle ne ratait jamais *Happy Gang*. Tu te souviens ? Bert Pearl, Kay Stokes, tout ce monde-là.

– Tu as besoin d’argent, papa ?

– J’ai la santé, ça vaut tous les millions du monde. Ce qu’il me faut, c’est du travail. Je suis allé voir le maire de Côte-Saint-Luc. Qu’est-ce que tu en dis ? que je lui demande. Izzy, qu’il me répond, je suis juif et le conseiller municipal est juif. Un policier juif en plus… ça passerait pas. Les *goyim* rechigneraient. Tu les connais. Là, il a pas tort. Jeune, je me suis rendu compte que les *goyim* en voulaient même à Al Jolson. C'est pas un vrai nègre, qu'ils disaient. Rien que du maquillage.

– Je ne sais pas ce que je ferais sans toi, papa. Tu n'as pas besoin de travailler. Je vais te faire aménager un logement dans mon sous-sol, avec une entrée privée.

– Ouais, c'est ça. Je gage que ta tendre moitié serait enchantée."

Comme Izzy l'avait prévu, la Deuxième Mme Panofsky s'est emportée lorsque je lui ai fait part de mon projet.

"Pas question que cet animal emménage ici.

– C'est mon père. Je n'aime pas le savoir seul dans une chambre de pension, à son âge.

– Et si c'était mon père à moi ? Malade comme il est… Il supporte mal d'être une journée sans me voir."

Le passage d'une maison de chambres miteuses du boulevard Dorchester à un appartement impeccable doté de tout le confort moderne dans une avenue bordée d'arbres de Hampstead n'a pas intimidé mon père le moins du monde. Il a aussitôt fait comme chez lui. Au bout de quelques semaines, sa cuisine proprette empestait les vieux pets, les cigares White Owl et les restes de mets chinois moisissant dans des assiettes en carton. Dans le salon, tous les sièges étaient occupés par des piles de journaux (le *National Enquirer*) et de magazines (*True Detective*, la *Police Gazette*, *Playboy*[1]), dont les coins des couvertures manquaient systématiquement : mon père s'en servait pour se curer les dents en regardant *Perry Mason* ou *Have Gun, Will Travel.* Son lit n'était jamais fait et tous les cendriers débordaient de pelures d'orange, d'écales de graines de tournesol, de bouts de cornichon au vinaigre et de mégots de cigare. Les moindres surfaces

1. En fait, le premier numéro de *Playboy* a paru seulement en décembre 1953.

planes étaient jonchées de bouteilles vides de bière et de *rye*.

Lorsque la Deuxième Mme Panofsky a exigé que j'équipe d'une serrure la porte de la cuisine, d'où partait l'escalier qui communiquait avec l'appartement de mon père, j'ai refusé catégoriquement. Pauvre Izzy. L'intrépide policier qui avait terrassé des cambrioleurs, pourchassé des voleurs de banque dans des ruelles solitaires, assommé des trafiquants de drogue d'un crochet du gauche et fracassé le crâne d'agresseurs avec la crosse de son arme, bref, lui qui n'avait jamais craint aucun criminel, tremblait devant ma tendre épouse. Ce n'est que quand il n'entendait personne d'autre que moi qu'Izzy se risquait à gravir les marches sur la pointe des pieds et à ouvrir précautionneusement la porte.

"La voie est libre, petit ?

– Elle est sortie."

S'emparant d'un verre, Izzy fonçait vers le bar de la salle à manger.

"Méfie-toi, papa. Elle marque au crayon le niveau des bouteilles.

– Oublie pas que tu as affaire à un fin limier.

– Quand je me sers un single malt, ces jours-ci, ai-je dit en le regardant dans les yeux, je ne me donne plus la peine d'ajouter de l'eau. Quelqu'un l'a déjà fait.

– C'est la nouvelle bonne. Ce qu'elle est sainte-nitouche, celle-là.

– Merde, papa, ne me dis pas que tu…

– Je l'ai jamais touchée, peu importe ce qu'elle raconte."

Izzy appréciait par-dessus tout les mercredis soir, moment où la Deuxième Mme Panofsky se rendait dans sa famille pour échapper à ma partie de poker hebdomadaire. En général, Marv Guttman, Sid Cooper, Jerry Feigelman, Hershey Stein et Nate Gold y participaient. Je me souviens d'un de ces mercredis en particulier, celui où Irv Nussbaum avait pris la place de Nate Gold. En battant les cartes, Irv avait souri à Marv de toutes ses dents.

"Bon, et alors ? Vous avez aimé votre séjour en Israël, Sylvia et toi ?

– Merveilleux. Nous avons adoré. Ce qu'on accomplit là-bas…

– Ce qu'on accomplit là-bas, a lancé Irv à la cantonade en distribuant les cartes, coûte des millions et des millions, et tout le monde, absolument tout le monde, va devoir acheter des obligations, comme jamais auparavant.

– On a eu une mauvaise année, a dit Hershey.

– Pourrie, a renchéri Jerry.

– Et avec le coût des matériaux, de nos jours…, a confirmé Marv.

– Et la lutte contre les fedayins, a demandé Irv, et l'intégration de nos frères venus du Yémen, combien ça coûte, à votre avis ?"

Je me suis rendu compte un peu tard qu'inviter Irv avait été une erreur. En moins d'une heure, la partie s'était essoufflée ; d'un air indigné, mes invités avaient vu Irv s'emparer d'un bol en cristal rempli de jetons, qu'il a entrepris d'empiler selon leur couleur. Les jetons n'étaient pas à lui. Il avait insisté pour que dix pour cent de chaque pot soit reversé à l'université Ben-Gourion du Néguev, dont il était l'un des administrateurs.

"Il ne s'arrête jamais, a déclaré Hershey en regardant Irv d'un air mauvais.

– Nos ennemis non plus", a répondu Irv du tac au tac.

Vers dix heures, nous jouions sans plaisir. Et, après un dernier tour de table, nous avons décidé de nous arrêter, beaucoup plus tôt que d'habitude, et de faire honneur aux mets fins que j'avais posés sur la desserte : *smoked meat*, salami, foie haché, salade de pommes de terre, cornichons au vinaigre, bagels et pain *kimmel* tranché. Ayant compté les jetons que contenait le bol en cristal taillé, Irv a annoncé : “Nous avons accumulé trois cent soixante-quinze dollars pour l’université Ben-Gourion du Néguev. Si chacun ajoute encore vingt dollars, ça fera un grand total de cinq cents dollars[1].”

C’est à ce moment qu’Izzy, attiré par la promesse d’un festin bien arrosé, a fait irruption dans le salon en brandissant son revolver au canon court, un large sourire sur les lèvres.

“Que personne ne bouge ! a-t-il hurlé en se mettant en position de tireur. C’est une descente !

– Pour l’amour du Christ, papa, je commence à en avoir plein le dos de cette plaisanterie débile.”

En grognant, Izzy, un White Owl ramolli à la bouche, s’est laissé tomber sur la chaise la plus rapprochée du buffet. “Je garde trois armes à la maison.” Faisant fi de mon regard réprobateur, il a tiré le plateau de *smoked meat* vers lui et, à l’aide d’une fourchette, a entrepris d’embrocher les tranches grasses (en évitant avec soin les maigres) pour les empiler sur du pain *kimmel.* “Elles sont bien cachées, dispersées ici et là, vous comprenez ? Quelqu’un entre ici sans y avoir été invité, je lui fais des trous d’aération, il a qu’à demander, aucun problème.” Sans transition, il s’est lancé dans l’évocation d’un souvenir. “Vous savez combien je gagnais pendant la Dépression ? Mille deux cents par année, pas un sou de plus, et je gage que certains d’entre vous ont perdu plus que ça ce soir. C’était assez pour vivre ? Bonne question. Oubliez pas que je disposais d’une voiture de fonction. Et si j’avais envie de fourrer, c’était toujours offert par la maison”, a expliqué Izzy. Puis, armé de son sandwich qui débordait, il s’est dirigé vers le bar, où il s’est servi une généreuse ration de Crown Royal avec du soda au gingembre. “Partout où on allait, les gens savaient qu’on était de la police et ils étaient contents de

1. En fait, 375 dollars plus 6 fois 20 dollars font 495 dollars.

nous voir, vous comprenez ? Les boucheries, surtout les boucheries casher, les épiceries… On était bien reçus partout. Surtout quand les propriétaires avaient besoin d'un coup de main. Alors ils nous refilaient toutes sortes de trucs, gratis. Pareil pour les manufactures de vêtements, où ils avaient souvent besoin qu'on fasse une enquête ou qu'on décourage un employé qui voulait former un syndicat, vous voyez le genre ? La Dépression ? Je l'ai à peine sentie passer." Puis, son immense sandwich dans une main et son verre de *rye*-soda au gingembre dans l'autre, un cornichon au vinaigre entre les dents, Izzy a agité les sourcils dans ma direction avant de redescendre au sous-sol.

"Sacré numéro, a déclaré Nate.

– Dis-moi, Marv. Avez-vous fait une escale européenne en vous rendant en Israël ? a demandé Irv.

– À Paris, oui.

– Tu ne devrais pas dépenser ton argent en Europe. En France encore moins qu'ailleurs. En 1943[1], les Français ont raflé tellement d'enfants juifs destinés aux chambres à gaz que même la Gestapo était débordée."

Sentant venir les ennuis, les invités ont enfilé leur manteau et déguerpi comme un seul homme. Du haut de l'escalier qui descendait chez mon père, j'ai crié : "Tu es un cochon, un *chazer*, et je vois clair dans tes jeux puérils !"

J'ai entendu le claquement de pantoufles dans les marches, puis mon père est apparu, le visage cendreux.

1. Le 16 juillet 1942, des milliers de policiers français ont rassemblé treize mille Juifs à Paris, dont des invalides, des femmes enceintes et trois mille enfants. Avant de les déporter vers un camp d'extermination, on les a parqués dans le Vélodrome d'Hiver, sans eau ni nourriture. La rafle s'est inscrite dans le cadre d'un accord que Pierre Laval, chef du gouvernement de Vichy, a conclu avec les nazis, qui ont eu du mal à assurer le transport d'un si grand nombre de Juifs d'un coup.

Par moments, il débordait d'énergie et on lui aurait donné cinquante ans ; en d'autres occasions, comme celle-ci, il semblait vieux et vaincu.

"Ça va, papa ? ai-je demandé.

– J'ai des brûlures d'estomac.

– Après un sandwich comme celui que tu t'es enfourné ? Là, tu m'étonnes.

– Je peux avoir de l'Alka-Seltzer, ou ça aussi elle le garde sous clé ?

– Ne commence pas, papa, l'ai-je imploré en lui préparant son Alka-Seltzer. Je suis fatigué."

Izzy a accepté son verre, l'a bu d'un trait et a poussé un rot retentissant. "Je t'aime, Barney", a-t-il dit, la voix tremblante. Puis, sans crier gare, il s'est mis à pleurer, inexplicablement.

"Qu'est-ce qui se passe, papa ? Dis-moi. Je peux peut-être t'aider.

– Personne peut m'aider."

Cancer. "Tiens, papa."

Il a pris le Kleenex que je lui tendais, puis il s'est mouché avant de s'éponger les yeux. Je lui ai caressé la main et j'ai attendu. Après un long moment, il a levé son visage sillonné de larmes et a lancé : "Tu sais pas ce que c'est que de plus pouvoir fourrer régulièrement."

Et c'est reparti, ai-je songé en retirant ma main, agacé. Izzy pleurait le départ de Mme Langevin, la bonne précédente. "Quarante-huit ans, et elle avait des seins, des seins durs comme ça", a-t-il dit, inconsolable, en tapant sur le comptoir avec ses jointures.

Dès que la Deuxième Mme Panofsky avait découvert le pot aux roses, Mme Langevin avait été remerciée de ses services, malgré mes objections. Notre nouvelle bonne, une Antillaise, n'avait pas le droit de descendre dans l'appartement d'Izzy quand il était là.

"Va te coucher, papa, s'il te plaît."

De retour devant le bar, il se préparait plutôt un autre *rye*-soda au gingembre.

"Ta mère, qu'elle repose en paix, avait des gaz terribles. Tu sais ce qui la tenait en un seul morceau, ces dernières années ? Du fil de fer et de la ficelle. Des points de suture. Toutes ces opérations… Merde. Il y avait tellement de cicatrices sur son ventre qu'on aurait dit le centre de la patinoire à la fin de la troisième période.

– C'est indécent", ai-je protesté.

Izzy, plus ivre que je ne l'avais cru, m'a serré contre lui et embrassé sur les joues, les yeux de nouveau inondés de larmes.

"Accroche-toi, Barney. Baise tout ce qui passe tant que tu en es encore capable.

– Tu es un petit vieux répugnant", ai-je répondu en me dégageant.

Se dirigeant vers l'escalier d'un pas traînant, Izzy s'est une fois de plus tourné vers moi. "Mausus ! La porte du garage. C'est sa voiture. La duchesse d'Outremont est de retour. À la revoyure, petit."

Dix jours plus tard, il est mort d'une crise cardiaque sur une table de massage.

15

Par une douce soirée d'été, en 1973, je mangeais au restaurant en compagnie de Miriam, radieuse. C'était après la naissance de nos trois enfants. Comme tout le monde, à l'époque, nous étions engagés dans un débat enflammé sur les audiences du Watergate, que nous avions passé l'après-midi à regarder à la télévision.

"Les bandes enregistrées vont avoir raison de lui, a soutenu Miriam. Il va devoir démissionner.

– Mon cul, oui. Il se tire toujours d'affaire, ce salaud."

Naturellement, c'est elle qui avait raison, comme d'habitude. Et, comme d'habitude, je lui ai fait part de mes problèmes professionnels.

"Je n'aurais jamais dû confier ces scénarios à Marty Klein.

– Je ne voudrais pas être désagréable, mais je te l'avais bien dit.

– Sa femme est enceinte et il a quitté la CBC pour travailler dans ma boîte. Je ne peux tout de même pas le flanquer à la porte.

– Dans ce cas, accorde-lui de l'avancement. Nomme-le producteur délégué ou vice-président responsable des cendriers. N'importe quoi. Pourvu qu'il n'écrive plus une ligne.

– Je ne peux pas lui faire un coup pareil !" me suis-je récrié.

Comme d'habitude, j'ai ruminé pendant trois jours le conseil de Miriam, puis j'ai suivi sa recommandation en faisant comme si l'idée venait de moi. D'autres couples plaisantaient à notre sujet. Dans la plupart des soirées, nous finissions dans un coin ou assis dans les marches à papoter en ignorant tous les autres. Puis des rumeurs sont arrivées aux oreilles de Miriam. Un jour qu'elle dînait avec une soi-disant amie, alors mêlée à une vilaine histoire de divorce, celle-ci lui a confié :

"Je croyais que Barney n'avait d'yeux que pour toi. C'est du moins ce que les gens racontent. Surtout, ne m'en veux pas, mais, crois-en mon expérience, tu ne dois pas être la dernière à l'apprendre. Dorothy Weaver, que tu ne connais pas, l'a vu au cocktail des Johnson, mercredi dernier. Ton mari si dévoué est entré avec une autre femme. Il lui contait fleurette. Lui flattait le dos. Ils sont repartis ensemble.

– Je suis au courant.

– Merci, mon Dieu. Je ne voudrais surtout pas t'inquiéter.

– Tu veux que je te dise ? Cette femme, c'était moi. De là, nous sommes allés au Ritz, où nous avons bu du champagne et après, surtout ne le répète à personne, j'ai accepté de le suivre chez lui."

Un soir, nous mangions ensemble à la Sapinière, à Sainte-Adèle. Pendant que Miriam parcourait le menu, je l'ai fait rougir en glissant ma main sous la table pour caresser sa cuisse satinée. Ô jours heureux ! Ô nuits de volupté ! Me penchant pour lui mordiller l'oreille, je l'ai sentie se crisper. "Attention", a-t-elle dit.

Il fallait que Yankel Schneider choisisse ce moment pour entrer dans le restaurant avec deux amis. Au moins, cette fois, il ne s'est pas arrêté à notre table pour m'insulter, débordant d'une colère bien compréhensible. Mais son apparition a tout de même fait resurgir à notre esprit le souvenir de notre rencontre précédente avec lui, au

Park Plaza de Toronto, à l'occasion de notre dîner de la première et dernière chance. Ce repas avait débuté de désastreuse manière. Je m'étais couvert de ridicule. Avec le recul, cependant, nous avions réussi à rire de ce qui était devenu un épisode chéri de notre histoire intime. Une histoire, épurée au montage, que nos enfants en étaient venus à aimer.

"Et qu'est-ce qui s'est passé ensuite ? demandait Saul, par exemple.

– Dis-lui, Miriam.

– Jamais de la vie."

Ce soir-là, à Sainte-Adèle, il a suffi que Yankel apparaisse pour que je croule sous la culpabilité. En lui jetant des coups d'œil furtifs, je voyais non pas l'homme au début de la quarantaine, mais l'écolier de dix ans dont j'avais transformé la vie en véritable calvaire. "Je n'arrive toujours pas à comprendre comment j'ai pu le tourmenter de façon aussi cruelle. Comment j'ai pu me montrer aussi immonde."

Devinant mon malaise, Miriam m'a pris la main.

Ô Miriam, Miriam, élue de mon cœur. Sans elle, je suis plus que seul, je suis incomplet. À l'apogée de notre amour, je pouvais tout lui confier, même mes moments les plus honteux, qui hantent aujourd'hui mes vieux jours en bien trop grand nombre. Prenez celui-ci, par exemple : après avoir appris en ouvrant la *Gazette* que McIver avait remporté le prix du Gouverneur général pour son dernier roman, ce qui avait gâché le reste de ma journée, je lui ai envoyé un mot. *Un mot anonyme.* Quelques vers tirés de *Vanité des désirs humains*[1] du docteur Johnson.

"Suez, peinez, dit-il, lamentable troupeau,
J'ai mis mon espérance dans des hochets plus hauts

1. En fait, la citation est tirée d'un poème intitulé *Le Jeune Auteur*, que le docteur Johnson a écrit quand il avait vingt ans.

Que des biens éphémères et chargés de misères
Des siècles à venir je cherche les suffrages
Comme ont fait avant moi tous ceux qui furent sages"
Cette pensée formée tout conseil vient trop tard
Les oreilles bouchées il court à son destin
Il voit déjà son front tout couvert de lauriers
Et sent sur ses épaules un poids d'éternité
Ce furent jadis les rêves de plus d'un jeune auteur
Qui lança son esquif sur l'océan du monde[1].

Jadis, j'ai été non seulement un sadique fini n'hésitant pas à ridiculiser un camarade de classe bègue, mais aussi, à l'occasion, un lâche et un petit délinquant. Quand j'étais enfant, l'une de mes corvées consistait à apporter nos draps à la buanderie chinoise, rue Fairmount, et à les y récupérer. Un après-midi, le vieillard voûté qui me précédait au comptoir, barbu et coiffé d'une kippa, a laissé tomber un billet de cinq dollars en réglant sa facture. Mettant vivement le pied dessus, je l'ai ramassé aussitôt l'homme sorti.

En cinquième année, c'est moi qui ai écrit ALLEZ VOUS FAIRE METTRE, MLLE HARRISON sur le tableau noir, mais c'est Avie Fried qui a été suspendu pendant une semaine. Notre directeur, M. Langston, m'a convoqué dans son bureau.

"Je n'ai d'autre choix que de t'administrer des coups de ceinture, jeune homme, parce que je suis certain que tu savais qui avait fait le coup. Néanmoins, j'admire le courage dont tu as fait preuve en refusant de dénoncer un camarade.

– Merci, monsieur", ai-je dit en tendant les mains, les paumes vers le haut.

1. Dans la version originale, il est ici question de John Ogilby, depuis longtemps oublié, ainsi que d'Elkanah Settle, autrefois "poète officiel" de Londres.

En matière d'opprobre, je revendique de nombreux autres titres de gloire. Lors de la réception donnée pour célébrer le seizième anniversaire de Sheila Ornstein dans les hauteurs de Westmount, ce n'est pas par accident que j'ai renversé un guéridon et fracassé une lampe Tiffany. Je l'ai fait exprès parce que j'en voulais à ces gens d'être aussi riches. D'accord, mais ça ne m'a pas empêché de m'indigner quand, il y a environ cinq ans, des malfrats se sont introduits par effraction dans mon chalet des Laurentides. Non contents de voler mon téléviseur, entre autres, ils ont chié sur le canapé. Encore aujourd'hui, je demeure une crapule impénitente, un être malveillant que les transgressions de ses supérieurs remplissent d'une joie mauvaise.

En voici une excellente illustration.

Je comprends pourquoi la plupart de nos hommes de lettres déplorent la fortune actuelle du genre biographique, ses mesquins praticiens s'amusant à couvrir de boue les génies. Pour ma part, rien ne me plaît davantage que la biographie d'une véritable légende prouvant hors de tout doute qu'il s'agissait d'une crapule absolue. Je dévore les biographies de ceux qui, pour reprendre les mots de l'ami d'Auden (pas MacNeice ni Isherwood, mais l'autre), "se sont brièvement approchés du soleil / Et ont laissé dans l'air vif la signature de leur honneur[1]". Surtout, ne pas faire de prisonniers *en route, maintenant que les faits sont connus*. Prenons par exemple l'histoire de T. S. Eliot, qui a fait enfermer sa première femme à l'asile, sans doute parce qu'il lui devait quelques-uns de ses plus beaux vers. Ou encore un livre révélant les secrets honteux de Thomas Jefferson, qui possédait des esclaves et a même fait un bâtard à la plus jolie. ("Comment se fait-il que les

1. Stephen Spender. Vers tirés de *"I think continually of those who were truly great"*, *Collected Poems, 1928-1985*, New York, Random House, 1986, p. 30.

cris les plus forts en faveur de la liberté s'élèvent parmi les négriers ?" a demandé le docteur Johnson.) Montrant que Martin Luther King était un plagiaire qui s'envoyait en l'air avec plein de Blanches. Ou que l'amiral Byrd, un de mes héros de jeunesse, était en réalité un menteur au bagout exceptionnel, un navigateur pourri, un type qui avait tellement peur de voler qu'il lui arrivait souvent de se soûler et de laisser à d'autres le soin de piloter, un profiteur de la pire espèce. Ou que Roosevelt trompait Eleanor. Ou que Kennedy n'a pas vraiment écrit *Profiles in Courage*. Ou que, lors de ce premier tournoi de hockey absolument palpitant, Bobby Clarke a asséné un coup de crosse sur les chevilles de Kharlamov afin de mettre hors de combat le meilleur joueur des incroyables Russes. Ou que Dylan Thomas était un *schnorrer*-né. Ou que Freud a inventé de toutes pièces quelques-unes de ses études de cas. Je pourrais continuer, mais je pense que vous voyez le topo. Et, quoi qu'il en soit, mon sentiment est cautionné par un moraliste d'exception, le docteur Johnson en personne, qui s'est autrefois prononcé sur le recours au biographique dans une lettre à Edmond Malone, spécialiste de Shakespeare :

> Si l'on devait ne montrer que le beau côté des grands hommes, nous n'aurions plus qu'à nous asseoir dans la poussière et à nous lamenter de ne jamais pouvoir les imiter ; les auteurs sacrés rapportaient aussi bien les péchés des hommes que leurs actes vertueux ; ce qui empêchait l'humanité de sombrer dans le désespoir qui serait le nôtre, si nous n'étions pas réconfortés par l'idée qu'eux aussi peuvent pécher comme nous [...].

Bref, je n'ignore pas mes défauts. Je ne suis pas non plus insensible à l'ironie. Je me rends compte que, moi qui voyais les radotages de la Deuxième Mme Panofsky comme une abomination, j'ai noirci des centaines et des centaines de pages, multiplié les digressions pour éviter d'en venir à ce week-end décisif dans les Laurentides, celui qui a pratiquement gâché ma vie et m'a valu une réputation de meurtrier que je traîne encore aujourd'hui. Voici donc le fin mot de l'histoire. *Exit* Boogie. Entre le sergent-détective Sean O'Hearne. Et je suis prêt à jurer que tout ce qui suit est vrai. Je suis innocent. Honnêtement. J'en fais serment devant Dieu, comme on dit.

16

Attendez encore un petit moment. J'y arrive. Je traiterai du chalet (avec Boogie, O'Hearne, la Deuxième Mme Panofsky et *tutti quanti*) dans deux minutes. Promis. Mais là, c'est *Demandes spéciales.* L'heure de Miriam. Merde. On dirait que quelque chose ne va pas avec ma radio. C'est le truc qui est faible, peut-être. Vous savez bien, le machin chouette qui assure l'alimentation. Pour entendre la voix de Miriam, je dois régler le volume au maximum. Tout s'en va à vau-l'eau, ici. Hier, c'est mon téléviseur qui m'a fait des misères. Le son allait et venait. Quand j'ai fini par le régler, j'ai été interrompu par des martèlements à ma porte. C'était le fils de la voisine d'en dessous.

"Vous ne répondez plus à votre téléphone, monsieur Panofsky ?

– Bien sûr que je réponds à mon téléphone. Il y a un problème, Harold ?

– Ma mère se demandait si vous accepteriez de baisser le son de votre téléviseur.

– Elle doit avoir l'ouïe fine, ta mère, mais c'est d'accord. Je le baisse, le volume.

– Merci.

– Un instant, Harold.

– Oui, monsieur ?

– Question piège. Qu'est-ce qui peut empêcher une radio de fonctionner ? Pas un appareil qu'on branche dans une prise. Je veux parler d'un de ces modèles qu'on déplace avec soi…

– Un transistor.

– C'est ce que j'ai dit, non ?

– À votre place, je vérifierais les piles."

Après le départ de Harold, je me suis versé deux doigts de Cardhu et j'ai parcouru la liste des films proposés à la télévision à cette heure tardive. Burt Lancaster dans *Le Corsaire rouge. Le Calice d'argent* avec Paul Newman et Virginia Mayo. *Les Filles du service secret* avec Cesar Romero, George Brent et Audrey Totter. Non, merci. Pourtant, le sommeil se refusait à moi. J'ai donc extirpé la fidèle Mme Ogilvy du fond des ténèbres, évoqué le dimanche où elle avait emprunté une berline Austin et m'avait invité à un pique-nique dans les Laurentides. À mon grand étonnement, ma mère nous avait même préparé des petits plats. D'infâmes concoctions de son cru. Des sandwichs combinant bananes et œufs mollets, d'autres, à deux étages, fourrés aux sardines et au beurre d'arachide.

"N'oublie pas d'être gentil et poli, m'avait-elle recommandé.

– Compte sur moi", avais-je répondu avant de jeter les sandwichs dans la ruelle.

Mme Ogilvy, conductrice au talent contestable, a réussi à grimper sur le trottoir en se garant devant la maison. Elle portait une robe d'été sans manches, boutonnée sur le devant, trop petite d'au moins deux tailles. Les pneus crissaient quand elle freinait aux feux rouges. Plus d'une fois elle a calé en accélérant trop brusquement. Nous avons quand même réussi à rejoindre la campagne sans encombre.

"Vous avez apporté votre maillot de bain ? a-t-elle demandé.

– J'ai oublié.

– Doux Jésus, moi aussi."

Elle a tendu la main pour me tripoter et l'Austin a fait une embardée dans la mauvaise voie.

"C'est la voiture de M. Smithers, vous savez ? Il me l'a prêtée dans l'espoir que je consentirais à faire une balade au clair de lune en sa compagnie, mais je ne monterais sur la banquette arrière avec lui pour rien au monde. Il souffre de pyorrhée."

Nous nous sommes installés sur une couverture étendue dans une clairière et elle a ouvert son panier à pique-nique. Pâte d'anchois Gentleman's Relish. Marmelade d'Oxford. Des scones. Deux pâtés en croûte. "Maintenant, nous allons jouer à un jeu, a-t-elle décrété. Je veux que vous vous appuyiez sur cet arbre, le *derrière** tourné vers moi, et que vous comptiez jusqu'à *vingt-cinq en français**. Puis je vais cacher des sucreries sur moi, des petits chocolats au cœur fondant, un délice, et vous, vous pourrez les chercher et les croquer. À vos marques, prêt, partez. Défense de regarder."

En me retournant, je l'ai trouvée, comme prévu, étendue sur la couverture, toute nue, des chocolats positionnés aux endroits que j'avais imaginés. "Dépêchez-vous. Ils fondent et ça devient *très** chatouillant."

Je me suis accroché lorsqu'elle a commencé à se cabrer et à gémir et, quand elle s'est enfin calmée, j'ai pu m'essuyer la bouche avec mon poignet. Puis, à ma grande surprise, elle a soulevé la jambe et m'a asséné un violent coup sur le menton avec son genou. "Toi et moi, nous savons que rien de tout ça n'est arrivé. Tu as tout inventé, petit branleur, dans le seul but de salir la réputation d'une respectable institutrice… d'une fière Londonienne qui n'a survécu au Blitz, notre heure de plus grande gloire, que pour aboutir dans ce dominion, cette *tiefste Provinz où on utilise des sachets pour le thé*… Tu as inventé l'histoire de toutes pièces parce que tu es en proie à la *dégringolade** du vieil âge et que tu espérais être assez excité pour laisser tomber une ou deux gouttes de foutre sur tes draps. Diantre, c'est une denrée si rare que tu devrais l'embouteiller. Tu as inventé ce pique-nique…

– Mon cul, oui. C'est vous qui m'avez…

– Je te le concède. Mais tu n'étais pas allé plus loin que quelques caresses avides et maladroites quand ce rustaud – cet *habitant** – parlant le patois qui passe ici pour du français est venu nous dire que nous étions sur sa propriété. Tu as inventé tout le reste parce que aucune femme digne de ce nom n'a un seul regard pour toi, espèce de vieux Juif à moitié racorni, avec ton esprit mal tourné, ta peau tavelée et ton ventre flasque, presque sourd-muet, par-dessus le marché, on ne va pas se mentir. Tu as fabriqué cette histoire salace parce que tu tergiverses encore. Tu gribouillerais n'importe quoi plutôt que de dire la vérité sur les événements survenus au chalet. Maintenant lève-toi et va faire un de ces petits pipis minables qui ne suffiraient même pas à remplir un compte-gouttes. Pauvre Boogie."

17

Je n'ai jamais perdu le contact avec Boogie, qui m'envoyait d'un peu partout des cartes postales au message énigmatique. Marrakech. Bangkok. Kyoto. La Havane. Le Cap. Las Vegas. Bogotá. Bénarès :

> En l'absence de *mikva*, on peut toujours se purifier dans le Gange. Lis Chester, Alfred. Green, Henry. Et aussi Roth, Joseph.

Ou encore un mot venu de cette ville du Cachemire, comment s'appelle-t-elle[1], déjà ? Celle où les drogués se rendent pour faire le plein. Enfant, j'avais punaisé une carte au mur de ma chambre : j'y avais tracé le chemin suivi par les armées alliées en Europe au lendemain du jour J. Plus tard, j'ai eu dans mon bureau un globe terrestre sur lequel je suivais les pérégrinations de mon ami, pèlerin des temps modernes s'enfonçant dans son propre Bourbier du découragement. Il publiait parfois une nouvelle dans *Paris Review*, *Zero* ou *Encounter*. Inévitablement, Boogie s'est installé dans un loft du Village et il est devenu un habitué du San Remo et du Lion's Head. Les femmes recherchaient sa compagnie. Parmi elles, un soir, à la stupéfaction des badauds, Ava Gardner. Par son silence, qu'il ne brisait que pour faire,

1. Srinagar.

de loin en loin, une déclaration fracassante, il commandait l'attention des jeunes femmes magnifiques – non, plutôt une forme de déférence. Un soir par exemple, lorsque quelqu'un a prononcé le nom de Jack Kerouac, il a dit entre ses dents :

"L'énergie ne suffit pas.

– Ce n'est pas écrire, ai-je dit. C'est taper à la machine[1]." Boogie avait tout autant de dédain pour Allen Ginsberg. Un jour, en ma présence, une jeune femme envoûtante qui cherchait à l'impressionner avait commis l'erreur de lui citer les premiers mots de *Howl* :

J'ai vu les plus grands esprits de ma génération détruits par la folie, affamés hystériques nus,
se traînant à l'aube dans les rues nègres à la recherche d'une furieuse piqûre...

"Les plus grands esprits ? a répliqué Boogie. Des noms, je te prie.

– Je ne comprends pas.

– Isaiah Berlin ? Trop vieux. Pas M. Trocchi, quand même."

Seymour Krim et Anatole Broyard accompagnaient souvent Boogie dans ses beuveries. Il était tout le contraire de Hymie Mintzbaum, en ce sens qu'il ne parlait jamais des gens célèbres qu'il connaissait. Pourtant, il était du genre à recevoir, au Lion's Head, une lettre postée à Cuba par Ernest Hemingway. Ou encore, John Cheever passait dîner avec lui. Norman Mailer ou William Styron s'arrêtaient pour bavarder, ou, s'il n'était pas là, s'informaient de l'endroit où il se trouvait. Billie Holiday était venue le voir après le fiasco de sa dernière tournée des cabarets de France et d'Italie. Idem pour Mary McCarthy. Idem pour John Huston. Sa légende avait fleuri après

1. En fait, cette observation célèbre est attribuée à Truman Capote.

la publication d'un extrait de son roman en cours dans la *New American Review*, mais je savais qu'il l'avait écrit à Paris, quelque dix années plus tôt. Malgré tout, il avait peu à peu acquis la réputation d'être l'auteur du plus grand roman américain moderne encore à paraître. Armés de leur carnet de chèques, les éditeurs de prestigieuses maisons d'édition new-yorkaises lui ont fait une cour assidue. Une fois, l'un d'eux a même chargé un chauffeur de limousine d'emmener Boogie à une réception orchestrée avec le plus grand soin à Southampton. Quand la voiture s'est immobilisée devant la datcha de l'éditeur, on a découvert que Boogie s'était plutôt fait déposer chez une petite amie à Sag Harbor, geste d'éclat qui a encore rehaussé sa légende. Un autre éditeur l'a emmené dîner à la Russian Tea Room. Dégoulinant de flagornerie, il a demandé :

"Pourrais-je voir un plus long extrait de votre roman ?

– Ce serait indiscret, a répondu Boogie en se mouchant. Je n'arrive pas à me défaire de ce rhume.

– Peut-être devrions-nous nous adresser à votre agent ?

– Je n'en ai pas."

Quand on lui faisait miroiter de généreux contrats, Boogie, qui se représentait lui-même avec brio, restait évasif ou changeait de sujet. Plus il résistait aux avances des éditeurs, plus les offres se faisaient alléchantes. Il a fini par signer avec Random House en échange d'une avance à six chiffres, montant qui n'a aujourd'hui rien d'inusité, mais je vous parle de 1958, l'année où les Canadiens ont remporté leur troisième Coupe Stanley d'affilée en battant les Bruins de Boston cinq à trois dans le cinquième match de la série. Geoffrion et Maurice Richard ont marqué en première période, Béliveau et de nouveau Geoffrion en deuxième et enfin, dans la troisième période, Doug Harvey a complété la marque en lançant d'une douzaine de mètres avec une précision ahurissante. Elle n'est pas si détraquée que ça, la mémoire du vieux Barney Panofsky, hein ? On égoutte les spaghettis dans une passoire. Les Sept Nains s'appellent Dormeur, Grincheux, Atchoum, Prof, Joyeux et… les deux autres[1]. L'Institut Weizmann se trouve à Haïfa. Ce n'est pas Frederic Wakeman qui a écrit *L'Homme au complet gris*. Ce roman-là, il est plutôt de l'autre type[2]. Napoléon a été vaincu dans la ville à propos de laquelle Spike Jones a écrit cette chanson sans queue ni tête :

A pearl diver's daughter,
And she's nuts about the water
WATER LOU…

J'en étais donc à Boogie. Il a dilapidé pas mal d'argent aux tables de blackjack et de *chemin de fer**; le reste, il l'a bu, sniffé ou se l'est injecté dans le bras. Quand la veine se dérobait, il se piquait la cheville ou même la langue. Puis, un beau jour, il m'a appelé au bureau. Si j'avais été doué du don de clairvoyance, j'aurais raccroché. Je ne l'ai pas fait.

“J'aimerais passer un moment chez toi à la campagne, a-t-il annoncé. J'essaie de décrocher. Tu peux m'héberger ?

– Bien sûr.

– Je vais avoir besoin de méthadone.

– Mon ami Morty Herscovitch pourra t'en fournir.”

Je suis passé prendre Boogie à l'aéroport. Je n'étais pas du tout préparé à le trouver si amaigri. De la sueur perlait sur son front et ruisselait sur ses joues, malgré la fraîcheur inhabituelle qui régnait en cette fin de juin. “Pour fêter ça, nous allons nous offrir un gueuleton pas piqué des vers au Ritz, ai-je dit en le prenant par le bras, puis je t'emmène dans les Laurentides.” La Deuxième Mme Panofsky nous y attendait.

1. Simplet et Timide.
2. Sloan Wilson.

“Non, non, non, a-t-il répondu. Il faut d’abord que je me shoote.
– Tu n’es pas venu pour décrocher ?
– Une dernière fois, sinon je ne tiendrai pas le coup.”
Nous nous sommes arrêtés chez moi, où Boogie a promptement tombé le veston, roulé ses manches de chemise et noué sa cravate autour de son bras. Dans l’espoir de faire saillir cette veine invisible, il s’est mis à décrire des moulinets, à la façon d’un lanceur de softball, tandis que je réchauffais la substance dans une cuillère. Il n’a réussi qu’à la troisième tentative. “Je comprends mieux ce que Forster voulait dire par ‘relier suffit’”, ai-je dit.
Au pharmacien qui m’avait demandé à quoi allait servir la seringue, j’avais répondu : “Eh bien, je prépare un jambon à la mode du Sud et je compte y injecter du Jack Daniel’s.”
“On va manger maintenant ?
– Vas-y, toi. Je suis content de te voir, en tout cas.
– Moi aussi.
– Combien de ces cigares fumes-tu chaque jour ?
– Je ne compte jamais.
– C’est mauvais pour toi, tu sais. Au fait, qu’est devenu ton ami McIver ?
– Pas grand-chose.
– Il était pourtant prometteur, à mon avis.
– Ah.”
La Deuxième Mme Panofsky nous attendait sur la galerie, revêtue de ses plus beaux atours. Séduisante, voire sexy, comme l’honneur m’oblige à l’admettre. Elle s’était donné beaucoup de mal pour préparer un souper aux chandelles. Sauf que Boogie a sombré dans le sommeil dès le premier service, une soupe aux pois cassés. Sa tête dodelinait, tandis que son corps était pris de convulsions. Je l’ai emmené dans la chambre préparée à son intention, où je l’ai laissé tomber sur le lit avant de lui montrer

sa réserve de méthadone. Puis je suis retourné dans la salle à manger.

“Désolé, ai-je dit.

– C’est tout à fait toi, ça. Le faire boire avant même son arrivée ici, sans égard pour moi qui ai passé toute la journée devant les fourneaux…

– Ce n’est pas ce que tu crois.

– Dire que tu vas devoir me faire la conversation comme si nous formions un vrai couple. Ou tu préfères que j’aille te chercher un magazine ?

– Il est très malade, tu sais.

– Je ne veux pas qu’il fume au lit. Il risque de mettre le feu à la maison.

– Il ne fume pas. Il dit que c’est mauvais pour la santé.

– Où vas-tu ? Je n’ai même pas encore servi l’agneau. Ne me dis pas que tu n’as pas faim, toi non plus.

– J’allais juste me servir un scotch.

– Dans ce cas, apporte la bouteille. Ça t’évitera de te lever toutes les deux minutes.

– Fichtre ! Quelques jours de ce régime… On va bien s’amuser.

– Tu n’as pas idée. J’ai vidé tes poches avant d’apporter ton costume chez le blanchisseur, mardi dernier, et regarde ce que j’ai trouvé.”

Oy, oy, oy. Une facture de Regal Florists pour une douzaine de roses rouges à longue tige.

“Ah ? ai-je dit en tendant la main vers la bouteille.

– Je me suis dit que c’était une charmante attention de ta part. J’ai lavé un vase et je n’ai pas bougé de la journée *pour être sûre de ne pas rater le livreur.*

– Il n’a pas trouvé le chalet, j’imagine.

– Ton nez s’allonge de minute en minute.

– Laisserais-tu entendre que je suis un menteur ?

– Le laisser entendre ? Non, mon lapin. *Je l’affirme sans détour.*

– C’est un scandale.

– *Pour qui étaient-elles, ces fleurs ?*

– C'était un achat tout ce qu'il y a de plus innocent, mais je refuse d'être soumis à un interrogatoire en règle sous mon propre toit.

– Laquelle de tes putains les a reçues, ces roses ?

– Tu ne sauras plus où te mettre lorsqu'elles vont être livrées ici, demain.

– Encore faut-il que tu réussisses à filer en douce au magasin général pour en commander d'urgence une autre douzaine. *J'exige de savoir si tu entretiens une putain dans un appartement quelque part.*

– Seulement une ?

– Je t'ai posé une question.

– Je pourrais prouver mon innocence *comme ça*, ai-je dit en claquant les doigts, mais je ne supporte ni le ton de ta voix ni tes insultes.

– C'est donc moi qui me comporte mal ?

– Absolument.

– *Dis-moi à qui tu as envoyé ces roses.*

– À une actrice que nous tentons de convaincre de participer à un pilote sur lequel je travaille.

– Où habite-t-elle ?

– Quelque part à Outremont, je crois. Comment veux-tu que je le sache ? C'est à ça que servent les secrétaires.

– Quelque part à Outremont ?

– Chemin de la Côte-Sainte-Catherine, il me semble.

– Tu veux essayer de nouveau ?

– C'est ridicule. L'agneau est délicieux. Excellent, vraiment. Pourquoi ne pas savourer notre repas comme deux personnes civilisées ?

– J'ai téléphoné au fleuriste en me faisant passer pour ta secrétaire et…

– Tu n'avais pas le droit de…

– … et le type a voulu savoir si tu souhaitais modifier ta commande habituelle : une douzaine de roses rouges à longue tige, livrée toutes les semaines à une adresse à Toronto. Non, ai-je répondu. Je veux juste confirmer le nom de la destinataire. J'ai dû éveiller ses soupçons parce qu'il a dit : 'Je vérifie et je vous rappelle.' J'ai raccroché. À présent, dis-moi le nom de ta putain torontoise.

– Mais c'est une véritable inquisition ! Je refuse de m'y soumettre, ai-je dit en me levant d'un bond, la bouteille de Macallan à la main.

– Tu dors dans l'autre chambre d'amis, cette nuit, et si ton copain le toxico veut savoir pourquoi, qu'il me pose la question. Sait-il que tu suis des cours de danse de claquettes ?

– Dis-le-lui si tu veux. Ça ne me dérange pas.

– J'ai hâte qu'il te voie avec ton canotier et ta canne. Tu as tellement l'air d'un *shmuck.*

– Tu as sans doute raison.

– Mon père, qu'il repose en paix, avait vu clair dans ton jeu. Si seulement je l'avais écouté, je n'en serais pas là, aujourd'hui.

– Mariée à un homme en dessous de ta condition ?

– Je suis une jeune femme séduisante, a-t-elle commencé d'une voix brisée, une femme intelligente et instruite. *Pourquoi t'en faut-il une autre ?*

– Allons nous coucher. Nous en reparlerons demain matin."

Mais elle s'est mise à pleurer.

"Pourquoi as-tu tenu à m'épouser, Barney ?

– C'était mal de ma part.

– Le soir de nos noces, je me suis avancée vers toi et tu disais à Boogie : 'Je suis amoureux. Pour la première fois de ma vie, je suis vraiment, gravement, irrévocablement amoureux.' Si tu savais comme j'ai été touchée… Ce que j'ai senti pour toi dans mon cœur, à ce moment-là… Et regarde-nous, à présent. Nous sommes ensemble depuis à peine plus d'un an et il y a des mois que tu ne m'as pas fait l'amour. Je te hais de toutes mes forces de me déshonorer de cette manière.

– Je tiens à ce que tu saches, ai-je dit, plombé par la culpabilité, que je ne t'ai jamais été infidèle.

– J'ai tellement honte. J'ai le cœur brisé. Tu n'es qu'un menteur. Une ordure. Un animal. Vas-y, finis-la, ta bouteille. Bonne nuit."

Je n'ai pas fini la bouteille, mais presque, et j'ai été réveillé par son éternel coup de fil à sa mère. La Deuxième Mme Panofsky soumettait son rapport matinal. "Du gigot d'agneau, maman. Non, pas de Nouvelle-Zélande. Local. Acheté chez Delaney. Je sais bien que c'est moins cher au marché Atwater, maman, mais je n'avais pas beaucoup de temps et on ne trouve jamais de stationnement, là-bas. Je n'oublie pas. Bien sûr que je vais vérifier sa facture. Je n'oublie jamais. Non, tu as eu tout à fait raison de te plaindre du rôti, cette fois-là, il était coriace. Je n'étais pas gênée, j'ai préféré attendre à l'extérieur, c'est tout. C'est injuste, maman. Les catholiques irlandais ne sont pas tous antisémites. C'était un rôti de côtes un peu dur, rien de plus. Non, je ne critique pas ta cuisine. Comment ? Oh, une soupe aux pois cassés et, après, une salade avec du fromage. Oui, cette recette que tu m'as donnée. Je sais bien que Rabbi Hornstein adore ça, mais Barney n'est pas très dessert. Dieu sait qu'il a sa dose de sucre, avec tout le scotch qu'il ingurgite. Je le lui dis, je te jure, mais il répond qu'il ne compte pas vivre jusqu'à quatre-vingts ans, qu'à cet âge on n'est qu'un vieux croulant. Je suis d'accord. De nos jours, ce n'est plus très vieux. Je t'en prie, maman. Il sait parfaitement que tu es diplômée de McGill et que tu recenses des livres pour le cercle de lecture des dames du temple. *Il ne te trouve pas stupide.* Correction : il trouve tout le monde stupide. Comment ? Il t'a dit ça ? Hmm, à vrai dire, je ne pense pas qu'il ait lu les sept volumes de Gibbon, lui non plus. Tu n'as rien à lui prouver. Je trouve Frank Harris dégoûtant, moi aussi, maman. Il n'aurait jamais dû te donner ce livre pour Hanoucca. C'était une plaisanterie de mauvais goût. Comment ? Oh, c'est un écrivain. Un vieil ami de Barney. Ils se sont connus à Paris. Moscovitch. Bernard Moscovitch. Non, il n'est pas canadien. C'est un vrai écrivain. Tu n'es pas la seule à ne jamais avoir entendu parler de lui, maman. Pardon, mais je n'ai rien laissé entendre de tel. Je sais que tu es très cultivée. *Je ne suis pas condescendante, maman.* Ne commence pas. C'est mon ton de voix naturel. De naissance. Hier, je n'ai pas pu, j'ai eu tellement de choses à faire, ici. Je n'ai pas oublié et je ne trouve pas que c'est une corvée de te téléphoner. Bien sûr que je t'aime et je sais pertinemment que papa te manque beaucoup et que tu n'as plus que moi au monde. Pendant qu'on y est, je n'ai jamais laissé entendre que tu avais tort de te faire teindre les cheveux, mais je trouve que les frisettes font un peu jeune pour une femme de ton âge. Je sais très bien que je vais un jour avoir ton âge, maman, et le moment venu, j'espère être aussi belle que toi. *Je ne te critique pas.* Tu ne peux pas gagner sur les deux tableaux. Si je dis quelque chose, tu te vexes parce que je te critique ; si je ne dis rien, mais que quelqu'un d'autre t'en parle par la suite, tu me reproches de ne pas t'avoir prévenue. *Non, personne n'a rien dit.* Je t'en prie, maman. Oui, bien sûr que nous irons ensemble à New York, le mois prochain. J'aime nos petites escapades, tu n'as pas idée ! Sauf que, maman, ne le prends pas mal, mais tu fais du quatorze, maintenant, alors ne perds plus ton temps à essayer d'entrer dans du douze. Holà. Je t'arrête. Je n'ai jamais eu honte de toi. Si j'avais ton âge, je serais fière d'avoir une silhouette comme la tienne. Nous pourrions passer pour des sœurs. N'est-ce pas ce qu'ont cru ces vendeuses de Bloomingdale's ? Ah, il t'a dit qu'on pourrait aller dans la salle d'exposition et tout avoir au prix de gros ? Sans blague ? Hé, tu crois que ce Katz te fait les yeux doux ? *Je ne te manque pas de respect.* Personne ne pourra jamais remplacer papa pour moi non plus. Mais, tu sais, il y a un problème avec les tenues de Katz. Ce ne sont pas des *shmatas*, pas du tout. Ce sont d'excellentes copies des modèles qu'on voit dans les défilés de mode parisiens, à condition d'accepter les coutures faites à la machine. Mais voilà, choisis un ensemble sur un de ses présentoirs, pomponne-toi pour une soirée et tu peux être sûre qu'au moins une autre femme aura une tenue identique. Comment ça, tu n'as pas été invitée à la soirée d'anniversaire des Ginsberg ? Tu y vas chaque année. Tu t'imagines des choses, maman. Tes vieux amis ne te laissent pas tomber parce que papa est décédé. Tu as tort de dire que la présence d'une veuve autour d'une table cause un malaise. Chez les personnes de ton âge, c'est forcément un phénomène courant. Désolée. Je ne voulais pas te blesser. Je ne suis pas cruelle, maman, et je ne souhaite pas ta mort. Non, tu ne représentes pas un fardeau pour moi. Seulement, dans ton groupe d'âge, ce genre de chose arrive. C'est la vie. *Tu préférerais que je m'autocensure, maman ?* Je ne peux plus m'exprimer librement ? On devrait se contenter de parler de la pluie et du beau temps ? Ne raccroche pas dans cet état. Je t'en prie, maman. Arrête ça tout de suite. Cesse de renifler. *Je ne suis pas impatiente.* Appelle donc Malka, je parie qu'elle se sent aussi seule que toi, sortez manger ensemble, vous réussirez peut-être à lever deux types dans un bar. C'était une blague, maman. Je sais très bien que tu ne ferais jamais une chose pareille. Bon, d'accord, elle te laisse toujours régler l'addition. Et alors ? Ce n'est pas comme si tu étais dans le besoin. Comment, qu'est-ce que je veux dire ? Tu sais très bien ce que je veux dire. *Je ne t'ai jamais demandé combien il t'avait laissé, maman, et je ne veux pas le savoir.* Merde. Si c'est ce que tu penses, donne tout à la Société protectrice des animaux, je m'en fiche comme de l'an quarante. Décidément, tu as une belle image de moi. C'est terrible. Tu veux que je te dise comment je me sens, en ce moment ? *Avilie.* Il faut que j'y aille, là... Quoi, tu oses me dire que je détourne toujours tes paroles, avant de me vexer et de te raccrocher au nez ? C'est de la folie, maman. Comment ? Allons donc. Moi, je te dis des choses *blessantes* ? Nommes-en une. Oui, oui. Oui, oui. Et puis merde. Si tu te trouves belle avec tes frisous à la Shirley Temple, garde-les donc. Je n'ai pas terminé. Puisque tu vas en Floride avec Malka, l'hiver prochain, achète-toi donc un de ces bikinis grands comme un mouchoir de poche. Mais, dans ce cas-là, ne compte pas sur moi pour te rendre visite. Il faut vraiment que j'y aille, là... Et non, je ne pique pas une de mes crises. Si on avait un enregistrement de cette conversation, maman, je pourrais prouver que je n'ai jamais insinué que tu as de la cellulite. Tu as encore de très belles jambes. Maintenant, il faut vraiment, vraiment que je raccroche et que je m'active. Barney te salue affectueusement. Non, je n'invente rien. Au revoir."

Au lendemain de notre dispute, la Deuxième Mme Panofsky et moi avons été d'une extrême politesse l'un envers l'autre. J'ai fait cuire et pelé des œufs pour sa salade niçoise, tandis qu'elle, consciente de mon état, m'a préparé un Bloody Mary. Mais le silence était si lourd qu'elle a allumé la radio et cherché refuge dans l'émission intitulée *CBC Sunday Morning Round-Up.* L'écrivain torontois interviewé soutenait qu'aucun libraire ne lui offrirait sa vitrine : après tout, il n'était ni américain ni britannique. L'enfer, pour lui, c'était la page blanche qui l'attendait tous les matins sur sa machine à écrire. La Deuxième Mme Panofsky a monté le volume.

"Je n'en crois pas mes oreilles. C'est Miriam Greenberg qui fait l'entretien.

– Ah bon ?

– Cette voix déplorable, je la reconnaîtrais n'importe où. C'est à n'y rien comprendre. Je me demande avec qui elle a couché pour décrocher ce poste. Elle avait une sacrée réputation, à McGill.

– C'est vrai ?

– Tu veux bien m'ouvrir cette boîte d'anchois ?

– Volontiers, ma chérie."

Boogie, ses draps trempés de sueur, était trop malade pour descendre manger avec nous. Je lui ai monté un plateau avant d'expliquer à la Deuxième Mme Panofsky que je devais faire un saut au bureau pour signer quelques chèques, entre autres corvées urgentes. Je lui ai promis d'être de retour pour le souper.

"Sois prudent sur la route, m'a-t-elle dit en me tendant la joue.

– Absolument, ai-je répondu avec obligeance. Tu as besoin de quelque chose en ville ?

– Je ne crois pas.

– Je te téléphone avant de rentrer, juste au cas, ma chérie."

Hughes-McNoughton m'attendait au Dink's, de fort mauvais poil.

"Qu'est-ce qu'il y a donc de si urgent ?

– Je veux divorcer.

– Tout de suite, là ?

– Oui."

Le droit québécois se fonde sur le code Napoléon et en 1960, dans cette province soumise au joug de l'Église, on ne pouvait divorcer qu'après avoir déposé un projet de loi privé à la Chambre des communes. Le seul motif valable, c'était l'adultère.

"*Deo volente*, a déclaré Hughes-McNoughton, elle te trompe et tu peux le prouver. Pourquoi tu ris ?

– Jamais elle ne me tromperait.

– Dans ce cas, accepterait-elle de demander le divorce ?

– Nous n'en avons pas encore discuté.

– Si elle est d'accord, voici comment on s'arrange, en général : je retiens les services d'une prostituée et d'un détective privé alerte, à la réputation irréprochable, qui vous prend *in flagrante delicto* dans un motel sordide de Kingston ou d'ailleurs.

– Allons-y.

– Pas si vite. Ta femme doit d'abord consentir à cette mascarade. Et il y a toujours un lourd prix à payer. *Lex talionis* – la loi du talion. Son avocat risque de te déposséder d'une portion considérable de tes revenus, maintenant et pour toujours. Je te parle en connaissance de cause, mon fils.

– Ma liberté n'a pas de prix.

– C'est ce que tu prétends aujourd'hui. C'est ce qu'ils prétendent tous. Dans cinq ans, tu auras changé d'idée et tu me tiendras responsable de tes malheurs. Je ne voudrais surtout pas me mêler de ce qui ne me regarde pas, mais je suppose que ta hâte s'explique par le fait que tu t'es entiché d'une autre femme, espèce de pourri. Est-elle enceinte ?

– Non. Et je ne me suis pas entiché de qui que ce soit. Je suis amoureux.

– D'où ton comportement stupide. Si je pouvais m'entretenir avec ta femme et qu'elle se montrait disposée à contourner la loi, son avocat et moi pourrions en venir à un accord. Ainsi, tu pourrais garder une chaise et une table, un lit et une paire de chaussettes de rechange.

– Elle va hériter d'une véritable fortune.

– Mon Dieu, Barney. Tu ne devrais pas être autorisé à sortir sans chaperon. Qu'est-ce que ça change, au juste ?

– Merde, quelle heure est-il ?

– Presque huit heures. Pourquoi ?

– J'ai promis d'être de retour au chalet à temps pour le souper.

– Tu n'es pas en état de conduire. D'ailleurs, je viens de commander une nouvelle tournée."

Je suis allé au fond du bar pour téléphoner.

“J’étais sûre que tu te mettrais à boire aussitôt arrivé là-bas, a-t-elle dit. Qu’est-ce que je suis censée faire, maintenant ? M’occuper de ce type, qui est ton invité à toi ? Je le connais à peine.

– Mal en point comme il est, il ne bougera pas de sa chambre. Je t’assure. Monte-lui un plateau, rien de plus. Deux œufs à la coque. Des toasts sans beurre. Une banane. Fais simple.

– Va au diable.

– Je serai là demain midi.

– Attends. Je t’interdis de me raccrocher au nez. Je deviens folle, ici. On passe la matinée comme deux robots à faire comme si de rien n’était. Une vraie torture. Il faut que je sache une chose. On va essayer d’en faire un succès, de ce mariage, ou pas ?

– Bien sûr que oui, ma chérie.

– C’est ce que je pensais”, a-t-elle dit en raccrochant.

Hughes-McNoughton avait réglé l’addition.

“On va au Jumbo’s ? a-t-il demandé.

– Pourquoi pas ?

– Tu lui as dit que tu voulais divorcer ?

– Oui.

– Qu’est-ce qu’elle a répondu ?

– Bon débarras.

– J’évalue à environ trois heures la durée de la consultation. À cent cinquante dollars l’heure, tu me dois quatre cent cinquante. À partir de maintenant, bien sûr, c’est le tarif des heures supplémentaires qui s’applique.”

Il faisait horriblement chaud, en cette première soirée d’une canicule qui allait s’éterniser, et la climatisation du Jumbo’s faisait des siennes. Le bar débordait de célibataires, mais nous avons quand même réussi à dénicher un coin tranquille.

“Et si elle veut me mettre des bâtons dans les roues ?

– Tu viens de me dire que…

– Simple hypothèse.

– Ça risque de durer une éternité et de te coûter beaucoup plus cher. Quoi que tu fasses, Barney, n'admets jamais que tu es amoureux d'une autre. Sur ces questions, les épouses sont étonnamment susceptibles. Il leur arrive même de chercher à se venger. Pour toi, la meilleure stratégie consisterait à quitter le foyer familial en lui laissant croire que tu n'es pas pressé de divorcer."

Après le Jumbo's, nous sommes allés au Cercle des journalistes. Il était donc trois heures du matin passées lorsque je suis arrivé à la maison. Je me suis quand même réveillé à six heures. Déprimé. Oscillant entre la culpabilité et l'angoisse. Inquiet pour Boogie. Persuadé que ma femme me ferait lanterner avant de consentir à demander le divorce, selon des modalités draconiennes dictées par sa mère et un avocat sans scrupule de leur connaissance. Je me suis rasé et douché, puis j'ai sifflé le contenu d'une cafetière, allumé un Montecristo et fait le trajet jusqu'au chalet en répétant diverses versions d'un petit laïus sur le thème "Je-pense-qu'il-vaut-mieux-pour-toi-que-nous-divorcions" qui, à mes propres oreilles, sonnait terriblement faux. La Deuxième Mme Panofsky n'était ni dans la cuisine ni dans notre chambre, dont le lit était déjà fait. Vu son état d'agitation, peut-être s'était-elle réveillée de bonne heure, elle aussi, et était-elle allée se baigner dans le lac. Dieu sait qu'il faisait déjà assez chaud pour ça. Et si je griffonnais un mot disant que j'étais d'accord pour divorcer et que je le laissais sur la table de la cuisine avant de prendre la poudre d'escampette ? Non, ce serait lâche. *Et alors, Barney ? Non, hors de question.* J'ai décidé de réveiller Boogie pour lui parler de mes problèmes. Et ne voilà-t-il pas que je les ai trouvés dans le lit, ma femme et mon meilleur ami, blottis l'un contre l'autre. Une veine de cocu, on ne saurait mieux dire !

"Tiens, tiens ! ai-je fait en feignant l'indignation.

– Merde."

La Deuxième Mme Panofsky a bondi du lit, nue comme un ver, et a ramassé sa chemise de nuit avant de filer.

“C’est ta faute, a déclaré Boogie. T’étais censé passer un coup de fil avant de quitter la ville.

– Je te réglerai ton compte plus tard, espèce de salaud !” ai-je hurlé.

J’ai aussitôt couru retrouver la Deuxième Mme Panofsky dans notre chambre, où elle s’habillait déjà.

“Je rentre dans l’espoir de me réconcilier avec toi et je te trouve au lit avec mon meilleur ami.

– C’était un accident. Je t’assure, Barney.”

Je n’avais pas lu pour rien les piles et les piles de scénarios bourrés de clichés qui passaient par mon bureau. Et je ne me suis pas fait prier pour puiser dans les dialogues les plus consternants.

“Tu m’as trahi ! ai-je lancé.

– Je lui ai apporté un plateau, comme tu me l’as demandé, a-t-elle expliqué entre deux sanglots. Il tremblait, ses draps étaient tout trempés, je me suis allongée près de lui, juste pour le réchauffer, et il a commencé à me faire des trucs, et j’étais comme de la pâte à modeler sous ses doigts parce que tu ne m’as pas touchée depuis des mois, je suis humaine après tout, et une chose en a entraîné une autre. C’est seulement quand tout a été terminé que je suis revenue à moi.

– Ma femme et mon meilleur ami”, ai-je répété.

Elle a voulu me prendre dans ses bras pour me réconforter.

“Ne me touche pas ! me suis-je écrié en me demandant si je n’en faisais pas un peu trop.

– Nous ne devrions pas parler de ça maintenant. Je suis encore toute retournée, a-t-elle dit.

– Tu es toute retournée, toi ?”

Le visage strié de larmes, elle a attrapé son sac à main, saisi ses clés de voiture sur la commode et dévalé les marches, moi sur ses talons.

“Je serai chez ma mère.

– Dis-lui que nous allons divorcer.

– Dis-le-lui, toi. Non, je te l’interdis. Elle a rendez-vous chez le dentiste, cet après-midi. Pour un traitement de canal.”

Devant sa voiture, elle s’est retournée pour me faire face.

“Si tu m’aimais, jamais tu ne m’aurais laissée toute seule avec un type pareil.

– Je te faisais confiance.

– Les hommes comme Boogie et toi n’ont aucune moralité. Moi, je suis inexpérimentée et il est tellement… Je n’ai rien vu venir. Il semblait si abattu, si triste, j’ai cru que sa main… qu’il me caressait là machinalement… par accident… j’ai fait comme si… je ne voulais pas qu’il me prenne pour une sainte-nitouche… je ne voulais pas faire d’histoires pour rien. Je… c’est ton ami… je… puis il était trop… je ne sais toujours pas comment il s’y est pris pour m’enlever ma chemise de nuit. Je… il… Oh, et puis à quoi bon ? En ce qui te concerne, je ne fais jamais rien de bien, de toute façon.”

Elle est montée dans la voiture et a baissé la vitre.

“Merde. Ça y est, je me suis cassé un ongle. Tu es content, j’espère ? Tu n’as pas cessé de me crier dessus, mais c’est lui qui a commencé, je le jure devant Dieu, c’est ton meilleur ami, et je gage qu’il a baisé ta première femme aussi. Tu parles d’un ami. Qu’est-ce que tu comptes faire de lui ?

– Lui ? Je vais le tuer. Voilà ce que je vais faire. Et après, je vous ferai peut-être la peau, à ta mère et à toi.

– Ma mère ? Merde. Il ne faut pas qu’elle me voie dans cet… J’ai oublié ma trousse de maquillage sur la coiffeuse. J’ai besoin de mon eye-liner. Et de mes Valium…

– Tu n’as qu’à aller les chercher.

– Va chier !” a-t-elle crié d’une voix stridente.

Elle a appuyé sur l'accélérateur et la voiture s'est engagée à vive allure dans le chemin, les pneus arrière crachant des cailloux. Lorsqu'elle a disparu pour de bon, j'ai exécuté un *hotch* sur la galerie, bien appuyé sur la balustrade, puis j'ai enchaîné avec un *shim sham* plein d'entrain et un *da-pupple-ca*, et j'ai failli me faire prendre sur le fait lorsqu'elle est revenue à toute vitesse avant de baisser de nouveau la vitre.

"Toi, tu as le droit d'entretenir une putain à Toronto, alors que moi, je suis censée tout encaisser sans dire un mot, tu es un homme, moi pas, c'est la vie. Bon, maintenant, tu sais que c'est un petit jeu qui se joue à deux. T'es sur le cul, hein ?

– Ma femme parle comme une poissonnière.

– Tu veux le divorce ? Tu l'auras. Mais ce sera à mes conditions, espèce de salaud !" a-t-elle lancé avant de repartir en trombe en évitant un arbre de justesse.

Ya bada badou ! Barney Panofsky, tu es né avec un fer à cheval dans le cul. J'ai décidé de différer mon coup de fil à Hughes-McNoughton. Plus besoin de prostituée ni de détective. Non, monsieur. Me composant une mine que j'espérais empreinte d'une gravité de circonstance, je suis rentré dans l'intention d'affronter Boogie. Il était déjà descendu. La barbe longue, d'une extrême maigreur dans son boxer, il a pris dans le bar deux verres et une bouteille de Macallan dix-huit ans d'âge.

"Il fait plus frais au rez-de-chaussée, non ?

– Tu as couché avec ma femme, espèce d'enfant de chienne.

– Je pense que nous devrions boire un verre avant d'aborder ce sujet.

– Je n'ai même pas encore déjeuné.

– Il est trop tôt pour manger, a-t-il dit en nous servant généreusement.

– Comment as-tu pu me faire une chose pareille ?

– Je te signale que c'est à elle que j'ai fait quelque chose, et non à toi. Et si tu avais téléphoné avant de partir de Montréal, tu nous aurais épargné cet embarras. Je pense que je vais descendre nager.

– Pas si vite. C'est donc moi, le responsable ?

– En un sens, oui. Tu t'es soustrait à ton devoir conjugal. Elle a dit que vous n'aviez pas fait l'amour depuis sept mois.

– Elle t'a dit ça ?

– Santé, a-t-il dit.

– Santé.

– Elle est entrée dans ma chambre avec un plateau, a-t-il expliqué en nous resservant, puis elle s'est assise sur mon lit, vêtue d'une nuisette super courte. Vu la chaleur qu'il fait en ce moment, c'est bien compréhensible, non ? Tout de même, cette tenue… J'ai cru y déceler un message. Un sous-texte. *Skoal.*

– *Skoal.*

– J'ai posé mon livre. *Sincerely, Willis Wayde* de John P. Marquand. Un romancier sous-estimé, hélas. Quoi qu'il en soit, après un échange de civilités (Il fait chaud, non ? J'ai souvent entendu parler de vous. C'est très gentil à vous de m'héberger dans mon état, etc.) et deux ou trois silences embarrassés… J'aimerais vraiment aller me baigner. Tu me prêtes ton masque, ton tuba et tes palmes ?

– Merde, Boogie."

Il nous a une fois de plus servis et nous avons allumé des Montecristo.

"J'ai l'impression que c'est nous qui devrons faire la cuisine, ce midi. *À ta santé**.

– Hmm. Accouche, tu veux ?

– Et là, sans que je le lui demande, elle a commencé à me parler de vos difficultés matrimoniales dans l'espoir d'obtenir quelques conseils. Presque tous les soirs, tu préfères la compagnie des ratés qui fréquentent les bars à celle de ta tendre moitié. Les rares soirs où tu daignes rentrer directement à la maison après le bureau, tu ne lui adresses pas la parole. Tu choisis plutôt de lire à table. Sinon, c'est *Hockey News*, aucune idée de quoi il s'agit. Si elle invite des couples à souper, de vieux amis à elle, tu leur tends une embuscade. S'ils sont de droite, tu soutiens que ce sont les Soviétiques qui ont gagné la Seconde Guerre mondiale et que Staline sera un jour reconnu comme le plus grand homme du XXe siècle. Si, au contraire, ils sont de gauche, tu affirmes qu'il est prouvé scientifiquement que les Noirs sont dotés d'une intelligence inférieure et d'une libido anormalement forte. Puis tu chantes les louanges de Nixon. Chaque fois que vous prenez le repas du sabbat chez ses parents, tu sifflotes à table afin d'offenser sa mère. Elle t'a épousé malgré les objections de son père, intellectuel de renom, et quoi ? Tu la négliges au lit et elle découvre que tu entretiens une maîtresse à Toronto. Au fait, je tiens de source sûre qu'il y a des œufs mimosa dans le frigo. Ça te dirait ?"

Nous sommes donc passés dans la cuisine sans oublier nos verres et la bouteille.

"*L'chaim*, a-t-il dit.

– *L'chaim.*

– Je dois avouer qu'elle est plutôt bavarde, ta femme. Une fois sur sa lancée, plus moyen de l'arrêter, et je crains de m'être perdu dans mes pensées. Puis, soudain, elle s'est penchée pour enlever le plateau et j'ai eu droit à une vue plongeante sur sa ravissante poitrine. Elle s'est rassise sur le lit et elle s'est mise à renifler, et je me suis senti obligé de la serrer dans mes bras pour la réconforter. Elle n'a pas cessé de caqueter pour autant. J'ai commencé à la caresser ici et là, et ses protestations – on aurait dit des roucoulements – semblaient plutôt m'inviter à poursuivre. 'Il ne faut pas. — Nous devrions nous arrêter. — Non, pas là, s'il te plaît.' Elle s'est ensuite mise à parler du rêve qu'elle avait fait la veille, tout en faisant semblant de ne pas me rendre mes caresses et en levant les bras pour m'aider à lui ôter sa nuisette. À ce moment-là, mon vieux, je me suis dit que la seule façon de la forcer à se taire, c'était de la sauter, et voilà, tu sais tout. Cette bouteille est vide, je crois."

Je suis allé en chercher une autre.

"Tchin-tchin, a-t-il dit en prenant un torchon pour éponger la sueur sur sa poitrine. Les fenêtres sont toutes ouvertes ?

– Je devrais te péter la gueule, Boogie.

– D'accord, mais après ma baignade. Oh, elle a aussi posé toutes sortes de questions sur Clara. À la réflexion, tu sais, je pense que je n'ai été qu'un *deus ex machina* bien commode. Elle voulait se venger pour la femme que tu entretiens à Toronto.

– Un instant", ai-je dit.

J'ai foncé dans notre chambre et je suis revenu avec le vieux revolver de service de mon père, que j'ai posé sur la table, entre nous.

"Tu as peur ? ai-je demandé.

– Ça ne pourrait pas attendre, le temps que je fasse un peu de plongée ?

– Tu pourrais me rendre un grand service, Boogie.

– Lequel ?

– Je vais demander le divorce et tu serviras de codéfendeur. Tout ce que tu auras à faire, c'est déclarer sous serment que je vous ai surpris au lit, ma femme bien-aimée et toi.

– Ah ! Tu avais tout prévu, mon salaud. Tu as honteusement profité d'un vieil ami", a-t-il dit en me tendant son verre.

Saisissant l'arme, je l'ai mis en joue.

"Tu vas témoigner ou pas ?

– Je vais y réfléchir dans l'eau du lac, a-t-il répondu en se levant, tremblant comme une feuille, pour se diriger vers mon matériel de plongée.

– Tu es beaucoup trop soûl pour te baigner, andouille, ai-je dit en lui emboîtant le pas, le revolver à la main.

– Viens avec moi, a-t-il proposé en s'engageant sur la pente herbeuse qui descend jusqu'à l'eau. Ça nous fera du bien à tous les deux. Lentem pour les larçongocs de lessoulédem.

– Je vais m'allonger. Tu devrais en faire autant. Regarde-toi. C'est à peine si tu tiens debout. N'y va pas, Boogie.

– Le dernier qui se jette à l'eau doit laver la vaisselle.

– Arrête, ai-je hurlé, ou je tire !"

Boogie s'est esclaffé pour montrer qu'il goûtait la plaisanterie. Il s'est arrêté le temps d'ajuster le masque et le tuba, tombant deux fois durant la manœuvre, puis il s'est remis à descendre, les palmes aux pieds. "Attention", ai-je dit avant de tirer loin au-dessus de sa tête.

Il a levé les bras en signe de reddition. *"Kamerad*, a-t-il lancé, *kamerad. Nisch shissen."* Puis il a zigzagué jusqu'au quai, qu'il a traversé au pas de course avant de plonger dans le lac et de disparaître sous l'eau.

Je suis retourné dans le salon avec le projet de m'allonger et je venais tout juste de m'assoupir lorsque le téléphone a sonné.

"Je vous appelle pour vous prévenir que ma fille va rester avec moi jusqu'à nouvel ordre. Vous ne devez pas chercher à communiquer avec elle. Si vous avez besoin de quelque chose, adressez-vous à Hyman Goldfarb, conseiller de la reine.

– Allons, allons, Boucles d'or, ce n'est pas très gentil, tout ça.

– De quel droit osez-vous ?

– Et dites-lui de ma part que Miriam Greenberg n'a pas une voix déplorable. Sa voix est au contraire magnifique", ai-je dit avant de raccrocher.

Toi et ta grande gueule. Cette fois, tu es dans la merde jusqu'au cou. Hughes-McNoughton va péter les plombs.

À quatre pattes, j'ai regagné le canapé, où j'ai aussitôt sombré dans un sommeil satisfait. Je dormais depuis quelques minutes seulement, m'a-t-il semblé, lorsqu'un vrombissement rappelant celui d'un avion a ébranlé la pièce et, en rêve, je me suis retrouvé dans un avion qui tombait en vrille. Secouant la tête dans l'espoir d'émerger de ma torpeur, je ne savais plus où j'étais. À Montréal ? Dans l'appartement de Miriam ? Au chalet ? Me hissant lentement sur mes jambes en coton, je suis sorti d'un pas titubant et j'ai essayé de repérer la cause du vacarme. Un avion était bel et bien passé, mais il était déjà si loin que je n'ai pas réussi à déterminer s'il s'agissait d'un chasseur de l'OTAN venu de Plattsburgh ou d'un jet transatlantique. Puis j'ai constaté que le crépuscule était tombé. Consultant ma montre, j'ai découvert avec surprise que j'avais dormi pendant plus de trois heures. Je suis rentré dans le chalet pour m'asperger le visage d'eau froide, et, du bas de l'escalier, j'ai appelé : “Boogie !”

Pas de réponse.

“Debout, là-dedans, Boogieman !”

Il n'était ni dans sa chambre ni ailleurs dans le chalet. Sans doute a-t-il perdu connaissance sur le quai, ai-je songé, mais il n'était pas là non plus. *Oh, mon Dieu. Il s'est noyé. Non. Pas Boogie. S'il vous plaît, mon Dieu.* Au-delà du quai, les eaux sont peu profondes et cristallines sur une douzaine de mètres. Sautant dans le bateau, j'ai mis le moteur en marche et j'ai parcouru le lac en sondant le fond du regard, de plus en plus affolé. Enfin, je suis remonté au chalet pour prévenir la police provinciale. Des agents se sont présentés au bout de deux interminables heures et je leur ai donné une version édulcorée des faits. J'ai passé sous silence ma querelle avec la Deuxième Mme Panofsky et même sa présence au chalet, plus tôt dans la journée. J'ai toutefois admis que nous avions bu, Boogie et moi. Et que je l'avais supplié de ne pas aller nager.

Le cadavre de Boogie n'ayant pas refait surface, un bateau à moteur de la police est parti de la pointe à Merkin. Il a longé les berges, en vain.

"Il est peut-être empêtré quelque part dans les algues, ai-je risqué.

– Non."

Le lendemain après-midi, les agents de la police provinciale sont revenus en compagnie d'un inspecteur. "Je m'appelle Sean O'Hearne, a déclaré celui-ci. Je pense que nous devrions avoir une petite conversation, tous les deux."

Je n'ai plus revu Boogie depuis son plongeon dans les eaux du lac. Je serais prêt à jurer sur la tête de mes petits-enfants que les choses se sont déroulées exactement comme je l'ai dit. Et comme ce n'était pas la première fois qu'il se volatilisait, je n'ai jamais complètement perdu espoir. Chaque jour, je me dis que je recevrai de lui une carte postale en provenance de Tachkent, de Nome ou d'Addis-Abeba. Ou, mieux encore, j'espère qu'il se glissera derrière moi, au Dink's, et fera : *"Bouh !"*

Mais la plaisanterie a assez duré. Boogie aurait soixante et onze ans aujourd'hui – non, soixante-douze –, et je n'arrive pas à comprendre ce qui le retient de refaire surface afin de laver ma réputation, une bonne fois pour toutes.

TROISIÈME PARTIE

Miriam
1960-

1

Je le répète, nos débuts ont été désastreux. Aussi nerveux qu'un adolescent, j'ai compté les jours jusqu'à ce que je croyais être mon dîner de la première et dernière chance avec Miriam. Malgré mes bonnes résolutions – prendre l'avion la veille, descendre au Park Plaza, ne pas bouger de ma chambre et éviter l'alcool comme la peste –, j'ai été incapable de me concentrer sur l'exemplaire de *Cœur de lièvre* que j'avais apporté. Le compte rendu de la victoire du sénateur Kennedy sur Humphrey aux primaires de la Virginie-Occidentale publié dans le *New Republic* n'a rien fait pour me dérider – me souvenant de ce salaud de Joe Kennedy, je me méfiais du fils. Je suis resté de glace devant la photo publiée à la une du *New York Times* où on voyait Nikita Khrouchtchev exultant devant les débris de l'avion espion U-2. Repoussant livre, magazines et journaux, j'ai éteint la lampe de chevet. Forcément, comme le sommeil se faisait attendre, Mme Ogilvy s'est matérialisée. Passant le bout de sa langue sur ses lèvres, elle a entrepris de déboutonner sa robe une taille trop petite[1]. “Pas la peine, espèce de garce impérialiste et condescendante, ai-je déclaré. Je ne trompe même pas Miriam avec ma femme. Alors pourquoi est-ce que je perdrais mon temps avec vous ?”

1. Deux tailles trop petite, lit-on page 416.

Je me suis tourné. Et retourné. N'oublie pas de la regarder dans ses yeux bleus à se damner et, surtout, surtout, ÉVITE de zyeuter ses seins. Et ses jambes. Animal. J'ai préparé une petite liste d'anecdotes susceptibles de lui plaire (et peut-être de faire apparaître cette fossette sur sa joue), des récits qui, mine de rien, me montreraient sous un jour favorable, tout en bannissant de mon esprit la moindre ineptie un peu trop complaisante. Dans l'espoir de me calmer les nerfs, j'ai fumé un Montecristo, puis j'ai couru me laver les dents et même la langue, tellement je craignais la mauvaise haleine. Lorsque j'ai regagné le lit, le hasard a voulu que je passe près du minibar. Quel mal y aurait-il, ai-je songé, à jeter un coup d'œil à l'intérieur, à m'offrir quelques noix de cajou, peut-être ? Bah, une petite gorgée de quelque chose ne me ferait pas de tort non plus. À trois heures du matin, à ma grande stupéfaction, une douzaine de mignonnettes de scotch, de vodka et de gin, toutes vides, gisaient sur la table en verre. Ivrogne. Minable. Dégoûté de moi-même, je me suis remis au lit et j'ai vu surgir Miriam telle qu'elle m'était apparue le soir de mes noces. Vêtue de sa robe de cocktail en mousseline de soie bleue, elle allait et venait avec une grâce époustouflante. Ces yeux. Ces épaules dénudées. Oh mon Dieu. Et si, à la Prince Arthur Room, je me lève pour l'accueillir et qu'elle se rend compte que j'ai une érection ? J'ai pris note de me branler juste avant le repas, à titre préventif. Puis j'ai dormi, mais seulement un peu, avant de bondir du lit, au sens propre, en me maudissant. Tu as dormi trop longtemps, crétin, et tu risques d'être en retard. Affolé, j'ai commencé à m'habiller, puis j'ai eu le bon sens de jeter un coup d'œil à ma montre. Il était six heures du matin. Merde, merde, merde. Je me suis déshabillé, douché et rasé, je me suis rhabillé, puis je suis sorti traîner dans les rues en attendant que la Prince Arthur Room ouvre pour le déjeuner, à sept heures.

“J’ai réservé une table pour deux ce midi, ai-je dit au maître d’hôtel, et j’en veux une près d’une fenêtre.

– J’ai bien peur qu’elles soient toutes prises, monsieur.

– Celle-ci”, ai-je dit en lui refilant un billet de vingt dollars.

De retour dans ma chambre, j’ai trouvé le voyant rouge de mon téléphone qui clignotait. Mon cœur s’est mis à battre la chamade. *Elle ne viendra pas. Elle a changé d’idée.* “Je ne dîne pas avec des hommes mariés qui se masturbent dans les toilettes de leur chambre d’hôtel.” C’était un message de la Deuxième Mme Panofsky. J’ai téléphoné à la maison.

“Tu as oublié ton portefeuille sur la table du vestibule, a-t-elle dit.

– Tu me fais marcher.

– Je le tiens à la main. Toutes tes cartes de crédit y sont.

– On peut toujours compter sur toi pour annoncer les bonnes nouvelles.

– C’est ma faute, peut-être ?

– Je trouverai bien une solution”, ai-je dit en raccrochant.

Pris d’une nausée soudaine, j’ai couru aux toilettes où, à genoux, la tête penchée au-dessus de la cuvette, j’ai vomi mes tripes. *Bravo, Barney. Tu vas sentir les égouts.* Je me suis déshabillé de nouveau pour prendre une autre douche et je me suis brossé les dents avec violence, au risque d’en décaper l’émail, puis je me suis gargarisé, j’ai changé de chemise et de chaussettes, et je me suis une fois de plus aventuré à l’extérieur. Après seulement trois coins de rue, je me suis arrêté d’un coup en me rappelant que j’avais demandé au maître d’hôtel de mettre une bouteille de dom pérignon dans un seau à glace à côté de notre table à midi cinquante-cinq. *Quel m’as-tu-vu.* Une femme du raffinement de Miriam jugerait le geste ostentatoire. Voire grossier. Elle me croirait décidé à la séduire. “Vous pensiez qu’il suffirait d’une bouteille de champagne pour que je me glisse dans votre lit ?” Loin de moi d’aussi impures pensées. *Sincèrement.* Je suis donc revenu sur mes pas pour annuler la bouteille de champagne. Mais si, contre toute attente, elle acceptait de monter à ma chambre ? Je ne suis tout de même pas dénué de qualités.

“C’est une question à choix multiples, Panofsky. Coche au moins trois qualités dans la liste de dix qui suit.

– Va chier.”

Montant jeter un coup d’œil à ma chambre, juste au cas où, j’ai constaté qu’elle n’avait pas encore été faite. J’ai téléphoné à l’entretien pour me plaindre et au room service pour commander une douzaine de roses rouges et une bouteille de dom pérignon.

“Mais, monsieur Panofsky, vous avez annulé la bouteille de champagne.

– Celle qui était destinée à la Prince Arthur Room, oui, mais je veux qu’on en monte une, bien refroidie, à ma chambre, au plus tôt à deux heures de l’après-midi, si ce n’est pas trop demander.”

À midi, les pieds en compote, avec la gueule de bois, épuisé, vidé émotionnellement, j’ai décidé qu’un café noir au Roof Bar me ferait le plus grand bien. Machinalement, j’ai commandé un Bloody Mary. J’ai eu beau le siroter lentement, j’avais encore quarante-cinq minutes à tuer quand je me suis rendu compte qu’il ne restait plus que quelques glaçons dans mon verre. J’en ai donc commandé un autre. Puis j’ai sorti de ma poche la liste de sujets de conversation que j’avais préparée. Avait-elle vu *Psychose* ? Lu *Le Faiseur de pluie* ? Que pensait-elle de la rencontre de Ben Gourion avec Adenauer à New York ? Caryl Chessman devrait-il être exécuté ? Gonflé à bloc après mon troisième Bloody Mary, j’ai consulté ma montre. Midi cinquante-cinq. Et j’ai une fois de plus été pris de panique. *Merde, j’ai oublié de me masturber, et maintenant il est trop tard. En plus, j'ai oublié mes accessoires dans ma chambre.* Le père de Miriam étant socialiste, j'avais apporté *La Liberté* de Laski ainsi que le dernier numéro du *New Statesman.* J'ai couru jusqu'à ma chambre, j'ai fourré le *New Statesman* dans ma poche de veston et je suis arrivé à ma table de la Prince Arthur Room à une heure deux minutes, juste à temps pour voir le maître d'hôtel guider Miriam vers moi. En me levant pour l'accueillir, j'ai réussi à cacher ma tumescence importune derrière ma serviette en lin. Oh ! Comme elle était jolie avec son chapeau en cuir noir un peu coquin et sa robe en laine noire, ses cheveux plus courts que dans mon souvenir. J'ai eu envie de lui faire un compliment, mais j'ai eu peur qu'elle me soupçonne de flirter avec elle. Peur de lui sembler gauche.

"Content de vous voir. Vous voulez boire quelque chose ?

– Et vous ?

– Oh, je me satisferai d'un Perrier. Mais bon, en même temps, c'est une occasion spéciale. Que diriez-vous d'une bouteille de champagne ?

– Eh bien…"

J'ai fait venir le serveur.

"Une bouteille de dom pérignon, s'il vous plaît.

– Mais vous avez déjà ann…

– *Contentez-vous de faire ce qu'on vous demande, je vous prie.*"

Allumant une Gitane après l'autre, j'ai tenté de me remémorer un des *bons mots** que j'avais préparés, mais je n'ai rien trouvé de mieux qu'un :

"Il fait chaud, aujourd'hui.

– Je ne trouve pas.

– Moi non plus.

– Ah bon.

– Vousavezvu*LeFaiseurdepluie* ?

– Pardon ?

– *Le Faiseur de... Psychose*, je veux dire.
– Pas encore.
– J'ai trouvé la scène de la douche... Qu'en avez-vous pensé ?
– Il faudrait d'abord que je voie le film, je crois.
– Oui, bien sûr. Naturellement. Nous pouvons y aller ce soir si...
– De toute évidence, vous l'avez déjà vu.
– Ouais. En effet. J'avais oublié."
Merde, il est allé la chercher à Montréal, cette bouteille de champagne, ou quoi ?
"À votre avis, Ben Gourion a-t-il bien fait d'accepter de rencontrer Eisenhower à New York ?
– Adenauer, vous voulez dire ?
– Bien sûr.
– Vous m'avez invitée ici pour une interview ?" a-t-elle demandé.
Et voilà qu'elle est apparue, la fossette sur sa joue. Si je meurs là, maintenant, le paradis m'attend. *Ne t'avise surtout pas de reluquer sa poitrine. Regarde-la dans les yeux.*
"Ah, le voici.
– Le service aux chambres aimerait savoir si vous voulez toujours qu'on monte l'autre bouteille dans votre...
– Contentez-vous de nous servir, d'accord ?"
Nous avons trinqué.
"Je suis très heureux que vous ayez pu vous libérer, ai-je dit.
– Merci de m'avoir trouvé une petite place entre deux rendez-vous.
– Mais je suis là pour vous voir.
– Vous m'avez pourtant dit que...
– Que j'étais ici pour affaires. Oui, bien sûr, c'est pour cette raison que je suis là.
– Seriez-vous ivre, par hasard, Barney ?

– Certainement pas. Je pense que nous devrions commander. Oubliez la table d'hôte. Prenez ce qui vous fait envie. La salle devrait pourtant être climatisée, ai-je dit en desserrant le nœud de ma cravate.

– Il ne fait pas chaud.

– Oui. Non, je veux dire."

Elle a commandé une soupe aux pois en entrée et, inexplicablement, j'ai choisi la bisque de homard, plat que je déteste. Tandis que la salle se mettait à tanguer, je me suis efforcé de trouver une repartie spirituelle, un aphorisme percutant qui ferait passer Wilde pour un amateur.

"Vous aimez Toronto ? me suis-je entendu dire.

– J'aime mon emploi."

Après avoir compté jusqu'à dix, j'ai dit :

"Je divorce.

– Oh, désolée de l'entendre.

– Riennenousobligeàenparlermaintenant,maisvouspou rrezmerevoir, puisquejeneseraiplusunhommemarié.

– Vous parlez si vite que j'ai peine à…

– Bientôt, je ne serai plus un homme marié.

– Probable puisque vous divorcez. J'espère tout de même que ce n'est pas pour moi.

– Comment voulez-vous que je fasse autrement ? Je suis amoureux de vous. Éperdument.

– Vous me connaissez à peine, Barney."

Puis, pour que ma joie soit parfaite, Yankel Schneider, un type que je n'avais pas revu depuis l'école primaire, du temps de nos dix ans, s'est planté devant notre table, visiblement furieux. Pas tout à fait le spectre de Banquo, mais presque.

"C'est toi le salaud qui imitait mon bégaiement quand nous étions enfants. Tu as fait de ma vie un enfer.

– Je ne vois pas du tout de quoi vous voulez parler.

– Vous avez le malheur d'être mariée avec lui ?

– Pas encore, ai-je dit.

– S'il vous plaît, a supplié Miriam.
– Laissez-la en dehors de ça, d'accord ?
– Il se moquait de mon bégaiement et, le soir, au lit, je m'arrachais les cheveux. Le matin, je me débattais et je criais, tellement que ma mère devait me traîner de force jusqu'à l'école. *Pourquoi faisais-tu ça ?*
– Je n'ai rien fait de tel, Miriam.
– *Quel plaisir y prenais-tu ?*
– Je ne suis même pas sûr de me souvenir de vous.
– Pendant des années, j'ai rêvé que j'étais dans ma voiture et que je te roulais dessus dans la rue. Il m'a fallu huit années de psychanalyse pour en venir à la conclusion que tu n'en valais pas la peine. Tu es un sale type, Barney", a-t-il conclu.

Puis il a tiré une dernière fois sur sa cigarette et, avant de s'éloigner, il a laissé tomber le mégot dans ma bisque de homard.

"Jésus-Christ, ai-je dit.
– J'ai cru que vous alliez lui taper dessus.
– Pas en votre présence, Miriam.
– Je me suis laissé dire que vous aviez un sale caractère et que quand vous aviez trop bu, comme aujourd'hui, ce qui, au passage, n'est guère flatteur pour moi, vous cherchiez la bagarre.
– McIver ?
– Je ne divulgue jamais mes sources.
– Me sens pas bien, vais être malade.
– Êtes-vous capable d'aller jusqu'aux toilettes ?
– Horriblement gêné.
– Êtes-vous capable…
– Faut que je m'allonge."

Elle m'a aidé à monter à ma chambre. À genoux devant la cuvette, je me suis aussitôt mis à vomir en laissant fuser des pets retentissants. *J'aurais voulu qu'on m'enterre vivant. Qu'on me traîne jusqu'à la potence et qu'on m'équarrisse. Que des chevaux m'écartèlent.*

N'importe quoi. Elle a mouillé une serviette et m'a essuyé le visage avant de me guider vers le lit.

"Quelle humiliation.

– Chut, a-t-elle ordonné.

– Vous me haïssez et vous ne voudrez plus jamais me revoir.

– Oh, taisez-vous donc", m'a-t-elle intimé en m'épongeant de nouveau avec la serviette humide.

Puis elle m'a fait boire un verre d'eau en me soutenant la tête avec sa main fraîche. J'ai résolu de ne plus jamais me laver les cheveux. Allongé, j'ai fermé les yeux dans l'espoir que la pièce s'arrêterait de tourner.

"J'irai mieux dans cinq minutes. Ne partez pas, s'il vous plaît.

– Essayez de dormir.

– Je vous aime.

– Oui, bien sûr.

– Nous allons nous marier et avoir dix enfants."

En me réveillant, deux ou trois heures plus tard, je l'ai trouvée assise dans le fauteuil, ses longues jambes croisées juste comme il faut, en train de lire *Cœur de lièvre.* Je n'ai d'abord rien dit, préférant me régaler de la vision de cette beauté absorbée dans sa lecture, tout près de moi. Des larmes ont ruisselé sur mes joues. J'avais le cœur serré. Si le temps s'était arrêté, à ce moment-là, je n'aurais rien trouvé à y redire.

"Je sais que vous ne voudrez plus jamais me voir. Je ne peux pas vous en vouloir.

– Je vais vous commander des toasts sans beurre et du café. Avec votre permission, je vais demander un sandwich au thon pour moi. Je meurs de faim.

– Je dois sentir horriblement mauvais. Vous resterez si je me douche rapidement ?

– Apparemment, vous me jugez prévisible.

– Comment pouvez-vous dire une chose pareille ?

– Vous étiez sûr que je monterais à votre chambre.

– Pas du tout.

– À qui d'autre destiniez-vous ce champagne et ces roses ?

– Où ça ?"

Elle a montré du doigt.

"Oh.

– Oh, en effet.

– Je ne sais pas où j'ai la tête, aujourd'hui. Je ne suis pas moi-même. Je suis dans tous mes états, en fait. Je vais téléphoner au service de chambre pour demander qu'on enlève tout ça.

– Non.

– Non, vous avez raison.

– De quoi voulez-vous parler ? De *Psychose* ou de la rencontre de Ben Gourion avec Adenauer ?

– Je suis incapable de vous mentir, Miriam. Ni aujourd'hui ni jamais. Yankel disait la vérité.

– Yankel ?

– L'homme qui s'est arrêté à notre table. Au terrain de jeu, je lui bloquais le passage et je lui disais : 'T-t-tu p-p-pisses au lit, f-f-face de p-p-pet ?' En classe, quand il se levait, terrifié, pour répondre à une question, je commençais à rigoler avant même qu'il ait pu prononcer un mot et il fondait en larmes. 'B-b-bravo, Y-Y-Yank-k-kel !' Qu'est-ce qui me poussait à faire des trucs aussi horribles ?

– Vous ne vous attendez tout de même pas à ce que je puisse répondre ?

– Oh, Miriam. Si seulement vous saviez combien je compte sur vous."

Puis, sans crier gare, j'ai été victime – non, j'ai bénéficié – d'une sorte de fonte printanière de la glace qui comprimait mon âme. J'ai commencé à bafouiller des propos incohérents, je le crains fort, où s'entremêlaient des mésaventures de mon enfance et des anecdotes de ma période parisienne. Après lui avoir raconté comment

Boogie se fournissait en héroïne, je suis remonté dans le temps pour évoquer l'indifférence de ma mère envers moi. Je lui ai parlé de Yossel Pinsky, survivant d'Auschwitz, qui occupait désormais ses journées à conclure des marchés dans un bar de la rue Trumpeldor à Tel-Aviv. Je m'étais autrefois livré au trafic d'antiquités égyptiennes, je tenais à ce qu'elle soit au courant. Je faisais des claquettes. Du passage d'Izzy Panofsky à l'escouade de la moralité, j'ai sauté à la lecture donnée par McIver dans la librairie de George Whitman avant de me lancer dans une improvisation sur Hymie Mintzbaum. Je lui ai parlé du *pneumatique** qui m'était parvenu trop tard, de Clara qui avait connu une mort prématurée à cause d'un malentendu, puis je lui ai confié que, dans mes rêves, je la voyais encore se décomposer dans son cercueil.

"Le Calibanovitch de ce fameux vers, c'est vous ?

– C'est moi."

Si j'avais épousé la Deuxième Mme Panofsky, lui ai-je expliqué, c'était par dépit… non, parce que je me sentais coupable pour Clara… non, parce que l'opinion qu'elle avait de moi m'excédait. Puis j'ai juré à Miriam que je n'avais jamais été amoureux avant de l'apercevoir, le soir de mes noces. J'ai constaté que le jour était tombé et que la bouteille de champagne était vide.

"Vous voulez aller manger quelque part ? ai-je proposé.

– Pourquoi n'irions-nous pas d'abord nous promener ?

– Volontiers."

Je n'ai jamais porté dans mon cœur Toronto la Satisfaite d'elle-même. C'est le cabinet comptable du pays. Mais, en me glissant avec Miriam dans le vacarme de l'heure de pointe, dans Avenue Road, en cette douce soirée du début de mai, j'avais le pas guilleret et j'étais d'humeur à tout pardonner, heureux d'être en vie. Les arbres, après tout, bourgeonnaient. Certes, les marguerites orange et violettes en vente aux étalages des fruiteries semblaient peintes à la bombe, mais elles étaient rachetées par des brassées de jonquilles virginales. Parmi les filles qui sortaient des bureaux et se promenaient deux par deux en robe bain-de-soleil, certaines étaient indéniablement jolies. Mon extase était si grande que j'ai sans doute adressé un sourire trop large à la jeune maman qui venait vers nous avec son bébé dans une poussette. En effet, elle a froncé les sourcils et pressé le pas. Pour une fois, je ne me suis pas formalisé de la présence d'un joggeur qui, en sueur et en short, courait sur place en attendant que le feu passe au vert. "Belle soirée, n'est-ce pas ?" me suis-je écrié. Aussitôt, il a tapoté la poche arrière de son short pour s'assurer que son portefeuille s'y trouvait encore. Je n'aurais peut-être pas dû m'arrêter pour admirer une Alfa Romeo flambant neuve garée devant la boutique d'un antiquaire puisque le propriétaire du bolide est sorti en trombe en nous dévisageant d'un air mauvais. Quelque part, un peu plus haut, nous sommes tombés sur un petit parc et j'ai cru que nous nous reposerions un moment sur un banc, mais la grille était cadenassée. Sur un écriteau vissé à la clôture, on pouvait lire :

PAS DE NOURRITURE
PAS DE BOISSON
PAS DE MUSIQUE
PAS DE CHIENS

Serrant la main de Miriam, j'ai déclaré :

"Parfois, je me dis que ce qui meut cette ville, son impulsion première, c'est la peur constante que quelqu'un, quelque part, puisse être heureux.

– Honte à vous.

– Pourquoi donc ?

– Vous citez Mencken à propos du puritanisme. Sans mention de la source.

– Ah bon ?

– Oui, vous vous êtes approprié son propos. Vous m'avez pourtant promis de ne jamais me mentir.

– Oui. Navré. On reprend depuis le début.

– J'ai grandi au milieu du mensonge et je ne le tolérerai plus jamais."

Et alors, s'enflammant soudain, Miriam m'a parlé de son père, tailleur et meneur syndical. Elle l'avait adoré, c'était un tel idéaliste, jusqu'au jour où elle avait découvert qu'il était aussi un coureur de jupons invétéré. Qu'il s'envoyait en l'air avec toutes les ouvrières. Que, les samedis soir, il écumait les salles de danse sordides et les bars du centre-ville. Sa mère en avait eu le cœur brisé.

"Comment fais-tu pour le supporter ? avait demandé Miriam.

– Que veux-tu que je fasse ?" avait répondu sa mère en sanglotant, penchée sur sa machine à coudre.

La mère de Miriam était morte à petit feu. Cancer du côlon.

"C'est lui qui l'a rendue malade.

– Vous exagérez un peu, ai-je dit.

– Non. Et je ne laisserai jamais un homme me traiter de cette façon."

Nous avons mangé quelque part dans Yonge Street, je ne me rappelle ni l'endroit ni le menu, mais nous étions assis côte à côte dans un box, et nos cuisses se touchaient.

"Je n'avais encore jamais vu quelqu'un d'aussi malheureux à ses propres noces. Chaque fois que je levais les yeux, je vous surprenais en train de me regarder.

– Et si j'étais resté à bord de ce train ?

– Vous ne saurez jamais à quel point j'avais envie que vous le fassiez.

– C'est vrai ?

– Je me suis fait coiffer, ce matin, et j'ai acheté cette tenue spécialement pour notre dîner. Vous ne m'avez même pas dit que j'étais jolie.

– Non. Oui. Franchement, vous êtes sublime."

Il était presque deux heures du matin quand nous sommes arrivés devant son appartement, dans Eglinton Avenue.

“Bon, je suppose que vous allez faire semblant de ne pas avoir envie d’entrer, a-t-elle dit.

– Non. Oui. Aidez-moi, Miriam.

– Je me lève à sept heures.

– Bon, dans ce cas, je…

– Allez, venez”, a-t-elle dit en m’entraînant par la main.

2

Maintenant qu'il m'est compté, le temps me file entre les doigts à la vitesse d'un taximètre trafiqué. J'aurai bientôt soixante-huit ans, et Betty, qui n'oublie jamais ce genre de chose, va sûrement vouloir organiser une petite fête, le midi, au Dink's. Cette grande sentimentale tient absolument à ce que Zack, Hughes-McNoughton, moi et quelques autres piliers du bar nous fassions incinérer, le moment venu : ainsi, nos urnes, alignées derrière le comptoir, lui tiendront compagnie. Je n'aurais peut-être pas dû lui parler de ce qu'a fait Flora Charnofsky quand Norman a heurté un poteau électrique au volant de sa Mercedes sport, se tuant sur le coup. Après l'avoir fait incinérer, elle a divisé ses cendres : la plus grande partie a été versée dans un sablier de sa confection, le reste dans un minuteur pour la cuisine. “Comme ça, il est toujours avec moi”, a-t-elle expliqué.

Je n'irai pas à la petite fête projetée par Betty. Il n'y a rien à célébrer. D'ailleurs, je suis devenu un vieux salaud si irritable que je me méfie de moi-même. Hier après-midi, je suis allé au club vidéo rapporter *Mines de rien*, un film mettant en vedette W. C. Fields qui compte parmi mes préférés, et le petit vaurien à la caisse, avec sa queue-de-cheval et un anneau tout neuf dans le nez, a déclaré :

“Je regrette, mais nous allons devoir vous réclamer un supplément de trois dollars pour le rembobinage.

– Tu as un stylo ?" ai-je demandé.

Perplexe, il m'en a tendu un et j'ai entrepris de rembobiner le film en le faisant tourner dans le sens des aiguilles d'une montre[1], sans le moindre égard pour les cinq clients qui attendaient derrière moi.

"Qu'est-ce que vous faites, au juste ?

– Je rembobine.

– Mais vous en avez pour une éternité !

– Il est seulement trois heures, fiston. J'ai jusqu'à cinq heures pour te rendre cette cassette.

– Donnez-moi ça, papy, et on oublie les trois dollars."

Ai déjeuné tard ce matin, puis décidé d'allumer la radio pour écouter Miriam en direct, pour changer. Alléluia. Elle venait de commencer la lecture d'une lettre supposément écrite par un auditeur de Calgary :

> Chère Mme Greenberg,
>
> Je suis l'un de ces vieux croûtons dont on lit parfois l'histoire dans les journaux, un type qui a consacré ses meilleures années à une femme qu'il aimait et qui l'a abandonné pour un plus jeune. J'espère que vous réussirez à déchiffrer mon écriture, qui ne s'est pas arrangée depuis le dernier petit AVC que j'ai subi. Vous vous êtes sûrement déjà rendu compte que je n'ai pas fait de longues études. Du moins par rapport aux autres auditeurs dont vous lisez les lettres à voix haute. Je suis un éboueur à la retraite, prêt pour le recyclage, autrement dit (ha ! ha ! ha !). J'espère en tout cas que mes fautes ne vous empêcheront pas de me lire sur les ondes. Ma femme me manque toujours et je garde sa photo sur la table de chevet dans le Winnebago où j'habite. Aujourd'hui, c'est l'anniversaire de Marylou et j'aimerais que vous fassiez jouer la chansonnette que nous avons entendue au Highlander Inn de Calgary où

1. Dans le sens contraire des aiguilles d'une montre.

je l'ai emmenée célébrer son trentième anniversaire, en 1975.

Je me rappelle quelques mots de cet air (qui décrit parfaitement ma situation actuelle), mais pas le titre ni la musique. Voici les paroles :

Full moon and empty arms,
Blabla blabla *your charms…*

La musique, si mes souvenirs sont fidèles, était surtout jouée au piano. C'était l'œuvre, m'a dit Marylou, d'un polaque célèbre. Attendez, je crois qu'on lui a consacré un film avec Cornel Wilde et qu'il souffrait de la tuberculose. Le pianiste, pas Cornel. J'aimerais que vous passiez cette chanson en la dédiant à Marylou. Je ne lui garde pas rancune. Merci beaucoup.

Cordialement,

WALLY TEMPLE

P.-S. J'aime beaucoup la musique classique et je ne rate jamais votre émission. L'une de mes cassettes préférées, je vous la recommande vivement et vous pourrez peut-être la faire jouer un de ces quatre, s'intitule *Les Plus Grands Succès de Mozart.*

Miriam a marqué une pause. "Cette lettre vient du plaisantin qui s'est aussi fait passer pour Doreen Willis, entre autres", a-t-elle dit.

Merde.

"Je l'ai lue pour laisser savoir au plaisantin en question qu'il ne m'a pas dupée un seul instant. Pour le récompenser de ses efforts, je vais maintenant faire jouer un enregistrement de Louis Lortie, les *Études op. 10* de Chopin. C'est un disque Chandos produit dans le Suffolk, en Angleterre, datant d'avril 1988."

Récemment, la machine à rumeurs, aussi connue sous le nom d'autoroute de la désinformation, a fonctionné à pleins tubes dans la famille, et j'ai réussi à recoller les fragments des conversations qui suivent. Mike a appelé Saul :

"Tiens-toi bien, papa écrit ses mémoires.

– J'étais sûr qu'il mijotait quelque chose. Un instant, d'accord ? Ce n'est pas la bonne tablette, Nancy. Tu dois remettre les livres à l'emplacement précis où tu les as trouvés… Désolé, Mike. Ses mémoires… Et s'il ne trouve pas d'éditeur ? Il en aura le cœur brisé.

– De nos jours, il y a un marché pour tout ce qui concerne Clara Charnofsky. Et n'oublie pas qu'il a connu plein de célébrités.

– Pendant que je t'ai au bout du fil, tu ne m'as pas dit que le beau-frère de Caroline était un chirurgien orthopédiste renommé ?

– Oui, et alors ?

– Ce n'est pas l'emplacement *précis* du livre, Nancy. Merde, merde, merde… Excuse-moi, Mike. J'aimerais avoir un deuxième avis sur quelque chose. Si je t'envoyais mes radiographies par la poste, tu pourrais les lui montrer ?

– Cette initiative va forcément raviver de vieux souvenirs concernant la mort – ou ce que Kate appelle toujours la disparition – de Bernard Moscovitch.

– Je t'ai posé une question.

– Oui. Évidemment. Puisque tu insistes."

Puis Saul a téléphoné à Kate.

"Tu as appris la nouvelle ? Nous allons devenir célèbres, grâce à papa.

– Au nom de quoi pensais-tu être le seul écrivain de la famille ?

– Il t'a fait lire des passages ?

– Tu devrais l'entendre au téléphone, Saul. Il éclate de rire au souvenir de vieilles anecdotes. Il se souvient de vedettes du hockey qu'il a connues dans leurs belles années. Papa a eu une aventure avec sa maîtresse d'école quand il avait seulement quatorze ans.

– Ça, c'est de la frime. Je n'y ai jamais cru, à cette histoire.

– Tu te souviens des sermons qu'il nous faisait sur les dangers des drogues ? À Paris, il fumait du haschisch à longueur de journée. Il verse des larmes à l'évocation du passé. Ces jours-ci, le passé est la seule chose qui l'enthousiasme encore un peu."

Puis Mike m'a appelé directement.

"Écris ce que tu veux à mon sujet, papa, mais épargne Caroline, je t'en prie.

– Parlerais-tu de cette manière à Samuel Pepys ou à Jean-Jacques Rousseau ? Non pas que tu les aies lus, remarque.

– Je te parle sérieusement, papa.

– Tu n'as rien à craindre. Comment vont les enfants ?

– Jeremy a réussi ses examens scolaires haut la main. Harold t'écrit une lettre en ce moment même."

Saul m'a passé un coup de fil à dix heures, le lendemain.

"Qu'est-ce que tu fais debout aux aurores ? ai-je demandé.

– J'ai rendez-vous à onze heures avec mon dermatologue.

– Mon Dieu ! La lèpre… Raccroche tout de suite.

– Tu écris vraiment tes mémoires ?

– Ouais.

– Il vaudrait mieux que j'y jette un œil. Je t'en prie, papa.

– Un jour, peut-être. Comment va Nancy ?

– Oh, celle-là ? Elle laissait mes CD traîner partout et elle a corné mon exemplaire du *Neo-Conservative Reader*. Je t'en ai envoyé un, tu te souviens ? Nancy est rentrée auprès de son mari."

Mais le coup de fil qui m'a désarçonné, c'est celui de Miriam, à qui je n'avais pas parlé depuis environ dix-huit mois. Le son de sa voix, à moi seul destiné, a suffi à ébranler les assises de mon cœur.

"Comment vas-tu, Barney ?

– Bien. Pourquoi cette question ?

– On la pose en principe aux personnes à qui on n'a pas parlé depuis longtemps.

– Bien. Ouais. Et toi ?

– Je vais bien aussi.

– Bon, je crois qu'on s'est tout dit.

– Je t'en prie, Barney.

– J'entends ta voix, tu prononces mon nom et mes mains se mettent à trembler. Alors épargne-moi tes 'Je t'en prie, Barney', s'il te plaît.

– Nous avons été ensemble pendant plus de trente années…

– Trente et une.

– … de très bonnes années, en général. Alors on devrait pouvoir se parler, non ?

– Je veux que tu rentres à la maison.

– Je suis à la maison.

– Tu t'es toujours targuée d'aller droit au but. Que me vaut l'honneur de cet appel ?

– Solange m'a téléphoné.

– Il n'y a rien entre nous. Nous sommes amis, point final.

– Tu ne me dois pas d'explications, Barney.

– Non, en effet.

– Tu n'as plus trente…

– Toi non plus.

– … tu ne peux pas continuer à boire à ce rythme. Elle veut que tu consultes un spécialiste. Écoute-la, Barney.

– Ah.

– J'ai de la tendresse pour toi. Je pense souvent à toi. Saul me dit que tu écris tes mémoires ?

– Oh, c’est donc ça. Disons que j’ai décidé de laisser une empreinte dans le sable du temps.”

J’ai eu droit à un magnifique éclat de rire.

“Tu ne dois pas dire de mal des enfants. En particulier…

– Tu sais ce qu’a un jour dit Early Wynn ?

– Early Wynn ?

– Un lanceur de base-ball, membre du Temple de la renommée. Un jour, on lui a demandé s’il accepterait de lancer si c’était sa mère qui se présentait au marbre. ‘Tout dépendrait de sa moyenne à la batte[1]’, a-t-il répondu.

– En particulier de Saul, qui est excessivement sensible.

– Et du professeur Hopper, que j’ai accueilli sous mon toit, n’est-ce pas ? Bon, toutes mes excuses. Comment il va, Blair ?

– Il prend une retraite anticipée. Nous allons passer une année à Londres, où il pourra enfin terminer sa biographie de Keats.

– Il y en a déjà quelque chose comme six. Veux-tu bien me dire ce qu’il pourrait ajouter de neuf ?

– Du calme, Barney.

– Pardon ? L’énervé de la famille, c’est Saul. Pas moi.

– Saul est ton portrait craché. C’est d’ailleurs pour cette raison que tu es si dur avec lui.

– Ouais, ouais, ouais.

– Blair voudrait que tu arrêtes de dire à tout le monde qu’il a écrit pour l’*American Exile in Canada.*

– Dans ce cas, pourquoi se cache-t-il dans tes jupes ? Il n’avait qu’à m’appeler lui-même.

– Il n’est pas au courant de ma démarche. Si je te téléphone, Barney, je te le dis franchement, c’est parce que je me fais du souci pour toi et que je veux que tu consultes un médecin.

1. J’ai été incapable de vérifier l’exactitude de cette citation.

– Transmets un message à Blair de ma part. Une autre biographie de Keats… Christ. Dis-lui qu'on n'a pas plus besoin de nouveaux livres que de tomates mûries artificiellement."

Puis j'ai raccroché avant de me ridiculiser davantage.

Je n'ai pas eu de nouvelles de Blair, mais, peu après, une lettre recommandée avec la mention SOUS TOUTES RÉSERVES m'est parvenue de la part de ses avocats torontois. Aux termes d'une demande adressée au FBI en vertu de la Loi sur l'accès à l'information, leur client, le professeur Blair Hopper, Ph. D., avait fait la découverte suivante : le directeur du collège Victoria de l'université de Toronto avait reçu en 1994 une lettre anonyme dont l'auteur soutenait que, dès 1969, le FBI avait dépêché au Canada le susmentionné professeur Hopper, déviant sexuel avéré, afin d'espionner les activités des objecteurs de conscience américains. Si cette calomnie, dénuée de tout fondement, devait être répétée dans les mémoires que Barney Panofsky s'apprêtait à publier, le professeur Hopper se réservait le droit d'intenter une action en justice contre l'auteur et son éditeur. Avec l'aide de Hughes-McNoughton, j'ai répondu, SANS RÉSERVE, que jamais je ne m'abaisserais à écrire à quiconque sous le couvert de l'anonymat et que, dans l'éventualité où cette vile accusation serait répétée en public, je me réservais également le droit d'intenter une action en justice. Je m'apprêtais à envoyer ma missive en recommandé quand j'ai brusquement changé d'idée : j'ai pris un taxi jusqu'à la rue Notre-Dame, où j'ai acheté une nouvelle machine à écrire, puis j'ai retapé la lettre et je l'ai postée. Ensuite, j'ai jeté ma vieille machine à écrire ainsi que la nouvelle. Je ne suis pas le fils d'un sergent-détective pour rien.

3

Au lac, j'ai un voisin qui compte parmi les pirates de plus en plus nombreux qui, au mépris de la loi, captent une centaine de chaînes américaines non autorisées au Canada grâce à une antenne parabolique de la taille d'une pizza. Il parvient ensuite à les décrypter à l'aide d'un décodeur qu'il a payé trente dollars. Si j'en parle ici, c'est parce que, à l'heure de mon déclin, je suis bombardé d'un véritable méli-mélo d'images de mon passé au fil de mes longues nuits blanches, sans dispositif qui me permette de les décrypter. Récemment, il m'est arrivé plus d'une fois de me réveiller sans me souvenir avec exactitude des événements survenus au lac, ce jour-là. Je me demande alors si je les ai rectifiés, de la même façon que j'ai embelli d'autres épisodes de ma vie afin de me présenter sous un jour plus favorable. Disons-le tout de go : et si c'était O'Hearne qui avait raison ? Et si, comme le soupçonne ce salaud, j'avais abattu Boogie d'une balle en plein cœur ? Il m'importe de me croire incapable d'une telle brutalité, mais si j'étais effectivement un meurtrier ?

La semaine dernière, je suis sorti salement ébranlé d'un rêve dans lequel je tirais sur Boogie pour ensuite me tenir au-dessus de lui tandis qu'il agonisait par terre, secoué de spasmes, du sang jaillissant de sa poitrine. M'arrachant à mes draps trempés de sueur, je me suis habillé et j'ai roulé jusqu'au chalet. Arrivé à l'aube, j'ai marché dans les bois dans l'espoir qu'ils rafraîchiraient ma mémoire et me conduiraient sur les lieux du crime que j'aurais commis, même si la végétation était beaucoup plus dense qu'à l'époque de la disparition de Boogie, une bonne trentaine d'années plus tôt. Je me suis égaré. J'ai paniqué. Tout d'un coup, je ne savais plus où ces bois se situaient ni ce que j'étais venu y faire. J'ai dû passer des heures assis sur un tronc d'arbre à fumer des Montecristo. À un moment donné, j'ai entendu une musique qui n'avait rien de céleste. Remontant vers sa source, j'ai abouti sur la pelouse de mon chalet, où Benoît O'Neil avait installé une énorme radiocassette pour se tenir compagnie pendant qu'il ratissait les feuilles mortes.

Salut, *shmuck.*

Force m'est d'admettre que les jours où ma mémoire fonctionne normalement sont plus lourds à porter que ceux où elle me fait défaut. Autrement dit, il y a, dans le labyrinthe de mon passé, des épisodes dont je ne me souviens que trop bien. Prenez Blair, par exemple.

Blair Hopper né Hauptman est entré dans ma vie sans prévenir, à la façon d'un polype, dans le courant de l'été 1969. C'est par une soirée pluvieuse qu'il a atterri dans notre chalet des Laurentides, où Miriam, cette âme sensible, accueillait les jeunes en difficulté, les femmes battues et d'autres épaves. Il avait trouvé l'adresse dans le *Manual for Draft-Age Immigrants to Canada* :

> Bien que vous ayez cherché refuge au Canada par nécessité et non par choix, nous sommes heureux de vous accueillir. Ceux d'entre nous qui offrent des services dans le cadre du programme anticonscription partent du principe que votre opposition à la guerre du Viêtnam se fonde sur une conviction morale inébranlable et que, par conséquent, vous avez toutes les chances de devenir un citoyen modèle.

(Oh, à ce stade de mon récit, je devrais sans doute préciser que, pour échapper aux griffes de la Deuxième Mme Panofsky, qui s'était montrée impitoyable, j'avais dû lui abandonner la maison de Hampstead avec son coin conversation encaissé, mais que j'avais réussi à garder la propriété des Laurentides. Mon premier réflexe avait été de me débarrasser du lieu de mon crime présumé, mais, à la réflexion, je m'étais dit qu'on y verrait un aveu de culpabilité. Optant pour une autre solution, je l'avais fait entièrement rénover avant de m'y installer avec Miriam, abattant les cloisons, perçant des portes-fenêtres et des puits de lumière, ajoutant des chambres pour les enfants et des bureaux pour Miriam et moi.)

Voilà donc que Blair entre en scène. J'aimerais pouvoir dire que Max, notre berger allemand au flair généralement infaillible, l'animal qui a procuré tant de joie aux enfants, a accueilli le clandestin en grognant et en montrant les crocs, mais, au contraire, cet animal fourbe s'est jeté sur lui en remuant la queue. Je suis tenu par l'honneur d'admettre que, dans ce temps-là, Blair Hopper né Hauptman était un jeune homme de belle apparence. Aucun doute à ce sujet. Plus près de l'âge de Miriam que du mien. C'est donc dire qu'il avait une dizaine d'années de moins que moi. Grand, blond, avec de larges épaules et des yeux bleus. Bref, il aurait été parfait en uniforme de SS. En réalité, il portait une chemise, une cravate, un costume en seersucker et des mocassins. Il est arrivé les bras chargés de cadeaux : un pot de miel non pasteurisé (fabriqué dans une commune du Vermont, son premier arrêt sur le chemin de fer clandestin des temps modernes) et, *waouh*, une paire de mocassins indiens ornés de petites perles de couleur. Je sirotais un Macallan et je l'ai invité à se joindre à moi.

"Je ne dirais pas non à un verre d'eau minérale, mais seulement si vous avez déjà une bouteille ouverte."

Dommage, nous venions de finir la dernière. Miriam lui a donc préparé une tisane. Églantier, si je ne m'abuse.

"Vous avez eu du mal à franchir la frontière ? lui ai-je demandé.

– Je suis venu en touriste. Avec mon costume en seersucker, je me suis fait passer pour un républicain bon ton. J'ai pu brandir une belle liasse de chèques de voyage sous le nez des poulets.

– J'aime autant vous prévenir, ai-je dit en feignant une politesse glaciale, que mon père est un policier à la retraite. Nous ne tolérons pas ce genre de vocable sous notre toit.

– Je suis certain que les choses sont différentes ici, monsieur, a-t-il répondu en rougissant, et que les représentants de l'ordre se comportent de façon exemplaire.

– Il ne faudrait tout de même pas exagérer."

Je me suis lancé dans le récit de certains des exploits du sergent-détective Izzy Panofsky. Miriam m'a coupé dans mon élan.

"Que diriez-vous d'un sandwich au beurre d'arachide ?" a-t-elle proposé.

Arrivé un vendredi, Blair est resté avec nous pendant seulement dix jours, mais, au cours de ce premier week-end, il avait déjà trouvé le moyen de se rendre utile en se chargeant de la vaisselle et en réparant le portail, dont je promettais depuis longtemps de m'occuper. Lorsqu'un frelon est entré dans la cuisine et qu'il m'a vu attraper la tapette à mouches, il s'est écrié : "Laissez-moi faire, s'il vous plaît !" Il a réussi à faire sortir l'insecte par la porte moustiquaire. Ce sale faux jeton était capable d'ouvrir les flacons d'aspirine – ceux qui possèdent ces redoutables bouchons à l'épreuve des enfants qu'il faut à la fois pousser et tourner – juste comme ça, sans effort et sans bredouiller "Merde, merde, merde". Je n'aimais pas qu'il fasse les yeux doux à Miriam ni qu'elle semble s'amuser de ses attentions.

Le dimanche soir, Miriam m'a demandé :

"Tu dois vraiment retourner en ville ce soir ?

– Bah, je me suis dit que j'allais prendre une semaine de congé, ai-je répondu sur un ton aussi désinvolte que possible.

– Et ta soirée de poker du mercredi ?

– Les gars se passeront de moi, pour une fois. Et si quelqu'un a besoin de moi au bureau, on n'aura qu'à me téléphoner ici."

Miriam, avec sa grâce si naturelle et son adorable naïveté, ne se doutait pas de la fascination qu'elle exerçait. Pour ma part, j'aurais volontiers passé le reste de mon existence à l'admirer, ébahi par tant de beauté. J'aurais sans doute dû le lui dire. Et à présent, les paupières closes, refoulant mes larmes de remords, je me souviens de l'avoir vue allaiter Saul, les yeux baissés sur lui, une main sous sa petite tête vulnérable et palpitante. Je la vois apprendre la lecture à Mike, en faire un jeu, la mère et le fils riant comme des fous. Je convoque l'image d'elle et de Kate s'éclaboussant l'une l'autre dans la baignoire. Je la vois s'affairer dans la cuisine, un samedi après-midi, en écoutant à la radio une production du Metropolitan Opera. Ou endormie dans notre lit. Ou lisant dans son fauteuil, ses longues jambes croisées juste comme il faut. Et si, au temps de notre grand amour, elle venait me rejoindre au bar du Ritz avant une sortie en ville, je m'arrangeais pour l'attendre à une table discrète, dans un coin éloigné, d'où je la voyais entrer, vêtue avec élégance, sereine, attirant tous les regards, puis me bénir d'un tendre sourire et d'un baiser. Miriam, Miriam, élue de mon cœur.

Indifférente aux caprices de la mode, Miriam s'habillait avec discrétion. Comme elle n'avait nul besoin de se mettre en valeur, on ne l'aurait jamais surprise avec une minijupe ou un décolleté plongeant. Mais l'été, dans notre chalet au bord du lac, elle ressemblait à une sauvageonne.

Ses longs cheveux noir charbon retenus par une babiole, elle évitait tout maquillage, même léger, allait pieds nus et privilégiait de longs tee-shirts agrémentés de caricatures de Mozart ou de Proust et des jeans coupés. Je n'y voyais pas d'inconvénient, tant et aussi longtemps que nous n'hébergions pas sous notre toit un jeune objecteur de conscience en rut ayant plusieurs points communs avec elle. Ils étaient, par exemple, trop jeunes pour avoir connu la Seconde Guerre mondiale et, le lundi soir, après avoir lu un article consacré à Harris le bombardier du British Bomber Command, ils avaient condamné sans appel le bombardement intensif des villes allemandes, le massacre inutile de civils innocents. Naturellement, j'avais songé au jeune Hymie Mintzbaum survolant la Ruhr.

"Un instant, ai-je dit. Et Coventry, qu'est-ce que vous en faites ?

– Je comprends que ce n'est pas la même chose pour les membres de votre génération, mais comment pouvez-vous défendre le bombardement de Dresde ?"

Plus tard le même soir, j'ai surpris Blair en train de reluquer Miriam, qui se penchait pour ramasser les jouets que les enfants avaient laissés sur le sol du salon. Le mardi après-midi, au sortir de ma sieste, j'ai trouvé le chalet désert. Ni femme. Ni enfants. Ni Obersturmführer Blair Hopper né Hauptman. Ils étaient tous dans le potager. Blair, arborant un tee-shirt orné d'une colombe de Picasso, aidait Miriam à retourner le tas de compost, autre tâche dont j'avais vaguement promis de m'occuper. Depuis mon poste d'observation sur la galerie qui faisait le tour du chalet, j'ai vu Blair jeter un coup d'œil sous l'ample tee-shirt de Miriam quand elle s'est penchée pour prendre une bêche. Salaud. Descendant avec nonchalance dans le potager, j'ai demandé :

"Je peux vous donner un coup de main ?

– Va plutôt lire, a répondu Miriam. Ou sers-toi à boire, mon chéri. Tu ne ferais que nous gêner."

Avant de quitter le potager, j'ai attiré ma femme vers moi en lui empoignant les fesses à deux mains et je l'ai embrassée, fort, sur la bouche. "Oh la la", a-t-elle dit en rougissant.

Plus tard dans l'après-midi, je suis allé trouver l'autre voyeur dans le garage, où il aiguisait les lames de la tondeuse à gazon. M'étant muni de deux bouteilles de bière, je lui en ai tendu une.

"Cigare ? ai-je proposé.

– Non, merci, monsieur.

– Tu permets que j'en allume un ? ai-je demandé en m'asseyant sur une citerne.

– Bien sûr, monsieur.

– Tu veux bien me lâcher avec tes 'monsieur', pour l'amour du Christ ?

– Désolé.

– Je me fais du souci pour toi, Blair. Tu as peut-être commis une erreur en t'enfuyant au Canada. Pourquoi n'as-tu pas dit aux recruteurs de l'armée que tu étais pédé ?

– Parce que je ne le suis pas.

– Tiens, c'est justement ce que j'ai dit à Miriam.

– Parce qu'elle croyait que…

– Bien sûr que non. Moi-même, je n'ai jamais pensé un instant que tu l'étais. C'est seulement à cause de ta démarche, j'imagine.

– Qu'est-ce qu'elle a, ma démarche ?

– Écoute, la dernière chose que je veux, c'est te complexer. Ce n'est rien. Oublie ça. Mais tu aurais pu faire semblant d'être une tapette. Alors que maintenant tu ne pourras plus jamais rentrer chez toi.

– Mon père ne voudrait pas que je rentre, de toute façon. Il a fait campagne pour Nixon, l'année dernière.

– Que comptes-tu faire ici ?

– J'espère terminer mes études supérieures à Toronto et ensuite enseigner.

– Tu étais à Columbia ?

– Princeton.

– Je veux que tu saches une chose. Si j'avais ton âge et que j'étais américain, je serais descendu dans la rue, l'année dernière. *Clean for Gene* et tout ça. Je pense que James Baldwin a raison de qualifier ton pays de 'Quatrième Reich'. Il y a un détail qui me chicote à propos de l'occupation de Columbia par les étudiants. J'ai lu quelque part que l'un d'eux avait chié dans le tiroir du bureau d'un doyen. Surtout, ne va pas te méprendre sur le sens de mes paroles. Je me rends bien compte qu'il voulait exprimer une opinion antifasciste, mais quand même, tu sais…

– Ils ont envoyé des pou… des policiers, des tas de policiers habillés en civil qui ont tapé à qui mieux mieux sur les étudiants. Plus d'une centaine d'entre eux ont fini à l'hôpital."

Notre Mary Poppins en pantalon a gagné les faveurs de nos enfants en leur enseignant des trucs de *goyim*, par exemple exécuter des nœuds marins, amener un tamia à venir chercher une noix au creux de leur main et faire démarrer au quart de tour un moteur de hors-bord noyé, tâche dont je m'acquittais pour ma part en jurant comme un charretier et en tirant sur la corde jusqu'à ce qu'elle me reste dans la main. Tard un après-midi, je me suis arraché aux brumes du sommeil dans l'intention de me servir à boire et peut-être de chahuter avec Mike et Saul (Kate n'était pas encore née, à l'époque), et j'ai une fois de plus constaté qu'ils n'étaient pas là.

"Blair les a emmenés cueillir des fraises, a dit Miriam.

– Tu n'aurais pas dû les laisser partir avec lui sans surveillance. Pour ce qu'on en sait, c'est peut-être un pédophile.

– As-tu dit à Blair que je le croyais gay, Barney ?

– Au contraire. Je lui ai donné l'assurance que tu ne pensais rien de tel. Il a tendance à tout déformer.

– Tu n'es pas jaloux, au moins ?

– De ce gauchiste mal dégrossi ? Certainement pas. D'ailleurs, je te fais totalement confiance.

– Dans ce cas, je cesserais de le tourmenter si j'étais à ta place. Il est beaucoup plus intelligent que tu ne le penses, mais il est trop poli pour te répondre.

– Je me sens envahi.

– Parce qu'il est si gentil ?

– Parce qu'il en fait trop."

Blair polluait mon Iasnaïa Poliana. Nos dix acres en bordure du lac. Après Clara la folle, les misères que m'avait fait subir la Deuxième Mme Panofsky, mon procès et l'opprobre dans lequel il m'avait plongé, la merde que je produisais pour la télé, que je détestais mais qui continuait de me rapporter gros, Miriam était mon billet de loterie gagnant. Ma rédemptrice. Mon trophée de joueur le plus utile à son équipe. Imaginez, si ce n'est pas au-dessus de vos capacités, les Red Sox de Boston gagnant la Série mondiale ou Danielle Steele se voyant décerner le prix Nobel de littérature, et vous aurez une idée de ce que j'ai éprouvé quand Miriam a consenti, contre toute attente, à m'épouser. Cette illumination avait été ternie par le sentiment de crainte qui m'avait envahi. Les dieux de l'Olympe avaient sûrement le projet de me régler mon cas, tôt ou tard.

"C'est au tour de Panofsky. Que son prochain vol d'Air Canada s'écrase.

– Hmm.

– Que diriez-vous plutôt d'un cancer des testicules ? *Clic, clic.* Qu'on lui coupe les couilles !"

Moi qui avais évité Morty Herscovitch pendant des années, j'ai pris l'habitude d'aller le voir pour un bilan de santé annuel, de peur qu'il me découvre des lésions aux poumons. Dans l'espoir d'amadouer le vindicatif Jéhovah, je donne généreusement à de nombreuses œuvres de bienfaisance et, chaque fois que la foudre et le tonnerre se font menaçants, je me retiens de brandir mes reçus d'impôt vers le ciel. Pendant le Yom Kippour, je jeûne en secret. J'étais sûr que mes enfants allaient naître sourds et muets, sans bras ou trisomiques. Leur bonne santé n'a fait qu'exacerber mes craintes. Quelque chose de pas net m'attendait au détour. J'en étais absolument certain. C'était écrit. À l'insu de Miriam, je gardais cinq mille dollars en espèces dans un tiroir fermé à clé. Je comptais utiliser cet argent pour payer les cambrioleurs camés qui risquaient de faire irruption chez nous à tout moment.

Dès la fin de l'année scolaire, j'emmenais Miriam et les enfants au lac, où je les retrouvais tous les week-ends ainsi que les mardis soir. En roulant vers le chalet, aussi tard soit-il, je savais que toutes les lumières seraient allumées et que Miriam m'attendrait sur la galerie, Saul somnolant dans ses bras et Mike jouant avec des blocs Lego à ses pieds. Ils accouraient tous au moment où j'ouvrais la portière. Je serrais Miriam dans mes bras et les enfants hurlaient de joie quand je les faisais sauter dans les airs pour les rattraper au dernier moment.

Les matins où j'étais là, Miriam était libre de plonger dans les eaux du lac avant le déjeuner et de traverser la baie à la nage. Je m'asseyais avec les enfants sur la galerie, où je buvais mon café, émerveillé par son crawl. Je la regardais venir vers moi, *rentrer à la maison.* Je l'attendais sur la rive avec une serviette, puis je la frictionnais, m'attardant aux endroits strictement réservés au sieur Barney Panofsky. Mais à présent, Blair, nageur encore plus chevronné qu'elle, l'accompagnait. Parvenu de l'autre côté, il grimpait jusqu'au plus haut rocher en surplomb et plongeait dans le lac en créant à peine un léger remous. Rien à voir avec les plats à la Panofsky.

Le mercredi, j'ai reçu un appel urgent de Serge Lacroix, le mordu des *Cahiers du cinéma* qui tournait pour moi un épisode de *McIver de la GRC.* L'idée que Serge se faisait de l'art, sa conception du montage expressif, consistait à juxtaposer la séquence où notre héros, torse nu, se laissait choir sur une peau d'ours polaire avec sa dulcinée... et un plan rapproché montrant un marteau-piqueur tumescent défonçant du béton... ou, que Dieu nous protège, une pompe à essence éjaculant dans le réservoir d'une voiture. En voyant les rushes, j'avais failli mourir de rire. Cette fois, j'étais embêté, car je n'aurais d'autre choix que de passer le jeudi en ville.

Au moment d'amorcer ce récit véridique du fiasco qu'est ma vie, j'ai pris la résolution d'avouer même les détails qui, des années plus tard, me plongent encore dans un profond embarras. Alors voici. Je me suis arrangé pour tendre un piège à ma femme en apparence fidèle, mais peut-être un peu amoureuse sur les bords, et à son beau et fringant admirateur SS. Le mercredi soir, j'ai donc annoncé mon intention d'emmener les enfants à Montréal en donnant à Miriam, dubitative, l'assurance qu'ils ne me gêneraient pas dans mon travail et qu'ils s'amuseraient bien sur le plateau de tournage. Puis, tôt le jeudi matin, tandis que Miriam et Blair Hopper né Hauptman, dont la famille immédiate comptait sûrement des criminels de guerre, s'offraient leur baignade quotidienne, j'ai pris la balance hypersensible de Miriam dans la cuisine et j'ai foncé à l'étage, où j'ai sorti son tube de gel vaginal de la pharmacie pour le peser et noter son poids précis. Toujours en mode James Bond, je me suis arraché un cheveu et je l'ai posé sur le boîtier qui renfermait son diaphragme. À la table du déjeuner, j'ai lancé à la cantonade : "Je ne sais pas encore à quelle heure je vais rentrer, mais je te promets de téléphoner avant de me mettre en route, au cas où tu aurais besoin de quelque chose."

Serge, hystérique, m'avait fait venir pour trancher des questions budgétaires et apaiser des acteurs tendus, mais j'étais d'humeur si massacrante que je n'ai fait que jeter de l'huile sur le feu. Notre *soi-disant** acteur principal n'a pas aimé que je lui dise, devant toute l'équipe de tournage – ce qui était en effet impardonnable –, que j'allais le remplacer s'il ne cessait pas de cabotiner devant la caméra. Puis j'ai informé la poupée dépourvue de talent qui interprétait le premier rôle féminin que jouer la comédie, même dans une production merdique comme la nôtre, ne voulait pas seulement dire agiter ses lolos, et elle a quitté le plateau en larmes.

J'ai continué de gueuler à tort et à travers tout en imaginant que Miriam et Blair, trempés de sueur, faisaient l'essai de positions inédites, absentes même du *Kamasutra.* J'étais terrifié. C'était, comme l'a dit Yogi Berra, le déjà-vu du déjà-vu. Pas tout à fait, à vrai dire. Même chalet, nouvelle distribution. Cette fois, par chance, je n'étais pas armé. À dix-huit heures, j'ai enfin téléphoné là-bas. J'ai compté quatorze sonneries avant que Miriam, émergeant à contrecœur d'une sieste post-coïtale ou se dépêtrant à grand-peine d'une énième pose pornographique, daigne enfin répondre.

"On ne pourra pas se mettre en route avant une bonne heure, ai-je dit.

– Tu as une voix épouvantable. Quelque chose ne va pas, mon chéri ?

– On sera là à huit heures et demie au plus tôt", ai-je répondu en raccrochant.

Puis j'ai récupéré les enfants et nous sommes aussitôt partis vers le chalet. S'ils avaient l'intention de se prélasser ensemble sous la douche, je comptais bien les prendre sur le fait.

Animaux.

Mike et Saul, sensibles à mes humeurs, ont eu assez de jugeote pour faire semblant de somnoler pendant tout le trajet.

"Vous allez dire à maman que vous vous êtes amusés comme des fous, hein, les garçons ?

– Oui, papa."

Tout de suite après m'être arrêté devant le chalet, j'ai jailli de la voiture, prêt à en découdre, mais Miriam s'est jetée sur moi, radieuse, et m'a serré fort dans ses bras. "Tu ne devineras jamais ce qu'on a fait", a-t-elle dit.

Garce effrontée. Putain de Babylone. Jézabel.

Me prenant par la main, elle m'a entraîné vers mon tracteur, parqué derrière la maison.

"Tu avais le projet d'en acheter un autre et de demander à Jean-Claude de remorquer celui-là jusqu'à la décharge. Tu te souviens ?

– Ouais, et alors ?"

Elle m'a obligé à m'asseoir sur le siège et m'a tendu la clé. Pendant ce temps, Blair arborait son sourire modeste, l'air de dire : "Bah, ce n'est rien." J'ai démarré et appuyé sur la pédale. Le moteur s'est mis à ronronner.

"Blair y a consacré tout l'après-midi. Il a nettoyé les bougies, changé le filtre à huile et Dieu sait quoi d'autre. Écoute le beau bruit qu'il fait maintenant.

– Évitez de noyer le moteur à l'avenir, monsieur Panofsky.

– Hmm, ouais. Merci. Mais je dois vraiment aller aux toilettes. Excusez-moi."

Verrouillant la porte de notre salle de bains, j'ai ouvert l'armoire sous le lavabo et constaté que mon cheveu se trouvait toujours sur le boîtier du diaphragme. Le tube de gel vaginal de Miriam semblait toujours faire le même poids. *Mais s'il l'a baisée et qu'elle ne s'est servie ni du diaphragme ni du gel, je vais devenir le père de son enfant à lui, non ? Je gage qu'il sera végétarien. Abonné au* Guide du consommateur. Non, non. Toujours préoccupé, en plus d'être dévoré par la culpabilité, j'ai remis la balance à sa place et pris une bouteille de champagne dans le réfrigérateur pour l'apporter dans la salle à manger.

"Qu'est-ce qu'on fête ? a demandé Miriam.

– La rédemption de mon tracteur. Je ne sais pas comment nous faisions pour vivre avant toi, Blair.”

Avec le recul, je me dis que je n’aurais pas dû déboucher une deuxième bouteille de champagne ni un châteauneuf-du-pape pour accompagner l’osso buco de Miriam. Peut-être aussi aurais-je dû laisser le cognac à sa place. Blair, cependant, a sagement mis la main sur le verre à dégustation que je lui tendais.

“Allez, ai-je dit.

– J’espère ne pas être en train d’échouer à un test de virilité, a-t-il déclaré, mais encore une goutte d’alcool et je risque d’être malade.”

Puis, inévitablement, il s’est lancé dans un de ses sermons sur le Viêtnam, écorchant au passage Nixon, Kissinger et Westmoreland. N’étant pas d’humeur à admettre que je ne portais pas cette bande-là dans mon cœur, moi non plus, j’ai lancé :

“C’est une guerre sale, Blair, c’est indiscutable, mais toi qui es un homme de principes, ne te sens-tu pas un peu coupable à l’idée que les Noirs, les ploucs et les fils d’ouvriers en soient le fer de lance, tandis que ton cul de bourgeois repose bien en sécurité au Canada ?

– Vous pensez que le devoir me commande d’aller brûler des bébés au napalm ?”

Miriam a changé de sujet, ce qui a failli causer une véritable crise. La sœur de Blair, avocate bien en vue à Boston, dirigeait un organisme qui cherchait du travail pour les personnes sourdes, aveugles ou se déplaçant en fauteuil roulant. Plutôt que de reconnaître qu’il s’agissait d’une œuvre absolument admirable, je me suis récrié : “Ouais, mais à cause de ces gens-là, des hommes valides risquent de se retrouver au chômage. Je vois ça d’ici. Notre maison est en feu, mais les pompiers ne la trouvent pas parce qu’ils sont aveugles. Je suis aux soins intensifs et je gueule : ‘Au secours ! À l’aide ! Infirmière !

Infirmière ! Je meurs !' Seulement, elle ne m'entend pas parce qu'elle est sourde-muette."

La dernière nuit qu'il a passée parmi nous, "oncle" Blair a préparé un feu de joie pour le plus grand ravissement de mes enfants. Excédé, je suis resté sur la galerie à siroter un Rémy Martin et à fumer un Montecristo, tout en les regardant griller des saucisses à hot-dog et des guimauves sur la rive. J'espérais qu'une étincelle allumerait un feu de forêt et que Blair, recherché pour pyromanie dans le "Quatrième Reich", serait emmené menottes aux poignets. Hélas, non. Grattant les cordes de sa satanée guitare, Blair a enseigné à mes fils des ballades de Woody Guthrie (*This Land Is Your Land* et autres fantasmes de gauchistes). Miriam s'est jointe à eux. Ma famille, la *mishpocheh* Panofsky, à deux générations seulement du *shtetl*, métamorphosée en une vieille illustration de Norman Rockwell pour la couverture du *Saturday Evening Post.* Merde. Merde. Merde.

Le lendemain, lorsque je suis descendu déjeuner, Blair était déjà parti et j'ai cru qu'on ne le reverrait plus. Mais alors nous avons commencé à recevoir des cartes postales en provenance de Toronto, des cartes adressées à Mike et à Saul, dans lesquelles il les invitait à devenir ses correspondants. Lorsque je passais prendre le courrier au bureau de poste du village, mon premier réflexe était de les jeter à la poubelle, mais je craignais que Miriam ne découvre le pot aux roses. Je les déposais donc sur la table de la salle à manger, au milieu des cris de joie poussés par mes enfants, ces traîtres. De vrais suppôts de Quisling. Et ceux d'entre vous qui sont trop jeunes pour savoir qui était Quisling n'ont qu'à chercher son nom sous la rubrique… euh… vous savez bien, ce pays qui se trouve à côté de la Suède. Pas le Danemark, l'autre[1].

1. La Norvège.

"Bien sûr que vous pouvez lui répondre, les enfants, ai-je dit. Mais je déduirai le prix des timbres de votre argent de poche.

– Je n'en crois pas mes oreilles, a déclaré Miriam.

– Je n'ai pas terminé. Ce soir, j'emmène tout le monde manger chez Giorgio.

– Dis-moi, père Goriot, les enfants vont-ils devoir payer leurs hamburgers et leurs frites, puis manger à toute vitesse pour te permettre d'être de retour à temps pour la partie de base-ball ?"

Ensuite, Blair a envoyé à Miriam la photocopie d'un article qu'il avait écrit pour l'*American Exile in Canada*, qu'elle a tenté, en vain, de me cacher, tant elle était elle-même gênée.

"Imaginons, a conjecturé Blair, que le Canada soit forcé sous la pression populaire à affirmer son indépendance en nationalisant les industries US présentes sur son territoire et en mettant un terme à l'hégémonie des investissements US. L'invasion US., inévitable, serait dure, brutale, sanglante." Blair était toutefois d'avis que le Canada finirait par l'emporter :

> Ce qu'il ne faut pas oublier, c'est que, en cas d'invasion, les masses canadiennes repousseraient les cochons de Yankees. La guérilla et la lutte partisane anéantiraient les envahisseurs yankees. La plupart des Canadiens soutiendraient les défenseurs de la patrie, les aideraient, les nourriraient, les cacheraient, les adopteraient comme des frères. Nous devons nous inspirer de l'héroïque résistance des Vietnamiens pour savoir comment repousser une invasion des Yankees…

Cet imbécile ne sait-il pas que la dernière fois que les Américains ont fondu sur Montréal le lieutenant-gouverneur Guy Carleton s'est enfui après la capitulation de la ville et qu'un porte-parole des *habitants**, Valentin

Jautard, a accueilli les “cochons de Yankees” comme des frères en affirmant : “Nous déclarons […] que nos cœurs ont toujours désiré l’union – que nous avons regardé et reçu les troupes de l’Union comme les nôtres” ?

4

Zipporah Ben Yehudah
Dimona
Néguev
Eretz Yisroel
Tishri 22, 5754

Fondation Clara-Charnofsky
pour la féminitude
615 Lexington Avenue
New York, N.Y.
États-Unis

À l'attention des *chaverot* Jessica Peters et Shirley Wade, Ph. D.

Shalom, mes sœurs,

Je suis née Jemima (en l'honneur de l'aînée des trois filles de Jacob) Fraser il y a trente-cinq ans à Chicago, mais, depuis mon arrivée à Dimona, ville du Néguev, il y a quatre ans, on me connaît sous le nom de Zipporah Ben Yehudah. Je fais partie des Hébreux noirs, disciples de Ben Ammi, ancien champion de lutte de l'État de l'Illinois par qui nous avons appris que nous étions les vrais Israélites. Oui ! Un peuple noir dont les représentants ont été dispersés en Afrique par les Romains et emmenés en Amérique comme esclaves. Parmi nos frères se trouvent les Lembas d'Afrique du Sud, qui se considèrent comme des Israélites, même s'ils ne mangent plus casher. En 1966 de l'ère chrétienne, Ben Ammi, qui prêchait encore dans les quartiers défavorisés de Chicago, a eu une vision au moment de la destruction d'un débit de boissons par une bombe incendiaire. Après avoir jasé avec Jéhovah, il a eu la certitude que l'heure était venue pour les vrais enfants d'Israël de faire *aliyah.* Trois cent cinquante zazous ont pris part au Grand Exode et à présent, *Gott zedank*, nous sommes mille cinq cents, toujours soumis, hélas, aux frondes et aux flèches des usurpateurs juifs blancs et de leur antisémitisme.

Laissez-moi vous dire qu'être juif noir en Eretz Yisroel n'a rien d'une sinécure. Il y a des clubs de golf à Césarée qui refusent de nous accueillir et, à Tel-Aviv comme à Jérusalem, des restaurants qu'on dit complets lorsque nous y demandons une table. Les Israéliens au teint pâle réprouvent certains de nos rites, en particulier la polygamie, *qui se fonde pourtant sur une interprétation véridique des Cinq Livres de Moïse.* Nous leur faisons honte, peut-être parce que nous sommes plus pieux qu'eux. Nous jeûnons pendant tout le sabbat. Strictement végétariens, nous évitons même le lait et le fromage. Et nous ne portons pas de vêtements faits de fibres synthétiques. Bref, nous avons instauré de nouveau la foi vraie, celle qui régnait avant son avilissement par la civilisation "euro-gentille", comme on dit.

Nous sommes des patriotes. Nous n'aimons pas les musulmans, ces champions de l'esclavagisme. Et nous nous opposons à la création d'un État palestinien. Notre communauté observe une discipline stricte, aux antipodes de la culture noire des rues de Chicago. Malgré tout ce que vous avez pu lire dans le *Jerusalem Post*, nous ne nous droguons pas. Nos enfants saluent les adultes en s'inclinant légèrement et nos femmes sont totalement soumises à leurs maris. Toutes nos actions sont inspirées par les enseignements de notre Messie, Ben Ammi, celui que nous appelons “Abba Gadol”, le Père suprême.

Notre *mishpocheh*, composée de sept groupes *“soul”*, fait peur parce que les intolérants voient en nous l’avant-garde d’une immense migration noire portée par la loi du retour. Mais, selon notre Abba Gadol, il y a tout au plus cent mille Noirs américains de descendance israélite. Il est vrai que les tribus israélites d’Afrique comptent quelque cinq millions d’âmes, mais nous n’en attendons pas plus de cinq cent mille.

Je tiens à désavouer les propos qu’un de nos adolescents aurait tenus à un journaliste blanc du *Jerusalem Post* :

“En l’an 2000, va y avoir une grosse apocalypse. Avec des volcans et tout et tout. Z’allez voir des Noirs de partout déferler sur Israël. Pis c’est nous qu’on va régner sur le pays.”

Si je vous écris aujourd’hui, mes sœurs, c’est parce que nous avons besoin d’une subvention, disons de dix mille dollars, pour que ma bande puisse composer une Haggada version rap inspirée de la poésie d’Ice-T. Notre offrande à Eretz Yisroel. Le sixième livre de Mo, en quelque sorte.

En vous remerciant d’avance, je vous prie d’accepter mes salutations distinguées,

Zipporah Ben Yehudah

5

“Je m’appelle Sean O’Hearne, a dit l’inspecteur qui a débarqué au lendemain de la disparition de Boogie. Je pense que nous devrions avoir une petite conversation, tous les deux.”

Avec sa poigne de fer, il a failli me briser les doigts puis, sans prévenir, il a tourné ma main endolorie comme s’il entendait en lire les lignes. “Sacrées ampoules, l’ami.”

O’Hearne, à l’époque ni gros ni chauve ni accablé par la toux grasse qui lui fait désormais sortir les yeux de la tête, portait un panama, un veston en gabardine verte et un pantalon à carreaux. Quand il s’est installé dans un fauteuil en bambou sur ma galerie, j’ai eu droit au spectacle de ses chaussures de golf deux tons ornées de pampilles. Il avait l’intention de passer l’après-midi sur les greens.

“Quel as, cet Arnold Palmer, hein ? a-t-il lancé. Après l’avoir vu jouer à l’Omnium canadien, je suis rentré chez moi, bien décidé à mettre le feu à mes bâtons. Quel est votre handicap ?

– Je ne joue pas au golf.

– Que je suis bête ! J’ai cru que c’était en jouant que vous vous étiez fait ces ampoules.

– J’ai creusé une tranchée pour les asperges. Vous avez retrouvé Boogie ?

– Pas de nouvelles, bonnes nouvelles, comme on dit. Mais peut-être pas dans ce cas-ci, hein ? Le bateau et les plongeurs sont rentrés bredouilles. Et personne n'a encore signalé la présence d'un type qui faisait du stop en maillot de bain, des palmes aux pieds."

O'Hearne était arrivé au volant d'une voiture banalisée, suivie de deux véhicules de la Sûreté du Québec. Quatre jeunes policiers, feignant l'ennui, avaient commencé à arpenter ma propriété, manifestement à la recherche d'endroits où la terre aurait été fraîchement retournée.

"Vous avez une sacrée chance de ne pas être coincé en ville par cette chaleur, a déclaré O'Hearne en retirant son chapeau pour s'essuyer le front avec son mouchoir.

– Vous et vos hommes, vous perdez votre temps ici.

– Moi, j'avais un chalet au bord du lac Écho. Pas aussi imposant que le vôtre, ça non. Juste une petite cabane. Mais je me souviens des soucis que me causaient les fourmis et les mulots. Avant de partir, à la fin du week-end, vous mettez vos déchets dans des sacs ? Vous les jetez à la décharge ?

– Je les laisse devant ma porte et Benoît O'Neil les ramasse. Si vous voulez fouiller dedans, ne vous gênez surtout pas.

– Vous savez, je me demande pourquoi vous n'avez pas dit aux premiers policiers qui sont passés par ici…

– Ils ne sont pas 'passés par ici'. C'est moi qui les ai appelés.

– … ce qui est arrivé, étant donné que vous étiez bouleversé par la disparition de votre ami, que vous croyiez mort noyé.

– Il ne s'est pas noyé. Il s'est introduit dans un chalet et on aura de ses nouvelles quand il en aura vidé toutes les bouteilles.

– Hmm. Hmm. Sauf qu'on n'a pas signalé la moindre entrée par effraction.

– Je m'attends à ce que Boogie, bien dégrisé, débarque ici aujourd'hui, au plus tard demain.

– À moins que M. Moscovitch ne soit encore quelque part dans les bois, en maillot de bain ? Mon Dieu, les moustiques doivent le rendre fou. Je parie aussi qu'il commence à avoir faim. Qu'est-ce que vous en dites, vous ?

– J'en dis que vous devriez ratisser tous les chalets des environs jusqu'à ce que vous le retrouviez.

– C'est bien là le fond de votre pensée ?

– Je n'ai rien à cacher.

– Personne ne prétend le contraire. Mais peut-être pourriez-vous nous aider à éclaircir quelques petits détails. Simple formalité.

– Vous voulez boire quelque chose ?

– Une bière bien froide ne serait pas de refus."

Nous sommes donc rentrés. J'ai pris une Molson dans le réfrigérateur et je me suis servi un scotch. O'Hearne a sifflé. "Je n'ai encore jamais vu autant de livres en dehors d'une bibliothèque publique." Il se tenait près d'un petit dessin à l'encre accroché au mur. Belzébuth et consorts violant une jeune femme nue.

"Hé, v'là quelqu'un avec une imagination sacrément tordue.

– C'est un dessin de ma première femme. Non pas que ça vous regarde, remarquez.

– Divorcé, hein ?

– Elle s'est suicidée.

– *Ici ?*

– À Paris. C'est en France, au cas où vous ne le sauriez pas."

J'étais par terre, complètement sonné, avant même de comprendre qu'il m'avait frappé. Je me suis relevé tant bien que mal, les jambes en coton.

"Essuie le sang qui coule de ta bouche. Tu ne voudrais pas salir ta belle chemise, hein ? Je gage qu'elle vient de chez Holt Renfrew. Ou de chez Brisson et Brisson. Le genre d'endroit où ce salaud de Trudeau[1] fait ses courses. Ta femme a communiqué avec nous. Corrige-moi si je me trompe, mais, selon elle, il y a eu une altercation, ici, mercredi de bonne heure, et tu as cru avoir de bons motifs de leur en vouloir, à M. Moscovitch et à elle."

Il a feuilleté son calepin noir avant de poursuivre :

"Toujours selon son récit, tu es rentré de Montréal plus tôt que prévu, tu les as surpris au lit et tu as cru qu'ils avaient, euh, forniqué. Mais, et je cite encore les propos de madame, la vérité, c'est que ton copain était très malade. Elle lui a apporté son déjeuner sur un plateau et comme il tremblait de froid malgré la chaleur, qu'il claquait des dents comme c'est pas permis, elle s'est allongée près de lui, comme une infirmière, et c'est alors que tu as fait irruption dans la chambre et que, pensant tout de suite au pire, tu es entré dans une colère noire.

– Ce que tu peux être minable, O'Hearne."

Cette fois, il m'a surpris avec un foudroyant coup de poing à l'estomac. J'ai titubé, le souffle coupé, avant de tomber une fois de plus par terre. J'aurais d'ailleurs dû y rester, car lorsque je me suis remis debout et élancé vers lui, il m'a giflé avec la main gauche avant de m'allonger une taloche sur l'autre joue avec la droite. J'ai promené ma langue sur mes dents pour voir si elles branlaient.

"Ne va pas croire que je gobe tout ce qu'elle raconte, par contre. De la *bubbe-meiseh*, hein ? Je connais un peu de yiddish. J'ai grandi sur la Main. Tu as devant toi un *shabbes goy* professionnel. Le vendredi soir, j'empochais des pièces de cinq et de dix *cents* en allumant le feu des Juifs pratiquants et je n'ai jamais côtoyé de personnes plus aimables, plus respectueuses des lois. À mon avis, tu ferais mieux de t'essuyer encore le menton.

1. En 1960, Pierre Elliott Trudeau était encore peu connu. Il a été élu Premier ministre en 1968, porté par ce qu'on a appelé la Trudeaumanie.

– Tu disais ?

– Il y a de quoi perdre la tête. Trouver ta femme et ton meilleur ami au lit…

– Disons que je n'étais pas très heureux.

– C'est bien compréhensible. À ta place, tout le monde aurait eu la même réaction. Au fait, où M. Moscovitch dormait-il ?

– À l'étage.

– Je peux jeter un coup d'œil ? Ça fait partie du boulot, hein ?

– Tu as un mandat de perquisition ?

– Allons donc. Ne joue pas à ça. Tu n'as rien à cacher, c'est toi-même qui l'as dit.

– Première chambre à droite."

Luttant contre un élan de colère mêlée de peur, je me suis dirigé vers la fenêtre de la cuisine, d'où j'ai vu un des policiers s'enfoncer dans les bois. Un autre avait vidé par terre ma poubelle et en passait le contenu au peigne fin. Soudain, O'Hearne est revenu, une main derrière le dos.

"C'est sacrément bizarre, ça. Il a oublié ses vêtements. Son portefeuille. Son passeport. Dis donc, il a beaucoup voyagé, ce Moscovitch.

– Il va passer récupérer ses affaires."

O'Hearne a fouillé dans la poche de son veston.

"Tu te paies ma tête, Panofsky. Je me trompe ou c'est de la marijuana, ça ?

– Ce n'est pas à moi.

– Tiens, j'allais oublier, a-t-il ajouté en sortant la main qu'il cachait derrière son dos. Regarde ce que j'ai trouvé."

Merde, merde, merde. L'arme de service de mon père.

"Tu as un permis ?"

C'est là que, sous l'effet de la panique, j'ai tout bousillé.

"Je n'ai jamais vu ce revolver. Il appartient sans doute à Boogie.

– Comme la marijuana ?

– Ouais.

– Seulement, je l'ai trouvé sur ta table de chevet.

– Je ne sais pas comment il a atterri là.

– Tu ne serais pas un peu maso sur les bords, des fois ? a lancé O'Hearne en m'assénant une claque si violente que j'ai de nouveau perdu l'équilibre. Bon, un peu de sérieux, maintenant.

– Ah, ça me revient ! C'est l'arme de mon père. Il l'a laissée ici, un week-end. Il a été inspecteur-détective à la police de Montréal.

– Celle-là, c'est la meilleure. Tu es le fils de ce crétin d'Izzy Panofsky ?

– Oui.

– On est pour ainsi dire de la même *mishpocheh*, toi et moi. C'est comme ça que vous autres rigolos dites 'famille', non ? Au fait, il manque une balle dans le revolver.

– Il n'a jamais su charger une arme convenablement.

– Ton père ?

– Oui.

– Je vais te confier un petit secret. Comme ton père, j'ai expédié quelques suspects à l'hôpital. Qui avaient 'résisté à leur arrestation', tu comprends ?

– Je m'en suis servi.

– Là, on progresse. Récemment ?

– Boogie et moi avons beaucoup bu après le départ de ma femme.

– Évidemment. Tu devais lui en vouloir à mort. Moi, à ta place… Se farcir ta femme derrière ton dos. *Bim, bam, boum.* Un type au tempérament bouillant comme toi…

– Pourquoi dis-tu que j'ai un 'tempérament bouillant' ?

– Un jour, on t'a amené au poste 10 après une bagarre dans un bar, j'ai noté la date quelque part. Une autre fois, un serveur du Ruby Foo's a porté plainte contre toi pour agression. J'espère que tu ne pensais pas avoir affaire à un *goyisher kop.* Les gars comme moi, on n'a pas une grande propriété au bord d'un lac, mais on sait quand même faire notre boulot, hein ?

– J'ai supplié Boogie de ne pas aller nager, vu son état. Et quand il a commencé à descendre vers le lac, j'ai tiré un coup en l'air. Un tir de sommation.

– Et tu avais l'arme à la main comme ça, par hasard ?

– Nous avions commencé à chahuter, ai-je avoué en sentant ma peau se mouiller de sueur sous ma chemise.

– Et tu as tiré au-dessus de sa tête, juste pour rire ? Maudit menteur, a-t-il lancé en me poussant. Allez, un peu de sérieux.

– Je te dis la vérité.

– Tu mens comme un arracheur de dents. C'est drôle parce que, si tu continues comme ça, il t'en restera moins à te faire arracher, des dents. Tu pourrais tomber et en perdre quelques-unes. Ce serait gênant, non ?

– Les apparences sont contre moi ? Je m'en contrefous. Ça s'est passé comme ça, point.

– Alors il est allé se baigner, et après ?

– Je me sentais un peu étourdi, alors je suis rentré m'allonger sur le canapé pendant quelques minutes. Enfin, c'est ce que je croyais. C'est un cauchemar qui m'a réveillé. J'ai rêvé que j'étais dans un avion sur le point de s'écraser dans l'Atlantique.

– Pauvre petit.

– En réalité, j'avais dormi quelque chose comme trois heures. J'ai cherché Boogie, mais il n'était pas dans le chalet. J'ai eu peur qu'il se soit noyé et j'ai téléphoné à la police pour demander qu'on vienne le plus vite possible. Pourquoi est-ce que j'aurais fait ça, si j'avais eu quelque chose à cacher ?

– Parce que t'es un sacré petit futé, peut-être ? Tu veux que je te dise ? Je suis un grand fan d'Agatha Christie. Si elle avait écrit ton histoire, je gage qu'elle l'aurait intitulée *Le Mystère du nageur disparu.* Tu aurais dû la rendre après la mort de ton père, cette arme.

– J'avais oublié qu'elle était là.

– Tu avais oublié qu'elle était là, et pourtant tu la tenais à la main et tu t'en es servi pour tirer un coup de feu au-dessus de la tête de ton ami, juste pour rire.

– Non, je lui ai tiré une balle en plein cœur et ensuite je l'ai enterré quelque part dans les bois, où les sales types qui t'accompagnent le cherchent en ce moment même.

– Enfin, on progresse !

– L'ironie, ça te dit quelque chose, O'Hearne ?

– À moins que je ne sois dur de la feuille, tu viens de me dire : 'Je lui ai tiré une balle en plein cœur et ensuite je…'

– Va chier, O'Hearne. Si tu as l'intention de porter des accusations contre moi, vas-y, je suis tout ouïe. Sinon, vous allez foutre le camp d'ici, et plus vite que ça, ta bande d'andouilles et toi.

– Mon Dieu, quel mauvais caractère ! J'espère que tu n'as pas l'intention de me frapper, au moins. Une chance que ce n'est pas moi que tu as surpris au lit avec ta femme.

– Tiens, je vais te donner de quoi remplir ton calepin, mais j'ai bien peur que ça ne fasse pas ton affaire. Je n'en voulais pas du tout à Boogie. Même que j'étais ravi. Heureux comme je ne l'avais pas été depuis longtemps. Parce que je rêvais de divorcer et que, grâce à lui, le motif était tout trouvé. Boogie venait d'accepter d'être mon codéfendeur. J'avais besoin de son témoignage. Pourquoi est-ce que je l'aurais tué ?

– Doucement. Je n'ai jamais laissé entendre une telle chose", a dit O'Hearne.

Puis il a mouillé son pouce et tourné quelques pages de son calepin.

"Selon ta femme, juste avant de s'enfuir par crainte de ton tempérament violent…

– Je n'ai pas un tempérament violent.

– Je ne fais que citer ses paroles. Elle t'a demandé : 'Qu'est-ce que tu comptes faire de lui ?' Et toi, tu as répondu, et je cite : 'Lui ? Je vais le tuer', fin de la citation. Ensuite, tu as proféré des menaces contre elle et sa mère, veuve de fraîche date.

– C'était une façon de parler.

– Tu ne nies donc pas avoir tenu de tels propos ?

– Ce que tu peux être bouché, merde ! Je n'avais absolument pas l'intention de faire du mal à Boogie. J'avais besoin de lui.

– Tu entretiens une fille à Toronto ?

– Ça ne te regarde pas.

– Une bombe qui a pour nom Miriam quelque chose ?

– Laisse-la en dehors de ça, tu m'entends ? Elle n'était même pas dans les parages. En quoi est-ce que ça la concerne ?

– OK. Compris. Maintenant, je vais confisquer cette arme illégale, mais je te laisse un reçu.

– Si tu as besoin d'aide pour l'orthographe, tu n'as qu'à me demander.

– Tu es un petit comique, toi.

– Tu as l'intention de m'accuser de quelque chose ?

– D'être un grossier personnage, peut-être.

– Avant que nos chemins se séparent, permets-moi de te souhaiter beaucoup de plaisir sur le terrain de golf. Avec un peu de chance, tu te prendras un coup en pleine tête. Non pas que la différence se verra beaucoup, ai-je dit en le saisissant par les revers de son veston et en le secouant, sans qu'il résiste. *Bubbemeiseh. Shabbes goy. Mishpocheh.* Je t'interdis de me traiter de haut en baragouinant trois mots de yiddish, espèce de crétin d'analphabète. Agatha Christie. *Le Mystère du nageur disparu.* Je parie que le dernier livre que tu as lu, c'est celui dans lequel tu as appris à lire à l'école, mais que tu n'en as pas encore saisi l'intrigue. Comment as-tu appris à interroger un suspect ? En regardant *Dragnet* ?

En lisant *True Detective* ? Non, je l'aurais deviné. Tu aurais encore les lèvres gercées."

Souriant d'un air de mépris, O'Hearne s'est dégagé d'un geste du tranchant de la main qui m'a de nouveau fait grimacer. Puis il a agrippé ma nuque et projeté ma tête vers l'avant, pour ensuite enfoncer son genou dans mon entrejambe. La bouche grande ouverte, je suis resté plié en deux, mais pas longtemps, car il a aussitôt remonté ses poings à la façon d'une masse et m'a cogné sous le menton. Je suis tombé à la renverse, mes bras faisant des moulinets.

"Rends-toi service, Panofsky. On sait que c'est toi le coupable. Tôt ou tard, on va trouver l'endroit où tu as enterré ce pauvre diable. Une tranchée pour les asperges… Mon cul, oui. Épargne-nous du temps et des efforts. Aie un peu de *rachmones* pour le dur labeur des forces de l'ordre. Ça veut dire 'pitié' dans ton patois, que je suis pas mal sûr de parler mieux que toi. Allez, crache le morceau. Conduis-nous au cadavre. Dans ces cas-là, on se montre indulgents. Je jurerai devant le tribunal que tu as été un ange, que tu as bien collaboré, que tu étais plein de remords. Tu retiens les services d'un avocat juif, un petit futé, et tu t'en tires avec une condamnation pour homicide involontaire, une niaiserie dans le genre, parce que vous vous êtes battus et que le coup de feu est parti tout seul. C'était peut-être même de la légitime défense. Ou, grands dieux, tu ignorais que l'arme était chargée. Le juge et le jury se montreront compréhensifs. Ta femme. Ton meilleur ami. Nom d'une pipe ! Un cas de folie passagère, assurément. Au pire, tu en prends pour trois ans et tu sors au bout de dix-huit mois. Un pauvre mari trahi comme toi, tu as même des chances de t'en tirer avec un sursis. Mais si tu t'en tiens à la *bubbe-meiseh* que tu nous sers et que je déclare sous serment que tu m'as tapé dessus, personne ne va te croire et tu risques la perpétuité, c'est-à-dire au moins dix ans, et pendant que tu croupiras en prison, où on te servira de la pâtée pour chiens et où des détenus qui n'aiment pas beaucoup les Juifs te tabasseront à longueur de journée, ton petit canon de Toronto écartera les jambes pour un autre, hein ? À ta sortie, tu seras plus qu'un vieillard fini. Qu'est-ce que tu en dis ?"

Rien, en l'occurrence, vu que je vomissais sans arrêt.

"Seigneur, regarde ta moquette. Tu as une bassine, quelque part ?"

Se penchant, O'Hearne m'a tendu la main pour m'aider à me relever, mais j'ai secoué la tête par crainte d'une autre dégelée. "La seule solution, pour ta moquette, c'est le shampoing. Bon, eh bien, *merci beaucoup** pour la bière."

J'ai grogné.

"Et quand ton ami, le nageur au long cours, rentrera, aie l'amabilité de nous prévenir, hein ?"

En sortant, il a encore trouvé le moyen de me marcher sur la main. "Oups. Toutes mes excuses."

Après le départ d'O'Hearne et de ses acolytes, je suis resté couché sur le sol pendant environ une heure, peut-être plus, puis j'ai réussi à me servir un autre verre de Laphroaig, que j'ai bu d'un trait avant de téléphoner à John Hughes-McNoughton. Il n'était ni chez lui ni à son cabinet. L'ayant enfin trouvé au Dink's, je lui ai appris que des policiers étaient passés me voir.

"Tu as une drôle de voix, a-t-il dit.

– O'Hearne m'a cassé la gueule. Je veux porter plainte contre lui.

– Tu n'as pas répondu à ses questions, au moins, j'espère ?"

J'ai cru préférable de tout raconter à John, y compris la découverte par O'Hearne du revolver à canon court de mon père et mon emportement final.

"Tu l'as saisi par les revers de son veston et tu l'as secoué ?

– Je pense que oui. Mais pas avant qu'il m'ait tapé dessus.

– Fais-moi plaisir, Barney. Il me reste quelques dollars à la banque. Ils sont à toi. Mais trouve-toi un autre avocat.

– Je vais aussi avoir besoin de tes services pour mon divorce. Mais bon, on pourra se passer de la prostituée et du détective privé. Je l'ai prise sur le fait. Boogie me servira de témoin.

– Sauf qu'il est sans doute mort.

– Il va refaire surface. Oh, j'oubliais. Elle est au courant pour Miriam.

– Comment ?

– Aucune idée. Les gens bavardent. On nous a peut-être vus ensemble. *Elle n'aurait jamais dû dire ce qu'elle a dit à propos de la voix de Miriam.*

– Qu'est-ce que tu racontes ?

– J'ai ouvert ma grande gueule. D'accord, je n'aurais pas dû. Mais ce qui est fait est fait. Écoute-moi bien, John. Je ne peux pas aller en prison. Je suis amoureux, moi !

– Nous ne nous sommes jamais rencontrés. Je ne te connais pas. Point final. D'où me téléphones-tu ?

– De mon chalet.

– Raccroche.

– C'est de la paranoïa. Ce serait illégal.

– *Raccroche tout de suite.*" Merde, merde, merde.

Tôt le lendemain matin, à Montréal, j'ai été tiré du sommeil par O'Hearne qui sonnait à la porte. Dûment muni d'un mandat, il venait m'arrêter pour meurtre. Et c'est Lemieux qui m'a passé les menottes.

6

Les enfants ne se lassaient jamais d'entendre comment j'avais fait la cour à Miriam. Ils se réjouissaient de nos polissonneries, réclamaient sans cesse de nouveaux détails.

"Tu veux dire qu'il a quitté ses propres noces et qu'il t'a suivie jusque dans le train pour Toronto ?

– Absolument.

– Ce que tu peux être vilain, papa", a dit Kate.

Solennel, Saul a levé les yeux de son livre et déclaré :

"Je n'étais pas encore né, moi.

– À quelle heure partait le train pour Toronto ? a demandé Michael pour la énième fois.

– Vers dix heures, a répondu Miriam.

– Si la partie de hockey s'est terminée vers dix heures et demie, mettons, et que le train est parti vers dix heures, je ne vois pas comment…

– On en a déjà parlé, Michael. Le train a dû partir en retard.

– Et tu l'as obligé à descendre à…

– Je ne vois toujours pas comment…

– Je n'avais pas fini ma phrase, a protesté Kate.

– Oh, ce que tu peux être pé…

– Tu n'as pas le droit de parler avant que j'aie fini ma phrase. Et tu l'as obligé à descendre à Montréal-Ouest, point.

– En fait, elle était secrètement déçue que je ne la suive pas jusqu'à Toronto.

– C'était sa soirée de noces, mon trésor.

– Il était soûl, a déclaré Saul.

– C'est vrai, papa, point d'interrogation.

– Certainement pas.

– Mais c'est vrai, n'est-ce pas, que tu ne pouvais pas t'empêcher de la regarder, virgule, même si c'était ta soirée de noces, point d'interrogation.

– Il ne m'a même pas invitée à danser.

– Maman a seulement cru qu'il était un peu empoté, point.

– Si tu l'as regardée tant que ça, dis-moi ce qu'elle portait.

– Une robe de cocktail à volants en mousseline de soie bleue qui découvrait ses épaules. Ha ! ha ! ha !

– Et est-il vrai, virgule, qu'il s'est vomi dessus la première fois qu'il t'a invitée à dîner, point d'interrogation.

– Je suis né seulement trois ans plus tard.

– Ouais, et je m'étonne que cette journée ne soit pas un congé national. Comme l'anniversaire de la reine Victoria.

– Je vous en prie, les enfants !

– Tu es montée dans sa chambre d'hôtel la première fois que vous êtes sortis ensemble, point d'interrogation. Tu devrais avoir honte, point.

– Maman est la troisième femme de papa, a déclaré Michael, mais nous sommes ses seuls enfants.

– Tu en es sûr ? ai-je demandé.

– Papa ! s'est écriée Kate.

– Je m'étais fait coiffer et je portais une robe neuve très sexy et…

– Maman !

– … et il ne m'a même pas dit que j'étais jolie.

– Que s'est-il passé, après ?

– Ils ont bu du champagne.

– La première femme de papa est devenue célèbre et…
– On est au courant.
– … et c'est elle qui a fait ce dessin à l'encre qui est tellement caca, point.
– Il vaut maintenant une fortune, a dit Michael.
– Évidemment, ça ne t'a pas échappé, a répliqué Saul.
– Ce n'est pas très romantique de vomir la première fois qu'on sort avec quelqu'un, a déclaré Kate.
– La vérité, c'est que j'étais terrifié à l'idée de faire mauvaise impression.
– C'est quand même ce qui est arrivé, non ?
– C'est à elle qu'il faut poser la question.
– Disons que son approche était originale. Il faut au moins reconnaître ça à votre père.
– Alors vous avez parlé et marché, a dit Kate. *Et que s'est-il passé après ?*" a-t-elle demandé, les yeux écarquillés.

Soudain les garçons étaient attentifs, eux aussi.

"Certains détails ne vous regardent pas, a répondu Miriam, cette fameuse fossette creusant de nouveau sa joue.
– Allez, quoi ! On est assez vieux, maintenant.
– Je me souviens, a dit Kate, de la fois où nous étions tous à Toronto dans la voiture…
– La Toyota.
– C'était plutôt la Volvo familiale.
– Voulez-vous bien arrêter de me couper la parole, vous deux ? Et on est passés devant un certain immeuble…
– Où maman avait habité.
– … et papa t'a regardée d'une drôle de manière et tes joues sont devenues rouge tomate et tu t'es penchée pour l'embrasser.
– Nous avons droit à nos secrets, ai-je déclaré.
– Quand maman vivait dans cet immeuble, papa était encore marié avec la grosse madame, a lancé Kate en

gonflant les joues, en bombant le ventre et en déambulant lourdement dans la pièce.

– Ça suffit comme ça. Et elle n'était pas grosse, à l'époque.

– Et maman dit que tu ne l'étais pas, toi non plus.

– Je suis au régime, pour l'amour du Christ.

– On ne veut pas que tu aies une crise cardiaque, papa.

– Je m'inquiète plus pour les cigares que pour le *smokeds meat*.

– Est-ce que c'est vrai que maman a dû régler ta note du Park Plaza, le lendemain matin ?

– J'avais oublié mes cartes de crédit à Montréal et on ne me connaissait pas là-bas, à l'époque. Bon Dieu ! Il n'y a donc rien de sacré ?

– En tout cas, tu as de la chance qu'elle se soit mariée avec toi.

– Ce n'est pas très gentil, ça, a décrété Kate.

– Point ou virgule ? Tu ne l'as pas précisé.

– C'est un bon papa.

– Je l'ai retrouvé au Park Plaza pour le déjeuner, a expliqué Miriam. À la réception, il y avait tout un raffut. Votre père, bien sûr. Il avait oublié son chéquier et ses papiers d'identité, et c'était la faute du réceptionniste, naturellement. Le directeur s'en est mêlé et il faisait signe à un type de la sécurité d'intervenir quand j'ai tendu ma carte de crédit. Le réceptionniste était scandalisé. 'Nous allons accepter votre carte de crédit, mademoiselle Greenberg, mais seulement si M. Panofsky s'excuse de m'avoir couvert d'insultes trop viles pour que je les répète.' Votre père a répliqué : 'J'ai juste dit que vous étiez un crétin typique de Toronto, mais j'ai toujours eu un penchant pour l'euphémisme. — Barney, ai-je dit, je veux que tu présentes tes excuses à ce monsieur.' Selon son habitude, votre père s'est mordu la lèvre et gratté la tête. 'Je veux bien m'excuser pour lui faire plaisir à elle, mais je n'en pense pas moins.' Le réceptionniste a grogné. ‘J’accepte la carte de crédit de Mlle Greenberg à seule fin d’éviter de l’humilier davantage.’ Votre père était sur le point de se ruer sur l’homme, mais je l’ai éloigné du comptoir. ‘Merci de votre compréhension’, ai-je dit au réceptionniste. Évidemment, nous avons dû aller déjeuner ailleurs. Votre père n’a pas arrêté de bougonner. Maintenant, si vous le permettez, je vais aller m’habiller, sinon je risque d’être en retard.

– Où vas-tu ?

– Blair Hopper prononce une conférence à McGill sur ‘Henry James et son monde’ et il a eu la gentillesse de nous envoyer une paire de billets.

– Ne me dis pas que tu vas aller l’entendre, papa ?

– Ton père ? Ça m’étonnerait. Que dirais-tu de m’accompagner, Michael ?

– Papa a dit qu’il m’emmènerait voir le match de hockey.

– J’irai, moi, a proposé Saul.

– Super, a dit Kate. Je reste seule à la maison.

– Tout le monde t’abandonne, ai-je lancé, parce que personne ne t’aime. Après, j’irai prendre un verre avec Blair et toi au bar Maritime, Miriam.

– Ah bon ?

– Je suis sûr qu’ils ont de la tisane. Ou du moins de l’eau minérale.

– Tu ne le portes pas dans ton cœur, Barney. Il est au courant. Et c’est moi qui te retrouverai au bar Maritime.

– Encore mieux.”

7

Avec le bénéfice (ou plutôt la malédiction) du recul, je me rends compte aujourd'hui que Blair courait après Miriam depuis la première fois où il a posé les yeux sur elle, au chalet. Difficile de lui en vouloir. Je m'en veux plutôt de l'avoir sous-estimé. Il faut lui rendre justice, à ce salaud. Au fil des ans, il a refait surface de loin en loin, s'est immiscé dans notre famille, en a sapé les fondements, telle la pourriture sèche qui s'attaque aux poutres d'une maison pourtant construite pour durer. Un jour, alors que nous avions fait étape à Toronto avant de rejoindre des amis dans la baie Georgienne, Blair a débarqué à l'hôtel avec un petit bouquet de freesias pour Miriam et une bouteille de Macallan pour moi. Les enfants étaient encore jeunes et difficiles à l'époque, et il a proposé de les emmener au Centre des sciences pour que Miriam et moi puissions profiter d'un après-midi en tête à tête. Le soir, Mike, Saul et Kate sont rentrés à l'hôtel les bras chargés de jouets. Des jouets éducatifs, il va sans dire, et non des armes de guerre comme les pistolets à eau et les fusils à pétard qui me permettaient de jouer avec eux aux cow-boys et aux Indiens, entre autres jeux racistes. “*Bang, bang*, t'es mort ! Ça t'apprendra à scalper de braves veuves et orphelins juifs et à ne pas faire tes devoirs.”

Quand Michael a gagné un prix en mathématiques à la fin de ses études à Selwyn House, il a reçu d'“oncle”

Blair une lettre de félicitations accompagnée d'un exemplaire dédicacé du livre d'essais sur la culture canadienne qu'il avait dirigé. Je l'ai lu avec une fureur grandissante parce que, à vrai dire, il n'était pas mauvais.

À l'occasion d'un autre voyage à Toronto, sans les enfants celui-là, Miriam m'a demandé :

"Je suppose que tu es pris, ce midi ?

– Je dîne avec les Trois Amigos, hélas.

– Blair a proposé de m'emmener au restaurant, puis à un *vernissage** à la galerie Isaacs."

Je lui ai parlé de l'après-midi où j'étais tombé sur Duddy Kravitz dans une galerie de la 57e Rue, à New York. Duddy, qui s'employait à meubler sa grande demeure de Westmount, a montré trois tableaux qui l'intéressaient avant de s'asseoir avec le propriétaire, un type efféminé qui hyperventilait.

"Combien pour vous débarrasser des trois ? a-t-il demandé.

– Trente-cinq mille dollars en tout."

Duddy m'a fait un clin d'œil, puis il a détaché sa Rolex, l'a posée sur le bureau recouvert de cuir travaillé et a dit :

"Je suis prêt à vous faire un chèque de vingt-cinq mille dollars. Attention : cette offre est valable pendant trois minutes seulement.

– Vous plaisantez ?

– Deux minutes quarante-cinq secondes."

Après une longue hésitation, le propriétaire a dit : "Trente mille et ils sont à vous."

Duddy a conclu le marché à vingt-cinq mille dollars avec moins d'une minute restante avant de m'inviter dans sa suite de l'Algonquin pour fêter l'exploit. "Riva se fait coiffer chez Vidal Sassoon. Nous irons manger chez Sardi's avant d'aller voir *Oliver !*. Deux places VIP. Si tu veux mon avis, Oswald était un bouc émissaire. Il a des accointances, ce Jack Ruby, tu sais."

Nous avons descendu huit petites bouteilles de scotch fraîchement sorties de son minibar, puis Duddy est allé prendre la théière pleine qu'il cachait sous le lavabo de la salle de bains avant d'aligner les mignonnettes sur la table, de les remplir de thé, de les reboucher et de les remettre à leur place. "Qu'est-ce que tu dis de ça ?" a-t-il demandé.

Chaque fois qu'un colloque universitaire attirait Blair à Montréal (à une fréquence suspecte, comme je m'en suis rendu compte trop tard), il téléphonait d'avance pour nous inviter à souper, Miriam et moi. Une fois, c'est moi qui ai décroché. J'ai tendu le combiné à Miriam en le couvrant de la main et j'ai dit : "C'est ton petit ami."

Selon ma vieille habitude, je me suis défilé en prétextant un autre engagement.

"Pourquoi ne s'est-il jamais marié, au fait ?

– Parce qu'il est désespérément amoureux de moi. Ça ne t'inquiète pas ?

– Blair ? Ne sois pas ridicule."

Quand tous les enfants ont atteint l'âge d'aller à l'école, l'ancien producteur de Miriam, Kip Horgan, l'a encouragée à renouer peu à peu avec le milieu du travail, ne fût-ce qu'à titre de pigiste. "Tu nous manques beaucoup", a-t-il affirmé.

Un midi que nous mangions aux Halles, Miriam a attendu que j'aie entamé mon Rémy Martin XO et mon Montecristo pour aborder le sujet :

"Que dirais-tu que je reprenne le travail ?

– On n'a pas besoin d'argent. On est pleins aux as.

– Peut-être qu'un peu de stimulation me ferait du bien.

– Si tu passes tes journées à la CBC, qu'est-ce que je vais manger en rentrant le soir ?

– Quel salaud tu fais, Barney ! s'est-elle écriée en se levant d'un bond.

– Je plaisantais.

– Non, pas vraiment.

– Où vas-tu ? Je n'ai pas encore terminé mon verre.

– Ta petite fée du logis a fini, elle, et elle sort faire un tour. Même les bonniches ont droit à un après-midi de congé.

– Attends. Rassieds-toi, tu veux ? Nous ne sommes jamais allés à Venise, tu sais. En sortant d'ici, je file chez Global Travel. Rentre à la maison et fais nos valises. Solange va rester avec les enfants. Nous partons ce soir.

– En voilà une bonne idée. Demain soir, l'équipe de débats que dirige Saul affronte celle du Lower Canada College.

– Les Bellini du Harry's Bar. Le carpaccio. Le *fegato alla veneziana*. La piazza San Marco. Le ponte di Rialto. Nous allons descendre au palais Gritti et je louerai un bateau pour nous emmener dîner chez Cipriani, à Torcello.

– Je m'étonne que tu ne m'aies pas proposé un manteau de vison.

– Je ne fais jamais rien de bien, de toute manière.

– Pas rien, mais presque. Et maintenant, avec ta permission, je sors marcher. Je vais peut-être même aller voir un film. N'oublie pas de déposer le linge sale chez Miss Oliver, il est sur la banquette arrière. Voici la liste d'épicerie, tu vas en avoir besoin chez Steinberg. Ça, c'est le reçu pour le coussin que j'ai laissé à recouvrir chez Lawson, au coin de Claremont. Tu trouveras à coup sûr une place de stationnement, à condition de faire trois fois le tour du pâté de maisons. Saul a besoin de nouvelles chaussures, mais tu n'auras pas le temps de l'emmener chez M. Tony. Par contre, tu serais gentil de t'arrêter chez Pascal me prendre huit crochets à tableau. Profites-en pour rapporter le grille-pain et te faire rembourser, il ne vaut rien. Je te laisse t'occuper du souper. J'adore les surprises. *Ciao*, mon amour."

Et elle s'est éclipsée.

Ce soir-là, j'ai fait livrer des mets chinois. Tièdes. Gluants. "Il est futé, papa, hein, les enfants ?" a dit Miriam.

Sentant de mauvaises vibrations dans l'air, ils ont mangé en silence. Une fois au lit, Miriam et moi avons partagé une bouteille de champagne, puis nous avons fait l'amour et ri de notre querelle de l'après-midi.

"Je te connais, a-t-elle dit. Je parie que tu ne l'as pas rapporté, le grille-pain. Tu l'as jeté dans la poubelle la plus proche et tu prétends t'être fait rembourser.

– Je jure sur la tête de mes enfants que je me suis fait rembourser le grille-pain, conformément aux directives de ma gouvernante."

Le lendemain soir, un jeudi, je me sentais grippé. Incapable de me déplacer, je me suis contenté de regarder le match à la télé, emmailloté sur le canapé. Guy Lafleur, interceptant à la ligne bleue des Canadiens une passe molle d'un joueur de Boston, a traversé le centre de la patinoire, cheveux au vent, tandis que la foule du Forum hurlait : "Guy ! Guy ! Guy !" Lafleur a effacé deux défenseurs, feinté devant le gardien, et il s'apprêtait à tirer du revers… lorsque Miriam est revenue à la charge :

"Je n'ai pas besoin de ta permission pour accepter du travail à la pige.

– Comment a-t-il pu rater ça ? La cage était grande ouverte !

– Je ne suis pas sur cette terre pour ramasser tes chaussettes sales et tes serviettes mouillées, emmener les enfants chez le dentiste, faire le ménage et dire que tu es sorti quand tu n'as pas envie de répondre.

– Il reste seulement trois minutes dans cette période."

Au moment où Milbury faisait trébucher Shutt derrière la cage, Miriam s'est plantée devant l'écran.

"Un peu d'attention.

– Tu as raison. Tu n'as pas besoin de ma permission.

– Excuse-moi pour la remarque à propos du manteau de vison. C'était malvenu."

Merde, merde, merde. Je lui en avais acheté un le matin même, rue Saint-Paul.

“Combien pour cette *shmata* ?

– Quatre mille cinq cents. Si vous payez comptant, on oublie la taxe de vente.”

J’ai enlevé ma montre et je l’ai posée sur le comptoir. “Je vous en donne trois mille, ai-je dit, mais mon offre vaut seulement pour trois minutes.”

Nous sommes restés là à nous regarder. Au bout de trois minutes, le vendeur a dit :

“N’oubliez pas votre montre.

– Bon, bon, c’est d’accord. Je le prends.”

Par chance, le manteau était bien caché dans un placard, au bureau. Je n’aurais qu’à le rapporter.

“Tu n’aurais pas dû dire ça à propos du manteau de vison, ai-je lancé à Miriam. J’ai été profondément blessé. Je ne ferais jamais un truc pareil.

– Je t’ai déjà dit que j’étais désolée.”

Miriam a donc recommencé à travailler à la CBC, réalisant à l’occasion des interviews avec des auteurs de passage pour colporter leur nouveau chef-d’œuvre. Je n’ai rien fait pour l’encourager, mais, naturellement, Herr Professor Blair Hopper né Hauptman, grand amoureux des arbres et pourfendeur des sacs en plastique non biodégradables, ne s’en est pas privé.

“Avec qui as-tu passé tout ce temps au téléphone ? ai-je demandé à Miriam, un soir.

– Oh, Blair a entendu mon interview avec Margaret Laurence et il m’appelait pour me dire combien il avait été impressionné. Qu’est-ce que tu en as pensé, toi ?

– Je me proposais justement d’écouter l’enregistrement ce soir.

– Si je réalisais une série de dix entretiens avec des écrivains canadiens, Blair est certain qu’il me trouverait un éditeur à Toronto.

– Il n’y en a pas dix en tout et on publie n’importe quoi, à Toronto. Désolé. Je n’ai rien dit. Tiens, tu devrais interviewer McIver. Rappelle-lui la lecture qu’il a faite

à la librairie de George Whitman à Paris. Demande-lui où il pique ses idées. Non. Elles sont tellement nulles qu'elles viennent forcément de lui. Qu'est-ce qu'il y a ?
– Rien.
– Je vais écouter l'enregistrement tout de suite après le souper.
– Laisse tomber, tu veux ?"
C'est Miriam qui a insisté pour que Michael poursuive ses études à la London School of Economics.
"Londres va faire de lui un snob. Qu'est-ce que tu as contre McGill ?
– Michael a besoin de s'éloigner de nous pendant un moment. Tu es un tyran et moi je le couve. Une maman juive, malgré moi.
– C'est Mike qui a dit ça ? Comment a-t-il pu oser ?
– Non, c'est moi. Tu lui fais de l'ombre. Tu prends trop de plaisir à le démolir quand vous discutez.
– Donc, la LSE ?
– Oui."
À vrai dire, j'avais terminé mes études secondaires de peine et de misère avec un B – de moyenne, et j'enviais mes camarades qui avaient été acceptés à McGill sans aucune difficulté. Dans le bon vieux temps, l'université contingentait sévèrement le nombre d'étudiants juifs admis. Nous devions avoir une moyenne de soixante-quinze pour cent, tandis que, pour les *goyim*, il suffisait de soixante-cinq pour cent. Ma carrière universitaire était donc mort-née. J'avais si honte de mon échec que j'évitais les repaires d'étudiants, le café André par exemple. Quand je voyais s'avancer vers moi un ancien camarade de classe vêtu d'un chandail blanc ennobli d'un grand *M* rouge, je changeais de trottoir. Après tout, à l'époque, mon seul motif d'orgueil était d'être passé de commis à serveur au Normandie Roof. Je n'étais donc pas peu fier des études brillantes de nos enfants qui, après avoir raflé quantité de prix, prenaient le chemin de prestigieuses

universités. Cela dit, je doute que le cardinal Newman, sans parler du docteur Arnold, aurait été très impressionné par les vents qui déferlaient sur les bosquets de l'université des temps modernes. En parcourant le programme de Kate au collège Wellington, j'ai constaté qu'elle avait la possibilité de suivre un cours consacré aux sciences ménagères, c'est-à-dire à l'art de faire cuire un œuf. Ou de passer l'aspirateur. À la recherche de crédits faciles à McGill, Saul s'était inscrit à un cours de création littéraire donné par, je vous le donne en mille, Terry McIver. Des retraités de la *Gazette* dispensaient des cours de journalisme au collège Wellington et choisissaient des plages horaires qui n'entraient pas en conflit avec leurs réunions des AA.

Mike a rencontré Caroline à la LSE et, lorsque nous sommes allés lui rendre visite, nous avons été invités à souper chez les parents de celle-ci, dans les Boltons. Nigel Clarke était un avocat de renom, un conseiller de la reine, et sa femme, Virginia, publiait à l'occasion des articles sur le jardinage dans *The Tatler*. J'étais si craintif (ou, selon Miriam, si peu sûr de moi) que je les avais étiquetés comme des snobs et de virulents antisémites dont les familles – sans doute répertoriées dans le *Debrett's* – avaient sûrement conspiré avec le duc de Windsor en 1940 pour imposer un régime nazi au Royaume-Uni. Ma conviction s'en est trouvée renforcée lorsque j'ai appris que les Clarke possédaient une maison de campagne à Eaglesham, en Écosse.

“Tu te rends compte, ai-je dit à Miriam, que c'est là que Rudolf Hess a atterri en 1941 ?

– Virginia a téléphoné pour nous suggérer de porter une tenue décontractée, mais je t'ai quand même acheté une cravate dans Jermyn Street. Pour ton information, ça s'écrit J-E-R-M-Y-N.

– Je ne la porterai pas.

– Oh que si. Elle a aussi voulu savoir s'il y avait des aliments qui ne te réussissaient pas. C'est gentil, non ?
– Non, absolument pas. Ce qu'elle sous-entendait, c'est : 'Est-il juif au point de ne pas manger de cochon ?'"
Nigel ne portait ni veston ni cravate. Il arborait plutôt une chemise sport et un cardigan troué au coude, tandis que l'imposante Virginia était vêtue d'un gros chandail informe et d'un pantalon. Ils ont décidé de s'habiller simplement pour se mettre au niveau des provinciaux, ai-je pensé. Surtout m'abstenir de déchirer ma viande avec les doigts. Chauffé par une grande quantité de scotch consommé en solitaire dans un pub de Soho, en violation d'une promesse solennelle faite à Miriam, et porté par ma deuxième coupe de champ' Marks & Spencer, je me suis donné pour mission, durant le repas, de choquer nos hôtes. Prenant le relais de mon père, j'ai entrepris de faire le récit de quelques-uns de ses exploits à l'époque où il faisait partie de la police de Montréal. J'ai évoqué la fois où ses collègues et lui avaient ligoté un repris de justice sur le capot de la voiture, à la façon d'un chevreuil. Les méthodes de persuasion employées par Izzy. Les égards auxquels il avait droit dans les bordels. À mon plus grand dépit, Virginia riait à gorge déployée et Nigel a renchéri en racontant des anecdotes sulfureuses à propos de certains divorces dont il s'était occupé. Une fois de plus, je m'étais donc trompé sur toute la ligne, mais au lieu de me prendre d'affection pour les Clarke, qui formaient un couple très classe, j'ai fait la gueule en raison de l'échec de ma stratégie. Comme d'habitude, Miriam m'a servi de bouclier jusqu'à ce que je finisse par me détendre un peu.
"Nous sommes absolument enchantés par votre fils, a déclaré Nigel. Quel jeune homme brillant ! J'espère que vous ne lui en voudrez pas d'épouser une femme d'une autre confession.
– Je n'y avais même pas pensé", ai-je menti.

Puis Nigel m'a invité à aller pêcher le saumon avec lui sur la Spey. Nous séjournerions au Tulchan Lodge.

"Je me demande si je saurais pêcher à la mouche, ai-je dit.

– C'est que, petit, a expliqué Miriam, énervée, Barney pêchait dans un étang aux eaux saumâtres avec une branche en guise de canne. La ligne était faite de ficelle de boucher."

Virginia, ravie, a saisi les mains de Miriam. "Vous devez absolument m'accompagner aux Floralies de Chelsea !" s'est-elle écriée.

En rentrant à Montréal, parmi les nombreux messages qui nous attendaient sur notre répondeur, nous en avons trouvé trois de Blair, qui nous proposait de dîner avec lui au Club universitaire le mercredi suivant. "Vas-y, toi", ai-je dit à Miriam.

"Ça ne t'inquiète pas que maman voie Blair à tout bout de champ ? a demandé Kate.

– Ne dis pas de bêtises. Il est solide comme le roc, ce mariage."

8

Pas si vite, je vous prie. Loin de moi l'idée d'insinuer que Miriam me trompait avec Blair Hopper né Hauptman. Elle se plaisait en sa compagnie, rien de plus. Peut-être était-elle flattée par ses attentions, mais c'était tout à fait innocent. C'est moi qui suis entièrement responsable de la destruction de notre mariage. Je n'ai pas su réagir à des signaux de détresse qui auraient pourtant suffi à alerter l'idiot du village. En plus, j'ai péché.

J'ai lu quelque part que les loups pissent autour de leur territoire pour le délimiter et mettre en garde les intrus. J'ai agi de la même manière avec Miriam. Je n'en revenais toujours pas qu'une femme aussi belle et intelligente ait pu épouser un homme comme moi. Par peur de la perdre, je l'ai donc constituée prisonnière en m'aliénant systématiquement tous ceux et celles qu'elle avait connus avant de me rencontrer. Chaque fois qu'elle recevait à la maison d'ex-collègues de la CBC, je me montrais abject. Mon agressivité n'était pas toujours injustifiée, remarquez. Vertueux à l'excès, plus lâches les uns que les autres, ces intellos de la chaîne de télévision publique avaient tendance à me traiter de haut, moi, le grippe-sou de la télé de bas étage, tout en s'érigeant en défenseurs altruistes de notre pays menacé par les vandales culturels du Sud. Peut-être touchaient-ils une corde sensible. Quoi qu'il en soit, je répliquais en tournant en dérision les quotas de contenu canadien imposés tant à la radio qu'à la télévision, gage de productions médiocres (que je fournissais bien volontiers pour une somme rondelette, n'a pas manqué de souligner Miriam avec un soupçon de méchanceté), et je les accusais, tel Auden[1], de s'être assis le cul sur leurs pensions, des années plus tôt. Le pire de tous était Kip Horgan, l'ancien producteur de Miriam, un type cultivé et irrévérencieux, gros buveur qui, avec une aisance déconcertante, dégonflait d'un mot d'esprit mes attaques les plus cinglantes. S'il n'avait pas été si proche de Miriam, nous aurions pu devenir bons amis, mais, dans le contexte, je l'abhorrais. Un soir, après qu'il fut sorti de chez nous en titubant, dernier à quitter la petite réception que nous avions organisée, Miriam s'est écriée :

"Fallait-il vraiment que tu passes la dernière heure à bâiller à t'en décrocher la mâchoire ?

– Vous couchiez ensemble, Kip et toi ?

– Tu es incroyable, Barney ! On ne se connaissait même pas, à l'époque, toi et moi.

– Je ne veux plus qu'il mette les pieds chez moi.

– Corrige-moi si je me trompe, mais il me semble bien que tu as été marié deux fois avant d'être avec moi.

– Ouais, mais avec toi, j'ai tiré le gros lot."

Cette réplique ne lui a pas arraché un sourire ; je n'ai pas eu droit à son adorable fossette. Disons que Miriam avait la tête ailleurs.

"Kip m'a dit que Martha Hanson – dans le temps, elle était une simple lectrice de scénarios, et pas particulièrement douée – va être nommée à la tête de Radio Arts.

– Et alors ?

– À l'avenir, c'est à elle que je devrai soumettre mes idées."

Un autre soir, nous avons allumé la télé au moment précis où une jeune correspondante, en poste à Londres depuis peu, commençait son reportage.

1. Il s'agit plutôt de Louis MacNeice dans *Air de cornemuse.*

“Je n’en crois pas mes yeux ! s’est écriée Miriam, ébranlée. C’est Sally Ingrams. C’est moi qui lui ai donné son premier poste.

– Ne me dis pas que tu aimerais être journaliste à la télé, Miriam.

– Non. Je ne pense pas. Et je suis certaine que Sally s’en tirera très bien. C’est juste que tous ceux et celles que j’ai connus ont aujourd’hui un travail intéressant. Parfois, ça m’agace.

– Parce que, pour toi, donner naissance à trois enfants magnifiques et les élever, ce n’est pas intéressant ?

– En général, oui. Mais pas toujours. On ne peut pas dire que ça commande beaucoup de respect par les temps qui courent, non ?”

Tant et aussi longtemps que nos enfants ont habité à la maison, où ils avaient sans cesse besoin du soutien de Miriam, nos petites querelles étaient plutôt rares. Le plus souvent, elles se terminaient par des câlins et des fous rires, et nous sommes restés des amants passionnés. En cette époque où tout le monde étale ses exploits sexuels, je reste pour ma part d’une discrétion vieux jeu. Je me bornerai donc à dire que, au lit, je faisais avec Miriam des choses que je n’avais faites avec personne, et je crois que c’était pareil pour elle. Lorsque le dernier de la couvée a quitté le nid, nous avons savouré notre liberté nouvellement retrouvée en voyageant plus fréquemment à l’étranger. Seulement, son travail de contractuelle la contrariait et la plongeait sans prévenir dans des périodes de dépression. Elle ne se trouvait pas à la hauteur. Et l’idiot que je suis n’a pas cru bon de prendre ses problèmes au sérieux. Comptez sur moi et ma balourdise pour y avoir vu des manifestations irritantes, mais passagères, de la ménopause.

Mike s’est marié et Saul s’est établi à New York. Et, un soir, avant que nous fassions l’amour dans ce parador qui domine Grenade, j’ai dit :

“Je pense que tu as oublié ton diaphragme.

– Ce n'est plus nécessaire, alors que toi, tu peux encore avoir des enfants, bien sûr…

– Je t'en prie, Miriam.

– Tu n'envies pas un peu Nate Gold ?"

Avenue Greene, on voyait Nate, qui avait délaissé la femme dont il avait partagé la vie pendant trente ans pour en épouser une autre, de vingt ans sa cadette, promener dans une poussette un bébé de dix-huit mois.

"Je trouve qu'il a l'air ridicule.

– N'en dis pas de mal, mon chéri. Je suis certaine que c'est une vraie cure de rajeunissement."

En rentrant de bonne heure, un après-midi, peu après le mariage de Kate à Toronto, j'ai aperçu sur la table de la salle à manger le descriptif d'un cours proposé à McGill.

"Qu'est-ce que c'est ? ai-je demandé.

– Je songe à reprendre mes études. Ça te pose un problème ?

– Bien sûr que non", ai-je répondu.

Plus tard le même soir, cependant, craignant de trouver la maison vide à mon retour du bureau parce qu'elle serait encore en classe, je me suis bêtement lancé dans une de mes harangues anti-universitaires. J'ai souligné à gros traits que Vladimir Nabokov avait eu raison de dire à ses étudiants de Cornell que "D Phil." se traduisait par "département des philistins" et j'ai ajouté que les personnes les plus douées que je connaissais n'avaient pas de diplôme universitaire.

"Et tes enfants ?

– Il y a des exceptions. Prends Boogie, par exemple. Il a étudié à Harvard.

– Je doute qu'une plaque commémorative y rappelle son passage."

Nous étions irréconciliables à propos de Boogie et je ne partageais pas la vénération de Miriam pour les professeurs. Au fait, je ne sais pas si j'en ai déjà parlé, mais mon certificat d'études secondaires, encadré et éclairé par des spots au plafond, trône fièrement dans mon bureau. Miriam me l'a reproché. "Décroche-le, mon chéri", m'a-t-elle un jour supplié. Il y est toujours.

Le lendemain de mon inopportune diatribe anti-universitaire, j'ai trouvé le descriptif du cours dans la poubelle de la cuisine.

"Je me sens mal, Miriam, ai-je dit. Retourne à McGill, si tu veux. Qu'est-ce qui t'en empêche ?

– Laisse tomber. C'était juste une idée comme ça."

Un jour, semblait-il, nous étions de jeunes mariés nageant dans la joie et, le lendemain, nous avions deux petits-enfants à Londres. Miriam n'avait jamais pu se résoudre à se départir des vêtements que Mike, Saul et Kate avaient portés quand ils étaient petits. Elle ne m'avait pas non plus laissé jeter notre collection de livres du docteur Seuss, aux pages déchirées et crayonnées. On lui confiait de plus en plus de contrats à la radio, et je l'ai sentie moins déprimée, davantage elle-même. Au fil des ans, hélas, je me suis montré incapable de composer avec ses rares périodes sombres, arrivant tôt au Dink's et y restant plus tard que d'habitude. Puis, après l'élégant repas préparé par Miriam, un festin pour deux, je sombrais dans un lourd sommeil éthylique sur le canapé du salon. Quand c'était l'heure d'aller au lit, Miriam me secouait doucement.

"Solange m'a invitée à l'accompagner au Théâtre du Nouveau Monde, ce soir, mais j'ai refusé. Je ne voulais pas que tu restes seul.

– Je suis désolé, ma chérie. Sincèrement."

Un après-midi, assis sur mon tabouret attitré au Dink's, je causais gaiement avec deux jeunes femmes invitées par Zack quand Betty m'a fait les gros yeux.

"Miriam vient d'entrer.

– Où ça ?

– Elle est entrée, puis elle a fait demi-tour.

– Elle ne m'a pas vu ?
– Si.
– *Tempus edax rerum*, a déclaré Hughes-McNoughton.
– Ce que tu peux être nul, John."

Rentrant à la maison en hâte, j'ai découvert Miriam dans tous ses états.

"J'ai mis une robe que tu aimes et je suis allée au Dink's dans l'intention de te surprendre. Je me disais que tu serais heureux de prendre un verre avec moi là-bas, pour changer, et que nous irions ensuite au restaurant. Puis je t'ai vu en train de conter fleurette à ces deux femmes, assez jeunes pour être tes filles. Je ne suis pas jalouse. Seulement triste.

– Tu ne comprends pas. Elles sont venues avec Zack. Je me montrais juste poli.

– Je vais bientôt avoir soixante ans. Tu veux que je me fasse remonter le visage ?

– Miriam, pour l'amour du Christ.

– Je devrais peut-être commencer à me teindre les cheveux ? Qu'ai-je donc pour plaire à mon mari, ce pilier de bar ?

– Tu te fais des idées.

– Vraiment ?"

Puis elle s'est une fois de plus lancée dans une charge en règle contre son père. Le coureur de jupons. Le menteur. Le meurtrier de sa mère. Après toutes ces années, la promiscuité sexuelle de son père continuait de l'obséder. La première trahison dont elle avait été victime, peut-être. J'avais appris à tolérer ses emportements. Ils ne tiraient pas à conséquence, n'avaient rien à voir avec nous. *Shmuck.*

Le lendemain matin, j'ai dû me lever de bonne heure pour prendre l'avion de Toronto. Quand je suis rentré, le même soir, Miriam était partie. Elle m'avait laissé un mot sur la table de la salle à manger.

Mon chéri,

Je m'envole pour Londres, ce soir. Je vais voir Mike, Caroline et les enfants. Pardon pour ma crise d'hystérie d'hier soir. N'y attache pas plus d'importance qu'il n'en faut. Seulement, j'ai besoin d'un peu de répit et toi aussi. Si tu es rentré tôt, ne viens pas me chercher à Mirabel. Je t'en prie, mon chéri. Je serai absente pendant une semaine tout au plus. Je t'aime.

MIRIAM

P.-S. Ne va pas chez Schwartz tous les soirs manger du *smoked meat* et des frites. C'est mauvais pour toi. Je t'ai laissé des petits plats dans le réfrigérateur.

J'ai ouvert la porte du frigo, où j'ai découvert de la sauce à spaghetti, du potage aux poireaux et aux pommes de terre, un poulet rôti, un pain de viande, de la salade de pommes de terre et une tarte au fromage. J'ai mangé devant la télé en m'apitoyant sur mon sort et je me suis couché de bonne heure. Miriam m'a téléphoné à sept heures, le lendemain matin.

"Ça va ? ai-je demandé.

– Très bien. J'ai l'impression d'être une petite fille qui fait l'école buissonnière. Je devrais m'offrir ce genre d'escapade plus souvent.

– Hmm. On verra. Tu es sûre que ça va ?

– Oui. Caroline m'emmène dîner chez Daphne's, alors il faut que je me prépare. Tu seras à la maison, ce soir ?

– Bien sûr. J'ai mangé des spaghettis avec ta sauce en me levant et, ce soir, je crois que je vais opter pour le poulet rôti et la tarte au fromage.

– Je te rappelle. Bisou, bisou. À plus tard."

Je n'ai pas envie de parler des événements de cette soirée-là. Je ne suis coupable de rien. J'étais soûl. Pour moi, c'était une passade sans importance. Merde, merde, merde. En cette soirée que je serais prêt à racheter au prix d'un an de ma vie, je me suis attardé au Dink's bien après l'heure où les vieux chnoques cèdent la place aux jeunes célibataires en rut. Zack, qui avait travaillé pour, vous savez bien, le journal qui s'occupe d'argent… Pas le *Wall Street Journal.* L'autre, le canadien. Le *Financial Report* ou *Post.* L'un ou l'autre[1]. On égoutte les spaghettis avec… Merde, je le savais, pourtant. Les Sept Nains ont pour noms Prof, Dormeur, Atchoum, Simplet, Grognon et les deux autres. Lillian Hellman n'a pas écrit *L'Homme au complet gris. À la chemise grise.* Et puis merde.

Zack, qui a autrefois travaillé pour un journal qui s'occupait d'argent, me racontait sa première rencontre avec Duddy Kravitz.

"On m'avait chargé d'un article de fond sur les nouveaux jeunes millionnaires montréalais. Les wasp plus blancs que le pain blanc ont tous nié être millionnaires, même sur le papier, et ceux qui soutenaient le contraire les diffamaient. Ils se sont plaints de leurs hypothèques, de leurs emprunts et de la difficulté qu'ils avaient à payer les frais de scolarité de leurs enfants. Les courtiers canadiens-français à qui j'ai parlé ne se sont pas montrés plus bavards. Ils étaient victimes de la discrimination des banquiers anglophones. Les gros investisseurs refusaient de confier leurs portefeuilles à un Bissonnette ou à un Turgeon. Ils nous croient stupides, et c'est un combat de tous les jours, m'ont-ils dit. La seule pensée de l'argent qu'ils devaient à droite et à gauche les empêchait de dormir. Puis je suis allé voir Kravitz, certain qu'il allait se lamenter d'une indigence encore plus grande. Mais non ! Il m'a accueilli avec un grand sourire. 'Millionnaire ? Et comment ! Trois fois plutôt qu'une, si ça se trouve. Vous pensez que j'exagère ? Laissez-moi vous montrer des preuves. Vous êtes venu avec un photographe ?' Depuis,

1. C'était le *Financial Times*, qui a cessé d'exister le 18 mars 1995.

je n'ai que du respect pour lui, peu importe ce qu'on raconte à son sujet. Où tu vas ?

– Je rentre chez moi.

– Déjà ? Un dernier pour la route ?

– D'accord, mais un seul."

C'est alors qu'elle est entrée au Dink's en se déhanchant, la bimbo qui a gâché ma vie. Elle s'est juchée sur le tabouret voisin de celui de Zack, qui a aussitôt entrepris de lui faire la cour. Je ne me souviens plus de son nom, mais c'était une blonde décolorée vêtue d'un haut moulant et d'une minijupe. Elle empestait le parfum. Elle devait avoir trente ans tout au plus. Elle a avancé le buste pour s'adresser à moi, obligeant Zack à reculer. "Vous ne seriez pas Barney Panofsky, par hasard ?"

J'ai fait signe que oui.

"J'ai joué dans un épisode de *McIver de la GRC*, il y a deux ou trois mois. La journaliste d'investigation du *Globe* de Toronto. Vous vous souvenez ?

– Bien sûr.

– On m'a dit que mon personnage reviendrait, mais je n'ai pas eu de nouvelles."

C'est à ce moment-là que j'aurais dû quitter le bar. Ou, à défaut, me faire ligoter au mât, tel Ulysse, non pas que cette jeune femme ait été du calibre de Circé… ou des sirènes, j'oublie[1]. Quand Zack est allé pisser, elle s'est installée sur son tabouret et le polisson en moi s'est réveillé. Chaud devant. Zack avait beau avoir quinze ans de moins que moi en plus d'être beau garçon, j'allais lui montrer que je savais encore y faire. *La fille ne m'intéressait pas, remarquez. Et je n'avais pas l'intention d'aller plus loin.* Je sais que j'ai encore beaucoup bu, comme elle du reste, mais je ne me souviens pas d'être allé chez elle ni où c'était, de la même façon que j'ignore comment nous avons fini dans son lit. Tout ce que je me rappelle,

1. C'étaient bien les sirènes.

c'est que c'est arrivé malgré moi. Je voulais juste damer le pion à Zack. Je le jure.

Il devait être trois heures du matin, peut-être plus, lorsque je suis rentré à la maison, dégoûté de moi-même. Je me suis déshabillé avant d'entrer dans la douche en titubant.

Miriam m'a tiré du sommeil à huit heures.

"Tu es là, Dieu merci.

– Qu'est-ce que tu veux dire ?

– C'est bizarre, mais je me suis réveillée à cinq heures du matin en me faisant du souci pour toi, va savoir pourquoi, et je n'ai pas arrêté de téléphoner, toujours sans réponse.

– Je suis rentré tard. J'ai passé la soirée à boire avec Zack.

– Tu n'as pas l'air dans ton assiette. Tu es sûr que ça va, mon chéri ?

– La gueule de bois, rien de plus.

– Tu ne me caches rien ? Tu ne t'es pas battu, au moins, à ton âge ? Tu as eu un accident ?

– *Je vais bien.*

– Quelque chose ne va pas, Barney. Je le sens.

– Tout va bien.

– Je ne suis pas certaine de te croire.

– Reviens à la maison, Miriam.

– Jeudi.

– Rentre demain. S'il te plaît, Miriam.

– Demain soir, je vais au théâtre avec Virginia. La nouvelle pièce de Pinter. Mais je suis heureuse que tu t'ennuies de moi. Tu me manques aussi. En dormant, je me déplace de ton côté du lit et tu n'es pas là."

Dans l'après-midi, après avoir pris deux autres douches, je me suis mis en route vers le Dink's, selon ma vieille habitude, mais je me suis arrêté net. Et si la garce m'y attendait ? Et si elle s'imaginait que c'était plus qu'une aventure sans lendemain après une soirée bien arrosée ?

J'ai fait demi-tour et je suis allé prendre un verre au Ritz. Remontant dans le passé, je me suis retrouvé à la terrasse de la Colombe d'Or, en compagnie de Boogie et de Hymie, le soleil se couchant derrière les collines vert olive, qu'il a semblé embraser. Au pied du mur de soutènement en pierre de la terrasse, une voiture tirée par un âne, que conduisait un vieux chnoque grisonnant en blouse bleue, est passée dans un claquement de sabots, et la brise du soir a élevé jusqu'à nos narines le parfum de sa cargaison de roses destinées aux parfumeries de Grasse. Puis le grassouillet fils d'un boulanger est passé près de notre table en soufflant fort, un énorme panier en osier chargé de baguettes fraîches sur le dos, et nous avons humé ce parfum-là également. Ensuite, un de ces types détestables comme la France en compte tant, un vieux fini au ventre qui pendouille, est arrivé sur la terrasse en se pavanant afin de prendre possession de la femme, assez jeune pour être sa fille, qui était assise à deux tables de la nôtre. *"Madame Bovary, c'est moi * "*, a écrit cet auteur qui avait un perroquet[1], et moi, j'étais devenu l'égal de ce Français odieux, de sinistre mémoire. Plutôt que de verser des larmes sur mon triste sort, j'ai réclamé l'addition et je m'apprêtais à rentrer lorsque je me suis de nouveau arrêté tout net, accablé de doutes. Je me suis dirigé vers le Dink's, où je suis entré furtivement. Nulle trace de la femme. J'ai entraîné Zack dans un coin tranquille.

"Tu ne dois jamais au grand jamais plaisanter au sujet de la femme d'hier. Ni avec moi ni avec personne d'autre. Sinon, c'est la fin de notre amitié. Compris ?

– Du calme, Barney."

Puis Betty m'a dit : "Une certaine Lorraine t'a demandé au téléphone." Elle m'a tendu un bout de papier.

"Elle t'a laissé son numéro.

1. Flaubert.

– Si elle rappelle, je ne suis pas là. Que sais-tu d'elle ?

– Elle est mannequin ou actrice, je crois. C'est elle qui jouait dans l'annonce sexy qu'on voyait à la télévision, celle de la banque, tu sais ? Les Canadiens écopent d'une pénalité, Dick Irwin déclare qu'il sera de retour après ces quelques pages publicitaires, puis on la voit, vêtue d'un sarong, qui danse seule sur une plage des Bermudes, au clair de lune. Et que je te secoue ci et que je t'agite ça. 'Tout ça grâce à un prêt vacances de la Banque de Montréal.' Les gars assis au bar hurlaient comme des loups."

Je n'ai pas fermé l'œil de la nuit. Le lendemain, je me suis coupé en me rasant et j'ai renversé ma tasse de café. Puis j'ai acheté chez Birks un long collier de perles pour Miriam et je suis allé l'attendre à Mirabel. Nous étions à peine entrés chez nous qu'elle a dit :

"Il s'est passé quelque chose.

– Rien.

– Il est arrivé quelque chose à Saul pendant mon absence ?

– Il va très bien.

– Kate ?

– Je t'assure que non.

– Tu me caches quelque chose.

– Pas du tout", ai-je répondu en débouchant une bouteille de dom pérignon pour célébrer son retour.

Rien n'y a fait.

"Au bureau ? De mauvaises nouvelles ?

– Tout va très bien, ma chérie."

Mon cul, oui. Miriam était de retour depuis deux jours et nous n'avions toujours pas fait l'amour, à son grand étonnement, mais je connaissais ce bar de l'hôtel de la Montagne. Et si j'avais attrapé l'herpès, la chaude-pisse ou, Dieu m'en garde, le truc des tapettes et des drogués ? Vous savez bien, la maladie qui a un drôle de nom… Le sida, c'est ça.

Chaque fois que le téléphone sonnait, je me précipitais dessus pour répondre avant Miriam. Le matin, je traînais à la maison jusqu'à l'arrivée du facteur, au cas où. Le soir, après mon passage au Dink's, je rentrais avec l'estomac en vrac et un mensonge tout prêt, dans l'éventualité où cette salope aurait téléphoné en mon absence.

Des années plus tôt, alors que je me vautrais dans un bonheur immérité avec Miriam et les enfants, je craignais la colère divine. J'étais persuadé que quelque chose d'horrible m'attendait au tournant, un monstre vengeur qui surgirait d'une canalisation de la salle de bains, à la manière d'une créature de Stephen King. Désormais, je savais. Le monstre, c'était moi. J'avais causé la ruine de mon refuge contre "le monde des télégrammes et de la colère".

Dans ce temps-là, j'étais encore contraint de feindre l'enthousiasme pour la *dreck* qui faisait ma fortune, de me taper des dîners à New York ou à L.A. avec des acteurs médiocres et à moitié illettrés, des auteurs amateurs, des réalisateurs sans talent et des cadres de la télévision. C'était dégradant. J'avais le sentiment de descendre dans les égouts. Mais jusqu'au jour où j'ai péché, j'avais pu profiter d'un sanctuaire. Miriam. Nos enfants. Notre foyer. Où jamais je n'avais eu à jouer un double jeu. Désormais, c'était avec appréhension que j'introduisais ma clé dans la serrure, craignant d'avoir été démasqué. J'ai donc décidé d'aller au-devant des coups en convoquant Gabe Orlansky et Serge Lacroix à mon bureau.

"Vous vous souvenez de la fille qui a joué la journaliste d'enquête du *Globe* dans *McIver de la GRC* ? Je crois qu'elle s'appelait Lorraine Peabody, mais je peux me tromper.

– Ouais, et alors ?

– Concoctez-lui un petit rôle dans deux ou trois autres épisodes.

– Elle est nulle comme actrice.

– Et vous deux, vous êtes nuls comme auteur et comme réalisateur. Faites ce que je vous dis."

Chantal s'est attardée dans mon bureau.

"Qu'est-ce qu'il y a ? ai-je demandé.

– Qui aurait pu penser que…

– *Penser quoi ?*

– Rien.

– Ça vaut mieux.

– Je me suis trompée à votre sujet. Vous êtes comme les autres. Vous ne méritez pas une femme de la trempe de Miriam. Un vieux cochon, voilà ce que vous êtes.

– Dehors."

Le cœur battant à tout rompre, j'ai invité Lorraine à dîner dans un de ces attrape-touristes au charme suranné du Vieux-Montréal, là où personne ne me connaissait.

"Écoute-moi bien, ai-je dit. Ce qui s'est passé entre nous, l'autre soir, c'est une aberration. Je t'interdis de m'écrire, de me téléphoner ou de tenter de communiquer avec moi d'une manière ou d'une autre.

– Pas de quoi en faire un drame. Relax. On a baisé ensemble, c'est tout.

– Des membres de mon équipe de casting ont pris contact avec toi, je crois ?

– Oui. Mais si tu penses que c'est pour ça que j'ai…

– Bien sûr que non. J'aimerais quand même que tu me rendes un petit service en contrepartie.

– Mais tu m'as dit que je ne devais pas tenter de…

– En sortant d'ici, je t'emmène au cabinet du docteur Mortimer Herscovitch, où on va te faire une analyse de sang.

– Tu te paies ma tête, mon gros nounours ?

– Fais ce que je te dis, et tu auras du travail. Sinon, oublie ça."

La culpabilité me faisait osciller entre le remords et l'agressivité. Enhardi par une forte quantité d'alcool, j'en venais à la conclusion que je n'avais rien à me reprocher et que seule Miriam était à blâmer. De quel droit osait-elle me croire sans défaut ? Imperméable à la tentation ? Les hommes ne sont pas ainsi. Ils sont par nature opportunistes et je ne faisais pas exception à la règle. Je méritais une médaille et non l'opprobre général, moi qui avais trompé ma femme une seule fois en trente et un ans. D'ailleurs, cette aventure n'avait aucune importance à mes yeux. Je ne sais toujours pas comment je me suis rendu du Dink's à l'appartement de cette fille. Je la raccompagnais chez elle, rien de plus. Je ne tenais pas spécialement à ce qu'elle me propose un dernier verre. J'étais déjà ivre mort et je n'ai pas demandé à cette garce de faire le premier pas. Les jeunes femmes n'ont pas le droit de dévoyer de respectables pères de famille en s'habillant comme des putes. Bref, on avait profité de moi et je n'entendais ni prendre le cilice ni me flageller. Par rapport aux autres habitués du Dink's, j'étais un modèle de rectitude. Miriam pouvait s'estimer heureuse d'avoir un mari comme moi. Tendre. Aimant. Qui lui offrait un train de vie extraordinaire. Je quittais le Dink's dans cet état d'esprit et je rentrais en chancelant chez moi, où je cherchais noise à Miriam pour les motifs les plus insignifiants.

"Encore du poulet ?

– Tu refuses de manger du poisson et la viande rouge est mauvaise pour toi.

– Pareil pour le vin blanc. C'est ce qui a tué James Joyce.

– Alors ouvre une bouteille de rouge, si tu préfères.

– Pas la peine de me parler sur ce ton.

– Mais c'est toi qui…

– Ouais, évidemment. C'est toujours moi."

Saul m'a téléphoné au bureau.

"Je veux savoir pourquoi maman pleurait, cet après-midi.

– Ce n'est rien, Saul. Franchement.

– Maman n'a pas l'air de cet avis."

J'étais en voie de tout perdre. Ma femme. Mes enfants.

"Barney, j'exige de savoir pourquoi tu débarques ici complètement soûl, soir après soir.

– Maintenant, il faut que je rende compte de chaque verre que je prends, c'est ça ?

– Tu ne vas pas aimer ce que j'ai à te dire, mais, à ton âge, je crains que tu ne tolères plus l'alcool aussi bien qu'avant. Quand tu rentres, tu es d'humeur si exécrable que, pour ne rien te cacher, je préférerais manger seule."

Ce soir-là, dans le lit, Miriam m'a tourné le dos et a pleuré en silence. J'ai eu envie de mourir. Le lendemain matin, j'ai sérieusement envisagé de m'élancer dans la rue Sherbrooke lorsque le feu était au rouge. J'aurais été happé par une voiture puis transporté en ambulance à l'Hôpital général. Assise à mon chevet, aux soins intensifs, Miriam m'aurait tenu la main et m'aurait tout pardonné. Mais je me suis dégonflé. J'ai attendu que le feu passe au vert.

Correction : il y a bel et bien une conclusion à tirer de ces mémoires décousus. Au fil de mes années de déclin, je me suis sorti de plus d'un mauvais pas grâce à des mensonges, petits ou gros, voire carrément énormes. Moralité : ne jamais dire la vérité. Au besoin, mentir comme un arracheur de dents. La première fois que j'ai dit la vérité, j'ai été inculpé pour meurtre. La deuxième, j'ai perdu mon bonheur. Voici ce qui est arrivé. Un samedi après-midi, Miriam, plus belle à pleurer que jamais, est entrée dans mon bureau avec une cafetière, des tasses et des soucoupes. Elle a posé le plateau sur ma table de travail et s'est assise dans le fauteuil en cuir face à moi.

“Je veux savoir ce qui s’est passé pendant que j’étais à Londres.

– Il ne s’est rien passé.

– Dis-moi. Je peux peut-être t’aider.

– Sincèrement, Miriam, je…

– Les quintes de toux que tu te paies au lit, depuis quelque temps… Tous ces cigares… Morty Herscovitch a-t-il trouvé quelque chose que tu nous caches, à moi et aux enfants ?

– Je n’ai pas encore le cancer du poumon, si c’est là où tu veux en venir.”

C’est alors que j’ai craqué et que je lui ai tout raconté.

“Je suis désolé. Je m’en veux terriblement. Ça ne signifiait rien pour moi.

– Je vois.

– C’est tout ce que tu trouves à dire ?

– Rien de tout ça ne serait arrivé si tu n’avais pas été réceptif.”

Sur ces mots, elle s’est levée et elle est allée faire sa valise.

“Où vas-tu ?

– Je ne sais pas.

– Je t’en prie, Miriam. Nous avons une vie.

– Correction, nous en avions une. Et je t’en suis reconnaissante. Mais avant que tu la salisses davantage et que je finisse par te haïr…

– Tout peut s’arranger. Je t’en supplie, mon amour…”

C’était inutile parce que Miriam avait de nouveau douze ans. Quand elle m’a regardé dans les yeux, c’est son père qu’elle a vu. S’envoyant des ouvrières. Écumant les bars du centre-ville.

“Comment fais-tu pour le supporter ? avait demandé Miriam.

– Que veux-tu que je fasse ?” avait répondu sa mère, penchée sur sa machine à coudre.

Miriam ne se laisserait pas réduire à une telle impuissance.

“J’ai besoin d’être seule, m’a-t-elle dit.

– Je me plierai à tous tes désirs. Je vendrai la boîte et nous prendrons notre retraite en Provence ou en Toscane.

– À quoi occuperais-tu tes journées, toi qui débordes d’énergie ? À construire des avions miniatures ? À jouer au bridge ?”

Elle m’a rappelé la fois où j’avais promis de ralentir un peu en me trouvant un passe-temps. J’avais chargé un entrepreneur de me construire un atelier dernier cri derrière notre chalet et de l’équiper d’une gamme complète d’outils Black & Decker. J’ai fabriqué une seule bibliothèque, qui penchait d’un côté, et en plus je me suis coupé à la main avec une scie électrique. On a dû me faire quatorze points de suture. Depuis, l’atelier sert de remise.

“Nous voyagerons. Je lirai des bouquins. Nous nous débrouillerons, Miriam.

– Tu fais seulement semblant de haïr ta société de production, Barney. La vérité, c’est que tu aimes les négociations, l’argent et le pouvoir que tu exerces sur tes employés.

– Je peux aller à la banque et arranger un rachat par les salariés. Tu ne vas quand même pas me quitter à cause d’une stupide histoire d’un soir, Miriam ?

– J’en ai assez de faire plaisir à tout le monde, Barney. À toi. Aux enfants. À tes amis. Depuis que nous sommes mariés, tu prends toutes les décisions pour moi. J’aimerais en prendre quelques-unes, bonnes ou mauvaises, avant d’être trop vieille.”

Elle s’est installée dans un studio de Toronto et a recommencé à travailler à temps plein pour la CBC. Puis elle a envoyé Saul chercher ses affaires.

“Qui aurait cru que ça finirait comme ça ? ai-je dit en offrant un verre à mon fils.

– Je suis content qu'elle t'ait quitté, espèce de vieux salaud. Tu ne t'es jamais montré digne d'une femme de cette qualité. Ta façon de la traiter sans le moindre égard... Merde, merde, merde. Maintenant, indique-moi les livres et les disques qui sont à elle.

– Prends ce que tu veux. Prends tout. Maintenant que j'ai élevé trois ingrats et que ma femme m'a abandonné, je n'ai plus besoin d'une maison aussi grande. J'ai l'intention de la vendre et de m'installer dans un appartement du centre-ville.

– Nous formions une famille. Une vraie famille. Tu as tout gâché et je ne te le pardonnerai jamais.

– Je suis encore ton père, tu sais.

– Crois bien que je le regrette."

En vain, Kate a supplié Miriam de me pardonner mon embarrassant écart de conduite. Quant à Mike, il a refusé de prendre parti. Tous les week-ends, je sautais dans l'avion pour Toronto, j'emmenais Miriam au restaurant, je la faisais rire, tellement que je la soupçonnais d'apprécier autant que moi cette seconde cour.

"On est si bien ensemble. Pourquoi ne rentrerais-tu pas avec moi ?

– Au risque de tout gâcher ?"

J'ai donc essayé une nouvelle approche. Si elle voulait divorcer, lui ai-je annoncé, elle devrait s'en occuper elle-même, je refusais d'en entendre parler. En revanche, je lui laisserais tout ce qu'elle voudrait, je signerais tous les documents que ses avocats me soumettraient. Entre-temps, ai-je ajouté, nous avions encore un compte conjoint, et elle ne devait pas hésiter à s'en servir. Pour que mon humiliation soit complète, elle a non seulement concédé qu'elle avait retiré une somme de dix mille dollars, qu'elle considérait comme un emprunt, mais aussi qu'elle avait écrit à la banque, rendu son chéquier et déclaré que sa signature n'était plus valide.

"De quoi vas-tu vivre, pour l'amour du Christ ?

– De mon salaire.

– Tu n'es plus toute jeune, tu sais.

– Ça, tu m'en as déjà donné une preuve éclatante, n'est-ce pas, mon chéri ?"

Mike a téléphoné : "Je veux que tu saches que j'ai proposé à maman de venir passer quelque temps chez nous, mais que l'invitation vaut aussi pour toi."

Kate a affirmé : "Elle commence une histoire à propos d'un voyage que vous avez fait à Venise et à Madrid et elle se met à pleurer à chaudes larmes. Accroche-toi, papa. Ne lâche rien."

Des amis s'efforçaient de me remonter le moral. Souvent, les femmes de l'âge de Miriam font des bêtises, mais elles finissent par revenir à la raison, m'assuraient-ils. Tiens bon, elle sera bientôt de retour. Les Nussbaum ont eu l'étourderie de m'inviter à des réceptions où m'attendaient une veuve ou une divorcée toutes pimpantes, que j'insultais gratuitement : "Ma femme n'a jamais jugé nécessaire de se teindre les cheveux et elle est toujours magnifique. Mais j'imagine que vous n'en avez jamais eu, vous, de la beauté à perdre."

Au Dink's, O'Hearne m'a présenté son rapport :

"Ta Deuxième Mme Panofsky se réjouit de la nouvelle. Elle espère que le divorce va te coûter un bras. Et qu'il te donnera un AVC ou un infarctus.

– Quel ange, celle-là. Oh, en passant, j'ai l'intention de commettre un autre meurtre."

Blair était le candidat. J'avais téléphoné à Miriam pour lui dire que j'arriverais à Toronto tard le vendredi soir. "Je ne pourrai pas te voir samedi, Barney, a-t-elle dit. J'ai promis à Blair de l'accompagner en Caroline du Nord. Il donne une conférence à Duke."

J'ai ordonné à Chantal de téléphoner au département d'études canadiennes de Duke et de dire, en se faisant passer pour la secrétaire de Blair, qu'il avait égaré sa réservation d'hôtel. Où descendait-il, déjà ? Le

Washington Duke Hotel. Ensuite, je l'ai obligée à confirmer les réservations du professeur Hopper. "Nous avons bien une chambre simple pour M. Hopper et une autre pour Mme Panofsky", a dit le réceptionniste.

"Soulagé ?" a demandé Chantal.

J'ai invité Solange à souper.

"Qu'est-ce qu'elle peut bien lui trouver, à ce crétin ?

– Je parie qu'il ne la reprend pas devant tout le monde dans les soirées et qu'il ne la contredit jamais. Qu'il n'est pas bourru mais attentionné. Avec lui, elle a peut-être le sentiment d'être choyée.

– Mais j'aime Miriam. J'ai besoin d'elle.

– Et si elle n'avait plus besoin de toi, elle ? Ce sont des choses qui arrivent, tu sais."

Au bout de six mois, Miriam s'est mise en ménage avec Blair Hopper né Hauptman et j'ai cru devenir fou. Je les imaginais au lit, où ce salaud osait lui caresser les seins. Un soir de beuverie, dans la maison vide de Westmount, j'ai fait tomber la vaisselle des étagères de la cuisine, arraché les tableaux, renversé les tables, frappé les chaises contre le sol jusqu'à ce que tous les pieds se détachent, démoli la télé d'un coup de lampadaire. Je savais bien avec quel amour, quel soin minutieux Miriam avait choisi les moindres éléments de ce décor, et je priais pour que le raffut que je faisais résonne jusqu'au lit impur qu'elle partageait avec Blair à Toronto. De regret, le lendemain matin, mon cœur était plombé. J'ai réuni certains de ses objets préférés en espérant ne pas leur avoir infligé des dommages irréparables. Puis j'ai fait venir un restaurateur de meubles.

"Pardonnez mon indiscrétion, mais que s'est-il passé ici, au juste ?

– Entrée par effraction. Vandalisme."

J'ai déménagé dans le fameux appartement du centre-ville, mais je n'ai pas pu me résoudre à vendre la maison tout de suite, juste au cas où. En plus, je ne supportais pas l'idée que des inconnus occupent notre chambre à coucher. Ou qu'une salope de yuppie, obsédée par le confort moderne, installe un four à micro-ondes dans la cuisine où Miriam avait préparé des croissants divins et mitonné de délicieux osso buco tout en aidant Saul à faire ses devoirs et en surveillant Kate qui, dans son petit parc, frappait des casseroles l'une contre l'autre. Je n'allais certainement pas tolérer qu'un dentiste ou un courtier piétine la moquette du salon sur laquelle nous avions plus d'une fois fait l'amour. Personne n'allait souiller notre bibliothèque avec les œuvres complètes de Tom Clancy ou de Sidney Sheldon. Je ne permettrais pas qu'un balourd écoute du Nirvana à dix mille décibels dans la pièce où Miriam, à trois heures du matin, se retirait pour allaiter Kate sur une *chaise longue** en écoutant Glenn Gould, le son réglé au minimum pour ne pas me réveiller. Je ne savais pas quoi faire des patins, des bâtons de hockey, des bottes et des skis de fond qui occupaient tout un placard du sous-sol. Ni du berceau en osier blanc où avaient dormi nos trois enfants. Ni des vestiges de la guitare électrique que Mike avait tenté de fabriquer lui-même.

Faisant dès l'aube les cent pas dans mon appartement, buvant seul, fumant un énième Montecristo, je fermais les yeux et convoquais Miriam telle qu'elle s'était manifestée le soir de mon mariage avec la Deuxième Mme Panofsky. La femme la plus envoûtante que j'aie vue de ma vie. De longs cheveux aussi noirs que l'aile d'un corbeau. Des yeux bleu vif à vous damner. Vêtue d'une robe de cocktail en mousseline de soie bleue, ses mouvements d'une grâce ahurissante. Ô cette fossette qui creusait sa joue ! Ô ces épaules dénudées !

“Dans ma poche de veston, j'ai deux billets pour Paris. Départ demain. Venez avec moi.

– C'est une plaisanterie ?

– ‘Viens vivre avec moi, viens sois mes amours.’ Je vous en prie, Miriam.
– Si je ne pars pas maintenant, je risque de rater mon train.”

Miriam était partie depuis trois ans, désormais, et je dormais toujours de mon côté du lit. En me réveillant, je la cherchais à tâtons. Miriam, Miriam, élue de mon cœur.

9

OK. Nous y voilà. Le procès… Moi et le grand Franz K., tous deux faussement accusés.

Eussé-je été un vrai écrivain, j'aurais brassé les épisodes de ces mémoires de manière à créer un suspense digne de ce nom. Comme Eric… Vous savez bien, l'auteur du *Machinchouette de Dimitrios.* Eric quelque chose en rapport avec les chevaux. Eric Trotteur ? Eric comme la publication pour laquelle Samuel Johnson écrivait. *Idler.* Eric Idler[1] ? Non. Tant pis. Oubliez ça. J'ai un meilleur exemple. Plus récent. Digne de John le Carré. Vous savez déjà que, faute de cadavre, j'ai été acquitté par le jury, mais pas par la rumeur populaire. La plupart des mauvaises langues de la ville croient toujours que je n'ai pas payé pour le meurtre que j'ai commis.

O'Hearne arborait un large sourire en voyant Lemieux me passer les menottes. Ils m'ont conduit au poste de police de Saint-Jérôme, où on a pris mes empreintes digitales et ma photo. Si c'est la potence qui m'attend, me suis-je dit, je feindrai la couardise – tel le regretté James Cagney – par égard pour le prêtre, joué par Pat O'Brien. Ainsi, les Dead End Kids, au lieu de me considérer comme un héros (ou un "modèle", comme on dit aujourd'hui), adhéreront au Rotary Club du coin. On m'a enfermé dans une cellule au confort bien inférieur à

1. Eric Ambler, auteur du *Masque de Dimitrios* (1939).

celui d'une chambre du Ritz, mais infiniment supérieur à celui du cachot du comte de Monte-Cristo. J'ai aussi eu la chance de tomber sur un gardien qui cherchait à arrondir ses fins de mois. Enfin… Il est facile d'en rire aujourd'hui, mais, à l'époque, j'étais terrifié, sujet à des crises de larmes et secoué de spasmes. Comme j'étais accusé de meurtre, la liberté sous caution m'a été refusée. “Ça n'ira pas au-delà de l'enquête préliminaire, a déclaré Hughes-McNoughton. J'ai l'intention de plaider l'absence de preuves.”

J'ai découvert plus tard que la Couronne, consciente de la faiblesse de sa cause, hésitait à poursuivre, même si O'Hearne promettait de déterrer le cadavre d'une minute à l'autre. Seulement, la Deuxième Mme Panofsky, folle de rage, avait retenu les services d'un criminaliste belliqueux, un type avec des accointances politiques, qui a insisté pour que le procès ait lieu ; naturellement, cette *yenta* a renoncé au privilège conjugal. Rien n'aurait pu dissuader ce moulin à paroles de connaître son heure de gloire devant le tribunal. Que le diable l'emporte. Je me préoccupais uniquement de Miriam, qui est venue de Toronto et qu'on a autorisée à me rendre visite lors de ma deuxième journée derrière les barreaux.

“Quoi qu'il advienne, ai-je dit, je tiens à ce que tu saches que je n'ai pas tué Boogie.

– Je te crois, a-t-elle répondu.

– Je serai sorti d'ici dans une semaine, ai-je ajouté, comme si, faite à haute voix, la prédiction avait plus de chances de se réaliser. Entre-temps, je noue des contacts qui se révéleront peut-être précieux. Si, par exemple, j'ai besoin qu'on mette le feu à ma maison ou à mon bureau, j'ai ici un homme qui peut s'en charger pour pas cher. Autre chose : je ne suis pas le seul innocent, ici. Nous avons été faussement accusés, tous sans exception. Même le type qui a tué sa femme d'un coup de hache parce qu'elle lui a servi ses œufs tournés et non miroir.

En réalité, prise de vertige, elle a déboulé les marches du sous-sol et a atterri sur le tranchant de la hache. C'est en se précipitant pour l'aider qu'il a sali sa chemise de sang. Ne pleure pas, s'il te plaît. Je ne moisirai pas longtemps ici. Promis."

J'ai attendu huit jours mon enquête préliminaire. Le magistrat a rejeté le plaidoyer de Hughes-McNoughton et statué que les preuves étaient "suffisantes pour justifier un procès, dans la mesure où un jury, ayant reçu des directives appropriées, pourrait raisonnablement déclarer l'accusé coupable". C'étaient les mensonges que j'avais racontés à O'Hearne à propos de l'arme à feu qui avaient fait pencher la balance en ma défaveur, selon Hughes-McNoughton.

"Maintenant, Barney, mon vieil ami, a-t-il dit, je ne veux pas de surprise dans la salle d'audience. O'Hearne va-t-il découvrir un cadavre ?

– Où ça ?

– Comment veux-tu que je le sache, moi ?

– Je ne l'ai pas tué."

Mon affaire ne serait pas instruite avant cinq longues semaines, à l'occasion des assises d'automne à Saint-Jérôme. Miriam venait tous les week-ends, s'installait dans un motel des environs et m'apportait des livres, des magazines, des Montecristo et des *smoked meat* de chez Schwartz.

"Si, par quelque aberration du sort, on me condamne à croupir en prison, rien ne t'oblige à m'attendre. Tu es libre.

– Veux-tu bien t'essuyer les yeux, Barney ? Ces grands airs de noblesse ne te vont pas du tout.

– Mais je suis sincère !

– Non, pas du tout, mon chéri."

Au bagne, parmi mes braves compagnons d'infortune, figurait l'idiot qui avait braqué l'épicerie du coin, où il avait volé quatre-vingt-cinq dollars et des poussières ainsi que dix cartouches de cigarettes avant de se faire pincer, l'après-midi même, en train d'essayer d'écouler son butin dans un bar. Il y avait aussi deux ou trois voleurs de voitures, un receleur de téléviseurs et de chaînes stéréo, un petit trafiquant de drogue, un exhibitionniste et ainsi de suite.

Il m'a suffi de jeter un seul coup d'œil au juge pour comprendre que j'étais bon pour la grande chute dans le néant. J'ai senti mes pieds battre dans le vide et j'ai prié pour que, au moment de mon trépas, mes entrailles ne me laissent pas tomber. Monsieur le juge Euclide Lazure, homme maigre à la mine sévère, avec des cheveux teints en noir, des sourcils broussailleux, un nez crochu et des lèvres minces, avait une histoire intéressante. Comme la plupart des *Québécois de vieille souche** parvenus à l'âge adulte pendant la Seconde Guerre mondiale, le jeune dandy d'Outremont qu'il était avait flirté avec le fascisme. Intellectuellement parlant, il s'était nourri des articles du *Devoir*, journal à l'époque ouvertement raciste, et de *L'Action nationale*, publication farouchement antisémite de l'abbé Lionel-Adolphe Groulx. Il avait été membre de la Ligue pour la défense du Canada, troupe de patriotes canadiens-français qui avaient fait le serment de se battre comme des chiens enragés si le Canada était attaqué, mais avaient refusé de risquer leur peau dans ce qu'ils considéraient comme une nouvelle guerre impérialiste fomentée par les Britanniques. Il avait fait partie de la bande de joyeux drilles qui, en 1942, avaient défilé boulevard Saint-Laurent en cassant les vitrines des magasins juifs et en scandant : "À mort ! À mort !" Depuis, l'homme avait regretté ses écarts de jeunesse. Il avait même déclaré à un journaliste : "En 1942, nous n'avions aucune idée de ce qui se passait. Nous n'étions pas au courant de l'existence des camps d'extermination." Mais, comme l'a souligné Hughes-McNoughton, la présence de ce salaud n'avait pas que des désavantages : en effet, l'épouse d'Euclide s'était enfuie avec un pianiste de concert et il avait la réputation d'être un fieffé misogyne. Dans une affaire antérieure, au moment d'imposer sa peine à une femme coupable d'avoir planté un couteau dans le cœur de son mari, il avait déclaré ceci : "Dans l'échelle des vertus, les femmes atteignent des sommets inaccessibles aux hommes, j'en ai depuis toujours l'intime conviction. Mais beaucoup affirment, et je ne peux que leur donner raison, que, lorsqu'elles chutent, elles tombent dans des abîmes où même les hommes les plus ignobles refusent de plonger."

J'attendais donc avec impatience le témoignage de mon épouse volubile, cette infâme adultère.

"Le pauvre M. Moscovitch, a-t-elle déclaré, tremblait comme une feuille et je me suis allongée près de lui pour le réchauffer, rien de plus, vu que j'ai de l'empathie pour ceux qui souffrent, quelles que soient leur race, leur couleur, leur confession ou leur orientation sexuelle. Je suis une personne tolérante. On me l'a souvent répété. Mais, mon Dieu, il y a des limites. Soit dit sans faire injure aux personnes réunies dans cette salle, car j'ai le plus grand respect pour les Canadiens français et j'adorais notre bonne. Mais, franchement, je pense que vous devriez renoncer à la tradition qui consiste à faire arracher toutes les dents d'une jeune fille avant ses noces. À mon avis, il y a de meilleurs cadeaux à faire à un nouveau marié.

"Bon, seules des personnes à l'esprit mal tourné pourraient voir une dimension sexuelle dans le fait que je me sois allongée près de M. Moscovitch, même si, en tant que femme séduisante dans la fleur de l'âge, j'ai des besoins, et que mon mari ne s'était pas acquitté de son devoir conjugal depuis des mois. Il s'est même révélé incapable de consommer notre union le soir de nos noces, à une date qu'il a souhaité changer parce qu'elle coïncidait avec les finales de la Coupe Stanley. Et tant pis si mon père avait déjà réservé à grands frais le temple, si les faire-part avaient déjà été envoyés et si plus d'un Gursky avait confirmé sa présence. Nous sommes des amis de la famille depuis une éternité. Pour mes noces, on n'a pas regardé à la dépense. 'Rien de trop beau pour ma princesse', avait coutume de dire mon père, d'où son opposition catégorique à mon mariage avec M. Panofsky. Il n'est pas de notre *monde**, répétait papa, et il avait raison, Dieu sait qu'il avait raison, mais je me croyais capable d'élever Barney au-dessus de sa condition, à la façon d'un professeur Higgins du beau sexe. Je fais ici allusion à *Pygmalion*, la pièce du grand Bernard Shaw. Vous avez peut-être vu la version cinématographique avec Leslie Howard, performance qui lui a sans doute valu son rôle dans *Autant en emporte le vent.* J'ai tout simplement adoré la comédie musicale qu'on en a tirée, *My Fair Lady*, avec Rex Harrison et Julie Andrews, et je n'ai pas du tout été surprise par le succès que le film a obtenu. Je me souviens qu'à la sortie du cinéma, où j'étais allée avec ma mère, pendant que les airs jouaient encore dans ma tête, j'ai dit..."

Le juge, réprimant un bâillement, est intervenu :

"Vous vous êtes couchée à côté de M. Moscovitch et...

– Seulement pour le réchauffer, je le jure devant Dieu. Je portais ma chemise de nuit en satin rose bordée de dentelle, celle que j'ai achetée chez Saks lors de mon dernier voyage à New York avec ma mère. Quand nous faisons des courses ensemble, les vendeuses nous prennent pour des sœurs. Il faut dire que, pour une femme de son âge, elle a une sacrée silhouette..."

Au Québec, en 1960[1], on considérait encore que les femmes étaient trop stupides pour siéger dans un jury. Mon sort reposait donc entre les mains de douze hommes,

1. C'est seulement en 1928 que la Cour suprême du Canada a reconnu aux femmes le statut de "personnes".

de braves et honnêtes citoyens du coin. Des ploucs, en somme. Des éleveurs de cochons, un commis de quincaillerie, un caissier de banque, un croque-mort, un menuisier, un fleuriste, un conducteur de chasse-neige et ainsi de suite, tous visiblement contrariés de perdre leur temps au tribunal. Instruits, si on peut dire, par des prêtres obscurantistes, ces hommes attendaient probablement de voir si j'étais affublé d'une longue queue fourchue. J'ai même songé à me présenter devant le tribunal nu-pieds pour qu'ils voient par eux-mêmes que je n'avais pas de sabots fendus.

Dans sa déclaration liminaire, Me Mario Bégin, conseiller de la reine, a affirmé : "Mon savant confrère vous répétera sans doute jusqu'à plus soif qu'il n'y a pas de cadavre. Mais, malgré ce fait, nous disposons de toutes les preuves nécessaires pour conclure qu'un meurtre a été commis. Pour ma part, loin de croire qu'il n'y a pas de cadavre, je soutiens que le corps de l'homme assassiné n'a pas encore été trouvé. Examinons les faits. Entre le coup de fil qu'il a passé à la police (ruse habile, il faut bien le reconnaître) et la seconde visite du sergent-détective O'Hearne, une journée s'est écoulée. Autrement dit, l'accusé a largement eu le temps de se débarrasser du corps de la victime. N'oubliez pas non plus que nous avons affaire à un menteur avoué. M. Panofsky a en effet admis avoir menti deux fois aux agents de la Sûreté du Québec. Quant à moi, j'affirme devant vous qu'il a menti non pas deux fois mais bien trois fois, à propos de l'arme du crime. D'abord, il a soutenu au sergent-détective O'Hearne ne pas savoir comment le revolver s'était retrouvé sur sa table de chevet. Puis, lorsqu'on lui a fait valoir qu'il manquait une balle dans le magasin, il a menti de nouveau en prétendant qu'il s'agissait de l'arme de service de feu son père, qui n'avait jamais su bien la charger, déclaration invraisemblable dans la mesure où M. Panofsky avait fait une longue carrière dans la police. C'est toutefois le troisième mensonge qui nous intéresse ici. En effet, l'accusé a fini par admettre s'être servi de l'arme, mais seulement 'pour rire', en tirant bien au-dessus de la tête de la victime. Mais, ainsi que vous l'apprendrez de la bouche du sergent-détective O'Hearne, l'accusé a fini par craquer et passer aux aveux. Il a déclaré, et je cite : 'Je lui ai tiré une balle en plein cœur', fin de la citation. Ce sont ses mots. 'Je lui ai tiré une balle en plein cœur.'

"Comprenez-moi bien, messieurs les jurés, je suis conscient de jouer ici un rôle difficile. Comme vous, je ne suis pas dénué de compassion. Il est question d'un mari qui venait de trouver sa femme au lit avec son meilleur ami. On imagine sans mal le choc qu'il a subi. Cela dit, sans traiter à la légère la détresse de l'accusé, qui avait surpris sa femme au lit avec un autre homme, nous devons convenir qu'il n'avait pas pour autant le droit de lui enlever la vie. 'Tu ne tueras point' est l'un des commandements de l'alliance passée entre son peuple et le Père tout-puissant. Et pour les représentants du peuple élu, un marché est un marché, ainsi que nous le savons tous. Je ne vais pas vous imposer un long soliloque tarabiscoté quand les éléments dont nous disposons prouvent hors de tout doute que l'accusé est bel et bien coupable de meurtre. Nous avons le revolver, nous avons la balle manquante et nous avons la victime qui, nous dit-on, a disparu après avoir plongé dans le lac. Si l'homme s'était noyé, son corps serait remonté à la surface au bout de quelques semaines, sinon de quelques jours. Peut-être est-il encore vivant ? Certes, et peut-être suis-je, moi, le dernier survivant du tsar de Russie, dont la famille a été cruellement assassinée sur les ordres du communiste Léon Trotski, né Bronstein. À moins que M. Moscovitch n'ait refait surface sur la rive opposée du lac, après quoi, sans argent ni passeport et vêtu d'un simple maillot de bain, il est rentré aux États-Unis en faisant du stop. Si vous croyez à cette fable, j'ai un terrain marécageux en Floride que j'aimerais bien vous vendre.

"Messieurs les membres du jury, vous ne devez pas laisser la sympathie que vous inspire un mari trompé avoir le dessus sur votre grand discernement. Un meurtre est un meurtre. Lorsque vous aurez entendu l'ensemble des témoignages, je suis persuadé que vous déclarerez l'accusé coupable."

John Hughes-McNoughton a ensuite eu son moment de gloire.

"Franchement, je me demande ce que je fais ici. Vous me voyez incrédule. Je n'ai encore jamais vu un cas comme celui-ci. Une affaire qui aurait dû être vite classée, si vous voulez mon avis. Mon travail consiste à faire de mon mieux pour défendre mon client, accusé de meurtre au premier degré, mais il n'y a pas de cadavre ! Jusqu'où poussera-t-on l'absurdité ? Me demandera-t-on ensuite de défendre un honnête banquier contre des accusations d'escroquerie alors qu'il ne manque pas un sou dans la caisse ? Ou un citoyen respectable accusé d'avoir mis le feu à son entrepôt, où il n'y a pas eu le moindre incendie ? J'ai tellement de respect pour la loi, pour notre éminent juge, pour mes savants confrères et pour vous, messieurs les jurés, que je me sens d'entrée de jeu obligé de vous présenter mes excuses : cette affaire, véritable insulte à votre intelligence, n'aurait jamais dû aller si loin. Et pourtant, nous sommes là, *faute de mieux**, et je n'ai d'autre choix que de m'exécuter.

"Vous savez déjà que, un matin, Barney Panofsky, mari aimant et dévoué, est rentré à l'improviste à son chalet des Laurentides et qu'il y a trouvé sa femme et son meilleur ami au lit ensemble. Que ceux d'entre vous qui sont mariés se représentent la scène. Il rentre, les bras chargés de cadeaux, et se découvre trahi. Par sa femme. Par son meilleur ami. Mon savant confrère voudra vous faire croire que Mme Panofsky n'a pas commis d'adultère.

Bien sûr que non. Elle n'a rien d'une dévergondée brûlant d'un désir illicite, ça non. Vêtue d'une aguichante chemise de nuit, elle est montée dans le lit de M. Moscovitch parce qu'il tremblait et qu'elle voulait le réchauffer. Vous avez été touchés, j'espère. Pas moi, je vous le dis franchement. Voudrait-on nous faire croire qu'il n'y avait pas de couvertures supplémentaires dans le chalet ? Pas de bouillotte non plus ? Et quand l'accusé a surpris son meilleur ami et sa femme au lit, pourquoi cette dernière, cette épouse à laquelle il se dévouait corps et âme, *ne portait-elle plus sa chemise de nuit échancrée en satin rose* ? Mme Panofsky, contrairement à M. Moscovitch, est-elle donc insensible au froid ? N'a-t-elle pas plutôt retiré cette nuisette pour faciliter la pénétration ? Je vous laisse en juger, messieurs, de la même façon que je vous laisse décider pourquoi une femme mariée qui entre dans la chambre d'un autre homme en l'absence de son mari ne prend pas le temps d'enfiler sa robe de chambre, pourtant à portée de main. Pendant que vous y êtes, posez-vous une autre question : pourquoi a-t-elle fui le chalet en toute hâte si les câlins qu'elle avait prodigués à M. Moscovitch étaient aussi innocents qu'elle le prétend ? Pourquoi n'est-elle pas restée sur place pour s'expliquer ? Parce qu'elle était rongée par la honte, peut-être ? Avec raison, si vous voulez mon avis. Les analyses scientifiques révéleront la présence de sperme masculin sur les draps de M. Moscovitch, mais ne vous laissez pas troubler par si peu : c'est sans doute parce qu'il s'était masturbé durant la nuit."

Enhardi par les rires des membres du jury, Hughes-McNoughton a poursuivi de plus belle : "Bien que l'accusé ait à juste titre été ébranlé par la découverte qu'il venait de faire… son épouse adorée… son ami le plus cher…, il n'avait évidemment pas le droit de commettre un meurtre. Et aucun meurtre n'a été commis. Dans le cas contraire, il y aurait un cadavre. M. Moscovitch et l'accusé se sont querellés, certes, et ils ont beaucoup bu. Trop bu, en fait. M. Moscovitch a choisi d'aller se baigner (mauvaise idée, dans son état), et M. Panofsky, peu habitué à ingurgiter une telle quantité d'alcool, a perdu connaissance sur le canapé. À son réveil, il cherche M. Moscovitch dans le chalet et à l'extérieur. Rien. Il craint que son ami ne se soit noyé. Il ne prend pas la fuite, remarquez, contrairement à Mme Panofsky. Non, il appelle la police. Faites vite, leur dit-il. C'est l'attitude d'un coupable, à votre avis ? Non, absolument pas. Mais, comme vous le savez déjà, un coup de feu a été tiré avec l'arme de service du père de M. Panofsky, le regretté inspecteur-détective Israel Panofsky. On a fait grand cas des mensonges initiaux de l'accusé à propos de cette arme et, comme les bons agents de la Sûreté ont pour tâche de nous protéger, cette réaction est regrettable. Mais cela s'explique par le chagrin et l'inquiétude qui minaient Barney Panofsky à ce moment-là. Par deux fois, il a donné une réponse gauche et évasive au sujet de la provenance de l'arme en question. Mais il a fini par dire la vérité, *volontairement*, alors qu'il aurait pu garder le silence et exiger de consulter son avocat. Notez bien ceci : ce fils de policier, élevé dans le respect absolu de la loi, a dit la vérité de son plein gré. Par chance, a ajouté Hughes-McNoughton en adressant un signe de tête à O'Hearne, les citoyens de notre province ne vivent pas dans un de ces pays du tiers-monde où les policiers ont l'habitude de rouer les suspects de coups. Oh que non ! Nous avons l'immense chance de pouvoir compter sur la Sûreté et nous pouvons nous enorgueillir du comportement exemplaire de ses membres.

“M. Panofsky a donc dit la vérité au sergent-détective O'Hearne : pour plaisanter, il a tiré une balle au-dessus de la tête de M. Moscovitch. Aucune autre explication n'est possible, car, sinon, nos fins limiers auraient trouvé du sang dans le chalet ou à l'extérieur. *Quelque part !*

Ils ont cherché absolument partout en faisant appel à des chiens policiers, mais ils n'ont trouvé ni sang ni signes de bagarre, et on parle ici d'hommes qui connaissent leur métier. S'ils n'ont rien trouvé, c'est parce que Barney Panofsky a dit la vérité. Mais où est donc passé M. Moscovitch ? vous demandez-vous sans doute. Il vit quelque part, en pleine santé, sous un nom d'emprunt. *Et ce n'est pas la première fois qu'il disparaît de la sorte.* Alors pourquoi a-t-il laissé tous ses vêtements derrière lui ? s'interroge le digne représentant de la Couronne. Mais est-ce vraiment le cas ? Le sergent-détective O'Hearne sait-il quels vêtements M. Moscovitch avait apportés au chalet ? Peut-il affirmer sous serment que M. Moscovitch n'a pas pris une chemise, un pantalon, des chaussures et des chaussettes ? Ah, c'est qu'il a laissé un livret bancaire derrière lui et, depuis, aucune somme n'a été retirée de ce compte. Mais alors, comment sait-on que M. Moscovitch n'a pas d'autres comptes dans d'autres banques ? Peut-être même dans d'autres pays ? M. Moscovitch n'était pas un homme comme les autres. C'était un malade, un toxicomane, un joueur invétéré. A-t-il fui et changé de nom pour échapper à des trafiquants de drogue, à des bookmakers ou à des propriétaires de casino à qui il devait de grosses sommes ? Vous apprendrez de la bouche de plusieurs témoins, y compris un romancier canadien renommé et un peintre américain de réputation internationale, des hommes qui ont connu M. Moscovitch et M. Panofsky à Paris, qu'il est déjà arrivé à M. Moscovitch de disparaître, parfois pendant des mois. Et je déposerai pour preuve une nouvelle de M. Moscovitch, en m'excusant d'avance de la langue obscène et parfois blasphématoire dans laquelle elle est écrite, qui risque fort de vous offenser. Cette nouvelle, qui a pour titre *Margolis*, raconte l'histoire d'un homme qui abandonne femme et enfant pour aller vivre ailleurs sous une nouvelle identité. Peut-être serez-vous surpris d'apprendre, comme M. Panofsky avant vous, que M. Moscovitch a une femme et un jeune enfant qui vivent à Denver et qui ont pour lui tant d'estime qu'ils n'ont pas jugé utile d'être présents aujourd'hui. Des témoins vous confirmeront – et je vous présenterai des talons de chèques à l'appui – que M. Panofsky a maintes fois tiré son ami d'embarras lorsque ses dettes de jeu devenaient trop lourdes à porter… les dettes de l'ami qu'il a surpris au lit avec sa femme.

"Je n'accablerai pas davantage M. Panofsky en le faisant témoigner devant le tribunal : faussement accusé, il a déjà assez souffert, sans parler de la double trahison de sa femme et de son meilleur ami. Mais je suis certain que vous aurez le bon sens de l'acquitter. En conclusion, si vous me permettez une remarque peut-être un brin indiscrète, je dois avouer que la vie d'un avocat n'est pas de tout repos. Cette affaire est si absurde, si dénuée du moindre fondement, que je me sens coupable d'empocher mes honoraires. Après ce procès, je dois défendre un homme accusé d'avoir volé les joyaux de la Couronne dans la tour de Londres. Il y a un hic, toutefois : pas un seul desdits joyaux ne manque à l'appel. Vous faites face à un problème analogue. Un homme respectable est accusé de meurtre. Le hic ? Il n'y a pas de victime. Merci beaucoup."

Appelé à la barre des témoins, O'Hearne a dit avoir constaté, à son arrivée au chalet, que mes mains étaient couvertes d'ampoules, que j'avais prétendu m'être faites en creusant des tranchées pour les asperges. Au terme d'un interrogatoire plus poussé, il avait établi que, loin d'être heureux en ménage, j'entretenais une maîtresse à Toronto, une Juive. "Laisse-la en dehors de ça, tu m'entends ?" avais-je dit. J'avais menti à trois reprises à propos du revolver caché [*sic*] avant de déclarer : "Je lui ai tiré une balle en plein cœur et ensuite je l'ai enterré quelque part dans les bois, où les sales types qui t'accompagnent le cherchent en ce moment même." J'avais été un témoin hostile qui avait proféré des obscénités et invoqué en vain le nom de Notre-Seigneur Jésus-Christ à plusieurs reprises. À la fin, j'étais devenu violent et on avait dû me maîtriser. N'ayant de toute évidence que du mépris pour les gentils de la Sûreté du Québec, je l'avais traité, a dit O'Hearne en s'excusant de répéter des propos aussi crus, de crétin d'analphabète.

L'habileté de ce salaud forçait mon admiration. L'accusé, a ajouté O'Hearne, qui possédait de nombreux livres à l'index, dont certains écrits par des francs-maçons, des communistes notoires et plusieurs de ses coreligionnaires, a déclaré : "Je parie que le dernier livre que tu as lu, c'est celui dans lequel tu as appris à lire à l'école, mais que tu n'en as pas encore saisi l'intrigue. Comment as-tu appris à interroger un suspect ? En regardant *Dragnet* ? En lisant *True Detective* ? Non, je l'aurais deviné. Tu aurais encore les lèvres gercées." Obligé de m'accorder le bénéfice du doute, malgré son instinct de policier, O'Hearne a étendu son enquête jusqu'à New York. La victime – ou "le disparu", avait-il ajouté en souriant avec mépris – n'était jamais repassée par son appartement. Son compte bancaire était depuis resté inactif.

Hughes-McNoughton a fait de son mieux pour diminuer la portée de ma déclaration aussi stupide qu'incriminante : si j'avais affirmé avoir tué Boogie, c'était parce que j'étais un type sarcastique avec un penchant pour l'ironie. Ma prétendue confession n'était que le résultat de mon indignation : après tout, j'étais injustement accusé. Tandis qu'il passait les jurés en revue, j'ai compris : Hughes-McNoughton avait la certitude que mon compte était bon. En désespoir de cause, il a employé un subterfuge que même Perry Mason aurait jugé indigne. "Et si je vous disais, a-t-il lancé, que je vais réaliser un petit miracle et que, au compte de cinq, Bernard Moscovitch va franchir la porte de la salle d'audience ? Un, deux, trois, quatre… CINQ !"

Sortant de leur torpeur, les membres du jury ont tourné les yeux vers la porte, comme moi du reste. J'ai étiré le cou, mon cœur battant la chamade.

"Vous voyez ? a conclu Hughes-McNoughton. Si vous vous êtes tous retournés, c'est parce que aucun de vous n'est convaincu, au-delà de tout doute raisonnable, qu'un meurtre a été commis."

Hélas, sa petite manœuvre a fait long feu. Visiblement, les membres du jury étaient mécontents d'être tombés dans le panneau et lui en voulaient de ce coup bas. Me Mario Bégin, c. r., cachait mal sa jubilation. Et la vue de Miriam, qui semblait sur le point de défaillir au fond de la salle, n'a rien fait pour me rassurer. Hughes-McNoughton a ensuite convoqué des témoins de moralité. Mal lui en a pris. Passablement éméché, Zack, un *roué** notoire, a fait trop de plaisanteries. Il aurait été préférable pour moi que Serge Lacroix n'arbore pas une crinière blonde et une boucle d'oreille en diamant. Leo Bishinsky n'aurait pas dû venir de New York accompagné d'une poupée deux fois plus jeune que lui qui le vénérait tant qu'elle s'est levée d'un bond et a agité la main lorsqu'il a pris place à la barre des témoins. Si j'étais condamné à la potence, ce serait toutefois à cause de l'adorable Irv Nussbaum. Mon ami Irv, coiffé d'une kippa, a exigé de prêter serment sur l'Ancien Testament. J'étais, a-t-il soutenu, un pilier de la communauté, un collecteur de fonds sans pareil qui avait vendu plus que sa part d'obligations pour Israël. Il n'aurait pas été peu fier de m'avoir pour fils.

Ruisselant de sueur, je me suis dit que mon nom s'ajouterait bientôt à la longue liste des martyrs juifs. Le capitaine Dreyfus, qui s'est morfondu pendant des années dans l'île du Diable avant de recevoir son pardon, sans toutefois être déclaré innocent. Menahem Mendel

Beilis, victime d'une accusation de sang lancée par les Cent-Noirs à Kiev, en 1911. Inculpé du meurtre rituel d'un chrétien de douze ans, il a passé deux ans au cachot avant d'être acquitté. Leo Max Frank, fils d'un riche marchand juif, accusé du meurtre d'une fille de quatorze ans, jugé, condamné et lynché par une foule dans l'État de Géorgie en 1915. Pour tuer le temps, je répétais mentalement les mots que j'adresserais au tribunal avant ma condamnation. "Non, je n'ai pas empoisonné vos puits, commencerais-je, et je n'ai pas assassiné vos enfants pour mettre leur sang dans mes *matzas* à la Pâque. Si vous piquez Panofsky, ne saigne-t-il pas ?..."

Puis, eurêka ! Me John Hughes-McNoughton, cette vieille fripouille, a bel et bien accompli un miracle en convoquant, pour témoigner de ma moralité, un dernier témoin. C'était le bon évêque Sylvain Gaston Savard, alors pour moi un parfait inconnu. L'évêque, petit homme au regard pétillant, vêtu d'une soutane noire, a trottiné jusqu'à sa place en souriant avec bienveillance aux membres incrédules du jury, dont trois se sont aussitôt signés. Dans ses mains manucurées aux doigts bagués, le noble homme d'Église tenait le panégyrique relié en cuir qu'il avait consacré à la gloire de sa tante, sœur Octavia, cette salope d'antisémite. Interloqué, mais réduit au silence par le rapide coup de pied que Hughes-McNoughton venait de me donner sous la table, j'ai entendu l'évêque tenir les propos suivants : bien que né juif – comme Notre Sauveur, à bien y penser –, j'avais décidé d'assumer les coûts de la traduction anglaise de son petit ouvrage. De sa voix grinçante et haut perchée, il a ajouté que j'avais au surplus accepté de parrainer une campagne de financement pour l'érection d'une statue de sœur Octavia, qui trônerait à un des carrefours de Saint-Eustache. Or, comme un autre témoin l'avait déjà mentionné, j'étais un collecteur de fonds sans pareil. Après son témoignage, l'évêque m'a salué d'un geste de la tête, semblable à une bénédiction, avant de se rasseoir en lissant ses jupes.

La suite n'a été qu'une mascarade, et Me Mario Bégin, c. r., l'avait déjà deviné. Bien que complètement découragé, il a joué le jeu, fait entendre des témoins qui ont attesté ma nature violente, récité la liste complète des insultes que j'avais proférées, des rixes de bar auxquelles j'avais été mêlé et d'autres comportements disgracieux.

Cause toujours.

Je suis sûr que vous connaissez tous *Le Parrain 2*, le film de Martin comment s'appelle-t-il, déjà ? Vous savez bien, comme ce type, le chanteur d'opéra, qui a joué dans *South Pacific* ? Martin Pinza ? Non. Attendez. Je l'ai. Enfin, presque. Marty avec un nom de famille qui ressemble à celui de l'acolyte de Don Quichotte. Martin Panza ? Martin Puzo[1] ? En tout cas, dans le film, la mafia fait l'objet d'une enquête, et un des membres de la bande, un témoin sous protection policière, accepte de servir de délateur. Mais Al Pacino fait venir de Sicile le père de cet homme et, au moment où le fourbe mafioso s'apprête à se mettre à table, le vieil homme entre dans la salle d'audience et foudroie son fils du regard. Soudain, le délateur en puissance est frappé de mutisme. Dans mon cas, pendant que le juge Euclide Lazure, troublé, résumait la cause, mon évêque bien-aimé souriait benoîtement aux membres du jury, les mains jointes sur ses genoux.

Les membres du jury ont délibéré pendant deux heures avant de me déclarer non coupable. Délai respectable qui leur a permis de rentrer chez eux en vitesse pour regarder un match de pré-saison présenté par Radio-Canada et opposant les Canadiens aux Capitals de Washington.

1. Mon père confond deux cinéastes italo-américains, le romancier et scénariste Mario Puzo et le réalisateur Martin Scorsese. Puzo a écrit les scénarios de la trilogie *Le Parrain* et Scorsese a notamment réalisé *Raging Bull.*

Bondissant sur mes pieds, j'ai enlacé Hughes-McNoughton avant de serrer Miriam dans mes bras.

Une ultime réflexion. Au cours des années précédant mon procès, il m'arrivait, pendant le trajet jusqu'au chalet, d'être pris dans un embouteillage sur l'autoroute, coincé derrière une camionnette rouillée et bosselée sur le pare-chocs de laquelle un autocollant proclamait JÉSUS SAUVE, et je me disais : À ta place, mon bonhomme, je ne compterais pas trop là-dessus. Désormais, je n'en suis plus si sûr.

10

Mauvaise nouvelle. Jetez un coup d'œil à la première page de ces tortueux mémoires et vous constaterez que Terry a été l'aiguillon. L'écharde enfoncée sous mon ongle. J'ai entrepris le récit du fiasco qu'est ma vie en riposte aux accusations calomnieuses que fait McIver dans son autobiographie à propos de Boogie, de mes trois femmes – la troïka de Panofsky – et du scandale que je traînerai sur mes épaules jusqu'à ma tombe. Bon, d'accord. Ce premier livre est un ratage complet, mais il est quand même moins humiliant que les débuts du grand Gustave Flaubert. Dans *Rage et Impuissance*, il raconte l'histoire d'un homme enterré vivant qui dévore son propre bras. Le héros de *Quidquid Volueris* est le fils d'une esclave noire et d'un orang-outan. Cela dit, lorsqu'il a débité ces sornettes, l'aspirant auteur avait seulement quinze ans et non soixante-sept bien sonnés.

Enfin, bref, venons-en au fait : avec ses milliards de mots, ce pavé a brusquement été privé de sa *raison d'être**. Il est mort d'une crise cardiaque, le salaud ! Quel sans-gêne ! Il était *en route** vers McGill pour une lecture publique doublée d'une séance de dédicaces quand, rue Sherbrooke, il s'est mis à tournoyer sur lui-même avant de s'effondrer sur le trottoir, les mains serrées contre sa poitrine. S'il avait été transporté d'urgence à l'hôpital, on aurait peut-être pu le sauver, mais les passants, le prenant pour un ivrogne, se sont contentés de le contourner. *Bonjour la visite**.

McIver ne s'était jamais marié. "Je suis asservi à la plus impitoyable des maîtresses, a-t-il un jour déclaré à un journaliste de la *Gazette.* J'ai nommé la littérature." Dans ses années de déclin, il a toutefois profité des faveurs de femmes riches : des vautours de la culture. Il paraît qu'il conservait toutes ses coupures de presse dans des albums, chaque page recouverte de Cellophane. Au cours de ses dernières années, le GVM[1] de Montréal a été comblé d'honneurs. Les murs de son bureau étaient tapissés de diplômes *honoris causa.* À Toronto, le Festival des auteurs de Harbourfront lui a rendu hommage. Il siégeait au Conseil des arts du Canada et était l'un des gouverneurs de l'université McGill. Selon la rumeur, on envisageait de le nommer au Sénat, où il aurait pu échanger des idées avec l'illustre occupant du penthouse de notre immeuble, Harvey Schwartz. Ces jours-ci, l'ancien *consigliere* des Gursky défraie la chronique, lui aussi, à titre de fondateur et de principal bailleur de fonds de la Société pancanadienne. "Je suis résolu à consacrer le reste de ma vie à la sauvegarde de ce pays, qui a été si bon pour moi", a déclaré cet artiste des délits d'initié et de l'évasion fiscale, ce spéculateur sur les devises, ce pro des *flips* immobiliers, ce loup des OPA et du démembrement d'actifs qui planque ses millions dans la Fondation de la famille Schwartz.

Les funérailles suscitent chez moi des sentiments partagés. À mon âge, la vue d'une fosse de deux mètres me donne froid dans le dos, mais je ressens une satisfaction certaine à assister à la mise en terre d'un autre. N'importe qui, sauf Miriam ou un de nos enfants. Mais, à ma grande stupéfaction, j'ai versé des larmes brûlantes pendant les obsèques de McIver. Autrefois, nous avions

1. Grand vieux monsieur.

été jeunes et libres comme l'air, des provinciaux venus s'encanailler à Paris. Avec le recul, je regrette que nous ne soyons pas devenus amis.

Encore une digression, mais pertinente. Récemment, je me suis rendu à New York pour passer un moment avec Saul et voir Gregory Hines et ce jeune prodige, Savion Glover, dans *Jelly's Last Jam.* Glover est le danseur de claquettes le plus doué que j'aie vu de ma vie et je suis retourné l'admirer le lendemain soir. Avant, j'ai passé un moment avec Leo Bishinsky au bar de l'Algonquin. "J'ai soixante-huit ans, merde, a-t-il dit. Je n'arrive pas à le croire. C'est arrivé pendant que j'avais le dos tourné, pas d'autres explications possibles. J'ai soixante-huit ans et, après quatre mariages et quatre divorces, je vaux quarante-huit millions de dollars, malgré tout l'argent que m'ont volé mes agents. J'ai fait la couverture de *Vanity Fair.* Je ne sais plus combien de fois j'ai été interviewé par *People.* Liz Smith parle de moi dans ses chroniques mondaines. Je passais chez Johnny Carson et maintenant c'est au tour de Leno ou de Letterman de m'accueillir. J'ai eu droit à une rétrospective au MoMA. Je suis célèbre. Mon père aurait été sidéré de constater que la peinture paie plus que la confection pour dames. Ma mère aurait été fière. Mais quand Robert Hughes, ce trou-du-cul d'Australien, mentionne mon travail dans *Time*, c'est toujours pour me démolir. Et les types avec qui j'avais coutume de *shmoozer* à le Coupole – ou était-ce 'la', quelle importance –, au Select ou au Mabillon me détestent tous, maintenant, sans exception. J'assiste à un de leurs *vernissages** et ils font semblant de ne pas me voir ou ils me disent : 'Tiens, nous avons une vedette parmi nous. Tu fraies avec la racaille, maintenant, Leo ?' Merde, on traînait dans les cafés ensemble, on se tordait de rire, on attendait que Walter Chrysler Jr. passe voir nos œuvres et, avec un peu de chance, nous achète quelque chose. Entre nous, c'était à la vie, à la mort.

Beau temps, mauvais temps. C'est du moins ce que je croyais. Ah, que le diable les emporte ! Ces jours-ci, on m'invite dans les soirées huppées de Park Avenue et des Hamptons. Hé, un peu de respect, je te prie, tu as devant toi un homme qui a cassé la croûte à la Maison-Blanche. On m'invite dans des réceptions et mon hôte bien-aimé est un gourou de la haute finance ou bien un ancien requin des obligations à haut risque flanqué d'unc Barbie bavarde dont il est le fier propriétaire, et sur le mur il y a peut-être un de mes *chatchkas*, une croûte que ce crétin a payée la bagatelle de deux millions de dollars, et je me retiens difficilement de partir avec parce que, au bout de cinq minutes en leur compagnie, j'ai l'impression de devenir cinglé. Je reste là, assis, éperdu de honte, et je me demande : 'C'est pour vous que j'ai fait ça ?' C'est l'approbation de ces gens-là que je recherchais, à l'époque où je mangeais seulement une fois par jour ? J'ai eu six enfants de quatre épouses différentes et je n'en supporte aucun, pas plus que je ne supporte l'idée de la fortune dont ils vont hériter quand je vais casser ma pipe. L'un d'eux produit des disques de hip-hop. De Mozart au rap ou au hip-hop… on en a fait du chemin, hein ? Mais bon, je suis mal placé pour parler. Entre Goya et moi, il y a un monde également. Hier, on m'a fait une biopsie de la prostate et j'attends qu'on m'appelle pour m'annoncer la mauvaise nouvelle. Pendant ce temps, tout le monde m'envie mes bimbos, mais, quand je couche avec l'une d'elles, j'ai peur de rester flasque et de me ridiculiser. Merde, Barney, c'était la belle vie, non ? Je ne comprends pas où tout ça s'en est allé ni comment ç'a passé si vite."

Avouons-le, McIver a persévéré en dépit de circonstances défavorables. Il a su exploiter un talent des plus insignifiants et se faire reconnaître dans son pays. Je suis loin de pouvoir en dire autant. En fait, je n'ai même pas eu le courage d'essayer. Et je regrette d'avoir été aussi cruel envers lui. Après les funérailles, je me suis rendu au Dink's, où j'ai lu la notice nécrologique de la *Gazette*, intitulée : TERRY MCIVER PUISAIT SON INSPIRATION DANS LES TRÉFONDS DE SA PSYCHÉ. Aïe. Malgré tout, le soir même, j'ai envoyé au journal une lettre d'hommage qui a été publiée trois jours plus tard.

Pas question que je renonce à scribouiller juste parce que McIver m'a laissé tomber. J'aime mieux changer la dédicace de ces confessions presque achevées. Elles sont destinées désormais à mes êtres chers : Miriam, Mike, Saul et Kate. Solange et Chantal. Mais pas Caroline.

Je me souviens du repas végétarien qu'on m'a offert, un soir, à ma dernière visite chez Mike et Caroline, à Londres : artichauts, ratatouille, fromages et fruits bio. Pendant que Caroline servait le décaféiné, j'ai sorti mon étui à cigares de ma poche. Allumant un Montecristo, j'en ai proposé un à Mike. "Désolé, mais ce n'est pas un Cohiba, cette fois-ci", ai-je dit pour voir sa réaction.

Pendant que Mike allumait son cigare, Caroline a très discrètement quitté son fauteuil pour aller ouvrir une fenêtre.

"Elle t'a plu, cette boîte de cigares, au moins ? ai-je demandé.

– Absolument", a-t-il confirmé.

Piqué au vif, j'ai ajouté :

"Passons au cognac, toi et moi, et remémorons-nous des épisodes tristes de l'époque où nous formions encore une famille, celle où tu es né et où tu as grandi au milieu de carnivores invétérés et où ton frère, ce mauvais garnement, vendait de la marijuana à Selwyn House.

– Mike ne supporte pas le cognac, a dit Caroline.

– Oh, un tout petit verre, une once tout au plus, a dit Mike, qui avait tendance à mesurer ses consommations au moyen d'un petit doseur en chrome. Pour tenir compagnie à papa.

– Oui, et cette nuit tu vas être debout à quatre heures, le cœur battant à tout rompre, et je ne pourrai plus dormir, moi non plus."

Le lendemain matin, bien après que Mike, fidèle à son habitude, fut parti à huit heures six précises puisqu'un trajet de vingt-quatre minutes le séparait de son bureau, je suis descendu en douce, avec une gueule de bois carabinée, et je me suis dirigé vers la porte sur la pointe des pieds, résolu à sauter dans un taxi pour aller m'offrir du bœuf salé et des *latkes* chez Bloom's. Hélas, j'ai été intercepté par Caroline, qui avait renoncé à sa séance de yoga matinale pour préparer un déjeuner santé à l'intention du vieux dépravé : jus de carotte fraîchement pressé, brocoli vapeur et salade verte. "Un repas riche en fer", a-t-elle précisé.

Pris au piège mais refusant de capituler, j'ai arrosé mon jus de deux ou trois doigts de vodka. Le geste m'a valu un regard de désapprobation dont Caroline a le secret. "Il n'est pas un peu tôt, Barney ?" m'a-t-elle demandé. Inexprimé, le "même pour vous" est resté en suspens entre nous, dans l'air chargé d'hostilité.

"Il est onze heures, bordel de merde !"

Je ne suis pas un goujat fini. En général, j'évite de proférer des gros mots en présence de jeunes femmes bien élevées. Mais je prenais plaisir à la faire grimacer et peut-être aussi à lui rappeler que, malgré son héritage *pur sang**, ses origines aristos et son éducation très comme il faut, elle s'était associée, en épousant Mike, à toute une smala de Juifs parvenus. De roturiers descendant des *fusgeyers*, de vandales qui étaient sortis du *shtetl* en chantant :

Geyt, yidelech, in der vayter velt ;
in kanada, vet ir ferdinen gelt.

Allez, petits Juifs, de par le vaste monde ;
au Canada, vous gagnerez votre vie.

Pure perversité, pure mesquinerie de ma part, je sais, je sais. En particulier quand on songe que Caroline est une femme intelligente et séduisante, une épouse fidèle, pour autant que je puisse en juger, et une mère irréprochable. Elle adore Mike. Mais ce qui me mettait hors de moi, c'est que, comme d'autres femmes qui sont au fait de mon histoire, elle préférait ne pas rester seule avec moi, au cas où il y aurait du vrai dans les rumeurs qui circulaient à mon sujet. Ce matin-là, j'ai donc décidé de la narguer un peu. "Caroline, très chère, maintenant que nous nous connaissons si bien, toi et moi, pourquoi ne me demandes-tu pas carrément si je suis coupable de ce dont on m'accuse ?"

Se levant brusquement, elle a ramassé les assiettes et s'est réfugiée derrière le comptoir de la cuisine, où elle s'est mise à frotter des taches imaginaires.

"Bon, puisque vous insistez : vous l'avez fait ?

– Non.

– Très bien, n'en parlons plus.

– Je n'allais tout de même pas dire le contraire, hein ?"

Plus tard, je les ai entendus se quereller, Mike et elle.

"Il est tellement naïf, ça fait peine à voir. Croit-il vraiment me choquer en employant le mot *foutre* ? a-t-elle demandé.

– Parlons-en demain, d'accord ?

– Demain. La semaine prochaine. En tout cas, c'est un tyran."

Puis elle lui a relaté notre échange dans la cuisine.

"C'est lui qui a abordé le sujet, pas moi. Il a dit que c'était faux, puis, avec son petit sourire narquois, il a ajouté : 'Je n'allais tout de même pas dire le contraire, hein ?'

– Lui seul connaît la vérité, ça, c'est sûr.

– Tu parles d'une réponse.

– Je n'étais pas encore né. Je n'en sais rien, un point c'est tout.

– Ou tu préfères ne rien savoir ? Dis-moi.
– Laisse tomber. C'est sans importance, désormais.
– Je me demande comment ta mère a fait pour le supporter pendant toutes ces années.
– Il n'a pas toujours été aussi amer. Et il n'a pas toujours eu aussi peur de mourir. Dormons, maintenant, tu veux ?
– Tu n'étais tout de même pas obligé de fumer ce cigare, hier soir. Tu aurais pu lui dire que tu avais cessé de fumer.
– J'ai voulu lui faire plaisir, pour une fois. C'est un vieil homme si seul, désormais.
– Tu as peur de lui.
– Tu n'aurais jamais dû donner les Cohiba sans m'en parler, Caroline.
– Pourquoi donc ?
– Parce que c'est mon père qui me les avait offerts.
– Je l'ai fait pour ton bien. Tu avais tellement de mal à t'arrêter. J'ai voulu t'éviter la tentation.
– Quand même…"

Merde, merde, merde. Excuse-moi, Mike. Je te demande pardon. Je me suis encore mépris sur ton compte. Mais, fidèle à moi-même, j'ai cru qu'il valait mieux ne pas t'en parler.

Je tiens à ce que tous ceux qui me sont chers connaissent la vérité. Je veux qu'ils sachent que je me suis retourné en même temps que les autres quand Hughes-McNoughton a eu recours à son stratagème stupide. Ce serait tout à fait le genre de mon vieux compagnon pervers de réapparaître à la dernière minute pour me sauver la mise, me suis-je dit. Je n'ai pas assassiné Boogie et je ne l'ai pas enterré dans les bois. Je suis innocent. Bien sûr, puisque pour moi la partie s'achève et que Boogie était de cinq ans mon aîné, il y a de bonnes chances qu'il soit mort entre-temps de sa belle mort. Possibilité que la Deuxième Mme Panofsky refuse carrément d'envisager.

Oups. J'ai oublié de préciser quelque chose. Ma deuxième épouse, grosse comme une montagne, a assisté aux funérailles de McIver, ne serait-ce que pour me fusiller du regard durant toute la cérémonie, et elle a répondu à ma lettre larmoyante publiée dans la *Gazette* par un seul mot, livré par messager : HYPOCRITE !!! Elle avait gravi la colline au sommet de laquelle McIver serait enterré, soutenue par deux cannes, la respiration sifflante, enveloppée dans un cafetan aussi large qu'une tente, la tête enserrée dans un turban. J'ai eu beau la scruter de près, je n'ai pas vu un seul cheveu en dépasser. J'en ai donc déduit que la pauvre créature subissait des traitements de chimiothérapie et qu'elle allait, elle aussi, me précéder six pieds sous terre. J'économiserai alors quelque chose comme treize mille sept cent cinquante dollars par mois. Après mon procès, en effet, notre divorce a été sanctionné par un projet de loi privé déposé au Sénat : la résolution 67 du 15 mars 1961. On lui a accordé une pension alimentaire de deux mille dollars par mois, une petite fortune à l'époque, indexée sur l'inflation, ainsi que la maison de Hampstead. Quand même, je n'ai jamais souhaité à cette mégère démente d'avoir un cancer.

Incapable de dormir, encore troublé par ma présence au bord de la tombe de McIver, j'ai songé qu'il serait peut-être utile de raviver mon animosité envers lui en me replongeant dans son autobiographie. Ouvrant le livre au hasard, je suis tombé, comme par magie, sur son charmant compte rendu de mon mariage avec la Deuxième Mme Panofsky :

> Montréal, 29 avril 1959. Depuis mon retour ici, où je suis confortablement installé dans un appartement en sous-sol de la rue Tupper, j'ai réussi à éviter P…,

mais le récit de ses exploits est parvenu jusqu'à mes oreilles : comme on pouvait s'y attendre, il s'est lancé dans le commerce en rentrant à Montréal, où il colporte un peu de tout, de la ferraille aux antiquités égyptiennes (volées, si on en croit la rumeur). Puis ma bonne étoile m'a abandonné, et nous avons failli nous percuter rue Sherbrooke[1], sous une pluie battante. P..., plus sournois que jamais, a feint le ravissement et insisté pour que nous allions prendre un verre au Ritz[2]. Au Ritz, *à coup sûr**, puisqu'il tenait à faire étalage de sa toute nouvelle richesse. Il s'est vanté d'être producteur pour la télévision et d'être sur le point de passer à la production cinématographique, mais je savais qu'il vendait en réalité des films de commande et des annonces publicitaires exécrables. Puis, fidèle à lui-même, il a sorti les couteaux : "Dommage que ton premier roman n'ait pas été mieux accueilli par la critique, a-t-il déclaré. Moi, en tout cas, j'ai pris plaisir à le lire."

Et, dégoulinant d'empathie, il a voulu savoir comment je me tirais d'affaire en me bombardant de questions indiscrètes, *comme d'habitude**.

Je lui ai dit que je travaillais à un nouveau roman, que je vivotais grâce à une bourse du Conseil des arts du Canada, nouvellement créé, et que, un soir par semaine, j'enseignais la création littéraire au collège Wellington.

Il m'a raconté qu'il préparait une série télévisée dont le protagoniste était un détective privé et il a eu l'effronterie de me demander si j'aimerais tâter de la scénarisation. Je me suis esclaffé.

Conscient d'avoir dépassé les bornes, P... a insisté pour que j'assiste à son mariage, ne fût-ce qu'au nom du bon vieux temps. Boogie y serait, a-t-il ajouté, comme si sa présence allait m'encourager à accepter. Mon premier réflexe a été de lui répondre par un non

1. Ou rue Stanley, voir p. 277.
2. Au restaurant La Tour Eiffel, selon mon père, voir aussi p. 277.

catégorique, puis, songeant à mon devoir d'écrivain, à la nécessité de nourrir sans cesse mon œuvre, j'ai acquiescé. Après tout, n'ayant encore jamais été témoin des rites nuptiaux en usage chez les Juifs, je me devais de subir la corvée au nom de ma quête ontologique. Comme on pouvait s'y attendre, la mangeaille et les spiritueux ne manquaient pas. En revanche, me rappelant que, même à Paris, P… fréquentait les restaurants du quartier juif servant du *gefilte fish* et de la soupe au poulet avec des boulettes de *matzas* et des yeux de graisse flottant à la surface, j'ai été surpris de constater que les plats offerts n'avaient rien d'exotique et étaient même d'une banalité affligeante. Comme prévu, nulle trace de Burbank avec un Baedeker, mais plein de Bleistein avec un cigare.

Quelques fragments de *conversazioni* consignés ce soir-là dans mon carnet de notes :

1. "Oh, vous êtes écrivain. Comme c'est intéressant. Je devrais connaître votre nom ?"
2. "Que pensez-vous de Cholem Aleikhem ? Vous ne comprenez sans doute pas le yiddish. C'est une langue tellement expressive."
3. "Vous devriez lire les lettres que m'envoie ma fille de son camp de vacances. C'est à mourir de rire."
4. "Vous avez été sur la liste des best-sellers ?"
5. "L'histoire de ma vie… *Oy*, il y aurait de quoi en tirer un livre génial. Si seulement j'avais le temps de l'écrire…"

J'ai aperçu la nouvelle mariée devant la table des desserts, où des boules de melon et des petits fruits jaillissaient de la gueule d'un dragon sculpté dans la glace. Elle a rempli son assiette jusqu'à une hauteur vertigineuse avant d'ajouter, pour faire bonne mesure, un éclair au chocolat sur le sommet. J'ai aussitôt songé à ce vers : “Rachel née Rabinovitch déchire le raisin de ses pattes meurtrières.”

Pas étonnant que le marié ait semblé si mélancolique. Buvant sans cesse, il poursuivait de ses assiduités une jeune femme séduisante qui faisait de son mieux pour lui échapper. Par la suite, elle est malgré tout devenue sa troisième épouse. Pour éviter, paraît-il, de se faire avorter[1]. Ce soir-là, avant ses années de captivité, elle a déclaré avoir été rcnversée par mon premier roman. “Si j'avais su que vous seriez là, a-t-elle dit, j'aurais apporté mon exemplaire et je vous aurais demandé de le dédicacer.”

Nous sommes allés ensemble sur la piste de danse, où P…, serrant contre lui sa dulcinée occupée à lécher ses doigts tachés de chocolat, a réussi à me heurter à deux reprises, les coudes sortis. Ironiquement, ce geste n'a fait que me rapprocher de ma cavalière et, à en juger par son langage corporel, elle n'y a trouvé aucun déplaisir.

1. Je suis né six mois après le mariage de mes parents.

11

Le référendum âprement disputé du 30 octobre 1995 n'a pas fait mentir les traditions électorales consacrées de *la Belle Province**. J'ai regardé les festivités à la télé avec le reste de la bande du Dink's. Courte victoire ? Et comment ! Pour le Non à l'indépendance : 50,57 % ; pour le Oui : 49,43 %. Dans les jours qui ont suivi, on a toutefois appris que la course avait été moins serrée qu'on ne l'avait laissé entendre. Les scrutateurs, tous engagés par notre bon gouvernement séparatiste, avaient rejeté quelque quatre-vingt mille bulletins, la plupart dans des circonscriptions très fédéralistes. Les bulletins avaient été déclarés irrecevables parce que le X à côté du "Non" était trop foncé, trop pâle, de travers, ou encore parce qu'il dépassait de la case.

Quand j'étais en septième année, Mme Ogilvy, tournant vers la classe son cul d'enfer, a écrit au tableau noir :

LE CANADA EST :
a. une dictature ;
b. une démocratie postcoloniale pauvre sur le plan culturel ;
c. une théocratie.

Aucune des réponses ne s'applique, en fait. À la vérité, le Canada, c'est le pays de cocagne, une terre d'une insupportable richesse, gouvernée par des idiots et dont les maux inventés de toutes pièces sont de la très petite bière par rapport aux problèmes du vrai monde, où, hélas, la famine, les tensions raciales et la corruption institutionnalisée sont la norme. Rasséréné par cette pensée, je me suis précipité chez moi. Je venais de me servir un dernier verre quand le téléphone a sonné. Serge Lacroix devait me voir de toute urgence[1].

Environ six mois plus tôt, après avoir visionné un épisode de *McIver de la GRC* réalisé par Lacroix, je m'étais tourné vers Chantal.

"Je n'en crois pas mes yeux, lui ai-je dit. Ça ne peut plus durer. Tu veux bien le mettre à la porte cet après-midi, s'il te plaît ?

– Faites-le vous-même."

Le lâche que je suis n'a pu s'y résoudre. Serge travaillait pour moi depuis des années, après tout. J'ai donc traîné les pieds, même si la qualité de son travail continuait de se détériorer. Et voilà qu'il insistait pour me rencontrer à midi, au bureau, sans doute pour me réclamer plus d'argent, initiative qui aurait pour effet de me faciliter les choses. Je me suis décidé à sévir, avec Chantal comme témoin.

"Assieds-toi, Serge. Qu'est-ce que je peux faire pour toi ?

– Je vais aller droit au but. L'analyse de sang que m'a faite ton ami, le docteur Herscovitch, après ma petite mésaventure au parc La Fontaine, a établi que j'étais séropositif. Et maintenant, je suis carrément atteint du sida.

– Merde, Serge. Je suis désolé.

– Je suis encore capable de travailler, mais si tu veux mettre un terme à mon contrat, je comprendrai.

1. J'ai bien peur que, à ce stade, la mémoire de mon père fût peu fiable, voire embrouillée, ce qui explique peut-être pourquoi les pages du manuscrit étaient empilées au petit bonheur. Le référendum s'est bien tenu le 30 octobre 1995, mais les événements qui suivent se sont déroulés environ un an plus tard.

– En fait, a dit Chantal, Barney m'a demandé de revoir ton contrat, pas plus tard qu'hier. Il tient à ce que tu touches un pourcentage des droits de rediffusion.

– Rétroactivement ? me suis-je entendu demander en faisant les gros yeux à Chantal et en regrettant aussitôt de ne pas avoir su tenir ma langue.

– Oui, si vous y tenez, a répondu Chantal.

– J'ai besoin d'un conseil, Barney", a dit Serge.

Nous sommes donc allés dîner au Mas des Oliviers, tous les trois.

"Et Peter, dans tout ça ? ai-je demandé.

– Il compte parmi les chanceux. Il est immunisé, je pense. Écoute, Barney : à New York, il y a un courtier qui achète les polices d'assurance-vie de types comme moi. J'en fais mon bénéficiaire et il m'avance soixante-quinze pour cent du capital, qui sera payable au moment de mon décès. Qu'est-ce que tu en penses ?

– Rien ne t'oblige à faire affaire avec de pareilles sangsues. Dis-moi combien il te faut et je te prête l'argent. N'est-ce pas ce que tu allais proposer, Chantal ?

– Tout à fait."

Chantal s'est attardée après le départ de Serge et nous avons continué à boire.

"Vous voulez que je vous dise, Barney ? Vous n'êtes pas un si mauvais diable, au fond.

– Bien sûr que si, Chantal. Tu n'en sais pas la moitié. Mes péchés sont légion. C'est pour ça que je dois me dépêcher de marquer quelques points pendant qu'il me reste du temps.

– Si vous le dites.

– Christ, au train où ça va, je vais bientôt connaître plus de morts que de vivants. Pourquoi tu ne te maries pas avec Saul ?

– Décidément, entre vous et ma mère, je n'ai que l'embarras du choix quand il s'agit de savoir ce qui vaut le mieux pour moi.

– Je n'aime pas te voir te disputer avec Solange.

– Pourquoi vous ne l'épousez pas, Barney ?

– Parce que Miriam va rentrer à la maison, tôt ou tard. Je suis prêt à parier là-dessus. Hé, pour un type qui doit son nom à un personnage de BD, je ne m'en suis pas trop mal tiré, hein ?

– Il y a une chose que j'ai toujours voulu vous demander, Barney.

– Je te conseille dc t'en abstenir.

– Vous l'avez tué, ce type, il y a toutes ces années, ou pas ?

– Je ne pense pas, mais, certains jours, je n'en suis plus si sûr. Non, impossible. Je n'aurais jamais pu faire une chose pareille.

12

Les mauvais jours, ma mémoire ne fonctionne pas mieux qu'un kaléidoscope détraqué. À d'autres moments, mes souvenirs sont d'une cruelle précision. Aujourd'hui, tout semble marcher à plein régime et, avant que les images s'effacent de nouveau, j'en profite pour coucher sur le papier ce que j'ai jusqu'ici passé sous silence. Au sujet de ces deux dernières journées avec Boogie[1], je n'ai pas menti, mais je n'ai pas tout dit non plus. La vérité, c'est que le Boogieman qui est venu me voir dans l'intention de décrocher n'était plus l'ami que je vénérais. Au fil de ses années de perdition, les drogues qu'il avait consommées, sans parler du temps et des fièvres, avaient embrouillé son cerveau, consumé sa beauté[2]. À titre d'exemple, il avait perdu sa générosité envers les autres écrivains. S'il faisait une exception pour McIver – "Il était pourtant prometteur" –, c'était uniquement pour m'asticoter, moi. Autre chose. À la faveur de mes incursions dans ses troquets new-yorkais préférés, au lendemain de sa disparition, j'ai découvert que, depuis quelque temps, plusieurs savaient que ses belles paroles n'étaient que du vent.

1. Trois, en fait.
2. Paraphrase de vers d'Auden : "Le temps et les fièvres consument / La part de beauté / Des enfants pensifs…"

Quand nous nous sommes arrêtés devant ma maison de Hampstead, avant qu'il coure se shooter une fois de plus, il a dit :

"Tu dois être riche à craquer, à présent.

– Ne me fais pas rire, Boogie. Je suis endetté jusqu'au cou. Je n'aurais jamais dû me lancer dans la production télévisée. Sans les annonces publicitaires et les films de commande merdiques que je suis obligé de réaliser, je serais foutu."

Boogie s'est beaucoup amusé de notre maison à demi-niveaux et des goûts de la Deuxième Mme Panofsky en matière de décoration intérieure. L'énorme miroir pailleté d'or. Les chats en porcelaine alignés sur le manteau de la cheminée. Le service à thé en argent fin et la carafe à whisky en cristal taillé sur le buffet.

"Il manque quelque chose, a-t-il déclaré.

– Quoi donc ?

– Des housses en Cellophane sur les abat-jour."

À ma grande surprise, je me suis entendu défendre la Deuxième Mme Panofsky. "Il se trouve que j'aime bien ce qu'elle a fait dans la maison", ai-je menti.

D'un pas nonchalant, Boogie s'est dirigé vers la bibliothèque, y a trouvé mon exemplaire des *Vers de la virago* et, de son œil exercé, a aussitôt repéré deux vers à la métrique défectueuse qu'il a lus à voix haute avec un plaisir inconvenant.

"Une femme du foutu magazine *Life* est venue m'interviewer un jour. 'Comment Clara était-elle, à l'époque, à l'apogée de sa créativité ?' Folle, ai-je répondu. Une kleptomane invétérée. Une pute s'offrant au premier venu. 'Quelle est votre anecdote préférée concernant Clara Charnofsky ou encore celle qui la caractérise le mieux ?' Oh, va-t'en. *Fiche le camp. Va te faire cuire un œuf**. 'À quel moment avez-vous décidé de travailler dans les médias ?' Non mais j'y crois pas. 'Êtes-vous amer à la pensée de ne pas jouir d'une renommée mondiale comme Clara ?' Dehors, j'ai dit. 'Sauf votre respect, je pense que vous avez une piètre opinion de vous-même.' Merde. Je ne comprends toujours pas pourquoi tu t'es marié avec Clara.

– Et toi, pourquoi tu ne t'es jamais marié ?

– Qu'est-ce que tu en sais ?

– Il y a donc une Mme Boogie ?

– Enlève ta cravate et noue-la bien serré autour de mon bras."

Après trois tentatives sanguinolentes, il a fini par trouver la veine, puis, pendant le trajet jusqu'au lac, il a somnolé en gémissant et en débitant des récriminations sans queue ni tête contre des rêves que je devinais intolérables. Il s'est endormi de nouveau à table et je l'ai mis au lit. Le lendemain matin, je suis parti pour Montréal, où j'ai bu beaucoup plus que de raison. Quand je suis rentré au chalet plus tôt que prévu, le jour suivant, j'ai trouvé le Boogieman au lit avec la Deuxième Mme Panofsky.

"C'est ta faute, a déclaré Boogie en riant. T'étais censé passer un coup de fil avant de quitter la ville."

Hystérique, ma femme a hurlé au volant de sa Buick :

"Tu parles d'un ami ! Qu'est-ce que tu comptes faire de lui ?

– Lui ? Je vais le tuer. Voilà ce que je vais faire. Et après, je vous ferai peut-être la peau, à ta mère et à toi.

– Va chier !" a-t-elle crié d'une voix stridente.

Elle a appuyé sur l'accélérateur, les pneus arrière crachant des cailloux. Nous nous sommes attaqués à la bouteille de Macallan, Boogie et moi.

"Je devrais te péter la gueule, Boogie, ai-je dit d'un ton badin.

– D'accord, mais après ma baignade. Oh, elle a aussi posé toutes sortes de questions sur Clara. À la réflexion, tu sais, je pense que je n'ai été qu'un *deus ex machina* bien commode. Elle voulait se venger pour la femme que tu entretiens à Toronto.

– Un instant”, ai-je dit.

J’ai foncé dans notre chambre et je suis revenu avec le vieux revolver de service de mon père, que j’ai posé sur la table, entre nous.

“Tu as peur ? ai-je demandé.

– Ça ne pourrait pas attendre, le temps que je fasse un peu de plongée ?

– Tu pourrais me rendre un grand service, Boogie.

– Lequel ?

– Je vais demander le divorce et tu serviras de codéfendeur. Tout ce que tu aurais à faire, c’est déclarer sous serment que je vous ai surpris au lit, ma femme bien-aimée et toi.

– Ah ! Tu avais tout prévu, mon salaud. Tu as profité honteusement d’un vieil ami.

– Non, je t’assure.

– C’est un coup monté.

– Pas du tout. Mais tu pourrais bien me rendre un service, pour une fois.

– Qu’est-ce que ça veut dire, ça ?

– Je ne sais plus combien de chèques j’ai signés pour te tirer d’affaire, au fil des ans.

– Oh.

– Oh, en effet.

– Des avances contre redevances, en quelque sorte ?

– Merde.

– Et si j’avais accepté ton argent parce que c’est tout ce que tu avais à offrir ?”

Pendant un moment, la remarque a crépité dans l’air, puis j’ai répondu d’une voix que je ne me reconnaissais pas :

“J’ai dû emprunter pour t’aider, Boogie.

– Ça devient drôlement intéressant, là.

– *In vino veritas.*

– Ne me dis pas qu’on t’a appris le latin dans cette école secondaire minable où tu as étudié.

– Alors ça, pour un coup bas, c'est un coup bas.

– Non, non. Le prince des coups bas, c'est toi. Le vieil ami qui a tenu minutieusement les comptes, c'est toi, après tout. Pas moi.

– Comme tu veux. Mais maintenant qu'on est dans le vif du sujet, tu veux bien me dire où en est ton roman ? Celui que le monde entier attend avec impatience ?

– Tu poses la question à titre d'ami ou d'investisseur ?

– Les deux.

– J'y travaille toujours.

– Tu es un imposteur, Boogie.

– Je te déçois ?

– Autrefois, tu as été un écrivain, un écrivain doué par-dessus le marché. À présent, tu n'es plus qu'un drogué parmi tant d'autres, mais avec des prétentions.

– J'ai manqué à tous mes devoirs envers toi. Je devais épater le monde pour que tu puisses dire : 'Voyez-vous, sans mon aide…'

– Tu es pitoyable.

– Oh non. Je vais te dire qui est pitoyable, moi. Celui qui est si vide qu'il a besoin des réalisations d'un autre pour justifier sa propre existence."

Je tentais de me remettre de cette gifle lorsque, en souriant, il m'a dit :

"Et maintenant, avec ta permission, je vais me baigner.

– Avant, j'aimerais savoir pourquoi tu ne peux plus lire le roman d'un autre sans lui cracher dessus.

– Parce que les livres qu'on publie et qu'on encense de nos jours sont médiocres. J'ai encore des exigences, contrairement à…

– Tu veux lire un vrai auteur, en voici un ! ai-je dit en lui lançant mon exemplaire du *Faiseur de pluie.*

– Leo Bishinsky me demandait tout le temps : 'Comment fais-tu pour supporter ce petit ignare montréalais ?'

– Et je suis sûr que tu te faisais un point d'honneur de lui rappeler que nous étions amis.

– Je t'ai pris en main et je me suis chargé de ton éducation, pour l'amour du Christ. Je t'ai fait lire les livres qui comptent. Et regarde ce que tu es devenu. Un escroc qui a fait fortune dans la télévision, marié à la fille vulgaire d'un homme riche.

– Vulgaire, d'accord, mais ça ne t'a pas empêché de la baiser, hier soir !

– Ouais, et en plus, ce n'est pas la première de tes épouses que je me tape. Qu'est-ce que tu lui trouves, Clara ? ai-je demandé. Il a des sous, a-t-elle répondu. Il faut lui rendre justice, à celle-là. Sa mort précoce a fait des merveilles pour sa carrière.

– Finalement, je ferais peut-être mieux de t'assommer, Boogie. C'est ignoble, ignoble, ce que tu viens de dire.

– Mais vrai."

Je n'en pouvais plus. J'avais trop peur. Naturellement, le lâche que je suis a trouvé refuge dans l'humour. Saisissant l'arme à feu, je l'ai mis en joue.

"Tu vas témoigner ou pas ?

– Je vais y réfléchir dans l'eau du lac, a-t-il répondu en se levant, tremblant comme une feuille, pour se diriger vers mon matériel de plongée.

– Tu es beaucoup trop soûl pour te baigner, andouille.

– Viens avec moi."

À la place, j'ai tiré loin au-dessus de sa tête. Mais je n'ai relevé le canon qu'à la toute dernière seconde. Et si je n'ai pas commis de meurtre, je suis quand même coupable d'en avoir eu l'intention.

13

“Qu’est-ce qui ne va pas ? a demandé Chantal.

– Je ne me rappelle plus où j’ai garé ma voiture. Ne me regarde pas de cette façon, toi. Ça peut arriver à n’importe qui.

– Bon, on va la chercher”, a-t-elle répondu.

Je ne l’avais pas laissée rue de la Montagne. Ni rue Bishop.

“On me l’a volée, ai-je dit. Sans doute un autre coup des amis séparatistes de ta mère.”

Nous avons essayé le boulevard De Maisonneuve, anciennement appelé Dorchester[1].

“Et ça, qu’est-ce que c’est ? a-t-elle demandé en montrant quelque chose du doigt.

– Parle de ça à Solange et je te fous à la porte.”

Le samedi après-midi, j’allais sombrer dans le sommeil lorsque Solange a téléphoné.

“À quelle heure tu passes me prendre, ce soir ?

– Je passe te prendre, moi ? Pour quoi faire ?

– Le match.

– Ah… Je pense que je vais laisser tomber, ce soir.

– *Laisser tomber le match de hockey ?*

– Tu veux que je te dise ? J’en ai assez du hockey. En plus, je suis crevé.

– C’est peut-être notre dernière chance de voir jouer le grand Gretzky.

1. Le boulevard a porté le nom de Burnside jusqu’en 1966.

– La belle affaire.
– Je n'en crois pas mes oreilles.
– Tu veux les billets ? Vas-y avec Chantal."

Dix jours plus tard, d'après Chantal, je lui ai dicté la même lettre pour la troisième fois en une semaine. Et ensuite il paraît que, en sortant du bureau, j'ai machinalement plongé la main dans ma poche pour en tirer une clé, mais que je ne savais pas à quoi elle servait.

"Qu'est-ce que vous regardez ? a demandé Chantal.
– Rien.
– Ouvrez la main.
– Non.
– Barney."

J'ai obéi.

"Qu'est-ce que c'est, ça ?
– Je sais très bien ce que c'est. Pourquoi cette question ?
– Dites-le-moi.
– Je pense qu'il vaut mieux que je m'assoie."

Peu après, rentrant à pied du Dink's en fin d'après-midi, je suis tombé sur Solange et Morty Herscovitch, qui m'attendaient de pied ferme dans mon salon. Merde, merde, merde.

"Je sais que les temps sont durs, Morty, mais depuis quand les salauds de ton espèce font-ils des visites à domicile ?
– Solange pense que tu souffres d'un coup de fatigue.
– Comme tout le monde, à notre âge.
– Sinon, c'est une tumeur au cerveau. On va devoir te faire passer un scanner et une IRM.
– Mon cul, oui. Et pas question non plus que je commence à gober tes calmants ou tes antidépresseurs. J'ai connu l'époque où les médecins étaient des médecins et non des mercenaires à la solde des sociétés pharmaceutiques.
– Parce que je devrais te prescrire des antidépresseurs ?

– Je vais me servir un verre. Vous en voulez un, vous deux, avant de partir ?

– Tu es donc déprimé ?

– Chantal m'a confisqué les clés de ma voiture et refuse de me les rendre.

– Je veux te voir dans mon cabinet demain matin à neuf heures.

– Tu peux toujours courir.

– On y sera", a déclaré Solange.

Morty n'était pas seul. Il y avait un autre type, un gros qui s'est présenté comme le docteur Jeffrey Singleton.

"Vous êtes psychiatre ? ai-je demandé.

– Oui.

– Alors laissez-moi vous dire quelque chose. Je ne fraie pas avec les chamans, les sorciers et les psychiatres, moi. Shakespeare, Tolstoï et même Dickens en savaient plus long sur la condition humaine que vous tous réunis. Vous êtes une bande de charlatans surfaits qui ne voient que la grammaire des problèmes humains, alors que les écrivains que j'ai mentionnés en saisissaient l'essence. Je n'aime pas votre façon désinvolte de cataloguer les gens. Ni votre empressement à témoigner devant les tribunaux. Un pour la défense, l'autre pour l'accusation – deux soi-disant spécialistes qui se contredisent l'un l'autre et empochent chacun de juteux honoraires. Vous jouez dans la tête des gens et vous faites plus de tort que de bien. Et, d'après ce que j'ai lu, vous venez de troquer le divan contre les pilules magiques, à l'instar de mon ami Morty ici présent. Pour la paranoïa, avalez-moi un comprimé de ceci deux fois par jour. Pour la schizophrénie, un comprimé de cela avant les repas. Quant à moi, je m'administre du single malt et des Montecristo pour traiter tous mes maux et je vous recommande d'en faire autant. Ce sera deux cents dollars, je vous prie.

– J'aimerais que vous passiez un petit test.
– J'ai pissé avant de venir.
– Ce ne sera pas long. Dites-vous que c'est comme un jeu.
– Je vous interdis de me traiter de haut.
– Ça suffit, Barney.
– Il y en a pour longtemps ?
– Non.
– Bon, d'accord, dans ce cas, allons-y.
– Nous sommes quel jour ?
– Ne soyez pas ridicule. Merde, merde, merde. C'est le jour qui vient avant mardi.
– Et il s'appelle comment ?
– Vous d'abord."
Il n'a pas mordu à l'hameçon.
"Laissez-moi voir. Samedi, dimanche… *C'est lundi !*
– Nous sommes quelle date ?
– Écoutez, vous faites fausse route. Je n'ai jamais réussi à me souvenir du numéro de ma plaque d'immatriculation ni de mon numéro de sécurité sociale, et quand je fais un chèque, je demande toujours la date à quelqu'un.
– Quel mois ?
– Avril. Je vous ai bien eu, hein ?
– La saison ?
– Ça y est, je vais être premier de la classe. Nous sommes en avril, donc en été."
Des larmes coulaient sur les joues de Solange.
"Qu'est-ce qui te prend, toi ? ai-je demandé.
– Rien.
– Et l'année ?
– Selon le calendrier de mon peuple ou celui des crétins ? Des chrétiens, je veux dire.
– Le calendrier de l'ère chrétienne.
– Mille neuf cent quatre-vingt-seize.
– Où sommes-nous ?

– Un jeu d'enfant ! Nous sommes dans le cabinet de Morty Herscovitch.

– À quel étage ?

– Le détective de la famille, c'était mon père, pas moi. Nous avons pris l'ascenseur. Solange a appuyé sur un bouton et, coucou, on est là. Question suivante ?

– Dans quelle ville sommes-nous ?

– Montréal.

– Et la province ?

– Là, on commence enfin à s'amuser. Nous nous trouvons dans la province bénie coincée entre l'Alberta[1] et l'autre. Amérique du Nord, ça, c'est le continent, Monde, Univers, ainsi que j'avais coutume de l'écrire en quatrième année sur le papier kraft qui recouvrait mon manuel de… de quoi déjà ?

– Dans quel pays ?

– Le Canada, pour le moment. Solange est *indépendantiste**. Oups, c'est pas ça. Elle est… pour ici. Pour que le Québec poursuive son chemin tout seul. Nous devons donc surveiller notre langage.

– Répétez les mots suivants, s'il vous plaît. Cit…

– Elle est séparatiste, pour l'amour du Christ, voilà. Je ne suis pas au mieux de ma forme, le matin.

– Citron, clé, ballon.

– Citron, clé, ballon.

– Maintenant, comptez à rebours à partir de cent en soustrayant sept à chaque fois.

– Écoutez, je me suis montré patient jusqu'ici, mais ça devient absurde. Je refuse de répondre. J'en serais évidemment capable, mais je refuse, ai-je dit en allumant un Montecristo. Tiens, j'ai coupé le bon bout avec mes dents. J'ai droit à un point, non ?

– Vous voulez bien épeler le mot *monde* à l'envers ?

– Vous lisiez *Dick Tracy* quand vous étiez enfant ?

1. L'Ontario.

– Oui.

– Pendant ses missions d'infiltration, il se faisait appeler Reppoc, vous vous souvenez ? *Copper* à l'envers. Policier, quoi.

– Et *monde* à l'envers, je vous prie ?

– E-N-D et le reste. Ça vous va ?

– Et les trois mots que je vous ai demandé de répéter, tout à l'heure ?

– Je peux vous poser une question ?

– Bien sûr.

– Vous ne seriez pas nerveux, vous, si on vous soumettait à un test pareil ?

– Si.

– Orange. C'était un des mots. Je vous donne les deux autres si vous êtes capable de me nommer les Sept Nains.

– Qu'est-ce que je tiens à la main ?

– C'est un maudit stylo pas à l'encre, pour l'amour du Christ. Et on égoutte les spaghettis avec une passoire. Ha !

– Qu'est-ce que j'ai, là, à mon poignet ?

– Le bidule qui sert à dire l'heure. Une horloge.

– Excusez-moi, a dit Solange avant d'aller se réfugier dans la salle d'attente.

– Prenez cette feuille de papier dans votre main droite, pliez-la en deux et posez-la sur le sol.

– Non. J'en ai assez. Maintenant, dites-moi si je l'ai réussi, votre petit test puéril.

– Votre mère aurait été fière de vous.

– Vous n'allez pas me passer une camisole de force ?

– Non. Mais je veux que vous consultiez un neurologue. Il faudrait faire des examens.

– Des examens du cerveau ?

– Nous devons écarter certaines possibilités. Vous êtes peut-être seulement fatigué. Ou victime de défaillances ordinaires de la mémoire, phénomène fréquent chez les gens de votre âge.

– Ou encore j'ai une tumeur au cerveau ?

– Surtout, évitons de conclure au pire. Vous vivez seul, monsieur Panofsky ?
– Oui. Pourquoi ?
– Pour rien."
Le lendemain après-midi, j'ai réussi, au culot, à m'introduire dans la bibliothèque de McGill, où j'ai consulté un ouvrage de référence :

> Quand Alzheimer (1907) a décrit la maladie qui porte aujourd'hui son nom, il la considérait comme une forme de démence atypique [...]. On a fait état d'histoires familiales où la maladie était transmise par hérédité dominante ou récessive [...]. Du point de vue de l'histopathologie, la maladie d'Alzheimer ne se distingue pas de la démence sénile, et Sjögren *et coll.* (1952) ont constaté une fréquence de la démence sénile plus élevée que prévu chez les familles atteintes par la maladie d'Alzheimer...

Oh mon Dieu. Kate. Saul. Michael. Qu'est-ce que j'ai fait, Miriam ?

> Pathologie
>
> On observe une atrophie cérébrale extrême. Une coupe coronale confirme l'atrophie uniforme des gyrus, l'évasement des sillons, une réduction de la substance blanche et une dilatation des ventricules...

Ouais, ouais, ouais.

> Signes cliniques
>
> Une légère perte de mémoire est le premier signe clinique. Une ménagère égare sa trousse de couture, laisse brûler les toasts ou encore oublie un ou deux articles qui figuraient sur sa liste d'épicerie. Un ou une professionnelle oublie des rendez-vous ou hésite

au milieu d'une conférence, incapable de trouver le bon mot. La maladie progressant lentement, il est possible qu'on n'observe aucune dégradation marquée avant un an, voire plus…

"C'est moi, Morty. Désolé de te déranger à la maison. Tu as une minute ?

– Ouais, bien sûr. Laisse-moi juste baisser le son du téléviseur.

– C'est la maladie d'Alzheimer, hein ?

– On ne peut pas en être sûr.

– On se connaît depuis cent ans, Morty. Alors ne me fais pas chier.

– D'accord. C'est une possibilité. Comme ta mère est morte de…

– Oublie ma mère. Elle n'a jamais eu toute sa tête, celle-là. Mais mes enfants, eux ?

– Il y a peu de risques. Je te réponds franchement.

– Mais un risque plus grand que dans les familles sans antécédents. Merde, merde, merde. Il suffit que Saul lise un article sur une maladie dans le *Times* pour être certain de l'avoir attrapée.

– Demain matin, on te fait passer un scanner et une IRM. Je serai en bas de chez toi à huit heures.

– Il faut que je mette de l'ordre dans mes affaires, Morty. Il me reste combien de temps ?

– Si c'est l'Alzheimer, les pertes de mémoire seront intermittentes, mais je dirais qu'il te reste un an avant de…

– … devenir complètement gaga ?

– Attendons d'avoir des certitudes, tu veux ? Au fait, je ne fais rien de spécial, ce soir. Tu veux que je passe te voir ?

– Non, mais merci quand même."

14

J'ai déjà évoqué *Margolis*, mais, pendant mon séjour en prison, j'ai lu un texte de Boogie qui m'a encore plus horrifié. *Seligman*, nouvelle qu'il a écrite à Paris à la fin des années 1950, n'a été publié dans la *New American Review* que quelques mois après sa disparition. Comme toujours, il en a fait d'innombrables versions avant d'en distiller l'essentiel en moins de trois mille mots. Il y est question d'une bande de riches avocats new-yorkais, dont Harold Seligman, qui, pour échapper à la monotonie de leur existence, ont pris l'habitude de se jouer des tours de plus en plus pendables. Une seule règle s'applique : pour être jugée à la hauteur, une plaisanterie doit cibler un défaut dans la cuirasse de la victime – dans le cas de Seligman, sa passion pour sa femme très libidineuse. Un matin, Boris Frankel, le criminaliste de la bande, persuade Seligman de participer, juste pour rire, à une séance d'identification de suspects, dans le cadre d'une affaire de cambriolage et de tentative de viol. À la stupéfaction des amis, cachés derrière un miroir sans tain, la victime encore traumatisée désigne Seligman comme coupable. Aussitôt, ils se disent que leur farce est allée trop loin. Seligman, lui, ne s'en fait pas. Il a un alibi en béton : le soir du crime, lui et sa femme ont justement reçu Boris à la maison. Sauf que Boris, après avoir consulté son agenda, déclare qu'il n'en est rien. La femme de Seligman confirme que son mari et elle n'ont reçu personne, ce jour-là. Ensuite, elle retrouve Boris dans un motel, où ils s'arrachent leurs vêtements et reprennent leur liaison enflammée.

Ayant relu la nouvelle, ce matin, et m'étant souvenu du goût de Boogie pour les farces cruelles, je ne crois plus, comme autrefois, qu'il ait pu être assez en colère après notre querelle pour me trahir par pur dépit. Et pourtant, et pourtant, dans le journal parisien de McIver, j'ai consulté l'entrée du 22 septembre 1951 :

> J'ai un jour dit à Boogie :
> "Je constate que tu t'es fait un nouvel ami.
> – Tout le monde a droit à son Vendredi, tu ne crois pas ?"

Non. Boogie n'a jamais rien dit de tel, ai-je décidé en sortant pour une de mes errances matinales. C'est une invention pernicieuse, typique de ce menteur de McIver. Ma relation avec Boogie était des plus chaleureuses. Je n'étais pas son laquais. Nous étions des camarades, des frères d'armes qui refusaient de se soumettre à l'autorité. Je ne me trompais pas sur ce point. Je n'admettrai jamais que Boogie, cet homme au talent exceptionnel, hélas détruit par les effets de la drogue sur son cerveau embrouillé, ait disparu à tout jamais dans le seul but de se venger de moi. Nous l'avons poussé à s'autodétruire, nous qui, dans notre jeunesse insouciante, avions reconnu en lui le seul membre de la bande promis à la gloire. Et tous ces éditeurs qui l'avaient courtisé à New York et lui avaient versé d'extravagantes avances sur un roman que lui seul savait ne pas pouvoir écrire l'avaient accablé davantage. J'avais enfin réussi à élucider l'énigme : fuyant des attentes devenues insupportables, Boogie s'était terré quelque part, où il avait adopté une nouvelle identité, tel le héros de *Margolis*. "Calme-toi, calme-toi, âme en peine !" Je te pardonne.

J'ai dû marcher pendant une heure, peut-être plus, si absorbé dans mes pensées que je me suis retrouvé en territoire inconnu. Je ne me suis repéré qu'en reconnaissant enfin la gare d'autocars. Et, oh mon Dieu, c'est là que j'ai aperçu, à mon grand trouble, la déesse de mes fantasmes nocturnes, Mme Ogilvy, dont les poils pubiens se couvraient de perles nacrées juste pour moi. Elle devait avoir quatre-vingts ans, à présent, selon mes calculs. Mains noueuses cramponnées aux poignées d'un déambulateur auquel elle avait fixé, par provocation, un Union Jack. Voûtée, désormais. Ratatinée. Les yeux exorbités. En compagnie de ses camarades, elle scandait :

So-so-so-solidarité
Des accès pour les handicapés !

Ils devaient être trente-cinq, peut-être plus, dans leurs fauteuils. Un tableau vivant digne de Jérôme Bosch. Une scène tirée d'un film de Fellini. Amputés simples ou doubles. Survivants d'un AVC ou de la polio, aux jambes inertes et aussi fines que des manches de râteau. Victimes de la maladie de Parkinson et de la sclérose en plaques dont la tête était secouée de spasmes, le menton couvert de bave. Prenant mes jambes à mon cou, j'ai hélé un taxi.

“On va où, monsieur ?

– … hmm, roulez…

– Ouais, évidemment. C'est mon métier. Mais où ?

– … droit devant…

– Vous voulez aller à l'hôpital ?

– *Non.*

– Où, alors ?

– … au… centre-ville…

– Bien sûr.

– … la rue à côté de… vous savez bien… je veux…

– Hmm.

– … juste après l'hôtel…

– Quel hôtel ?
– Exactement.
– Je vous emmène à l'hôpital.
– *Non !* Vous connaissez la librairie qui fait le coin ?
– Si vous avez envie de vomir, pour l'amour du Christ, arrangez-vous pour le faire ailleurs. Prévenez-moi et je vais me ranger sur le côté.
– Je ne vais pas vomir.
– Voilà au moins une bonne nouvelle.
– … où on sert à boire… je veux…
– Un bar ?
– Évidemment, un bar. Je ne suis pas stupide, vous savez.
– C'est mon jour de chance, a dit le chauffeur en immobilisant sa voiture. Vous avez un portefeuille ? Une carte avec votre adresse ? Je vous conduis chez vous, d'accord ?
– Je sais très bien où j'habite.
– Dites-le-moi, alors. Je ne le répéterai à personne.
– … si vous me déposez dans la rue avec un nom de sainte, je serai assez près pour marcher…
– À Montréal ? Ça m'aide beaucoup, vous savez.
– … Catherine. Au coin, s'il vous plaît.
– *Mais quel coin ?*"
Merde, merde, merde.
"… au coin passé la rue religieuse…
– La rue religieuse ?
– Pas un rabbin ni un mollah. Catholique.
– Cardinal ?
– Non, évêque. C'est ça, oui, Bishop.
– Hé, c'est qu'on s'amuse, tous les deux. Vous allez au coin de Sainte-Catherine et Crescent ?
– Oui. Au Dink's."
Hughes-McNoughton m'y attendait.
"Ça va, Barney ?
– Non mais ! Je sais très bien comment je m'appelle.

– Bien sûr que oui. Sers-lui un café, Betty.
– Un scotch.
– Pas de problème. Mais tu prends d'abord un café."

J'ai attendu que ma main ait cessé de trembler pour boire le café. Hughes-McNoughton m'a allumé mon Montecristo.

"Tu te sens mieux ?
– Je veux que tu prépares une procuration pour mes enfants.
– Pas besoin d'un avocat pour ça. Un notaire peut s'en occuper. Il y a péril en la demeure ?
– T'occupe.
– Laisse-moi te raconter une petite histoire, ne serait-ce qu'afin d'asseoir mon rôle d'*advocatus diaboli.* À l'époque où je n'étais encore qu'un jeune avocat inexpérimenté, confiant dans la nature humaine, j'avais un client, un vieux Juif aimable qui faisait dans la *shmata.* Un beau jour, il a décidé de céder son entreprise florissante à ses deux fils pour leur éviter les droits de succession. Je me suis chargé du sale boulot. Nous avons trinqué au champagne, cet homme, ses deux fils et moi. Quand il s'est présenté au bureau de l'usine, le lendemain matin, ses deux fils lui ont signifié qu'ils ne voulaient plus le voir. C'était terminé, pour lui. Bref, attention à ce que tu fais, Barney.
– Très divertissant, sauf que mes enfants ne sont pas du tout comme ça."

Dans l'état où j'étais, un seul scotch m'a suffi. En rentrant chez moi d'un pas nonchalant, encore un peu souffrant et inquiet à l'idée de la prochaine éclipse de ma mémoire, j'ai songé à tout ce qui me restait à accomplir. Miriam, Miriam, élue de mon cœur. Mes enfants, mes enfants. Mike ne se doute pas de l'amour que j'ai pour lui. J'ai peur que le mariage de Kate ne dure pas. Et que va devenir Saul ?

Quand Saul n'avait encore que huit ou neuf ans, il m'arrivait de lui demander de monter chercher un chandail ou un manuscrit à l'étage. Au bout d'une demi-heure, il n'était toujours pas de retour et je savais qu'il était passé devant une bibliothèque, en avait sorti un livre et le lisait quelque part, étendu à plat ventre. Un soir, à l'époque où il était plongé dans une histoire des rois d'Angleterre, il avait jeté un froid autour de la table en déclarant d'un ton geignard : "Si papa était le roi d'Angleterre et qu'il mourait, c'est Mike qui hériterait du trône et régnerait sur l'empire, tandis que moi, je serais seulement le duc de ci ou de ça." À dix ans, mon deuxième fils avait déjà compris qu'il était né dans un monde injuste.

Oh la la. Oh la la, si j'étais l'ange du Seigneur, je tracerais un *x* sur la porte de mes enfants pour empêcher la peste et le malheur d'entrer chez eux. Je n'en ai pas les compétences, hélas. Quand j'avais encore le temps et le monde devant moi, je me suis fait du mauvais sang plutôt que de les protéger. Je leur ai cassé les pieds. Je leur ai fait des reproches. Je me suis trompé sur toute la ligne.

Merde, merde, merde.

Après la mort de sa femme, Samuel Johnson a écrit au révérend Thomas Wharton : "Depuis le jour où elle m'a quitté, je suis comme une feuille détachée de l'arbre de l'humanité, j'erre tel un solitaire au milieu du désert de la vie, sans direction et sans but ; spectateur mélancolique d'un monde avec lequel je n'ai presque plus de relation."

Ma femme, cependant, n'était pas morte. Elle était seulement absente. Provisoirement. Et il fallait que je lui parle. Elle est dans cette ville de l'Ontario, me suis-je dit. Pas Ottawa. Celle où il y a la Prince Arthur Room, tu te souviens ? Oui. Je ne suis pas encore complètement zinzin. Je me rappelle même comment on fait pour égoutter des spaghettis. On se sert du machin chouette que j'ai dans ma cuisine. Il y a sept nains, et qu'importe leurs noms. Ce n'est pas Lillian Kraft qui a écrit *L'Homme au complet gris.* Ou *à la chemise grise* ? L'un ou l'autre. C'est Mary McCarthy. J'ai décroché le téléphone et composé les premiers chiffres, puis je me suis interrompu en jurant. Je ne me souvenais plus du numéro de Miriam.

Postface
de Michael Panofsky

Le 24 septembre 1996, à 10 h 28, un arpenteur-géomètre et deux bûcherons au service de la Société forestière Drummondville sont tombés par hasard sur des restes humains éparpillés dans une clairière, à proximité du sommet du mont Groulx : un crâne, une colonne vertébrale sectionnée, un bassin, un fémur, des côtes fêlées et des tibias fracturés. La police provinciale, appelée sur les lieux, a recueilli les ossements et les a acheminés à un pathologiste de l'hôpital Notre-Dame de Montréal. Le docteur Roger Giroux a conclu qu'il s'agissait des restes d'un homme de race blanche d'une trentaine d'années, mort de cause inconnue, trente ou quarante ans plus tôt. Les côtes fêlées, la colonne vertébrale sectionnée et les tibias fracturés, a-t-il poursuivi, signifiaient peut-être que l'homme avait été passé à tabac à l'aide d'un objet contondant ou encore qu'il avait fait une chute d'une hauteur considérable. Toutefois, l'hypothèse la plus probable, en raison des nombreuses marques de dents qu'il a relevées, c'était que des coyotes ou d'autres animaux avaient cassé les os afin d'accéder à la moelle. L'histoire, rapportée dans la *Gazette*, a attiré l'attention d'un policier de la Sûreté du Québec à la retraite du nom de Sean O'Hearne. À son instigation, un vieux dossier criminel a été rouvert, et un dentiste de New York a été chargé d'examiner le crâne. Peu après, on a confirmé qu'il s'agissait bel et bien des restes de Bernard Moscovitch, disparu dans les environs, le 7 juin 1960. O'Hearne, triomphant, a été interviewé par la *Gazette*, *La Presse* et la télévision locale, au même titre que la deuxième épouse de mon père, qu'on ne voyait jamais sans une photo encadrée de M. Moscovitch sur les genoux. "Il m'avait juré un amour éternel", affirmait-elle. Des comptes rendus du procès de mon père, tenu à Saint-Jérôme, ont été déterrés et publiés sous des titres comme LA JUSTICE A-T-ELLE TRIOMPHÉ ? ou LES OS DE LA VENGEANCE. Au Dink's (un bar de la rue Crescent, à Montréal), l'avocat qui avait défendu mon père, Me John Hughes-McNoughton, a chassé un journaliste qui le pressait de questions en lui lançant : *"Credo quia impossibile."* À un autre qui lui brandissait les nouvelles accusations sous le nez, il s'est contenté de dire : *"Argumentum ex silentio"*, avant de le congédier d'un geste. Un audacieux photographe d'*Allô Police* s'est introduit en douce dans la maison de retraite Roi David et a réalisé un cliché sur lequel on voit Solange qui donne à mon père une cuillerée de poitrine de bœuf rôtie. Je suis venu de Londres en avion et Kate de Toronto. Quant à Saul, il est venu de New York dans une voiture conduite par une jeune femme prénommée Linda. Nous nous sommes retrouvés dans le chalet des Laurentides, où nous avions autrefois formé une famille heureuse, pour faire face à cette révélation : Barney avait menti et il était bel et bien un meurtrier, après tout. Naturellement, Kate a rejeté les preuves, pourtant irréfutables.

"Boogie était soûl et il a pu s'aventurer là-haut, faire une mauvaise chute, se casser les deux jambes et mourir de faim. De quel droit osez-vous conclure à la culpabilité de papa, lui qui ne répond même plus à son nom ?

– Nous sommes tous bouleversés, Kate, tu n'es pas la seule. Sois raisonnable, s'il te plaît.

– Raisonnable ? Bon, d'accord, papa était un maniaque doublé d'un meurtrier. C'est l'évidence, non ? Il a descendu Boogie d'un coup de feu, il a traîné son cadavre jusqu'au sommet de la montagne et il lui a cassé les jambes à coups de pelle.

– Je ne dis pas que ça s'est passé comme…

– On n'a retrouvé aucune trace de sépulture, même pas une fosse rudimentaire. Tu penses vraiment que papa l'aurait laissé là, à la merci des bêtes sauvages ?

– Et s'il avait manqué de temps ?

– Il a eu des années !

– Les restes ont été découverts tout près de l'abri où papa allait se réfugier, autrefois, il nous en avait parlé. On a trouvé des éclats de verre dans les environs. Provenant d'une bouteille de scotch.

– Et alors ?

– On comprend ce que tu ressens, Kate, mais…

– Ils étaient soûls tous les deux. Il l'a peut-être tué accidentellement. Ça, je te le concède.

– Il ne nous a jamais rien refusé et nous lui devons le bénéfice du doute. Pensez ce que vous voulez, vous autres. Pour ma part, même si je vis jusqu'à cent ans, je croirai toujours qu'il est innocent. En plus, je le sais de façon certaine, il a toujours été convaincu que Boogie était vivant quelque part et qu'il finirait par refaire surface.

– Les événements lui ont donné en partie raison, non ?"

Nous nous étions réunis au chalet pour prendre une décision au sujet du manuscrit inachevé de Barney, que nous avions tous lu, de même que pour récupérer d'éventuels souvenirs et fermer la maison, déjà mise en vente. Le contexte n'était guère encourageant. L'agent immobilier nous avait avertis : "Le lendemain du référendum, j'ai reçu quarante-deux coups de fil de la part de propriétaires désireux de vendre. Jusqu'ici, aucune offre. Rien du tout."

Nous n'en étions ni à notre premier ni à notre deuxième conclave depuis que nous avions appris que Barney était atteint de la maladie d'Alzheimer. Dès le début, Saul m'avait rappelé que notre grand-mère en était morte, et que nous étions tous à risque. Pour commencer, avait-il déclaré, nous devions bannir les déodorants à base de zinc et éviter d'utiliser des casseroles en aluminium, suspectes elles aussi. Abonné à *Lancet* et au *New England Journal of Medicine*, il avait ajouté que, selon des études récentes, la nicotine stimulait le cerveau et que, par conséquent, les fumeurs risquaient moins d'être touchés.

"Peut-être parce qu'ils meurent avant d'un cancer du poumon, avait lancé Kate. Alors commence par éteindre ce cigare.

– Point ?

– Point", avait dit Kate avant de s'écrouler dans les bras de Saul en sanglotant.

Le diagnostic d'Alzheimer avait été confirmé quatre mois plus tôt lors d'une réunion tenue dans les bureaux des Productions totalement inutiles, le 18 avril 1996, à laquelle assistaient le docteur Morty Herscovitch, deux médecins spécialistes, Solange et Chantal Renault ainsi que Kate, Saul et moi, bien entendu. Puis Saul s'était rendu à Toronto en train afin de prévenir Miriam. Réduite aux larmes par cette nouvelle, elle avait téléphoné à Barney dès qu'elle avait senti que sa voix ne tremblerait pas trop et lui avait demandé si elle pouvait venir le voir.

"Je ne crois pas que je pourrais le supporter.

– S'il te plaît, Barney.

– Non."

Mais il avait commencé à se raser tous les matins, il avait diminué sa consommation d'alcool et de cigares et il tressaillait chaque fois qu'il entendait le téléphone ou la sonnette de la porte. Solange avait appelé Miriam.

"Venez le plus vite possible, avait-elle dit.

– Il a dit qu'il ne fallait pas.

– Il refuse même de sortir faire une courte promenade, au cas où vous débarqueriez pendant son absence."

Miriam était arrivée le lendemain matin et ils étaient allés dîner au Ritz, où le maître d'hôtel n'avait rien arrangé en s'écriant : "Il y a des années que je ne vous ai pas vus ensemble ! Comme dans le bon vieux temps, n'est-ce pas ?"

Plus tard, Miriam a raconté les événements à Saul : "J'ai bien vu qu'il était complètement déconcerté en regardant la carte. Il m'a demandé de commander pour nous deux. D'abord, il s'est montré enjoué. Voire badin. 'J'ai hâte de jouer à cache-cache et à la bouteille avec les autres cinglés de l'hôpital où on va me parquer. Il y aura peut-être des tricycles. De la gomme pour faire des bulles. Des cornets de crème glacée à trois boules.' Arrête, ai-je dit. Il a commandé une bouteille de champagne. Seulement, il a dit au serveur : 'Apportez-nous une bouteille avec des bulles, vous savez, ce que nous avions l'habitude de boire ici.' Le serveur a ri, croyant que Barney faisait de l'esprit, et j'ai trouvé ça insultant pour lui. J'aurais voulu dire à cet homme : Quand mon mari veut plaisanter, il sait y faire.

"Quel merveilleux moment nous aurions vécu si j'avais accepté de m'envoler vers Paris avec lui, le soir de ses noces… Nous avons parlé des beaux jours, de nos années de jeunesse, et il a promis de ne pas être malade comme lors de notre premier dîner. 'Même si, maintenant que j'y pense, a-t-il dit, il y aurait là une certaine symétrie, non ?' Pourquoi ce serait notre dernier dîner ensemble ? ai-je répondu. Nous pouvons être amis, maintenant. 'Impossible, a-t-il répliqué. Entre nous, c'est tout ou rien.' J'ai dû aller deux fois aux toilettes pour ne pas fondre en larmes devant lui. Je l'ai vu avaler je ne sais plus combien de pilules de couleurs différentes, mais ça ne l'a pas empêché de boire son champagne. Il a pris ma main sous la table et m'a dit que j'étais encore la plus belle femme qu'il ait vue de sa vie, et que, à une certaine époque, il avait eu l'audace d'espérer que nous mourrions ensemble, tels Philémon et Baucis. Zeus, dans sa grande bienveillance, nous métamorphoserait en arbres : nos branches se caresseraient en hiver, nos feuilles s'entremêleraient en été.

"Puis, peut-être à cause du champagne, il a commencé à déformer les mots. Il avait du mal à se servir de ses couverts, prenait une cuillère à la place d'une fourchette, agrippait le couteau par la lame. Sous le coup de la frustration, sans doute, il s'est métamorphosé. C'était gênant. Son visage s'est assombri. Baissant la voix, il m'a fait signe de m'approcher et il m'a dit que Solange signait des chèques en son nom. Qu'elle le volait. Il avait peur qu'elle l'oblige à signer un testament fabriqué de toutes pièces. C'était une nymphomane qui, un jour, avait entraîné le portier de son immeuble dans l'ascenseur et avait soulevé sa robe pour lui montrer qu'elle ne portait pas de petite culotte. L'addition est arrivée et j'ai vu qu'il était incapable de la vérifier. Signe-la telle quelle, lui ai-je suggéré, et il a ri. 'D'accord, a-t-il dit, mais je doute qu'on reconnaisse ma nouvelle signature. Hé, je me rappelle encore certaines choses ! Un jour, j'ai emmené ici tu sais qui avec sa mère, et cette vieille salope a dit : Mon mari laisse toujours un pourboire de douze pour cent et demi.'

"Puis il a de nouveau changé d'attitude. Il s'est montré tendre. Affectueux. Adorable comme seul Barney sait l'être. Et je me suis rendu compte qu'il avait oublié que je l'avais quitté. Tout naturellement, il croyait qu'on rentrerait ensemble. Qu'on irait au cinéma dans la soirée. Qu'on lirait au lit, nos jambes entremêlées. Ou encore qu'on prendrait un vol tardif pour New York. Il adorait me faire des surprises. Oh, il était si amusant, si imprévisible, si aimant, à l'époque. Tout à coup, je me suis dit : et si je ne retournais pas à Toronto et que je rentrais plutôt avec lui ? C'est à ce moment-là que je suis allée téléphoner à Solange et que je lui ai demandé de venir tout de suite.

Quand je suis revenue à la table, j'ai constaté qu'il n'y était plus. 'Oh mon Dieu, où est-il ?' ai-je demandé au serveur. Chez les messieurs, a-t-il répondu. Je l'ai attendu devant la porte et quand il est sorti en traînant les pieds, un sourire idiot aux lèvres, j'ai remarqué que sa braguette était descendue et que son pantalon était mouillé."

Pendant qu'il avait encore d'assez bonnes journées, notre père a chargé John Hughes-McNoughton de préparer une procuration en faveur de ses enfants. Les Productions totalement inutiles ont été vendues à Trois Amigos, de Toronto, pour cinq millions de dollars en espèces et cinq millions de plus en actions de Trois Amigos. Son testament spécifiait que les produits de la vente, ainsi que ses autres biens, y compris un portefeuille d'actions plus que conséquent, devaient être divisés en trois parts : cinquante pour cent pour ses enfants et vingt-cinq pour cent pour Solange et pour Miriam. Mais, au préalable, la succession devait s'acquitter de quelques legs particuliers.

Vingt-cinq mille dollars pour Benoît O'Neil, qui s'était occupé du chalet des Laurentides pendant des années.

Cinq cent mille dollars pour Chantal Renault.

Ses deux billets dans les rouges, au nouveau centre Molson, devaient être renouvelés pendant cinq ans et mis à la disposition de Solange Renault.

La succession devait payer la note mensuelle de John Hughes-McNoughton au Dink's jusqu'à sa mort.

Une somme de cent mille dollars devait être versée à une certaine Mme Flora Charnofsky, à New York.

Notre père, connu pour ses blagues sur les *shvartzers*, nous réservait une surprise de taille. Nous devions constituer un fonds de fiducie qui permettrait à l'université McGill de décerner une bourse à un étudiant noir se distinguant dans le domaine des arts. La bourse porterait le nom d'Ismail ben Yussef, alias Cedric Richardson, mort du cancer le 18 novembre 1995.

Un montant de cinq mille dollars devait être réservé pour une veillée mortuaire au Dink's, à laquelle tous ses amis seraient conviés. À l'occasion de ses funérailles, aucun rabbin ne devrait prendre la parole. Il serait inhumé, suivant des dispositions qu'il avait déjà prises, dans le cimetière protestant au pied du mont Groulx, mais une étoile de David serait gravée sur sa pierre tombale. Le lot voisin était réservé pour Miriam.

Saul s'est chargé de consulter notre mère. Avant de raccrocher, elle a réussi à balbutier : "Oui. Tout cela est bien."

Après avoir mis de l'ordre dans ses affaires, mon père a décliné rapidement. De plus en plus souvent incapable de trouver les mots pour désigner les objets les plus courants ou même le nom de ses proches, il a fini par ne plus savoir, certains matins, où il se trouvait et qui il était. Une fois de plus convoqués à Montréal, Kate, Saul et moi avons eu une nouvelle rencontre avec le docteur Herscovitch et les spécialistes. Kate, qui était alors enceinte, a proposé d'accueillir Barney chez elle, mais les médecins étaient d'avis qu'un changement de décor ne ferait qu'exacerber ses difficultés. Dans un premier temps, Solange s'est donc installée dans l'appartement de la rue Sherbrooke. Il avait beau l'appeler Miriam, la traiter de putain ingrate et lui répéter qu'elle avait gâché sa vie, elle le nourrissait à la cuillère et lui essuyait délicatement le menton avec une serviette. Elle promettait de poster séance tenante les lettres qu'il lui dictait, ramassis de mots incohérents et de formules sans queue ni tête. Quand il venait déjeuner avec le bras gauche dans la manche droite de sa chemise ou le pantalon à l'envers, elle ne disait rien. Puis il s'est mis à enguirlander son reflet dans la glace, croyant reconnaître quelqu'un d'autre, Boogie, Kate ou Clara. Une fois, prenant son image pour celle de Terry McIver, il a asséné un violent coup de tête au miroir, ce qui lui a valu vingt-deux points de suture sur le crâne. Kate, Saul et moi avons dû une fois de plus nous rendre à Montréal.

Malgré les objections de Solange, le 15 août 1996, nous avons fait interner notre père à la maison de retraite Roi David. Il ne reconnaît plus personne, même pas ses enfants, mais nous ne l'avons pas abandonné. Kate vient de Toronto une fois par semaine. Le hasard a voulu qu'elle soit là, occupée à jouer aux dames chinoises avec Barney, lorsque Miriam est arrivée. Elle se relevait tout juste d'un AVC mineur. Elle et Kate ont eu une horrible dispute et ont été des mois sans se parler. Elles ne s'adressaient toujours pas la parole lorsque, un midi, Saul les a réunies dans un restaurant de Toronto. "Nous formons encore une famille, a-t-il dit. Un peu de tenue, je vous prie. Ça vaut pour vous deux." Ses manières brusques, si semblables à celles de Barney, les ont ramenées à de meilleurs sentiments. Saul se rend fréquemment au foyer, lui aussi. Une fois, envoyant valser les blocs de construction de Barney, il a hurlé : "Comment as-tu pu laisser un truc comme ça t'arriver, espèce de salaud !" Puis il a fondu en larmes. Les infirmières en sont venues à redouter ses visites. S'il voit une tache d'œuf sur la robe de chambre de Barney ou constate que ses draps ne sont pas lavés de frais, il sort de ses gonds. "Merde, merde, merde." Un après-midi, ayant vu Oprah Winfrey à l'écran, il a décroché le téléviseur du mur et l'a jeté par terre. "C'est la chambre de mon père, ici, a-t-il crié aux infirmières qui sont arrivées en courant, et il ne regarde pas ce genre de merde !"

Mon cadet a hérité d'un peu de la beauté de notre mère ainsi que du sale caractère de notre père. Barney et Saul s'étaient toujours livré un combat de gladiateurs, une joute entre deux hommes résolus à ne pas céder un pouce de terrain. Barney, qui avait secrètement adoré les coups d'éclat du jeune agitateur gauchiste, ne s'était jamais lassé de raconter l'histoire des Quinze du 18 novembre.

À l'inverse, il avait eu horreur du ralliement de son fils à la droite la plus impitoyable. Malgré tout, Saul demeurait son fils préféré, ne serait-ce que parce qu'il était l'écrivain que notre père avait toujours rêvé de devenir. Dès la première page de son manuscrit, notre père affirme qu'il brise une promesse solennelle en entreprenant à un âge vénérable un premier livre. Comme une bonne part de ce qu'il a écrit par la suite, ce n'est pas tout à fait vrai. En fouillant dans la paperasse de Barney, j'ai découvert quelques ébauches de nouvelles rédigées au fil du temps ainsi que le premier acte d'une pièce de théâtre et cinquante pages d'un roman. Il était, comme il l'a toujours proclamé, un lecteur avide qui admirait par-dessus tout les stylistes, d'Edward Gibbon à A. J. Liebling. En feuilletant son cahier de notes, j'ai constaté qu'il avait transcrit de nombreuses phrases d'auteurs. En voici deux exemples. D'abord Gibbon, au sujet de l'empereur Gordien :

> Le jeune Gordien avait des mœurs moins pures que celles de son père ; mais son caractère était aussi aimable. Vingt-deux concubines reconnues, et une bibliothèque de soixante-deux mille volumes, attestent la diversité de ses goûts ; et, d'après ce qui resta de lui, il paraît que les femmes et les livres étaient plutôt destinés à son usage qu'à une vaine ostentation[1].

Et voici A. J. Liebling, à propos de l'entraîneur de boxe Charley Goldman, dit “le Professeur” :

> Je ne me suis jamais marié, a dit le Professeur. J'ai toujours préféré vivre à la carte[2].

1. Edward Gibbon, *Histoire de la décadence et de la chute de l'Empire romain.*
2. A. J. Liebling, *A Neutral Corner : Boxing Essays.*

“Comme Zack”, a écrit Barney sous ces mots.

J’ai pour ma part hérité du don de Barney pour l’argent. Hélas, il s’agit d’une facette de lui-même qu’il a toujours méprisée et c’est pour cette raison, je suppose, que j’étais l’enfant qu’il aimait le moins, la principale cible de ses sarcasmes et de ses jugements hâtifs. Contrairement à ce qu’il a écrit, Caroline et moi avons assisté plus d’une fois à *Don Giovanni*, et comme mes annotations le prouvent amplement, j’ai lu l’*Iliade*, Swift, le docteur Johnson et *tutti quanti.* Simplement, je suis d’avis que ce panthéon eurocentriste et élitiste doit être revu et élargi. Et j’ai le droit, me semble-t-il, de trouver du mérite à Mapplethorpe, à Helen Chadwick et à Damien Hirst. Donc, oui, je lui en veux. Malgré tout, j’essaie d’aller le voir toutes les six semaines. Peut-être suis-je moins attristé que les autres par son nouvel état, la vérité étant que nous n’avons jamais réussi à communiquer vraiment, lui et moi.

Barney ne manque pas de visiteurs plus assidus. Solange passe presque tous les jours lui donner son bain et l’aider à colorier dans ses cahiers. De vieux compagnons de beuverie du Dink’s lui rendent souvent visite : John Hughes-McNoughton, son avocat peu recommandable, un journaliste alcoolique prénommé Zack et d’autres. Ce n’est qu’après avoir reçu de la maison de retraite une lettre plutôt sèche que j’ai appris qu’une certaine Mlle Morgan venait le masturber une fois par semaine. Un vieillard alerte, Irv Nussbaum, débarque souvent avec un sac de bagels ou de longs bouts de *karnatzel* de chez Schwartz. “Ton père, m’a-t-il dit un jour, était un Juif bouillant autrefois. Un *bonditt.* Un *mazik.* Un diable. J’aurais pu jurer qu’il sortait tout droit d’Odessa.”

Lors de son dernier anniversaire, Barney nous a surpris en répondant à son nom avec un sourire espiègle. Nous avions apporté des ballons, des chapeaux ridicules, des crécelles et un gâteau au chocolat. Conspirant dans notre dos, Miriam et Solange avaient eu la brillante idée d'engager un danseur de claquettes, qui s'est produit devant lui. Barney, aux anges, a tapé des mains et chanté pour nous des bribes d'une chanson :

> Mairzy doats and dozy doats and liddle lamzy divey
> A kiddley divey too, wouldn't you ?

Mais alors il a perdu l'équilibre, est tombé et s'est uriné dessus en essayant d'imiter les pas de M. Chuckle. Fuyant dans le couloir, Miriam, Solange et Kate sont tombées dans les bras l'une de l'autre.

Je garde le souvenir d'un autre moment de reconnaissance, si je peux l'appeler ainsi. Mon père a reçu une lettre de Californie. Bien que je n'y aie rien compris, Barney, lui, a pleuré sans retenue après l'avoir lue. La voici :

TiENS BON ViEiL AMi

Maman nous a expliqué que c'était une lettre de Hymie Mintzbaum qui, quelques années plus tôt, avait été victime d'un grave AVC. À Londres, en 1961, a-t-elle ajouté, Hymie l'avait invitée à dîner et lui avait déclaré qu'elle devait absolument épouser Barney. "Vous seule pouvez le sauver de lui-même, ce salaud", avait-il dit.

Je me permets une brève digression, selon le mot que Barney affectionnait, pour préciser que mes récents voyages à Montréal m'ont profondément déprimé.

À cause de l'état de mon père, bien sûr, mais aussi de ce qu'est devenue la ville où j'ai grandi. Quand j'ai sorti l'annuaire dans l'espoir de renouer contact avec d'anciens camarades de McGill, j'ai constaté que tous, sauf deux ou trois, avaient préféré partir à Toronto, Vancouver ou New York plutôt que de faire face à l'essor du tribalisme. Vue de l'extérieur, c'est vrai, la situation du Québec semble risible. On y trouve en effet des adultes, des fonctionnaires de la Commission de la protection de la langue française, dont le travail quotidien est de s'assurer, mètre en main, que les caractères anglais sur les enseignes commerciales sont au moins deux fois plus petits que les français et qu'ils ne sont pas d'une couleur plus voyante. En 1995, un inspecteur particulièrement zélé (ou un membre de la police de la langue, ainsi qu'on l'appelle dans le patois local), ayant découvert des *matzas* à l'emballage unilingue dans une épicerie casher, a ordonné que le produit coupable soit retiré des rayons. Les protestations ont été si vives que, en 1996, on a offert à la communauté juive une dérogation spéciale : dorénavant, les emballages de *matzas* unilingues seraient légaux soixante jours par an. Le vieil Irv Nussbaum a été enchanté par cette décision : "Vous vous rendez compte ? La marijuana, la cocaïne et l'héroïne sont bannies à longueur d'année, mais, à Pessa'h, les toxicomanes juifs ont désormais droit à un traitement de faveur. Pendant soixante jours, nous avons le loisir de mâchouiller des *matzas* sans tirer les rideaux ni verrouiller les portes à double tour. En passant, je ne voudrais pas me mêler de ce qui ne me regarde pas, mais je sais que votre père a toujours souhaité que vos enfants bénéficient d'une éducation juive digne de ce nom. Vous avez envie de leur offrir un voyage en Israël ? Je me ferais une joie de m'occuper de tout."

Le manuscrit de notre père nous posait problème. Kate était en faveur de sa publication intégrale, Saul soutenait qu'il devait être révisé et expurgé, tandis que j'hésitais à trancher, secoué par les remarques injustement cruelles de mon père envers Caroline. La vérité, cependant, c'est que notre avis ne comptait pas : Barney avait déjà conclu une entente avec un éditeur torontois, et un codicille de son testament interdisait formellement toute modification et toute coupure. À ma grande surprise, notre père m'avait chargé du travail éditorial. Après de longues négociations avec l'éditeur, il a été convenu que je pourrais ajouter des notes de bas de page pour corriger les erreurs factuelles les plus flagrantes, démarche qui m'a obligé à multiplier les lectures. On m'a accordé deux autres privilèges. J'ai pu, après avoir consulté Solange ainsi que les docteurs Mortimer Herscovitch et Jeffrey Singleton, réécrire les chapitres incohérents où Barney se rend compte qu'il est atteint de la maladie d'Alzheimer. On m'a également autorisé à ajouter cette postface, sous réserve de l'approbation de Saul et de Kate. Ils n'ont pas été enchantés, c'est le moins qu'on puisse dire. Nous nous sommes querellés.

"De toute évidence, l'écrivain de la famille, c'est moi, a déclaré Saul, piqué au vif. C'est donc moi qui devrais m'occuper du manuscrit.

– C'est une tâche qui ne me fait pas particulièrement plaisir, Saul, mais c'est moi qu'il a choisi. D'ailleurs, il faut y voir son ultime insulte : comme il l'a écrit avec sa condescendance habituelle, je suis tellement pointilleux que je vais corriger ses oublis les plus évidents.

– Et si je te disais, a lancé Kate, que bon nombre de ses 'erreurs', ses citations attribuées aux mauvais auteurs, sont en réalité des pièges qu'il te tendait ? Un jour, il m'a dit : 'J'ai enfin trouvé le moyen d'obliger Mike à lire Gibbon, Auden et beaucoup d'autres. Mon système est imparable.'

– Quoi qu'il en dise, j'avais déjà lu la plupart de ces auteurs. Nous avons quand même un problème.

– Boogie.

– Et c'est reparti.

– Je t'en prie, Kate. Ne commence pas. Il était aussi mon père à moi. Quand il a écrit et réécrit qu'il comptait voir Boogie resurgir à tout moment, il mentait, c'est évident.

– Papa n'a pas tué Boogie.

– Nous allons devoir nous faire à cette idée, Kate : papa n'était pas celui qu'il prétendait être.

– Tu ne dis rien, Saul ?

– Merde, merde, merde. Comment a-t-il pu faire une chose pareille ?

– La réponse, c'est qu'il ne l'a pas faite."

J'ai interrogé John Hughes-McNoughton.

"En règle générale, un avocat ne pose pas cette question à son client. La réponse risquerait d'être préjudiciable. Mais Barney a plus d'une fois affirmé, par la suite, qu'il avait dit la vérité à O'Hearne.

– Et vous l'avez cru ?

– Un jury composé de douze hommes honorables l'a déclaré innocent.

– Mais maintenant, de nouvelles preuves accablantes pèsent contre lui. Nous avons le droit de connaître la vérité.

– La vérité, c'est qu'il était votre père."

Notre père, avant d'en être réduit à un état quasi végétatif, projetait une ombre très vaste. Le mari de Kate, par exemple, s'était toujours senti diminué en sa présence et appréhendait ses visites à Toronto. L'état lamentable de Barney et le fait que Kate se résigne peu à peu à accepter l'évidence, même si elle ne l'avouerait jamais, ont rapproché les époux. Mais quelque chose en elle s'était brisé et avait grand besoin d'être réparé. Par chance, la naissance de son bébé a beaucoup fait pour lui rendre sa joie de vivre. Elle a nommé son fils Barney.

Dans les mois suivant la découverte des ossements de Bernard Moscovitch au sommet du mont Groulx, les convictions politiques de mon frère cadet ont changé du tout au tout. Opérant un nouveau virage à cent quatre-vingts degrés, il est revenu à ses penchants gauchistes d'adolescent, et ses textes polémiques paraissent désormais dans *The Nation*, *Dissent* et d'autres publications qu'il considérait autrefois comme des abominations. Saul conteste mon interprétation selon laquelle il s'est reconverti dès qu'il ne s'est plus senti obligé de s'opposer à notre père. Miriam, qui marche maintenant avec une canne, m'a demandé d'être exclue de cette postface. Elle m'a toutefois autorisé à préciser que Blair et elle avaient pris leur retraite dans un chalet situé non loin de Chester, en Nouvelle-Écosse.

Avant que son cerveau se mette à s'atrophier, Barney s'était accroché à deux croyances immuables : *primo*, la vie est absurde ; *secundo*, les humains ne se comprennent jamais vraiment. Philosophie peu rassurante à laquelle, pour ma part, je n'adhère absolument pas.

J'écris ces lignes sur la terrasse de notre chalet des Laurentides, où j'effectue ce qui sera certainement ma dernière visite. Dans quelques minutes, l'agent immobilier va arriver avec les Fournier et je vais leur remettre les clés. En ce lieu où nous avons autrefois formé une famille heureuse, il est gratifiant de pouvoir finir sur une note qui n'a rien à voir avec les ossements incriminants. J'ai téléphoné à Caroline pour lui raconter la scène dont j'avais été témoin : assis sur le balcon, je me remémorais le bon vieux temps quand, soudain, un gros Canadair est arrivé en vrombissant. Il a effleuré la surface du lac et, sans même s'arrêter, a avalé je ne sais combien de tonnes d'eau avant de s'éloigner et de larguer sa cargaison sur la montagne.

J'ai regretté de ne pas avoir mon caméscope avec moi. La scène, typiquement canadienne, aurait ravi les enfants. Ce n'est pas à Londres qu'ils assisteraient à un spectacle pareil. Benoît O'Neil m'a expliqué qu'il s'agissait d'un exercice mené par des pompiers forestiers. Avant, a-t-il ajouté, les exercices de ce genre étaient plus fréquents, et on voyait ces avions une ou deux fois par été : on faisait l'essai de nouveaux appareils. Pour ma part, ai-je dit, je n'avais jamais rien vu de tel.

"Oh, a-t-il répondu, vous n'étiez sûrement pas né à l'époque dont je parle."

Puis l'agent immobilier est arrivé avec les Fournier. Après un échange de politesses, j'ai pris congé et je suis parti. Au bout d'une dizaine de kilomètres, j'ai freiné brusquement et je me suis arrêté sur l'accotement. Oh mon Dieu, me suis-je dit, soudain couvert de sueur, il faut que j'appelle Saul ! Et je dois des excuses à Kate. Mais, oh mon Dieu, il est trop tard pour Barney. Il est incapable de comprendre, désormais. Merde, merde, merde.

Traductions citées

Auden, W. H., “Pose ta tête endormie, mon amour”, dans Michèle Duclos (dir.), *Poésie britannique des années trente*, Presses universitaires de Bordeaux, 1996, p. 33-35.

Boswell, James, *Vie de Samuel Johnson*, traduit de l’anglais par Gérard Joulié, Lausanne, L’Âge d’Homme, coll. “Au cœur du monde”, série anglo-saxonne, 2002.

Gibbon, Édouard (Edward), *Histoire de la décadence et de la chute de l’Empire romain*, tome I, traduit de l’anglais par François Guizot, Paris, Ledentu, 1828.

Ginsberg, Allen, *Howl. And other poems*, traduit de l’américain par Robert Cordier et Jean-Jacques Lebel, Paris, Christian Bourgois éditeur, 2005.

Hartley, Leslie, *Le Messager*, traduit de l’anglais par Denis Morrens et Andrée Martinerie, Paris, 10/18, coll. “Domaine étranger”, 1971.

Marlowe, Christopher, “L’amoureux berger à sa bergère”, dans *Beauté de la poésie anglaise*, tome I, traduit de l’anglais par François Chatelain, Londres, Rolandi, 1860.

McCarthy, Mary, “L’homme à la chemise verte”, dans *Dis-moi qui tu hantes*, traduit de l’américain par Angélique Lévi, Paris, 10/18, coll. “Domaine étranger”, 1986.

Salinger, J. D., *L'Attrape-cœurs*, traduit de l'américain par Annie Saumont, Paris, Robert Laffont, 1986, p. 9.

Shakespeare, William, *Antoine et Cléopâtre*, traduit de l'anglais par François Guizot, dans *Œuvres complètes*, tome III, Paris, Ladvocat, 1864.

—, *Hamlet*, traduit de l'anglais par François-Victor Hugo, dans *Œuvres complètes*, tome I, Paris, Pagnerre, 1859.

—, *Macbeth*, traduit de l'anglais par François Guizot, dans *Œuvres complètes*, tome III, Paris, Ladvocat, 1864.

—, *Le Songe d'une nuit d'été*, traduit de l'anglais par François-Victor Hugo, dans *Œuvres complètes*, tome II, Paris, Pagnerre, 1865.

Yeats, W. B., "La seconde venue", traduit de l'anglais par Yves Bonnefoy, dans *Anthologie bilingue de la poésie anglaise*, Paris, Gallimard, coll. "La Pléiade", 2005.

Table

DU MÊME AUTEUR

Le Choix des ennemis
Seuil, 1959

Gursky
Calmann-Lévy, 1992
nouvelle traduction
Solomon Gursky
Éditions du sous-sol, 2016
et « Points Signatures », n° P4495

Qui a peur de Croquemoutard ?
(illustrations de Daniel Maja)
Hachette Jeunesse, 1996

Joshua
Buchet Chastel, 2004

Le Cavalier de Saint-Urbain
Buchet Chastel, 2005

Survivre, etc…
Anatolia (Suisse), 2008

Un certain sens du ridicule
Boréal, 2008

L'Apprentissage de Duddy Kravitz
Éditions du sous-sol, 2016
et « Points », n° P4739

Le Cavalier de Saint-Urbain
Éditions du sous-sol, 2019

Fils d'un tout petit héros
Éditions du sous-sol, 2023

Les Éditions Points s'engagent pour la protection de l'environnement et une production française responsable

Ce livre a été imprimé en France, sur un papier certifié issu de forêts gérées durablement, chez un imprimeur labellisé Imprim'Vert, marque créée en partenariat avec l'Agence de l'eau, l'ADEME (Agence de l'environnement et de la maîtrise de l'énergie) et l'UNIIC (Union nationale des industries de l'impression et de la communication).

La marque Imprim'Vert apporte trois garanties essentielles :

- La suppression totale de l'utilisation de produits toxiques
- La sécurisation des stockages de produits et de déchets dangereux
- La collecte et le traitement de produits dangereux

RÉALISATION : NORD COMPO À VILLENEUVE-D'ASCQ
IMPRESSION : CPI FRANCE
DÉPÔT LÉGAL : NOVEMBRE 2023. N° 154404 (3053826)
IMPRIMÉ EN FRANCE